개선문

Arc de Triomphe
Erich Maria Remarque

개선문

에리히 마리아 레마르크 지음 | 송영택 옮김

문예출판사

차례

1

여인은 라비크 쪽으로 비스듬히 다가왔다. 빠른 걸음이었으나, 이상하게도 휘청거리고 있었다. 라비크는 여인이 바로 곁에까지 왔을 때에야 비로소 자세히 보았다. 광대뼈가 나오고 양미간이 넓은 창백한 얼굴이었다. 그 얼굴은 굳어져 있어 마치 가면이라도 쓴 것 같았으며, 홀쭉해 보였다. 그는 여인의 눈이 가로등 불빛을 받아 유리처럼 공허한 표정을 띠고 있음을 알 수 있었다.

여인은 몸이 닿을 만큼 그의 곁을 바짝 지나갔다. 그는 손을 내밀어 여인의 팔을 잡으려 했다. 그 순간, 여인은 쓰러질 듯 비틀거렸다. 만약 그가 붙잡지 않았더라면 쓰러지고 말았을 것이다.

그는 여인의 팔을 꽉 잡았다. "어딜 가시죠?" 잠깐 사이를 두고 그는 물었다.

여인은 눈을 크게 뜨고 그를 쳐다보았다. "놓으세요." 여인은 속삭이듯 말했다.

라비크는 대답하지 않고 그대로 여인의 팔을 잡고 있었다.

"놓으세요! 왜 이러시죠?" 여인은 입술을 거의 움직이지 않고 말했다.

라비크는 여인이 자기를 전혀 안 보고 있다는 느낌이 들었다. 여인은 그의 너머로 어딘가 공허한 밤의 어둠 속을 바라보고 있었다. 여인에게 그는 단지 자신을 붙잡아 세운 그 무엇, 자신에게 말을 건네고 있는 그 무엇에 지나지 않았다. "놓으세요!"

창녀가 아니라는 것은 곧 알 수 있었다. 술에 취해 있지도 않았다. 그는 이제 여인의 팔을 그렇게 세게 붙잡고 있지는 않았다. 뿌리치려고만 한다면 쉽게 뿌리칠 수도 있었다. 그러나 여인은 그것을 모르는 듯했다. 라비크는 잠시 기다렸다가, "도대체 어딜 가시죠? 밤에 혼자서 파리 거리를, 이런 시각에?" 하고 다시 조용히 말하고는 팔을 놓았다.

여인은 대답하지 않았다. 그러면서 가버리지도 않았다. 한번 붙잡히면 다시는 걸을 수 없기나 한 것처럼.

라비크는 다리 난간에 기댔다. 축축이 젖은, 거칠거칠한 돌의 감촉이 손바닥에 느껴졌다. "분명히 저리로 뛰어들려는 거지요?" 그는 머리를 뒤로 돌려 아래쪽을 가리켰다. 그곳에는 회색빛 센강이 반짝이면서 알마교 그늘 쪽으로 천천히 흐르고 있었다.

여인은 대답하지 않았다.

"너무 일러요." 라비크가 말했다. "11월은 너무 일러요. 물이 몹시 차요."

그는 담뱃갑을 꺼내고 호주머니에서 성냥을 찾았다. 조그만 성냥갑에는 성냥이 두 개비밖에 남아 있지 않았다. 그는 조심스럽게 몸을 구부리고 두 손으로 성냥불을 가려, 강에서 불어오는 가벼운 바람에 꺼지지 않게 했다.

"제게도 한 대 주시겠어요?" 여인은 억양 없는 목소리로 말했다.

라비크는 몸을 일으켜 그녀에게 담뱃갑을 보였다. "알제리 겁니다. 외인부대의 검은 담배지요. 당신에겐 아마 독할 거요. 다른 건 가진 게 없어요."

여인은 머리를 가로젓고 한 대 뽑았다. 라비크는 성냥불을 내밀었다. 여인은 급하게 담배를 빨았다. 라비크는 성냥개비를 난간 너머로 던졌다. 성냥은 마치 작은 별똥처럼 어둠 속으로 떨어져 내려가 수면에 닿아서야 꺼졌다.

택시 한 대가 다리 위를 천천히 굴러왔다. 운전사가 차를 세웠다. 이쪽을 보고 잠시 기다리더니, 이윽고 액셀러레이터를 밟아 축축이 젖어 검게 번쩍이는 조르주 5세 거리로 달려가버렸다.

라비크는 갑자기 피로를 느꼈다. 온종일 바쁜 일에 쫓겨 잠잘 겨를이 없었다. 그래서 술을 마시려고 다시 나온 참이었다. 그런데 이렇게 깊은 밤의 축축한 냉기를 쐬니, 머리에 자루라도 뒤집어쓴 듯 다시 피로가 온몸을 감쌌다.

그는 여인을 보았다. 도대체 어쩌자고 여자를 붙잡았을까? 이 여자는 조금 이상하다. 분명하다. 그런데 무슨 상관이란 말인가? 좀 이상한 여자쯤은 지금껏 얼마든지 보아왔다. 더구나 밤중에 파리 거리에서는 더 말할 나위도 없다. 지금 그런 것은 아무래도 좋다. 바라건대 오직 두세 시간만 자고 싶을 뿐이다.

"집에 돌아가시지 않을 건가요?" 하고 그는 말했다. "이런 시각에 거리에 무슨 볼일이 있습니까? 아마 불쾌한 일이나 생기는 것이 고작일 겁니다."

그는 외투 깃을 세우고 떠나려고 했다. 여인은 그의 말을 이해하지 못한 듯 라비크를 바라보았다. 그러고는 "집에요?" 하고 되풀이했다.

라비크는 어깨를 으쓱했다. "집이든 하숙이든 호텔이든, 어디든 좋을 대로 가시오. 아무튼 어디로든 가야지요. 설마 경찰에 붙잡히고 싶지는 않겠지요?"

"호텔로요? 오, 맙소사!" 하고 여인은 말했다.

라비크는 걸음을 멈추었다. 이 여자도 역시 어디로 가야 할지 모르는 사람이로구나, 하고 그는 생각했다. 그쯤은 그도 진작부터 알고 있었다. 언제나 같은 수법이다. 이네들은 밤이 되면 어디로 가야 좋을지를 모른다. 그러나 이튿날 아침이면 이쪽이 아직 일어나기도 전에 어디론가 사라져버린다. 아침이 되면 갈 곳을 알게 되는 것이다. 밤과 더불어 찾아왔다가 밤과 더불어 사라져가는 흔하고 값싼 암흑의 절망이다. 그는 피우던 담배를 내던졌다. 그런 것쯤은 이 나도 지겨울 정도로 알고 있다.

"자, 갑시다. 어디 가서 술이나 한잔합시다." 그는 말했다.

그것이 제일 간단하다. 그러고 나서 계산을 치르고 실례하면 그만이다. 그다음에 어떻게 해야 하는가는 그녀 자신이 잘 알 것이다.

여인은 휘청휘청 걷기 시작하다가 헛발을 디뎠다. 라비크는 그녀의 팔을 붙잡았다. "피곤하오?" 하고 그는 물었다.

"모르겠어요. 그런 것 같아요."

"너무 피곤하면 잠이 안 오지요."

여인은 고개를 끄덕였다.

"흔히 있는 일이죠. 어쨌든 갑시다. 부축해드리죠."

두 사람은 마르소 거리를 걸어갔다. 라비크는 여인이 자기에게 기대는 것을 느꼈다. 마치 쓰러지려다가 무엇인가에 매달려 가누지 않으면 안 되는 것처럼 그에게 몸을 기댔다.

두 사람은 피에르 드 세르비에 거리를 지났다. 세에요 가 네거리 저쪽으로 길이 틔어 있어서, 저 멀리 개선문의 거대한 모습이 비를 머금은 하늘을 배경으로 거무스름하게 나타났다.

라비크는 지하실로 내려가는, 불이 켜진 비좁은 입구를 가리켰다. "여깁니다……. 여기라면 아직은 뭔가 틀림없이 있을 겁니다."

그곳은 운전사들이 모이는 술집이었다. 안에는 택시 운전사가 둘, 그리고 창녀가 둘 앉아 있었다. 운전사들은 카드놀이를 하고, 창녀들은 압생트를 마시고 있었다. 창녀들이 그 여인을 힐끗 훑어보았다. 그러고는 관심이 없다는 듯이 고개를 돌렸다. 나이 많은 창녀는 큰 소리를 내며 하품을 했다. 다른 창녀는 귀찮은 듯이 얼굴 화장을 시작했다. 안쪽에서는 게으른 쥐새 끼 같은 얼굴의 보이가 바닥에 톱밥을 뿌리고는 청소를 시작했다.

라비크는 여자와 함께 입구에서 가까운 탁자에 자리를 잡았다. 그곳이 좋을 듯싶었다. 재빨리 달아날 수가 있기 때문이었다. 그는 외투를 벗지 않 았다. "뭘 마시겠소?" 하고 그는 물었다.

"모르겠어요. 뭐든 좋아요."

"칼바도스 두 잔." 라비크는 조끼를 입고 셔츠 소매를 걷어붙인 보이에 게 말했다. "그리고 체스터필드 한 갑."

"없는데요" 하고 보이가 말했다. "프랑스 담배뿐입니다."

"좋아, 그럼 초록색 로랑을 주게."

"초록도 없고요. 청색뿐입니다."

라비크는 보이의 팔뚝을 보았다. 그 팔에는 구름 위를 걷는 발가벗은 여 인 문신이 있었다. 보이는 그가 보고 있는 것을 아는지, 주먹을 불끈 쥐어서 알통을 만들어 보였다. 여인의 배가 음탕하게 꿈틀거렸다.

"그럼 청색으로 하지" 하고 라비크는 말했다.

보이는 히죽 웃었다. "어쩌면 초록이 하나쯤 남아 있을지도 모르겠습니 다." 그는 이렇게 말하고는 슬리퍼를 끌며 안으로 들어갔다.

라비크는 그 뒷모습을 바라보았다. "빨간 슬리퍼에다 배를 꿈틀거리는 여자라! 틀림없이 터키 해군에라도 복무했겠지."

여인은 두 손을 탁자에 올려놓았다. 두 번 다시는 들어 올리고 싶지 않 다는 태도였다. 깔끔한 손이었으나 화사하지는 않았다. 손질이 별로 안 돼 있었기 때문이다. 라비크는 오른손 가운뎃손가락 손톱이 갈라져 있는 것을 보았다. 아마 깎고 나서 전혀 다듬지 않았나 보다. 매니큐어가 벗겨진 곳도 더러 있었다.

보이가 잔과 담배를 가지고 왔다.

"초록색 로랑입니다. 하나 남아 있었지요."

"그럴 줄 알았지. 자네, 해군에 있었나?"

"아뇨, 서커스단에 있었죠."

"오히려 그쪽이 낫지." 라비크는 여인에게 잔을 내밀었다. "자, 마셔요. 이런 시간에는 이게 제일 좋아요. 싫으면 커피로 할까요?"

"아뇨."

"단숨에 마셔요."

여인은 고개를 끄덕이고 잔을 비웠다. 라비크는 여인을 유심히 바라보았다. 여인은 핏기 없이 창백하고 거의 무표정한 얼굴이었다. 입술은 도톰해 보였으나, 파랗게 질려 있었다. 윤곽은 선명하지 않았다. 다만 머리카락은 윤기가 흐르는, 타고난 금발로서 퍽 아름다웠다. 베레모를 쓰고, 레인코트 안에는 맞춤옷을 입고 있었다. 옷 재단은 훌륭했으며, 손에 낀 반지의 초록색 보석은 너무 커서 모조품처럼 보였다.

"한 잔 더 하겠소?" 하고 라비크는 물었다.

그녀는 고개를 끄덕였다.

그는 보이에게 시켰다. "칼바도스 두 잔 더. 큰 잔으로 주게."

"더 큰 잔으로요? 더 많이 따를까요?"

"그래."

"그럼 칼바도스 더블이 둘이란 말씀이지요?"

"그래."

라비크는 얼른 마시고 돌아가야겠다고 생각했다. 지루한 데다 몹시 지쳐 있었다. 여느 때 같으면 그는 우연히 부딪친 일에 참을성이 있었다. 지금까지 파란만장한 40년을 생활해왔다. 그러나 오늘 밤 같은 일은 이제 신물이 났다. 파리 생활을 몇 년이나 했고, 밤에는 거의 잠을 잘 수가 없다. 그러니까 자연히 여러 가지 일을 겪게 되는 것이다.

보이가 잔을 가져왔다. 라비크는 찡하게 향기를 풍기는 사과주를 들어서 조심스럽게 여인 앞에 놓았다. "한 잔 더 드시오. 별로 효과는 없지만, 그래도 몸이 훈훈해집니다. 그리고 무슨 일이 있는지는 모르지만…… 너무 어렵게 생각지 마시오. 대개는 얼마 안 가서 대수롭지 않게 됩니다."

여인은 그를 쳐다보았다. 그러나 술을 마시지는 않았다.

"그런 것이지요" 하고 라비크는 말했다. "특히 밤에는 말입니다. 밤이란 모든 것을 과장하지요."

여인은 여전히 그를 쳐다보고 있었다. 그러다가 "저를 위로해주시지 않아도 돼요" 하고 말했다.

"그럼 더 잘 됐소."

라비크는 보이 쪽을 보았다.

그만하면 됐다. 이런 여자는 얼마든지 있다. 틀림없이 러시아 여자이리라. 어디든 앉기가 무섭게, 젖은 옷이 채 마르기도 전에 벌써 잘난 체하고 나서는 것이다.

"당신은 러시아 사람인가요?" 하고 그는 물었다.

"아뇨."

라비크는 계산을 하고 일어나서 작별 인사를 하려고 했다. 그러자 여인도 따라 일어났다. 아무 말도 없이, 당연한 일인 양. 라비크는 마음을 정하지 못한 채 여인을 바라보았다. 그러고는 그래도 좋다고 생각했다. 밖에 나가서도 헤어질 수는 있다. 어느덧 비가 오고 있었다. 라비크는 문 앞에서 걸음을 멈추었다.

"어느 쪽으로 가시지요?" 그는 여인과 반대쪽으로 가버릴 작정을 했다.

"모르겠어요. 어느 쪽이든 좋아요."

"대체 집은 어디요?"

여인은 움찔했다. "거기엔 못 가요! 싫어요! 그럴 순 없어요! 그곳은 싫어요!"

그녀의 눈은 별안간 세찬 공포로 가득 찼다. 싸웠구나, 하고 라비크는 생각했다. 한바탕 소동을 벌이고는 밖으로 뛰쳐나온다. 내일 낮이 되면 생각을 고쳐먹고 돌아가겠지.

"찾아갈 만한 사람은 없나요? 아는 사람이라도? 이 술집에서 전화를 걸면 될 텐데."

"아뇨, 아무도 없어요."

"하지만 어디로든 가야 할 게 아니오. 방값이 없나요?"

"아뇨, 있어요."

"그럼 호텔로 가십시오. 이 근처 골목에는 얼마든지 있지요."

여인은 대답이 없었다.

"아무튼 어디로든 가야 할 게 아니오" 하고 라비크는 초조하게 말했다. "비 오는 거리에 언제까지 있을 수도 없고."

여인은 레인코트를 여몄다. "옳은 말씀이에요" 하고 여인은 드디어 결심을 한 듯이 말했다. "정말 옳은 말씀이에요. 죄송해요. 이제 제 걱정은 말아주세요. 어디로든 가겠어요. 감사합니다." 그녀는 한 손으로 코트 깃을 다시 여몄다. "여러 가지로 감사했습니다." 그녀는 처량하기 그지없는 눈초리로 라비크를 쳐다보고는 슬쩍 웃으려고 했으나 웃을 수가 없었다. 그러고는 주저하지 않고 이슬비 속으로 발소리도 없이 사라져갔다.

라비크는 잠시 동안 가만히 서 있었다. "제기랄!" 하고 얼떨떨하여 마음을 정하지 못한 채 혀를 찼다. 어쩌다가 이렇게 되었는지, 또 어떻게 된 일인지 도무지 알 수가 없었다. 그 절망적인 웃음 때문일까, 아니면 그 눈매 때문일까, 인적이 끊어진 거리 때문일까, 밤이기 때문일까…… 아무튼 분명한 것은 그녀를 혼자 보내서는 안 된다는 점이었다. 저쪽 안개 속에서 터벅터벅 걸어가는 모습이 갑자기 길 잃은 어린아이처럼 보였기 때문이다.

그는 그녀의 뒤를 쫓았다. "같이 갑시다" 하고 그는 무뚝뚝하게 말했다. "어떻게 되겠지요."

그들은 에트왈까지 왔다. 광장은 보슬보슬 내리는 회색빛 이슬비 속에 기다랗게 가로누워 있었다. 안개가 짙어 광장에서 팔방으로 갈라져 나간 길들은 이제 분간할 수가 없었다. 다만 끝없이 넓게 펼쳐진 광장에는 달 같은 가로등 불빛들이 여기저기 흩어져서 희미하게 빛나고 있었다. 석조 아치는 우뚝 솟아 안개 속으로 자취를 감추고, 마치 우울에 싸인 하늘을 떠받들어 그 밑에 자리 잡은 무명전사의 묘지에서 타오르는 외롭고 희푸른 불길을 지키고 있는 것 같았다. 무명전사의 묘지는 밤의 어둠과 고독 가운데 인류의 마지막 묘지처럼 보였다.

라비크는 테른 광장 옆, 와그람 거리 골목에 있는 작은 호텔에 살고 있었다. 어지간히 헐어빠진 집으로, 단 하나 새로운 것이라곤 '앵테르나시오날 호텔'이라고 쓰여 출입구에 걸려 있는 간판뿐이었다.

그는 벨을 눌렀다. "빈방 있나?" 그는 문을 열어준 보이에게 물었다.

보이는 잠에 취한 눈을 크게 뜨고 그를 보았다. 그러고는 "수위가 없는데요"라고 마침내 입 속으로 더듬거렸다.

"그것은 알고 있지. 그러니까 너한테 빈방이 있는지 묻는 거야."

보이는 알 수 없다는 듯이 어깨를 으쓱했다. 라비크가 여자를 데리고 온 것은 알겠는데, 어째서 방이 하나 더 필요한지 이해할 수가 없었다. 여태까지의 경험에 비추어 여자를 데리고 와서 방을 하나 더 빌리는 법은 없었다. "마담은 자요. 섣불리 깨우다가는 내쫓기고 말아요" 하고 말하더니 보이는 한쪽 발로 다른 쪽 발을 긁적거렸다.

"좋아, 알았다. 그럼 내가 직접 찾아보지."

라비크는 보이에게 팁을 주고, 자기 방 열쇠를 받아 들고는 앞장서서 계단을 올라갔다. 그리고 자기 방문을 열기 전에 옆방 문을 살폈다. 문밖에는 구두도 놓여 있지 않았다. 두 번 노크를 해보았다. 대답이 없었다. 그는 살며시 손잡이를 돌려보았다. 문은 잠겨 있었다.

"어제는 이 방이 비어 있었는데" 하고 그는 중얼거렸다. "반대쪽에서 한 번 해봅시다. 아마 주인아주머니가 빈대라도 달아날까 겁이 나서 문을 잠가둔 모양이지."

그는 자기 방문을 열었다. "잠깐 앉아 있어요." 그는 말 털을 넣은 빨간 소파를 가리켰다. "곧 돌아올 테니까."

그는 창문을 열고 쇠로 된 좁은 발코니로 건너가서 문을 열어보려고 했다. 그러나 이쪽도 역시 잠겨 있었다. 그는 단념하고 돌아왔다. "틀렸소. 여긴 방이 하나도 없어요."

여인은 소파 한구석에 앉아 있었다. "여기 잠깐 앉아 있어도 될까요?"

라비크는 여인을 주의 깊게 보았다. 그녀의 얼굴은 지쳐서 파리해 보였다. 다시는 일어날 수조차 없을 것 같았다. "여기 있어도 좋습니다."

"잠깐 동안만……."

"여기서 자도 좋습니다. 그게 제일 간단하겠군."

여인은 그의 말을 듣고 있는 것 같지 않았다. 천천히, 거의 무의식적으로 고개를 저었다. "저를 거리에 내버려두었으면 좋았을걸 그랬어요. 이제는…… 정말이지 이제 더는……."

"나도 마찬가지요. 여기서 주무십시오. 그게 제일 좋겠소. 내일 일어나면 무슨 수가 생기겠지요."

여인은 그를 쳐다보았다. "전 결코 당신을……."

"천만에" 하고 라비크는 말했다. "방해될 건 하나도 없어요. 갈 데가 없어서 여기 묵는 게 뭐 당신이 처음은 아닙니다. 여하튼 여긴 피난민이 살고 있는 호텔이니까요. 이런 일은 날마다 있지요. 당신은 침대에서 자도록 해요, 난 소파에서 잘 테니. 이젠 습관이 돼서요."

"아녜요, 아녜요……. 전 여기면 돼요. 여기 앉아 있을 수만 있다면 그것으로 충분해요."

"그럽시다. 좋을 대로 하세요."

라비크는 외투를 벗어 걸었다. 그러고는 담요와 쿠션을 침대에서 집어 들고, 의자 하나를 소파 옆으로 밀어놓았다. 그리고 욕실에서 가운을 가져와 의자에 걸쳐놓았다. "자" 하고 그는 말했다. "이 정도밖에 해드릴 수 없습니다. 원하시면 파자마도 드릴 수 있습니다. 거기 서랍에 있습니다. 이젠 당신에게 개의치 않겠습니다. 지금 욕실을 써도 좋습니다. 난 아직 여기서 할 일이 있으니까."

여인은 머리를 저었다.

라비크는 그녀 앞에 서 있었다. "하여튼 코트는 벗어야죠" 하고 그는 말했다. "함빡 젖었군요. 그리고 그 모자도 이리 주시오."

여인은 둘 다 그에게 내주었다. 그는 소파 구석에 쿠션을 놓았다. "이게 베갭니다. 이 의자는 당신이 자다가 떨어지지 않게 해줄 겁니다." 그는 의자를 소파에 붙여놓았다. "이번에는 구두, 역시 함빡 젖었군. 감기 들기 알맞겠소." 그는 구두를 벗기고, 서랍에서 목이 짧은 털양말을 꺼내어 여인의 발에 신겨주었다. "자, 이만하면 조금 낫겠지. 괴로울 때는 하찮은 일에서도 위안을 찾아내도록 해야 해요. 옛날부터 내려오는 군인들의 철칙이랍니다."

"죄송합니다" 하고 여인은 말했다. "정말 죄송해요."

라비크는 욕실로 들어가서 수도꼭지를 틀었다. 물이 세면기 안으로 쏟아져 내렸다. 그는 넥타이를 풀고 멍하니 거울 속 자신을 들여다보았다. 그늘이 짙은, 움푹 팬 눈자위 속 살피는 듯한 눈, 죽은 듯 지쳐버린 갸름한 얼굴, 눈만이 살아 있다. 코에서 입으로 내리 팬 홈에 비해서 너무나 부드러운 입술, 오른쪽 눈 위에는 깔쭉깔쭉한 긴 흉터가 있고, 머리털이 그 꼬리를 감추고 있다.

전화벨이 찌르릉 울려 그의 생각이 멈추었다. "제기랄." 그는 잠깐 동안 모든 것을 잊고 있었다. 이렇게 완전히 명상에 잠기는 순간이 곧잘 있다. 그렇지, 옆방에 아직도 여인이 있었지. "곧 갑니다" 하고 그는 소리쳤다.

"놀랐소?" 하며 그는 수화기를 들었다. "뭐? 그렇지. 좋아…… 그래…… 물론이지…… 응…… 되겠지…… 응, 어디라고? 좋아, 곧 가지. 따끈한 커피를, 진한 걸로 말이야…… 그렇지."

그는 수화기를 조용히 놓고서, 잠시 소파 팔걸이에 앉은 채 생각에 잠겼다. 그러다가 "나는 나가봐야겠소" 하고 말했다. "지금 곧."

여인은 곧 일어섰다. 그러나 약간 비틀거리더니 의자에 기댔다.

"안 돼요, 안 돼……." 그 순간 라비크는 그렇게도 순순히 응하는 여자의 태도에 감동되었다. "당신은 그냥 여기 있어도 좋아요. 자도록 하시오. 나는 한두 시간 나갔다 와야겠소. 얼마나 걸릴지는 모르겠지만, 그냥 여기 있어요."

그는 외투를 입었다. 문득 어떤 생각이 머리를 스쳤다. 그러나 이내 떨쳐버렸다. 이 여인은 도둑질을 하지는 않을 게다, 그런 타입이 아니다, 그런 타입 여인은 알 만큼 알고 있다. 그리고 별로 훔쳐갈 만한 것도 없다. 문 앞까지 갔을 때 여인이 물었다.

"같이 가면 안 되나요?"

"그건 안 됩니다. 여기 있어요. 필요한 것이 있으면 무엇이든 써요. 괜찮다면 침대도. 저기 코냑이 있어요. 그럼 잘 자요."

그는 돌아서서 나가려고 했다.

"불은 그대로 켜두세요." 갑자기 여인이 서둘러 말했다.

라비크는 잡았던 손잡이를 놓았다. "무서운가요?" 하고 그는 말했다.

여인은 고개를 끄덕였다.

그는 열쇠를 가리켰다. "내가 나간 뒤에 문을 잠가요. 열쇠는 빼두고. 아래층에 열쇠가 또 있으니까 나는 그걸로 열고 들어올 수 있습니다."

여인은 머리를 저었다. "그게 아녜요. 불을 그냥 켜두었으면 해요."

"아, 그래요!" 라비크는 살피듯 그녀를 바라보았다. "그러지 않아도 끌생각은 없었소. 불은 그대로 켜두지요. 그런 기분, 알 수 있어요. 나도 그런때가 있었습니다."

그는 아카시아 가 모퉁이에서 택시를 잡았다.

"로리스통 가 14번지로……. 빨리!"

운전사는 빙그르 돌아서 카르노 거리로 접어들었다. 차가 그랑다르메 거리를 건너가려고 할 때, 2인승 승용차가 오른쪽에서 질주해 왔다. 비에 젖어 길이 미끄럽지 않았더라면 두 자동차는 충돌해버렸을 것이다. 그러나 2인승 자동차는 브레이크를 밟아 택시 라디에이터에 부딪힐 듯이 아슬아슬하게 길 한복판으로 미끄러져 나갔다. 그 가벼운 차는 마치 회전목마처럼 빙글빙글 돌았다. 그것은 소형 르노였는데, 안경을 끼고 검은 실크해트를 쓴 사나이가 운전하고 있었다. 한 바퀴 돌 때마다 성난 사나이의 희멀건 얼굴이 언뜻언뜻 보였다. 그 차는 마치 거대한 저승문처럼 거리 저쪽에 우뚝 솟아 있는 개선문을 향해서 멈추었다. 작은 초록색 벌레처럼. 그리고 그 안에서 창백한 주먹이 밤하늘을 위협하듯 불끈 솟았다.

택시 운전사는 뒤를 돌아보며 말했다. "저런 녀석을 본 적이 있습니까?"

"있고말고." 라비크는 말했다.

"하지만 저런 모자를 쓴 녀석이 어째서 이 밤중에 저렇게 차를 마구 몰아야 할까요?"

"저쪽이 옳았어. 큰길을 달리던 것은 저쪽이었으니까 말이야. 그런데 왜 그렇게 욕을 하지?"

"물론 저쪽이 옳았지요. 그러니까 욕을 하게 되지요."

"만약 저쪽이 잘못했다면 어떻게 하겠어?"

"역시 욕을 하겠지요."

"자네는 세상사를 무사태평하게 생각하는 것 같군."

"그렇게 욕하는 게 아닌데 그랬나 보죠" 하고 운전사는 변명을 하고는 포슈 거리로 꾸부러졌다. "그렇게 놀라실 것은 없습니다."

"놀라지는 않아. 그러나 네거리에서는 좀 더 천천히 몰게."

"그럴 생각이었죠. 하지만 재수 없게 길에 기름이 흘러 있었던 거예요. 그런데 손님은 제게 묻기만 하고 어째서 대답을 들으려고는 않습니까?"

"피곤해서 그래." 라비크는 신경질을 내며 대답했다. "밤이라서 그래. 그리고 우리는 알 수 없는 바람에 나부끼는 불꽃 같은 것이기 때문이라고 해도 좋아. 어쨌든 차나 몰게."

"그러시다면 문제가 다릅니다." 운전사는 모자에다 손을 갖다 대고 약간 경의를 표했다. "그렇다면 저도 알 수 있죠."

"그건 그렇고" 하고 의심스런 생각이 들어서 라비크는 물었다. "자네는 러시아 사람인가?"

"아닙니다. 하지만 손님을 기다리는 동안에 여러 가지를 읽지요."

오늘은 러시아 사람과는 인연이 없다고 라비크는 생각했다. 그러고는 머리를 뒤에다 기댔다. 커피를 마셔야겠다. 아주 뜨거운 블랙커피가 충분히 있었으면 좋겠는데. 절대로 손이 떨려서는 안 되지. 만약에 떨린다면, 베베르 녀석에게 주사를 한 대 놓아달라고 해야지. 그러나 괜찮겠지. 그는 차창 유리를 내리고 축축한 공기를 천천히 깊이 들이마셨다.

2

자그마한 수술실은 대낮같이 밝게 불이 켜져 있었다. 마치 위생적인 도살장처럼 보였다. 피 묻은 솜이 담긴 양동이가 여기저기 놓여 있었다. 붕대와 솜방망이가 잔뜩 흩어져 있었다. 붉은 핏빛이 온통 주위를 둘러싼 흰빛에 대해서 큰 소리로 항의를 하고 있는 것 같았다. 베베르는 부속실에서 에나멜을 칠한 강철 탁자에 앉아 노트를 하고 있었다. 간호사는 수술 기구를 끓이고 있었다. 물은 펄펄 끓어오르고, 전등은 직직 소리를 내는 것 같았다. 다만 수술대에 놓인 육체만이 완전히 홀로 격리되어 누워 있었다. 이제는 그것과 상관되는 것이 아무것도 없었다.

라비크는 비눗물로 손을 씻기 시작했다. 마치 껍질이라도 벗기려는 듯이 몹시 거칠게 씻었다. "빌어먹을!" 하고 그는 혼자 중얼거렸다. "제기랄, 빌어먹을!"

간호사는 언짢은 얼굴로 그를 쳐다보았다. 베베르가 슬쩍 얼굴을 들었다. "참아요, 외젠, 외과 의사는 누구나 욕지거릴 해. 더구나 무엇이 잘못되었을 때는 말이야. 익숙해져야 해요."

간호사는 수술 기구를 한 줌 듬뿍 집어 끓는 물에 던져 넣었다. "페리에 교수님은 한 번도 욕지거리를 한 적이 없어요. 그래도 사람만 잘 살려내시던데요" 하고 그녀는 기분이 상한 듯 변명했다.

"페리에 교수는 뇌 수술 전문가야. 솜씨가 훌륭하고 노련한 분이지, 외젠. 우리는 배를 째는 거야. 그것과는 사정이 달라." 베베르는 장부를 탁 덮고 일어섰다. "자네는 훌륭하게 해냈네, 라비크. 하지만 돌팔이 의사한테 걸려서야 어쩔 수가 없지."

"아니지, 어떻게 할 수 없는 것도 아니야." 라비크는 손을 닦고 담배에 불을 붙였다.

간호사는 침묵 항의를 하듯 창문을 열었다.

"외젠이 최고야" 하고 베베르는 추어올렸다. "언제나 규칙을 엄수한단 말씀이지."

"제게는 책임이 있어요. 바람에 날려가고 싶지는 않아요."

"정말 훌륭하군, 외젠. 그래서 안심이 됐어."

"세상에는 책임을 지지 않는 사람도 있어요. 그리고 지고 싶어 하지 않는 사람도요."

"자네를 두고 하는 말이야, 라비크." 베베르는 소리 내어 웃었다. "우린 슬슬 사라지는 게 좋겠어. 아침이 되면 외젠이 언제나 시비조거든. 여기 있어봤자 이젠 별수도 없지."

라비크는 주위를 둘러보았다. 그리고 직무에 충실한 간호사를 쳐다보았다. 간호사는 두려움 없이 마주 쳐다보았다. 니켈 테 안경이 그녀의 차가운 얼굴을 무엇인가 불가침의 것으로 보이게 하고 있었다. 그녀도 그와 마찬가지로 인간임에 틀림없다. 그런데 그에게는 목석보다도 더 인연이 없는 것처럼 보였다. "실례했소" 하고 그는 말했다. "당신 말이 옳아요."

흰 수술대에는 두서너 시간 전만 해도 희망하고, 숨 쉬고, 고민하고, 생명에 떨고 하던 존재가 누워 있었다. 지금은 아무런 감각도 없는 시체 한 구에 지나지 않는다……. 이윽고 지금까지 한 번도 과실을 범한 적이 없다는 것을 자랑으로 여기며 간호사 외젠이라고 불리는 자동인형이 그것을 덮어 씌우고는 수레에 싣고 가버렸다. 이런 치들은 언제까지나 오래 산다고 라비크는 생각했다. 빛은 이런 치들, 이런 목석같은 영혼을 사랑하지 않는다. 그러므로 이런 치들의 일은 잊어버리고, 언제까지나 오래 살게 내버려두는 것이다.

"그럼 안녕, 외젠" 하고 베베르는 말했다. "오늘은 푹 자도록 해요."

"안녕히 가세요, 닥터 베베르. 감사합니다."

"잘 있어요." 라비크는 말했다. "욕지거리를 해서 미안해요."

"안녕히 가십시오." 하고 외젠은 여전히 얼음같이 싸늘한 태도로 대답했다.

베베르는 빙긋이 웃었다. "판에 박은 듯한 성격이군."

바깥은 회색으로 날이 새고 있었다. 쓰레기차가 거리를 덜거덕거리며 달려갔다. 베베르는 외투 깃을 세웠다. "고약한 날씨군. 자동차로 같이 가지, 라비크?"

"아니, 괜찮아. 걸어가겠네."

"날씨가 이런데? 데려다줄게. 그다지 돌아가는 길도 아니니까 말이야."

라비크는 고개를 저었다. "괜찮아, 베베르."

베베르는 살피듯이 그를 쳐다보았다. "자기 수술로 사람이 하나 죽었다고 해서 언제까지나 흥분하고 있다니, 우습지 않나. 15년이나 하고 있는 일이 아닌가. 이제는 어지간히 익숙해졌을 텐데."

"아무렴, 익숙해졌지. 흥분하고 있지는 않네."

베베르는 딱 바라진, 뚱뚱한 몸으로 라비크 앞에 서 있었다. 그의 큼직한 둥근 얼굴은 노르망디의 사과처럼 반질반질했다. 짧게 깎은 검은 콧수염은 비에 젖어 반짝이고 있었다. 길 모퉁이에 세워 둔 뷔크 차도 번쩍이고 있었다. 베베르는 곧 그것을 타고 유쾌하게 집으로 돌아가겠지. 깔끔하고 윤기 흐르는 아내와, 역시 깔끔하고 윤기가 흐르는 두 아이, 그리고 조촐하고 윤기 흐르는 생활이 기다리고 있는 교외의 장밋빛 인형의 집으로. 바야흐로 메스를 넣어, 가늘고 빨간 핏줄기가 가볍게 누르는 메스의 뒤를 따라 솟아오를 때의 숨막히는 긴장을 어떻게 그에게 설명할 수가 있으랴. 육체는 클립과 집게 밑에서, 몇 겹으로 겹친 장막처럼 열려, 한 번도 빛을 본 적이 없는 기관이 노출되는 것이다. 밀림 속의 사냥꾼처럼 발자국을 밟아 가면, 파괴된 조직, 혹, 굳은살, 균열 속에서 돌연 거대한 맹수, 죽음과 부딪친다. 격투가 시작된다. 침묵의 미친 듯한 투쟁. 무기라고는 오직 가느다란 메스와 바늘 한 개, 그리고 무한히 정확한 솜씨밖에 없다. 그때 극도로 긴장한 눈이 부시는 하얀 육체를 스치고, 갑자기 어두운 그림자가 핏속에 어린다. 메스의 칼날을 무디게, 바늘을 무르게, 손을 지치게 하는 듯한 장엄한 조소, 그러면 그 눈에 보이지 않는 불가사의한 것, 맥박 치는 생명이 인간의 무력한 손에서 홀연히 물러나서 부서지고, 손이 닿지도 않고 붙잡아 둘 수도 없는 무서운 암흑의 소용돌이 속으로 빨려들어가 버린다. 바로 직전까지만 해도 숨을 쉬고 자기라는 존재와 이름을 가지고 있던 얼굴은 굳어버린 이름 없는 마스크로 변한다. 저 무의미한, 제어할 수 없는 무력, 그것이 어떠한 것인지를 어떻게 설명할 수 있으랴. 그리고 또 설명할 무엇이 있단 말인가?

라비크는 담배를 다시 한 대 피워 물었다. "스물한 살이었어" 하고 그는 말했다.

베베르는 손수건으로 콧수염의 반짝이는 빗방울을 닦았다. "자네는 멋지게 잘했어. 난 어림도 없는 일이야. 돌팔이 의사가 완전히 망쳐놓은 걸 살리지 못했다고 해서, 자네가 신경 쓸 것은 없지. 그렇게라도 생각하지 않는다면, 우리는 어떻게 되겠나?" 베베르는 손수건을 집어넣었다. "지금까지 많이 해왔으니까, 이제는 신경도 어지간히 둔해졌을 텐데 말이야."

라비크는 약간 비아냥거리는 눈초리로 그를 쳐다보았다. "아무래도 그렇게는 되지 않아. 다만 여러 가지 일에 습관이 될 뿐이지."

"내 말이 그 말이야."

"알겠어. 그런데 습관이 될 수 없는 일도 많지. 그런 것은 알아내기가 어려워. 커피 때문이라고나 해둘까. 사실 내 머리가 이렇게 말짱한 건 커피 때문인지도 몰라. 그래서 그걸 흥분과 혼동한단 말이야."

"커피는 좋았지, 안 그래?"

"아주 좋았어."

"난 커피 끓이는 법을 알고 있지. 어쩌면 자네가 커피를 찾을 것 같아서, 내가 손수 끓였어. 외젠이 늘 끓여 내는 그 시커먼 물과는 달랐을 텐데?"

"전혀 비교가 안 되지. 커피를 끓이는 데는 자네가 대가란 말이야."

베베르는 차에 올라탔다. 그러고는 발동을 걸고서 창으로 몸을 내밀었다. "태워다 주면 안될까. 몹시 피곤할 텐데."

꼭 물범 같다고 라비크는 멍하니 생각했다. 건강한 물범 같다. 하지만 그것이 어쨌단 말인가. 왜 또 이런 것이 문득 머리에 떠올랐을까? 어째서 나는 늘 한꺼번에 여러 가지를 생각하는 것일까? "아니, 피곤하지 않아" 하고 그는 말했다. "커피 덕택에 정신이 났어. 푹 자게나, 베베르."

베베르는 웃었다. 검은 콧수염 밑에서 이가 하얗게 반짝였다. "이제는 잘 수도 없어. 정원이나 손질해야지. 튤립과 수선화를 심어야 해."

튤립과 수선화라, 하고 라비크는 생각했다. 깨끗한 자갈을 깐 오솔길이 있는 반듯하게 구분된 화단. 튤립과 수선화. 분홍과 황금빛 봄의 폭풍. "잘 가게, 베베르" 하고 그는 말했다. "뒷일을 잘 부탁하네."

"물론이지. 저녁에 전화를 걸겠네. 사례금이 적어서 안됐네. 사례금이라고 할 수도 없지. 그 애는 가난한 데다가 친척도 없는 모양이야. 나중에 알아보겠네만."

라비크는 손짓으로 그것을 거부했다.

"그 애는 외젠에게 1백 프랑을 내놓았어. 그것이 전 재산인 모양이야. 그러니 자네 몫은 25프랑이란 계산이 돼."

"됐네, 됐어." 라비크는 신경질적으로 말했다. "그럼 다시 만나세."

"잘 가게. 그럼 내일 아침 8시에."

라비크는 로리스통 가를 천천히 걸어갔다. 지금이 여름이라면 아침 햇살을 받으며 불로뉴의 숲 벤치에 앉아 아무 생각 없이 물속을 들여다보거나 싱싱한 나무들을 바라보며 긴장이 풀리기를 기다릴 텐데. 그러고는 호텔로 차를 달려 침대에 기어들 텐데.

그는 보아세르 가 모퉁이에 있는 술집으로 들어갔다. 노동자와 트럭 운전사 서너 명이 바에 기대 있었다. 그들은 뜨거운 블랙커피에 브리오슈를 적셔서 먹고 마시고 있었다. 라비크는 잠시 동안 그들을 바라보았다. 저것이 확실하고 단순한 생활이다. 두 손으로 움켜쥐고 차근차근 쌓아올리는 생활이다. 저녁이 되면 지쳐서 먹고는 계집과 함께 꿈도 꾸지 않고 곯아떨어진다. "키르슈 한 잔" 하고 그는 말했다.

죽은 처녀는 오른쪽 발목에 가느다란 싸구려 가짜 금 사슬을 차고 있었지. 젊고 감상적이며 취미를 모르는 나이라야만 할 수 있는 철없는 장난이다. 사슬에 붙은 조그만 딱지에는 '영원한 샤를'이라고 새겨져 있었다. 사슬은 떼어낼 수가 없도록 발목에 매여 있었다. 센강 가 숲속의 일요일, 사랑의 불장난과 철없는 청춘, 뉘이이 근처의 자그마한 보석상, 다락방에서의 9월의 밤, 이런 것을 이야기하고 있었다. 그러다가 갑자기 사내의 외박이 시작되고, 기다리다 지치면 걱정으로 변한다. 영원한 샤를은 두 번 다시 나타나

26

지 않는다. 그래서 결국 친구가 가르쳐준 어딘가의 산파, 방수포를 씌운 탁자, 찢어지는 듯한 아픔, 피, 피, 늙은 여자의 당황한 얼굴, 귀찮은 것을 떼어버리려고 황급히 택시로 밀어 넣는 사람의 팔, 남의 눈을 피하는 상심의 나날, 결국에는 차를 타고 병원으로, 불덩이같이 뜨겁고 땀에 젖은 손에 꾸겨 쥔 마지막 백 프랑, 그러나 이미 때는 늦었다.

라디오가 소리를 지르기 시작했다. 탱고 곡에 맞추어 콧소리로 시시하기 짝이 없는 노래를 부른다. 라비크는 어느덧 머릿속에서 아까 했던 수술을 처음부터 끝까지 순서대로 더듬고 있었다. 하나하나 검토해보았다. 적어도 두 시간만 빨랐더라면 살릴 수가 있었을지 모른다. 베베르는 전화를 걸었지만 나는 호텔에 없었다. 내가 알마교 근방을 서성거렸기 때문에 처녀는 죽지 않을 수 없었던 것이다. 베베르는 그런 수술을 혼자서는 해낼 수 없다. 우연히 저지른 어리석은 일. 금 사슬을 찬 발은 맥이 빠져 안으로 굽어 있었다. "내 배를 타실 것을, 둥근 달이 빛난다" 하고 낮은 음성의 테너가 꽥꽥 노래를 부르고 있었다. 라비크는 계산을 하고 나왔다. 밖에서 택시를 잡았다. "오시리스로 갑시다."

'오시리스'는 어마어마한 이집트식 바가 있는 대규모 중류 창가(娼家)다.
"막 끝났습니다" 하고 수위가 말했다. "아무도 없습니다."
"아무도 없다고?"
"마담 롤랑드가 계실 뿐입니다. 여자들은 다 돌아갔지요."
"알았네."
수위는 못마땅한 듯 오버슈즈로 보도를 짓밟았다. "택시를 왜 대기시키지 않으세요? 나중에는 잡기가 어려울 텐데요. 우리 집은 이제 끝났습니다."
"그 말은 벌써 들었어. 틀림없이 다른 차를 잡을 수 있을 거야."
라비크는 담배 한 갑을 수위의 호주머니에 찔러 넣고 작은 문을 열었다.

휴대품 보관소를 지나서 넓은 홀로 들어섰다. 바는 텅 비어 있었다. 쏟아져서 괸 술, 뒤집힌 의자, 바닥에 널린 담배꽁초, 담배 냄새, 달콤한 향수 냄새, 사람의 살냄새……. 소시민적 주연이 끝난 뒤 흔히 볼 수 있는 광경이었다.

"롤랑드" 하고 라비크는 불렀다.

그녀는 핑크색 비단 내의가 놓인 탁자 앞에 서 있었다. "라비크" 하고 그녀는 별로 놀라는 기색도 없이 말했다. "늦었군요. 뭐가 필요하죠? 아가씨? 아니면 마실 것? 또는 둘 다?"

"보드카를 줘, 폴란드 걸로."

롤랑드는 병과 잔을 가져왔다. "직접 따라 드세요. 전 세탁물을 가려서 적어두는 일이 남아 있어서요. 차가 곧 와요. 하나하나 적어두지 않으면 그놈들은 마치 까치 떼가 채가듯이 다 훔쳐가고 마니까요. 운전사가 말이에요, 계집들에게 선사하려고."

라비크는 고개를 끄덕였다. "음악을 틀어줘, 롤랑드. 소리를 크게 해서."

"알았어요."

롤랑드는 스위치를 넣었다. 팀파니와 타악기 소리가 천장이 높고 텅 빈 홀에 우레처럼 울려 퍼졌다. "소리가 너무 큰가요, 라비크?"

"아니."

너무 크다? 무엇이 너무 크단 말인가? 오히려 너무 조용하다. 너무 조용해서 마치 진공의 방 안에서처럼 몸이 파열해버릴 것 같다.

"겨우 끝났어요." 롤랑드는 라비크의 탁자로 다가왔다. 그녀는 살집 좋은 몸매에 환한 얼굴과 차분한 검은 눈을 하고 있었다. 그녀가 입고 있는 청교도적인 검은 복장이 그녀를 자못 지배인답게 보이도록 해주었다. 그리고 여느 발가벗은 창녀들과 구분하고 있었다.

"같이 한잔하지, 롤랑드."

"그러지요."

라비크는 바에서 잔을 하나 들고 와서 따라주었다. 반 잔쯤 따랐을 때 롤랑드는 병을 밀었다. "그만, 더는 못 마셔요."

"반만 따른 술잔은 보기 흉해요. 못 마시겠으면 남기면 돼."

"왜요? 그건 낭비예요."

라비크는 흘끗 쳐다보았다. 그리고 믿음직스럽고 이지적인 얼굴을 보고는 웃었다. "낭비라고! 상식적인 프랑스 사람다운 걱정이군. 뭣 때문에 절약을 하지? 자신은 절약 따위 조금도 안 하고 있으면서 말이야."

"그건 장사니까 그렇죠. 이것과는 달라요."

라비크는 소리 내어 웃었다. "그럼 그런 의미에서 축배를 듭시다! 상도덕이 없다면 이 세상은 어떻게 될까! 범죄자와 이상주의자, 그리고 게으름뱅이로 가득 찰 거야."

"당신, 계집애가 필요하군요" 하고 롤랑드는 말했다. "키키를 불러드릴까요? 참 좋은 아이예요. 스물한 살이죠."

"그래, 역시 스물하나군. 하지만 오늘은 필요 없어." 라비크는 다시 잔을 가득 채웠다. "그런데 롤랑드, 당신은 잠들기 전에 대체 무슨 생각을 하지?"

"대개는 아무 생각도 하지 않아요. 너무 지쳐 있으니까요."

"그럼 지치지 않았을 때는?"

"투르 생각을 해요."

"왜?"

"거기 가게가 딸린 우리 숙모님 집이 있어요. 제가 그 집을 이중저당으로 잡아두었는데, 숙모가 세상을 떠나면, 벌써 일흔여섯이거든요, 제 것이 되지요. 그렇게 되면 그 가게를 카페로 만들까 해요. 밝은 꽃무늬 벽지를 바르고, 피아노와 바이올린과 첼로의 3인조 악단을 두고, 아담하고 멋진 바를 만들겠어요. 우선 장소가 좋거든요. 9천5백 프랑이면 시설이 될 것 같아요. 커튼과 조명 시설까지 해서요. 그리고 처음 두서너 달 몫으로 5천 프랑을 따로 준비하겠어요. 2층과 3층에선 물론 집세가 들어오지요. 제가 하는 생각은 그런 거예요."

"투르에서 태어났나?"

"그래요. 하지만 그 뒤로 제가 어디서 살았는지는 아무도 몰라요. 그리고 장사만 잘되면 아무도 그런 건 안 따질 거예요. 돈이 모든 것을 가려주게 마련이니까요."

"다 그렇지는 않겠지만, 여러 가지를 감추어주지."

라비크는 눈꺼풀이 무거워지며 말이 점점 느려졌다. "이만하면 충분한 것 같군" 하고 그는 호주머니에서 지폐를 두서너 장 꺼냈다. "롤랑드, 투르에 가면 결혼하게 되나?"

"곧 하지는 않아요. 2, 3년 지나서 하겠어요. 거기 남자 친구가 있어요."

"가끔 찾아가나?"

"드물어요. 가끔 편지가 와요. 물론 다른 주소로요. 그 사람은 결혼을 했지만, 부인은 병원에 입원해 있어요. 폐병이에요. 고작해야 1년이라고 의사들이 다 그런대요. 그러면 그 사람은 자유로워져요."

라비크는 일어섰다. "롤랑드, 당신의 행운을 빌겠어. 당신은 건전한 상식의 소유자야."

그녀는 별로 언짢게 생각하지 않고 웃었다. 그의 말이 옳다고 생각한 것이다. 그녀의 밝은 얼굴에는 피로의 흔적이 전혀 없다. 이제 막 잠에서 깨어난 듯 싱싱하다. 자기가 바라는 바를 똑똑히 알고 있다. 그녀에게는 인생에 아무런 비밀도 없다.

바깥은 아침이 환히 밝아 있었다. 비는 그쳤다. 공중변소가 포탑처럼 거리 모퉁이마다 서 있었다. 문지기는 사라졌고, 밤은 물러갔으며, 하루가 시작되고 있었다. 바쁜 사람들의 무리가 지하철 입구로 구름같이 밀려들고 있었다. 그것은 마치 대지에 뚫린 구멍 같았고, 사람들은 암흑 신의 제물이 되려고 그 구멍으로 뛰어드는 것처럼 보였다.

여인은 소파에서 벌떡 일어났다. 그러나 소리를 지르지는 않았다. 다만 나직하고 억제하는 듯한 소리를 내며 벌떡 몸을 일으켜 팔꿈치에 의지하고는 잔뜩 움츠렸다.

"걱정 마세요, 걱정 마세요" 하고 라비크는 말했다. "나요. 두어 시간 전에 당신을 여기 데려온 사람이오."

여인은 다시 숨을 내쉬었다. 라비크는 여인이 어렴풋하게 보일 뿐이었다. 전등은 창에서 새어드는 아침 햇살과 뒤섞여 노란빛이 어린 창백하고 병적인 빛을 내고 있었다. "이젠 이걸 꺼도 괜찮겠죠" 하고 그는 스위치를 돌렸다.

그는 취기로 해서 다시 관자놀이에 가벼운 망치질이 계속되는 것을 느꼈다. "아침 식사를 하겠소?" 하고 그는 물었다. 그는 여인의 일을 까맣게 잊고 있었다. 그리고 열쇠를 손에 들었을 때 틀림없이 가고 없으리라고 생각했다. 그렇다면 천만다행이다. 술도 충분히 마셨다. 의식 배경도 달라져 있다. 짤랑대던 시간의 쇠사슬은 토막토막 끊기고, 기억과 꿈이 두려움 없이 강하게 그를 둘러싸고 있었다. 그는 혼자 있고 싶었다.

"커피를 마시겠소?" 하고 그는 물었다. "이 집에서 좋은 것이라곤 커피밖에 없어요."

여인은 고개를 저었다. 그는 여인을 더 유심히 쳐다보았다.

"왜 그러시오? 누가 여기에 왔었나요?"

"아뇨."

"그렇지만 무슨 일이 있었던 것 같아. 당신은 나를 마치 귀신이라도 대하듯 보고 있으니 말이오."

여인은 입술을 움직였다. 이윽고 "냄새가……"라고 말했다.

"냄새가?" 하고 라비크는 까닭을 몰라 되풀이했다. "보드카는 냄새가 나지 않아요. 키르슈도, 브랜디도 냄새는 없어요. 담배는 당신도 피우지 않소? 대체 뭐가 그렇게 무서운 거요?"

"그게 아녜요……."

"그럼 대체 무엇이오?"

"똑같은…… 그것과 똑같은 냄새……."

"아, 에테르 때문인지도 모르겠군" 하고 라비크는 문득 생각이 나서 말했다. "에테르 냄새 말인가요?"

여인은 고개를 끄덕였다.

"당신은 언제 수술을 받은 적이 있나요?"

"아뇨…… 저……."

라비크는 더 들으려 하지 않았다. 그는 창문을 열었다. "곧 사라져버립니다. 그동안 담배나 피우시죠."

그는 욕실로 들어가서 수도꼭지를 틀었다. 그리고 거울에 비친 자신의 얼굴을 보았다. 두세 시간 전에도 똑같이 여기 서 있었다. 그 사이에 사람 하나가 죽어간 것이다. 그런 것은 문제가 아니다. 1분마다 몇천 명이 죽어간다. 통계가 나와 있다. 문제가 되지 않는다. 그러나 죽어가는 인간에게는 그것이 전부이며, 여전히 회전하고 있는 온 세계보다도 중대한 일이다.

그는 욕조 가장자리에 걸터앉아 신을 벗었다. 언제나 마찬가지였다. 여러 가지 일과 그것들의 말 없는 강요, 평범한 예삿일, 도깨비불같이 사람을 호리는 변화 유전 속의 맥 빠진 습관. 사랑의 물결이 밀려오는 꽃피는 마음의 기슭. 그러나 시인이건 반신(半神)이건 백치이건 간에 두세 시간마다 자기 천국에서 불려 내려와서 오줌을 누어야 한다. 이것은 어쩔 수 없는 것이 아닌가! 자연의 아이러니다. 선(腺)의 반사작용과 소화 운동 위에 떠 있는 로맨틱한 무지개다. 황홀의 기관이 동시에 배설의 기관일 수 있도록 악마가 마련해놓은 것이다. 라비크는 신을 구석에다 벗어 던졌다. 옷을 벗는다는 불쾌하기 짝이 없는 습관! 이것조차 그만둘 수가 없다! 이것은 혼자 사는 자가 아니면 이해할 수 없었다. 그것은 저주받은 인종과 체념이다. 그것이 싫어서 옷을 입은 채로 아무렇게나 잔 적도 한두 번이 아니다. 그러나 기간을 연기시켰을 뿐, 거기서 빠져나갈 수는 없다.

그는 샤워기를 틀었다. 차가운 물이 피부로 흘러내렸다. 그는 깊이 숨을 쉬고는 몸을 닦았다. 가벼운 위안이다. 물, 호흡, 밤에 내리는 비, 그 또한 혼자 사는 자만이 알 수 있는 것이다. 시원한 피부, 피는 어두운 혈관을 더욱 가볍게 돌아다닌다. 풀밭에 눕는다. 자작나무, 여름철의 흰 구름, 청춘의 하늘. 마음의 모험은 어디로 가버렸나? 생존을 위한 어두운 모험 때문에 맞아 죽은 것이다.

그는 방으로 돌아왔다. 여인은 담요로 몸을 폭 싸고 소파 한구석에 쪼그리고 앉아 있었다.

"추워요?" 하고 그는 물었다.

그녀는 고개를 저었다.

"겁이 나요?"

그녀는 고개를 끄덕였다.

"내가?"

"아뇨."

"바깥이?"

"네."

라비크는 창문을 닫았다.

"고마워요" 하고 그녀는 말했다.

그는 눈앞에 있는 여인의 목덜미를 보았다. 양쪽 어깨. 무엇인가 숨을 쉬고 있는 것. 낯선 생명의 한 조각. 그러나 생명임에는 틀림이 없다. 따스

함이 있는 것이다. 굳어버린 시체는 아니다. 얼마간 따스함을 주는 것 말고
남에게 무엇을 줄 수 있단 말인가? 그 이상 무엇이 있단 말인가? 여인은 몸
을 움직였다. 떨고 있었다. 그는 파도가 물러가는 것을 느꼈다. 짙은 냉기가
무게도 없이 솟아오른다. 긴장은 끝이 났다. 그의 앞에는 넓은 공간이 전개
된다. 마치 다른 천체에서 하룻밤을 지내고 지금 막 돌아온 듯한 느낌이다.
갑자기 모든 것이 간단명료해진다. 아침, 여자…… 이 이상 더 생각할 것은
이제 하나도 없다.

"이리 와요" 하고 그는 말했다.

여자는 눈을 크게 뜨고 빤히 쳐다보았다.

"이리 와요" 하고 그는 짜증을 내듯이 말했다.

3

그는 눈을 떴다. 누군가가 자기를 지켜보는 것 같아서 눈을 떴다. 여인은 옷을 입고 소파에 앉아 있었다. 그러나 그를 보고 있지는 않고, 창밖을 내다보고 있었다. 잠을 깨면 이미 가고 없으리라고 생각했는데, 여인이 아직도 있는 것을 보자 귀찮아졌다. 아침에 다른 사람이 옆에 있는 것은 성가신 일이었다.

그는 다시 한잠 잘까 생각했다. 그러나 그녀가 자기를 지켜보리란 생각을 하니 내키지 않았다. 그는 곧 여인을 떼어버리기로 작정했다. 돈을 받으려고 기다렸다면 간단하다. 그렇지 않더라도 어떻든 간단한 일이다. 그는 몸을 일으켰다.

"일어난 지 한참 되었소?"

여인은 깜짝 놀라 그를 보았다. "더 잘 수가 없었어요. 저 때문에 깼다면 죄송해요."

"당신 때문에 잠이 깬 것은 아니오."

그녀는 일어섰다. "돌아가려고 했는데, 어째서 아직도 여기 앉아 있는지 저도 모르겠어요."

"기다려요, 곧 끝낼 테니까. 아침을 먹어야죠. 이 호텔의 유명한 커피를 말이오. 그만한 시간은 둘 다 있겠지."

그는 일어나서 벨을 눌렀다. 그리고 욕실로 들어갔다. 여인이 욕실을 사용했다는 것을 알 수 있었다. 그러나 모든 것이, 사용한 수건까지도 말끔히 정돈되어 있었다. 이를 닦고 있는데 하녀가 아침 식사를 날라 오는 소리가 들렸다. 그는 서둘렀다.

"어색했소?" 하고 그는 욕실을 나오면서 물었다.

"뭐가요?"

"하녀가 보게 되어서. 미처 생각을 못 했소."

"아뇨, 하녀도 놀라지 않았어요."

여인은 쟁반을 보았다. 라비크는 아무 말도 하지 않았는데 식사는 두 사람분이었다.

"물론이오, 여기는 파리니까. 자, 커피를 들어요. 머리가 아픈가요?"

"아뇨."

"다행이오. 난 조금 아프군. 하지만 한 시간만 지나면 괜찮을 거요. 자, 브리오슈를 하나 들어요."

"전 못 먹겠어요."

"아니, 먹을 수 있을 거요. 먹을 수 없다고 생각하고 있을 뿐이죠. 한번 먹어봐요."

그녀는 브리오슈를 집었다. 그러나 도로 놓았다. "정말 못 먹겠어요."

"그럼 커피를 마시고 담배나 피워요. 그것이 군인들의 조반이란 거요."

"네."

라비크는 먹었다.

"여전히 배가 고프지 않단 말이오?" 잠시 후에 라비크가 물었다.

"네."

여인은 피우던 담배를 껐다. "전 아무래도……" 하고 말을 꺼내다가 입을 다물었다.

"뭐요?" 라비크는 흥미 없는 듯이 물었다.

"이제 돌아가야겠어요."

"길을 알겠소? 여긴 와그람 근처인데."

"모르겠어요."

"어디에 살고 있소?"

"베르당 호텔에요."

"거기라면 여기서 몇 분 안 걸려요. 밖에 나가서 가르쳐드리지. 어쨌든 수위가 있는 곳은 내가 데리고 지나가야 할 테니까."

"네……. 그런데 그것이 아니고……."

그녀는 다시 입을 다물었다.

돈 이야기구나, 하고 라비크는 생각했다. 언제나 돈이지. "곤란하다면 어떻게 해드릴 수 있지요." 그는 호주머니에서 지갑을 꺼냈다.

"그만둬요! 무슨 뜻이죠?" 하고 그녀는 거칠게 말했다.

"아무것도 아니오" 하고 라비크는 지갑을 다시 집어넣었다.

"죄송해요……." 여인은 일어섰다. "당신은…… 전 당신에게 감사를 드려야 해요……. 아무도…… 밤에…… 혼자서 어떻게 해야 좋을지……."

간밤에 있었던 일이 떠올랐다. 만약 여인이 자기에게 무슨 요구라도 했다면 우습게 생각했을 것이다. 그러나 설마 고맙다는 인사를 하리라고는 생각하지 못했다. 요구당하는 것보다도 더 어색했다.

"전 정말이지 어떻게 해야 좋을지 몰랐을 거예요" 하고 여인은 말했다. 그러고는 결심이 서지 않는 듯 그의 앞에 그대로 서 있었다.

이 여자는 왜 나가지 않을까, 하고 그는 생각했다. "그러나 이젠 알겠지요…….” 가만히 있을 수도 없어서 그는 말했다.

“모르겠어요.” 그녀는 똑바로 그를 쳐다보았다. “아직도 모르겠어요. 어떻게 해야 한다는 것은 알고 있지만요. 그리고 아무래도 저는 도망칠 수 없다는 것도요.”

“그 정도만으로도 제법이오.” 라비크는 외투를 집어 들었다. “지금 아래까지 바래다 드리지.”

“그러실 필요 없어요. 좀 가르쳐만 주세요…….” 여인은 할 말을 찾으면서 망설였다. “아마 당신은 알고 계실 거예요……. 어떻게 하면 좋을지…….
만약…….”

“만약?” 라비크는 잠시 후에 말했다.

“만약 사람이 죽었다면” 하고 여인은 느닷없이 말하고 그대로 주저앉아 버렸다. 그러고는 울기 시작했다. 흐느끼지는 않았다. 거의 소리도 내지 않고 울 뿐이었다.

라비크는 여자가 진정하기를 기다렸다.

“누가 죽었소?”

여자는 고개를 끄덕였다.

“어제저녁에?”

여자는 다시 고개를 끄덕였다.

“당신이 그 남자를 죽였소?”

여인은 그를 빤히 쳐다보았다. “뭐라고요? 뭐라고 하셨지요?”

“당신이 죽였소? 어떻게 하면 좋을지 내게 묻고 싶다면 이야기를 해줘야 할 것 아니오.”

“그이는 죽었어요!” 하고 여인은 소리쳤다. “갑자기…….”

여인은 두 손으로 얼굴을 가렸다.

“병을 앓고 있었소?”

"네……."

"의사에게 보였소?"

"네……. 하지만 그이는 병원에 가기를 싫어했어요."

"어제 그 의사가 왔었소?"

"아뇨, 사흘 전에 왔었어요. 그이는 의사를…… 의사에게 욕지거리를 하고, 다시는 치료를 받으려고 하지 않았어요."

"그럼 그 뒤로는 다른 의사를 부르지 않았소?"

"아는 의사가 있어야죠. 여기 온 지 겨우 3주밖에 안 됐어요. 그 의사는 보이가 불러주었어요……. 그런데 그이는 필요 없다고 했다고 했어요……. 그이는 의사에게 보이지 않는 편이 더 잘 낫는다고 했어요……."

"무슨 병이었소?"

"모르겠어요. 의사는 폐렴이라고 했지만……. 그런데 그이는 의사가 하는 말을 믿지 않았어요……. 의사들은 모두 사기꾼이라는 거예요……. 어제는 좀 차도가 있었는데. 그런데 갑자기……."

"왜 병원으로 데리고 가지 않았소?"

"그이가 가려고 하지 않았어요……. 그이는…… 저…… 자기가 없는 동안 내가 배반할 거라고…… 그이는…… 당신은 그이를 몰라요. 어쩔 수 없었어요."

"아직 호텔에 있단 말이오?"

"네."

"호텔 주인에게는 이야기를 했소?"

"아뇨. 갑자기 그이가 조용해지고…… 모든 것이 조용해지고…… 그리고 그이 눈이…… 저는 더 참을 수가 없어서 도망쳐 나왔어요."

라비크는 어젯밤 일을 생각해보았다. 난처하게 됐다고 잠시 생각했다. 그러나 일은 이미 일어났고, 큰 문제는 아니다. 그에게도 그렇지만, 여인에게도. 특히 여인에게는 그렇다. 어젯밤 일은 그녀에게 사실 아무것도 아니다. 단 한 가지 중요한 점은 그녀가 이것을 극복하는 일이다. 인생이란 감상적 비유 이상의 것이다. 라비크는 자기 아내가 죽었다는 소식을 들은 날 밤, 창녀의 방에서 지냈다. 창녀들이 그를 구해준 것이다. 목사였다면 그를 도와서 극복시킬 수 없었으리라. 알 만한 사람은 알 수 있다. 거기에 대한 설명은 하려 해도 할 수 없다. 그러나 어쨌든 책임은 없을 수가 없었다.

그는 외투를 집어 들었다. "갑시다! 같이 가드리지. 그 사람은 당신 남편이었소?"

"아뇨" 하고 여인은 말했다.

베르당 호텔의 주인은 뚱뚱보였다. 머리카락은 하나도 없었지만, 그 대신 검게 물들인 콧수염과 시커먼 눈썹이 촘촘히 나 있었다. 그는 로비에 버티고 서 있었다. 그 뒤로는 보이와 하녀, 그리고 가슴이 납작한 여자 경리가 있었다. 주인은 이미 전부 다 알고 있는 것 같았다. 여인이 들어서는 것을 보자 대뜸 욕부터 하기 시작했다. 파랗게 질린 얼굴로 통통한 작은 손을 휘두르며 분노와 격앙, 그리고 라비크가 보건대 안도감도 뒤섞여 마구 떠들어댔다. 주인이 경찰이니, 외국인이니, 혐의니, 감옥이니 하고 얘기하자 라비크는 그 말을 가로막았다.

"당신은 프로방스 출신이오?" 하고 라비크는 조용히 물었다.

주인은 얼른 입을 다물었다. "아니요. 그것이 어쨌단 말이오?" 하고 그는 어리벙벙하여 물었다.

"아무것도 아니오" 하고 라비크는 대답했다. "당신 얘기를 막으려고 했을 뿐이오. 그러자면 아무 의미도 없는 질문을 하는 게 제일이지요. 그렇게라도 하지 않으면 한 시간은 더 지껄일 테니까."

"도대체 당신은 누구시오? 무슨 볼일이 있소?"

"이제야 사리에 맞는 말을 하는군요."

주인은 정신을 가다듬었다. "선생은 누구십니까?" 그는 유력한 사람에게는 어떤 경우일지라도 실례를 범해선 안 된다는 조심스러운 태도로 전보다는 조용히 물었다.

"의사요."

주인은 이제 위험할 것은 없다고 느낀 모양이다. "의사 따위는 이제 필요가 없소" 하고 다시 소리를 지르기 시작했다. "경찰이 필요해."

그는 라비크와 여인을 뚫어지게 쳐다보았다. 겁을 집어먹고, 항의하고, 그리고 사정하리라 기대했던 것이다.

"좋은 생각이오. 한데 왜 여태껏 오지 않았지? 그 사람이 죽은 걸 알고 나서 벌써 몇 시간도 더 지나지 않았느냔 말이오."

주인은 아무 대답도 하지 않았다. 점점 더 격앙해서 라비크를 노려볼 뿐이었다.

"내가 그 설명을 해드리지." 라비크는 한 걸음 앞으로 나섰다. "당신은 손님들을 생각해서 문제를 일으키고 싶지 않았던 거요. 그런 이야기를 들으면 많은 손님들이 다른 데로 옮겨가버리거든. 그러나 경찰이 안 올 수는 없지. 법률에 정해져 있으니까. 이 일을 얼버무리는 것이 당신이 해야 할 일이지. 그런데 당신이 걱정한 것은 그게 아니었어. 당신은 모든 걸 당신에게 떠맡기고 도망친 게 아닌가 걱정한 거요. 그러나 그런 걱정은 할 필요가 없어졌소. 그리고 계산 때문에 걱정이었겠죠. 그것은 다 지불하겠소. 그럼 시체를 좀 보여주시오. 그다음에 모든 일을 내가 적당히 처리하겠소."

라비크는 주인 앞을 빠져나갔다. "몇 호실이오?" 그는 여인에게 물었다.

"14호예요."

"당신은 안 와도 돼요. 나 혼자서 할 수 있으니까."

"아녜요, 전 여기 있고 싶지 않아요."

"보지 않는 것이 좋을 텐데."

"하지만 여기 있기는 싫어요."

"그럼 좋아요. 좋도록 하시오."

그것은 길 쪽으로 향한 천장이 낮은 방이었다. 하녀와 수위와 보이 등 몇 사람이 문 앞에 몰려 있었다. 라비크는 그들을 밀치고 들어갔다. 방에는 침대가 둘 있었다. 벽 쪽 침대에 남자 시체가 누워 있었다. 붉은 비단 파자마를 입은 검은 고수머리의 남자 시체는 밀랍으로 만든 인형처럼 누렇게 굳어 있었다. 두 손을 모으고 있었다. 그 옆에 있는 침실용 탁자에는 얼굴에 루주가 묻은, 나무로 만든 자그마한 싸구려 성모상이 놓여 있었다. 라비크는 죽은 남자의 얼굴을 살펴보았다. 남자의 입술에는 루주 흔적이 없었고, 그런 타입의 남자 같지도 않았다. 눈은 반쯤 떴는데, 한쪽 눈이 다른 쪽 눈보다 더 열려 있었다. 그리고 그것이 영원한 권태 속에서 굳은 것처럼 무관심한 표정을 만들어주었다.

라비크는 시체 위로 몸을 구부렸다. 그리고 침대 옆 탁자에 놓인 병을 모두 살펴보고, 시체를 검사했다. 폭력을 가한 흔적은 전혀 없었다. 그는 몸을 일으켰다.

"여기 왔던 의사 이름이 뭐지요?" 하고 그는 여인에게 물었다. "이름을 알고 있소?"

"몰라요."

그는 여인을 쳐다보았다. 여인은 파랗게 질려 있었다. "자, 저기 앉도록 해요. 저쪽 구석 의자에 말이오. 그리고 진정하시오. 의사를 불러온 보이가 여기 있나?"

그는 문간에서 들여다보고 있는 모두의 얼굴을 둘러보았다. 모든 얼굴이 똑같이 공포와 호기심이 어린 표정을 하고 있었다.

"프랑수아가 여길 맡고 있었어요." 빗자루를 창처럼 꼬나든 청소부가 말했다.

"프랑수아는 어디 있지?"

보이 하나가 사람들을 헤치고 앞으로 나왔다.

"여기 왔던 의사 이름이 뭐였나?"

"보네라고 해요. 샤를 보네입니다."

"전화번호를 알고 있나?"

보이는 호주머니를 여기저기 뒤졌다.

"파시 2743번입니다."

"됐어." 라비크는 호텔 주인의 얼굴이 사람들 틈에 끼여 있는 것을 보았다. "우선 그 문을 닫읍시다. 아니면 거리를 지나는 행인들까지 불러들일 셈이오?"

"천만에요! 나가! 모두 나가란 말이야! 너희들, 왜 여기서 서성대고 있어? 봉급을 거저먹을 셈인가?"

주인은 종업원들을 내쫓고 문을 닫았다. 라비크는 수화기를 들었다. 그리고 베베르를 불러내어 잠시 동안 통화를 했다. 그다음에 파시 전화번호를 불렀다. 보네는 자기 진찰실에 있었다. 의사는 여인이 한 말과 같은 이야기를 했다. "그 사람이 죽었습니다" 하고 라비크는 말했다. "잠깐 오셔서 사망진단서를 써주실 수 없을까요?"

"그 사람은 나를 내쫓았소, 모욕적으로 말이오."

"이제는 무례한 짓을 할 수도 없게 되었습니다."

"그 사람은 아직 왕진비도 지불하지 않았소. 그뿐만 아니라 나를 욕심 많은 돌팔이 의사라고 했지요."

"계산을 해드릴 테니 오시지 않겠습니까?"

"다른 사람을 보낼 수도 있지요."

"직접 오시는 편이 낫겠지요. 안 그러면 돈을 지불할 수가 없습니다."

"그럼 가죠." 보네는 잠시 망설인 끝에 말했다. "하지만 돈을 받기 전에는 서명하지 않겠습니다. 3백 프랑입니다."

"좋습니다. 3백 프랑 지불하겠습니다."

라비크는 수화기를 놓았다. "이런 이야기를 듣게 해서 미안하오" 하고 그는 여인에게 말했다. "별도리가 있어야지요. 아무래도 그 사람이 와줘야해요."

여인은 벌써 돈을 들고 있었다. "괜찮아요" 하고 그녀는 대답했다. "이런 일을 처음 당하는 게 아니에요. 여기 돈이 있어요."

"서두를 것 없어요. 의사가 곧 올 거요. 그때 의사에게 주면 됩니다."

"당신이 직접 사망진단서에 서명해주실 수는 없나요?" 하고 여인은 물었다.

"안 됩니다" 하고 라비크는 말했다. "프랑스인 의사가 아니면 안 됩니다. 치료해준 의사가 하는 게 제일 간단합니다."

보네가 나가고 문이 닫히자 방 안은 갑자기 조용해졌다. 단 한 사람의 인간이 방에서 없어진 것이라고는 생각되지 않을 만큼 조용했다. 거리를 달리는 자동차의 소음도 마치 무거운 공기 벽에 부딪혀 간신히 뚫고 나온 것같이 작아졌다. 몇 시간 동안 버려져 있다가, 이제야 비로소 죽은 자는 존재를 드러내기 시작했다. 죽은 사람의 강대한 침묵이 값싼 방 안을 가득 채웠다. 타는 듯 빨간 비단 파자마를 입고 있는 것쯤은 문제가 되지 않았다. 그는 죽은 어릿광대가 지배하듯 주위를 지배하고 있었다. 이제는 움직이지 않기 때문이다. 살아 있는 것은 움직인다. 움직이는 것은 힘을 가지며, 우아하며, 우스꽝스러울 수도 있다. 그러나 이제 그는 다시 움직이지 않고 다만 썩어가는 것만이 지니는 이상한 위엄을 지니고 있다. 그것은 오직 완성된 것만이 가질 수 있다. 그리고 인간은 죽어서야 비로소 완성되는 것이다. 그것도 겨우 잠깐 동안이지만.

"당신은 이 사람과 결혼하지 않았지요?" 하고 라비크는 물었다.

"네. 그런데 왜 물으세요?"

"법률문제죠. 유산 문제가 있으니까요. 경찰은 당신 것과 저 사람 것을 구분해서 목록을 만들 겁니다. 당신 것은 잘 챙겨두어야 하오. 저 사람 것은 경찰이 보관합니다. 저 사람의 일가친척이 나타나면 내주려고요. 그런 사람이 있나요?"

"프랑스에는 없어요."

"당신은 이 사람과 살았지요?"

여자는 대답을 하지 않았다.

"오래 살았소?"

"2년 동안이었어요."

라비크는 주위를 둘러보았다. "가방은 없소?"

"있어요……. 여기 놓아두었는데…… 저기 벽 가에 두었어요…… 어제 저녁까지는."

"알았소, 주인 녀석이군." 라비크는 문을 열었다. 그러자 비를 든 청소부가 깜짝 놀라 뒤로 물러섰다. "할머니" 하고 라비크는 말했다. "나이 든 분이 너무 호기심이 많군요. 주인을 좀 불러줘요."

청소부는 항의를 하려 했다.

"당신이 옳소" 하고 라비크는 그것을 가로막았다. "당신 나이쯤 되면 호기심밖에는 남는 것이 없는 법이죠. 어쨌든 주인을 불러주시오."

노파는 뭐라고 입속말로 중얼중얼하고는 비를 앞으로 내밀며 가버렸다.

"안됐지만" 하고 라비크는 말했다. "할 수 없어요. 무자비하게 보일지 모르지만 지금 곧 처리해버리는 것이 좋을 것 같소. 그게 간단해요. 지금은 이해할 수 없겠지만."

"이해할 수 있어요"라고 여인은 말했다.

라비크는 여인을 바라보았다. "이해할 수 있다고요?"

"네."

호텔 주인은 계산서를 가지고 들어왔다. 노크도 하지 않았다.

"가방을 어떻게 했소?" 하고 라비크는 물었다.

"그보다도 계산을 먼저 해야죠. 이것입니다. 계산을 먼저 해주십시오."

"가방이 먼저요. 아무도 돈을 치르지 않겠다고 하지 않았소. 방은 아직도 빌리고 있는 거요. 그리고 미리 말해두지만, 다음에 들어올 때는 노크를 하시오. 그 계산서를 이리 주시오. 그리고 가방을 가지고 와요."

주인은 화가 난 눈으로 그를 노려보았다.

"돈을 치르겠단 말이오" 하고 라비크는 말했다.

주인은 문을 쾅 닫고 나갔다.

"가방에 돈이 들어 있소?" 하고 라비크는 여인에게 물었다.

"저는 잘…… 아뇨, 없을 것 같아요."

"돈 둔 데를 모르시오? 양복에라도? 아니면 돈이 없었소?"

"돈은 지갑에 넣어두었어요."

"지갑은 어디에 있소?"

"베개……." 여자는 망설였다. "대개 베개 밑에 넣어두곤 했어요."

라비크는 일어섰다. 그리고 시체가 베고 있는 베개를 조심스럽게 들어올려서 검은 가죽 지갑을 꺼냈다. 그는 그것을 여인에게 주었다. "돈하고 당신에게 중요하다고 생각되는 것을 모두 꺼내시오. 서둘러서. 감상에 젖어 있을 시간은 없소. 당신은 살아야 해요. 딴 데 어디다 쓰게 한단 말이오? 경찰에서 곰팡이나 슬게 하겠소?"

그는 잠시 창밖을 내다보았다. 트럭 운전사가 말 두 필이 끄는 채소 마차 마부와 다투고 있었다. 운전사는 강력한 모터의 위력을 빌려 마부에게 마구 욕지거리를 퍼붓고 있었다. 라비크는 돌아섰다.

"끝났소?"

"네."

"지갑을 이리 주시오."

그는 지갑을 베개 밑으로 밀어 넣었다. 지갑이 아까보다 얇아진 것을 알 수 있었다.

"핸드백에 넣어두시오."

여인은 순순히 시키는 대로 했다. 라비크는 계산서를 펴서 훑어보았다.

"계산을 해준 적이 있었소?"

"전 모르지만, 아마 있었을 거예요."

"이건 2주일 치 계산서야. 계산은……." 라비크는 잠시 망설였다. 죽은 사람을 라진스키 씨라고 부르기는 좀 이상하다는 생각이 들었다. "계산은 늘 꼬박꼬박 했소?"

"네, 언제나 그랬어요. 그이는 늘 말했어요, 우리 같은 처지에 있는 사람은 지불해야 할 것은 언제나 꼬박꼬박 지불하는 것이 중요하다고."

"주인 놈이 망할 녀석이군! 마지막 계산서가 어디 있는지 모르겠소?"

"모르겠어요. 하지만 그이는 그런 쪽지를 모두 작은 가방에 넣어두곤 했어요."

문 두드리는 소리가 났다. 라비크는 웃음이 나는 것을 참을 수가 없었다. 수위가 가방을 들고 들어왔다. 그 뒤로 주인이 따라 들어왔다.

"이게 전부요?" 하고 라비크는 여인에게 물었다.

"네."

"물론 이게 전부지요" 하고 주인은 못마땅한 듯 말했다. "또 뭐가 있다고 생각하셨소?"

라비크는 작은 쪽 가방을 집어 들었다.

"이 가방 열쇠를 가지고 있소, 없소? 대체 열쇠를 어디다 두었을까?"

"양복 호주머니요, 옷장에 있는."

라비크는 옷장을 열었다. 안은 비어 있었다. "이건 어떻게 된 거지?" 하고 그는 주인에게 물었다.

주인은 수위를 돌아보며 "이게 어떻게 된 거야!" 하고 소리쳤다.

"양복은 밖에 있지요" 하고 수위가 더듬거렸다.

"왜?"

"깨끗이 솔질을 하려고요."

"이젠 그럴 필요가 없을 텐데." 라비크는 말했다.

"얼른 가져와, 이 도둑놈 새끼야!" 하고 주인은 소리를 질렀다.

수위는 묘한 눈초리로 눈을 껌벅이며 주인을 슬쩍 쳐다보고는 나갔다. 그리고 곧 양복을 가지고 돌아왔다. 라비크는 조끼를 털어보고, 다음에 바지를 털어보았다. 잘그락 소리가 났다. 라비크는 잠시 망설였다. 죽은 사람의 바지 호주머니를 뒤지다니, 이상했다. 마치 바지도 남자와 함께 죽어버린 것 같았다. 그러나 그런 생각을 하는 것도 이상했다. 옷은 옷일 뿐이다.

그는 열쇠를 꺼내 가방을 열었다. 맨 위에 돛천으로 된 종이끼우개가 있었다. "이것이오?" 하고 그는 여인에게 물었다.

여인은 고개를 끄덕였다.

라비크는 곧 계산서를 찾아냈다. 계산은 끝나 있었다. 그는 그 계산서를 주인에게 보였다. "한 주일분이 더 계산되어 있군."

"그래서 어떻다는 거요?" 하고 주인은 반박했다. "그토록 사람을 화나게 하고, 더럽히고, 소동을 일으키고선! 이건 아무것도 아니오? 난 다시 속이 뒤집힐 것 같단 말이오. 이것도 계산에 넣어야죠. 손님들이 달아날 거라고 당신 자신도 말하지 않았소! 손해는 그것만이 아니오! 게다가 이 침대는 어떻게 하지요? 이 방도 소독해야 해요. 시트도 더럽혀졌고."

"시트는 계산에 들어 있소. 게다가 25프랑짜리 저녁 식사를 죽은 사람이 먹은 걸로 되어 있군. 당신 어제저녁에 뭘 먹었소?" 하고 그는 여인에게 물었다.

"아뇨. 그렇지만 그대로 지불하면 안 될까요? 저…… 전 빨리 끝내고 싶어요."

빨리 끝내고 싶다, 하고 라비크는 생각했다. 그런 기분을 알 수 있다. 그리고…… 정적과 죽은 사람. 얼터지는 듯한 침묵. 그것이 낫다, 차라리 몰인정하다 해도. 그는 탁자에서 연필을 집어 들고 계산을 했다. 그러고는 계산서를 주인에게 돌려주었다. "됐소?"

주인은 마지막 숫자를 슬쩍 훑어보았다. "당신은 내가 미친 줄 아시오?"

"그걸로 됐소?" 하고 라비크는 다시 한번 물었다.

"대체 당신은 누구요? 왜 참견을 하는 거요?"

"우린 형제간이오" 하고 라비크는 말했다. "이젠 알겠소?"

"봉사료와 세금도 가산해야 해요. 안 그러면 못 받겠소."

"좋아." 라비크는 그만큼 가산했다. "292프랑 지불해야겠소" 하고 그는 여인에게 말했다.

여인은 핸드백에서 3백 프랑을 꺼내어 주인에게 주었다. 주인은 그것을 받아 들고는 나가려고 했다. "방은 6시까지 비워주셔야 해요. 그렇지 않으면 하루치로 계산하겠소."

"8프랑을 거슬러주게" 하고 라비크는 말했다.

"그럼 수위에게는요?"

"그건 우리가 주지. 팁도 우리가 주고."

주인은 못마땅한 태도로 8프랑을 꺼내어 탁자에 놓았다. "빌어먹을 외국인 같으니"라고 투덜거리며 방에서 나갔다.

"프랑스 호텔 주인들 중에는 외국인 덕에 살아가면서도 외국인을 미워하는 걸 자랑으로 여기는 놈들이 많지요." 라비크가 말했다. 팁을 탐하는 얼굴로 문 앞에 서 있는 수위가 눈에 띄었다. "자, 여기 있네……."

수위는 우선 지폐를 보았다. 그러고는 "고맙습니다, 선생님" 하고 나가버렸다.

"이젠 경찰 문제를 해결해야지. 그러면 신고 나갈 수 있소." 라비크는 여인 쪽을 보면서 말했다. 여인은 서서히 내려앉는 저녁 어스름에 싸이며 구석의 가방 사이에 조용히 앉아 있었다. "사람은 죽으면 큰 의미를 갖게 되지. 살아 있을 때는 아무도 걱정해주지 않지만." 그는 다시 여인을 쳐다보았다. "밑에 내려가 있으면 어떻겠소? 밑에 사무실 같은 데가 있을 텐데."

여인은 머리를 저었다.

"나도 같이 가겠소. 내 친구가 와서 경찰 쪽 일을 처리해줄 거요. 닥터 베베르요. 아래로 내려가서 기다립시다."

"싫어요, 그냥 여기 있겠어요."

"할 일도 없지 않소? 왜 여기 있으려는 거요?"

"저도 모르겠어요. 저 사람…… 이젠 여기 오래 있지도 않을 거 아녜요. 저는 노상…… 그이는 저하고 살면서도 행복하지 못했어요. 저는 노상 나돌아치기만 하고. 지금은 여기 있어주겠어요."

그녀는 아무런 감정도 섞이지 않은 목소리로 조용히 말했다.

"그렇게 해도 이젠 그 사람이 알 리 없잖소?" 하고 라비크는 말했다.

"그런 의미가 아니고……."

"좋아요. 그러면 여기서 뭘 마시기로 합시다. 당신은 그럴 필요가 있소." 라비크는 대답을 기다리지 않고 벨을 눌렀다. 놀랄 만큼 빨리 보이가 나타났다. "큰 잔으로 코냑을 두 잔 가져다주게."

"여기로 가져올깝쇼?"

"그럼. 달리 어디로 가져가려나?"

"알겠습니다."

보이는 잔 두 개와 쿠르봐지에 병을 가져왔다. 그리고 어스름 속에 침대가 희부옇게 보이는 구석을 유심히 바라보았다. "불을 켤까요?" 하고 그는 물었다.

"필요 없네. 그런데 병은 여기 두고 가도 좋아."

보이는 쟁반을 탁자에 놓고, 침대 쪽을 다시 한번 흘끗 보고는 얼른 나가버렸다.

라비크는 병을 들어서 두 잔에다 따랐다. "마셔요. 기분이 나아질 거요."

그는 여인이 싫다고 하면 억지로라도 마시게 해야 한다고 생각했다. 그러나 여인은 조금도 망설이지 않고 단숨에 잔을 비웠다.

"당신 것이 아닌, 가방 속에 뭐 중요한 것은 없소?"

"없어요."

"당신이 갖고 싶은 것은? 쓸 만한 것은? 왜 뒤져보지 않소?"

"거긴 든 게 아무것도 없어요."

"저 작은 가방에도?"

"아마 없을 거예요. 전 그이가 뭘 넣어두었는지 몰라요."

라비크는 그 가방을 들어서 창가에 있는 탁자에 올려놓고 열어보았다. 병 두서너 개, 내의 몇 벌, 노트 서너 권, 수채화구 한 상자, 화필 몇 개, 책 한 권, 그리고 돗천으로 된 종이끼우개 옆에 달린 주머니에 지폐 두 장이 얇은 종이에 싸여 있었다. 그는 그것을 불빛에 비춰 보았다. "여기 1백 달러가 있소" 하고 그는 말했다. "넣어두시오. 이것으로 한동안은 살 수 있을 거요. 이 가방은 당신 것과 같이 놓아둡시다. 당신 걸로 해두는 편이 좋을 거요."

"고마워요" 하고 여인은 말했다.

"당신은 아마 이런 짓을 모두 싫어할지 모르겠소만, 아무래도 하지 않을 수 없는 일이오. 당신을 위해 중요한 일이오. 그것으로 조금은 여유가 생길 테니까."

"싫어하지는 않아요. 다만 직접 할 수가 없을 뿐이에요."

라비크는 다시 잔을 채웠다. "한 잔 더 하시오."

여인은 천천히 잔을 비웠다.

"좀 나아졌소?" 하고 그는 물었다.

여인은 그를 쳐다보았다. "좋아지지도 나빠지지도 않았어요. 아무렇지도 않아요." 저녁 어스름이 그녀를 감쌌다. 때때로 빨간 네온사인 불빛이 여인의 얼굴과 손을 스쳐 갔다. "아무것도 생각할 수가 없어요" 하고 여인은 말했다. "저 사람이 여기 있는 동안은."

구급차 인부 두 사람은 담요를 젖히고 들것을 침대 옆에 놓았다. 그리고 시체를 들어 올렸다. 그들은 그 일을 척척, 아주 사무적으로 해치웠다. 라비크는 여인이 혹시 기절을 하면 부축할 수 있도록 그녀의 곁에 바짝 붙어 서 있었다. 인부들이 시체를 덮어버리기 전에 그는 허리를 굽혀 침대 옆 작은 탁자에 놓인 조그마한 목각 성모상을 집었다. "이건 당신 것 같은데, 필요 없나요?"

"필요 없어요."

그는 그것을 여인에게 주었다. 여인은 받지 않았다. 그는 그 작은 가방을 열고 안에 넣었다.

인부들이 시체를 덮어씌우고는 들것을 들었다. 입구는 비좁았고 바깥쪽 복도도 과히 넓지 않았다. 그들은 억지로 나가려고 했으나 되지 않았다. 들것이 벽에 부딪혔다.

"시체를 내려야겠어" 하고 나이 많은 쪽 인부가 말했다. "이래서야 모퉁이를 돌 수가 없지."

그는 라비크를 쳐다보았다. "자" 하고 라비크는 여인에게 말했다. "우리는 아래서 기다리기로 합시다."

여인은 머리를 저었다.

"좋아" 하고 그는 그 인부에게 말했다. "자네 좋도록 하게."

두 인부는 시체의 어깨와 다리를 맞잡고 들어 올려 마룻바닥에 놓았다. 라비크는 무슨 말을 해주고 싶었다. 그는 여인을 지켜보았다. 그녀는 꼼짝도 하지 않았다. 그도 아무 말 하지 않고 가만히 있었다. 인부들은 들것을 현관의 넓은 홀로 가지고 갔다. 그런 다음에 어스름 속으로 다시 돌아와서, 희미한 불이 켜져 있는 복도로 시체를 들고 나왔다. 라비크는 그들의 뒤를 따랐다. 인부들은 시체를 높이 쳐들고 계단을 내려가지 않으면 안 되었다. 시체가 무거워서 인부들의 얼굴은 벌겋게 힘줄이 솟고 땀으로 축축했다. 시체는 인부들의 머리 위에서 무겁게 흔들렸다. 라비크는 그들이 아래층으로 다 내려갈 때까지 지켜보고 있었다. 그러고 나서 되돌아왔다.

여인은 창가에 서서 밖을 내다보았다. 구급차는 길에 서 있었다. 인부들은 마치 빵 굽는 사람이 빵을 화덕에 밀어 넣듯이 들것을 구급차에 밀어 넣었다. 그러고는 자기들 좌석으로 기어올랐다. 엔진은 누가 땅속에서 울부짖듯 요란한 소리를 냈다. 차는 급커브를 돌아 길모퉁이로 사라졌다.

여자는 돌아섰다.

"좀 더 일찍 돌아갈걸 그랬소" 하고 라비크는 말했다. "왜 마지막까지 지켜봐야만 했죠?"

"그러지 않을 수가 없었어요. 그이보다 먼저 나갈 수가 없었어요. 이해 못 하시겠어요?"

"알아요. 자, 이리 와서 한 잔 더 마셔요."

"안 하겠어요."

경찰과 구급차가 왔을 때 베베르가 전등을 켜놓았었다. 시체를 들어내고 보니 방이 전보다 넓어진 것 같았다. 더 커지고, 이상하게 죽은 듯했다. 마치 시체는 가버리고 죽음만이 남은 것처럼.

"이 호텔에 그대로 묵겠소? 아마 그럴 생각은 없겠지만."

"나갈 거예요."

"파리에 누구 아는 사람이라도 있소?"

"없어요, 하나도."

"어디 들고 싶은 호텔이라도 있소?"

"없어요."

"이 근방에 여기와 비슷한 작은 호텔이 하나 있는데, 깨끗하고 점잖은 집이오. 거기 가면 당신 방을 하나쯤 마련할 수 있을 거요. 밀랑 호텔이오."

"저, 그 호텔로 가면 안 될까요…… 당신이 계시는."

"앵테르나시오날 말이오?"

"네. 저…… 거기라면 조금은 낯이 익었으니까…… 전혀 모르는 데보다는 나을 것 같아요."

"앵테르나시오날은 여자가 묵을 호텔이 못 되오"라고 라비크는 말했다. 절대로 그렇게 할 수 없지, 하고 라비크는 생각했다. 같은 호텔에 들다니. 나는 간호사가 아닌걸. 그런데…… 이 여자는 내게 벌써 무슨 책임이 있는 줄로 알고 있는지도 모르겠다. 그럴 수도 있지. "그곳은 당신에게 권할 수가 없어요" 하고 그는 자기 생각보다 더 쌀쌀하게 말했다. "언제나 사람들이 북적거려요. 피난민들이. 밀랑 호텔로 해요. 마음에 들지 않으면 언제든 옮기면 되지 않소."

여인은 그를 쳐다보았다. 이쪽 뱃속을 알고 있구나, 하고 그는 생각했다. 그래서 약간 부끄럽기도 했다. 그러나 한때 부끄러운 생각이 들더라도 나중에 마음 편할 수 있다면, 그편이 훨씬 낫다.

"좋아요" 하고 여인은 말했다. "당신 말씀이 옳아요."

라비크는 가방을 택시까지 운반하도록 일렀다. 밀랑 호텔은 자동차로 2, 3분 거리밖에 안 되는 곳이었다. 그는 방을 하나 빌리고, 여인과 함께 올라갔다. 방은 3층이었다. 장미꽃 무늬 벽지에다 침대, 옷장, 탁자, 그리고 의자가 두 개 놓여 있었다.

"이만하면 됐소?" 하고 그는 물었다.

"네, 아주 좋아요."

라비크는 벽지를 훑어보았다. 형편없었다. "어쨌든 밝기는 한 것 같군" 하고 그는 말했다. "밝고 깨끗해."

"그래요."

가방을 올려 왔다. "자, 이것으로 다 된 것 같소."

"네, 감사해요. 정말 고마워요."

여인은 침대에 걸터앉았다. 그녀의 얼굴은 창백하고 표정이 없었다.

"잠을 자야 할 것 같소. 어때요, 잠이 오겠소?"

"그렇게 해보겠어요."

그는 호주머니에서 알루미늄으로 된 튜브를 꺼내, 약을 한두 알 꺼냈다. "이걸 먹으면 잠이 올 거요. 지금 먹겠소?"

"아니, 나중에 먹겠어요."

"좋아요. 그럼 난 가겠소. 이삼일 뒤에 다시 오죠. 될 수 있는 한 빨리 자도록 하시오. 이건 장의사 주소요. 무슨 일이 있을지 모르니 여기 두고 가겠소. 그러나 거긴 안 가는 게 좋을 거요. 자기 일을 생각해야죠. 다시 찾아오겠소." 라비크는 잠시 망설였다. "당신 이름은?" 하고 그는 물었다.

"마두. 조앙 마두라고 해요."

"조앙 마두? 알겠소, 기억해두죠." 그는 이름을 기억해두지도 않고, 다시 찾아오지도 않으리라는 것을 알았다. 그러나 그것을 알았기에 더욱 그렇게 해 보이고 싶었다. "아니, 적어두는 게 좋겠지" 하고 그는 조끼 호주머니에서 처방지를 꺼냈다. "자…… 당신이 직접 적어주지 않겠소? 그게 간단하지."

그녀는 처방지를 받아서 자기 이름을 썼다. 그는 그것을 들여다보았다. 그리고 그는 그것을 뜯어서 외투 옆 호주머니에 집어넣었다. "곧 자도록 해요" 하고 그는 말했다. "내일이면 만사가 달라져 보일 거요. 이렇게 말하면 어리석고 진부하게 들리겠지만, 그러나 사실이 그렇소. 지금 당신에게 필요한 것은 수면과 얼마간의 시간이오. 시간이 좀 지나면 틀림없이 괜찮아질 거요. 아시겠소?"

"네, 알고 있어요."

"약을 먹고 자도록 해요."

"네, 고마워요. 여러 가지로 정말 고마워요. 당신이 안 계셨더라면 전 어떻게 해야 할지 몰랐을 거예요. 정말 몰랐어요."

여인은 그에게 손을 내밀었다. 그 손은 차가웠으나 힘을 주어 꼭 쥐었다. 좋아, 하고 그는 생각했다. 벌써 어떤 결심이 섰군.

라비크는 거리로 나왔다. 그리고 축축하고 부드러운 바람을 들이마셨다. 자동차, 사람들, 길모퉁이에는 벌써부터 외국인 매춘부가 두서넛 그리고 비어홀, 카페, 담배 냄새, 아페리티프*, 가솔린. 변화무쌍하고 총망(悤忙)한 생활. 겉보기에는 얼마나 근사한가! 그는 호텔 정면을 우러러보았다. 불이 켜져 있는 창이 두서넛. 그중 한 방에서 지금 여인은 앉은 채로 멍하니 허공을 바라보고 있을 것이다. 그 여인의 이름이 적힌 종이쪽지를 호주머니에서 꺼내 찢어버렸다. 망각. 참으로 멋진 말이다. 그것은 공포와 위안과 망령으로 가득 차 있다! 망각이 없이 어찌 살아갈 수 있으랴? 그러나 어느 누가 완전히 망각할 수 있을까? 사람의 마음을 찢어놓는 기억의 잔재. 더 살아갈 목표를 잃어버렸을 때 사람은 비로소 자유로워진다.

---

* 식욕 증진을 위해 식전에 마시는 술이다.

그는 에트왈로 걸어갔다. 수많은 사람들이 광장을 메우고 있었다. 묘지 위에서는 청, 백, 홍의 거대한 깃발이 바람에 나부끼고 있었다. 1918년 휴전 20주년 기념일이었다.

하늘은 구름에 덮여 있었다. 서치라이트의 빛은 흘러가는 구름에 둔하고 희미해진, 찢어진 그늘을 던지고 있었다. 마치 갈기갈기 찢긴 깃발이 점점 어두워가는 하늘에 녹아들어가는 것 같았다. 어디선가 군악대가 연주를 하고 있었다. 나약하고 힘이 없었다. 노래를 부르는 사람은 하나도 없었다. 군중은 묵묵히 서 있었다. "휴전!" 하고 라비크 옆에 섰던 여자가 말했다. "저는 지난 전쟁에서 남편을 잃었어요. 이번에는 아들 차례지요. 휴전! 앞으로 무슨 일이 일어날지 누가 알겠어요……."

4

침대 위에 걸려 있는 체온표는 새 것이고, 아무것도 적혀 있지 않았다. 다만 이름이 적혀 있을 뿐이었다. 뤼시엔 마르틴, 뷔트 쇼몽, 클라벨 가.

처녀는 잿빛이 되어 누워 있었다. 지난밤에 수술을 받았다. 라비크는 처녀의 심장 고동 소리를 주의 깊게 들어보았다. 그러고는 몸을 일으켰다. "좀 나아졌군" 하고 그는 말했다. "수혈이 작은 기적을 낳았어. 내일까지 견딘다면 살지도 모르겠는데."

"잘됐군" 하고 베베르가 말했다. "축하하네. 도저히 희망이 없을 것 같았는데. 맥박이 140에 혈압이 80, 카페인에다 코라민…… 정말 위험했어."

라비크는 어깨를 으쓱했다. "축하할 것 하나도 없어. 얘는 요전번 애보다 일찍 왔다고. 그 발목에 금 사슬을 차고 있던 애 말이야. 그뿐이지."

그는 처녀에게 이불을 덮어주었다. "이게 1주일 새 두 번째야. 이런 식으로 나간다면, 뷔트 쇼몽에서 오는 낙태 실패 환자 때문에 병원을 하나 세워야겠군. 요전번 아이도 역시 거기서 왔었지?"

베베르는 고개를 끄덕였다. "그랬어. 역시 클라벨 가에서 왔었지. 아마 둘은 서로 아는 사이이고, 같은 조산사에게 갔을 거야. 그리고 이 처녀도 전번 처녀와 같은 시각 밤에 찾아왔어. 자네를 호텔에서 붙잡을 수 있어 다행이었네. 없을 것이라고 생각했지."

라비크는 그를 쳐다보았다. "호텔 같은 데 살면 저녁에도 대개 없는 법이야, 베베르……. 11월의 호텔 방이란 과히 쾌적한 곳이 못 되거든."

"알 만하네. 그런데 왜 언제까지나 호텔 생활을 하고 있나?"

"편하고 비개성적인 생활이지. 혼자 살지만, 그러면서도 혼자가 아니거든."

"그런 생활을 원하나?"

"그렇지."

"그런 건 다른 방법으로도 할 수 있지. 조그마한 아파트를 얻어도 마찬가지가 아닌가."

"그야 그럴지도 모르지." 라비크는 다시 처녀에게 몸을 구부렸다.

"그렇게 생각하지 않아, 외젠?" 하고 베베르는 물었다. 간호사는 흘끗 눈을 들어 쳐다보았다.

"라비크 씨는 그렇게 하지 않을 거예요." 그녀는 쌀쌀하게 말했다.

"닥터 라비크야, 외젠" 하고 베베르는 고쳐서 말했다. "이 사람은 독일에서 큰 병원 외과 과장이었단 말이야. 나보다도 몇 배나 훌륭한 분이야."

"여기서는……" 하고 간호사는 말을 시작하다가 안경을 고쳐 썼다.

베베르는 얼른 그 말을 가로막았다. "알았어! 그만둬! 누구나 알고 있는 일이지. 이 나라에선 외국 학위를 인정하지 않아. 한심한 일이지. 라비크가 아파트를 얻지 않으리라는 걸 어찌 그렇게 잘 알지?"

"라비크 씨는 망각된 인간이에요. 이분은 결코 가정이라는 것을 스스로 꾸미진 않을 거예요."

"뭐라고?" 베베르는 어이가 없어 물었다. "무슨 말을 하는 거야?"

"라비크 씨에게 신성한 것이란 하나도 없어요. 그렇기 때문이에요."

"브라보……." 라비크는 처녀의 침대 옆에서 말했다.

"원, 별소릴 다 듣겠군" 하고 베베르는 외젠을 쏘아보았다.

"직접 물어보시지요, 닥터 베베르."

라비크는 웃었다. "핵심을 찔렀군, 외젠. 그러나 신성한 것이 전부 없어지면, 이번에는 다시 모든 것이 인간적으로 신성한 것이 되는 거야. 지렁이도 맥박이 뛰고 있어서, 때때로 빛을 찾아 지상으로 기어 나오게 하는 생명의 불꽃을 존경하는 거지. 무슨 비유로 하는 말이 아니야."

"모욕은 그만두세요. 당신에게는 신앙이 없어요." 외젠은 하얀 가운의 가슴팍에 잡힌 주름을 열심히 펴고 있었다. "하지만 다행히도 제게는 신앙이 있어요!"

라비크는 외투를 집어 들었다. "신앙이란 사람을 곧잘 광신적으로 만들지. 그러기에 모든 종교는 그렇게도 많은 피를 흘린 거야." 그는 이를 드러내고 웃었다. "관용이란 회의의 딸이야, 외젠. 망각된 불신의 인간인 내가 외젠에 대해서보다, 신앙을 가진 외젠이 나에 대해서 더욱 공격적인 것은 바로 그 때문이지."

베베르는 소리 내어 웃었다. "한 대 얻어맞았군, 외젠. 대꾸는 마, 더 혼날 테니까."

"저는 여자로서의 명예……."

"좋아!" 하고 베베르는 그녀의 말을 막았다. "그것을 소중히 지켜요. 언제나 그것이 제일이지. 자, 이제 나도 나가야겠어. 사무실에서 할 일이 남았어. 자, 가세, 라비크. 안녕, 외젠."

"안녕히 가세요, 닥터 베베르."

"안녕, 외젠" 하고 라비크는 말했다.

"안녕히 가세요" 하고 외젠은 억지로, 그것도 베베르가 그녀를 돌아다보았을 때에야 비로소 대답을 했다.

 베베르의 사무실에는 부서지기 쉬운, 흰색과 황금빛 제정 시대 가구가 가득 놓여 있었다. 책상 위 벽에는 그의 집과 정원 사진이 걸려 있었다. 벽가에는 폭이 넓은 현대식 긴 의자가 놓여 있었다. 베베르는 병원에서 묵을 때 그 위에서 잠을 잤다. 이 병원은 그의 것이었다.
 "무엇을 할까, 라비크? 코냑으로 할까, 아니면 뒤보네로 할까?"
 "커피로 하겠어, 아직 남아 있다면."
 "있고말고." 베베르는 커피포트를 탁자에 올려놓고 전기를 넣었다. 그러고 나서 라비크 쪽으로 몸을 돌리고 말했다. "오늘 오후에 오시리스에 대신 가줄 수 없겠나?"
 "가지."
 "지장이 없나?"
 "전혀. 별로 할 일이 없어."
 "잘됐어. 그럼 내가 일부러 나오지 않아도 된단 말이야. 정원 손질을 할 수 있겠군. 포숑에게 부탁할까 했는데, 마침 휴가 중이라서."
 "새삼스러운 소리를 하는군" 하고 라비크는 말했다. "여태까지도 몇 번이고 내가 하지 않았나."
 "그야 그렇지만, 그래도……."
 "그래도라니, 지금에 와서 무슨 소리야? 적어도 나한테."
 "그렇지. 자네만 한 기술을 가진 사람이 여기서 정식으로 일을 할 수 없어서 유령 의사로 숨어 있어야 하다니, 정말 한심해."
 "하지만 베베르! 그건 벌써 옛이야기가 아닌가. 독일에서 도망 나온 의사는 모두가 다 그렇지."
 "그렇기는 하지만 말이야! 기가 막히는 일이지 뭔가! 자네는 뒤랑의 병원에서 가장 어려운 수술을 해주고, 뒤랑은 그 덕으로 명성을 얻고 있어."

"그 작자가 직접 하는 것보다는 낫겠지."

베베르는 웃었다. "이런 말을 하는 게 아니었어. 자네는 내 일도 해주고 있으니 말이야. 하지만 아무튼 나는 부인과가 주업이지, 외과 전문은 아니거든."

커피가 끓기 시작했다. 베베르는 스위치를 끄고, 선반에서 찻잔을 내려서 커피를 따랐다.

"한 가지 아무래도 알 수 없는 건 말이야" 하고 그는 말했다. "왜 자네가 언제까지나 저 앵테르나시오날 같은 시시한 데 살고 있느냐는 거야. 왜 브와 근방에 있는 깨끗한 새 아파트를 얻지 않나? 가구 따위는 어디서나 싸게 구할 수 있어. 그렇게 하면, 적어도 자기 소유물이라는 게 어떤 건지 알 수 있어."

"그렇겠지" 하고 라비크는 말했다. "그렇게 하면 물론 자기 소유물이 어떤 것인가를 알게 되겠지."

"그럼, 그렇고말고. 그런데 왜 그렇게 안 하나?"

라비크는 커피를 한 모금 꿀꺽 마셨다. 커피는 아주 쓰고 진했다. "베베르" 하고 그는 말했다. "자네는 무사안일주의 사고방식이라는, 현대병의 훌륭한 표본이야. 내가 여기서 불법적으로 일을 한다고 동정하는가 하면, 곧 내가 왜 깨끗한 아파트를 얻지 않느냐고 묻거든."

"그게 어떻다는 거야?"

라비크는 참을성 있게 웃음을 지었다. "만약 내가 아파트를 얻으면 경찰에 신고해야 돼. 그렇게 하자면 여권과 비자가 필요하지."

"그렇군. 그건 미처 생각 못 했어. 그럼 호텔은 필요 없단 말이지?"

"역시 필요하지. 그러나 다행히도 파리에는 신고 따위를 별로 따지지 않는 호텔이 한두 곳 있거든." 라비크는 자기 커피에 코냑을 몇 방울 떨어뜨렸다. "그중 하나가 앵테르나시오날이란 말이야. 그래서 거기 살고 있지. 여주인이 어떻게 얼버무리고 있는지는 나도 몰라. 아마 좋은 줄이 있는 모양이지. 경찰은 전혀 모르고 있든가, 아니면 뇌물을 먹고 있든가 둘 중 하나야. 어쨌든 나는 아무런 방해도 받지 않고 꽤 오래 거기서 살고 있어."

베베르는 의자 등에 몸을 기댔다. "라비크" 하고 그는 말했다. "그런 줄은 몰랐어. 난 자네가 여기서 일만 못 하게 돼 있는 줄 알았네. 정말 지독한 처지군."

"여긴 천국이지. 독일 강제수용소에 비한다면 말이야."

"그런데 경찰은? 만약 느닷없이 나타난다면?"

"붙잡히면 한두 주일 감옥살이를 하고 나서 국외로 추방되지. 대개는 스위스로 가게 돼. 재범일 경우에는 6개월 징역이고."

"뭐라고?"

"6개월이야" 하고 라비크는 말했다.

베베르는 눈을 크게 뜨고 그를 쳐다보았다. "아니, 그럴 수가? 그런 몰인정한 일이 어디 있나?"

"나도 직접 경험해보기 전까지는 그렇게 생각했지."

"경험해보다니? 그럼 자네는 그런 일을 당해보았단 말인가?"

"한 번뿐이 아니야. 세 번이네. 그런 꼴을 당한 사람이 나 말고도 몇백 명이나 돼. 처음에는 잘 몰라서 이른바 인도주의라는 걸 믿었지. 그 뒤에 나는 스페인으로 갔어. 거기선 여권 같은 게 필요 없었거든. 그리고 이번에는 응용 인도주의라는 걸 배웠지. 독일과 이탈리아 비행사한테서 말이야. 그 후 프랑스로 되돌아왔을 때는 물론 모든 것에 통달해 있었지."

베베르는 일어섰다. "정말 놀랐어……." 그는 수를 헤아렸다. "그렇다면 자네는 아무 죄도 없이 1년 이상이나 감옥살이를 한 셈이군."

"그렇게 길지도 않아. 겨우 두 달이지."

"어째서? 재범인 경우는 6개월이라고 하지 않았나?"

라비크는 빙긋이 웃었다. "경험을 쌓으면 재범이란 것이 없어지거든. 한 이름으로 추방되었다가 딴 이름으로 돌아오면 그뿐이지. 될 수 있는 한 다른 국경 지점으로 말이야. 우린 그렇게 해서 피하고 있지. 대체로 증명서라는 것은 하나도 갖고 있지 않기 때문에, 누군가에게 직접 다시 붙잡히기 전에는 알 수가 없지. 그런 일은 좀처럼 없거든. 라비크는 내 세 번째 이름이야. 이 이름을 벌써 이럭저럭 2년이나 쓰고 있지. 그동안 아무 일도 없었어. 이 이름이 내게 행운을 가져다준 것 같아. 날이 갈수록 마음에 든단 말이야. 이제는 내 본명을 거의 잊어버렸어."

베베르는 고개를 저었다. "그런데 이 모든 일이 자네가 나치가 아니기 때문이라니!"

"물론이지. 나치는 최고급 증명서를 갖고 있지. 비자도 얼마든지 받을 수 있고."

"편리한 세상이군! 그런데도 정부는 손 하나 까딱하지 않는단 말이야."

"몇백만이라는 사람이 실직하고 있으니, 정부는 우선 그것부터 걱정해야 하거든. 게다가 이런 일은 프랑스에만 있는 게 아니야. 같은 일이 어디서나 벌어지고 있는걸." 라비크는 일어섰다. "그럼 실례하네, 베베르. 두 시간 뒤에 다시 그 처녀를 보러 오지. 그리고 밤에 다시 한번."

베베르는 문 앞까지 따라 나왔다. "그런데 라비크" 하고 그는 말했다. "언제 한번 우리 집에 오지 않겠나? 저녁이나 같이 먹게."

"그렇게 하지." 라비크는 가지 않으리라는 것을 잘 알았다. "가까운 시일 안에 가지. 그럼 잘 있게, 베베르."

"잘 가게, 라비크. 정말 와야 해."

라비크는 가장 가까운 술집으로 들어갔다. 그리고 길을 내다볼 수 있는 창가에 앉았다. 그는 그러기를 좋아했다. 아무 생각도 하지 않고 지나가는 사람들을 바라보기를. 파리에서는 아무것도 안 하고 있는 것이 가장 좋은 시간 소비가 되었다.

보이는 탁자를 훔치며 주문을 기다렸다. "페르노 한 잔" 하고 라비크는 말했다.

"물을 탈까요?"

"아니, 잠깐!" 라비크는 생각에 잠겼다. "페르노는 그만두게."

무엇인가 시원스럽게 씻어 내리고 싶은 것이 있었다. 쓰디쓴 맛이다. 그 것을 씻자면 달콤한 아니스 술 따위로는 약하다. "칼바도스를 주게" 하고 그는 보이에게 말했다. "더블로."

"알겠습니다."

씻어 내리고 싶었던 맛은 베베르의 초대였다. 사람을 동정하는 듯한 기 미가 보여서 싫은 것이다. 누군가를 가족들 틈으로 하루 저녁 초대한다. 프 랑스 사람은 자기 집에 좀처럼 남을 초대하지 않는다. 그보다는 차라리 레 스토랑 같은 데서 때워버린다. 그는 아직 한 번도 베베르의 집에 가본 적이 없다. 호의는 알겠지만 도저히 참을 수가 없었다. 모욕에 대해서는 저항할 수도 있지만, 연민에 대해서는 어찌할 도리가 없다.

그는 사과 브랜디를 한 모금 마셨다. 왜 나는 앵테르나시오날에 살고 있 는 이유를 베베르에게 들려주어야만 했을까? 그럴 필요가 없는 것이다. 베 베르는 알아야 할 것은 죄다 알고 있다. 그는 내가 수술해서는 안 된다는 것을 알고 있다. 그것으로 충분하다. 그런데도 그가 나와 함께 일하고 있다 는 것은 그의 문제이지, 나와는 상관이 없다. 그렇게 해서 그는 돈을 벌며, 자기가 할 수 없는 수술을 내가 하도록 수배한다. 그것을 아는 사람은 아무 도 없다. 나와 간호사가 알고 있을 뿐이다. 그 간호사는 입을 봉하고 있다. 뒤랑도 마찬가지다. 그 녀석은 좀 더 격식을 차릴 뿐이다. 그는 수술할 때면 언제나 환자가 마취될 때까지 옆에 붙어 있는다. 그런 다음 라비크가 나타나서 너무 늙은 뒤랑이 할 수 없는 수술을 맡아 한다. 나중에 환자가 깨어났을 때는 뒤랑이 자랑스러운 수술자로서 침대 옆에 서 있는다. 라비크는 다만 덮어씌운 환자를 볼 뿐이다. 그가 알고 있는 것은 오직 수술을 위해 드러낸, 요오드가 칠해진 몸의 작은 일부분뿐이다. 대체 누구를 수술하고 있는지도 모르는 것이 보통이다. 뒤랑은 진단 결과를 그에게 일러준다. 그러면 그는 절개를 시작한다. 뒤랑은 수술비의 약 1할을 라비크에게 지불한다. 라비크는 별로 불만스럽게 생각하지 않는다. 수술을 전혀 하지 않는 것보다는 낫다. 베베르와는 좀 더 우호적인 조건으로 일하고 있다. 베베르는 수술비의 4분의 1을 그에게 지불한다. 이쪽이 공평한 셈이다.

라비크는 창 너머로 밖을 내다보았다. 그 밖에 무슨 할 일이 있단 말인가? 남은 일은 별로 많지가 않다. 그러나 자기는 살아 있다. 그것으로 충분하다. 모든 것이 뒤흔들리고 있는 때에 곧 무너져버릴 게 뻔한 것을 새삼스럽게 건설해보고 싶은 생각이 그에게는 털끝만큼도 없다. 정력을 낭비하기보다는 물결이 흐르는 대로 몸을 맡기는 편이 오히려 낫다. 정력만이 무엇과도 바꿀 수 없는 단 하나다. 견뎌내는 것이 제일 중요하다. 어딘가에 목표가 다시 뚜렷이 보일 때까지는 정력을 적게 쓰면 적게 쓸수록 좋다. 그렇게 하면 나중에 필요할 때 쓸 수가 있다. 모든 것이 산산이 무너져가는 세기에 부르주아 생활을 건설하려고 개미처럼 몇 번이고 반복하는 노력. 많은 사람이 그렇게 하다 실패하는 것을 수없이 보아왔다. 애처롭기도 하고, 비장하기도 하고, 동시에 우스꽝스럽기도 하다. 그러나 헛된 일이다. 사람을 실망시킨다. 한번 눈사태가 일어나면 걷잡을 수 없다. 그런 짓을 해보려다가는 그야말로 금세 휩쓸리고 만다. 시기를 기다려서 나중에 희생자를 파내주는 편이 낫다. 장거리 행군을 하려면 가볍게 차려야 한다. 도망쳐 다닐 때도 매한가지다…….

라비크는 시계를 보았다. 뤼시엔 마르틴을 봐줄 시간이다. 그러고 나서 오시리스로 가야지.

오시리스의 창녀들은 벌써 기다리고 있었다. 그녀들은 공의에게 정기적으로 검진을 받았으나, 주인 마담은 그것으로 만족하지 않았다. 마담은 자기 가게에서 누군가 병에 전염되는 것을 질색했다. 그래서 베베르와 계약을 맺고, 매주 목요일마다 사적으로 다시 검진을 받도록 하고 있었다. 라비크는 종종 그의 대리를 맡곤 했다.

마담은 2층 방 하나를 검진실로 고쳐 설비를 갖추었다. 그녀는 벌써 1년 넘게 자기 가게에서 병에 걸린 손님이 하나도 없었다는 것을 자랑으로 여겼다. 그러나 여자들이 그렇게 조심을 하는데도, 손님에게서 병을 옮은 환자가 열일곱이나 있었다.

지배인인 롤랑드는 브랜디 병과 잔을 라비크에게 가지고 왔다. "아무래도 마르트가 전염된 것 같아요" 하고 그녀는 말했다.

"알았어, 잘 검사해보지."

"엊저녁부터 그 앤 일을 시키지 않았어요. 물론 자기는 그렇지 않다고 해요. 하지만 그 애 세탁물이……."

"알겠어, 롤랑드."

여자들은 속옷만 걸치고 한 명씩 차례로 들어왔다. 거의 대부분 라비크가 알고 있는 여자들이었다. 단둘만이 새로운 얼굴이었다.

"저는 보실 필요 없어요, 선생님." 빨강 머리의 가스코뉴 출신인 레오니가 말했다.

"어째서?"

"꼬박 1주일 동안 손님을 받지 않았거든요."

"마담이 뭐라고 안 그래?"

"아무 말도 없었지요. 샴페인을 잔뜩 팔아준걸요. 매일 밤 일곱 병씩이나요. 툴루즈에서 온 장사꾼 세 사람이었어요. 결혼한 사람들이었죠. 셋 다 생각은 있는데 다른 사람 보기가 뭣해서 결단을 내리지 못했어요. 집에 돌아가서 나머지 두 사람이 소문을 내지 않을까 그것이 겁이 났거든요. 그래서 술만 마셨지요. 서로 나머지 두 사람을 곤드레로 만들려는 속셈이었죠." 레오니는 깔깔대며 웃고는 귀찮은 듯이 몸을 긁적거렸다. "마지막까지 남았던 사람은 일어설 수도 없었어요."

"알았어. 그래도 검사는 해야겠는걸."

"전 상관없어요. 선생님, 담배 있어요?"

"응, 여기 있지."

라비크는 분비물을 찍어서 착색을 했다. 그리고 유리판을 현미경 밑에 밀어넣었다.

"아무래도 알 수 없는 일이 있는데요, 선생님, 아세요?" 레오니는 라비크를 빤히 쳐다보며 말했다.

"뭐지?"

"선생님은 이런 일을 하시면서도 여자하고 자고 싶어지는지 말이에요."

"나도 모르겠는걸. 넌 괜찮아. 다음은 누구지?"

"마르트예요."

마르트는 창백하고 홀쭉한 금발 처녀였다. 보티첼리가 그린 천사 같은 얼굴이었지만, 블롱델 거리의 사투리를 썼다.

"전 아무 이상도 없어요, 선생님."

"그럼 좋지. 어디 좀 볼까."

"하지만 정말이지 아픈 데가 전혀 없는걸요."

"그렇다면 더욱 좋지."

느닷없이 롤랑드가 방으로 들어와서 우뚝 섰다. 그리고 마르트를 쳐다보았다. 마르트는 말을 끊었다. 그녀는 걱정스러운 듯이 라비크를 보았다. 그는 그녀를 자세히 검사했다.

"글쎄, 아무 일도 없어요, 선생님. 제가 얼마나 조심하고 있는지 선생님도 아실 거예요."

라비크는 대답하지 않았다. 마르트는 계속 말을 늘어놓았다. 말문이 막혔다가는 다시 시작했다. 라비크는 분비물을 두 번 검사했다.

"넌 병에 걸렸어, 마르트" 하고 그는 말했다.

"뭐라고요?" 그녀는 펄쩍 뛰었다. "그럴 리가 없어요."

"정말이야."

그녀는 그를 쳐다보았다. 그러다 별안간 화를 발끈 냈다. 저주와 욕설의 홍수. "그 돼지 같은 새끼! 우라질 돼지 같은 새끼! 전 처음부터 신용하지 않았어요. 주둥이만 나불거리고! 자기는 학생이니까 그런 건 알고 있다고 했어요. 게다가 의과 대학생이라고 하면서요. 그 나쁜 새끼!"

"왜 조심하지 않았지?"

"조심은 했지요. 하지만 순식간에 일어난 일이었어요. 게다가 그 새끼가 자기는 학생이니까……"

라비크는 고개를 끄덕였다. 흔히 있는 일이다. 임질에 옮아가지고는 스스로 치료한 의과 대학생. 2주 뒤에 이제는 나았다고 생각한 것이다. 검사도 해보지 않고.

"얼마나 걸려요, 선생님?"

"6주." 라비크는 더 오래 걸린다는 것을 알고 있었다.

"6주나요? 돈 한 푼 벌이도 없이 6주간이라고요? 입원해요? 입원해야 하나요?"

"그건 두고 보기로 하지. 나중에 가면 집에서 치료할 수도 있을 거야. 만약 네가 약속만 한다면……"

"뭐든 약속하겠어요. 병원에만 넣지 말아주세요!"

"처음엔 아무래도 입원해야 해. 다른 도리가 있어야지."

그녀는 라비크를 쏘아보았다. 창녀는 누구나 병원을 무서워한다. 병원은 감독이 아주 엄하기 때문이다. 그러나 달리 어쩔 수도 없는 일이다. 집에 내버려두면 며칠도 못 가서 약속 따위 아랑곳하지 않고 돈을 벌기 위해 사내를 물색하며 병을 옮기고 만다.

"비용은 마담이 대줄 거야" 하고 라비크는 말했다.

"그렇지만 저는! 저는! 6주 동안 한 푼도 벌이가 없으면 어떻게 해요! 마침 여우 목도리를 월부로 샀는데! 그렇게 되면 월부금도 못 내고, 만사가 틀어져요."

그녀는 울기 시작했다.

"이리 와, 마르트" 하고 롤랑드가 말했다.

"당신은 저를 다시는 받아주지 않을 거예요! 전 알아요!" 마르트는 점점 크게 훌쩍거렸다. "나중에 다시는 받아주지 않을 거예요. 절대로 받아주지 않을 거예요! 그렇게 되면 저는 거리로 나서게 돼요. 이게 모두 그 주둥이만 까는 개새끼 때문이야……."

"다시 있게 해주지. 넌 일을 잘했으니까. 우리 집 손님들은 모두 너를 좋아해."

"정말이세요?" 마르트는 얼굴을 들었다.

"그럼, 정말이지. 자, 이리 와요."

마르트는 롤랑드와 함께 나갔다. 라비크는 그녀를 바라보았다. 마르트는 다신 돌아오지 못할 것이다. 마담은 아주 조심스러운 사람이니까. 그녀의 다음 무대는 아마도 블롱델 거리의 싸구려 창가가 될 것이다. 그다음은 길거리. 다음이 코카인, 병원, 꽃 장수 아니면 담배 장수. 그렇지 않고 만일 운이 좋으면 정부가 생기겠지. 두들겨 맞고, 착취당하고, 결국은 내쫓기고 말 것이다.

앵테르나시오날 호텔 식당은 지하실에 있었다. 투숙자들은 그곳을 카
타콤*이라고 불렀다. 낮에는 안뜰로 난 몇몇 크고 두꺼운 우윳빛 창문에서
흐릿한 빛이 들어왔다. 겨울에는 하루 종일 전등을 켜놓아야 했다. 이 방은
끽연실, 사무실, 홀, 회의실이기도 하고, 여권을 갖지 않은 피난민들의 은신
처이기도 했다. 경찰 임검이 있으면, 그들 피난민은 안뜰로 하여 차고로 가
서 거기서 건너편 거리로 달아날 수가 있었다.

라비크는 여주인이 종려나무 방이라고 이름 붙인 카타콤 한쪽 구석에
서, 나이트클럽 세라자드의 도어맨 보리스 모로소프와 함께 앉아 있었다.
다리가 가느다란 탁자에는 마졸리카식 커다란 화분에 심은, 보기에도 애처
로운 종려나무 한 그루가 간신히 생명을 이어가고 있었다. 모로소프는 1차
세계대전 때 피난민으로 벌써 15년이나 파리에 살고 있다. 러시아 피난민
가운데 자기가 황제 근위병이었다거나 귀족 출신이라고 들먹이지 않는 사
람은 드문데, 모로소프는 그 드문 러시아 사람 중 하나였다.

두 사람은 앉아서 체스를 두었다. 카타콤은 텅 비어 있었다. 다른 탁자
하나에 몇 사람이 앉아서 열심히 마시며 떠들어대고 있을 뿐이었다. 2, 3분
마다 요란스레 축배를 들었다.

모로소프는 화가 난 듯 사방을 둘러보았다. "라비크, 오늘 밤은 어째서
저 야단인가? 저 사람들은 왜 잠을 안 자는 거야?"

라비크는 웃었다. "저쪽 구석 피난민들은 나와 관계가 없네. 그들은 이
호텔 파시스트들이지."

"스페인 사람인가? 자네도 스페인에 있었지?"

---

* 비밀 지하 묘지다.

"그래, 하지만 난 반대편이었어. 더구나 의사로서 말이야. 저 녀석들은 파시스트 장식을 붙인 스페인 왕당파야. 왕당파의 잔재지. 다른 패는 벌써 옛날에 돌아가버렸네. 저 녀석들은 아직도 결심을 못 하고 있는 거야. 프랑코로는 아직도 녀석들에겐 부족한 모양이야. 무어 놈들이 스페인 사람들을 때려잡아도 물론 녀석들은 눈 하나 깜짝 안 할 테지."

모로소프는 자기 체스 말을 늘어놓았다. "그렇다면 녀석들은 게르니카 학살이라도 축하하고 있겠지. 아니면 광부와 농민에 대한 이탈리아와 독일 기관총의 승리를 말이야. 난 지금까지 한 번도 여기서 녀석들을 본 적이 없었어."

"녀석들은 벌써 몇 해 전부터 여기 살고 있네. 자네는 여기서 식사를 안 하니까 못 봤지."

"자네는 여기서 식사를 하나?"

"아니."

모로소프는 히죽이 웃었다. "알았어" 하고 그는 말했다. "내 다음 질문과 자네 대답은 덮어두기로 하세. 필경 실례가 되는 말이 나올 테니까. 나야 녀석들이 태어났을 때부터 이 더러운 호텔에 살았대도 상관없어. 단, 좀 더 조용히 이야기를 해야 할 게 아닌가. 자, 그리운 여왕님의 희생타를 받게나."

라비크는 그것과 대치하고 있는 졸을 움직였다. 초반전은 재빠르게 진행되었다. 그러다가 모로소프가 생각에 잠기기 시작했다. "여기선 알레힌 변법을 써야겠군……."

스페인 사람 하나가 이쪽으로 건너왔다. 양미간이 바싹 붙은 사나이였다. 그는 두 사람의 탁자 옆에 와서 걸음을 멈추었다. 모로소프는 못마땅한 듯 그를 쳐다보았다. 스페인 사람은 꼿꼿한 자세를 풀고 "신사분들" 하고 공손하게 말했다. "저쪽 고메스 대령님이 두 분과 함께 포도주를 한잔 드시고자 청하십니다."

"하지만 선생" 하고 모로소프 역시 공손하게 대답했다. "지금 마침 우리는 파리 제17구(區) 선수권 대회를 하는 중입니다. 우리는 심심한 사의를 표하는 바입니다만, 응할 수가 없겠습니다."

스페인 사람은 태연자약하게 얼굴 하나 찡그리지 않았다. 마치 필립 2세의 궁정에라도 있는 듯이 예의 바르게 라비크 쪽으로 몸을 돌렸다. "당신은 언젠가 고메스 대령님께 우정을 표시해주신 적이 있지요. 대령님은 출발하기에 앞서 감사의 표시로 당신과 같이 한잔 나누었으면 하십니다."

"제 상대가 지금 말씀드린 바와 같이" 하고 라비크도 역시 예절 바르게 말했다. "우리는 오늘 이 시합을 끝내야만 합니다. 고메스 대령님께 감사하다고 전해주십시오. 실로 유감천만입니다."

스페인 사람은 허리를 굽히고는 돌아가버렸다. 모로소프는 빙그레 웃었다. "처음 몇 해 동안의 러시아 사람들과 꼭 같군. 마치 구명대에 매달리듯 자기들의 직함이나 예절에 매달려 있단 말이야. 도대체 자네는 호텐토트에게 어떤 우정을 보였나?"

"언젠가 설사약을 처방해준 일이 있어. 라틴 민족은 소화가 잘되는 것을 존중하거든."

"그럴듯하군" 하고 모로소프는 눈을 껌벅였다. "민주주의의 낡은 약점이야. 만약 파시스트였다면 민주주의자에게 비소라도 처방해주었을걸."

그 스페인 사람이 다시 왔다. "저는 나바로 중위입니다" 하고 잔뜩 취해 있으면서도 그것을 모르는 사람이 흔히 하는 버릇처럼 귀찮을 만큼 열성적인 태도로 말했다. "저는 고메스 대령님의 부관입니다. 고메스 대령님은 오늘 파리를 떠나십니다. 대령님은 프랑코 총통의 영광스러운 군대에 참가하려고 스페인으로 가시는 것입니다. 그래서 대령님은 스페인의 자유와 스페인의 군대를 위해 두 분과 함께 한잔 드시겠다는 것입니다."

"나바로 중위님" 하고 라비크는 퉁명스럽게 말했다. "나는 스페인 사람이 아닙니다."

"그것은 알고 있습니다. 당신은 독일 사람입니다." 나바로는 엉큼스러운 웃음을 슬쩍 지었다. "고메스 대령님이 청하시는 것도 바로 그 때문입니다. 독일과 스페인은 우방국이지요."

라비크는 모로소프를 쳐다보았다. 이것은 너무나도 명백한 야유였다. 모로소프의 입언저리가 경련을 일으켰다. "나바로 중위님" 하고 그는 말했다. "미안하지만 나는 닥터 라비크와 이 한판을 꼭 끝내야 합니다. 승부 결과를 오늘 밤에 뉴욕과 콜카타에 전보로 알려야 하기 때문입니다."

"네" 하고 나바로는 쌀쌀하게 대답했다. "우리는 당신이 거절하실 것으로 생각했습니다. 러시아는 스페인의 적국입니다. 초대는 닥터 라비크 한 분으로 생각했습니다. 당신이 박사와 함께 계시기에 당신도 함께 초대하지 않을 수 없었던 것입니다."

모로소프는 자기가 따낸 장기짝을 커다란 손바닥에 놓고 라비크를 쳐다보았다. "어때, 이제 이런 시시한 연극은 그만두는 게?"

"그러지" 하고 라비크는 돌아다보았다. "여보시오, 당신이 잠자코 돌아가는 게 제일 간단하겠소. 당신은 소비에트의 적인 모로소프 대령을 이유도 없이 모욕하고 있소."

그는 대답도 기다리지 않고 장기판 위에 몸을 구부렸다. 나바로는 어찌할 바를 몰라 잠시 서 있었다. 그러다가 돌아가버렸다.

"저 녀석은 취한 데다가 농담도 모른단 말이야. 라틴 사람들이 대개 그렇긴 하지만" 하고 라비크는 말했다. "그렇다고 해서 우리도 농담을 해서는 안 될 이유는 없지. 그래서 나는 지금 자네를 대령으로 승진시켜준 것이야. 내가 알기로 자네는 불쌍한 중령님이시지. 하지만 자네가 저 고메스와 같은 계급이 아니라니, 나는 참을 수가 없었단 말이야."

"이보게, 너무 떠들지 마. 그 녀석의 방해로 모처럼의 알레힌 변법이 형편없어졌어. 이 졸은 아무래도 죽은 것 같아." 모로소프는 얼굴을 들었다. "아니, 또 한 녀석이 오는데, 다른 부관이야. 원, 무슨 놈들이 저래!"

"고메스 대령 당사자시군" 하고 라비크는 유쾌한 듯 뒤로 허리를 폈다. "자, 드디어 대령과 대령의 대결이 시작되겠군."

"간단히 해치우세."

대령은 나바로의 갑절이나 격식을 차렸다. 그는 먼저 모로소프에게 부관의 잘못을 사과했다. 모로소프는 그의 사과를 받아들였다. 그러자 고메스는 모든 장애가 제거되었으니 화해하는 뜻으로 프랑코를 위해서 함께 축배를 들자고 두 사람을 초대했다. 이번에는 라비크가 거절했다.

"하지만 동맹국인 독일 사람으로서……." 대령은 분명히 얼떨떨한 모양이었다.

"고메스 대령님." 차차 신경질이 나기 시작한 라비크는 말했다. "그만해둡시다. 당신은 누구든 좋아하는 사람을 위해 드십시오. 나는 체스를 둘 테니까."

대령은 이해가 가지 않는 것 같았다. "그럼 당신은……."

"아무 말도 하지 않는 게 좋습니다" 하고 모로소프는 무뚝뚝하게 말을 막았다. "그렇지 않으면 싸움이 날 겁니다."

고메스는 점점 더 어리둥절해졌다. "하지만 백계러시아인*이며 황제의 장교인 당신은……."

"우리는 아무것도 아니란 말입니다. 구식 인간에 불과하죠. 정치적인 견해는 다르지만, 그렇다고 해서 서로 머리통을 부수지는 않습니다."

고메스도 그제야 알아차린 것 같았다. 그는 몸이 굳어졌다. 그러고는 "알겠어" 하고 비꼬아서 말했다. "나약해진 민주주의적……."

---

*   1917년 러시아혁명 때 혁명에 반대해 국외로 망명한 러시아인이다.

"이봐" 하고 모로소프는 갑자기 험악하게 말했다. "썩 꺼져! 너 따위는 벌써 옛날에 없어졌어야 했어! 스페인으로 말이야. 전쟁을 하기 위해서지. 거기선 독일 사람과 이탈리아 사람이 너희들 대신 전쟁을 하고 있어. 잘 가게!"

그가 일어섰다. 고메스는 한 걸음 뒤로 물러서서 모로소프를 노려보았다. 그리고 느닷없이 획 돌아서더니 자기 탁자로 돌아갔다. 모로소프는 다시 자리에 앉았다. 한숨을 쉬고 벨을 눌러서 하녀를 불렀다. "클라리스, 칼바도스를 더블로 두 잔 가져와."

클라리스는 고개를 끄덕이고 가버렸다.

"용감한 군인 정신이지" 하고 라비크는 소리 내어 웃었다. "머리가 단순하고 명예심만 가득 찬 녀석들이 술만 취하면 세상을 어렵게 만든단 말이야."

"맞았어. 저것 보게, 벌써 다음 녀석이 오는군. 행렬을 보는 것 같아. 이번엔 어떤 녀석일까? 프랑코 자신이 나타나시나?"

그것은 나바로였다. 그는 탁자에서 두 걸음쯤 떨어진 곳에 서더니 모로소프에게 말을 걸었다. "고메스 대령님은 유감스럽게도 당신에게 도전을 할 수가 없습니다. 대령님은 오늘 밤 파리를 떠나야 하기 때문입니다. 더구나 대령님의 임무는 극히 중대해서, 경찰과 마찰을 일으킬지도 모를 위험을 범하고 싶지 않은 것입니다." 그는 이번에는 라비크 쪽으로 몸을 돌렸다. "고메스 대령님은 아직 당신에게 진찰료를 지불하지 못했습니다." 그는 꼬깃꼬깃 접은 5프랑짜리 한 장을 탁자에 내던지고 돌아서려 했다.

"잠깐 기다려" 하고 모로소프가 말했다. 때마침 클라리스가 쟁반을 들고 그의 옆에 서 있었다. 그는 칼바도스 잔을 집어 들고 잠깐 보다가 고개를 젓고 다시 놓았다. 그러고는 물이 든 잔을 하나 집어 들더니 그 물을 나바로의 얼굴에다 획 뿌렸다. "머리를 식혀주는 거야" 하고 그는 침착하게 말했다. "돈이란 그렇게 내던지는 것이 아니란 걸 이제부턴 잘 알아두란 말이야. 자, 이제 됐으니 꺼져버려, 이 중세기의 천치 같은 놈아!"

나바로는 깜짝 놀라 서 있었다. 그리고 얼굴을 닦았다. 다른 스페인 사람들이 다가왔다. 네 명이었다. 모로소프는 천천히 일어섰다. 그는 스페인 사람들보다도 목 하나만큼 더 컸다. 라비크는 앉은 채로 고메스를 쳐다보았다. "사람 웃기는 짓은 안 하는 게 좋아" 하고 그는 말했다. "너희들은 제정신인 녀석이 하나도 없잖아. 어림도 없어. 눈 깜짝할 사이에 뼈가 부러져서 드러눕게 돼. 제정신이라 해도 어림없어." 그는 일어나서 나바로의 양쪽 팔꿈치를 재빠르게 잡고 번쩍 들어 올려 고메스 바로 옆에 내려놓았다. 고메스는 옆으로 물러날 수밖에 없었다. "자, 이젠 우리를 가만히 내버려두라고. 우리를 방해해달라고 부탁한 일이 없단 말이야." 그는 탁자에서 5프랑짜리 지폐를 집어서 쟁반에 놓았다. "네가 가져, 클라리스. 이 신사분들이 주시는 거다."

"이분들이 돈을 주신 것은 이번이 처음이에요" 하고 클라리스가 말했다. "고맙습니다."

고메스가 스페인어로 뭐라고 말했다. 다섯 사람은 뒤로 휙 돌아서서 제자리로 돌아갔다. "섭섭한데" 하고 모로소프가 말했다. "녀석들을 늘씬하게 때려주고 싶었는데, 애석하게도 자네 때문에 그러지 못했어. 이 불법적인 버림받은 친구야. 때때로 그렇게 못 해서 분할 때가 없나?"

"저런 녀석들은 아무래도 좋아. 그래주고 싶은 놈은 따로 있지."

구석 탁자에서 스페인 말이 몇 마디 들려왔다. 다섯 사람이 일어섰다. 만세 삼창을 했다. 잔들을 소리 내며 내려놓고 다섯 사람은 씩씩하게 방을 나갔다.

"하마터면 이 좋은 칼바도스를 녀석 얼굴에 끼얹을 뻔했지." 모로소프는 잔을 들어 단숨에 마셨다. "저런 녀석들이 오늘날 유럽을 지배하고 있다니! 우리도 옛날에는 저런 바보였을까?"

"물론이지" 하고 라비크는 말했다.

그들은 한 시간쯤 체스를 두었다. 이윽고 모로소프가 얼굴을 들었다. "샤를이 오는군" 하고 그는 말했다. "아마 자네를 찾는 모양이야."

라비크는 얼굴을 들었다. 접수부 보이가 두 사람이 있는 쪽으로 다가왔다. 보이는 손에 작은 꾸러미를 들고 있었다.

"이것을 선생님께 드리라면서 놓고 갔습니다." 그는 라비크에게 말했다.

"내게?"

라비크는 꾸러미를 보았다. 얇고 투명한 흰 종이에다 말아서 끈으로 묶은 조그마한 꾸러미였다. 주소는 적혀 있지 않았다. "이런 걸 받을 데가 없는데, 아마 잘못 전달된 거겠지. 누가 가져왔던가?"

"아가씨…… 부인이에요." 보이는 떠듬거렸다.

"아가씬가, 아니면 부인인가?" 하고 모로소프가 옆에서 물었다.

"글쎄요……. 그 중간쯤이에요."

모로소프는 히죽이 웃었다. "제법 똑똑하군."

"이름이 안 적혔는데, 그 사람이 날 주라고 하던가?"

"그렇게는 말하지 않았어요. 선생님 이름은 대지 않았죠. 그분은 여기 계신 의사 선생님께 드리라고 했어요. 그리고…… 선생님은 그 부인을 아실 텐데요."

"그 여자가 그렇게 말하던가?"

"아뇨" 하고 보이는 말했다. "하지만 며칠 전 밤에 선생님과 함께 오시지 않았습니까?"

"때로는 여자하고도 같이 올 수가 있지" 하고 라비크는 말했다. "그런데 호텔 종업원이 첫째로 갖춰야 하는 미덕은 신중한 태도라는 걸 알아둬야 해. 경솔한 태도는 상류사회 기사들에게만 통용되는 거야."

"꾸러미나 풀어보게, 라비크" 하고 모로소프는 말했다. "자네에게 보낸 것이 아니라도 상관없어. 변변치도 못한 인생을 살면서, 우리 둘 다 이보다 더 나쁜 짓도 해오지 않았나."

라비크는 웃으면서 꾸러미를 풀었다. 그리고 자그마한 물건을 싼 종이를 풀었다. 그것은 그 여인의 방에서 본 목각 성모상이었다. 그 여인, 그는 기억해내려고 했다. 그 이름이 무엇이더라? 마들렌…… 마드……. 까맣게 잊었다. 무슨 그런 이름이었는데. 그는 얇은 포장지를 살펴보았다. 아무런 종이쪽지도 들어 있지 않았다. "알았어" 하고 그는 보이에게 말했다. "내 것이 틀림없어."

그는 성모상을 탁자에 놓았다. 체스 말과 함께 놓아두니 통 어울리지가 않았다. "러시아 여잔가?" 하고 모로소프가 물었다.

"아니야. 나도 처음에는 그렇게 생각했지."

라비크는 붉은 루주가 지워졌다는 것을 알았다. "대체 어떻게 해야 한담?"

"아무 데다 놓아두게. 대부분 물건은 어디다 두어도 좋은 거야. 세상은 넓으니까 무엇이든 놓아둘 수 있지. 다만 사람 있을 곳이 없을 뿐."

"그 남자는 벌써 매장했겠지……."

"그게 그 여자인가?"

"응."

"그 뒤로 다시 만나보았나?"

"아니."

"이상한 일이야" 하고 모로소프는 말했다. "우리는 언제나 사람을 도와 줬다고 생각하면서, 정작 그 사람이 가장 어려움을 겪고 있을 때는 손을 빼 버린단 말이야."

"난 자선사업을 하고 있는 게 아니야, 보리스. 게다가 더 지독한 일을 보고도 전혀 손쓰지 않은 적도 있어. 왜 이 여자가 지금 가장 어려움을 겪고 있다는 거야?"

"지금 그녀는 외로우니까 그렇지. 지금까지는, 죽긴 했지만 그 남자가 같이 있었지. 그는 이 땅 위에 살고 있었다고. 그런데 지금은 땅 밑에 있어. 세상을 떠나고, 이젠 이 세상에 없단 말이야. 여기 이것은……." 모로소프는 성모상을 가리켰다. "감사 표시가 아니라 구원을 청하는 절규야."

"나는 그녀하고 잤단 말이야" 하고 라비크는 말했다. "무슨 일이 있었는지도 모르면서. 나는 그걸 잊고 싶은 거야."

"원, 별소리를! 애정이 얽히지 않는 한, 그런 일은 이 세상에서 문제가 되지 않아. 내가 아는 어떤 여자는 사내와 자는 것쯤은 사내의 이름을 부르기보다 더 쉬운 일이라고 했어." 모로소프는 몸을 앞으로 내밀었다. 그의 큼지막한 대머리가 빛을 받아 번쩍였다. "한마디 해두겠는데, 라비크, 만약 할 수 있다면, 그리고 할 수 있는 한 우린 남에게 잘해줘야 하네. 앞으로 살아가는 동안 이른바 범죄라는 걸 한두 번은 저지르게 될 테니까 말이야. 적어도 나는 그래. 아마 자네도 그럴 거야."

"그야 그렇지."

모로소프는 볼품없는 종려나무가 서 있는 화분에 팔을 감았다. 종려나무가 가볍게 흔들렸다. "생활이란 남의 힘으로 사는 것이지. 우리는 모두 서로를 잡아먹고 있어. 가끔가다 번쩍하는 인정의 작은 불꽃, 이것을 쉽사리 없애버려서는 안 되네. 살아가기가 괴로울 때 그것이 살아갈 힘을 주니까."

"알았어. 내일 그녀를 만나러 가지."

"좋아" 하고 모로소프가 말했다. "내가 한 말도 바로 그거야. 그런데 이젠 그만 지껄이기로 하지. 자, 누구 차례지?"

5

호텔 주인은 라비크를 곧 알아보았다. "부인은 방에 계십니다" 하고 그는 말했다.

"전화로 내가 여기 와 있다고 알려줄 수 없겠소?"

"그 방엔 아직 전화가 없습니다. 올라가셔도 될 것 같습니다."

"몇 호실이죠?"

"27호실입니다."

"이름을 잊어버렸는데, 뭐죠?"

주인은 별로 놀라는 것 같지 않았다.

"마두, 조앙 마두입니다" 하고 그는 이렇게 덧붙였다. "본명이 아닌 것 같아요. 아마 예명이겠지요."

"어째서 예명이라고 생각하시오?"

"숙박부에 여배우라고 기입했으니까요. 예명처럼 들리지 않습니까?"

"글쎄, 알 수 없는데. 내가 아는 배우 가운데 구스타프 시미트라는 사람이 있소. 본명은 삼보나의 백작 알렉산더 마리라고 하지. 구스타프 시미트는 그 사람 예명이지요. 그렇게 들리지는 않죠?"

주인은 그래도 손을 들지 않았다. "근자엔 별일이 다 많으니까요" 하고 변명했다.

"뭐 그렇게 별다른 일이 많은 것도 아니죠. 역사를 살펴보면, 우리는 비교적 평온한 시대에 살고 있다는 것을 알 수 있소."

"고마운 말씀이지만, 저로서는 그만하면 충분합니다."

"나도 그렇소. 하지만 가능할 때 즐겨두는 게 좋아요. 27호실이라고 했지요?"

"네, 그렇습니다."

라비크는 문을 두드렸다. 대답이 없었다. 다시 한번 노크하자 비로소 들릴락 말락 하는 소리가 들렸다. 문을 열자 여인이 눈에 띄었다. 그녀는 칸막이벽에 붙어 있는 침대에 앉아서 천천히 눈을 들었다. 단정하게 외출복을 입고 있었다. 라비크를 처음 만났을 때 입고 있던 그 하늘색 맞춤옷이었다. 만일 여인이 무슨 잠옷 따위를 아무렇게나 걸치고 누워 있었더라면 그렇게까지 외로워 보이지는 않았을 것이다. 그러나 이렇게 누구를 위해서도 아니며 무엇을 위해서도 아닌, 지금은 무의미해져버린 단순한 습관에서 단정히 옷을 차려입고 있는 모습을 보니, 라비크는 어쩐지 가슴이 뭉클했다. 흔히 보는 광경이다. 그는 이렇게 앉아 있는 사람을 몇백 명이나 보아왔다. 낯선 이국 하늘로 아무런 목표도 없이 쫓겨난 피난민. 불안한 생활의 조그마한 섬. 어디로 가야 한다는 목표도 없이 그들은 그렇게 앉아 있었다. 다만 습관으로 살아가고 있을 뿐이었다.

그는 손을 뒤로 돌려 문을 닫았다. 그리고 "방해가 되지 않았소?"라고 말하고는 곧 무의미한 말을 했다고 생각했다. 도대체 이 여자에게 방해가 되는 것이 아직도 남아 있단 말인가? 그런 것은 하나도 없다.

그는 모자를 의자에 놓았다. "다 처리되었소?" 하고 그는 물었다.

"네, 별일이 있어야지요."

"뭐 성가신 일은 없었소?"

"없었어요."

라비크는 그 방에 단 하나 있는 안락의자에 앉았다. 스프링이 삐걱거렸다. 한 개가 망가졌다는 것을 곧 알 수 있었다.

"나가려던 참이오?"

"네, 이따가 아무 때나. 갈 데도 별로 없어요. 그냥 나가보는 거죠. 달리 할 일이 있겠어요?"

"그렇겠지. 이삼일 동안은 말이오. 파리에 아는 사람이 없습니까?"

"없어요."

"아무도?"

여인은 맥이 풀린 듯 고개를 들었다. "아무도 없어요. 당신과 호텔 주인, 그리고 보이, 하녀뿐이에요." 여인은 슬픈 듯이 웃었다. "많지 않지요?"

"많지 않군. 저……." 라비크는 죽은 남자의 이름을 생각해내려고 했다. 그러나 전혀 기억이 나지 않았다.

"없어요" 하고 여인은 말했다. "라진스키가 아는 사람도 여기엔 하나도 없었어요. 혹시 있는지 몰라도, 저는 만난 적이 없어요. 여기 도착하자마자 이내 병이 들었는걸요."

라비크는 오래 앉아 있을 생각이 아니었다. 그러나 그녀가 그렇게 앉아 있는 것을 보자 생각이 달라졌다. "저녁 식사는 했소?"

"아뇨. 배가 고프지 않아요."

"오늘 뭐라도 먹었소?"

"네, 오늘 낮에. 낮에는 그래도 괜찮아요. 그런데 밤이 되면……."

라비크는 주위를 둘러보았다. 살풍경한 작은 방에 암담함과 11월의 넘새가 풍겼다. "이젠 여기를 나가도 좋을 시간이군. 갑시다. 저녁이나 같이 합시다."

여인이 거절할 것이라고 생각했다. 무슨 일이 있어도 다시는 기분을 돌리게 할 수 없을 듯한 무관심한 모습이었다. 그런데 여인은 곧 일어나서 레인코트를 집어 들었다.

"그건 안 돼. 그 코트는 너무 얇아요. 좀 더 따뜻한 게 뭐 없나요? 밖은 추워요."

"아까는 비가 내렸는데……."

"비는 아직도 오고 있어요. 하지만 추워요. 속에다 뭘 더 입을 게 없소? 다른 외투나, 아니면 스웨터라도."

"스웨터가 있어요."

여인은 큰 가방이 놓인 데로 걸어갔다. 라비크는 여인이 짐을 하나도 풀지 않고 있다는 것을 알았다. 여인은 가방에서 검은 스웨터를 꺼내서, 재킷을 벗고 그것을 입었다. 여인의 어깨는 미끈하고 아름다웠다. 다음에 베레모를 쓰고, 재킷과 외투를 입었다. "좀 나은가요?"

"훨씬 낫지."

두 사람은 계단을 내려갔다. 호텔 주인은 이제 없었다. 대신 수위가 열쇠 걸이 옆에 앉아 있었다. 그는 편지를 분류하고 있었다. 마늘 냄새가 났다. 그 곁에 얼룩고양이 한 마리가 꼼짝도 않고 앉아 그를 지켜보고 있었다.

"아직도 여전히 먹고 싶은 생각이 없소?" 밖에 나와서 라비크가 물었다.

"모르겠어요, 많이는 못 먹을 것 같아요."

라비크는 손을 들어 택시를 불렀다. "그럼 벨 오로르로 가지. 거기라면 저녁으로 정식을 안 청해도 되니까."

벨 오로르로서는 늦은 시간이었다. 그들은 2층의 천장이 낮은 조그만

방에서 식탁을 하나 찾아냈다. 그들 말고는 창가에서 치즈를 먹고 있는 남녀 한 쌍과, 혼자서 굴을 산더미처럼 쌓아놓고 있는 수척한 사나이뿐이었다. 보이가 들어와서, 체크무늬 식탁보를 말똥말똥 들여다보았다. 이윽고 그것을 갈아 씌우기로 결심한 모양이었다.

"보드카 두 잔" 하고 라비크는 일렀다. "찬 것으로. 조금 마시고 나서 오르되브르*를 먹기로 합시다" 하고 그는 여인에게 말했다. "당신에겐 그것이 제일 좋을 거요. 이 레스토랑은 오르되브르가 유명해요. 그 외에는 별로 먹을 것이 없어요. 하여간 그전에 배가 불러서 다른 것은 먹을 수도 없게 되죠. 몇십 종류가 되거든요. 더운 것도 찬 것도. 그것이 또 모두 맛이 희한하지요. 한번 시험해봅시다."

보이가 보드카를 가져왔다. 그리고 메모지를 꺼내 들었다.

"병으로 뱅 로제 하나" 하고 라비크는 말했다. "앙주 있나?"

"앙주산으로, 로제. 잘 알았습니다."

"됐어. 큰 병으로 얼음에 채워서 주게. 그리고 오르되브르."

보이는 물러갔다. 문간에서 그는 마침 계단을 뛰어 올라온 붉은 깃털 모자를 쓴 여자와 하마터면 부딪칠 뻔했다. 그녀는 보이를 밀치고, 굴을 먹으며 앉아 있는 바짝 마른 남자에게로 다가섰다.

"알베르" 하고 그녀는 말했다. "돼지처럼……."

"쯧, 쯧" 하고 알베르는 혀를 차며 주위를 둘러보았다.

"쯧쯧이 뭐예요?" 여자는 젖은 우산을 식탁에 놓고 씩씩거리며 자리에 앉았다. 알베르는 별로 놀라는 것 같지도 않았다. "아, 당신" 하고 나서 그는 나직이 소곤거리기 시작했다.

라비크는 빙긋이 웃음을 짓고 잔을 들었다. "자, 단숨에 쭉 비웁시다,

---

* 전채 요리를 말한다.

살뤼."*

"살뤼" 하고 조앙 마두는 말하고서 술을 마셨다.

잠시 뒤 오르되브르가 조그마한 손수레에 실려 왔다.

"뭘 들겠소?" 라비크는 여인을 바라보았다. "내가 집어주는 게 제일 간단하겠군."

그는 접시에 가득 담아서 그녀에게 주었다. "입맛에 안 맞는 게 있어도 상관없어요. 나중에 또 다른 수레가 올 테니까. 이건 시작일 뿐이오."

그는 자기 접시에도 담아서, 여인에게 더는 신경 쓰지 않고 먹기 시작했다. 문득 그녀도 먹고 있다는 것을 느꼈다. 그는 새우 껍질을 벗겨서 그녀에게 내밀었다. "먹어봐요. 왕새우보다는 맛이 나으니까. 이번에는 파테 메종. 거기다가 흰 빵을 조금 곁들이면 나쁘지 않죠. 그리고 포도주를 약간. 산뜻하고 떫고 시원하지······."

"저 때문에 폐가 많아요" 하고 여인은 말했다.

"그래, 급사장처럼 말이오" 하고 라비크는 소리 내어 웃었다.

"그런 게 아녜요. 정말 폐를 너무 많이 끼쳐요."

"난 혼자 먹는 게 싫어요. 이유는 그뿐이죠. 별거 없어요. 마치 당신처럼."

"저는 좋은 상대가 못 될 거예요."

"그렇지 않아요" 하고 라비크는 말했다. "식사를 하기엔 좋은 상대지요. 최고급이오. 말 많은 건 질색이니까요. 큰 소리로 떠드는 것도요."

그는 방 저쪽 알베르를 건너다보았다. 붉은 깃털 모자는 그가 돼지 중에서도 상돼지라는 이유를 지금 큰 소리로 누누이 늘어놓는 중이었다. 그러면서 연방 우산으로 박자를 맞춰가며 식탁을 또닥거렸다. 알베르는 듣고는 있었지만 별로 감명을 느끼는 것 같지는 않았다.

---

* 　프랑스어로 '안녕' 또는 '반가워'라는 뜻이다.

조앙 마두는 살짝 웃음을 지었다. "저도 싫어요."

"자, 다음 수레가 왔소. 곧 들겠소? 아니면 한 대 피우고 나서 하겠소?"

"먼저 한 대 피우겠어요."

"좋소. 오늘은 다른 담배를 가지고 있지요. 그 검은 것 말고."

그는 불을 붙여주었다. 여인은 몸을 뒤로 기대고 연기를 깊이 빨아들였다. 그리고 나서 그를 똑바로 쳐다보았다. "이렇게 앉아 있으니까 참 좋아요" 하고 그녀는 말했다. 그리고 순간적으로 곧 눈물이 쏟아질 듯 보였다.

그들은 콜리제에서 커피를 마셨다. 샹젤리제를 향한 큰 홀은 손님으로 붐볐지만, 아래층 바에서 탁자를 하나 찾아낼 수가 있었다. 벽의 상반부는 유리로 되어 있었다. 그 속에 앵무새와 잉꼬가 웅크리고 앉아 있고, 갖가지 색채의 열대지방 새들이 이리저리 날고 있었다.

"지금부터 어떻게 할지 생각해보았소?" 하고 라비크가 물었다.

"아뇨, 아직."

"이곳으로 올 때, 무슨 결정된 일이라도 있었소?"

여자는 망설였다. "아뇨, 별로."

"호기심에서 묻는 것이 아니오."

"알아요. 당신은 제가 뭘 해야 한다고 생각하시죠. 저도 그래야겠다고 생각하고 있어요. 매일같이 저 자신에게 그렇게 말하고 있어요. 하지만……."

"호텔 주인은 당신이 여배우라고 하더군. 내가 물어본 것은 아니지만. 당신 이름을 물으니까 그런 이야기를 하던데."

"잊으셨군요."

라비크는 슬쩍 여인을 쳐다보았다. 여인은 조용히 그를 바라보고 있었다. "그렇소" 하고 그는 말했다. "쪽지를 호텔에 놓고 와서 생각이 나야 말이지."

"지금은 아세요?"

"알고 있소, 조앙 마두."

"저는 좋은 여배우가 못 돼요" 하고 여인은 말했다. "단역만 맡아 했어요. 그나마도 2, 3년 동안은 하지 않았지요. 그리고 프랑스 말도 제대로 못하고."

"그럼 어느 나라 말을 하지요?"

"이탈리아 말, 거기서 자랐어요. 그리고 영어와 루마니아 말을 조금. 아버지가 루마니아 사람이었어요. 지금은 세상을 떠났지요. 어머니는 영국 사람이에요. 지금도 이탈리아에 있는데 어디서 사는지는 몰라요."

라비크는 반쯤밖에 듣고 있지 않았다. 지루해서 더는 무슨 말을 해야 할지 모르게 되었다.

"다른 일을 해본 적은 없소?" 잠자코 있을 수도 없어서 물어보았다. "아까 말한 단역인가 하는 것 말고."

"단역과 관계되는 것뿐이에요. 춤이나 노래 따위지요."

라비크는 의심스러운 듯 여인을 바라보았다. 그런 일을 할 수 있을 것같이 보이지는 않았다. 어딘가 흐릿하고 선이 약해서 매력적인 데가 없었다. 도시 배우처럼 보이지 않았다. 배우와는 거리가 멀어 보였다.

"그렇다면 여기서 일자리를 얻기가 쉬울지도 몰라요" 하고 그는 말했다. "그런 일을 하는 데는 굳이 말이 완전할 필요가 없으니까요."

"그래요? 하지만 우선 무엇이든 찾아야겠어요. 아는 사람이 없으니, 그게 어렵네요."

모로소프라면, 하고 문득 라비크는 생각했다. 세라자드, 그렇지! 그런 일이라면 모로소프가 알고 있을 것이다. 거기에 생각이 미치자 기운이 났다. 모로소프 때문에 이렇게 따분한 저녁을 보내게 되었지. 이번에는 이 여인을 모로소프에게 떠맡겨도 좋겠지. 보리스는 크게 실력을 발휘할 수 있

88

겠지. "러시아 말을 할 줄 아나요?"

"조금요. 노래를 한두 가지, 집시 노래요. 루마니아 노래와 같아요. 왜 물으세요?"

"그런 일에 잘 통하는 사람을 알고 있어요. 아마 도움이 될지도 모르겠소. 그 사람 주소를 가르쳐드리지요."

"별 도움이 안 될 거예요. 중개인이란 어디나 다 매한가지예요. 소개 같은 건 거의 소용이 없지요."

이 사람은 가장 간단한 방법으로 내게서 벗어나려 하고 있다, 여인이 이렇게 생각하고 있는 것을 라비크는 알았다. 그렇다면 가만있을 수가 없다. "내가 말하는 사람은 중개인이 아니고, 세라자드의 도어맨이오. 몽마르트르에 있는 러시아식 나이트클럽이지."

"도어맨요?" 조앙 마두는 고개를 들었다. "그렇다면 사정이 다르죠. 도어맨은 중개인보다는 잘 알아요. 어떻게 할 수 있을지도 모르겠군요. 잘 아시는 분이에요?"

"물론."

라비크는 깜짝 놀랐다. 여인이 별안간 직업여성 같은 말을 했기 때문이다. 타산이 너무 빠르군, 하고 그는 생각했다. "내 친구지요" 하고 그는 말했다. "보리스 모로소프라고 하는데, 벌써 10년이나 세라자드에서 일하고 있지요. 거기서는 언제나 규모가 상당히 큰 쇼를 하고 있소. 프로그램을 자주 바꾸지요. 보리스는 그 집 지배인하고 친해요. 설령 세라자드에 자리가 없더라도 그 친구라면 틀림없이 또 다른 데를 알 거요. 한번 가보겠소?"

"네. 언제쯤 가면 될까요?"

"저녁 9시쯤이 제일 좋겠소. 그때쯤이면 바쁘지 않으니까 당신하고 이야기할 시간이 있을 거요. 내가 잘 말해두죠." 라비크는 모로소프의 얼굴을 볼 일이 벌써부터 즐거웠다. 그는 갑자기 기운이 났다. 지금까지 마음에 걸리던 가벼운 책임감도 사라졌다. 나는 할 수 있는 일은 다 했다. 다음 일은 여인이 알아서 해야지. "피곤하오?" 하고 그는 물었다.

조앙 마두는 그의 눈을 똑바로 쳐다보았다. "피곤하지는 않아요" 하고 여인은 말했다. "하지만 저하고 여기 함께 앉아 계시면서도 전혀 즐겁지 않으시다는 걸 전 알아요. 당신은 저를 동정하신 거지요. 정말 고마웠어요. 방에서 데리고 나와 이렇게 이야기를 해주시니, 정말 고마운 일이에요. 벌써 며칠째 아무하고도 말을 해본 일이 없거든요. 이젠 돌아가겠어요. 당신은 제게 너무 잘해주셨어요. 그동안 줄곧 당신이 안 계셨더라면, 전 어떻게 되었을지 모르겠어요."

거참, 또 시작이군! 라비크는 불안한 마음으로 자기 앞의 유리벽을 보았다. 통통한 비둘기 한 마리가 잉꼬를 덮치고 있었다. 잉꼬는 이제 지쳐버렸는지, 비둘기를 등에서 떨어버리려고도 하지 않았다. 모르는 체하고 모이만 쪼며 비둘기를 무시하고 있었다.

"동정을 한 게 아니오" 하고 라비크가 말했다.

"그럼 뭐예요?"

비둘기는 단념한 모양이었다. 잉꼬의 넓은 등에서 뛰어내려 깃을 닦기 시작했다. 잉꼬는 시치미를 떼고 꽁지를 치켜들고 똥을 누었다.

"이번엔 어디, 오래 묵은 좋은 아르마냑을 마십시다" 하고 라비크는 말했다. "이게 내 제일 좋은 대답이오. 그러나 잘 들으시오. 나는 그다지 각별한 박애주의자도 아니란 말이오. 혼자서 멍하니 앉아 있는 밤도 많소. 그렇게 하는 것이 특별히 재미있는 일이라고 생각하오?"

"그렇게는 생각 안 해요. 하지만 저는 좋은 상대가 못 돼요. 혼자 계시는 편이 더 나아요."

"나는 상대를 이것저것 고르는 짓을 잊어버렸소. 자, 당신의 아르마냑이오, 살뤼!"

"살뤼!"

라비크는 잔을 내려놓았다. "자, 이제 그럼 이 동물원에서 떠나기로 합시다. 아직 호텔로 돌아가고 싶지는 않겠지요?"

조앙 마두는 고개를 저었다.

"좋소. 그럼 어디 다른 데로 갑시다. 세라자드로 가지 않겠소? 거기서 한잔합시다. 아무래도 두 사람 다 그럴 필요가 있을 것 같군. 그리고 거기서 무슨 쇼를 하는지, 당신도 알게 될 테고."

벌써 그럭저럭 새벽 3시였다. 두 사람은 밀랑 호텔 앞에 서 있었다. "충분히 마셨소?" 하고 라비크는 물었다.

조앙 마두는 망설였다. "그 세라자드에 있을 때는 실컷 마셨다고 생각했어요. 그런데 이렇게 여기 와서 이 문을 바라보니…… 아직 충분치 않군요."

"그쯤은 어떻게 되겠지요. 틀림없이 호텔에 아직은 뭔가 있을 거요. 없으면 어디 술집에라도 가서 한 병 사옵시다. 자, 들어가요."

여인은 그를 쳐다보았다. 그러고 나서 입구를 바라보았다. 그리고 "좋아요" 하고 결심한 듯이 말했다. 그러나 선 채로 움직이지 않았다. "저 텅 빈 방으로 들어가봐야……."

"나도 같이 가겠소. 한 병 가지고 말이오."

수위가 잠을 깼다.

"뭐 마실 것 없소?" 라비크가 물었다.

"샴페인 칵테일은 어떻습니까?" 하고 수위는 즉시 사무적으로, 그러나 여전히 졸린 듯이 하품을 하면서 되물었다.

"고맙소, 좀 더 강한 것이 좋겠어. 코냑 한 병."

"쿠르봐지에, 마르텔, 에네시, 비스퀴 뒤부셰?"

"쿠르봐지에를 주시오."

"알겠습니다. 마개를 따서 갖고 가겠습니다."

두 사람은 계단을 올라갔다. "열쇠를 가졌소?" 하고 라비크는 여인에게 물었다.

"방을 잠그지 않았어요."

"잠그지 않으면 돈이나 서류를 도둑맞을 텐데."

"잠가둬도 도둑맞으려면 맞아요."

"이런 자물쇠라면 그럴지도 모르겠군. 그래도 잠가두면 좀 낫겠지요."

"그럴지도 모르죠. 하지만 혼자 밖에서 돌아와 열쇠로 문을 열고 텅 빈 방에 들어가고 싶진 않은걸요. 마치 무덤을 여는 것 같아요. 이 방에 들어가는 것만도 지긋지긋해요. 가방이 한두 개 있을 뿐 절 기다려주는 건 하나도 없어요."

"어딜 가도 기다려주는 건 하나도 없소" 하고 라비크는 말했다. "우리는 언제나 무엇이든 자신이 갖고 가야 하거든요."

"그럴지도 모르죠. 그렇지만 자비로운 환상이라는 것이 역시 있겠죠. 그런데 여긴 아무것도 없어요……."

조앙 마두는 코트와 베레모를 침대에 내던지고 라비크를 쳐다보았다. 창백한 얼굴에 박힌 그 눈은 맑고 컸으며, 미칠 듯한 절망 속에 응고해버린 것 같았다. 여인은 그렇게 잠깐 동안 서 있었다. 그러고는 재킷 호주머니에 두 손을 찌른 채 성큼성큼 좁은 방 안을 이리저리 거닐기 시작했다. 돌아설 때마다 몸에 탄력을 주어 유연하게 빙글 돌았다. 라비크는 주의 깊게 여인을 지켜보았다. 여인은 갑자기 힘이 솟아서 놀랄 만큼 유연해지고, 방이 비좁은 듯했다.

노크 소리가 들렸다. 수위가 코냑을 가지고 왔다. "식사는 어떻게 하시겠습니까? 콜드 치킨이나 샌드위치 같은 것은……."

"시간 낭비요, 영감님." 라비크는 돈을 지불하고 그를 방에서 내쫓았다.

그리고 두 잔에 술을 가득 따랐다. "자, 간단하고 야만적이긴 하지만······
그러나 괴로울 때는 원시적인 것이 제일이지. 점잖은 짓은 평온무사할 때
나 하는 거요. 자, 듭시다."

"그리고 다음에는요?"

"다음에 또 마시는 거요."

"저도 그렇게 해보았어요. 하지만 소용없었지요. 혼자 있을 때 취한다는
건 좋은 일이 못 돼요."

"잔뜩 마시지 않기 때문이오. 그렇게 하면 잘될 거요."

라비크는 침대 반대편 벽에 놓여 있는, 좁고 흔들거리는 긴 의자에 앉았
다. 전에는 못 보던 것이었다. "이건 당신이 올 때부터 있던 거요?"

여인은 고개를 저었다. "제가 들여놓았어요. 침대에서 자기 싫어서요. 쓸
데없는 일이란 생각이 들어요. 침대라든가, 옷을 벗는다든가, 그런 모든 게
무슨 소용이 있겠어요? 아침이나 낮이라면 그것도 좋겠지만요. 하지만 밤
에는······."

"당신, 무슨 일을 해야겠소." 라비크는 담배에 불을 댕겼다. "모로소프를
못 만나서 유감이군. 오늘은 그 친구가 노는 날이라는 걸 몰랐어. 내일 밤에
꼭 가봐요. 9시쯤에 틀림없이 무엇이든 일자리를 구해줄 거요. 주방 일이
라도 말이오. 그렇게 되면 어떻든 밤에는 바빠지지. 당신도 그걸 바라고 있
잖소?"

"그래요." 조앙 마두는 걸음을 멈췄다. 그리고 코냑을 단숨에 마시고 침
대에 가서 앉았다. "전 매일 밤 바깥을 쏘다녔어요. 걷는 동안은 마음 편해
요. 그런데 앉아서 천장이 머리 위에 떨어지려고 하면······."

"거리를 걸어 다녀도 별일 없었소? 뭐 도둑맞거나 하지는 않았소?"

"아뇨, 아무것도. 아마 저 같은 건 훔칠 만한 물건도 없는 여자로 보이는
모양이죠." 여인은 빈 잔을 그에게로 내밀었다. "그리고 다른 일은······ 저

는 은근히 기대했어요. 누구 말이라도 걸어주는 사람은 없을까 하고요. 아무 일도 없이 그냥 걷고만 있기가 싫었어요! 그래도 어떤 사람의 눈이 저를 봐주었으면 하고요. 돌 따위가 아니고 사람 눈이 말이에요. 내쫓긴 것처럼 그렇게 돌아다니지 않아도 좋게요. 다른 별에서 살고 있는 사람처럼!" 여인은 머리카락을 뒤로 젖혀 넘기고 라비크가 내미는 잔을 받았다. "제가 왜 이런 말을 하고 있는지 모르겠군요, 얘기를 하고 싶지 않은데도. 아마 며칠 동안이나 말을 안 해서 그런가 보죠. 아마 오늘 저녁 처음으로……." 여인은 이렇게 꺼내다가 말을 끊었다. "제 말을 듣지 않으셔도 좋아요……."

"나는 술을 마시고 있소" 하고 라비크는 말했다. "당신은 하고 싶은 말을 하면 돼요. 밤인데 어떻소. 당신 말을 듣는 사람은 아무도 없소. 나는 나 자신에게 귀 기울이고 있소. 내일이면 모두 잊어버릴 거요."

그는 뒤로 기댔다. 호텔 어디선가 물이 쏟아지는 소리가 들렸다. 라디에이터가 딸가닥거렸다. 비가 부드러운 손으로 창문을 조용조용 두드리고 있었다.

"돌아와서 불을 끄고…… 어둠이 마치 클로로포름에 적신 솜뭉치처럼 내려앉고…… 다시 불을 켜고, 언제까지나 멍하니 바라보고 있는……."

벌써 취했구나, 하고 라비크는 생각했다. 오늘은 보통 때보다 술이 빨리 도는군. 시작이 일러서 그럴까? 불이 침침해서 그럴까? 아니면 양쪽이 다 원인일까? 이 여자는 이제 그 보잘것없는, 퇴색한 여자가 아니다. 딴사람이다. 별안간 눈이 있다. 얼굴이 있다. 무엇인지 나를 빤히 보고 있다. 아마 그림자이리라. 내 이마 속에 있는 조용한 불길이 이 여자를 비추고 있는 것이다. 취하면 나타나는 최초의 빛이다.

그는 조앙 마두가 하고 있는 말을 듣지는 않았다. 그런 것은 다 알고 있는 일이고, 새삼스럽게 듣고 싶지도 않았다. 혼자 있다는 것, 그것은 인생의 영원한 후렴이다. 다른 여러 가지에 비해서 좋을 것도 없고 나쁠 것도 없다.

94

사람들은 그것을 너무 자주 입에 올린다. 사람은 언제나 혼자 있으며, 그렇다고 결코 혼자인 것은 아니다. 갑자기 어디선가 어스름 속에서 바이올린 소리가 들린다. 부다페스트를 둘러싸고 있는 언덕 위 어느 정원. 강한 밤나무 냄새. 바람. 그러면 꿈이 어린 부엉이처럼 어깨 위에 웅크리고 앉는다. 그 눈은 어스름 속에서 점점 빛을 더한다. 절대로 밤이 되지 않는 밤. 모든 여자가 아름다워지는 시간. 초저녁의 큼직한 갈색 나비의 날개.

그는 눈을 들었다.

"고마워요" 하고 조앙 마두는 말했다.

"뭐가?"

"듣지 않고 제 맘대로 지껄이게 해주셔서요. 속이 후련해요. 전 그게 필요했어요."

라비크는 고개를 끄덕였다. 그는 여인의 잔이 또 비어 있는 것을 보았다. "됐소. 병은 당신이 마시게 여기 두고 가겠소." 그는 일어섰다. 방, 여인, 그 밖에는 아무것도 없다. 창백한 얼굴, 이제는 한 가닥 빛도 남아 있지 않다.

"정말 가시겠어요?" 하고 조앙 마두는 물었다. 그러고는 마치 누가 방 안에 숨어 있기라도 한 듯 사방을 둘러보았다.

"이게 모로소프 주소요. 이름도 적어두겠소. 잊지 말아요, 내일 밤 9시." 라비크는 처방지에 적었다. 그리고 그 쪽지를 뜯어서 가방 위에 놓았다.

조앙 마두도 일어섰다. 그리고 외투와 베레모를 집어 들었다. 라비크는 여인을 쳐다보았다. "바래다주지 않아도 좋소."

"그런 게 아니에요. 여기 남아 있고 싶지 않을 뿐이에요. 지금은 싫어요. 어디든 좀 더 돌아다니고 싶어요."

"하지만 어차피 나중에 다시 돌아와야 하지 않소? 같은 짓을 되풀이할 뿐이오. 왜 여기 남아 있기가 싫은 거요? 이젠 괜찮지 않소?"

"곧 날이 새요. 돌아올 때쯤에는 아침이 될 거예요. 그러면 견디기가 쉬워요."

라비크는 창가로 갔다. 여전히 비가 내리고 있었다. 노란 가로등 주위로 젖은 회색 머리카락 같은 빗발이 바람에 불려 나부끼고 있었다. "자, 그럼 한잔 더 합시다. 그리고 당신은 자는 거요. 이런 날씨에는 산책도 할 수 없잖소."

그는 병을 집어 들었다. 조앙 마두는 갑자기 그에게 바싹 다가섰다. "절 여기 혼자 두고 가지 마세요" 하고 여인은 다급하고 절박하게 말했다. 그는 여인의 입김을 느꼈다. "저를 혼자 여기 두고 가지 마세요. 오늘 밤만은, 왠지 모르지만요, 그래도 오늘 밤만은 싫어요! 내일이면 용기가 날 것 같아요. 하지만 오늘 밤은 안 되겠어요. 전 이제 지치고 기진해서 쓰러질 것 같고 힘도 빠졌어요. 저를 데리고 나간 게 잘못이었어요. 오늘 밤만은 안 되겠어요……. 지금은 아무래도 혼자 있을 수가 없다고요."

라비크는 술병을 가만히 탁자에 놓고 자기 팔을 붙잡고 있는 여인의 손을 풀었다. "어린애로군" 하고 그는 말했다. "우린 언젠가는 모든 것에 익숙해져야 하오." 그는 흘끗 긴 의자를 쳐다보았다. "나는 이 의자에서 자도 좋소. 이 시간에 나가봐야 별수 없지. 난 한두 시간 푹 자야 해요. 아침 9시에 수술을 해야 하거든. 여기서 자든 내 방에서 자든 마찬가지요. 야근을 하는 게 처음은 아니니까. 그러면 됐소?"

여인은 고개를 끄덕였다. 여전히 그의 옆에 바싹 붙어 있었다.

"난 7시 반에 나가야 해요. 너무 이르지. 혹시 당신 잠을 깨우게 될지도 모르겠소."

"괜찮아요. 일어나서 아침 식사를 마련해드릴게요. 무엇이든……."

"그럴 필요는 없소" 하고 라비크는 말했다. "아침은 가까운 카페에서 하겠소. 재치 있는 근무자처럼 말이오. 럼주를 탄 커피에다 크루아상으로. 나머지는 병원에 가서 다 할 수 있지. 외젠에게 목욕 준비를 부탁하는 것도 괜찮겠군. 됐어, 여기서 자기로 하지. 11월의 버림받은 두 영혼. 당신은 침대에서 자요. 원한다면 준비가 될 때까지 난 저 수위 영감에게 내려가 있어도 괜찮소."

"그럴 필요 없어요."

"도망가진 않아요. 그렇지 않아도 필요한 물건이 있을 것 아니오. 베개라든가 이불 같은 것 말이오."

"벨을 누르면 돼요."

"내가 불러드리지." 라비크는 벨 단추를 찾았다. "이런 일은 남자가 하는 거요."

수위는 이내 왔다. 코냑을 또 한 병 들고 있었다.

"과분한 대접이군" 하고 라비크는 말했다. "아니, 고맙소. 우린 전후파거든. 이불하고 베개, 그리고 시트가 있어야겠소. 여기서 자야겠으니 말이오. 바깥은 너무 춥고 비가 몹시 쏟아지고 있으니. 지독한 폐렴을 앓다가 겨우 이틀 전에 일어났거든. 어떻게 할 수 없을까?"

"되고말고요. 그러지 않을까 생각하던 참이지요."

"됐어." 라비크는 담배에 불을 댕겼다. "난 복도에 나가 있겠소. 어디, 문앞 신발이나 구경해볼까. 옛날부터 내 취미거든. 도망가진 않아요" 하고 그는 조앙 마두의 표정을 살피며 말했다. "난 이집트의 요셉이 아니라오. 외투를 남겨두고 도망치지는 않을 거요."

수위가 부탁한 물건을 가지고 돌아왔다. 그는 라비크가 복도에 서 있는 것을 보자 얼른 걸음을 멈췄다. 그리고 얼굴이 환해지며 "이런 일은 좀처럼 없는 일이라서"라고 말했다.

"나도 이런 일은 좀처럼 없지. 생일이나 크리스마스 때나 그럴까. 그걸이리 주시오, 내가 가지고 들어가지. 그건 또 뭐요?"

"탕파*입니다. 폐렴이라고 하시기에."

"아주 친절하군! 그런데 나는 폐를 코냑으로 데우기로 했소." 라비크는 호주머니에서 지폐를 두어 장 꺼냈다.

"선생님은 아마 파자마가 없으실 텐데요. 한 벌 드릴까요?"

"고맙소만" 하고 라비크는 노인을 바라보았다. "내게는 작을 것 같은데."

"천만의 말씀을. 선생님에게 꼭 맞을 겝니다. 게다가 완전히 새것이지요. 이건 비밀입니다만, 어떤 미국분이 선물로 준 것입니다. 그분은 어떤 부인에게 선물로 받았지요. 전 그런 것은 입지 않거든요. 그냥 속옷 바람으로 자지요. 아주 새것입니다."

"알았소. 가져오시오. 어디 한번 봅시다."

라비크는 복도에서 기다렸다. 방문 앞에는 신발 세 켤레가 놓여 있었다. 한 켤레는 창이 닳은 자그마한 고무 구두였다. 그 방에서는 우레같이 코 고는 소리가 들렸다. 다른 두 켤레는 갈색의 남자 단화와, 단추가 달린 에나멜 가죽의 하이힐이었다. 이 두 켤레는 같은 방문 앞에 놓여 있었다. 가지런히 놓여 있는데도 이상스럽게 외로워 보였다.

수위가 파자마를 가지고 왔다. 훌륭한 물건이었다. 푸른 인조견에다 황금색 별무늬가 있었다. 라비크는 말문이 막힌 채 잠시 그것을 바라보았다. 그는 그 미국 사람의 심정을 이해할 수가 있었다.

"훌륭하지요?" 하고 수위는 자랑스러운 듯 말했다.

물론 파자마는 새것이었다. 그것을 산 루브르 백화점 상자에 그대로 담겨 있었다.

"유감스럽군" 하고 라비크는 말했다. "이것을 골라서 산 부인을 한번 보았으면 좋았을걸."

---

* 뜨거운 물을 넣어서 그 열기로 몸을 덥히는 기구다.

"오늘 밤에 입으시지요. 사시지 않아도 좋습니다."

"삯은 얼마나 드릴까?"

"좋도록 하십시오."

라비크는 호주머니에서 돈을 꺼냈다.

"그럼 받아두겠습니다"라고 수위는 말했다.

"당신은 프랑스 사람이 아니오?"

"아뇨, 프랑스 사람입니다. 생나제르 태생이죠."

"그럼 미국 사람하고 사귀어서 사람 버렸군그래. 아무튼…… 이런 파자마라면 돈을 얼마든지 내도 좋지."

"맘에 드신다니 기쁩니다. 안녕히 주무십시오, 선생님. 내일 부인께로 찾으러 오겠습니다."

"내일 아침에 내가 직접 돌려주겠소. 7시 반에 깨워주시오. 그러나 노크는 조용히. 그래도 알아들을 테니까……. 그럼 잘 자요."

"이것 좀 봐요" 하고 라비크는 조앙 마두에게 파자마를 보였다. "산타클로스 옷이오. 저 수위는 요술쟁이야. 여기에 여러 가지 장식품까지 붙어 있다면 더욱 좋겠군. 우스꽝스러운 일을 하려면 용기가 있어야 할 뿐만 아니라 그것을 순진하게 받아들여야 해요."

그는 긴 의자에 담요를 폈다. 자기 호텔에서 자건 여기서 자건, 그에게는 아무래도 좋았다. 그럭저럭 견딜 만한 욕실을 복도에서 봐두었고, 새 칫솔도 수위에게 얻었다. 그 밖의 것은 아무래도 좋았다. 여인은 말하자면 환자 같은 것이다.

그는 물잔에 코냑을 따르고, 수위가 가져온 작은 잔을 하나 집어서 함께 침대 옆에 놓았다. "이것만 있으면 충분하겠지. 이러는 편이 간단해. 일부러 일어나서 따라주지 않아도 될 테니까. 술병과 또 다른 잔은 내가 저리로 가져가겠소."

"작은 잔은 필요 없어요. 물잔으로 마실게요."

"그러면 더욱 좋소." 라비크는 긴 의자에서 담요로 몸을 감쌌다. 여인이 잠자리가 어떠냐고 꼬치꼬치 묻지 않아서 좋았다. 여인은 소원을 이룬 것이다. 다행스럽게도 그녀는 쓸데없는 주부 같은 시중을 들지 않았다.

그는 잔을 채우고 술병을 방바닥에 놓았다. "살뤼!"

"살뤼! 감사해요."

"천만에. 그렇잖아도 비를 맞으며 가고 싶지는 않았는데, 잘됐소."

"아직도 오나요?"

"그렇소."

정적을 뚫고, 바깥에서 나직하게 창문을 두드리는 소리가 들려왔다. 마치 무엇인가가 방 안으로 들어오고 싶어 하는 것처럼, 잿빛의 음산하고 형태도 없는 그 무엇, 슬픔보다도 더 슬픈 그 무엇인가. 먼 옛날의 아득하기만한 기억이나, 언젠가 어느 작은 섬에 밀려와서는 그대로 잊어버리고 만 무언가를 되찾아서 묻어버리려고 끊임없이 밀려오는 파도인가. 조그만 인간과 빛과 생각인가.

"술 마시기에 좋은 밤이군."

"그렇군요. 하지만 혼자 있기에는 괴로운 밤이에요."

라비크는 잠시 말을 하지 않았다. "우리는 그것에 익숙해져야 하오." 이윽고 그는 말했다. "이전에 우리를 잡아매고 있던 것이 지금은 파괴되어버렸소. 우린 오늘날 줄이 끊어진 유리알 목걸이처럼 산산이 흩어져 있는 거요. 든든한 것이라곤 하나도 없소." 그는 다시 잔을 채웠다. "나는 어릴 때 목장에서 하룻밤을 잔 적이 있었소. 여름이었는데, 하늘이 맑게 개어 있었지. 잠들기 전에 보니, 오리온성좌가 지평선 숲 위에 걸려 있었소. 그러다가 밤중에 잠을 깨어보니…… 뜻밖에도 오리온성좌는 바로 내 위에 높이 걸려 있지 않겠소. 나는 그때 일을 잊어버린 적이 없소. 지구는 유성이며 돌고 있다는 것을 배워서 알고는 있었지만, 그저 책에 적혀 있는 대로 배우고 있었을 뿐 그것을 생각해본 적은 없었는데, 그때 비로소 나는 정말 그렇다고 느꼈소. 지구는 묵묵히 무한한 공간을 날고 있다는 것을 느꼈소. 무엇이든 붙잡고 있지 않으면 떠밀려 나가떨어질 것만 같이 강렬하게 느꼈소. 아마도 깊은 잠에서 깨어나서 한순간 기억과 습관을 잃은 채, 이동해서 위치가 변한 하늘을 바라보았기 때문인지도 모르오. 지구가 갑자기 불확실한 것이 되어버렸지. 그 후로 지구는 두 번 다시 완전하고 확고한 것이 되어본 적이 없소……."

그는 잔을 비웠다. "그 때문에 어떤 것은 더욱 어려워지고, 어떤 것은 쉬워지지요." 그는 조앙 마두를 쳐다보았다. "당신이 얼마나 취했는지 나는 모르겠소. 피곤하면 대답하지 않아도 좋아요."

"아직 괜찮아요. 근데 곧 취할 것 같아요. 아직도 어디 한 군데가 깨어 있어요. 눈을 뜬, 차가운 데가."

라비크는 술병을 바로 옆 방바닥에 놓았다. 방 안 온기에서 갈색 피로가 그의 몸속으로 천천히 스며든다. 그림자가 다가온다. 펄럭이는 날개, 이상한 방, 밤, 바깥은 멀리서 들려오는 북소리처럼 창문을 두드리는 단조로운 빗소리. 혼돈의 절벽에 있는 어렴풋이 불이 켜진 오두막. 의미 없는 황야의 작은 불. 낯선 얼굴, 그 얼굴을 향해서 말을 붙인다.

"당신은 그런 것을 느낀 적이 있소?"

여인은 잠시 동안 말이 없었다. "있어요. 꼭 그대로는 아니지만요. 좀 달라요. 며칠 동안이고 이야기할 상대도 없고 밤이면 밤마다 쏘다니기만 하면, 그리고 어딜 가나 저마다 자기의 있을 곳을 가진 사람뿐, 모두가 다어디건 갈 곳이 있고 어딘가에 자기 집을 가지고 있는데 저만 없어요. 그럴 때 모든 것이 점점 거짓말같이만 여겨져요. 마치 저 자신이 물에 빠져서 물속의 이상한 도시를 걷고 있는 듯한 기분이 되어……."

누군가 바깥 계단을 올라왔다. 열쇠 소리가 나고 문이 쾅 닫혔다. 이어 수도에서 쏴 하고 물 쏟아지는 소리가 들렸다.

"아는 사람도 없는데 왜 파리에 남아 있소?" 하고 라비크는 물었다. 그는 아물아물 졸음이 밀려왔다. "달리 어디 갈 데가 없소?"

"없어요. 아무 데도 돌아갈 곳이 없어요."

바람이 불어서 창문에 비가 휘몰아쳤다. "왜 파리에 왔소?" 하고 라비크는 다시 물었다.

조앙 마두는 대답이 없었다. 그는 그녀가 이제 잠든 줄 알았다. "라진스키와 저는 헤어지고 싶어서 파리에 왔어요." 이윽고 여인은 말했다.

라비크는 그런 말을 듣고도 놀라지 않았다. 무슨 말을 들어도 놀라지 않는 시간이 있는 법이다. 맞은편 방에서, 지금 막 돌아온 사나이가 구토를 시작했다. 끙끙거리는 소리가 어렴풋이 문틈으로 들려왔다.

"그럼 왜 그렇게 자포자기했소?"

"그이가 죽었기 때문이에요! 죽어버렸어요! 갑자기 없어져버린 거예요! 다시는 불러올 수 없게 된 거예요! 죽어버렸어요! 이제는 어쩔 수도 없게 되어버렸어요! 모르시겠어요?" 조앙 마두는 침대에서 벌떡 일어나 라비크를 뚫어지게 바라보았다.

"알겠소" 하고 말하고 그는 생각했다. 그렇지 않다. 사내가 죽어서가 아니라, 네가 사내를 버리기 전에 사내가 너를 버렸기 때문이다. 네가 미처 마음의 준비를 하기 전에 사내가 너를 혼자 내버려두고 갔기 때문이다.

"저는, 저는 그이에게 좀 더 달리 대해주었어야 해요……. 저는……."

"잊어버려요. 후회란 이 세상에서 가장 무익한 것이오. 되찾을 수 있는 건 하나도 없소. 물론 보상할 수도 없소. 그렇게 할 수 있다면, 우리는 모두 성자가 되지요. 인생은 우리를 완전하게 만들겠다는 생각은 추호도 하지 않는단 말이오. 완전한 인간이 있다면, 그야말로 박물관 표본감이지요."

조앙 마두는 대답이 없었다. 라비크는 여인이 코냑을 마시고 다시 베개를 베고 눕는 것을 보았다. 아직도 뭔가 남았다. 그러나 그는 피곤해서 더는 생각을 할 수가 없었다. 그는 잠들고 싶었다. 내일은 수술을 해야 한다. 이런 일은 내가 개의할 문제가 아니다. 그는 빈 잔을 술병과 가지런히 방바닥에 놓았다. 인간이란 때로는 이상야릇한 곳에 내려앉는구나, 하고 그는 생각했다.

6

라비크가 들어가 보니 뤼시엔 마르틴은 창가에 앉아 있었다. "처음으로 자리를 뜨게 되니 기분이 어때요?" 하고 그는 물었다.

처녀는 그를 힐끗 보고는 창밖으로 눈을 돌려 회색 오후의 하늘을 바라보다가 다시 라비크를 쳐다보았다.

"오늘은 날씨가 별로 좋지 않군" 하고 그는 말했다.

"좋은 날씨예요" 하고 처녀가 말했다. "제게는요."

"왜?"

"밖에 나가지 않아도 되니까요."

처녀는 양귀비꽃 무늬의 값싼 무명으로 만든 일본 옷을 어깨에 걸치고 의자에 쪼그리고 앉아 있었다. 흉한 이에 깡마르고 볼품없는 처녀였다. 그러나 이 순간 라비크에게는 트로이의 헬레네보다 더 아름다워 보였다. 그녀는 그가 자기 손으로 구해낸 한 생명이었다. 그렇다고 각별히 자랑할 만한 일은 아니다. 바로 전에 한 생명을 잃었다. 이다음에 손댈 생명 역시 잃게 될지도 모른다. 그리고 필경에는 모든 생명을, 자기 자신까지도 잃게 될 것이다. 그러나 이 처녀는 우선은 구제되어 있다.

"이런 날씨에 모자를 끌고 다녀본대도 별 재미가 없어요" 하고 뤼시엔이 말했다.

"아가씨는 모자 배달일을 했나?"

"네, 마담 랑베르 밑에서 일했어요. 마티뇽 거리에 있는 가게예요. 저희들은 5시까지 일을 해야 해요. 그 후에는 손님들에게 모자 상자를 배달하고요. 지금 5시 반이네요. 지금쯤은 배달하고 있을 때예요." 처녀는 창밖을 내다보았다. "비가 좀 더 많이 오지 않아서 시시해요. 어제는 좋았어요. 내리퍼부었거든요. 오늘은 누군가 딴 사람이 비가 오는 거리를 다녀야겠지요."

라비크는 창가 의자로 가서 그녀와 마주 앉았다. 이상한 일이라고 그는 생각했다. 죽음을 면한 사람은 끝없이 행복할 것이라고 사람들은 늘 생각하는데, 사실은 거의 그렇지가 않다. 여기 이 처녀도 그렇다. 이 처녀에게는 조그만 기적이 일어났는데도 거기에 대한 이 처녀의 흥미는 고작 비를 맞으며 걷지 않아도 된다는 것뿐이다.

"도대체 어떻게 해서 이 병원으로 오게 됐지, 뤼시엔?" 하고 라비크는 물었다.

처녀는 경계하는 눈초리로 그를 보았다. "어떤 사람이 일러주었어요."

"누구지?"

"아는 사람이에요."

"어떻게 아는 사람?"

처녀는 망설였다. "역시 여기 왔던 사람이에요. 제가 그 사람을 이리로 데리고 왔었어요. 문 앞에까지요. 그래서 알고 있었어요."

"언제쯤이었지?"

"제가 오기 1주일 전."

"수술 중에 죽은 사람인가?"

"그래요."

"그런데도 아가씬 이리 왔단 말이지?"

"그럼요." 하고 뤼시엔은 아무렇지도 않다는 듯이 말했다. "와서는 안 되나요?"

라비크는 하려던 말을 그만두었다. 라비크는 자그마하고 차가운 얼굴, 한때는 부드러웠으나 인생이 너무 일찍 굳어버리게 만든 그 얼굴을 쳐다보았다. "역시 같은 산파에게 갔었나?"

뤼시엔은 대답이 없었다.

"아니면 같은 의사에게 갔었나? 두려워하지 말고, 마음 놓고 이야기해 봐요. 나는 그가 누군지 모르니까."

"마리가 처음에 거길 갔어요. 1주일 전에요. 아니, 열흘 전이었어요."

"그런데 그 처녀가 어떻게 됐다는 걸 알면서도 아가씬 역시 거길 찾아갔단 말이지?"

뤼시엔은 어깨를 으쓱했다. "어떻게 했으면 좋았겠어요? 그럴 수밖에 없었어요. 아는 사람도 하나 없고요. 태어날 아기…… 그 아기를 제가 어떻게 할 수 있겠어요." 처녀는 창밖을 내다보았다. 건너편 발코니에 멜빵을 한 남자가 우산을 받쳐 들고 서 있었다. "여기 얼마나 더 있어야 될까요, 선생님?"

"2주일쯤."

"2주일을 더요?"

"긴 게 아냐. 왜 그러지?"

"자꾸 비용만……."

"하루이틀쯤은 단축할 수 있을지도 모르지."

"월부로 지불할 수 없을까요? 돈이 넉넉지 않아요. 하루에 30프랑이라니, 비싸서요."

"그런 말을 어디서 들었지?"

"간호사한테요."

"어느 간호사? 물론 외젠일 테지……."

"네. 그 사람은 수술비와 붕대 비용은 별도라고 했어요. 그게 아주 비싼 가요?"

"수술비는 벌써 냈잖아."

"간호사는 그것만으로는 어림도 없다고 했어요."

"간호사는 그런 걸 잘 모른다고, 뤼시엔. 나중에 베베르 선생님께 물어 보도록 해요."

"빨리 알고 싶어요."

"왜?"

"그래야 몇 달 일하면 다 지불할 수 있을지 계획을 세울 수가 있으니까 요." 뤼시엔은 자기 손을 들여다보았다. 그 손은 마르고 거칠었다. "방세도 한 달 치 지불해야 해요. 여기에 온 것이 13일이었어요. 15일에 방을 비웠어 야 했는데 이렇게 됐으니 한 달 치를 더 물어야죠. 거저 내는 셈이죠."

"도와줄 사람은 아무도 없나?"

뤼시엔은 흘끗 눈을 들었다. 갑자기 그 얼굴이 10년이나 더 늙어 보였 다. "알면서 그러세요, 선생님! 그이는 화만 냈어요. 그이는 제가 이렇게 무 지하다는 걸 몰랐대요. 그런 줄 알았으면 제게 손도 대지 않았을 거라고 했 어요."

라비크는 고개를 끄덕였다. 이런 말을 처음 듣는 것은 아니다. "뤼시엔" 하고 그는 말했다. "낙태시킨 그 여자한테서 조금은 받아낼 수 있을지 모르 겠어. 그 여자 잘못이었으니까. 그 여자 이름만 가르쳐주면 돼."

처녀는 몸을 벌떡 일으켰다. 그리고 갑자기 저항하는 기색을 보였다. "경찰? 안 돼요. 그렇게 하면 저까지 끌려들어요."

"경찰엔 알리지 않아. 약간 을러대기만 하면 돼."

그녀는 씁쓰레하게 웃었다. "그래 봤자 그 사람한테서 한 푼도 끌어낼 수는 없어요. 강철 같은 여자예요. 3백 프랑이나 내라고 했어요. 그런데 그 결과가……."

그녀는 일본 옷의 주름을 폈다. "결국 운이 나빴어요." 별로 체념한 기색도 보이지 않고, 마치 자기 일이 아니라 남의 일인 것처럼 말했다.

"그렇지 않아" 하고 라비크는 대답했다. "아가씬 아주 운이 좋았어."

외젠은 수술실에 있었다. 마침 니켈 그릇들을 닦고 있었다. 그것은 그녀의 한 가지 취미였다. 닦는 데 너무 열중한 나머지 그가 들어오는 것도 모르고 있었다.

"외젠."

그녀는 깜짝 놀라며 돌아보았다. "아니, 당신이군요. 언제나 사람을 놀라게 하지 않으면 속이 시원치 않으시겠죠."

"설마하니. 나를 그렇게 이상한 사람이라고만 생각지 마요. 그런데 당신이야말로 붕대 비용이니 수술비니 떠들어대서 환자를 놀라게 하면 안 되지 않을까?"

외젠은 행주를 손에 든 채 몸을 일으켰다. "물론 그 매춘부가 떠들어댔겠지요?"

"외젠, 매춘부는 남자하고 같이 자고 겨우 입에 풀칠을 하는 여자보다는 한 번도 남자하고 자본 적 없는 여자 가운데 더 많은 법이야. 결혼한 여자는 전혀 다르지만. 그런데 그 처녀는 떠들어대지도 않았어. 당신은 그 처녀의 하루를 망쳐버렸단 말이야. 그뿐이지."

"아무렴 어때요! 그렇게 마음이 약해서야 그런 생활을 할 수 있겠어요!"

도덕 교과서 같은 계집이구나, 하고 라비크는 생각했다. 구역질이 나도록 정조 자랑이나 하는 계집이구나. 저 모자 만드는 어린 처녀의 외로운 심정을 너 따위가 알 리 있나! 저 어린 처녀는 자기 친구를 잘못 다룬 산파에게 다시 용감하게도 찾아갔고, 그 친구가 죽은 바로 그 병원을 찾아온 것이다. 그러면서도 '어떻게 했으면 좋았겠어요?' '어떻게 돈을 치러야 하지요?'라고만 할 뿐 원망의 말 한마디 하지 않는다.

"결혼을 해야겠군, 외젠" 하고 그는 말했다. "어린애가 딸린 홀아비나, 아니면 장의사 주인하고 말이야."

"라비크 씨" 하고 간호사는 위엄을 갖추고 말했다. "제 개인적인 문제는 걱정하지 말아주세요. 그렇잖으면 닥터 베베르께 말씀드리겠어요."

"안 그래도 진종일 말씀드리고 있지 않나." 라비크는 간호사의 양쪽 광대뼈가 홍조를 띠는 것을 보고 유쾌하게 생각했다. "경건한 체하는 사람치고 성실한 사람이 드물다는 사실은 무엇을 의미할까, 외젠? 가장 훌륭한 성격의 소유자는 비꼬기를 잘하는 사람이야. 이상주의자란 정말 참을 수 없는 자들이지. 그렇게 본다면 생각할 점이 없나?"

"천만에요."

"그러리라 생각했지. 난 지금부터 죄 많은 애들을 찾아가겠어. 오시리스에 말이야. 닥터 베베르가 내게 볼일이 있을지도 모르니까 일러두는 거야."

"닥터 베베르께선 당신에게 볼일이 없을 거예요."

"처녀라고 해서 천리안은 될 수 없지. 일이 있을지도 몰라요. 5시경까지는 거기 있겠어. 그 뒤에는 내 호텔에 있을 테고."

"훌륭한 호텔이지요. 유대인 소굴이지 뭐예요!"

라비크는 돌아섰다. "외젠, 피난민 전부가 유대인은 아니란 말이야. 유대인이라고 해서 모두가 다 유대인도 아니지. 설마 하는 사람 중에 유대인이 많지. 난 니그로 유대인을 알고 있어. 그는 무척 외로워하는 사람이었어. 그가 단 한 가지 좋아하는 것은 중국 요리였지. 세상이란 그런 거야."

간호사는 대답을 하지 않았다. 그녀는 온통 번쩍거리기만 하는 니켈 접시를 계속 닦고 있었다.

라비크는 보아세르 거리의 술집에 앉아서, 비에 흐려진 창 너머로 멍하니 밖을 내다보고 있었다. 그때 밖을 지나가는 그 사나이를 보았다. 마치 명치를 세게 한 대 얻어맞은 것 같았다. 처음에는 어떻게 된 일인지도 모르고, 다만 충격을 느꼈을 뿐이다. 그러나 다음 순간 그는 탁자를 밀치고 의자에서 벌떡 일어나서, 사람들이 들끓는 실내를 마구 헤치며 입구 쪽으로 돌진했다.

누군가 팔을 꽉 붙잡았다. 그는 돌아다보았다. "왜 그래?" 그는 영문을 몰라서 다시 물었다. "왜 그래?"

그것은 보이였다. "계산을 아직 안 하셨어요."

"뭐라고? …… 아, 그래, 다시 돌아올 거야." 그는 팔을 뿌리쳤다.

보이는 얼굴이 벌게졌다. "여기선 그렇게 안 됩니다! 손님은……."

"자, 여기 있어."

라비크는 호주머니에서 지폐 한 장을 꺼내어 보이에게 내던지고는 문을 와락 밀어젖혔다. 그러곤 인파를 헤치고 모퉁이를 오른쪽으로 돌아 보아세르 거리를 뛰었다. 뒤에서 누군가가 욕을 퍼부었다. 그는 마음을 가라앉히고, 뛰는 것을 그만두고 남의 눈에 띄지 않게 되도록 빠른 걸음으로 걸었다. 그럴 리가 없다. 절대로 그럴 리가 없다. 내가 미쳤나 보다. 그럴 수가 없다! 얼굴, 바로 그 얼굴. 다른 사람을 잘못 본 게지, 제기랄, 잘못 본 게지, 어리석은 신경 장난이겠지. 그 얼굴, 그것이 파리에 있을 리 없다. 그것은 독일에 있다. 베를린에. 창문은 비에 젖어 흐려 있었다. 그 창 너머로 분명히 볼 수는 없다. 내가 잘못 본 것이다. 틀림없다…….

그는 급히 걸음을 재촉했다. 영화관에서 왈칵 쏟아져 나오는 인파를 밀

110

치고 헤치고 앞지르면서 얼굴을 하나하나 살피고 모자 밑으로 들여다보다가 놀란 눈, 노한 눈초리와 부딪치면서 걸음을 재촉한다. 다른 얼굴, 다른 모자, 회색, 검정색, 청색……. 그는 스치고 지나간다. 뒤돌아본다. 쏘아본다.

그는 클레베 거리 교차로에서 걸음을 멈추었다. 갑자기 생각이 났다. 여자, 털북숭이 개를 데리고 가는 여자, 바로 그 뒤를 그 사나이가 따라가고 있었다.

털북숭이 개를 데리고 가는 여인이라면 벌써 앞질러 왔다. 곧 뒤돌아섰다. 멀리 그 여자가 보이자 그는 보도 가장자리에서 걸음을 멈추었다. 호주머니 속에서 주먹을 불끈 쥐고, 지나가는 사람을 하나도 놓치지 않고 지켜보았다. 털북숭이 개는 가로등 기둥에서 걸음을 멈추고 킁킁거리며 냄새를 맡은 다음 언제까지나 유유히 뒷발을 들고 있었다. 그러더니 요란스럽게 보도를 긁어대고는 달려서 가버렸다. 문득 라비크는 목덜미가 땀에 축축이 젖어 있음을 느꼈다. 그는 계속해서 몇 분을 더 기다렸다. 그 얼굴은 나타나지 않았다. 그는 정차하고 있는 자동차 안을 들여다보았다. 안에는 아무도 없었다. 그는 다시 되돌아서서 클레베 거리의 지하철로 급히 걸어갔다. 입구를 뛰어 내려가 표를 샀다. 플랫폼은 많은 사람들로 붐비고 있었다. 채 끝까지 살펴보기도 전에 열차가 들어와서 정차하고, 그리고 곧 터널로 사라졌다. 플랫폼은 텅 비어버렸다.

그는 천천히 그 술집으로 돌아왔다. 그리고 아까 앉았던 자리에 다시 앉았다. 칼바도스가 반쯤 든 잔이 그대로 남아 있었다. 잔이 아직 거기 있다는 것이 이상스럽게 생각되었다.

보이가 발을 질질 끌며 라비크에게 다가왔다. "죄송합니다. 모르고 그만."

"상관없어!" 라비크는 말했다. "칼바도스를 한 잔 더 주게."

"또 한 잔요?" 보이는 탁자에 놓인 반쯤 차 있는 잔을 보았다. "이걸 먼저 드시지 않고요?"

"그래. 다시 한 잔 가져오게."

보이는 잔을 집어 들고 냄새를 맡아보았다. "이건 좋지 않으십니까?"

"아냐. 그런 게 아니고, 딴 것을 마시고 싶어서 그래."

"알겠습니다."

내가 잘못 본 거야, 하고 라비크는 생각했다. 비에 젖어서 반쯤 흐려진 이 유리 창문, 어떻게 똑똑히 보였겠는가? 그는 유리창을 통해서 뚫어지게 지켜보았다. 마치 매복하고 있는 사냥꾼처럼 열심히 밖을 내다보았다. 지나가는 사람들을 하나하나 살펴보았다. 그런데 그와 함께, 그림자처럼, 회색으로, 선명하게, 영화 필름이 창을 스치고 달음질쳤다. 토막 난 기억이…….

베를린, 1934년 어느 여름밤. 게슈타포 건물. 피. 창문이 없는 텅 빈 방. 벌거숭이 전구의 날카로운 광선. 죔쇠가 달린 혁대와 붉은 얼룩투성이 탁자. 양동이 물에 틀어박혀 질식하다가는 몇 번이고 실신 상태에서 깜짝 깨어나던 철야의 고문. 맑아오는 머리. 혹독하게 얻어맞아 이제는 아픔도 못 느끼게 된 신장(腎臟). 자기 앞에 있는 시빌의 일그러지고 정신 나간 얼굴. 그녀를 붙잡고 있는, 제복을 입은 두 고문자. 만약 자백하지 않으면 여자에게 어떤 일이 일어날지를 친절하게 설명해주는 웃음 띤 얼굴, 목소리. 시빌은 그러고 나서 사흘 뒤에 목매달아 자살한 것이 발견되었다고 했지…….

보이가 나타나서 잔을 내려놓았다. "이것은 라벨이 다릅니다. 카안의 디디에지요. 오래된 것입니다."

"됐어, 됐어. 고맙네."

라비크는 잔을 비웠다. 그리고 호주머니에서 담뱃갑을 꺼내어 한 개비 뽑아서 불을 댕겼다. 손은 아직도 떨리고 있었다. 그는 성냥을 바닥에 내던지고, 다시 칼바도스를 한 잔 주문했다. 그 얼굴, 지금 막 보았다고 믿은 그 웃음 띤 얼굴. 내가 잘못 보았음에 틀림없다. 하케가 파리에 있다니, 있을 수 없는 일이다. 그럴 리가 없어! 그는 기억을 털어버렸다. 어떻게 할 수도 없는 때에 그런 일로 미친다는 것은 무의미하다. 독일이 망해서 다시 돌아갈 수 있게 되면, 그때야말로 그렇게 할 수 있다. 그때까지는…….

그는 보이를 불러서 계산을 했다. 그러나 길에서 마주 스쳐 가는 얼굴을 하나하나 살펴보지 않을 수가 없었다.

그는 카타콤에 모로소프와 함께 앉아 있었다.

"그놈이 아니란 말이지?" 하고 모로소프가 물었다.

"아냐. 하지만 그놈처럼 보였어. 놀랄 만큼 닮았단 말이야. 그렇지 않다면, 내 기억이 이제는 믿을 수 없게 되어버렸든가."

"술집 같은 데 있었던 게 잘못이야."

"그렇지."

모로소프는 잠깐 동안 말이 없었다. "괜스레 흥분만 시키는군." 이윽고 그는 말했다.

"그렇지 않아. 왜?"

"알지를 못하겠으니 말이야."

"알고는 있어."

모로소프는 대답이 없었다.

"귀신이었어" 하고 라비크가 말했다. "이제는 그런 것쯤 벌써 극복했다고 생각하고 있었는데."

"절대로 그렇게 되지는 않아. 나도 그런 경험을 했지. 특히 처음에 그랬어. 처음 5년이나 6년째에. 나는 러시아에 있는 작자들 가운데 세 놈을 지금도 기다리고 있어. 놈들은 일곱이었지. 네 놈은 벌써 죽었어. 그중 두 놈은 그들의 당에서 총살당했지. 나는 벌써 20년 이상이나 기다리고 있어. 1917년부터니까. 아직도 살아 있는 세 놈 중 하나는 이미 일흔 살일 거야.

나머지 둘은 마흔이나 쉰 살쯤이고. 그 둘을 나는 아직도 잡아보려 하고 있어. 아버지의 원수야."

라비크는 보리스를 쳐다보았다. 건장한 거인이지만, 이미 예순 고개를 넘고 있었다. "자네는 틀림없이 잡을 수 있을 거야" 하고 그는 말했다.

"그럴 거야." 모로소프는 큼직한 두 손을 쥐었다 폈다 했다. "그때를 기다리는 거야. 그래서 더욱 조심해서 살고 있지. 지금은 그렇게 자주 마시지도 않아. 좀 더 세월이 걸릴지도 모르니까 말이야, 나는 힘이 강해야 하거든. 총이나 칼로 해치우고 싶지는 않아."

"나도 역시 그래."

그들은 잠시 앉아 있었다.

"체스나 한판 둘까?" 하고 모로소프가 말했다.

"좋지. 그런데 빈 판이 없군."

"저기 교수님이 끝났네. 레비하고 두었어. 여느 때처럼 교수가 이겼나 보군."

라비크는 판과 말을 가지러 갔다. "오래 두셨군요, 교수님. 오후 내내 걸렸어요."

노인은 고개를 끄덕였다. "심심풀이가 되니까요. 체스는 어떤 카드놀이보다도 완전하지요. 카드에는 아무래도 행운과 불운이 있어서 재미가 없거든. 그런데 체스는 그것만으로 하나의 세계지요. 두고 있는 동안 다른 세계일은 잊어버리게 돼요." 노인은 충혈된 눈을 들었다. "그 다른 세계라는 것이 과히 완전하지 못해서."

상대했던 레비가 느닷없이 염소 울음 같은 소리를 질렀다. 그러고는 말도 없이 놀란 듯 사방을 두리번거리다가 교수를 뒤따라 나갔다.

두 사람은 두 판을 두었다. 그리고 모로소프는 일어섰다. "이젠 가야지. 인간의 꽃들을 위해 문을 열어주러. 요즈음 세라자드에 통 들르질 않던데,

114

웬일인가?"

"모르겠어. 우연이지."

"내일 저녁은 어때?"

"내일은 안 돼. 맥심에서 저녁을 하기로 되어 있어."

모로소프는 씩 웃었다. "불법 입국한 망명객치곤 대단한 배짱이군. 파리에서 제일 멋진 곳만 돌아다니니 말이야."

"완전히 안전한 곳은 그런 곳뿐이야, 보리스. 피난민처럼 행세하다간 당장 붙잡히고 말지. 자네 같은 난센여권 소유자라도 그 정도는 알고 있어야 하네."

"그래, 알았어. 그런데 누구하고 가지? 호위로 독일 대사라도 데려가나?"

"케이트 헤그시트룀과 함께."

모로소프는 휘파람을 휙 불었다. "케이트 헤그시트룀이라, 돌아왔나?"

"빈에서 내일 아침에 도착하네."

"그거 좋군. 그렇다면 어차피 나중에 세라자드에서 만나게 되겠네."

"아마 안 될걸."

모로소프는 손을 저었다. "그럴 수야 없지. 케이트 헤그시트룀이 파리에 있는 동안은 세라자드 단골 아닌가. 그건 자네도 알잖아?"

"이번엔 달라. 입원하러 오는 거야. 이삼일 안에 수술을 받게 돼."

"그렇다면 더더구나 올 거야. 자네는 여자를 모른단 말이야." 모로소프는 눈을 가늘게 떴다. "혹시 자네가 못 오게 하고 싶은 건가?"

"내가 왜?"

"자네가 그 여자를 보낸 뒤로는 전혀 세라자드에 오지 않는다는 것이 문득 생각나서 그러네. 조앙 마두 말이야. 단순한 우연이라고는 생각되지 않아."

"쓸데없는 소리. 그 여자가 자네 가게에 있는 줄도 몰랐어. 쓸 만하던가?"

"쓸 만해. 처음에는 합창부에 들었지만 지금은 간단한 독창을 맡고 있어. 한두 곡 노래를 부르지."

"그동안에 좀 익숙해졌나?"

"물론. 그럴 수 없을 것 같았나?"

"몹시 자포자기하고 있었거든. 불쌍한 사람이야."

"뭐라고?" 모로소프는 되물었다.

"불쌍한 사람이라고 했네."

모로소프는 웃음을 지었다. "라비크" 하고 그는 아버지 같은 말투로 말했다. 갑자기 그 얼굴에 스텝과 광야와 초원과 인생의 온갖 경험이 나타났다. "어리석은 소리 말게. 그녀는 닳고 닳은 여자야."

"뭐라고?" 하고 라비크는 물었다.

"여간내기가 아니란 말이야. 창녀는 아니지만 닳았어. 자네가 러시아 사람이라면 알 수 있었을 텐데."

라비크는 소리 내어 웃었다. "그렇다면 아주 달라진 게로군. 그럼 보리스, 실례하네. 자네 눈을 소중히 하라고!"

7

"언제 병원에 가야 되죠, 라비크?" 하고 케이트 헤그시트룀은 물었다.

"언제든지 당신 좋을 때 와요. 내일도 좋고 모레도 좋고, 언제라도 좋아요. 하루쯤은 문제가 안 되지."

여자는 그의 앞에 마주 섰다. 연약하고 소년 같고 자신만만하고 아름다웠으나, 이제 젊다고는 할 수 없었다.

라비크는 2년 전에 그녀의 맹장을 잘라냈다. 그것은 그가 파리에서 처음으로 한 수술이었다. 그때 두 사람은 서로 좋아해서 그 뒤로 줄곧 친구로 지내왔다. 여자는 때때로 몇 달씩이나 자취를 감췄다가 어느 날 느닷없이 나타나곤 했다. 그녀는 그에게 행운을 가져다주었다. 그 뒤로 그는 일을 쭉 해오고 있지만 경찰과 아무런 마찰도 일어나지 않았다. 그녀는 그의 마스코트 같은 존재였다.

"이번에는 걱정이 돼요."

"걱정할 것 하나도 없어요. 뻔한 수술이니까."

여자는 창가로 걸어가서 밖을 내다보았다. 랑카스르 호텔의 안마당이 보였다. 커다란 밤나무 고목이 젖은 하늘로 벌거숭이 팔을 뻗치고 있었다.
"이 비는" 하고 여자는 말했다. "빈을 떠날 때도 내렸어요. 취리히에서 잠을
깼을 때도 여전히 오고 있었고. 그런데 여기에 와도……." 여자는 커튼을 젖
혔다. "전 제 몸이 어떻게 되었는지 알 수가 없어요. 점점 늙어간다는 생각
이 들어요."

"아무렇지 않을 때도 가끔 그런 생각이 드는 법이오."

"전 사람이 좀 더 달라져 있어야 해요. 2주일 전에 이혼을 했어요. 기분
이 좋아야 할 텐데, 이렇게 피곤하기만 해요. 모든 것이 되풀이되고 있으니.
왜 그렇지요, 라비크?"

"되풀이되는 것은 하나도 없소. 우리 자신이 스스로 되풀이하고 있을 뿐
이지."

여자는 빙긋 웃고는 모조 난로 곁 소파에 앉았다. "돌아오길 잘했어요"
하고 여자는 말했다. "빈은 군대 막사가 되어버렸어요. 하나도 재미없어요.
독일 사람들이 와서 짓밟아놓았어요. 게다가 오스트리아 사람까지 한패가
되어서, 오스트리아 사람까지도 말이에요, 라비크. 저는 처음에 그런 것은
없다고 생각했어요. 오스트리아 나치라니요. 그러나 그걸 제 눈으로 보고
왔어요."

"그렇게 놀랄 것 없어요, 케이트. 권력이란 전염력이 가장 강한 병이니
까요."

"그래요. 그리고 사람을 가장 추하게 만드는 병이지요. 그래서 저는 이혼
을 하자고 했어요. 제가 2년 전에 결혼한 그 매력적이던 게으름뱅이가 갑자
기 돌격대 대장인가 뭔가가 돼서는 호통을 치고 있어요. 그리고 연로하신
베른슈타인 교수에게 길 청소를 시키고, 자기는 그 옆에 서서 웃고 있지 않
겠어요. 1년 전에 그 게으름뱅이의 신장염을 고쳐준 그 베른슈타인 선생님
을 말이에요. 치료비를 너무 비싸게 받았다는 구실로요." 케이트 헤그시트

118

룀은 입술을 비쭉거렸다. "그 치료비도 제가 냈지, 자기가 낸 것도 아닌데."

"귀찮은 걸 털어버렸으니 기뻐나 해야죠."

"그자는 위자료 25만 실링을 내라고 했어요."

"싸군" 하고 라비크는 말했다. "돈으로 해결할 수 있다면, 뭣이든 싼 거죠."

"그러나 한 푼도 주지 않았죠." 케이트 헤그시트룀은 갸름하고 마치 보석처럼 흠 하나 없이 다듬어진 얼굴을 들었다. "저는 그 사람한테 내 생각을 모두 말해줬어요. 그 사람과, 그 사람 당과, 지도자에 대한 것을. 그리고 이제부터 그걸 많은 사람 앞에서 말하겠다고요. 그 사람은 게슈타포니 강제수용소니 하며 저를 협박했어요. 그래서 저는 비웃어주었지요. 난 이래 봬도 아직 미국 국민이며, 대사관의 보호 아래 있다고요. 저는 아무 일 없겠지만 그 사람은 저하고 결혼을 했거든요." 여자는 소리 내어 웃었다. "그 사람도 그 점은 미처 생각을 못 했지요. 그다음부터 다시는 귀찮게 굴지 않았어요."

대사관, 보호, 비호, 하고 라비크는 생각했다. 모두가 딴 세상 일같이 들렸다. "베른슈타인은 지금도 개업하고 있소?"

"지금은 못 해요. 처음 출혈이 있었을 때 몰래 그분한테 진찰을 받았어요. 다행히도 저는 어린애를 가질 수가 없어요. 나치의 아이를 갖다니……." 여자는 몸서리를 쳤다.

라비크는 일어섰다. "이젠 가봐야겠소. 오후에 베베르가 다시 한번 진찰할 거요. 그저 형식적이지만."

"알고 있어요. 하지만…… 그래도 이번만은 불안해요."

"케이트, 이번이 처음은 아니잖소. 2년 전에 맹장을 잘라낼 때보다 더 간단해요." 라비크는 살며시 그녀의 어깨를 안았다. "당신은 내가 이곳에서 처음으로 수술한 사람이오. 첫사랑 같은 것이지. 십분 조심해서 하겠소. 게다가 당신은 내 마스코트란 말이오. 내게 행운을 가져다주었소. 앞으로도 그래야 할 게 아니오."

"그러지요" 하고 그녀는 그를 쳐다보았다.

"그럼 됐어. 안녕, 케이트. 오늘 밤 8시에 데리러 오겠소."

"안녕, 라비크. 전 지금부터 멘보셰로 야회복을 사러 가겠어요. 이런 노곤한 기분을 털어버려야겠어요. 그리고 거미줄에 걸린 듯한 기분도요. 저 빈……" 하고 여자는 쓰디쓴 웃음을 짓고 말했다. "꿈의 도시……."

라비크는 엘리베이터로 내려와서 홀을 거쳐 바를 지났다. 미국인 두서너 명이 바에 앉아 있었다. 한가운데 탁자에는 큼직한 글라디올러스 꽃다발이 꽂혀 있었다. 흐릿한 잿빛을 받아, 그것이 갑자기 피처럼 거무죽죽하게 보였다. 가까이 다가가서야 비로소 그것이 갓 잘라온 싱싱한 꽃임을 알 수 있었다. 밖에서 비치는 광선 때문에 그렇게 보였을 뿐이다. 그는 잠시 동안 그 꽃을 바라보고 있었다.

앵테르나시오날 3층이 복작거렸다. 방이 여러 개 열려 있고, 하녀와 보이들이 이리저리 뛰어다녔다. 여주인이 복도에서 부산하게 그들을 지휘하고 있었다.

라비크는 계단을 올라갔다. "웬일이오?" 하고 그는 물었다.

여주인은 가슴이 풍만하고 힘이 세 보이는 여자였다. 짧고 검은 고수머리 머리통이 너무 작아 보이기도 했다. "스페인 분들이 다 가버렸어요" 하고 여주인은 재빠르게 말했다.

"알고 있소. 그런데 왜 이렇게 늦은 시간에 방들을 치우는 거요?"

"내일 아침에 필요해서요."

"독일에서 또 새 피난민이라도 오나요?"

"아뇨, 스페인 분들이에요."

"스페인 사람?" 라비크는 순간적으로 여주인이 하는 말이 이해되지 않아서 되물었다. "그건 또 어째서? 막 떠난 참이 아니오?"

여주인은 검게 빛나는 눈으로 그를 쳐다보며, 이런 빤한 것을 모르느냐는 듯이 빵긋 웃음을 지었다. "다른 사람들이 돌아오는 거예요."

"다른 사람들이라니, 누가?"

"물론 반대파지요. 언제나 그런걸요." 여주인은 청소하고 있는 여자에게 한두 마디 하고 나서, "아무튼 저희 집은 오래된 호텔이거든요" 하고 약간 자랑스러운 듯이 말했다. "손님들은 돌아오고 싶어 하지요. 전에 들었던 방이 비기를 여태까지 기다린 거예요."

"여태까지 기다리다니?" 라비크는 이상하게 여기며 되물었다. "누가 여태까지 기다렸단 말이오?"

"반대파 사람들이지요. 대개는 전에 여기 든 적이 있거든요. 물론 몇몇 사람은 그동안 살해됐지만요. 하지만 다른 분들은 비아리츠나 생장드뤼즈에서 방이 비기를 기다리고 있었지요."

"그럼 전에도 여기 머문 적이 있단 말이지요?"

"아니, 라비크 씨!" 여주인은 라비크가 이내 알아듣지 못하는 것을 보고 놀랐다. "물론 프리모 데 리베라*가 스페인의 독재자였던 때지요. 그때 그분들은 망명하지 않을 수 없어서 여기서 살았지요. 그리고 스페인이 공화국이 되자 그분들은 돌아가고, 왕당파와 파시스트가 찾아왔죠. 그런데 이번에 그 사람들이 돌아갔으니까 공화주의자들이 다시 돌아오는 거예요, 말하자면 아직 살아남은 분들이 말이에요. 마치 회전무대 같지요."

"정말 그렇군. 설마 그러리라고는 생각 못 했어."

여주인은 한 방을 들여다보았다. 전 국왕 알폰스의 채색된 초상화가 침대 위에 걸려 있었다. "저것을 내려요, 잔."

---

*　에스파냐 군인으로, 쿠데타에 성공해 독재 정권을 세웠다.

계집아이는 그 초상화를 가지고 왔다.

"이리로, 이리 줘요." 여주인은 초상화를 오른쪽 벽에 세워놓고 저쪽으로 걸어갔다. 다음 방에는 프랑코 장군 초상화가 걸려 있었다. "이것도 다른 것과 함께 놔둬요."

"그 스페인 친구들, 그림을 왜 안 갖고 갔을까요?"

"망명객들은요, 돌아갈 때 좀처럼 그림 같은 것은 가져가지 않아요" 하고 여주인은 단언했다. "그림이야 외국에 있을 때 위안이 되는 거지요. 조국으로 돌아갈 때는 그런 게 아무 소용이 없어요. 게다가 액자는 끌고 다니기 불편하고, 유리는 깨지기 쉬우니까요. 그림은 대개 호텔에 두고 간답니다."

여주인은 비대한 총통의 초상화 두 폭, 알폰스의 것 하나, 키에포 데 라노의 작은 것 하나를 더 꺼내어 복도의 다른 액자와 함께 놓았다. "성인들 그림은 그대로 둬도 좋아." 색채가 야한 성모상을 보자 그녀는 그렇게 결단을 내렸다. "성인들은 중립이니까."

"언제나 그렇다고는 할 수 없지요" 하고 라비크는 말했다.

"어려울 때는 믿게 되는 거예요. 저는 여기서 무신론자들이 기도를 드리는 것도 봤어요." 여주인은 정력이 넘쳐흐르는 듯한 몸짓으로 왼쪽 가슴팍을 매만졌다. "물이 목까지 찼을 때는 당신도 기도를 드렸겠지요?"

"물론이죠. 그러나 내가 무신론자는 아니오. 다만 그렇게 간단히 믿지 않을 뿐이지."

보이가 계단을 올라왔다. 그림을 한 아름이나 안고, 복도를 걸어왔다. "바꿔 걸게?" 하고 라비크는 물었다.

"물론이죠. 호텔 영업을 하려면 여러 가지로 재치가 있어야 해요. 그래야만 비로소 좋은 평판을 얻게 돼요. 우리 집 손님 같은 분들은 특히 그래요. 여하튼 이런 일에는 무척 예민한 분들이니까요. 불구대천지 원수가 울긋불긋한 색으로, 또는 금박 액자에 끼워져 거만하게 자기들을 내려다보고 있는 방을 누가 좋아하겠어요. 그렇잖아요. 안 그래요?"

"전적으로 옳은 말씀이오."

여주인은 보이를 돌아다보았다. "그 그림은 여기에 놔라, 아돌프. 그렇게 말고, 밝은 쪽을 향해서 차례로 벽에 세워, 잘 보이게."

보이는 투덜대면서 허리를 꾸부리고 진열할 준비를 했다.

"이번에는 무엇을 걸려고 하오?" 라비크는 흥미가 생겨 물었다. "사슴이나 풍경 또는 베수비오 화산 따윈가요?"

"부족하면 그렇게 해야죠. 우선 그전 그림을 다시 걸어야겠어요."

"그전 그림이라니요?"

"전에 걸렸던 것 말이에요. 그분들이 정권을 잡았을 때 팽개치고 간 거요. 이게 바로 그것이죠."

그녀는 복도 왼쪽 벽을 가리켰다. 보이는 방에서 떼어낸 그림들 반대쪽에 새 그림들을 한 줄로 세웠다. 마르크스 초상이 두 개, 레닌이 세 개, 그중하나는 반쯤까지 종이가 발라져 있었다. 트로츠키 것이 하나, 그리고 작은 액자에 든 네그린과 스페인의 다른 공화파 지도자의 채색하지 않은 그림이 서너 개 있었다. 모두가 수수하고, 어느 것을 보아도 그것과 마주 보며 오른쪽에 서 있는 알폰스, 프리모, 프랑코의 호화로운 줄처럼 색채나 훈장 또는 문장으로 눈부시게 찬란한 것은 하나도 없었다. 상반되는 두 개의 세계관은 전등불이 희미한 복도에 두 줄로 서서 묵묵히 서로 노려보고 있었다. 그리고 그 사이에 재치와 경험과 그 민족 특유의 아이로니컬한 예지를 가진 여주인이 있었다.

"그분들이 떠났을 때 이렇게 보관해두었지요. 요즘은 정권이 오래 유지되지 못하니까요. 제 생각이 옳았다는 걸 아시겠지요……. 이번에는 이것이 소용에 닿게 되네요. 호텔 영업은 앞을 내다보지 못하면 할 수가 없지요."

그녀는 그림을 걸 장소를 지시하고 있었다. 트로츠키 그림은 돌려보냈다. 트로츠키에 대해서는 확실히 몰랐기 때문이다. 라비크는 반쯤 종이로 가려진 레닌 판화를 조사해보았다. 레닌의 얼굴과 같은 높이의 종이를 약간 긁어서 떼어보니, 그 종이 밑에서 또 하나의 얼굴, 레닌에게 웃고 있는 트로츠키의 얼굴이 나타났다. 아마 스탈린주의자가 풀로 붙여놓았을 것이다. "이것 봐요" 하고 라비크는 말했다. "여기 트로츠키가 또 하나 숨어 있소. 우정과 동지애로 맺어진, 그리운 옛날 그림이오."

여주인은 그 그림을 집어 들었다. "이것은 내버려도 되겠군. 전혀 가치가 없어요. 반쪽이 다른 반쪽을 언제까지고 욕하고 있으니 말이에요." 그녀는 그것을 보이에게 넘겨주었다. "액자는 그대로 보관해라, 아돌프. 질이 좋은 참나무니까."

"남은 것은 어떻게 하지요?" 라비크는 물었다. "알폰스와 프랑코는?"

"지하실로 가야죠. 언제 다시 필요해질지 모르니까요."

"당신 집 지하실은 참 이상한 곳이군. 그야말로 현대의 영묘(靈廟)라 할 수 있겠소. 거기 또 다른 그림도 있소?"

"물론 있지요. 러시아 그림이 있어요. 또 값싼 레닌 그림이 두서넛, 판지 액자로. 급할 때 쓰는 거지요. 그리고 마지막 황제 그림. 여기서 죽은 러시아 사람이 가지고 있던 거예요. 그중 하나는 육중한 금박 액자에 끼운 원화인데, 자살한 남자의 것이었죠. 그리고 이탈리아 그림이 있죠. 가리발디가 둘, 왕 그림이 셋, 무솔리니가 사회주의자로서 취리히에 있었던 무렵에 신문에서 오려낸 것이 하나, 그건 조금 상했지만요. 물론 그런 것은 흔하지가 않을 뿐 전혀 가치가 없어요. 걸어놓고 싶어 하는 사람은 없지요."

"독일 것도 있소?"

"마르크스가 두서너 개 더 있죠. 제일 흔한 거예요. 라살레가 하나, 베벨이 하나…… 그리고 에버르트, 샤이데만, 노스케. 그 밖에 여럿이 함께 찍은 사진이 한 장, 노스케 사진이 잉크로 지워져 있어요. 손님들 이야기론 노스케는 나치가 되었다더군요."

"그렇소. 그것은 사회주의자 무솔리니 그림과 함께 걸면 되겠지. 독일의 그 반대파 그림은 한 장도 없지요?"

"천만에요! 힌덴부르크가 하나, 빌헬름 황제가 하나, 비스마르크가 하나……." 그리고 여주인은 웃었다. "레인코트를 입은 히틀러 그림도 한 장 있어요. 구색을 꽤 갖추었지요?"

"뭐라고요?" 라비크는 물었다. "히틀러라고요? 어디서 입수했소?"

"동성애를 하던 남자에게서요. 그 사람은 1934년 뢰엠과 그 밖의 사람들이 그곳에서 살해됐을 때 도망쳐 왔어요. 겁이 많아서 기도만 드리고 있었어요. 그 후에 아르헨티나의 부자가 데리고 갔지요. 이름은 푸치라고 했어요. 그 그림을 보시겠어요? 지하실에 있는데요."

"지금은 그만두겠소. 지하실에서는 싫소. 그보다도 호텔 방이 모두 그런 그림으로 장식됐을 때 보기로 하지요."

여주인은 잠시 동안 날카로운 눈초리로 그를 쳐다보았다. 그러다가 "아, 그렇군요" 하고 그녀는 말했다. "말하자면 그 사람들이 망명객이 되어 돌아왔을 때 보자는 거지요."

보리스 모로소프는 금몰 제복을 입고 세라자드 입구에 서 있었다. 그는 택시 문을 열었다. 라비크가 차에서 내렸다. 모로소프는 빙긋 웃었다. "오지 않을 줄 알았지."

"올 생각은 없었는데."

"억지로 데리고 왔어요, 보리스." 케이트 헤그시트룀은 모로소프를 포옹했다. "정말 기뻐요, 다시 당신 가게에 오게 되어서!"

"당신은 러시아 사람의 넋을 가졌어요, 카탸. 어째서 보스턴 같은 데서 태어났을까! 자, 들어가게, 라비크." 모로소프는 문을 밀어젖혔다. "인간이란 생각은 위대하지만 실행하는 데 약하단 말이야. 바로 그 점에 우리 불행도 있고, 매력도 있는 법이지."

세라자드는 캅카스 천막처럼 장식되어 있었다. 보이들은 러시아인으로, 붉은 체르케스족 제복을 입고 있었다. 오케스트라는 러시아와 루마니아 집시 차림의 악사들로 구성되어 있었다. 손님들은 벽 가 좌석 앞에 놓인 작은 탁자를 향해 앉아 있었다. 탁자에는 유리가 깔려 있고, 그 밑에 조명 장치가 붙어 있었다. 방은 어둠침침하고 상당히 붐볐다.

"뭘 들겠소, 케이트?" 라비크가 물었다.

"보드카. 그리고 집시들에게 음악을 청해주세요. 군대행진곡인 〈빈의 숲〉은 지긋지긋해요." 그녀는 신을 벗고 의자 위에 앉았다. "자, 이젠 조금도 피곤하지 않아요, 라비크" 하고 그녀는 말했다. "파리에 온 지 두서너 시간밖에 안 됐는데도 벌써 기분이 달라졌어요. 강제수용소에서 도망쳐 나온 것 같은 기분이에요. 이런 기분을 알 수 있겠어요?"

라비크는 그녀를 쳐다보았다. "대강은 알겠소."

체르케스인 차림의 보이가 작은 보드카 병과 잔을 가지고 왔다. 라비크는 잔에 따라서 하나를 케이트 헤그시트룀에게 주었다. 그녀는 몹시 목마른 듯이 급하게 들이마시고 잔을 내려놓았다. 그리고 사방을 둘러보았다. "먼지 낀 노점 같아요" 하고 말하며 그녀는 웃었다. "그러나 밤이면 피난과 꿈의 동굴이 되는군요."

그녀는 뒤로 기댔다. 탁자에 깔린 유리 밑에서 비치는 부드러운 빛줄기가 그녀의 얼굴을 환하게 비추었다. "왜 그럴까요, 라비크? 밤이 되면 모든 것이 아름답게 보여요. 어려운 일이라고는 하나도 없고, 무엇이든 할 수 있을 것 같은 기분이 들어요. 할 수 없는 것은 꿈이 보충해주고. 대체 왜 그럴까요?"

그는 웃었다. "우리가 꿈을 갖는 것은, 꿈이 없으면 진실을 견디어낼 수 없기 때문이지.”

오케스트라가 악기를 조율하기 시작했다. 바이올린의 최고음과 급한 연속음의 떨리는 소리가 들렸다.

“당신은 꿈으로 자신을 속이는 사람처럼 보이지는 않는군요.”

“진실로써 자기를 속일 수도 있소. 그것이 오히려 더 위험한 꿈이지.”

오케스트라가 연주를 시작했다. 처음은 쳄발로만이었다. 천으로 싼 부드러운 해머가 어스레한 가운데 낮고 들릴락 말락 하는 선율을 잡아내어, 그것을 갑자기 부드러운 글리산도로 위를 향해 높이 던지더니, 머뭇거리며 바이올린에게 넘겨준다.

집시가 댄스홀을 가로질러 두 사람이 있는 탁자로 천천히 다가왔다. 그리고 바이올린을 어깨에 대고 웃으며 서 있었다. 버릇없는 눈과 탐욕스러우리만큼 멍청한 표정이었다. 바이올린을 갖고 있지 않았더라면 가축 상인처럼 보였으리라. 바이올린을 손에 드니 대초원, 아득한 저녁 무렵, 지평선, 그리고 결코 현실일 수 없는 온갖 것의 사자가 되어버린다.

케이트 헤그시트룀은 그 선율을 마치 4월의 샘물처럼 피부에 느꼈다. 갑자기 그녀는 온몸이 메아리가 되었다. 그러나 그녀에게 소리치는 사람은 아무도 없다. 속삭이는 소리가 들렸다가 곧 사라져버린다. 아련한 기억의 실마리가 하늘거린다. 때때로 금실같이 번쩍거리지만 소용돌이치며 사라져버린다. 그녀를 부르는 사람은 아무도 없다. 누구 한 사람 불러주는 사람이 없다.

집시는 허리를 굽혔다. 라비크는 밑으로 그 손에 지폐 한 장을 쥐여준다. 케이트 헤그시트룀이 자리에서 움직였다. “당신은 행복했던 적이 있나요, 라비크?”

“여러 번 있었지.”

“그런 의미가 아녜요. 숨이 막힐 정도로, 정신을 잃을 정도로 자기가 가진 모든 것이 정말 행복했던 적이 있었는지 묻는 거예요."

라비크는 자기 앞에 있는, 감동에 넘친 갸름한 얼굴을 들여다보았다. 그것은 행복의 유일한 의미, 모든 것 중에서 가장 변하기 쉬운 것, 즉 사랑밖에는 아무것도 모르는 얼굴이었다. "여러 번 있었어, 케이트" 하고 그는 말했다. 그러나 그녀와는 전혀 다른 의미였고, 그 역시 행복이라는 것이 아님을 알고 있었다.

"당신은 제 말을 이해하려 하지 않는군요. 아니면 그런 이야기는 하고 싶지 않든가. 지금 오케스트라에 맞춰서 노래하는 여자는 누구죠?"

"글쎄, 모르겠는데. 아마 손님이겠지. 여기선 그런 일이 흔하니까."

"참 이상한 목소리군요" 하고 케이트 헤그시트룀은 말했다. "슬프면서도 반항적인 데가 있어요."

"노래란 원래 그런 거요."

"아니면 제가 그래서 그럴까요? 무슨 노래를 부르는지 아세요?"

"〈야 바스 루빌〉. 나는 지난날 너를 사랑했었지. 푸시킨의 노래."

"러시아 말을 아세요?"

"모로소프에게 배운 만큼은. 대부분 욕지거리지. 러시아 말은 욕을 하기에 꼭 맞는 말이거든."

"당신은 자신에 대해서 이야기하기를 싫어하는군요?"

"생각조차 하기 싫으니까."

그녀는 잠시 그대로 앉아 있다가, "저는 가끔 생각해요, 옛날 생활은 이제 지나가버렸다고요" 하고 말했다. "아무런 걱정도 없는 한가로운 기분과, 또 뭔가 잔뜩 기대하고 있는 기분. 이런 것은 모두 옛날이 되어버렸어요."

라비크는 웃음을 지었다. "지나가버리지는 않아요, 케이트. 인생이란 우리가 숨을 그치기 전에 지나가버리기에는 너무나 위대한 것이라오."

그녀는 그의 말을 귀담아듣고 있지 않았다. "가끔 무서워질 때가 있어요." 하고 그녀는 말했다. "갑자기, 까닭도 알 수 없이 무서워져요. 여기서 나가면 바깥세상이 별안간 무너져 있지나 않을까 하는 그런 거예요. 당신도 그럴 때가 있나요?"

"그래요, 케이트. 누구나 그럴 때가 있소. 유럽적인 병이지, 20년 전부터 생긴."

그녀는 입을 다물었다.

"그런데 저건 이제 러시아 노래가 아니군요." 이윽고 그녀는 이렇게 말하며 그 음악에 귀를 기울였다.

"그렇군. 이탈리아 노래지. 〈먼 산타 루치아〉요."

스포트라이트가 바이올린 연주자에게서 오케스트라 곁의 탁자로 옮겨 갔다. 이번에는 라비크에게도 노래하는 여자가 보였다. 조앙 마두였다. 그녀는 탁자에 한 팔을 괴고, 주위에 아무도 없는 듯 자기 혼자서 생각에 잠겨 있는 것처럼 정면을 바라보고 앉아 있었다. 흰 불빛을 받은 그 얼굴은 몹시 창백했다. 그가 알고 있는 평범하고 윤기 없는 표정은 찾아볼 수가 없었다. 그것은 남의 마음을 설레게 하는, 시름에 잠긴 절망의 아름다움이었다. 그는 언젠가 한번 이처럼 아름다운 표정을, 그것도 순간적으로 본 적이 있었다는 생각이 났다. 그녀의 방에서 지낸 날 밤이었다. 그러나 그때 그는 취중의 상냥한 착각이라고만 생각했다. 그것은 그 후 곧 흐려져서 사라지고 말았다. 그것이 지금 완전히 되살아서 그대로 나타나 있다. 그때보다 더욱 뚜렷하게.

"왜 그러세요, 라비크?" 하고 케이트 헤그시트룀이 물었다.

그는 고개를 돌렸다. "아무것도 아니오. 저 노래를 알고 있을 뿐이지. 나폴리적인 사랑의 슬픈 노래지."

"그런 추억이 있나요?"

"아니, 내게는 추억 같은 게 없소."

뜻밖에도 말투가 격해졌다. 케이트 헤그시트룀은 그를 빤히 바라보았다. "가끔 저는 당신에게 무슨 일이 있었는지 정말 알고 싶을 때가 있어요."

그는 어처구니없다는 듯한 몸짓을 했다. "다른 사람과 조금도 다를 바 없어요. 지금 세상은 할 일 없는 모험가들로 가득 차 있지. 피난민 호텔마다 그런 친구들로 가득 차 있소. 누구 경험담이든 알렉상드르 뒤마나 빅토르 위고에게 들려주면 틀림없이 센세이션을 일으키게 될 거요. 그런데 우리는 그런 이야기가 시작도 되기 전에 벌써 하품이 나온단 말이야. 자, 케이트, 보드카를 한 잔 더 하지. 오늘날 가장 큰 모험은 단순하고 조용한 생활이란 말이오."

이윽고 오케스트라는 블루스를 연주하기 시작했다. 댄스음악은 별로 신통치 못했다. 몇몇 손님들이 춤을 추기 시작했다. 조앙 마두는 일어서서 출입구 쪽으로 걸어갔다. 그녀는 마치 텅 빈 방 안을 혼자 걷듯이 걸어왔다. 라비크는 문득 모로소프가 그녀에 대해서 하던 말이 생각났다. 마두는 라비크의 탁자 바로 곁을 지나갔다. 그는 여인이 자기를 보았다고 생각했다. 그러나 여인의 눈길은 곧 그를 넘어서 앞쪽으로 무관심하게 미끄러져 갔고, 여인은 밖으로 나가버렸다.

"저 여자를 아세요?" 그를 지켜보던 케이트 헤그시트룀이 물었다.

"아니."

8

"보이나, 베베르?" 하고 라비크는 물었다. "자, 여기도, 여기도, 여기
도……."

베베르는 집게로 젖혀놓은 절개구 위로 몸을 굽혔다. "그래, 보이는
군……."

"이 작은 혹……. 허, 여기도, 거기도 있어, 이건 유종(乳腫)도 유착(癒着)
도 아니야……."

"음, 아니군……."

라비크는 몸을 똑바로 일으켰다. "암이야" 하고 그는 말했다. "분명히 암
이야! 의심할 여지가 없어. 이렇게 대담한 수술은 몇 년째 한 적이 없어. 스
페큘럼으로 봐도 아무것도 보이지 않고, 골반 검사도 한쪽이 조금 무르고
약간 부었을 뿐이야. 낭종이나 근종이 있을지도 모르지만 대단치는 않으리
라고 생각했어. 밑으로는 할 수 없어서 절개를 했는데, 절개해보니 느닷없
이 이런 암이야."

베베르는 그를 쳐다보았다. "그러면 어떻게 하지?"

"빙결체(氷結體)를 만들어야지. 현미경 검사 결과를 확인해야 해. 보아송은 아직 연구실에 있을까?"

"틀림없이 있을 거야."

베베르는 간호사에게 연구실에 전화를 걸라고 일렀다. 소리가 나지 않는 고무장화를 신은 간호사가 급히 나갔다.

"좀 더 절개해봐야겠어. 자궁 절개를 하세" 하고 라비크는 말했다. "다른 것은 해봐야 소용이 없어. 제일 딱한 일은 환자가 아무것도 모르고 있다는 거야. 맥박은 어때?" 그는 마취 담당 간호사에게 물었다.

"정상, 90."

"혈압은?"

"120."

"됐어." 라비크는 머리를 낮추고 트렌델렌버그 자세*로 수술대에 누워 있는 케이트 헤그시트룀의 육체를 바라보았다. "미리 알렸어야 했는데. 승낙을 받아놓았어야 했어. 그렇게 함부로 여기저기 절개할 수는 없지. 어때?"

"법률상으로는 안 되지. 그렇지만…… 이미 시작을 해버리지 않았나?"

"어쩔 수가 없었지. 밑으로 긁어낼 수가 없었으니까. 그런데 이건 그것과는 다른 수술이거든. 자궁을 잘라내는 수술은 긁어내는 것과는 다르단 말이야."

"이 사람은 자네를 믿고 있다고 생각해, 라비크."

"모르겠어. 그럴지도 모르지. 그러나 승낙할지 어떨지는……." 그는 흰 가운 위에 걸친 고무치마를 팔꿈치로 고쳤다. "어쨌든…… 어디 조사를 좀 더 해보지. 자궁 절개를 할지 말지는 그다음에 정할 수 있어. 메스, 외젠."

그는 배꼽 아래까지 절개해 작은 혈관은 집게로 죄고 큰 혈관은 이중 매

---

* 바로 누운 상태에서 발 쪽을 높인 자세를 말한다.

듭을 지어서 막아놓았다. 그리고 다른 메스로 황색 근막을 절단한 뒤에 그 아래 붙은 근육을 메스 등으로 눌러서 떼어놓고, 복막을 끄집어 올려서 젖힌 다음 집게로 졸라놓았다. "견인기!"

조수인 간호사는 이미 손에 들고 기다리고 있었다. 그녀는 추가 달린 사슬을 케이트 헤그시트룀의 양쪽 다리 사이에 던져 넣고 방광막을 묶었다.

"가제!"

그는 축축이 젖은 따뜻한 가제를 밀어 넣고 복강을 헤친 뒤에 조심스럽게 집게를 댔다. 그리고 흘끗 위쪽을 쳐다보았다. "자, 여기를 좀 보게, 베베르. 자, 여기도……. 이렇게 넓게 인대가 돼 있어. 이렇게 두껍고 딱딱한 덩어리가 돼 있어. 코헤르 집게로도 잡을 수가 없어. 너무 퍼졌어."

베베르는 라비크가 가리키는 곳을 응시했다.

"이것을 보게" 하고 라비크는 말했다. "이렇게 되면 동맥을 클램프로 죌 수도 없어. 터지고 말지. 벌써 여기까지 퍼졌군. 희망이 없어……."

그는 조심스럽게 한 조각을 도려냈다. "보아송은 연구실에 있나?"

"네" 하고 간호사는 대답했다. "전화를 해뒀습니다. 기다리고 있습니다."

"됐어. 이걸 보아송에게 보내줘요. 결과를 기다리기로 하지. 10분 이상은 걸리지 않겠지."

"전화를 걸라고 해요." 베베르가 말했다. "곧 말이야. 수술을 중지하고 기다리고 있으니까."

라비크는 몸을 일으켰다. "맥박은?"

"95."

"혈압은?"

"115."

"좋아. 베베르, 승낙 없이 수술을 하느냐 마느냐를 결정할 필요조차 없을 것 같아. 더는 어떻게 할 도리가 없어."

베베르는 고개를 끄덕였다.

"봉합하지" 하고 라비크는 말했다. "태아만 꺼내면 그만이야. 봉합해버리고 아무 말 안 하면 되는 거야."

그는 잠시 선 채로 흰 시트 밑에 벌어져 있는 육체를 바라보았다. 휘황한 불빛을 받아 시트는 더욱 희고, 마치 갓 내린 새 눈처럼 하얗다. 그 밑에 붉은 상처가 입을 쩍 벌리고 있었다. 서른넷에 다감하고, 화사하며, 갈색으로 그을려서 살려는 의지에 가득 차 있는 케이트 헤그시트룀. 그녀는 그녀의 조직을 파괴해온, 이 안개 같고 눈에 보이지 않는 손에 사로잡혀 죽음의 선고를 받은 것이다.

그는 다시 허리를 굽혔다. "아직도 해야 할 일……."

어린애, 무너져가는 이 육체 속에서 암중모색을 하는 생명이 아직도 맹목적으로 성장하고 있다. 그리고 모체와 더불어 죽음의 선고를 받았다. 아직은 탐욕스럽게 먹고, 빨고, 성장하려는 충동밖에는 모른다. 그러나 언젠가는 정원에서 뛰어놀고 싶고, 무엇이 되고 싶어 할 것이다. 기술자가, 목사가, 군인이, 살인자가, 한 인간이 되고 싶어 할, 살아서 고민하고, 행복해지고, 그리고 허물어져버리고 싶어 할 그런 것이다. 기구는 조심스럽게 눈에 보이지 않는 벽을 따라 미끄러져 간다. 저항을 느낀다. 조심스럽게 그것을 부수어서 끄집어낸다. 그것으로 끝이 난다. 무의식의 투쟁은 끝났다. 끝내 살아보지 못한 호흡, 환희, 비탄, 생장, 생성은 끝났다. 이제는 죽어서 창백해진 한 조각 살덩이와, 약간의 흐르는 피에 지나지 않는다. "보아송의 보고는 아직 안 왔나?"

"아직 없습니다. 곧 올 겁니다."

"아직 2, 3분은 기다릴 수 있어."

라비크는 뒤로 물러섰다. "맥박은?"

그는 낮은 칸막이 너머로 케이트 헤그시트룀의 눈을 보았다. 그녀는 그를 쳐다보았다. 빤히 응시하는 것이 아니고, 모든 것을 다 알고 그저 그를 쳐다보는 듯이. 눈을 떴구나, 하는 생각이 언뜻 그의 머리를 스친다. 그래서 그는 한 발 앞으로 내딛다가 멈추어 섰다. 그런 일은 있을 수 없어! 도대체 나는 무슨 생각을 하고 있는가? 우연이다. 불빛 때문이다. 마취 상태로 동공이 빛에 반사된 것뿐이다. "맥박은 어떤가?"

"100. 혈압 112. 내렸습니다."

"시간이 없어" 하고 라비크는 말했다. "보아송은 벌써 끝냈을 텐데."

아래층에서 전화 소리가 나직이 들렸다. 베베르는 입구 쪽을 바라보았다. 라비크는 눈을 들지 않았다. 문 열리는 소리가 났다. 간호사가 들어왔다.

"역시 그렇군" 하고 베베르가 말했다. "암이야."

라비크는 고개를 끄덕이고, 다시 일을 시작했다. 그는 집게를 풀고 클램프를 치웠다. 견인기를 풀고 가제를 치웠다. 그 옆에서 외젠이 기계적으로 기구의 수효를 세고 있었다.

그는 꿰매기 시작했다. 재치 있게, 순서대로 정확히, 온 정신을 집중하고, 아무런 잡념도 없다. 무덤은 닫힌다. 피부는 마지막 맨 위 표피까지 꿰매졌다. 그는 클램프를 풀고서 몸을 일으켰다. "끝났어."

외젠은 발로 크랭크를 돌려서 수술대를 수평으로 해놓고, 환자 위에 시트를 덮어씌웠다. 세라자드, 하고 라비크는 생각했다. 그저께였다. 멘보셰 야회복, 당신은 행복한 적이 있었어요? 자주, 전 무서워요, 뻔한 수술이지. 집시가 음악을 연주하고 있다. 그는 문 위에 걸린 괘종시계를 보았다. 12시, 정오다. 밖에서는 사무실이나 공장 문이 열리고, 건강한 사람들이 물밀듯이 쏟아져 나온다. 점심때다. 간호사 두 명이 수평으로 된 수레를 수술실에서 밀고 나간다. 라비크는 고무장갑을 벗고 세면실로 가서 손을 씻기 시작했다.

"자네 담배가" 하고 그와 나란히 서서 다른 세면대에서 씻고 있던 베베르가 말했다. "입술을 태우겠어."

"알았어, 고맙네. 그런데 누가 얘기하지, 베베르?"

"자네가 해야지." 베베르는 잘라 말했다.

"왜 절개수술을 해야 했는가를 설명해줘야 해. 밑으로 할 수 있다고 생각했을 테니 말이야. 아무튼 사실을 이야기할 수는 없잖나."

"무슨 좋은 생각이 나올 거야" 하고 베베르는 믿고 있다는 듯이 말했다.

"그럴까?"

"물론이지. 오늘 밤까지는 시간이 있어."

"그러면 자네가?"

"내 말은 믿지도 않을 거야. 자네가 수술한 것을 아니까 자네한테 듣고 싶어 할걸. 내가 말했다가는 의심만 살 뿐이야."

"그래, 알았어."

"어떻게 그렇게 짧은 시간에 진전되었는지 알 수가 없군."

"그럴 수도 있지. 뭐라고 하면 좋을지 알고 싶은데."

"무슨 좋은 생각이 떠오를 거야, 라비크. 낭종이라든가, 아니면 근종이라든가."

"그래" 하고 라비크는 말했다. "낭종이라든가, 아니면 근종이라든가."

밤에 그는 다시 한번 병원에 가보았다. 케이트 헤그시트룀은 자고 있었다. 그녀는 저녁녘에 깨어나서 토했고, 한 시간쯤 진정하지 못했으나 이윽고 다시 잠이 들었다는 것이다.

"뭘 묻던가?"

"아뇨" 하고 볼이 발그스름한 간호사가 말했다. "마취가 덜 깨서 아무것도 묻지 않으셨어요."

"아마 아침까지는 자게 될 거야. 만약 잠이 깨서 묻거든 다 잘되었다고 말해야 해. 좀 더 자야 하니까. 필요하면 무엇이든 약을 주도록 하고, 혹시 안정이 안 되면 닥터 베베르나 나를 부르도록 해. 내가 가는 곳은 호텔에 일 러두지."

그는 가까스로 다시 도망쳐 나온 사람처럼 거리에 서 있었다. 믿고 있는 얼굴을 보고 거짓말을 하지 않으면 안 된다. 그때까지 아직 몇 시간이 남아 있다. 갑자기 밤이 훈훈하고 빛나는 듯한 생각이 들었다. 생명의 회색 부스 럼 딱지를, 비둘기처럼 날아 올라간 두세 시간의 선사받은 시간이 자비롭 게 덮어준다. 그것도 역시 거짓이다. 거저 얻은 선물이 아니다. 약간 연기되 었을 뿐이다. 그러나 대체로 그렇지 않은 것이 있단 말인가? 모든 것은 연 기, 자비로운 연기가 아닐까? 멀고도 먼, 그러나 가차 없이 다가오는, 검은 문을 감추는, 다채로운 아름다운 깃발이 아닐까?

그는 어떤 술집으로 들어가 창가 대리석 탁자에 자리를 잡았다. 실내엔 담배 연기가 자옥하게 들어차고 시끄럽기 짝이 없었다. 보이가 왔다. "뒤보 네하고 식민지 담배 한 갑."

그는 담뱃갑을 열고 검은 담배를 한 대 꺼내 불을 붙였다. 옆자리에서 프랑스 사람 서너 명이 정부 부패와 뮌헨 협정에 대해 떠들고 있었다. 라비 크는 그 얘기를 반쯤밖에 듣고 있지 않았다. 전 세계가 우둔하게도 새로운 전쟁 속으로 뛰어들고 있음을 모두가 알고 있다. 그러나 저지하려는 사람 은 아무도 없다. 연기, 1년간 연기. 정신을 가다듬고 일어나서 싸운다 해도 그저 그럴 뿐이다. 여기서도 또 연기. 여전하다.

그는 뒤보네 잔을 비웠다. 아페리티프의 달콤하고 어렴풋한 향기가 입 속에 퍼져서 김이 빠진 불쾌한 맛이 났다. 왜 또 이런 것을 주문했을까? 그 는 보이에게 손짓을 했다. "고급으로 한 잔 주게."

그는 유리창 너머로 밖을 내다보며 잡념을 털어버렸다. 어떻게 할 수가 없다고 해서 미쳐서는 안 된다. 그는 이 교훈을 배웠던 때의 일을 되살려보왔다. 일생을 살면서 배운 위대한 교훈의 하나다.

1916년 8월이었고, 이페른 근처였다. 중대는 그 전날 일선에서 돌아왔다. 그것은 그들이 전선으로 배치된 이래 처음으로 투입된 평온한 참호였다. 아무 일도 일어나지 않았다. 그래서 이제 그들은 따뜻한 8월의 햇볕을 쬐면서 조그마한 모닥불 가에 드러누워 밭에서 주워 온 감자를 굽고 있었다. 그것이 1분 후에는 흔적도 없이 되고 말았다. 갑자기 포격이 시작되었다. 포탄이 모닥불 한가운데 떨어졌다. 정신이 다시 들고 보니, 자기는 무사하고 작은 상처 하나 없었으나 전우가 둘 죽어 있었다. 그리고 저쪽에는 친구인 파울 메스만, 걸음마를 시작했을 때부터 친구이며 같이 놀고 함께 학교에 다닌, 끊으려야 끊을 수 없는 친구인 메스만이 배가 찢겨 쓰러져 있었다. 창자가 쏟아져 나오고 있었다.

그들은 그를 천막천으로 만든 들것에 실어, 가장 가까운 길인 밀밭 비탈을 올라가서 야전병원으로 운반해 갔다. 네 귀퉁이를 한 사람씩 잡고 넷이서 들고 갔다. 메스만은 흙빛 천막천 들것에 누워 있었다. 두 손으로 희고 기름지고 피투성이가 된 창자를 누르고, 입은 헤벌린 채 눈은 멍하니 아무것도 보지 못했다.

그는 두 시간 후에 죽었다. 그 두 시간 중 한 시간 동안은 고래고래 소리를 질렀다.

그는 자기들이 돌아왔을 때의 꼴이 생각났다. 맥이 풀리고 정신이 나간 채 막사 안에 앉아 있었다. 그런 광경을 본 것은 그때가 처음이었다. 때마침 고향에서는 구두장이였던 분대장 카친스키가 왔다. "같이 가세" 하고 카친스키는 말했다. "오늘은 바이에른 주보에 맥주와 브랜디가 있어. 소시지도 있지." 라비크는 그를 물끄러미 쳐다보았다. 그토록 무딘 신경을 이해할 수가 없었다. 카친스키는 잠시 동안 그를 쳐다보더니, 이렇게 말했다. "넌 오늘 나하고 같이 가야 해. 두들겨 패서라도 데리고 가겠어. 오늘 너는 먹고 마시고, 그리고 계집을 찾아가야 해." 그는 대답을 하지 않았다. 카친스키는 그의 옆에 와서 앉았다. "네 기분은 알아. 지금 네가 나를 어떻게 생각하는지도 알아. 그러나 나는 여기 온 지 2년이지만 너는 고작 2주일이야. 잘들어보게! 도대체 메스만을 위해서 또 무엇을 해줄 수 있단 말인가? 할 수가 없지. 그 녀석을 살려낼 가능성이 조금이라도 있다면 우리가 무슨 짓이라도 하리라는 것을 너도 알고 있지 않나?" 그는 얼굴을 들었다. 그렇지, 그것은 알고 있지. 카친스키라면 그렇다는 것을 알고 있지. "좋아. 하지만 그녀석은 죽어버렸어. 이젠 어쩔 수 없게 되었어. 그러나 우리는 이틀 후면 여기를 떠나서 일선으로 가야 한단 말이야. 이번 전선은 그렇게 평온한 데가못 돼. 지금 여기 앉아서 메스만의 일만 생각한다면 완전히 기가 죽고 말 뿐이야. 신경이 파괴된단 말이다. 신경과민이 되고 말아. 덕분에 일선에 나가서 다시 포격을 받아도 재빨리 움직일 수 없게 돼. 0.5초쯤 늦지. 그러면 바로 메스만을 운반해 왔듯이, 이번에는 너를 운반해 와야 해. 대체 그것이 누구를 위한 일이 될까? 아니지. 너만 쓰러질 뿐이지. 그뿐이야. 이젠 알아듣겠나?" "알았어. 근데 나는 그렇게 못 하겠어." "입 닥쳐. 안 될 게 뭐야! 다른놈들은 다 했어. 네가 처음 당하는 건 아니란 말이야."

그날 밤부터 나아졌다. 그는 함께 가서 최초의 교훈을 배웠다. 가능할때는 해주어라. 그때는 무슨 짓이든 해주어라. 그러나 어쩔 수가 없게 되었을 때는 잊어버려라! 그리고 돌아서는 거야! 기운을 내야 해. 동정이란 평온무사한 시대의 것이다. 생명이 왔다 갔다 하는 판에 할 짓은 아니다. 죽은자는 묻어버리고, 그리고 삶을 만끽하라! 삶은 틀림없이 다시 쓸 데가 있다. 죽음을 슬퍼하는 것과 사실은 별개다. 사실을 보고 받아들였다고 해서 죽음을 슬퍼하는 정이 덜한 것은 아니다. 그렇게라도 하지 않으면 도저히 살아남을 수가 없다.

라비크는 코냑을 마셨다. 옆자리 프랑스 사람들은 아직도 정부에 대한 이야기를 하고 있었다. 프랑스가 실패했다는 것을. 영국에 대한 이야기를. 이탈리아에 관한 것을. 체임벌린에 대한 것을. 말, 말. 행동하고 있는 단 하나는 상대편뿐이다. 상대편이 이쪽보다 더 강한 것은 아니지만, 결단을 내리고 있다는 점이 다르다. 그들은 이쪽보다 용감하지 않지만, 이쪽이 싸우지 않으리라는 것을 내다보고 있다. 연기하겠지만, 연기해서 어떻게 하자는 것인가? 그동안 무장을 한다는 것인가? 잃어버린 시간을 보충하자는 것인가? 다시 한번 분기하자는 것인가? 상대편이 계속 무장을 증강하는 것을 지켜보고 있을 뿐이다. 그리고 기다리고 있다. 새로운 연기에 희망을 걸고 아무것도 하지 않고 기다리고 있다. 바다코끼리들의 이야기. 바다코끼리 몇백 마리가 해변에 우글거리고 있다. 사냥꾼이 그 속에 뛰어들어 몽둥이로 하나하나 때려잡는다. 단결하면 그런 사냥꾼 하나쯤 문제없이 눌러 죽일 수 있다. 그러나 그들은 드러누워 빈둥거리며, 사냥꾼이 와서 죽이는 것을 보면서도 꼼짝도 하지 않는다. 사냥꾼은 옆에 있는 놈을 죽이고 있을 뿐이다. 한 마리씩. 유럽의 바다코끼리 이야기다. 문명의 일몰. 피곤하고 형체가 없는 신들의 황혼. 속이 텅 빈 인권의 기치. 대륙의 투매. 닥쳐오는 노아의 대홍수. 최후 가격을 흥정하는 문답. 분화구 위에서의 여전한 탄식의 무도. 여러 국민들은 다시금 서서히 도살장으로 끌려가고 있다. 양이 제물로 바쳐져도 벼룩은 살아남는다. 언제나 그랬듯이.

라비크는 담배를 비벼 껐다. 그리고 주위를 둘러보았다. 도대체 어떻게 됐다는 것인가? 밤이 전에는 비둘기, 순한 회색 비둘기 같지 않았던가? 죽은 자는 묻어버리고 삶을 만끽하라. 세월은 짧다. 견디어낼 따름이다. 언젠가는 다시 필요할 때가 오리라. 그때를 위해 건강을 유지하고 만반의 준비를 갖춰놓아야 한다. 그는 보이를 불러서 계산을 끝냈다.

그가 들어갔을 때 세라자드의 조명은 어두웠다. 집시들이 음악을 연주하고 있었다. 스포트라이트 불빛이 오케스트라 옆 조앙 마두가 앉아 있는 탁자를 비추고 있을 뿐이었다.

라비크는 문으로 들어서서 그 자리에 서 있었다. 보이가 다가와서 탁자를 고쳐놓았다. 그러나 라비크는 우뚝 선 채 조앙 마두를 바라보았다.

"보드카를 드릴까요?" 보이가 물었다.

"그래, 병으로 하나."

라비크는 자리에 앉았다. 그리고 보드카를 잔에 따라서 급히 마셨다. 밖에서 생각하던 여러 가지 잡념을 털어버리고 싶었다. 과거의 찌푸린 얼굴과 죽음의 찌푸린 얼굴. 포탄에 찢긴 배와 암이 좀먹은 배. 그는 자기가 이틀 전에 케이트 헤그시트룀과 함께 앉았던 바로 그 자리에 앉아 있다는 것을 알았다. 옆자리가 마침 비었다. 그러나 그쪽으로 옮기지는 않았다. 여기 앉아 있건 옆자리에 앉아 있건, 어느 쪽이든 마찬가지다. 그것이 케이트 헤그시트룀을 살려낼 수는 없다. 언젠가 베베르가 뭐라고 했더라? 수술이 절망적이라고 해서 그렇게 당황할 필요는 없지, 할 수 있는 데까지 하고 집으로 돌아가면 되는 거지, 그렇게 하지 않으면 어떻게 되겠느냐 말이야. 그렇지. 어떻게 되겠나? 조앙 마두의 목소리가 오케스트라에 섞여 들려온다. 케이트 헤그시트룀이 말한 그대로다. 사람의 마음을 뒤흔드는 목소리다. 그는 손을 내밀었다. 맑은 브랜디가 들어 있는 병을 집어 들었다. 무력한 손아귀에서 빛이 바래고, 인생이 회색으로 변한다. 그 한순간 신비로운 썰물. 호흡과 호흡 사이의 소리 없는 정지. 서서히 마음을 씹어 뜯는 시간의 어금니. 〈먼 산타 루치아〉를, 오케스트라에 맞춰 저 목소리가 노래하고 있다. 그 목소리는 마치 바다를 건너, 이름 모를 꽃이 만발한 잊어버린 먼 해변에서 들려오듯이 그의 귀에 들려왔다.

"어떻습니까, 저 애는?"

"누구 말인가?" 라비크는 일어섰다. 지배인이 옆에 서 있다가 조앙 마두를 몸짓으로 가리켰다.

"좋군. 아주 좋아."

"센세이션이라고까지는 할 수 없지만요, 다른 쇼 막간에는 충분히 쓸 만합니다."

지배인은 미끄러지듯 가버렸다. 잠시 동안 그의 턱수염이 흰 불빛을 받아 새까맣게 돋보였다. 이윽고 그는 어둠 속으로 사라져버렸다.

스포트라이트 불빛이 꺼졌다. 오케스트라는 탱고를 연주하기 시작했다. 탁자 유리판에 다시 불이 들어오고, 그 위에 손님들의 얼굴이 어렴풋이 떠올랐다. 조앙 마두는 일어서서 탁자 사이를 누비며 걸었다. 남녀 여러 쌍이 댄스홀로 몰리고 있어 그녀는 몇 번이고 걸음을 멈추지 않을 수 없었다. 라비크는 그녀를 보았다. 그녀도 그를 보았다. 그녀의 얼굴에는 조금도 놀란 빛이 없었다. 그녀는 그가 있는 곳으로 곧장 걸어왔다. 그는 일어나서 탁자를 옆으로 밀었다. 보이가 와서 도우려고 했다.

"괜찮아" 하고 그는 말했다. "내가 하겠네. 잔을 하나 더 가져다주면 돼."

그는 탁자를 제자리로 다시 돌리고, 보이가 가지고 온 잔에 보드카를 따랐다. "이건 보드카요. 당신이 보드카를 마실지 모르지만."

"마시지요. 전에도 함께 마신 적 있는걸요, 벨 오로르에서."

"참, 그랬었지."

우리는 여기도 함께 온 적이 있지, 하고 라비크는 생각했다. 먼 옛날에, 아니 3주 전이다. 그때 너는 마치 불행과 패배의 덩어리처럼 레인코트 속에 쪼그리고서는 그 어렴풋한 어둠 속에 앉아 있었지. 그런데 지금은…… "살뤼" 하고 그는 말했다. 여인의 얼굴에 언뜻 빛이 스치고 지나갔다. 웃은 것이 아니고, 다만 그 얼굴이 좀 밝아진 것뿐이었다.

"그 소리 참 오랜만에 듣는군요" 하고 여인은 말했다. "살뤼."

그는 잔을 비우고 여인을 바라보았다. 높은 이마, 양미간이 넓은 두 눈,

입. 전에는 인상이 흐릿하고 서로 연관성도 없이 흩어져 있던 것이 지금은 하나로 연결되어 밝고 신비스러운 얼굴, 밝은 것이 그대로 비밀이기도 한 얼굴을 이루고 있었다. 그것은 아무것도 감추지 않을뿐더러, 또한 아무것도 나타내지 않는다. 아무것도 약속하지 않으면서, 오히려 그 때문에 모든 것을 약속한다. 이상하다. 전에는 이것을 몰랐다고 그는 생각했다. 그러나 그때는 아마도 없었을 것이다. 아마도 곤혹으로 가득 차 있었을 것이다.

"담배 가진 것 있으세요?" 하고 조앙 마두가 물었다.

"알제리 것밖에 없소. 그 왜 독한 흑담배 말이오."

라비크는 보이를 부르려고 했다.

"독하지 않아요" 하고 조앙 마두는 말했다. "전에 주신 적 있어요, 알마 교에서."

"그랬었지."

그렇기도 하고, 그렇지 않기도 하다고 그는 생각했다. 그때는 창백하고 쫓기는 사람이었지. 지금의 네가 아니지. 우리들 사이에는 그 밖에도 여러 가지 일이 있었다. 그것이 지금은 갑자기 무엇 하나 진실이 아닌 것 같다. "난 전에도 한 번 여기 왔었소" 하고 그는 말했다. "그저께."

"알아요. 당신을 본걸요."

여인은 케이트 헤그시트룀에 대해서는 묻지 않았다. 조용히 자리에 앉아 평온하게 담배를 피웠다. 담배를 피우는 데 완전히 몰두해 있었다. 그리고 조용히, 천천히 술을 마셨다. 술 마시는 데 역시 완전히 몰두해 있었다. 이 여자는 무엇이든 하는 일에는, 아무리 하잘것없는 일일지라도 그 일에 완전히 몰두하는 것 같았다. 하긴 그때도 이 여자는 완전히 절망해 있었지, 하고 라비크는 생각했다. 그러던 것이 지금은 그런 흔적도 없다. 갑자기 훈훈한 맛과 뚜렷하게 자신 있는 안정감을 가지고 있다. 지금은 여자의 생활을 뒤흔들어 어지럽히는 것이 하나도 없기 때문인지도 모른다. 그는 다만 자기가 거기서 환하게 빛을 받고 있다는 느낌을 받았을 뿐이다.

보드카 병이 비었다. "같은 걸 마시겠소?"

"그때 제게 사주셨던 게 뭐지요?"

"언제? 여기서? 그때는 여러 가지를 섞어 마신 것 같은데?"

"아뇨, 여기 말고요. 처음 만난 밤에 말이에요."

라비크는 생각해보았다. "생각이 나지 않는군. 코냑이었던가?"

"아녜요. 코냑 비슷했지만 전혀 다른 거였어요. 그걸 찾아보았지만 보이지 않았어요."

"왜, 그걸 마시고 싶소? 그게 그렇게 맛이 좋았소?"

"그런 게 아녜요. 그런 훈훈한 걸 마신 적이 없기 때문이에요."

"어디서 마셨을까?"

"개선문 근처 조그마한 술집이었어요. 계단을 내려갔고, 택시 운전사와 여자들이 서넛 있었어요. 보이가 팔뚝에 여자 문신을 했고요."

"아, 이제 알았어. 틀림없이 칼바도스였을 거요. 노르망디에서 나는 사과로 만든 브랜디지. 주문해보았소?"

"아뇨."

라비크는 보이를 불렀다. "칼바도스 있나?"

"없습니다. 죄송합니다. 찾으시는 분이 없어서요."

"여긴 너무 고급이라 그렇지. 틀림없어, 칼바도스였을 거요. 확인할 수 없어서 유감이군. 다시 한번 그 집으로 가면 제일 간단할 텐데. 하지만 지금은 그럴 수도 없고."

"왜요?"

"당신은 여기 있어야 하잖소?"

"아뇨, 전 끝났어요."

"그거 잘됐군. 가겠소?"

144

"네, 가요."

라비크는 그 술집을 쉽게 찾아냈다. 손님은 별로 없었다. 팔뚝에 여자 문신을 한 보이가 두 사람을 번갈아 흘끗흘끗 쳐다보았다. 그러고는 발을 질질 끌며 카운터 뒤에서 나와 탁자를 닦았다.

"좋아졌군" 하고 라비크는 말했다. "그때는 이렇게 하지 않았어."

"이 자리가 아니었어요" 하고 조앙 마두가 말했다. "저기 저쪽이에요."

라비크는 싱긋 웃었다. "당신은 미신을 믿소?"

"때로는 믿지요."

보이가 그들 옆에 와서 섰다. "맞습니다" 하고 그는 문신을 춤추게 하며 말했다. "전번에 거기에 앉으셨지요."

"자네는 아직도 기억하고 있나?"

"생생하게 기억하고 있어요."

"자네는 장군이 될 수 있겠어" 하고 라비크는 말했다. "그렇게 기억력이 좋으니."

"저는 무엇이든 절대로 잊어버리지 않습니다."

"그러고도 용케 살아가는군. 그럼 자네는 그때 우리가 뭘 마셨는지 기억하겠나?"

"칼바도스였지요." 보이는 서슴지 않고 대답했다.

"맞았어. 그것을 다시 한잔 마시자는 거야." 라비크는 조앙 마두를 돌아다보았다. "일이 아주 쉽게 풀리는 수도 있군! 어디 꿀 같은 맛이 나나 봐야겠어."

보이가 잔을 가지고 왔다. "더블입니다. 그때 칼바도스를 더블로 주문하셨지요."

"자네 말을 듣자니 어쩐지 으스스해지는군. 그럼 우리가 무슨 옷을 입고 있었는지도 기억하나?"

"레인코트. 부인께선 베레모를 쓰고 계셨지요."

"자네 같은 사람이 이런 곳에서 썩다니, 안됐군. 연예계에라도 나갈걸그
랬어."

"나갔었지요." 보이는 대답했다. "서커스에요. 그때 말씀드렸는데, 잊으
셨군요?"

"참, 그랬군. 미안하지만 잊어버렸어."

"이분은 잘 잊어요" 하고 조앙 마두는 보이에게 말했다. "당신이 잊어버
리지 않는 데 선수이듯이 이분은 잊어버리는 데 선수예요."

라비크는 흘끗 눈을 들었다. 여인은 그를 쳐다보았다. 그는 웃었다. "그
럴 리가 있나. 그럼 칼바도스 맛을 한번 볼까. 살뤼!"

"살뤼."

보이는 그대로 서 있었다. "잊어버리기를 잘하면 나중에 손해를 보았다
고 생각하게 됩니다, 손님" 하고 보이는 말했다. 아직도 할 이야기가 많은
듯했다.

"옳은 말이야. 그런데 잊어버리지 않고 있으면 일생이 지옥이 되고 말지."

"제 일생은 그렇지 않아요. 이젠 지나가버렸습니다. 잊지 않으면 왜 일
생이 지옥이 되나요?"

라비크는 슬쩍 눈을 들었다. "별다른 이유는 없어. 그냥 잊지 않기 때문
이지. 그렇지만 자네는 복받은 사람이야. 잊지 않기 선수라서가 아니야. 이
칼바도스는 전번 것과 같은 거요?" 하고 그는 조앙 마두에게 물었다.

"더 좋은데요."

그는 여인을 보았다. 이마에 가벼운 열기가 돌았다. 그는 여인이 그렇게
말하는 기분을 알 수 있었다. 그러나 여인이 그렇게 말해주어서 마음이 가
벼워졌다. 여인은 자기 말이 상대방에게 어떤 기분을 주는가에 대해서는

전혀 신경을 쓰지 않는 것 같았다. 이 초라한 술집에 꼭 자기 혼자 있는 것 처럼 앉아 있었다. 갓도 씌우지 않은 벌거숭이 전등불은 무자비했다. 그 빛 아래서는 두세 탁자 떨어져 앉아 있는 두 매춘부가 마치 이 여인의 할머니 처럼 보였다. 그러나 여인은 아무렇지도 않았다. 아까 나이트클럽의 어스 름 속에 있던 것이 여기서도 없어지지 않고 남아 있었다. 차갑고 밝은 얼굴, 한마디도 묻지 않고 그대로 거기 앉아서 기다리고만 있었다. 그것은 공허 한 얼굴, 어떠한 표정의 바람에도 이내 변할 수 있는 얼굴이라고 그는 생각 했다. 무슨 꿈이든 불어넣을 수가 있다. 양탄자와 그림이 장식되기를 기다 리고 있는, 아름다운 빈집과도 같았다. 온갖 가능성이 그녀에게 있었다. 궁 정이 될 수도 있고, 매음굴이 될 수도 있다. 무엇이 되느냐 하는 것은 그것 을 이루는 사람에게 달려 있다. 이에 비한다면, 이미 잔뜩 채워져 하나의 상 표가 붙은 것은 얼마나 한정적으로 보이겠는가…….

그는 여인의 잔이 비어 있는 것을 보았다. "장하군! 칼바도스 더블이었 는데. 한 잔 더 하겠소?"

"네, 하겠어요. 시간이 있으시다면."

어째서 또 자신에게 시간이 있느냐고 묻는지 모르겠다고 그는 생각했 다. 그러자 요전에 자기가 케이트 헤그시트룀과 함께 있는 것을 이 여인이 보았다는 사실이 떠올랐다. 그는 눈을 들었다. 여인의 얼굴에는 아무것도 나타나 있지 않았다.

"시간은 있소. 내일 9시에 수술을 해야 하지만, 그 일뿐이오."

"이렇게 밤샘을 하고도 수술을 하실 수 있어요?"

"할 수 있지. 밤을 새워도 상관없소. 습관이니까. 그리고 매일 수술을 하 는 건 아니니까."

보이는 두 사람의 잔에 다시 가득 따랐다. 그는 병과 함께 담배를 한 갑 가지고 와서 탁자에 놓았다. 로랑 초록이었다. "전번에도 이걸 주문하셨지요?" 하고 그는 득의만면하여 라비크에게 물었다.

"전혀 모르겠는데. 자네가 나보다 잘 알겠지. 자네를 믿겠네."

"맞아요" 하고 조앙 마두가 말했다. "로랑 초록이었어요."

"거보세요. 부인께서 더 기억력이 좋으십니다, 손님."

"그건 아직 모르지. 어쨌든 담배는 피우겠네."

라비크는 담뱃갑을 열어 여인에게 내밀었다. "아직 그 호텔에 살고 있소?"

"네. 좀 더 큰 방으로 옮겼을 뿐이에요."

택시 운전사들이 한패 몰려왔다. 그리고 옆 탁자에 앉아서 큰 소리로 이야기를 시작했다.

"나가볼까요?" 라비크가 말했다.

여인은 고개를 끄덕였다.

그는 보이를 불러서 계산했다. "정말 세라자드로 돌아가지 않아도 되오?"

"네."

그는 여인의 외투를 집어주었다. 그러나 여인은 입지 않고 그냥 어깨에 걸치기만 했다. 그것은 값싼 담비 코트였다. 아마도 모조품 같았다. 그러나 여인이 입으면 싸구려로 보이지는 않았다. 자신을 갖고 입지 않는 것만이 값싸게 보이는 것이라고 라비크는 생각했다. 그러고 보니, 언젠가 아주 값싸 보이는 왕관표 검은색 족제비 코트를 본 적이 있었다.

"그럼 호텔까지 바래다 드리지." 문밖에 나서서 내리는 듯 마는 듯한 이슬비 속에 섰을 때 그는 말했다.

여인은 천천히 그에게로 몸을 돌렸다. "우린 당신 계신 데로 가는 게 아닌가요?"

여인의 얼굴은 그의 얼굴 바로 밑에 있었다. 반쯤 젖혀져서 그를 향하고 있었다. 입구 정면에 달린 전등 빛이 그 얼굴을 환히 비추고, 자잘한 빗방울이 여인의 머리에서 반짝이고 있었다.

"그렇게 합시다."

택시 한 대가 다가와서 멎었다. 운전사는 잠시 기다렸다. 그러다가 혀를 차고는 소리 내어 기어를 넣고 가버렸다.

"전 당신을 기다렸어요. 아시겠어요?"

"아니."

여인의 눈이 가로등 불빛을 받아 반짝거렸다. 그 눈은 자세히 들여다보아도 그 깊이를 알 수 없을 것 같았다.

"나는 당신을 오늘 처음 만났소" 하고 그는 대답했다. "전에 만난 것은 당신이 아니었어."

"네, 그랬어요."

"지나간 일은 모두가 없는 거야."

"그래요, 전 잊어버렸어요."

그는 여인의 가벼운 숨결을 느꼈다. 눈에 보이지 않는 숨결은 그를 향해 떨고 있었다. 부드럽고, 전혀 무게가 없는, 언제라도 응하는, 완전히 믿고 있는 숨결. 이상한 밤의 이상한 생명. 갑자기 피가 끓어오르는 것을 느꼈다. 잇달아 끓어오르는 피. 이미 단순한 피만은 아니다. 생명이다. 천 번이나 저주하고 기쁨으로 맞이하던 생명, 몇 번이고 되찾은 생명. 한 시간 전만 해도 여전히 메마르고 지난날로만 가득 찼던, 아무런 위안도 없는, 풀 한 포기 없는 불모의 황야. 그것이 지금 다시 마치 무수한 샘에서 솟아 나오듯이 쏟아져 나와 다시는 믿지 않으려던 저 불가사의한 찰나를 연상케 한다. 자기는 다시 최초의 인간으로 돌아가서 바닷가에 서 있다. 물결 사이에서 하얗게 빛나면서 물음과 대답이 하나가 되어 나타나고, 피는 한없이 끓어올라 눈에서 폭풍우가 일어난다⋯⋯.

"저를 좀 붙잡아주세요" 하고 조앙은 말했다.

그는 여인의 얼굴을 내려다보며 한쪽 팔로 여인을 껴안았다. 배가 항구에 들어와서 닻을 내리듯이, 여인의 어깨는 그에게 바싹 다가붙었다. "붙잡아줘야 하오?" 하고 그는 물었다.

"네."

여인의 두 손이 그의 가슴에 찰싹 붙는다.

"내가 붙잡아주지."

"네."

또 다른 택시 한 대가 와서 보도에 바싹 대며 끼익 소리를 내고 멈추었다. 운전사는 아무런 감정도 보이지 않고 두 사람 쪽을 건너다보았다. 그의 어깨 위에는 털 조끼를 입은 강아지가 있었다. "택시?" 하고 그는 긴 아마빛 수염 밑에서 목 쉰 소리로 말했다.

"봐요" 하고 라비크는 말했다. "저 친구는 아무것도 몰라. 무엇이 우리 마음을 스치고 갔는지 모르고 있어. 우리를 보고는 있지만, 우리가 변했다는 걸 모르고 있지. 세상이 미쳤다는 증거지. 당신이 천사로 변하건 바보로 변하건 범죄자로 변하건, 알아보는 사람은 아무도 없어. 그런데 당신 단추가 하나 떨어져 있으면…… 다들 안단 말이야."

"미친 게 아니네요. 그것으로 됐어요. 우리를 가만히 놓아두니까요."

라비크는 여인을 쳐다보았다. 우리, 하고 그는 생각했다. 참으로 놀라운 말이다! 세상에 이렇게도 야릇한 말이 또 있을까.

"택시?" 하고 운전사는 끈질기게, 그리고 더 큰 쉰 목소리로 외치고는 담배에 불을 붙였다.

"자, 갑시다" 하고 라비크는 말했다. "아무래도 피할 수가 없겠어. 저 친구는 장사 요령을 알고 있어."

"타고 싶지 않아요. 걸어가요."

"비가 오기 시작했어."

"비가 아녜요. 안개예요. 택시는 타고 싶지 않아요. 당신과 걷고 싶어요."

150

"좋아. 하지만 지금 여기서 무슨 일이 있었는가를 저 친구에게 알려주고 싶은데."

라비크는 운전사에게 가서 이야기를 주고받았다. 운전사는 더없이 아름다운 웃음을 짓고는, 이런 때 프랑스 사람만이 할 수 있는 몸짓으로 조앙에게 인사를 보낸 다음 차를 몰고 가버렸다.

"어떻게 이해시켰지요?" 여인은 라비크가 돌아오자 물었다.

"돈이지. 제일 간단한 방법이야. 밤에 일하는 사람은 모두가 빈정대기를 잘하는데, 저 친구도 그렇더군. 이내 알아듣던데. 다정하고, 그러면서도 호인다운 경멸감을 약간 섞어서 말이야."

여인은 살짝 웃었다. 그는 여인의 어깨에 팔을 감았다. 여인은 그에게 기대왔다. 그는 자기 내부에서 무엇인가 활짝 열려, 훈훈하고 부드럽게 널리 퍼져 나가는 것 같은 느낌이 들었다. 그리고 그것이 무수한 손으로 자기를 밑으로 끌어내리는 것 같은 느낌이 들었다. 둘이서 나란히, 발이라는 좁다란 발판 위에서 몸의 균형을 잡으면서, 무서울 만큼 꼿꼿하게 서 있다는 것이 갑자기 참을 수가 없게 되었다. 그런 것은 다 잊고, 그대로 쓰러져서, 피부의 흐느낌, 두뇌도, 물음도, 고뇌도, 의혹도, 아직 아무것도 없었고, 오직 어두운 피의 행복밖에 없었던, 천 년 전 옛날의 부르는 소리에, 몸을 완전히 내맡기지 못하고서……

"자, 갑시다" 하고 그는 말했다.

두 사람은 실비가 내리는, 사람 그림자 하나 없는 회색 거리를 걸어갔다. 거리 끝까지 오자, 두 사람 앞에 광장이 끝없이 다시 퍼져 나갔다. 흐르는 은빛 실 가운데 개선문의 육중한 회색 모습이 공중에 떠서 하늘 높이 솟아 있었다.

9

라비크는 호텔로 돌아왔다. 아침에 그가 호텔을 나설 때 조앙 마두는 아직 자고 있었다. 한 시간이면 돌아올 줄 알았는데 벌써 세 시간이나 지났다.

"아니, 선생님" 하고 누가 3층으로 올라가는 계단 중간에서 말했다.

라비크는 그 사람 쪽을 보았다. 창백한 얼굴, 부스스한 검은 머리카락, 안경, 모르는 사람이었다.

"알바레스입니다" 하고 그 사람은 말했다. "하이메 알바레스입니다. 기억 안 나십니까?"

라비크는 머리를 저었다.

그 남자는 허리를 구부리고 바지를 걷어 올렸다. 기다란 흉터가 정강이에서 무릎까지 치닫고 있었다.

"이젠 생각이 나십니까?"

"내가 그 수술을 했던가?"

사나이는 고개를 끄덕였다. "일선 근처 부엌 식탁에서 했지요. 아랑헤스근처 임시 야전병원에서요. 감복숭아 밭 가운데 있는 자그마한 흰 별장 말입니다. 이젠 아시겠어요?"

갑자기 라비크는 감복숭아 꽃의 짙은 향기를 느꼈다. 달콤하고 썩은 듯한 그 향기는 마치 어두운 계단을 올라온 것처럼 더욱 달콤하고, 더욱 썩은 듯한 피 냄새와 완전히 뒤섞여서 코를 찔렀다.

"그래, 이제 생각이 나는군." 그는 말했다.

부상자들은 달빛이 훤한 테라스에 여러 가닥 줄을 지어 나란히 누워 있었다. 독일과 이탈리아 비행기 몇 대가 저지른 짓이었다. 폭탄 파편에 어린 애들, 여자들, 농부들이 갈기갈기 찢겼다. 얼굴이 없는 아이, 가슴팍까지 찢어진 아이 밴 여자, 한쪽 손에서 떨어져 나온 다섯 손가락들을 다른 한쪽 손으로 걱정스럽게 쥐고 있는 노인. 아마도 다시 꿰맬 수 있으리라고 생각한 모양이었다. 온 누리에 촉촉한 밤의 냄새가 들어차고, 맑은 이슬이 내리고 있었다.

"다리는 제대로 다 나았나?" 하고 라비크는 물었다.

"그럭저럭해요. 완전히 꾸부릴 수는 없지만요." 사나이는 웃었다. "그러나 피레네산맥을 넘기에는 충분했어요. 곤잘레스는 죽었고요."

라비크는 곤잘레스가 누구였는지 이제 기억이 나지 않았다. 그러나 이번에는 그때 자기 조수 노릇을 하던 젊은 학생 생각났다. "마놀로는 어떻게 됐는지 모르나?"

"감옥에 끌려갔다가 총살당했지요."

"그리고 세르나는? 여단장 말이야."

"죽었어요. 마드리드 못 미쳐서." 사나이는 다시 웃었다. 그건 아무 감동도 없는, 훌쩍 떠오르는 마비된 자동적 웃음이었다. "무라와 라 페나는 포로가 되어 총살당했지요."

라비크는 무라나 라 페나가 누구였는지 생각이 나지 않았다. 그는 6개월 뒤에 전선이 무너져서 야전병원이 해체될 때 스페인을 떠났던 것이다.

"카르네로, 오르타, 그리고 골트슈타인은 강제수용소에 들어가 있지요"
하고 알바레스는 말했다. "프랑스 강제수용소요. 블라츠키도 무사해요. 국
경을 넘어서 숨었답니다."

골트슈타인만 생각이 났다. 당시에 워낙 많은 얼굴을 대했기 때문에 일
일이 기억할 수가 없었다. "자넨 지금 이 호텔에 살고 있나?" 하고 그는 물
었다.

"네, 우리는 그저께 이리로 이사했습니다. 저깁니다." 사나이는 3층 방들
을 가리켰다. "국경 수용소에 오랫동안 갇혀 있다가 간신히 석방되었습니
다. 아직 돈이 남아 있었거든요." 그는 다시 웃었다. "침대, 제대로 된 침대,
훌륭한 호텔입니다. 벽엔 우리 지도자 그림까지 걸려 있고요."

"그럴 거야" 하고 라비크는 비꼬지 않고 말했다. "그쪽에서 혼이 난 끝이
니까, 아마 기분이 좋을 거야."

그는 알바레스와 헤어져서 자기 방으로 갔다.

방은 깨끗이 청소된 채 비어 있었다. 조앙 마두는 가고 없었다. 그는 방
을 둘러보았다. 그녀는 아무것도 남겨놓지 않았다. 그도 무엇을 남겨놓고
가리라고는 생각지 않았다.

그는 벨을 눌렀다. 잠시 뒤에 하녀가 왔다. "여자분은 가셨습니다" 하고
묻기도 전에 하녀가 말했다.

"그건 알아요. 도대체 여기 누가 있다는 걸 어떻게 알았지?"

"아이, 라비크 선생님도" 하고 하녀는 말끝을 맺지 못한 채 마치 심한 모
욕이라도 당한 듯이 입을 다물었다.

"아침은 먹고 갔나?"

"아뇨. 저는 보지 못한걸요. 봤으면 드렸을 텐데요. 그런 것은 진작부터
알고 있어요."

라비크는 하녀를 쳐다보았다. 마지막 말이 기분에 거슬렸다. 주머니에서 몇 프랑을 꺼내어 하녀의 앞치마 호주머니에 찔러 넣었다. "좋아요. 다음에도 그렇게 해야 돼. 내가 분명히 부탁했을 때만 아침을 가져오도록 해. 그리고 방에 아무도 없다는 걸 분명히 알기 전에는 청소를 하러 오지 말고."

하녀는 알았다는 듯이 웃었다. "네, 알았습니다, 라비크 선생님."

그는 하녀의 뒷모습을 못마땅하게 바라보았다. 하녀가 무슨 생각을 하는지 알 수 있었다. 조앙은 남편이 있는 여자라 남의 눈에 띄는 것을 꺼려한다고 생각하고 있는 것이다. 옛날 같으면 이런 일쯤 웃고 넘겼을 것이다. 지금은 마음에 들지 않았다. 상관없다고 그는 생각했다. 그러고는 어깨를 으쓱하고 창가로 갔다. 호텔은 호텔이다. 어쩔 수 없다.

그는 창문을 열었다. 집들을 덮고 있는 한낮의 하늘은 흐려 있었다. 처마 끝에서 참새들이 지저귀고 있었다. 바로 아래 2층에서는 싸우고 있는 두 목소리가 들려왔다. 골트베르크 부부임에 틀림이 없다. 남편은 아내보다 스무 살이나 나이가 많다. 브레슬라우의 곡물 도매상이다. 아내는 망명객인 비젠호프와 관계를 하고 있다. 계집은 아무도 모르는 줄로 알고 있지만, 모르는 것은 남편뿐이다.

라비크는 창문을 닫았다. 그는 오늘 아침에 담낭 수술을 했다. 뒤랑 대신, 이름 모를 사람의 담낭을 말이다. 그를 대신해서 알지도 못하는 사나이의 배를 일부분 절개했다. 보수는 2백 프랑. 그러고 나서 케이트 헤그시트룀을 보러 갔다. 그녀는 열이 있었다. 고열이었다. 그는 한 시간 동안 그녀와 함께 있었다. 그녀는 잠을 제대로 못 잔 것 같았다. 별로 걱정할 만한 일은 아니었지만, 그래도 열이 없는 편이 낫다.

그는 창 너머로 멍하니 밖을 내다보았다. 일이 끝난 뒤에 찾아오는 이상하게 공허한 감정. 아무런 의미도 없어져버린 침대. 영양 껍질을 물어뜯는 재칼처럼 무참하게 찢어발긴 하루. 마치 마술같이 어둠 속에서 생겨난 밤의 숲. 그것이 지금은 다시 시간의 사막에 아른거리는 신기루처럼 아득히 먼 것이 되고 말았다.

그는 돌아섰다. 탁자에는 뤼시엔 마르틴의 주소 쪽지가 놓여 있었다. 얼마 전에 퇴원했던 것이다. 퇴원할 때까지 애를 많이 먹였다. 그는 이틀 전에 가보았다. 다시 가볼 필요는 없었지만, 별로 할 일도 없어서 가보기로 작정했다.

집은 클라벨에 있었다. 아래층은 푸줏간이었다. 억세게 생긴 여자가 큰 칼을 휘두르며 고기를 팔고 있었다. 그녀는 지금 상중이었다. 2주 전에 남편이 죽었다. 지금은 조수를 한 명 데리고 가게를 맡아 있었다. 라비크는 지나치면서 그녀를 보았다. 어디 방문이라도 하는 모양이었다. 길게 늘어진 검은 베일이 달린 모자를 쓴 채 애교를 피우며 단골손님에게 돼지 다리를 베어주고 있었다. 베일이 쪼개놓은 돼지의 동체 위에서 하늘거렸다. 그녀는 번쩍거리는 칼을 선뜻 아래로 내리쳤다.

"한 번만 치면 되지요"라고 과부는 만족스레 말하며, 돼지고기를 저울 위로 획 던져 올렸다.

뤼시엔은 맨 위층 자그마한 방에 살고 있었다. 혼자가 아니었다. 스물다섯쯤 된 젊은이가 칠칠치 못하게 의자에 앉아 있었다. 젊은이는 자전거 선수용 모자를 쓰고, 손으로 만 담배를 피우고 있었다. 말을 할 때마다 담배가 윗입술에 들러붙었다. 라비크가 들어가도 그는 앉은 그대로 일어나지 않았다.

뤼시엔은 침대에 누워 있다가 당황해서 얼굴을 붉혔다. "아니, 선생님, 오늘 오실 줄은 몰랐어요." 그녀는 젊은이 쪽을 보았다. "이 사람은……."

"누구든 상관없잖아" 하고 젊은이는 그녀의 말을 거칠게 가로막았다. "남의 이름을 함부로 부를 필요는 없지." 그는 몸을 뒤로 젖혔다. "그러니까 당신이 의사 선생이군요?"

"좀 어때, 뤼시엔?" 젊은이는 거들떠보지도 않고 라비크가 물었다. "자리에 누워 있다니, 철이 들었군."

"일어나려면 벌써 일어날 수 있었지" 하고 젊은이가 말했다. "이젠 아픈데도 없으면서. 일을 하지 않으면 돈만 들 뿐이지."

라비크는 돌아서서 그를 쳐다보았다. "자넨 잠깐 나가주게."

"뭐라고?"

"나가, 문밖으로. 뤼시엔을 진찰할 거야."

젊은이는 웃음을 터뜨렸다. "내가 여기 있어도 할 수 있지 않소. 우린 그렇게 점잖은 사람이 아니란 말이오. 그런데 진찰은 왜 하는 거요? 당신은 엊그제 다녀가지 않았소. 과외로 왕진비가 붙는단 말이지, 그렇지요?"

"이봐" 하고 라비크는 침착하게 말했다. "자네는 돈을 낼 것같이 보이지도 않는데그래. 그리고 돈이 들고 안 들고는 별문제야. 자, 썩 나가란 말이야."

젊은이는 히죽이 웃으며 양쪽 다리를 편하게 쭉 뻗었다. 그는 끝이 뾰족한 에나멜 구두에다 자줏빛 양말을 신고 있었다.

"보보, 제발 좀" 하고 뤼시엔이 말했다. "정말, 잠깐 동안이야."

보보는 그녀의 말은 들은 척도 하지 않고 라비크를 노려보았다. "당신이 이리로 와주어서 천만다행이오. 바로 대답을 들려줄 수 있으니까 말이야. 당신은 입원이다, 수술이다 해서 우리 돈을 긁어낼 수 있다고 생각하는지 모르지만…… 그렇게는 안 될걸! 우리가 이 애를 입원시켜달라고 부탁한 적은 없어. 더구나 수술이란 말도 안 되지. 그러니까 돈 이야기라면 하나 마나요. 배상금을 요구하지 않는 것만도 다행으로 알란 말이야. 강제 수술이지 뭐야." 그는 더러운 이를 드러냈다. "어때, 놀랐지? 이 보보는 다 알고 있단 말이야. 그렇게 간단하게는 넘어가지 않을걸."

젊은이는 아주 만족한 듯 보였다. 멋있게 해냈다고 생각하고 있었다. 뤼시엔은 새파랗게 질렸고, 걱정스러운 듯이 보보에게서 라비크에게로 눈을 돌렸다.

"어때, 알았어?" 하고 보보는 신바람이 나서 물었다.

"이 사람인가?" 하고 라비크는 뤼시엔에게 물었지만, 그녀는 대답이 없었다. "이 사람이군" 하고 그는 보보를 훑어보았다.

비쩍 마른 키다리였다. 말라빠진 목에 인조견 목도리를 둘렀고, 후골이 오르락내리락했다. 축 늘어진 어깨, 무겁게 긴 코, 쪽 빠진 턱. 책에 나오는 변두리의 뚜쟁이 그대로였다.

"그게 어쨌다는 거야?" 보보는 대들 것처럼 되물었다.

"나가라고 몇 번이나 말하지 않았나. 진찰을 해야 한다니까."

"빌어먹을!" 보보가 대답했다.

라비크는 천천히 그에게로 다가갔다. 보보는 벌써 준비가 되어 있었다. 젊은이는 벌떡 일어나서 뒤로 물러섰다. 어느 틈엔가 1미터쯤 되는 노끈을 두 손에 쥐고 있었다. 그것으로 어쩌자는 것인지 라비크는 잘 알았다. 라비크가 가까이 오면, 훌쩍 옆으로 비켜서 재빨리 뒤로 돈 다음 노끈을 목에다 걸고 뒤에서 조르자는 것이다. 상대가 그런 수를 모르거나 주먹으로 대든다면 계산대로 될 것이다.

"보보!" 뤼시엔이 소리를 질렀다. "보보, 그만둬!"

"이 코흘리개 녀석!" 하고 라비크는 말했다. "그런 시시한 노끈 수작은 낡았어. 좀 더 나은 수를 몰라?" 라비크는 껄껄 웃었다.

보보는 일순간 얼떨떨했다. 눈 깜짝할 사이에 라비크는 두 손으로 그의 재킷을 어깨에서 밑으로 끌어내려 팔을 들 수 없게 해버렸다. "이런 수가 있는 줄은 몰랐겠지?" 하고 그는 재빨리 문을 열고, 어리둥절하여 덤비지도 못하고 있는 젊은이를 난폭하게 밖으로 밀어냈다. "이런 짓을 좋아하거든 군인이나 될 일이지, 이 덜떨어진 건달 녀석아! 그러나 어른은 건드리지 말란 말이야.”

그는 안에서 문을 잠가버렸다. “자, 뤼시엔” 하고 그는 말했다. “그래, 어디 보기로 하지.”

그녀는 떨고 있었다.

“진정해, 진정하라고. 다 끝났어.” 그는 다 해진 솜이불을 걷어서 의자 위에 놓았다. 그러고는 초록색 담요를 들어 올렸다. “바지 아냐? 왜 이런 걸 입고 있지? 더 불편할 텐데. 아직은 몸을 너무 움직이면 안 돼요, 뤼시엔.”

그녀는 잠시 말이 없었다. 그러다가 “바로 오늘 입었어요”라고 말했다.

“잠옷은 없나? 병원에서 두 벌 보내줄 수도 있어.”

“아네요, 그런 게 아네요. 이걸 입은 것은, 저…….” 그녀는 문 쪽을 보고는 나직이 속삭였다. “저 사람이 올 줄 알고 그랬어요. 전 이제 다 나았다는 거예요. 더 기다려주지 않을 거예요.”

“뭐라고? 애석하게 됐군, 사정이 이런 줄 미처 몰랐어” 하고 라비크는 못마땅한 듯 문 쪽을 바라보았다. “기다리게 해야 돼!”

뤼시엔은 빈혈증 여자가 흔히 그렇듯이 피부가 새하얬다. 얇은 표피 밑에 정맥이 파랗게 드러나 보였다. 고운 몸매에 골격은 가늘고 날씬했다. 그렇다고 살이 빠진 데는 한 곳도 없었다. 거의 대부분 이런 여자들의 말로가 어떻게 된다는 것을 알면서도 왜 자연은 일부러 이렇게도 아름답게 만들어놓았는지, 이상하게 생각하지 않을 수 없는 무수한 여자 중 하나다. 그릇되고 건전치 못한 생활로 과로 끝에 어느덧 그 아름다운 몸매를 잃고 마는 것이다.

“1주일은 더 자리에 누워 있어야 해, 뤼시엔. 일어나서 방 안을 걸어 다니는 정도야 괜찮지만, 그래도 조심해야 돼. 물건을 들어 올리거나 하면 안 돼. 그리고 며칠 동안은 계단을 오르내려서도 안 돼. 누구 봐줄 사람은 있나, 저 보보 말고?”

"집주인 아주머니가 있어요. 하지만 벌써부터 투덜대고 있는걸요."

"그 밖에 아무도 없나?"

"없어요. 전에는 마리가 있었지만, 죽었잖아요."

라비크는 방을 훑어보았다. 아무것도 없었지만 정갈했다. 창가에는 푸크시아 꽃이 몇 송이 꽂혀 있었다. "그럼 보보는" 하고 그는 물었다. "모든 일이 다 끝난 뒤에야 다시 슬금슬금 나타난단 말이지……."

뤼시엔은 대답이 없었다.

"왜 쫓아버리지 않지?"

"그렇게 나쁜 사람은 아녜요, 선생님. 그저 사나울 뿐이에요……."

라비크는 그녀를 보았다. 사랑이다. 이것도 역시 사랑인 것이다. 예부터의 기적. 그것은 현실이라는 회색 하늘에 꿈의 무지개로 다리를 놓을 뿐만 아니라, 거름 더미 위에도 낭만적인 빛을 쏟는다. 기적이기도 하고, 미친 듯한 조롱이기도 하다. 갑자기 그는 자신이 간접적인 공범자가 된 듯한 이상한 기분이 들었다. "괜찮겠지, 뤼시엔. 걱정할 것은 없어. 우선 건강해져야 해."

그녀는 마음이 놓이는 듯 고개를 끄덕였다. "그리고 그 돈 말인데요" 하고 그녀는 망설이다가 느닷없이 말했다. "아까 그 말은 괜한 소리예요. 그 사람은 입으로만 그렇게 말했을 뿐이에요. 제가 다 지불하겠어요. 전부요. 월부로요. 언제부터 다시 일할 수 있을까요?"

"만약 어리석은 짓을 하지 않는다면, 2주쯤 지나면 되겠지. 그리고 보보하고 무슨 짓을 해서는 안 돼! 절대로 해서는 안 돼, 뤼시엔! 그렇잖으면 죽어, 알겠지?"

"네." 그녀는 아무런 확신도 없이 대답했다.

라비크는 가냘픈 그녀의 몸에 담요를 덮어주었다. 얼굴을 들어 보니 그녀는 울고 있었다. "좀 더 빨리 나을 수는 없을까요?" 하고 그녀는 말했다. "이젠 앉아서 일을 할 수도 있어요. 전 아무래도……."

"그럴 수 있을지도 모르지. 두고 보자고. 몸을 조심하느냐, 안 하느냐에 달렸어. 뤼시엔, 낙태 수술을 한 그 산파의 이름을 나에게 가르쳐줘."

그녀의 눈에 거절하고 싶은 눈치가 보였다. "경찰에 고발하지는 않을 테니까" 하고 그는 말했다. "절대로 그러지는 않을 거야. 다만 산파에게 준 돈을 되찾고 싶을 뿐이야. 그러면 몸조리를 좀 더 할 수 있잖아. 얼마나 되지?"

"3백 프랑. 도로 찾다니, 그렇게는 안 될 거예요."

"한번 해보는 거지. 이름은 뭐고, 어디에 살고 있지? 뤼시엔, 다시는 그 산파에게 볼일이 없을 거야. 이제는 어린애를 낳을 수가 없으니까 말이야. 그러니 그 산파는 아가씨를 어떻게 할 수가 없지."

그녀는 망설였다. 그러다가 "저 서랍에 있어요" 하고 말했다. "오른쪽 서랍이에요."

"여기 있는 이 쪽지 말인가?"

"네."

"좋아. 이삼일 안에 가볼게. 걱정할 것은 없어." 라비크는 외투를 입었다. "왜 그래? 왜 일어나려고 하지?"

"보보. 선생님은 보보를 모르세요."

그는 빙긋 웃었다. "난 그 친구보다 더 질이 나쁜 녀석을 알고 있어. 그대로 누워 있어요. 그 정도라면 뭐 걱정할 것은 없어. 그럼 안녕, 뤼시엔. 곧 다시 오겠어."

라비크는 자물쇠와 손잡이를 동시에 돌려서 문을 홱 열었다. 복도에는 아무도 없었다. 아마 그러리라고 그는 생각하고 있었다. 보보 같은 타입을 그는 잘 알았다.

아래층에는 이제 조수가 푸줏간에 나와 있었다. 누런 얼굴이었다. 주인 마누라 같은 정열은 조금도 없는 사내였다. 시든 모습으로 고기를 썰고 있었다. 주인이 죽은 뒤로 유난히 수척해졌다. 주인마누라와 결혼할 희망은 거의 없었다. 건너편 술집으로 들어갔는데 솔 만드는 직공이 큰 소리로 그렇게 단언하고, 또 그렇게 되기 전에 그 마누라는 그자도 무덤으로 보내버리고 말 것이라고 말하고 있었다. 그리고 그 조수는 벌써 무척 수척해진 반면에 과부는 무섭게 젊어졌다고도 말했다. 라비크는 카시스를 마시고, 계산을 했다. 보보가 여기 와 있을지도 모른다고 생각했지만, 거기에 없었다.

조앙 마두는 세라자드 문에서 나와 라비크가 기다리고 있는 택시 문을 열었다. "자, 여기서 도망쳐요. 당신 집으로 가요."

"무슨 일이 있었나?"

"아뇨, 아무 일 없었어요. 그저 이런 나이트클럽이 싫어졌을 뿐이에요."

"잠깐만 기다려." 라비크는 입구에 서서 꽃을 파는 여인을 손짓으로 불렀다.

"아주머니, 아주머니가 갖고 있는 장미를 모조리 주시오. 얼마지요? 바가지는 씌우면 안 돼요."

"60프랑만 내세요, 선생님이시니까. 류머티즘 처방을 써주신 적이 있거든요."

"그래, 효험이 있나요?"

"아뇨. 밤비를 맞으며 서 있는데 어디 들을 리가 있겠어요?"

"아주머니같이 사리에 밝은 환자는 처음 보겠소."

그는 장미꽃을 받아 들었다. "자, 오늘 아침 당신을 혼자 일어나게 한 데 대한 사과 표시요"라고 조앙 마두에게 말하고, 꽃을 택시 바닥에 놓았다. "어디 가서 조금 마실까?"

"싫어요. 당신 방으로 가고 싶어요. 꽃은 여기 시트 위에다 놓아요, 바닥에 그냥 놓지 말고."

"아니, 꽃은 바닥에 놓는 게 좋아. 꽃을 사랑할지어다, 그러나 지나치게 소중히 다루지는 말지어다."

여인은 얼른 그에게로 고개를 돌렸다. "사랑하는 것을 너무 애지중지해서는 안 된다는 말인가요?"

"그게 아니라, 아름다운 것을 극화하면 안 된다는 거지. 그리고 이 순간에는 우리 사이에 꽃 같은 게 없는 편이 나아요."

조앙은 의심스러운 듯 그를 쳐다보았다. 이윽고 그녀의 얼굴이 환하게 밝아졌다. "오늘 제가 뭘 했는지 아세요? 전 오늘 살아났어요. 다시 한번 숨을 쉴 수가 있었어요. 전 태어났어요. 다시 한번 태어났어요. 처음으로. 다시 손이 생겼어요. 그리고 눈과 입이."

운전사는 비좁은 길에서 복작대는 자동차들 틈에서 간신히 빠져나갈 수가 있었다. 그리고 갑자기 기세 좋게 달리기 시작했다. 그 여세를 받아 조앙은 라비크 쪽으로 쓰러졌다. 그는 잠깐 동안 그녀를 두 팔로 안고 있었다. 절절하게 여자를 느낄 수 있었다. 마치 훈훈한 바람이 욕정을 돋우는 것 같았다. 여인이 그 바람을 일으켜서 오늘 하루의 껍질을 녹여버리는 것 같았다. 그러면서도 그의 마음은 이상하게도 냉정하여 거기 말려들지 않으려 했다. 여인은 옆에 앉아 자신의 감정과 자기 자신에 취한 듯 지껄이고 있었다.

"하루 종일…… 마치 어디고 다 샘이 된 듯이 콸콸 흘러내려서 제 목에도 가슴에도 튕겨 오는 거예요. 마치 저를 파랗게 싹틔어 잎이 나고 꽃 피게 하려는 듯이…… 저를 꼭 붙잡고 놓지를 않아요. 그리고 지금 저는 이렇게 여기 있고…… 그리고 당신도……."

라비크는 여인을 쳐다보았다. 여인은 때가 낀 가죽 시트에 구부리고 앉아 있었다. 검은 야회복에서 비어져 나온 어깨가 빛났다. 아무런 거리낌도, 주저하는 빛도 없이 조금도 부끄러워하지 않고 자기 느낌을 그대로 말했다. 그녀에 비하면 자신은 참으로 빈약하고 메말랐다는 생각이 들었다.

오늘 나는 수술을 했다. 나는 너를 잊어버리고 있었다. 나는 과거를 생각하고 있었지. 너를 빼놓고서. 그런데 저녁이 되자 무엇인가 훈훈한 것이 서서히 찾아들었다. 나는 너와 함께 있지 않았다. 케이트 헤그시트룀을 생각하고 있었다.

"조앙" 하고 말하고서 그는 자리에 놓인 여인의 손 위에 자신의 두 손을 얹었다. "우린 지금 곧장 내 방으로 갈 수 없어. 먼저 병원으로 가야 해. 기껏해야 2, 3분이면 돼."

"당신이 수술한 여자를 보러 가야 하나요?"

"오늘 아침에 수술한 사람이 아니야. 다른 사람이야. 어디서 좀 기다려주겠어?"

"지금 곧 가야 해요?"

"그러는 게 낫지. 나중에 불려 가기는 더 싫으니까."

"당신 방에서 기다리겠어요. 당신 호텔로 돌아서 갈 시간이 있나요?"

"있지."

"그럼 그리로 가요. 당신은 나중에 오시면 돼요. 기다리고 있겠어요."

"그래." 라비크는 운전사에게 자기 주소를 일렀다. 그러고는 뒤로 기대앉았다. 좌석 끄드머리에 목이 닿는 것이 느껴졌다. 손은 조앙의 손에 그대로 얹고 있었다. 자기가 무슨 말을 하기를 여인이 기다리고 있는 듯한 생각이 들었다. 자기와 여인에 대한 이야기를. 그러나 아무 말도 할 수가 없었다. 여인은 벌써 다 말해버린 것이다. 그렇게 대단한 일도 아닌데, 라고 그는 생각했다.

차가 멈추었다. "그대로 가세요" 하고 조앙은 말했다. "여기는 제가 어떻게 할게요. 무서울 것 없어요. 열쇠만 주세요."

"열쇠는 호텔에 있어."

"그럼 달라고 할게요. 그런 것도 배워둬야죠." 그녀는 바닥에서 꽃을 집어 들었다. "제가 잠자는 동안 가버리고 뜻하지 않은 시간에 느닷없이 나타

164

나는 사람과 같이 지내려면…… 여러 가지를 배워야겠어요. 지금 당장 시작해야지요."

"나도 함께 가겠어. 무엇이든 도가 지나치면 못 써. 이렇게 금방 당신을 혼자 있게 하다니, 정말 안됐는데."

여인은 웃었다. 아주 젊게 보였다.

"잠깐 기다려주시오" 하고 라비크는 운전사에게 말했다.

운전사는 한쪽 눈을 지그시 감아 보였다. "천천히 하십쇼."

"열쇠를 이리 주세요" 하고 조앙은 계단을 올라가며 말했다.

"왜?"

"이리 주세요."

여인은 문을 열었다. 그리고 멈추어 섰다. "참 멋있어요" 하고 어두운 방을 향해 말했다. 창밖 구름 사이에서 희미한 달빛이 방 안으로 비쳐 들어오고 있었다.

"멋있다고? 이런 굴속이?"

"네, 아주 멋져요. 모두가 다 멋있어요."

"지금은 그럴지도 모르지. 어두우니까. 그러나……" 라비크는 스위치로 손을 내밀었다.

"그냥 둬요. 제가 하겠어요. 자, 이젠 가세요. 하지만 내일 정오쯤에나 겨우 돌아오시면 싫어요."

여인은 어두운 문간에 서 있었다. 창문으로 비쳐 드는 은빛이 뒤에서 여인의 어깨와 머리를 비추었다. 여인은 막막하고 선정적이며 신비에 싸여 있었다. 외투가 미끄러져 떨어져서 여인의 발밑에 덩어리진 검은 거품처럼 깔려 있었다. 여인의 한쪽 팔이 복도 저쪽에서 비쳐 오는 한 줄기 빛을 붙잡고 있었다. "다녀오세요" 하고 그녀는 문을 닫았다.

케이트 헤그시트룀은 열이 내려 있었다. "잠에서 깼나?" 라비크는 졸린 듯 보이는 간호사에게 물었다.

"네, 11시에요. 선생님이 계시는지 물으셨어요. 선생님 말씀대로 이야기 했어요."

"붕대에 대한 말은 하지 않던가?"

"네, 하셨어요. 절개밖에 달리 방법이 없었다고 말씀드렸어요. 간단한 수술이었다고요. 내일 선생님께서 말씀해주실 거라고 해두었습니다."

"그뿐이었나?"

"네, 선생님이 좋다고 생각하신 것이면 무엇이든 걱정할 필요가 없다고 하시더군요. 저녁에 선생님이 오시면 인사를 드리고 선생님을 믿고 있다고 전해달라고 하셨어요."

"그래……."

라비크는 잠시 선 채로 간호사의 양쪽으로 갈라붙인 검은 머리를 내려 다보았다. "몇 살이지?"

간호사는 이상하다는 듯이 고개를 들었다. "스물셋이에요."

"스물셋이라, 간호사가 된 지는 얼마나 되나?"

"2년 반 됐어요. 1월이면 2년 반이에요."

"이런 일을 좋아하나?"

간호사는 능금 같은 얼굴에 가득 웃음을 지으며, "네, 아주 좋아해요" 하고는 말하기를 좋아하는 듯 늘어놓았다. "물론 그중에는 애를 먹이는 환자도 있지만, 대개는 좋은 분들이에요. 어제 브리스 부인은 아주 고운, 아직 새것인 비단옷을 선물로 주었어요. 그리고 지난 주일에는 레르네 부인에게 서도 에나멜 구두를 한 켤레 얻었어요. 나중에 자택에서 돌아가신 그분 말이에요." 그녀는 다시 생긋 웃었다. "저는 옷은 거의 사지 않아도 돼요. 대개는 늘 무엇인가 얻게 되니까요. 제게 필요 없는 것은 가게를 내고 있는 친구들과 바꿔 쓰지요. 덕택에 큰 도움이 돼요. 헤그시트룀 부인도 늘 후하게 해 주세요. 돈을 주시지요. 전번에는 백 프랑이었어요. 열이틀밖에 안 되었는데요. 이번에는 얼마나 계시게 되나요, 선생님?"

"전보다는 길지. 두서너 주일은 계실 거야."

간호사는 행복한 얼굴이었다. 맑고 주름살 하나 없는 이마 속에서 돈이 얼마나 들어올지 계산하고 있는 것이다. 라비크는 다시 한번 케이트 헤그 시트룀 위로 몸을 구부렸다. 그녀는 조용히 숨을 쉬고 있었다. 상처에서 나는 희미한 냄새가 머리카락의 짙은 향수 냄새와 뒤섞였다. 그는 갑자기 참을 수가 없었다. 그녀는 자기를 신뢰하고 있다. 신뢰. 작은, 절개된 자궁. 그 속에서 짐승이 파먹고 있다. 그것을 어떻게 할 수도 없이 그대로 꿰매고 말았다. 신뢰.

"그럼 부탁해요" 하고 그는 말했다.

"안녕히 가세요, 선생님."

토실토실한 간호사는 방구석 의자에 앉았다. 그리고 침대 옆 등불을 가리고, 담요로 발을 둘둘 만 다음에 잡지를 집어 들었다. 추리소설이나 영화 사진이 실린 싸구려 잡지였다. 그녀는 자리를 편안히 고쳐 앉고 읽기 시작했다. 곁에 놓인 자그마한 탁자에는 초콜릿 상자가 열려 있었다. 라비크가 보고 있자니, 그녀는 얼굴도 들지 않고 한 개를 집었다. 인간이란 가장 간단한 일조차 이해 못 할 때가 있는 법이로군. 한방에서 한 사람은 죽을병으로 누워 있는데 다른 한 사람은 전혀 아랑곳없다. 그는 문을 닫았다. 그러나 나도 매한가지가 아닌가? 나는 이 방을 나서서 다른 방으로 가려고 하지 않는가? 그 다른 방에는…….

방은 어두웠다. 욕실 문이 조금 열리고 불이 켜져 있었다. 라비크는 망설였다. 조앙이 아직 욕실에 있는지 알 수가 없었다. 그때 여인의 숨소리가 들려왔다. 그는 방을 가로질러 욕실로 갔다. 그는 아무 말도 하지 않았다. 여인은 방에 있으며 안 자고 있다는 것을 알 수 있었다. 그러나 여인도 아무 말이 없었다. 그 방은 갑자기 침묵과 기대와 긴장으로 가득 찼다. 소리도 없이 유혹하는 소용돌이처럼. 사고를 넘어선 미지의 심연이다. 그 심연에서 새빨간 양귀비 아편의 현기증이 구름처럼 뭉게뭉게 피어오른다.

그는 욕실 문을 닫았다. 흰 전구의 밝은 빛 속에서 모든 것은 이미 잘 알고 있는 정든 것이 되었다. 그는 샤워기를 틀었다. 이 호텔에 있는 단 하나의 샤워기다. 라비크는 제 돈으로 그것을 설치했다. 라비크는 자신이 외출했을 때 여주인이 친척이나 친구인 프랑스 사람에게 이런 훌륭한 것이 있다고 보여주곤 한다는 사실을 알고 있었다.

뜨거운 물이 그의 피부로 흘러내린다. 옆방에는 조앙 마두가 누워서 자신을 기다리고 있다. 매끈한 피부에 머리카락은 거센 파도처럼 베개에 넘실거리고 있다. 눈은 방이 어두워도 반짝이고 있다. 마치 창 너머로 흘러 들어오는 겨울 별의 어렴풋한 빛을 받아 반사하는 것처럼. 여인은 거기에 누워 있다. 자늑자늑하게, 변하기 쉬울 듯, 몸도 마음도 설레도록, 한 시간 전과는 완전히 달라져서 그때 모습은 흔적도 없다. 여인은 사랑이 없어도 매혹과 유혹 바로 그것이다. 그런데도 느닷없이 그는 왠지 그녀에 대한 혐오감, 갑자기 미칠 듯해지는 매혹이 뒤섞인 이상한 반응을 느꼈다. 그는 저도 모르게 사방을 둘러보았다. 만약 욕실에 문이 또 하나 있었다면 그는 옷을 입고 술을 가지러 나갔을 것이다.

그는 몸을 닦았다. 그리고 잠시 동안 망설였다. 이상하다, 이건 또 무슨 생각이, 어디에서 뛰어들었단 말인가! 어떤 그림자. 허무. 아마 케이트 헤그시트룀에게 다녀왔기 때문일 것이다. 아니면 조앙이 아까 택시에서 그런 말을 했기 때문인지도 모른다. 이렇게 순식간에, 이렇게 어처구니없이. 아니, 그게 아니고 내가 기다리는 것이 아니라 누군가가 기다리고 있기 때문인지도 모르겠다. 그는 입을 꼭 다물고 문을 열었다.

"라비크" 하고 조앙이 어둠 속에서 말했다. "칼바도스는 창가 탁자에 있어요."

그는 가만히 서 있었다. 모르는 사이에 긴장하고 있었던 것이다. 여인이 다른 말을 했다면 그는 참을 수 없었을 것이다. 그러나 지금 한 말은 괜찮다. 긴장은 풀리고, 가볍고 차분한 기분이 되었다. "술병을 어떻게 찾아냈지?" 하고 그는 물었다.

"쉽게 찾았어요. 바로 거기 있던데요. 그리고 제가 마개를 따놓았어요. 다른 물건들 속에 오프너가 있었어요. 제게도 한 잔만 더 주세요."

그는 두 잔을 부어 하나를 여인에게 가져다주었다. "자, 여기……." 산뜻한 사과 브랜디는 감촉이 좋았다. 조앙이 적절한 말을 해준 것도 고마웠다.

그녀는 머리를 뒤로 젖히고 마신다. 머리카락이 양쪽 어깨 위로 떨어졌다. 이 순간, 여인은 모든 일을 다 잊고 마시는 데 몰두하고 있는 것 같았다. 라비크는 전에도 그녀의 이런 태도를 본 적이 있었다. 그녀는 무엇을 하든 거기 완전히 몰두해버린다. 그것은 이 여인의 대단한 매력이지만 위험한 점이기도 하다고 그는 막연히 생각했다. 이런 여인은 술을 마실 때는 술이 전부요, 사랑을 할 때는 사랑이 전부고, 절망할 때는 절망이 전부다. 그리고 잊어버릴 때는 완전히 잊어버리고 만다.

조앙은 잔을 내려놓고 갑자기 웃어댔다. "라비크" 하고 그녀는 말했다. "당신이 지금 무슨 생각을 하고 있는지 저는 알아요."

"정말?"

"그럼요. 당신은 벌써 반쯤 결혼한 기분이에요. 저도 그래요. 문 앞에서 혼자 내버리고 가다니, 별로 달가운 일이 못 돼요. 장미꽃을 팔에 안고 혼자 남다니. 칼바도스가 있어서 정말 다행이었지요. 그렇게 술병을 끼고 있지만 마세요."

라비크는 여인의 잔에 다시 한 잔 따랐다. "당신은 대단한 사람이야" 하고 그는 말했다. "정말이야. 욕실에 있을 때는 당신에 대해 참을 수가 없는 기분이었는데, 지금은 아주 멋있어 보이는군. 살뤼!"

"살뤼!"

그는 칼바도스를 쭉 들이켰다. "오늘로 두 번째 밤이지. 위험한 밤이야. 미지에 대한 매력은 사라졌는데, 신뢰하는 것에 대한 매력은 아직 생겨나지 않았으니 말이야. 우리는 오늘 밤을 잘 넘겨야 돼."

조앙은 잔을 내려놓았다. "당신은 모든 걸 다 아는 것 같아요."

"나는 아는 것이 하나도 없어. 입으로 말만 할 뿐이야. 인간이란 아는 것이 없어. 모든 것은 언제나 다르단 말이야. 지금도 그래. 두 번째 밤이라는 건 결코 있을 수 없어. 언제나 첫날밤이지. 두 번째 밤이란 마지막 밤을 뜻하지."

"다행한 일이에요! 그렇지 않다면 어떻게 되겠어요? 마치 수학처럼 돼버리겠지요. 자, 이리 오세요. 아직 잠들고 싶지 않아요. 당신과 좀 더 마시고 싶어요. 저 추운 밤하늘에 별들이 발가숭이로 떨고 있어요. 혼자 있으면 어찌나 추운지 모르겠어요! 더울 때도 그래요. 둘이 있으면 절대로 춥지 않아요."

"둘이 함께 있어도 얼어 죽는 수가 있지."

"우리는 그렇지 않아요."

"그건 그렇지" 하고 라비크는 말했다. 어둠 때문에 그녀는 라비크의 얼굴에 스쳐 간 표정을 못 알아보았다. "우린 안 그렇지."

10

"전 그동안 어떻게 된 거지요, 라비크?" 케이트 헤그시트룀이 물었다.

그녀는 머리맡에 베개를 두 개 포개놓아 약간 몸을 높이 가누고서 침대에 누워 있었다. 방에서는 소독약과 향수 냄새가 풍겼다. 창문은 위쪽만 약간 열려 있었다. 밝고 약간 싸늘한 공기가 밖에서 흘러 들어와, 1월이 아니라 마치 4월 같은 따뜻한 방 공기와 뒤섞였다.

"열이 있었소, 케이트. 이삼일. 그리고 잠을 잤지. 거의 24시간이나 말이오. 이젠 열도 내리고, 다 잘되고 있소. 기분은 어때요?"

"피곤해요. 늘 피곤해요. 그러나 전과는 달라요. 전처럼 그렇게 켕기지는 않아요. 거의 아프지도 않고요."

"나중에 좀 아플 거요, 대단치는 않겠지만. 우리가 돌볼 테니까 참아낼 수는 있을 거요. 하지만 지금과는 다를 테지. 그건 당신도 알겠지만……."

그녀는 고개를 끄덕였다. "절개수술을 했지요? 라비크……."

"그래요, 케이트."

"불가피했나요?"

"그랬지요."

그는 기다렸다. 여자에게 묻게 하는 편이 나았다.

"얼마나 누워 있어야 하지요?"

"두어 주일?"

여자는 잠시 말이 없었다. "제겐 오히려 잘된 일인지도 모르겠어요. 좀 안정할 필요가 있어요. 지긋지긋해요. 이제야 알겠어요. 전 지쳐 있었어요. 스스로 인정하고 싶지는 않았지만요. 그렇게 피곤했던 건 이것과 무슨 관계가 있었나요?"

"그야 있었지요."

"그리고 가끔 하혈이 있었는데, 그것도 그런가요? 주기적인 것 말고 말이에요."

"그것도 그래요, 케이트."

"그럼 마침 시간 여유가 있어서 잘됐군요. 아마 불가피했겠지요. 이제 다시 일어나서 다시 한번 처음부터 시작하기란 도저히 불가능할 것 같아요."

"그럴 필요는 없지요. 그런 건 잊어버려요. 바로 눈앞에 있는 것만 생각해요. 가령 아침 식사리든가."

"알았어요." 여자는 힘없이 웃었다. "그럼 그 거울이나 이리 좀 주세요."

그는 침실용 탁자에서 손거울을 집어 그녀에게 주었다. 그녀는 거울 속자기 얼굴을 주의 깊게 들여다보았다. "이 꽃은 당신이 가져다주셨나요, 라비크?"

"아니, 병원에서 준 거요."

그녀는 거울을 침대에 놓았다. "병원에선 1월에 라일락을 꽂아주지 않아요. 준다면 과꽃 같은 것이겠지요. 그리고 제가 라일락을 제일 좋아한다는 걸 병원에서 알 리가 없어요."

"그런데 여기서는 알고 있거든. 당신이 단골이니까 말이야, 케이트." 라비크는 일어섰다. "이제 가야겠어. 6시쯤에 다시 한번 와서 보겠소."

"라비크……."

"왜요……?"

그는 돌아섰다. 자, 드디어 시작하겠구나, 하고 그는 생각했다. 이번에는 물어보겠지.

그녀는 손을 내밀었다. "감사해요" 하고 여자는 말했다. "꽃 감사해요. 그리고 저를 걱정해주셔서 고마워요. 전 당신 곁에만 있으면 언제나 안심할 수 있을 것 같아요."

"괜찮아요, 케이트. 별것 아니오. 걱정할 것은 하나도 없어요. 자, 잘 수만 있다면 잠을 자도록 해요. 혹 아프거든 간호사를 불러요. 약을 준비하도록 일러둘 테니. 오후에 다시 오겠소."

"베베르, 브랜디는 어디 있지?"

"그렇게 나빴나? 자, 병. 외젠, 잔을 하나 줘요."

외젠은 마지못해 잔을 한 개 가져왔다.

"그건 골무 아냐?" 하고 베베르는 야단을 쳤다. "진짜 술잔을 가져와요. 아니, 그만둬요. 손을 다치면 안 되니까. 내가 가져오지."

"웬일이시지요, 베베르 선생님?" 하고 외젠은 비아냥거렸다. "라비크 씨가 들어오시기만 하면 선생님은 언제나……."

"알았어, 알았어" 하고 베베르는 그녀의 말문을 막았다. 그리고 잔에 코냑을 따랐다. "자, 라비크. 그래, 어떻게 생각하고 있던가?"

"아무것도 묻지 않았어" 하고 라비크는 말했다. "묻지도 않고, 그저 나를 믿고만 있단 말이야."

베베르는 그를 슬쩍 쳐다보았다. "거봐" 하고 그는 의기양양해서 말했다. "내가 말한 대로지 뭔가."

라비크는 잔을 비웠다. "아무것도 해줄 수가 없는데 환자에게 고맙단 말을 들어본 적이 있나?"

"얼마든지 있지."

"모든 것을 믿고서 말이야."

"물론이지."

"그래, 기분이 어떻던가?"

"마음이 놓였지" 하고 베베르는 의아스러운 듯 말했다. "정말 마음이 놓이지."

"나는 구역질이 날 지경이야. 사기를 친 것 같아서."

베베르는 웃었다. 그리고 술병을 옆으로 치웠다.

"구역질이 난단 말이야" 하고 라비크는 되풀이했다.

"저는 처음으로 당신에게서 인간적인 감정을 발견했어요" 하고 외젠이 말했다. "물론 당신 말투는 말고요."

"자넨 발견자가 아니고 간호사야, 외젠. 자넨 그걸 곧잘 잊어버려서 탈이야" 하고 베베르는 타일렀다. "그럼 문제는 해결된 셈이군, 라비크?"

"그렇지. 우선은 말이야."

"잘됐어. 퇴원하면 곧 이탈리아로 가고 싶다고, 오늘 아침 간호사에게 말하더라는데. 그렇게 되면 우리는 책임을 면하게 되는 셈이지." 베베르는 두 손을 비볐다. "다음 일은 그쪽 의사가 처리하겠지. 여기서 죽으면 곤란해. 평판이 나빠지거든."

라비크는 뤼시엔의 낙태 수술을 한 산파의 집 초인종을 눌렀다. 긴 시간이 지난 뒤에야 거무스름한 얼굴의 남자가 문을 열었다. 라비크를 보고도 그대로 문을 붙잡고 있었다. "무슨 일이오?" 하고 남자는 으르렁대듯 말했다.

"마담 부셰를 만나고 싶소."

"지금 시간이 없는데."

"상관없소. 기다리지."

남자는 문을 닫으려고 했다.

"기다리는 게 싫다면 15분쯤 후에 다시 오겠소. 그땐 혼자 오지 않겠소. 마담이 꼭 만나야 할 사람을 데리고 올 테니까 말이오."

남자는 그를 뚫어지게 노려봤다. "그게 무슨 뜻이죠? 대체 볼일이 뭐요?"

"벌써 말하지 않았소, 마담 부셰를 만나고 싶다고."

남자는 생각했다. 그러다가 "기다려요" 하고는 문을 닫았다.

라비크는 양철 우편함과 에나멜을 칠한 둥근 문패가 붙은, 갈색 페인트가 벗겨져 나간 문을 바라보고 있었다. 수많은 불행과 공포가 이 문을 지나갔으리라. 한두 줄의 무의미한 법률, 그것이 얼마나 많은 생명을 의사가 아닌 엉터리 의료업자에게로 보내고 있는가. 그 때문에 이젠 어린애를 못 낳게 된다. 어린애를 원하지 않는 사람은 법률이 있건 없건 누구나 낳지 않는 방법을 찾아낸다. 다만 한 가지 차이점은 해마다 어머니 몇천 명이 파멸되고 있다는 점이다.

문이 다시 열렸다. "경찰에서 오셨소?" 하고 면도도 하지 않은 그 남자가 물었다.

"경찰에서 왔다면 이런 데서 기다리지 않아요."

"들어오시오."

남자는 어두운 복도를 지나서, 가구들을 잔뜩 늘어놓은 방으로 라비크를 안내했다. 우단 소파, 누렇게 도금한 의자, 가짜 오뷔송 융단, 호두나무로 만든 찬장, 벽에는 전원 풍경의 판화가 걸려 있고, 창문 앞에는 금속제 스탠드가 있으며, 그 위에 카나리아가 든 새장이 놓여 있었다. 여기저기 빽빽하게 온통 도자기와 석고상이 놓여 있었다.

마담 부셰가 들어왔다. 무섭게 뚱뚱한 여자였다. 헐렁헐렁한 일본 옷을

입고 있었는데, 그것이 그리 깨끗지가 못했다. 마치 괴물 같았지만 얼굴만
은 반질반질하고 깔끔했다. 눈은 차분하지 못하고 두리번거리고 있었다.
"용건은?" 마담은 선 채로 사무적인 투로 말했다.

라비크는 일어섰다. "뤼시엔 마르틴 때문에 왔는데, 당신이 그 애를 낙
태시켰지요?"

"어리석은 소리 마세요!" 여자는 침착하게 곧 대답했다. "뤼시엔 마르틴
이란 사람을 알지도 못하고, 그리고 낙태 같은 것은 하지도 않아요. 아마 당
신이 잘못 들었거나, 아니면 누가 당신에게 거짓말을 한 모양이군요."

마담은 그것으로 일은 끝났다는 듯이 방에서 나가려고 했다.

그러나 나가지는 않았다. 라비크는 기다렸다. 마담이 돌아섰다. "다른
일이 있나요?"

"낙태 수술은 실패했소. 그 애는 출혈이 심해서 하마터면 죽을 뻔했소.
수술할 수밖에 없어서 내가 그 수술을 했소."

"거짓말이에요!" 마담 부셰는 느닷없이 혀를 찼다. "거짓말이에요! 쥐새
끼 같은 게! 제 입으로 떠벌리고 다니고 이젠 다른 사람까지 끌어들이려고
하는군. 하지만 단단히 버릇을 가르쳐주겠어요. 쥐새끼 같은 것들! 변호사
에게 처리하라고 하지요. 이래 봬도 나는 이름이 알려진 사람이고, 세금도
꼬박꼬박 내고 있어요. 어디 두고 봅시다. 여기저기 몸이나 팔고 다니는 그
런 앙큼한 풋내기 계집년이……."

라비크는 감탄을 금치 못하며 마담을 바라보았다. 그렇게 분통을 터뜨
리면서도 얼굴은 조금도 변하지 않았다. 반질반질하고 깔끔했다. 다만 입
만은 오므라뜨리고 기관총처럼 쏘아대고 있었다.

"그 애는 별로 큰 요구를 하는 게 아니오" 하고 그는 마담의 말문을 막
았다. "다만 당신에게 지불한 돈을 돌려달라는 것뿐이오."

마담 부셰는 소리 내어 웃었다. "돈을 돌려달라고요? 도대체 내가 언제

그 애에게 돈을 받았나요? 영수증이라도 가지고 있나요?"

"물론 그런 것은 없지. 당신이 설마 영수증을 주지는 않았겠지요."

"그런 애를 보지도 못했으니까요! 그런데 그 애가 한 말을 믿는 사람이라도 있단 말인가요?"

"있지요. 증인이 있지요. 그 애는 닥터 베베르의 병원에서 수술을 받았는데, 진찰 결과는 확실했소. 분명한 기록이 있어요."

"기록쯤은 얼마든지 만들 수 있지요! 대체 내가 손을 댔다고 어디에 쓰여 있어요? 병원! 닥터 베베르! 우스워 죽겠군! 그런 쥐새끼 년이 훌륭한 병원엘 다 갔다니. 할 말은 그것뿐인가요?"

"더 있소. 아무튼 들어보시오. 그 애는 당신에게 3백 프랑을 지불했소. 그 애는 당신을 상대로 손해배상을 청구할 수가 있소……"

문이 열렸다. 거무스레한 얼굴의 남자가 들어왔다. "무슨 일이 있나요, 아델르?"

"아뇨, 아무 일도. 손해배상 청구 소송을 하겠대요. 법원에 간다면 그 계집애 자신이 벌을 받을 뿐이에요. 먼저 그 계집애가 말이에요. 왜냐하면 자기가 낙태 수술을 받았다고 말해야 할 테니까요. 내가 했다는 것은 증거를 대야 하거든요. 그 애는 그렇게 할 수 없을걸요."

거무죽죽한 남자는 염소 같은 소리를 내며 웃었다.

"조용히 해요, 로제" 하고 마담 부셰는 말했다. "저리로 가 있어요."

"브뤼니에가 밖에 있어요."

"알았어요. 기다리라고 해요. 알고 있잖아……."

남자는 고개를 끄덕이고 물러갔다. 그와 동시에 짙은 코냑 냄새도 사라졌다. 라비크는 코를 킁킁거렸다. "꽤 오래된 코냑이로군" 하고 그는 말했다. "적어도 30년, 아니 40년은 됐겠어. 대낮에 이런 고급을 마실 수 있다니, 복받은 친구로군."

마담 부셰는 어이가 없다는 듯 잠시 동안 그를 노려보았다. 그러고는 천천히 입술을 오므렸다. "맞았어요. 마시겠어요?"

"나쁠 것 없지요."

그녀는 뚱뚱한 데 비하면 놀랄 만큼 민첩하게 소리도 내지 않고 문 쪽으로 갔다. "로제!" 거무죽죽한 남자가 들어왔다. "또 그 좋은 코냑을 마셨군! 거짓말 마요. 냄새로 다 알지! 병을 가져와요! 군소리 말고, 병이나 가지고 와요!"

로제는 병을 가지고 왔다. "브뤼니에 녀석에게 조금 주었지요. 사실은 녀석이 억지로 같이 하자고 해서."

마담 부셰는 대답도 하지 않았다. 문을 닫고, 호두나무 찬장에서 위로 굽은 모양의 잔을 하나 꺼냈다. 라비크는 불쾌한 듯 그것을 바라보았다. 잔에는 여자 머리가 새겨져 있었다. 마담 부셰는 한 잔 따라서 그의 앞 공작무늬 식탁보 위에 놓았다. "당신, 제법 말이 통할 것 같군요" 하고 그녀는 말했다.

라비크는 그녀에게 약간의 경의를 표하지 않을 수 없었다. 이 여자는 뤼시엔이 말한 것처럼 무쇠로 된 여자는 아니다. 더욱 질이 나쁘다. 고무 같은 여자다. 무쇠라면 부러뜨릴 수나 있지만, 고무는 그럴 수도 없다. 배상 청구에 대한 항변은 당당한 데가 있다. "당신 수술은 실패했소. 그래서 중대한 결과가 생겼단 말이오. 그것만으로도 돈을 돌려줄 충분한 이유가 될 거요."

"당신은 수술 후에 환자가 죽으면 돈을 돌려주나요?"

"그렇지는 않아요. 그러나 수술을 하고도 돈을 안 받는 수가 있지요. 이를테면 뤼시엔 같은 경우."

마담 부셰는 그를 쳐다보았다. "거보세요, 근데 그 애는 왜 쓸데없는 짓을 하지요? 기뻐해야 마땅하잖아요!"

라비크는 잔을 들어 올렸다. "마담, 경의를 표합니다. 당신을 혼내줄 수는 없을 것 같소."

여자는 술병을 천천히 탁자에 놓았다. "이런 일은 여러 번 당했어요. 그러나 당신은 다른 사람들보다는 말이 통할 것 같군요. 도대체 당신은 이 장사가 취미라거나, 아니면 몽땅 남는 것인 줄로 아세요? 그 3백 프랑만 해도 그중 백 프랑은 경찰에 뺏긴단 말이에요. 그렇게 하지 않으면 장사를 할 수 없어요. 지금도 돈을 달라고, 저 밖에 앉아서 기다리고 있어요. 뇌물을 주지 않을 수 없어요. 노상 뇌물을 줘야 해요. 그렇게 하지 않으면 일을 할 수 있어야지요. 이건 우리끼리 하는 이야기지만, 당신이 그것을 문제 삼으려 한다면 전 모른다고 잡아떼겠어요. 그러면 경찰은 모르는 척할 거예요. 틀림없는 일이지요."

"알고 있어요."

마담 부셰는 그를 흘끗 쳐다보았다. 그가 비꼬아서 하는 말이 아니라는 것을 알자, 의자를 잡아당겨 앉았다. 마치 깃털이라도 움직이는 깃 같았다. 두꺼운 기름 덩이 속에 무서운 힘이 숨어 있는 것 같았다. 그녀는 뇌물용 코냑을 다시 한 잔 그의 잔에 따랐다. "3백 프랑이라고 하면 큰돈 같지만…… 돈이 들어가는 곳은 경찰뿐만이 아니에요. 첫째로 집세, 아무튼 딴 데보다 비싸게 먹혀요. 세탁비, 기구 값, 이게 또 보통 의사들의 갑절이나 들지요. 중개료에다 뇌물, 누구하고나 잘 지내야 하니까요. 술값, 그리고 새해나 생일날에는 관청 직원과 그 부인들에게 선물도 해야지요. 이것저것 해서 남는 게 거의 없을 때가 많아요."

"그런 것을 말하는 게 아닙니다."

"그럼 뭐가 문제란 말이에요?"

"뤼시엔이 당한 일 같은 경우가 자주 일어난다는 거죠."

"의사 선생님이라면 그런 일이 절대로 일어나지 않는단 말이에요?" 마담 부셰는 재빠르게 되물었다.

"있기는 해도 훨씬 적지요."

"여보세요!" 그녀는 꼿꼿하게 몸을 일으켰다. "전 정직해요. 전 여기 찾아오는 사람들에게 잘못하면 큰일이 날지도 모른다고 다 말해주지요. 그러나 돌아가는 사람은 하나도 없어요. 제발 해달라고 졸라대는 거예요. 엉엉 울며 결사적이에요. 만약 제가 안 해주겠다고 하면 정말 자살이라도 하고 말 거예요. 이 방에서 어떤 일이 있었는지 아세요? 이 융단 위를 뒹굴며 졸라대는 거예요. 저기 저 찻장 귀퉁이 니스가 벗겨져 있지요? 저건 어떤 유복한 부인이 절망 끝에 저질러놓은 짓이에요. 제가 살려주었지만요. 좋은 것을 보여드릴까요? 그 부인이 어제 자두 잼을 10파운드나 보내줘서 부엌에다 두었지요. 대금을 깨끗이 치르고도 진심으로 고마워서 보낸 거지요. 분명히 얘기하지만……." 마담 부셰의 목소리가 높아지고, 다부지게 울렸다. "당신이 나를 낙태 수술자라고 하건 말건 다른 사람은 나를 생명의 은인, 천사라고 한단 말이에요."

그녀는 일어나 있었다. 일본 옷이 당당하게 물결쳤다. 새장 속 카나리아가 마치 명령이라도 받은 듯이 노래를 부르기 시작했다. 라비크는 일어섰다. 그는 연극이라는 것을 곧 알 수 있었다. 그러나 마담 부셰의 말이 과장이 아니라는 것도 알았다. "잘 알았소" 하고 그는 말했다. "그럼 이만 실례하겠소. 뤼시엔에게는 당신이 꼭 그렇게 생명의 은인은 아니었지요."

"수술 전 그 애를 보았다면 알 수 있을 거예요! 대체 그 이상 뭘 바라는 거지요? 몸은 성하고, 어린애는 처리했고. 그 애가 바란 것은 그것뿐이었지요. 게다가 병원에는 돈을 내지 않아도 된다지 않았어요?"

"그 애는 이제 어린애를 가질 수가 없게 됐소."

마담 부셰는 움찔했으나, 그것도 일순간에 지나지 않았다. "오히려 잘됐군요." 그녀는 태연하게 말했다. "그럼 아주 좋아하겠네요, 그 풋내기 매춘부 년은."

라비크는 더는 어떻게 할 수가 없다는 것을 알았다. "안녕히 계십시오,

마담 부세" 하고 그는 말했다. "만나서 아주 즐거웠습니다."

그녀는 그의 곁으로 바싹 다가왔다. 라비크는 그녀가 악수를 청하면 거절할 생각이었다. 그러나 그녀는 그런 생각이 아니었다. 속셈이라도 털어놓듯이 목소리를 죽이고 말했다. "당신은 사리가 밝아요. 대부분 의사보다는 훨씬 말이 통하는군요. 정말 안됐어요. 당신이⋯⋯." 그녀는 망설이면서 마음을 부추기듯이 그를 바라보았다. "때때로 아주 곤란할 때가 있거든요. 그럴 때 마음이 통하는 의사가 있으면 정말 도움이 되겠는데요⋯⋯."

라비크는 곧 반대하지는 않았다. 좀 더 들어보고 싶었기 때문이다. "당신에게는 조금도 손해가 가지 않지요" 하고 마담 부세는 덧붙였다. "특별한 경우에만 말이에요." 그녀는 마치 새를 좋아하는 척하는 고양이 새끼처럼 그를 살폈다. "가끔 부유한 손님이 있어요. 물론 대금은 선불이고, 그리고⋯⋯ 경찰은 염려 없어요. 조금도 걱정할 것은 없지요. 당신 같으면 2백이나 3백 정도 용돈 벌기란 쉬울 것 같은데요⋯⋯." 그녀는 그의 어깨를 툭 쳤다. "당신 같은 미남자라면 말이에요⋯⋯."

그녀는 활짝 웃음을 피우며 술병을 집어 들었다. "자, 어떠세요, 생각이?"

"아니, 고맙소" 하고 라비크는 술병을 되밀었다. "이제 그만하겠소. 별로 많이 하는 편이 아니라서." 코냑이 상당히 고급이라 거절하기가 좀 괴로웠다. 병에 레테르가 없는 것으로 보아, 일급 개인 저택 술 창고에서 나왔음에 틀림이 없다. "한번 생각해보지요. 다시 한번 오겠소. 당신 기구를 한번 구경하고 싶군요. 기구에 대한 것이라면 충고를 해줄 수도 있을 테니까요."

"다음에 오시면 기구를 보여드리지요. 그때 당신의 증명서도 보여주세요. 신용에는 신용으로 대해야지요."

"당신은 벌써 나를 다소 신용하고 있지 않소?"

"아뇨, 조금도." 마담 부세는 생긋 웃었다. "아직은 당신에게 제안만 했을 뿐 언제든지 철회할 수 있지요. 당신은 프랑스 사람이 아니군요. 말은 잘

하지만, 들어보면 알아요. 봐도 알 수 있고요. 당신은 아마 망명한 분이겠지요." 그녀는 전보다 더 거리낌 없이 웃으며, 차가운 눈으로 그를 쳐다보았다. "당신 말을 믿을 사람은 아무도 없어요. 그럼 당신 면허장이나 좀 보여주실까요, 하는 것이 고작이지요. 그런데 당신은 그게 없어요. 바깥 방에는 경찰이 앉아 있어요. 원하신다면 지금이라도 곧 저를 고발해보시지요. 아마 그렇게는 하지 않겠지요. 하지만 제 제안은 한번 생각해보세요. 그런데 성함과 주소를 가르쳐주지는 않으실 테죠?"

"사양하겠소." 라비크는 얻어맞은 것 같은 기분으로 말했다.

"그럴 줄 알았어요." 마담 부셰가 이번에는 정말로 통통하게 살이 찐 고양이같이 보였다. "안녕히 가세요, 무슈. 제가 한 얘기를 한번 생각해주세요. 망명한 의사하고 같이 일을 했으면 하고, 전부터 생각하고 있었어요."

라비크는 웃었다. 이유는 명백하다. 피난 온 의사라면 완전히 그녀 마음대로 된다. 만일의 경우에는 죄를 그 의사에게 뒤집어씌우면 된다. "한번 생각해봅시다" 하고 그는 말했다. "안녕히 계십시오, 마담."

그는 어두운 복도를 걸어갔다. 어느 방 안에서 누군가의 신음 소리가 들렸다. 방은 히나같이 침대가 있는 작은 침실처럼 꾸며져 있는 듯했다. 여자들은 두서너 시간 거기서 누워 있다가, 이윽고 비틀비틀 집으로 돌아가는 것이다.

대기실에는 수염을 짧게 기른 올리브 빛 피부의 홀쭉한 사나이가 앉아 있었다. 사나이는 라비크를 유심히 쳐다보았다. 그 옆에는 로제가 앉아 있었다. 탁자에는 또 다른 오래된 코냑 병이 놓여 있었다. 라비크를 보자 부지중에 그것을 감추려고 하다가, 곧 히죽히죽 웃으며 손을 내렸다. "봉수아르*, 닥터" 하고 그는 때가 낀 이를 드러내 보였다. 문밖에서 엿듣고 있었던 모양이다.

---

* 프랑스어로 저녁 인사다.

"봉수아르, 로제." 라비크는 친한 척하는 것이 좋겠다고 생각했다. 교활하기 짝이 없는 그 여자는 단 반 시간도 안 되는 사이에 공개된 원수인 나를 거의 반공범자로 만들어버렸다. 그러므로 로제에게 너무 딱딱하게 대하지 않는 것이 사실 마음도 편했다. 어떻든 간에 로제에게는 놀랄 만한 인간적인 면이 있으니까.

아래층에서 그는 처녀 둘과 마주쳤다. 둘은 이 문 저 문 찾아다니는 참이었다. "저……" 하고 그중 한 처녀가 용감하게 물었다. "마담 부셰가 이 집에 사시나요?"

라비크는 망설였다. 말을 한다고 무슨 소용이 있겠는가. 아무 소용도 없다. 두 사람은 그래도 갈 것이다. 그렇다고 다른 데 가르쳐줄 곳도 없다. "4층이오. 문에 문패가 붙어 있소."

시계 야광 문자판이 어둠 속에서 작은 모조 태양처럼 빛났다. 새벽 5시였다. 조앙은 3시에 오기로 되어 있었다. 안 올지도 모른다. 너무 지쳐서 곧장 자기 호텔로 가버렸는지도 모른다.

라비크는 몸을 쭉 펴고 다시 한번 자려고 했다. 그러나 잠이 오지 않았다. 오랫동안 눈을 뜬 채 누워서 건너편 옥상의 붉은 네온사인 빛이 규칙적인 간격을 두고 천장을 스치고 지나가는 것을 보고 있었다. 허전했다. 그러나 왜 그런지 몰랐다. 몸의 따뜻한 기운이 서서히 피부에서 빠져나가 어디론가 사라져버리는 것 같았다. 피가 여기에는 없는 무언가에 기대고 싶어 하고, 편안하고 쾌적한 어딘가로 자꾸만 떨어져 가는 듯했다. 그는 두 손을 머리 밑에 괴고 조용히 누워 있었다. 자신이 기다리고 있다는 것을 알았다. 자기 의식뿐만 아니라 자기 손이, 자기 혈관이, 자기 마음속의 이상하고도 알 수 없는 부드러운 감정이 조앙 마두를 기다리고 있다는 것을 알았다.

그는 일어나서 가운을 걸치고 창가에 앉았다. 부드러운 털실의 따스한 기운이 피부에 느껴졌다. 가운은 낡은 것으로 벌써 여러 해 동안을 입고 있다. 도망 다닐 때는 그것을 입고 잤다. 스페인에서는 추운 밤에 지칠 대로 지쳐 야전병원에서 자기 막사로 돌아와서는 그것을 입고 몸을 녹였다. 나이는 겨우 열둘이면서도 마치 여든 노파 같은 눈을 하고 있던 후아나는 마드리드의 파괴된 병원에서 이 가운을 덮고 죽어갔다. 언젠가는 자기도 이런 부드러운 털실 옷을 갖고 싶고, 자기 어머니가 강간당하고 아버지가 짓밟혀 죽는 광경을 잊어버리고 싶다는 소망을 품은 채.

그는 주위를 둘러보았다. 방, 트렁크가 두서넛, 물건 몇 가지, 몇 번이고 읽어 넘긴 낡은 책이 네댓 권. 인간이 살아가는 데 필요한 것은 얼마 되지 않는다. 생활이 안정되지 않을 때는 많은 물건에 습관이 되지 않는 것이 좋다. 그런 것들은 노상 버려야 하든가 빼앗기든가 한다. 유사시에는 언제든 떠날 준비가 되어 있어야 한다. 이렇게 혼자 살고 있는 것도 그 때문이다. 돌아다닐 때는 몸을 묶어둘 만한 것을 가져서는 안 된다. 마음을 뒤흔드는 것은 절대로 가져서는 안 된다. 정사(情事), 그러나 그 이상은 안 된다.

그는 침대를 보았다. 구겨진, 창백해 보이는 시트. 기다리는 것은 아무것도 아니다. 여태까지도 여자를 기다린 적은 많았다. 그러나 이렇게 기다리던 기분과는 달랐다. 단순하고 명백했으며, 잔인한 기분이었다. 그리고 또 욕정을 은빛으로 장식하는, 그 이유도 모르는 상냥한 감정으로 기다린 적도 있다. 그러나 오늘 같은 기분으로 기다린 적은 벌써 오랜 세월을 두고 없었던 일이다. 자신도 전혀 모르는 사이에 뭔가가 자기 마음속으로 숨어들어온 것이다. 다시 꿈틀거리기 시작한 걸까? 움직이기 시작한 걸까? 그건 언제였던가? 잊어버린 과거 세계에서, 푸른 심연에서 뭔가가 또다시 부른 게 아닐까? 지평선에는 포플러가 늘어서고, 4월의 숲이 풍기는 냄새, 페퍼민트의 산뜻한 향기. 목장에서 부는 미풍 같은 것이 벌써 불어온 게 아닐까? 그런 건 이제 필요가 없다. 그런 건 이제 갖고 싶지 않다. 사로잡히기 싫다. 나는 떠돌아다니고 있는 것이다.

그는 일어나서 옷을 갈아입었다. 인간은 독립해 있어야 한다. 무엇이든 처음에는 약간 의존하는 데서 일이 벌어진다. 처음엔 잘 모르지만, 문득 정신을 차리고 보면 이미 타성이라는 그물에 꼼짝없이 걸려 있다. 타성, 이것에는 여러 가지 이름이 붙어 있다. 사랑도 그 하나다. 어떤 일에도 습관이 되어서는 안 된다. 육체에도 물론 안 된다.

그는 문을 잠그지 않았다. 조앙이 오더라도 나는 이미 없을 것이다. 여기 있고 싶으면 있으라지. 그는 쪽지를 써둘까 잠깐 생각했다. 그러나 거짓말을 하고 싶지는 않았다. 그렇다고 가는 곳을 그녀에게 알리고 싶지도 않았다.

그는 아침 8시경에 돌아왔다. 날이 새는 추위 속을 걸어와 머리가 맑고 긴장감이 풀려 있었다. 그러나 호텔 앞에 서니 다시 긴장감이 느껴졌다.

조앙은 없었다. 물론 그럴 줄 알았다고 스스로 타일렀다. 그러나 방은 여느 때보다 허전한 감이 들었다. 그는 방 안을 둘러보며 여자가 있던 흔적은 없나 하고 찾아보았다. 아무것도 발견하지 못했다.

그는 벨을 눌러서 하녀를 불렀다. 잠시 뒤에 하녀가 들어왔다. "아침 식사를 했으면 좋겠어."

하녀는 그를 쳐다보았다. 그러나 아무 말도 하지 않았다. 그는 하녀에게는 아무것도 묻고 싶지가 않았다. "커피하고 크루아상을 줘요, 에브."

"알겠습니다, 라비크 선생님."

그는 침대를 보았다. 설령 조앙이 왔었다고 해도 구겨진 빈 침대에 드러눕지는 않았으리라. 이상한 일이다. 사람 육체와 관계있는 것은 사람 온기가 빠지면 마치 죽은 것처럼 되어버린다. 침대도, 내의도, 목욕통까지도 그렇다. 일단 온기가 빠져버리면 섬뜩할 만큼 싫어진다.

그는 담배에 불을 붙였다. 자기가 환자 때문에 불려간 것으로 여자는 생각했을지도 모른다. 그러나 그렇다면 자기는 쪽지를 써두고 갔을 것이다. 갑자기 자기 자신이 바보처럼 생각되었다. 자기는 독립하고 싶어 하면서도 지각없는 짓을 한 것이다. 생각이 모자라고 바보 같았다. 마치 뽐내고 싶어 하는 열여덟 살짜리 소년 같다. 잠자코 기다리기보다 이런 짓이 얼마나 더 남에게 의지하고 있는 것인지 모른다.

하녀가 아침 식사를 가져왔다. "잠자리를 고쳐놓을까요?"

"왜, 지금 해야 되나?"

"더 주무시지 않나 해서요. 깨끗하게 손질된 침대가 주무시기에 더 편하니까요."

하녀는 무표정한 눈으로 그를 쳐다보았다.

"누구 여기 왔었나?"

"모르겠어요. 전 7시나 돼서 처음 와본걸요."

"에브" 하고 그는 말했다. "아침마다 얼굴도 모르는 사람들의 침대를 정리하다 보면 어떤 생각이 드나?"

"아무렇지도 않아요, 라비크 선생님. 남자분들이 딴짓만 안 하시면요. 하지만 딴짓을 하려는 분이 몇 명은 있거든요. 파리는 유곽이 그렇게도 싼데 말이에요."

"아침부터 유곽에 갈 수야 없잖아, 에브. 그리고 어떤 사람은 아침에 더욱 힘이 나거든."

"그런가 봐요. 노인들이 특히 그래요." 그녀는 어깨를 으쓱했다. "그런 짓을 하지 않으면 팁을 받을 수 없고, 또 나중에 가서 일일이 잔소리하는 사람도 있고요. 방이 정갈하지 못하다느니, 너는 풋내기라느니. 물론 화를 내면서 말이에요. 어쩔 수 없어요. 세상이 그러니까요."

라비크는 지폐를 한 장 꺼냈다. "오늘은 그런 세상을 좀 편하게 해볼까,

에브. 이걸로 모자라도 사 쓰지. 아니면 털 재킷이라도."

에브의 눈에 생기가 감돌았다. "고맙습니다, 라비크 선생님. 오늘은 일진이 좋아요. 그럼 자리는 나중에 치울까요?"

"그렇게 하지."

그녀는 그를 쳐다보았다. "그 부인은 참 재미있는 분이에요. 그 왜 요즘 자주 오시는 부인 말이에요."

"한마디만 더 하면 그 돈을 도로 빼앗을 테야." 라비크는 에브를 문밖으로 밀어냈다. "늙은 호색가가 기다리고 있어. 그들을 실망시켜선 안 돼."

그는 탁자에 앉아 식사를 했다. 아침은 별로 맛이 없었다. 그는 일어나서 선 채로 먹었다. 그편이 다소 맛이 좋았다.

해가 빨갛게 지붕 위로 솟았다. 호텔은 잠을 깼다. 바로 아래층 골트베르크 노인이 아침 음악을 시작했다. 폐가 마치 여섯 개나 있는 듯이 콜록콜록 기침을 하고 끙끙거리고 했다. 망명객인 비젠호프는 창문을 열고 휘파람으로 행진곡을 불었다. 위층에서 쏴 하고 물 내려가는 소리가 들렸다. 여기저기 방문이 쿵쾅거렸다. 오직 스페인 사람들만이 조용했다. 라비크는 기지개를 켰다. 날이 샜다. 어둠의 추행은 끝났다. 그는 이삼일 혼자 있기로 작정했다.

밖에서는 신문팔이 애들이 아침 뉴스를 소리 높이 외치고 있었다. 체코슬로바키아 국경에서 일어난 사건, 독일군이 수데텐 전선으로 진격, 위기에 처한 뮌헨 협정.

11

소년은 소리를 지르지 않았다. 의사들을 뚫어지게 쳐다볼 뿐이었다. 아직도 놀라움이 완전히 가시지 않아 고통을 느끼지 못했다. 라비크는 으스러진 다리를 흘끗 쳐다보았다. "몇 살이지요?" 하고 그는 아이 어머니에게 물었다.

"네?" 하고 무슨 말인지 못 알아듣고서 여자는 되물었다.

"몇 살이지요?"

머리에다 두건을 쓴 여자는 입술을 움직였다. "이 다리를! 이 애 다리를! 트럭이었어요."

라비크는 소년의 심장에 청진기를 댔다. "이 애는 병이 난 적이 있었나요, 전에?"

"이 애 다리! 이 애 다리라니까요!"

라비크는 몸을 일으켰다. 소년의 심장은 마치 참새의 심장처럼 빨리 뛰었지만, 걱정할 만한 소리는 하나도 들리지 않았다. 마취를 하는 동안 계속 주의를 해야겠다. 몹시 쇠약한 데다가 곱삿병인 것 같다. 곧 시작해야겠다.

188

으스러진 다리에는 길거리 먼지가 잔뜩 묻어 있었다.

"내 다리를 잘라버리나요?" 하고 소년이 물었다.

"아니야" 하고 라비크는 대답했지만, 확신은 없었다.

"뻣뻣하게 굳어버리는 것보다는 차라리 잘라버리는 편이 나아요."

라비크는 조숙한 소년의 얼굴을 주의 깊게 바라보았다. 고통스러운 표정은 아직 없었다. "어디 두고 보자꾸나" 하고 그는 말했다. "지금부터 너를 마취해야 돼. 아주 간단하지. 무서울 건 하나도 없어. 꼼짝 말고 가만히 있어야 한다."

"잠깐만 기다리세요, 선생님. 번호는 FO2019예요. 어머니에게 적어주실 수 없을까요?"

"뭐라고? 뭐라고 했니, 잔노?" 아이 어머니는 깜짝 놀라서 물었다.

"난 번호를 봐두었어. 자동차 번호 말이야. FO2019야. 바로 눈앞에 왔을 때 보았어요. 빨간불이었어요. 운전사가 잘못했어." 소년은 호흡이 답답해지기 시작했다. "보험회사에서 돈을 받아야 돼. 번호는……."

"내가 적어뒀어" 하고 라비크는 말했다. "조용히 해, 내가 모조리 적어뒀으니까." 그는 마취를 시작하도록 외젠에게 눈짓을 했다.

"어머니는 경찰한테 가야 해. 보험회사에서 돈을 받아야 돼……." 마치 빗방울이 쏟아진 듯 소년의 얼굴에 갑자기 땀방울이 맺혔다. "다리를 자르는 편이 돈을 더 많이 받을 수 있어…… 굳어버리는 것보다는……."

소년의 눈은 더러운 연못처럼 피부에 뚜렷이 나타난 검푸른 고리 속으로 가라앉아버렸다. 소년은 신음하며 재빨리 무슨 말인가를 하려고 했다. "어머니는…… 아무것도 몰라요…… 어머니를…… 도와줘요." 그는 더 말을 할 수 없었다. 그는 울부짖기 시작했다. 마치 그의 내부에 고문을 당한 짐승이 웅크리고 있는 것처럼 둔하고 짓눌린 소리였다.

"바깥세상은 어때요?" 케이트 헤그시트룀이 물었다.

"왜 그런 걸 알고 싶어 하지, 케이트? 좀 더 즐거운 일을 생각하는 편이 나아요."

"전 여기서 벌써 몇 주일이나 지낸 것 같아요. 다른 것은 모두 멀리로 가 버리고, 나만 가라앉은 것 같아요."

"잠시 가만히 가라앉혀둬요."

"안 돼요. 바로 이 방이 최후의 방주 같고 대홍수가 바로 창 밑까지 밀려 온 것 같아서 무서운걸요. 바깥세상은 어때요, 라비크?"

"아무 일도 없소, 케이트. 세상은 열심히 자살 준비를 하고 있지. 그러면 서도 한편으로는 스스로 그것을 속이고 있소."

"전쟁이 날까요?"

"누구나 전쟁이 날 거라고 생각하고 있소. 언제 일어나느냐 하는 것을 아직 모를 뿐이지. 누구나 기적을 기대하고 있소." 라비크는 웃음을 띠었다. "지금의 프랑스나 영국처럼 많은 정치가가 기적을 믿는 것을 본 적이 없소. 그리고 독일처럼 기적을 믿는 정치가가 적은 것도."

여자는 잠시 동안 잠자코 누워 있었다. 이윽고 "그런 일이 일어난다고 생각하면……" 하고 말했다.

"그렇지. 언젠가 그런 일이 일어날지도 모른다는 것이 거짓말처럼 생각 되지. 모두가 그런 일은 불가능하다고 생각하고는 그에 대한 자위책을 강 구하지 않기 때문이지. 아파요, 케이트?"

"참을 수 없을 정도는 아녜요." 그녀는 머리 밑 베개를 고쳐놓았다. "전 이런 모든 것에서 도망치고 싶어요, 라비크."

"암……." 그는 확신도 없이 대답했다. "누구나 그렇게 생각하지."

"전 퇴원하면 이탈리아로 가겠어요, 피에졸레로. 거기 정원이 딸린 조용 하고 오래된 집이 있어요. 얼마간 거기 있을까 해요. 아직 시원할 거예요.

창백하고 명랑한 태양이 있고, 대낮에는 남쪽 벽에서 도마뱀이 기어 나오지요. 저녁이 되면 피렌체에서 종이 울리고, 밤이면 실버들 그늘에 달과 별이 나와요. 집에는 책도 있고, 커다란 석조 난로도 있어요. 그 주위에 나무 벤치를 쭉 둘러놓았어요. 거기 앉아서 난롯불을 쬘 수가 있어요. 쇠로 만든 장작 받침에다 선반을 달아서 술잔을 올려놓을 수 있지요. 그렇게 해서 붉은 포도주를 데우거든요. 아무도 없어요. 집안일을 돌보는 늙은 부부가 있을 뿐이에요."

여자는 라비크를 쳐다보았다.

"멋지군" 하고 그는 말했다. "조용하고, 난로에 불이 타고, 책이 있고, 평화가 있고. 옛날에는 그런 걸 부르주아적이라고 생각했소. 지금은 잃어버린 천국의 꿈이지."

여자는 고개를 끄덕였다. "전 얼마 동안 그곳에 있으려고 해요. 2, 3주 동안. 어쩌면 한 두서너 달 동안이라도. 아직 모르지만요. 조용히 살고 싶어요. 그러고는 다시 와서 미국으로 돌아가겠어요."

라비크는 저녁 식사가 복도로 운반되어 가는 소리를 들었다. 달그락거리는 접시 소리가 들렸다. "그렇게 하는 게 좋겠소, 케이트."

여자는 망설였다. "전 다시 어린애를 가질 수 있을까요, 라비크?"

"금방은 안 돼요. 우선 몸이 튼튼해져야지."

"그게 아녜요. 언젠가는 될까요? 그런 수술을 한 뒤에도? 저……."

"아냐. 아무것도 잘라낸 건 없소. 하나도!"

여자는 깊이 숨을 쉬었다. "전 그걸 알고 싶었어요."

"하지만 아직 오래 있어야 해요, 케이트. 우선 당신 몸이 완전히 달라져야 해요."

"아무리 오래 걸린다 해도 상관없어요." 여자는 머리를 쓰다듬어 넘겼다. 손에 낀 보석이 어스름 속에서 반짝였다. "그런 것을 묻다니, 우습지요,

벌써부터."

"그렇지 않아요. 흔히 있는 일이오. 생각보다는 많지."

"갑자기 이런 일이 지긋지긋해졌어요. 고향에 돌아가 옛날식으로 정식 결혼을 해서 어린애를 낳고, 조용히 하느님을 찬양하며 생활을 사랑하고 싶어요."

라비크는 창밖을 내다보았다. 지붕 위로 새빨갛게 놀이 져 있었다. 그 때문에 네온사인은 퇴색해서 핏기 없는 빛깔의 그림자처럼 보였다.

"저를 잘 알고 있는 당신에게는 어리석게 보이겠지요" 하고 케이트 헤그시트룀은 그의 등 뒤에서 말했다.

"아니, 조금도 그렇지 않아요, 케이트."

"전 이 이틀 동안 그런 걸 생각하고 있었어요."

조앙 마두는 새벽 4시가 되어서 찾아왔다. 문간에 누가 온 소리를 듣고 라비크는 잠을 깼다. 여인이 오리라고는 기대하지 않고 그냥 자버렸던 것이다. 보니까 여인은 열린 입구에 서 있었다. 엄청나게 큰 국화꽃을 한 아름 안고, 간신히 들어오는 참이었다. 여인의 얼굴은 보이지 않았다. 여인의 모습과 크고 밝은 빛 꽃이 보일 뿐이었다. "뭐야, 그게? 국화 숲이로군. 도대체 어떻게 된 거지?"

조앙은 꽃을 안은 채 겨우 문을 빠져 들어와서, 한번 휘둘러보고는 침대에 내던졌다. 꽃은 축축하고 차가웠다. 잎에서 가을과 흙냄새가 풍겼다. "선물이에요" 하고 여자는 말했다. "당신을 알게 된 뒤로 전 선물을 받게 되었어요."

"저리 치워줘. 난 아직 죽지 않았어. 꽃 같은 것에 파묻혀 눕다니…… 더군다나 국화꽃에……. 앵테르나시오날 호텔의 내 정든 침대가 관처럼 보이잖아."

192

"그만둬요!" 조앙은 격렬한 기세로 꽃을 홱 채더니 방바닥에 동댕이쳤다. "그렇게 말하면 안 돼요, 절대로 안 돼요!"

라비크는 여인을 보았다. 그는 두 사람이 처음 만났을 때의 일을 잊어버리고 있었다. "잊어버려! 무슨 생각을 하고 한 말은 아니니까."

"다시는 그런 말 하지 마세요. 농담이라도 싫어요. 약속해주세요." 그녀의 입술이 떨리고 있었다.

"아니, 조앙, 정말 그렇게도 놀랐어?"

"그럼요. 놀란 것보다 더 심해요. 왠지는 모르지만요."

라비크는 일어났다. "다시는 그런 농담을 하지 않겠어. 이제 됐나?"

그녀는 그의 어깨에 기대면서 고개를 끄덕였다. "왠지는 모르지만요, 그냥 참을 수가 없어요. 마치 어둠 속에서 손이 쑥 나와서 저를 붙잡으려는 것 같아요. 무서워요, 마구 무서워져요. 어디선지 저를 노리고 있는 것 같아요." 그녀는 그의 몸에 찰싹 매달렸다. "그러지 마세요."

라비크는 그녀를 꼭 껴안았다. "알았어, 이젠 안 그러지."

그녀는 다시 고개를 끄덕였다. "당신은 할 수 있어요……."

"할 수 있지" 하고 그는 케이트 헤그시트룀의 일을 생각하며 비통과 자조가 그득한 목소리로 말했다. "나는 할 수 있지. 물론 할 수 있고말고……."

그녀는 그의 품 안에서 몸부림쳤다. "전 어저께 여기 왔었어요……."

라비크는 움직이지 않았다. "왔었다고?"

"네."

그는 잠자코 있었다. 갑자기 무엇인가가 날아가버렸다. 나는 얼마나 유치했던가! 기다리건 안 기다리건, 도대체 그게 무엇이란 말인가? 장난을 모르는 자를 상대로 어리석은 장난을 하다니!

"당신은 여기 없었어요……."

"없었지."

"당신이 어디 갔었는지 묻지 않는 것이 좋겠지요?"

"응."

여인은 그의 팔에서 몸을 풀었다. 그러고는 "목욕하고 싶어요" 하고 완전히 달라진 목소리로 말했다. "밖에 눈이 내려요. 지금도 추워요. 지금 목욕을 해도 괜찮을까요? 사람들이 깨지 않을까요?"

라비크는 웃음을 지었다. "어떤 일을 하려거든 결과를 물어서는 안 되지. 그런 생각을 하면 아무 일도 할 수 없어."

여인은 그를 쳐다보았다. "자질구레한 일은 물어보는 게 좋아요. 큰일은 절대로 물어서는 안 되지만."

"그도 그렇군."

여인은 욕실로 들어가서 물을 틀었다. 라비크는 창가에 앉아서 담배 상자를 끌어당겼다. 바깥 지붕 위로 눈이 소리도 없이 소용돌이치고, 거기 거리의 붉은빛이 비치고 있었다. 택시가 한 대 소리를 내며 거리를 달려갔다. 국화꽃은 바닥에서 창백하게 빛나고 있었다. 소파에 신문이 한 장 놓여 있었다. 그가 저녁에 가지고 온 것이다. 체코슬로바키아 국경에서의 전투. 중국의 전쟁. 최후통첩. 내각 붕괴. 그는 신문을 집어서 국화꽃 밑에 깔았다.

조앙이 욕실에서 나왔다. 후끈후끈해진 몸으로 그의 옆에 놓인 꽃 속에 쪼그리고 앉았다. "어젯밤에 어디 가셨었어요?"

그는 담배를 집어주었다. "정말 알고 싶어?"

"네, 알고 싶어요."

그는 망설였다. 그러다가 말했다. "난 여기서 당신을 기다렸어. 그러다가 안 올 것 같아서 나갔지."

조앙은 기다렸다. 여인의 담배가 어둠 속에서 환하게 밝아졌다가 다시 꺼졌다.

"그뿐이야."

194

"술 마시러 갔었어요?"

"응⋯⋯."

조앙은 몸을 돌리고 그를 쳐다보았다. "라비크" 하고 그녀는 말했다. "당신은 정말로 그래서 나간 거예요?"

"그럼."

여인은 그의 무릎에 팔을 올려놓았다. 가운을 통해 여인의 따스한 체온이 느껴졌다. 그것은 여인의 체온과 가운, 자기 생애의 긴 세월보다도 더욱 친숙해진 가운의 온기였다. 이 둘이 벌써 오랫동안 함께 있었던 것 같은 생각이 문득 들었다. 조앙이 자기 생애의 어디에선가 다시 돌아온 것처럼 생각되었다.

"라비크, 전 매일 밤 당신에게 왔어요. 제가 어제도 온다는 것을 당신은 알고 있었잖아요. 당신은 저를 만나고 싶지 않아서 외출한 게 아녜요?"

"그렇지 않아."

"만나고 싶지 않을 때는 그렇다고 말해주세요."

"그러지."

"그럼 그렇지 않았단 말이죠?"

"그렇지 않았어. 정말 그런 게 아니었어."

"그렇다면 전 행복해요."

라비크는 여인을 보았다. "뭐라고 그랬지?"

"전 행복해요" 하고 여인은 되풀이했다.

그는 잠시 동안 잠자코 있었다.

"당신은 자기가 하는 말이 무슨 뜻인지 정말 알고 있는 거요?"

"네, 알고 있어요."

밖에서 들어오는 창백한 빛이 그녀의 눈에 반사되었다.

"그런 말은 그렇게 함부로 하는 게 아냐, 조앙."

"전 함부로 하고 있지 않아요."

"행복이라" 하고 라비크는 말했다. "도대체 그것은 어디서 시작해서 어디서 끝나는 거지?"

그의 발이 국화꽃에 닿았다. 행복, 하고 그는 생각했다. 청춘의 푸른 지평선. 금빛 찬란한 삶의 균형. 행복! 오, 신이여, 지금 그대는 어디로 가버렸는가?

"그건 당신에게서 시작하고 당신에게서 끝나는 거예요. 아주 간단해요."

라비크는 대답하지 않았다. 이 여자는 무슨 말을 하고 있는 걸까, 하고 그는 생각했다. "당신은 곧 나를 사랑한다고 말하겠군." 이윽고 그가 말했다.

"전 당신을 사랑해요."

그는 어깨를 으쓱했다. "당신은 아직 나라는 인간을 몰라, 조앙."

"그게 무슨 상관이에요?"

"상관이 있지. 사랑이란 같이 늙어보겠다는 사람들이 하는 거야."

"그런 건 전 몰라요. 사랑이란 그 사람이 없으면 살 수가 없는 걸 말하지요. 그건 알아요."

"칼바도스는 어디 있지?" 하고 라비크는 물었다.

"탁자에 있어요. 갖다드릴 테니 그냥 계세요."

여인은 병과 잔을 가지고 와서, 꽃과 함께 방바닥에 놓았다. "당신이 절 사랑하지 않는다는 건 저도 알아요."

"그럼 당신은 내가 모르는 것까지도 아는 셈이군."

여인은 흘끗 그를 쳐다보았다. "당신도 저를 사랑하게 될 거예요."

"잘됐군. 그런 의미에서 한잔 들지."

"기다려요." 그녀는 잔을 가득 채워서 그것을 들이켰다. 그리고 다시 한잔 따라서 그에게 주었다. 그는 그것을 받아서 잠깐 동안 손에 들고 있었다. 이것은 모두가 진실이 아니다, 하고 그는 생각했다. 퇴색되어가는 밤의 어렴풋한 꿈이다. 어둠 속에서 주고받는 말, 이런 것이 어찌 진실일 수 있으랴! 진실한 말에는 많은 빛이 필요한 법이다.

"어떻게 당신은 모든 것을 그렇게 명확히 알까?"

"당신을 사랑하기 때문이에요."

이런 말을 어쩌면 이렇게도 함부로 할 수 있을까, 하고 라비크는 생각했다. 마치 빈 그릇을 가지고 놀듯 아무런 생각도 없이 말하고 있다. 이 여자는 거기에 무엇인가를 담아, 그것을 사랑이라고 부르는 것이다. 지금까지 이미 얼마나 많은 것이 이 그릇에 담겼을까! 혼자 있다는 것에 대한 두려움, 타인의 자아에 자극되어 생긴 흥분, 자의식의 증가, 공상의 눈부신 반영. 그러나 과연 누가 정말 알 수 있을 것인가? 나는 아까 함께 나이를 먹는 것이라고 말했지만, 그것이야말로 세상에서 가장 어리석은 짓이 아닐까? 아무것도 생각하지 않고 막 내키는 대로 행동하는 이 여자가 훨씬 옳은 것이 아닐까? 그런데 전쟁과 전쟁 사이의 겨울밤에 이런 곳에 앉아서, 학교 선생처럼 군소리만 늘어놓고 있다니. 도대체 나는 어떻게 된 노릇인가? 나는 왜 믿지 못하는 대로 뛰어들지 않고 저항을 하고 있을까?

"당신은 왜 저항하는 거예요?" 하고 조앙은 느닷없이 물었다.

"뭐라고?"

"왜 저항을 하는 거예요?" 하고 그녀는 되풀이했다.

"저항하지 않아. 도대체 내가 무엇에 저항한다는 거야?"

"그런 건 몰라요. 하지만 뭔가가 당신 마음속에 도사리고 있어서 당신은 사람이든 무엇이든 결코 자기 속으로 들여놓지 않으려고 해요."

"자" 하고 라비크는 말했다. "한 잔 더 주시지."

"전 행복해요. 당신도 행복해졌으면 해요. 전 정말 행복해요. 당신과 함께 눈을 뜨고 당신과 함께 잠드는 거예요. 그 밖의 일은 아무것도 몰라요. 우리 두 사람의 일을 생각하면 제 머리는 은같이 되어요. 때로는 바이올린

처럼 되기도 하고요. 온 거리가 우리로 가득 차요, 마치 음악으로 가득 차듯이. 때때로 다른 사람이 파고들어와서 말을 건네지요. 그리고 영화처럼 여러 가지 모습은 사라져가지만, 음악은 남아요. 음악은 언제까지나 남아요."

불과 두어 주일 전까지 너는 그대로 불행했고 나를 알지 못했다, 하고 그는 생각했다. 손쉬운 행복이다! 그는 칼바도스 잔을 비웠다. "당신은 행복한 적이 여러 번 있었소?"

"자주 있었다고는 할 수 없어요."

"그래도 때론 행복했겠군. 요전번에 당신 머리가 은이 된 것은 언제였지?"

"왜 그런 걸 물으시죠?"

"그냥 물어보는 거야. 이유는 없어."

"잊어버렸어요. 그리고 이젠 그런 걸 알고 싶지도 않아요. 완전히 달랐어요."

"언제나 다른 법이야."

그녀는 그에게 웃음을 보냈다. 그 얼굴은 숨을 잎사귀가 하나도 없는 꽃처럼 맑고 개방적이었다. "2년 전이에요. 오래가지는 않았어요. 밀라노에서였지요."

"그때, 혼자였나?"

"아녜요. 어떤 남자하고 함께 있었어요. 그는 아주 불행한 사람이었지요. 질투만 하고 이해심이 없었어요."

"물론 없었을 테지."

"당신이라면 이해할 거예요. 그 사람은 때때로 지독한 짓을 했어요." 그녀는 자리를 고쳐 앉고, 소파에서 쿠션을 집어 등에 댔다. 그러고는 소파에 몸을 기댔다. "그 사람은 제게 마구 욕을 했어요. 매춘부라느니, 정조 관념이 없다느니, 은혜를 모른다느니 했지요. 그건 사실이 아니에요. 저는 그 사람을 사랑하는 동안은 줄곧 충실했어요. 그 사람은 제가 자기를 더는 사랑하지 않는다는 것을 이해하지 못했어요."

"그런 건 별로 이해되지 못하는 법이야."

"당신이라면 이해할 거예요. 그렇지만 전 언제까지나 당신을 사랑하겠어요. 당신은 달라요. 그리고 우리는 모든 게 달라요. 그 사람은 저를 죽이려고 했어요." 그녀는 웃었다. "그 사람들은 언제나 죽이고 싶어 했어요. 두어 달 후에는 다른 사람이 저를 죽이려 들었어요. 하지만 절대로 죽이지는 못해요. 당신은 결코 저를 죽이려 하지는 않을 거예요."

"기껏해야 칼바도스나 죽이려고 하지." 라비크는 말했다. "술병을 이리주지. 이야기가 제법 인간적으로 흘러서 다행이로군. 좀 전에는 정말 무서웠어."

"제가 당신을 사랑한다고 해서?"

"이제 그런 말은 꺼내지 않기로 하지. 그건 프록코트와 가발 차림으로 산책하는 식이야. 우리는 함께 있어. 오래 계속될지 어떨지는 아무도 모르지. 우리가 함께 있다는 것만으로도 충분해. 거기에다 라벨 따위를 붙일 필요가 어디 있어?"

"오래 계속될지 어떨지란 말은 싫어요. 하지만 다만 말뿐이겠지요. 당신은 저를 버리지는 않겠지요. 이것도 역시 말뿐이겠지요. 당신은 잘 알고 있어요."

"물론이지. 여태까지 당신이 사랑한 사람들 가운데 당신을 버린 사람이 있었나?"

"있었지요." 그녀는 그를 쳐다보았다. "사람은 언제나 상대를 버리게 마련인가 봐요. 때로는 상대가 이쪽보다 먼저 버리는 수도 있지요."

"그래서 당신은 어떻게 했지?"

"별짓 다 했지요!" 그녀는 그의 손에서 잔을 빼앗아 나머지를 꿀꺽 들이켰다. "별짓 다 했어요! 그러나 아무 소용도 없었지요. 전 아주 불행했어요."

"오랫동안?"

"1주일 정도요."

"길지는 않군."

"진실로 불행하면 1주일도 영원 같아요. 전 몸도 마음도 전부 너무나 불행해서 1주일이 지나니까 완전히 녹초가 되어버렸어요. 제 머리카락도, 피부도, 침대도, 제가 입는 옷까지도 불행했어요. 저는 온통 불행으로 가득 차 있어서 불행 말고는 아무것도 가진 게 없었어요. 불행밖에는 가진 것이 없게 되면 이번에는 불행이라는 것이 불행이 아니게 돼요. 불행과 비교해볼 것이 하나도 없기 때문이지요. 그렇게 되면 남는 것이라곤 완전한 허탈뿐이에요. 그것으로 끝장이 나고, 슬슬 다시 살기 시작하지요."

그녀는 그의 손에 입을 맞추었다. 그는 부드럽고 조심스러운 입술을 느꼈다. "무슨 생각을 하고 계시죠?" 하고 여인은 물었다.

"아무것도. 당신은 야성적인 순진성을 지녔다는 생각을 했을 뿐이야. 완전히 퇴폐해 있으면서도 조금도 퇴폐해 있지 않거든. 세상에서 가장 위험한 것이지. 잔을 이리 줘요. 나는 인간 마음의 감정가인 내 친구 모로소프를 위해 축배를 들고 싶어졌어."

"전 모로소프가 싫어요. 다른 사람을 위해 축배를 들지 않겠어요?"

"물론 당신은 그 사람을 싫어하겠지. 눈이 날카로우니까. 그럼 당신을 위해 축배를 듭시다."

"저를 위해서요?"

"그래, 당신을 위해서."

"전 위험한 인간이 아니에요" 하고 조앙은 말했다. "위험에 처해 있지만 위험한 인간은 아니에요."

"당신이 그렇게 생각한다는 것 자체가 벌써 위험하다는 증거야. 당신에겐 아무 일도 일어나지 않을 거야, 살뤼!"

"살뤼. 그렇지만 당신도 저를 이해하지 못하는군요."

"도대체 누가 이해 같은 걸 하고 싶어 하지? 그거야말로 세상 모든 오해의 원인이야. 술병을 이리 내요."

"당신, 너무 많이 마셔요. 왜 그렇게 많이 마시죠?"

"조앙." 라비크는 말했다. "이젠 그만, 이라고 당신이 말할 날이 올 거야. 내가 너무 마신다고 말하는군. 그리고 다만 내가 잘되기만을 바란다고 생각하겠지. 그러나 사실 당신은 당신이 감시할 수 없는 세계로 내가 달아나 버리는 걸 막으려 하고 있을 뿐이야. 살뤼! 우리는 오늘을 축하합시다. 우리는 마치 험한 구름 같은, 창밖에 자욱한 비창한 기분에서 훌륭히 빠져나온 거야. 우리는 그것을 비창한 기분으로 때려죽인 거야. 살뤼!"

그는 여인이 움찔하는 것을 느꼈다. 여인은 반쯤 몸을 일으켜 두 손으로 방바닥을 짚고서 그를 쳐다보았다. 눈을 크게 뜨고, 잠옷이 어깨에서 미끄러지고 머리카락은 목덜미에 흘러내려 있었다. 어둠 속 여인은 훤하고, 아주 젊은 암사자 같았다. "알아요" 하고 여인은 조용히 말했다. "당신은 저를 비웃고 있어요. 전 제가 살아 있다는 것을 느껴요. 전 그걸 제 존재 전체로 느끼고 있어요. 제 숨결이 달라졌어요. 제 잠은 이제 죽은 게 아니에요. 온몸의 관절은 다시 의미를 갖게 되었고, 손도 비어 있지 않아요. 당신이 어떻게 생각하든, 무슨 말을 하든 저는 아무렇지도 않아요. 전 아무 생각도 없이 날고, 뛰고, 몸을 내던지고 할 거예요. 전 행복해요. 그리고 제가 행복하다고 말하는 걸 조심하지도, 겁내지도 않아요. 설사 당신이 웃어도, 조롱해도 좋아요."

라비크는 잠시 잠자코 있었다. "당신을 조롱하지는 않아." 이윽고 그는 말했다. "난 나 자신을 조롱하고 있는 거야, 조앙……."

여인은 그에게 기댔다. "왜요? 당신 머릿속에는 뭔가 저항하는 것이 있군요. 왜 그럴까요?"

"저항하는 것은 아무것도 없어. 다만 당신보다 느릴 뿐이야."

여인은 머리를 저었다. "그것만은 아니에요. 뭔지 혼자 있고 싶어 하는 것이 있어요. 전 느낄 수 있어요. 울타리 같은 거예요."

"울타리 같은 건 없어. 다만 당신보다 15년 더 살았기 때문이야. 누구의 생활도 모조리 자신의 기억이라는 세간으로 점점 풍성하게 장식해나갈 수 있는 자기 집이라고는 할 수 없지. 그중에는 호텔에 사는 사람도 있어. 그것도 여러 호텔을 전전하면서 말이야. 세월은 마치 호텔의 방문처럼, 이런 사람의 등 뒤에서 쾅 하고 닫혀버리는 거야. 단 하나 뒤에 남는 것은 얼마 되지도 않는 용기와 후회 없는 마음뿐이지."

"알아요." 조앙은 두 손을 그의 무릎 위에 얹고 그 위에 턱을 괸 채 말했다. "이런 저의 지나간 이야기를 당신에게 하다니, 바보지요. 말하지 않거나 거짓말을 할 수도 있었어요. 하지만 그러고 싶지는 않았어요. 제 지난 생활을 모조리 당신에게 털어놓는 것이 왜 나쁜가요? 그리고 뭣 때문에 그걸 중대하게 생각해야 하나요? 저는 오히려 하찮은 일이라고 생각하고 싶어요. 그런 일은 지금의 저로서는 우스꽝스럽기만 하고, 저 자신도 이젠 이해할 수 없게 되어버렸으니까요. 당신은 그런 일이나 저에 대해 맘대로 웃으셔도 좋아요."

라비크는 여인을 보았다. 그녀의 한쪽 무릎은 그가 받친 신문지 위에 놓인 크고 흰 꽃송이를 짓누르고 있었다. 이상한 밤이다, 라고 그는 생각했다. 지금도 어디선가는 총을 쏘고, 사람들이 체포되고, 투옥되고, 고문을 당하고, 학살을 당하고 있다. 평화로운 세계의 어느 한구석은 유린당하고 있다. 사람들은 그것을 목격하고 그것을 알면서도 어쩔할 수가 없다. 거리의 밝은 술집에서는 생활이 화려하게 영위되고, 근심이나 슬픔 없이 사람들은 조용히 잠자리에 든다. 나 자신만 하더라도 여기서 여자와 함께, 새하얀 국화꽃과 칼바도스 병 사이에 앉아 있다. 그리고 떨면서, 서름하고 슬픔에 잠겨 사랑의 망령이 고독하게 나타난다. 그것 역시 과거의 안전했던 화원에서 쫓겨난 피난민이다. 아무런 권리도 갖지 못한 것처럼 수줍고, 격렬하고, 성급하다…….

"조앙" 하고 그는 천천히 말했다. 생각과는 전혀 다른 말을 하고 싶었다. "당신이 여기 있어주다니, 정말 근사해."

여인은 그를 쳐다보았다.

그는 여인의 두 손을 잡았다. "무슨 뜻인지 알겠지? 천 마디 말보다도……."

여인은 고개를 끄덕였다. 갑자기 여인의 눈에 눈물이 가득 괴었다. "아무 의미도 없어요" 하고 여인은 말했다. "알아요."

"그렇지 않아" 하고 라비크는 말했다. 그러나 그녀의 말이 옳다는 것을 알았다.

"그래요. 아무 의미도 없어요. 당신은 저를 사랑해줘야 해요, 그것뿐이에요."

그는 대답을 하지 않았다.

"당신을 저를 사랑해줘야 해요" 하고 여인은 되풀이했다. "그렇지 않으면 전 망하고 말아요."

망한다. 이런 말을 이 여자는 어쩌면 이토록 함부로 할 수 있을까! 진실로 망한 자는 말을 하지 않는 법이다.

12

"제 다리를 잘라냈나요?" 하고 잔노는 물었다.

여윈 그 얼굴은 핏기가 없고, 낡은 집 벽처럼 희다. 주근깨가 하도 시커
멓게 돋아 있어서 마치 얼굴에 난 것이 아니고 페인트라도 튀겨놓은 것같
이 보였다. 다리의 끊어낸 부분에는 철망이 들어 있었고, 그 위에 담요가 씌
워져 있었다.

"아픈가?" 라비크는 물었다.

"네, 다리가. 다리가 몹시 아파요. 간호사에게 물어봤지만, 그 잔말쟁이
가 도무지 알려주지 않아요."

"다리를 잘랐어." 라비크는 말했다.

"무릎 위요, 아니면 아래요?"

"10센티쯤 위. 무릎이 으스러져서 살릴 수가 없었어."

"잘됐군요." 잔노는 말했다. "그러면 보험회사에서 15퍼센트쯤 더 받을
수 있지요. 참 잘됐어요. 무릎 위건 아래건 의족은 의족이지요. 하지만 매달
15퍼센트씩 돈이 더 들어와요." 소년은 잠시 망설였다. "그렇지만 어머니에

게는 당분간 얘기하지 말아주세요. 자른 다리에다 이렇게 앵무새 장을 씌워놓았으니 보이지도 않겠지만요."

"어머니에게는 아무 말 않겠어, 잔노."

"보험회사는 일생 동안 연금을 지불해야 되지요, 그렇지요?"

"그럴 거야."

치즈 같은 얼굴이 일그러지더니 찡그린 상이 되었다. "놀랄 거야. 난 열세 살이니까 회사는 오랫동안 지불해야 될 거야. 어느 보험회사인지 이제 아시죠?"

"아직 몰라. 그러나 자동차 번호를 알고 있거든. 네가 잘 기억해둔 덕택이야. 경찰에서 벌써 다녀갔어. 너에게 묻고 싶다고 하더군. 넌 오늘 아침에 아직 자고 있었어. 오늘 저녁에 다시 올 거야."

잔노는 생각에 잠겼다. "증인이 문제인데." 이윽고 그는 말했다. "증인이 있어야 할 텐데, 증인이 있나 모르겠군요."

"네 어머니가 두 사람의 주소를 갖고 계신 것 같더구나. 쪽지를 쥐고 계셨어."

소년은 조바심을 냈다. "어머니는 그걸 잃어버릴 거예요. 벌써 잃어버렸는지도 모르지요. 노인들은 할 수 없어요. 어머니는 지금 어디 있지요?"

"네 어머니는 밤새껏, 그리고 오늘도 점심때까지 네 옆에 앉아 계셨어. 점심때가 돼서야 간신히 돌아가시도록 했단다. 곧 다시 오실 거야."

"아직 잃어버리지나 않았으면 좋겠는데. 경찰 같은 건……." 그는 여윈 손으로 가냘픈 제스처를 썼다. "사기꾼이지" 하고 그는 소곤거렸다. "그들은 모두 다 사기꾼이에요. 보험회사와 한패가 되어 있어요. 그러나 확실한 증인만 있으면야……. 어머니는 언제 오나요?"

"곧 오실 거야. 그런 일로 너무 흥분해서는 안 돼. 잘될 테니까."

잔노는 입안에서 뭔가 씹는 듯이 입을 움직였다. "보험회사는 한꺼번에다 지불할 때도 있어요. 합의금 조로 말이에요. 연금 대신에요. 그러면 우리는 그것으로 장사를 시작할 수 있는데. 어머니하고 나하고."

"지금은 안정을 해야 해" 하고 라비크는 말했다. "그런 것은 나중에 얼마든지 생각할 시간이 있으니까."

소년은 고개를 저었다.

"있다니까"라고 라비크는 되풀이했다. "경찰이 왔을 때 기운을 내야 할게 아니야."

"그렇군요. 옳은 말씀이에요. 어떻게 하면 좋지요?"

"자야 해."

"하지만 그렇게 되면……."

"깨워줄 거야."

"빨간불이었어요. 틀림없이 빨간불이었어요."

"틀림없어. 그럼 이젠 자도록 해. 무슨 일이 생기거든 이 벨을 눌러라."

"선생님……."

라비크는 몸을 돌렸다.

"모든 게 잘되면……." 잔노는 베개를 베고 누웠다. 웃음 같은 것이 그의 일그러지고 조숙한 얼굴을 슬쩍 스치고 지나갔다. "가끔 운이 좋은 수도 있군요, 그렇죠?"

저녁녘에는 습하고 따뜻했다. 조각구름이 거리 위를 낮게 흘러가고 있었다. 푸케 레스토랑 앞에는 둥근 석탄 난로가 설치되어 있고, 그 주위에 탁자 두서너 개와 의자들이 놓여 있었다. 모로소프는 그 의자 중 하나에 앉아 있었다. 그는 라비크에게 눈짓을 했다. "이리 오게, 같이 한잔하자고."

라비크는 그의 옆에 앉았다. "우린 방 안에 너무 틀어박혀 있어. 자네는 그렇게 생각한 적이 없나?"

"하지만 자네는 다르지. 언제나 세라자드 입구에 줄곧 서 있지 않나?"

"이 사람, 그런 시시한 이론은 집어치우게. 난 밤마다 말하자면 두 다리를 가진 세라자드의 문이 되어 서 있는 거야. 그렇다고 밖에서 사는 사람은 아니지. 우리는 너무 방 안에서 살고 있다는 말이야. 방 안에서 너무 생각을 하고, 방 안에서 너무 사랑을 하고, 방 안에서 너무 절망을 한단 말이야. 도대체 자네는 집 밖에서 절망을 할 수가 있겠나?"

"얼마든지 할 수 있지!"

"그것도 방구석에서만 살고 있기 때문이야. 밖에서 사는 데 습관이 되면 그렇게는 안 되지. 부엌이 딸린 방 두 개짜리 아파트 안에서보다는, 자연 풍경 속에서 좀 더 점잖게 절망할 수가 있지. 그리고 더욱 기분 좋게 말이야. 반대는 하지 말게. 반대하는 것은 서구식 정신이 편협하다는 증거야. 아무튼 좋아. 내 주장이 꼭 옳다는 건 아니니까. 오늘 밤은 내 휴일이야. 실컷 삶을 즐기고 싶다네. 그건 그렇고, 우리는 너무 방구석에서만 마시고 있어."

"그리고 또, 너무 방 안에서만 오줌을 누고 있지."

"육체를 비꼬는 짓은 그만두게. 무릇 삶의 사실이란 단순하고 평범한 거야. 다만 우리 상상력만이 여기에 생명을 부여하지. 사실은 바지랑대일지라도 상상으로 꿈의 깃대가 될 수도 있거든. 어때, 내 말이 옳지?"

"옳지 않아."

"물론 옳지 않겠지. 나도 그런 생각은 아니니까."

"물론 자네가 옳아."

"좋아. 우리는 방 안에서 너무 잠을 자고 있어. 우리는 가구가 되어버렸어. 석조건물이 우리 등뼈를 부숴놓았어. 우리는 걸어 다니는 소파, 걸어 다니는 화장대, 걸어 다니는 금고, 임대계약, 월급쟁이, 냄비, 수세식 변소가 되어버렸단 말이야."

"맞았어. 걸어 다니는 당헌(黨憲), 걸어 다니는 군수공장, 걸어 다니는 맹

아학교, 걸어 다니는 정신병원이 되었지."

"그렇게 자꾸 참견하지 말게. 자, 마시게. 그리고 얌전하게 사는 거야, 이 메스를 든 살인자야. 우리가 어떻게 되어버렸나를 좀 보란 말이야! 내가 아는 한 술과 인생의 기쁨의 신들을 가지고 있었던 것은 고대 그리스 사람들뿐이었어. 바쿠스와 디오니소스지. 그 대신 지금 우리는 프로이트를 가졌고, 열등의식과 정신분석을 가지고 있거든. 우리는 사랑에 대해 과장된 말을 하기를 두려워하지만, 정치에서는 어떠한 과장된 말도 예사로 쓰고 있어. 개탄하지 않을 수 없는 세대가 아닐까?" 모로소프는 눈을 끔벅거렸다.

라비크도 눈을 끔벅거렸다. "자네는 꿈을 지닌 용감하고 늙은 견유학파일세."

모로소프는 히죽이 웃었다. "자네는 지상에서 잠시 동안 라비크라고 불리는, 환상을 모르는 불쌍한 로맨티시스트……."

라비크는 웃었다. "잠시 동안. 이름으로 말하자면, 이것이 내 세 번째 인생이지. 그건 그렇고, 이것은 폴란드 보드카인가?"

"에스토니아산일세. 리가에서 온 거지. 특상품이야. 한잔하게나……. 그리고 여기 조용히 앉아 세계에서 가장 아름다운 거리를 바라보며 이 온화한 저녁을 찬양하고, 태연히 절망의 콧대에 침이나 뱉기로 하세."

석탄 난로의 불이 바지직거렸다. 바이올린을 가진 사나이가 보도 끝에 자리를 잡더니, 〈나의 금발 처녀 옆에서〉를 연주하기 시작했다. 통행인들이 그와 부딪쳤다. 활 긁히는 소리가 났다. 그러나 사나이는 자기 혼자 있는 듯 연주를 계속했다. 메마르고 공허한 소리밖에 나지 않았다. 마치 바이올린이 얼어붙은 것 같았다. 모로코인 두 사람이 탁자 사이를 누비며 칙칙한 인조견 융단을 팔고 다녔다.

신문팔이 애들이 새로 나온 신문을 가지고 왔다. 모로소프는 〈파리 수아르〉와 〈앵트랑지앙〉을 샀다. 그리고 제목만 훑어보고는 옆으로 밀어놓았다. "모조리 화폐 위조범뿐이야" 하고 그는 투덜댔다. "자네는 현재 우리가 화폐 위조 시대에 살고 있다고 생각해본 적이 있나?"

"아니. 우리가 통조림 시대에 살고 있다고는 생각했지."

"통조림? 어째서?"

라비크는 신문을 가리켰다. "통조림이지. 우리는 이제 아무것도 생각할 필요가 없어. 모든 일이 다 미리 생각되고, 미리 씹히고, 미리 느껴지고 있어. 통조림이야. 다만 그걸 열기만 하면 돼. 날마다 세 번씩 집까지 배달되어 오니까. 자기가 직접 재배를 하고 길러서, 질문과 의혹과 소원의 불에 올려놓고 끓인다든가 할 것은 하나도 없어. 통조림이지." 그는 히죽이 웃었다. "우리는 편히 살고 있는 게 아니야, 보리스. 값싸게 살고 있을 뿐이지."

"우린 화폐 위조범이 되어 살고 있는 거야." 모로소프는 신문을 높이 쳐들었다. "이것을 좀 보게. 놈들은 무기 공장을 세우면서, 평화를 원하기 때문이라고 하지. 강제수용소를 만들고는, 진리를 사랑하기 때문이라고 하고. 정의는 모든 당파적인 미친 지랄을 덮어주는 가면이 되어버렸어. 정치 깡패들이 구세주가 되어 있어. 자유는 모든 정권욕을 위한 장담이 되고 말았어. 위조지폐야! 정신의 위조지폐야! 사기 선전이지. 부엌데기들의 마키아벨리즘이지. 암흑세계의 손아귀에서 노는 이상주의란 말이야. 하다못해 이것들이 정직하기나 했으면……." 그는 신문을 꾸깃꾸깃 접어서 내던졌다.

"아마도 우리는 방 안에서 너무 많은 신문을 너무 많이 읽고 있는 거겠지"라고 말하고, 라비크는 웃었다.

모로소프도 따라 웃었다. "그건 그렇지. 밖에서라면 저런 것은 불을 지피는 데 필요……."

모로소프는 갑자기 말을 끊었다. 라비크가 어느새 그의 옆에서 사라졌다. 라비크는 벌떡 일어나서 카페 앞의 혼잡을 밀어붙이며 조르주 5세 거리

쪽으로 돌진해 가고 있었다.

모로소프는 깜짝 놀라 잠깐 그대로 앉아 있었다. 이윽고 호주머니에서 돈을 꺼내 술잔을 받쳐놓은 사기 접시에 내던지고는 라비크의 뒤를 쫓았다. 무슨 일이 일어났는지 알 수 없었지만 필요하면 도와줄 수 있도록, 하여튼 그의 뒤를 쫓았다. 경관은 보이지 않았다. 그렇다고 사복형사가 라비크를 뒤쫓고 있는 것 같지도 않았다. 보도는 사람들로 가득했다. 천만다행이라고 그는 생각했다. 경관에게 발견됐다 해도 쉽게 도망칠 수가 있었다. 조르주 5세 거리까지 왔을 때야 비로소 라비크의 모습이 다시 보였다. 그 순간 교통신호가 바뀌어 밀려 있던 자동차들이 질주하기 시작했다. 라비크는 그래도 길을 건너려고 했다. 택시 하나가 하마터면 그를 칠 뻔했다. 운전사는 노발대발했다. 모로소프는 등 뒤에서 라비크의 팔을 잡아당겼다. "자네, 미쳤나?" 하고 그는 소리 질렀다. "자살할 생각인가? 왜 이래?"

라비크는 대답하지 않았다. 다만 건너편만을 노려볼 뿐이었다. 자동차들이 몹시 폭주하고 있었다. 넉 줄로 꼬리를 물고 달렸다. 길을 건너간다는 것은 어림도 없는 소리였다.

모로소프는 그를 흔들었다. "왜 그래? 경찰인가?"

"아냐." 라비크는 지나가는 자동차에서 눈을 떼지 않았다.

"그럼 뭐야? 무슨 일이야, 라비크?"

"하케……."

"뭐라고?" 모로소프의 눈이 실낱같이 가늘어졌다. "어떤 모습이었지? 어서 말해봐!"

"회색 외투를……."

교통순경의 날카로운 호각 소리가 샹젤리제 한가운데서 들려왔다. 라비크는 마지막 차들 사이를 뚫고 달렸다. 짙은 회색 외투, 그가 알고 있는 것은 그뿐이었다. 그는 조르주 5세 거리와 바사노 거리를 건넜다. 문득 정신

210

을 차려보니 회색 외투를 입은 사람이 몇십 명이나 있었다. 그는 욕지거리를 뇌까리며 될 수 있는 대로 빨리 걸었다. 갈릴레 거리까지 오자 교통이 차단되어 있었다. 그는 급히 그곳을 건넌 뒤에 사람들을 마구 밀어붙이며 샹젤리제를 따라서 앞으로 달려갔다. 프레스부르 거리까지 와서 네거리를 건너선 후 갑자기 걸음을 멈추고 섰다. 그의 앞에 에트왈 대광장이 휜히 가로놓여 있었다. 혼잡하고, 자동차가 폭주하고, 길은 방사선처럼 팔방으로 나 있었다. 틀렸군! 이렇게 되면 찾아낼 도리가 없지.

그는 천천히 돌아서서 그래도 군중의 얼굴을 조심스럽게 살폈다. 그러나 흥분은 가라앉았다. 갑자기 맥이 풀리고 허전한 감이 들었다. 또 잘못 보았구나. 그렇지 않다면 하케 녀석은 다시 한번 내 손을 벗어난 것이다. 그렇지만 두 번이나 잘못 볼 수가 있을까? 두 번이나 땅 위에서 사라져버릴 수가 있을까? 아무튼 골목길은 얼마든지 있다. 하케는 그런 골목으로 들어갔는지도 모른다. 그는 프레스부르 거리를 훑어보았다. 자동차와 사람들. 저녁 러시아워다. 이런 시간에 더 찾아보았자 별수가 없다. 이번에도 또 너무 늦어버렸다.

"못 찾았나?" 모로소프가 다가와서 물었다.

라비크는 머리를 저었다. "아마 또 귀신을 본 거겠지."

"분명히 보았나?"

"그렇다고 생각했어, 아까까지는 말이야. 그러나 지금은…… 지금은 뭐가 뭔지 알 수가 없어."

모로소프는 그를 쳐다보았다. "닮은 얼굴은 얼마든지 있지."

"그렇겠지. 그러나 절대로 잊을 수 없는 얼굴도 있는 법이야."

라비크는 우두커니 서 있었다.

"어떻게 하자는 건가?" 모로소프가 물었다.

"모르겠어. 지금 내가 어떻게 할 수 있겠나?"

모로소프는 붐비는 사람들을 멍하니 바라보았다. "아무튼 운수가 나빠! 하필이면 이런 시각에! 마침 퇴근 시간이 아닌가. 모조리 뒤범벅이 돼서……."

"그래……."

"게다가 어둑어둑하기까지 하니. 자네, 그놈을 똑똑히 봤나?"

라비크는 대답을 하지 않았다.

모로소프는 그의 팔을 잡았다. "여보게" 하고 그는 말했다. "길거리나 네거리를 뛰어다녀보았자 이젠 소용이 없어. 한 군데를 찾고 있다가는 저쪽에 있지 않나 하는 생각이 들거든. 글렀네. 푸케로 돌아가세. 거기가 제일 좋은 장소야. 뛰어다니기보다는 거기 앉아 있는 편이 감시를 훨씬 더 잘할 수가 있지. 만약 그놈이 되돌아온다면 거기 있기만 하면 알 수가 있지."

두 사람은 보도 끝에 놓인 탁자에 자리를 잡았다. 거기서는 사방이 환히 내다보였다. 오랫동안 그들은 앉아 있기만 했다.

"그놈을 만나면 어떻게 할 셈인가?" 하고 결국은 모로소프가 물었다. "그걸 정해두었나?"

라비크는 머리를 저었다.

"그걸 잘 생각해둬야 해. 미리 정해두는 게 좋아. 느닷없이 만나 어리석은 짓을 하면 그야말로 꼴이 아니지. 더구나 자네 처지로서는 말이야. 몇 년이나 감옥살이를 할 생각은 없겠지."

라비크는 얼굴을 들었다. 대답은 하지 않고 그냥 모로소프를 빤히 쳐다볼 뿐이었다.

"난 아무래도 좋지만" 하고 모로소포는 말했다. "나라면 말이야. 그러나 자네 경우는 그래선 안 되지. 만약 자네가 본 게 바로 그놈이고, 그놈을 저쪽 모퉁이에서 붙잡았다면, 자네는 어떻게 할 셈이었나?"

"모르겠어, 보리스. 정말 모르겠어."

"자네, 아무것도 안 가지고 있지? 그렇지?"

"아무것도 안 가졌어."

"아무런 작정도 없이 대뜸 덤벼들었다면 사람들이 당장 떼어놓았을 거야. 그러면 지금쯤 자네는 경찰서에 들어갔을 테고 그놈은 한두 군데 멍이나 들고 달아나버렸겠지. 이건 자네도 알지?"

"알아." 라비크는 말없이 거리만 노려보았다.

모로소프는 자기 생각을 펴나갔다. "네거리에서 자동차 밑으로 처넣는 정도가 고작이겠지. 그러나 그것도 확실하지 않아. 한두 군데 상처나 생길 뿐 살아날지도 몰라."

"난 자동차 밑으로 밀어 넣거나 하지는 않겠어." 라비크는 길에서 눈을 떼지 않고 대답했다.

"그건 그렇지. 나도 그렇게는 하지 않아."

모로소프는 잠시 말이 없었다. 그러다가 "라비크" 하고 입을 열었다. "그놈이 정말 그놈이고 만약 그놈을 만난다면, 어떻게 할지 확실하게 정해둬야 하는데, 그건 알지? 기회는 단 한 번밖에 없단 말이야."

"그래, 알아." 라비크는 여전히 길만 응시하고 있었다.

"만약 그놈을 보거든 뒤를 밟게. 다른 짓은 하면 안 돼. 뒤만 밟아야 해. 그래서 어디 살고 있는지를 알아내란 말이야. 다른 짓은 절대로 하지 마. 그 밖의 일은 나중에 생각할 수가 있어. 천천히 해야 돼. 어리석은 짓은 절대로 해서는 안 돼. 알았나?"

"알았어." 라비크는 정신없는 사람처럼 말하고는 길만 노려보았다.

피스타치오 장수가 두 사람의 탁자로 다가왔다. 장난감 쥐를 가진 사내애가 그 뒤를 따라왔다. 그리고 대리석 탁자 위에서 쥐를 춤추게 하고, 소매로 기어오르게 했다. 바이올린을 켜는 사람이 다시 나타났다. 이번에는 모자를 쓰고 〈나에게 사랑을 속삭여다오〉를 연주했다. 매독 환자 같은 코를 한 노파가 오랑캐꽃을 팔고 다녔다.

모로소프는 시계를 보았다. "8시군. 더 기다려봐도 의미가 없겠지. 우린 벌써 두 시간 넘게 여기 앉아 있었어. 그놈은 이제 돌아오지 않을 거야. 이 시간에는 프랑스에 사는 모든 사람들이 어디선가 저녁을 먹고 있지."

"걱정 말고 가게나, 보리스. 뭣 때문에 여기서 나하고 함께 멍하니 앉아 있는 건가?"

"그런 건 아무래도 좋아. 난 말이야, 싫증이 날 때까지 자네하고 여기 앉아 있겠어. 아무튼 자네가 정신없이 잘못을 저지르지 않기를 바랄 뿐이야. 몇 시간이고 여기서 기다리는 건 무의미해. 이쯤 되면 그놈을 만날 가능성은 어디에 있으나 마찬가지야. 아니, 레스토랑이나 나이트클럽, 그리고 유곽 쪽이 더 가능성이 많을지도 몰라."

"알고 있네, 보리스."

모로소프는 크고 털 많은 자기 손을 라비크의 팔에 올려놓았다. "라비크, 알겠나? 자네가 그놈을 만날 운명이라면 반드시 만나게 돼. 그렇지 않다면 몇 년이고 기다릴 수밖에 도리가 없지. 내 말을 알아듣겠지? 언제나 눈을 뜨고 있게. 어디에서나 말이야. 그리고 모든 준비를 해둬야 해. 그러나 그 밖의 일에서는 잘못 본 것으로 생각하고 살아가야 해. 그렇게 할 수밖에 다른 도리가 없지. 그렇게 하지 않으면 몸을 버리게 돼. 나도 전에 그런 경험을 한 적이 있어. 20년 전이지. 아버지를 죽인 놈들 중 한 놈을 보았다고 늘 생각했지. 망상이었어." 그는 잔을 비웠다. "지긋지긋한 망상이었어. 자, 이젠 같이 가세. 어디 가서 뭘 좀 먹기로 하지."

"어서 먹으러 가게나, 보리스. 난 나중에 가겠어."

"여기 남아 있을 셈인가?"

"조금만 더. 그리고 호텔로 돌아가겠어. 가서 할 일이 좀 있어."

모로소프는 그를 쳐다보았다. 라비크가 호텔에서 무엇을 하려는지 그는 알았다. 그러나 자기로서는 어떻게 할 수가 없다는 것도 알았다. 이것은 라비크 혼자만의 일이다. 다른 사람이 관여할 바가 못 된다. "좋아, 나는 메르마리로 가겠네. 그다음엔 부빌슈키로 가고. 전화를 하든가 오든가 하게." 그는 짙은 눈썹을 모았다. "그리고 위험한 짓을 해서는 안 돼. 필요 없는 영웅이 돼서는 안 돼! 쓸데없는 미련한 짓은 절대로 해서는 안 돼! 달아날 자신이 있을 때만 쏘란 말이야. 어린애 장난도, 갱 영화도 아니니까 말이야."

"알아, 보리스. 걱정하지 말게."

라비크는 앵테르나시오날 호텔에 갔다가 곧 다시 나왔다. 도중에 밀랑호텔을 지나쳤다. 시계를 보니 8시 30분이었다. 아마 조앙 마두는 아직 집에 있을 것이다.

여인은 그를 맞았다. "라비크" 하고 여인은 깜짝 놀라며 말했다. "당신이 여길 다 오셨네요?"

"그래……."

"당신은 한 번도 여기 오신 적이 없어요. 아세요? 절 데려다준 뒤로는요."

그는 넋을 잃은 듯 웃었다. "그랬군, 조앙. 우린 묘한 생활을 하고 있는 셈이군."

"그래요, 두더지처럼 말이에요. 아니면 박쥐나 부엉이 같아요. 어두워져야만 서로 만나니 말이에요."

여인은 자늑자늑하게 넓은 걸음으로 방 안을 서성거렸다. 짙은 푸른색 가운을 입고 있었다. 그것은 남자 옷처럼 재단된 옷으로, 허리를 띠로 질끈 동여매고 있었다. 세라자드에서 입는 검은 야회복이 침대에 놓여 있었다. 그녀는 무척 아름다웠으며, 무한히 멀리 떨어져 있는 것 같았다.

"아직 괜찮아요. 30분 후에 나가요. 지금이 제게 제일 좋은 시간이에요.

나가기 전의 한 시간이 말이에요. 제가 무얼 가지고 있는지 아세요? 커피와 온 세계 시간을 다 가지고 있어요. 더구나 당신까지 오셨고, 칼바도스도 있어요."

여인은 병을 가지고 왔다. 그는 그것을 받아서 마개도 따지 않고 그대로 탁자에 놓았다. 그러고는 조심스럽게 그녀의 두 손을 잡았다. "조앙" 하고 그는 말했다.

여인의 눈빛이 흐려졌다. 그녀는 그에게 다가섰다. "왜 그러시는지 어서 말해봐요."

"왜? 뭐 어쨌다고 그래?"

"뭔가 있었어요. 당신이 이럴 때는 반드시 무슨 일이 있어요. 그래서 오셨나요?"

그는 그녀의 손이 자기에게서 빠져나가려는 것을 느꼈다. 그녀는 꼼짝도 하지 않았다. 손도 움직이지 않았다. 다만 무엇인가 그녀의 손 안에 있는 것이 자기에게서 빠져나가려 하는 것 같았다. "오늘 밤에는 오면 안 돼, 조앙. 오늘 밤은 안 돼. 아마 내일도, 아니 이삼일 동안은 안 될 거야."

"병원에서 주무셔야 해요?"

"아냐, 다른 일이야. 얘기할 수는 없지만. 그러나 우리 사이하고는 관계가 없는 일이야."

그녀는 잠시 동안 꼼짝도 하지 않고 서 있었다. "좋아요." 이윽고 그녀는 말했다.

"이해하겠어?"

"아뇨. 하지만 당신이 말씀하시는 것이면 정말이겠죠."

"화를 내는 건 아니겠지?"

그녀는 그를 처다보았다. "아이참, 라비크, 무슨 일이든 제가 당신한테 어떻게 화를 내겠어요?"

216

그는 얼굴을 들었다. 마치 어떤 손이 심장을 꾹 누르는 것 같았다. 조앙은 아무 생각도 없이 한 말이었다. 그러나 설령 그녀가 어떤 짓을 했다고 해도 이보다 더 그의 가슴을 울릴 수는 없었을 것이다. 그는 밤에 그녀가 무슨 말들을 지껄이거나 속삭여도 아무렇지 않게 생각했다. 창밖으로 회색 동이 트기 시작하면 곧 잊어버리고 말았다. 그녀가 자기 옆에 쪼그리고 앉거나 누워 있을 때의 이를 데 없는 황홀감은 같은 정도의 그녀 자신에 대한 황홀감이기도 하다는 것을 알고 있었다. 그리고 그런 것은 그 순간의 도취와 황홀한 고백이라고 생각했고, 그 이상으로 생각해본 적은 한 번도 없었다. 그런데 그는 지금 처음으로, 마치 광선이 숨바꼭질을 하는 눈부시게 반짝이는 구름 사이로 갑자기 초록색과 갈색으로 빛나는 대지를 내려다본 비행사처럼, 그 이상의 것을 본 것이다. 그는 황홀감 속에서 헌신을, 도취 속에서 감정을, 시끄러운 말 속에서 단순한 신뢰감을 보았다. 그는 불신과 질문과 몰이해를 각오했고, 이런 것은 예기치도 않았다. 뜻밖의 사실을 계시해주는 것은 언제나 보잘것없는 사소한 것이지, 결코 커다란 것은 아니다. 커다란 것은 연극적인 몸짓이나 거짓말에 대한 유혹과 너무나도 굳게 결합되어 있다.

방, 호텔 방, 트렁크 두서너 개, 침대, 불빛, 창밖에는 밤과 과거의 시커먼 적막. 그리고 여기엔 회색 눈과 넓은 양미간과 대담하게 물결치는 머리칼을 가진 밝은 얼굴. 생명, 협죽도(夾竹桃)가 빛을 향하듯 거리낌 없이 그를 향해 오는 자늑자늑한 생명. 그 생명이 여기에 있다. 여기 있는 것이다. 말없이 기다리며 "저를 받아주셔요! 저를 붙잡아주셔요!"라고 그에게 소리치며. 내가 붙잡아주겠다고, 훨씬 전에 나는 말하지 않았던가!

그는 일어섰다. "잘 있어, 조앙."

"안녕히 가세요, 라비크."

그는 카페 푸케 앞에 앉아 있었다. 전번과 같은 자리에. 복수에 대한 희망이라는 단 하나의 희미한 등불만 켜져 있는 과거의 어둠 속에 잠겨들면서 벌써 몇 시간이나 거기 앉아 있었다.

그들은 1933년 8월에 그를 체포했다. 그는 게슈타포에 쫓기는 친구 둘을 자기 집에 2주일 동안 숨겼다가 그들이 도망하는 것을 도와주었다. 그중 한 사람은 1917년에 플랑드르 빅스스코테에서 그의 생명을 구해준 적이 있다. 무인 지대에 쓰러져서 출혈로 서서히 죽어가던 그를 기관총의 엄호사격을 받으며 업어 내왔던 것이다. 또 한 사람은 여러 해를 두고 사귀어 온 유대인 작가였다. 라비크는 심문을 받으러 끌려갔다. 그들은 두 사람이 어느 쪽으로 도망쳤으며 어떤 증명서를 가졌는지, 그리고 도중에 어떤 사람들의 도움을 받을지를 알아내려고 했다. 하케가 그를 심문했다. 처음으로 인사불성이 된 뒤에 그는 하케의 권총을 빼앗아서 쏘아 죽이든가 때려 죽이려고 덤볐다. 그 순간 쾅 하고 시뻘건 암흑 속으로 뛰어들고 말았다. 무장한 억센 사나이 다섯과 대적해서 그런 짓을 해보았자 의미가 없었다. 사흘간 실신, 서서히 돌아오는 정신, 미칠 듯한 고통 속에서 차갑게 미소 짓는 하케의 얼굴이 떠올랐다. 사흘 동안 똑같은 질문. 사흘 동안 싱처투성이가 되어 이제는 고통을 느낄 힘마저 없어진 육체. 그렇게 해놓고 사흘째 되던 날 오후에 시빌을 불러왔다. 그녀는 아무것도 몰랐다. 여자에게 자백을 받으려고 그를 보였던 것이다. 그녀는 하는 일 없이 놀고먹는 생활을 해온 사치스럽고 아름다운 여자였다. 그는 시빌이 틀림없이 비명을 지르고 실신할 것이라고 생각했다. 그러나 그녀는 실신하지 않았고 고문하는 작자들에게 덤벼들었다. 그리고 생명이 위험해질 무서운 욕설을 퍼부었다. 그녀의 생명에 관계되는 위험한 말이었다. 그녀는 그것을 잘 알았다. 하케의 얼굴에서 미소가 가셨다. 그리고 갑자기 심문을 중단했다. 이튿날 그놈은 라비크에게, 만약 자백하지 않으면 여자 강제수용소에 있는 그녀의 신상에 어떤 일이 일어날지를 들려주었다. 라비크는 대답하지 않았다. 그러자 하케는 그에게, 강제수용소로 가기 전에 신상에 어떤 일이 일어날지를 설명했다. 그래도 라비크는 자백하지 않았다. 사실 자백할 것이 하나도 없었기 때문이다. 그는 하케에게, 그녀가 뭔가 알 도리가 없다는 것을 이해시키려 했다. 자기는 그녀에 대해서 피상적으로만 알 뿐이고, 그녀는 그의 생활에서 아름다운 그림 한 폭에 지나지 않으며, 자기가 그녀에게 무엇 하나 알려줄 리가 절대로 없다고 얘기했다. 그것은 모두 사실이었다. 하케는 다만 웃을 뿐이었다. 그리고 사흘 만에 시빌은 죽었다. 여자 강제수용소에서 목을 맨 것이다. 그다음 날 도망자 한 사람이 붙들려 왔다. 유대인 작가였다. 라비크가 그를 만났을 때 그는 하도 변해서 목소리를 듣고도 못 알아볼 정도였다. 하케의 심문이 1주일 동안 더 계속된 끝에 결국 그 작가도 고문에 못 이겨 죽었다. 그 뒤에 라비크는 강제수용소로 옮겨졌다. 그리고 병원. 병원에서의 탈출.

개선문 위에 은빛 달이 걸렸다. 샹젤리제 가로등이 바람에 흔들거리고 있었다. 밤의 불빛이 탁자에 놓인 유리잔에 비치고 있었다. 라비크는 현실이 아닌 것 같았다. 이 잔도, 저 달도, 이 거리도, 오늘 밤도 현실이 아니다. 언젠가 여기에 있은 적이 있으면서도 다른 생활 속에, 다른 별에 있는 것같이 이상하고, 그러면서도 정답게 생각되는 지금의 이 순간도 현실이 아니다. 이젠 사라졌고, 가라앉아버렸으며, 살고 있으면서도 동시에 죽어버린, 그리고 다만 내 머릿속에서만 지금도 인광을 발하고 있을 뿐 말이라는 것으로 석화해버린 세월의 이러한 기억도 역시 현실이 아니다. 내 혈관의 어둠 속을 쉴 새 없이 온도 36, 37도의 약간 염분이 섞인 냄새를 풍기면서 꿈틀꿈틀 흐르고 있는 이 액체, 4리터의 비밀과 순환, 피, 이것도 현실이 아니다. 기억이라고 불리는 중추신경의 반사작용, 눈에 보이지 않는 허무의 저

장실. 세세연년 잇달아 떠오르는 별과 별, 하나는 밝게 빛나고 다른 하나는 베리 가 위의 화성처럼 피비린내가 나고, 그 밖의 많은 것은 희미하게 빛나며 사방에 가득 흩어져 있는, 기억의 하늘, 그 하늘 밑에서 현재가 어지러운 생활을 불안스레 몰아가고 있다.

복수의 초록색 광선. 깊은 밤의 달과 자동차의 질주하는 소리 가운데 조용히 떠 있는 대도시. 끝없이 뻗어 나간 즐비한 집들, 거리 끝까지 늘어선 창문의 행렬, 그 안에 갇힌 무수한 운명, 몇백만 인간의 심장 고동, 몇백만의 모터같이 끊임없는 심장 고동. 인생의 갈림길을 천천히, 천천히 앞으로 나아간다. 한 번 고동칠 때마다 조금씩, 1밀리미터만큼 죽음에 가까이 다가가면서.

그는 일어섰다. 샹젤리제에는 인적이 드물었다. 길모퉁이마다 창녀들이 한둘 오락가락할 뿐이었다. 그는 거리를 걸어 내려갔다. 피에르 샤르동 가, 마르뵈프 가, 마리냥 가를 지나 롱 포앙까지 가서, 거기서 되돌아서서 개선문으로 나왔다. 그는 낮은 쇠사슬 울타리를 넘어서 무명전사 묘지 앞에 섰다. 어둠 속에서 작고 푸른 불꽃이 깜박거렸다. 그 앞에는 다 시든 화환이 놓여 있었다. 그는 에트왈을 가로질러 처음에 하케를 보았다고 생각되는 술집으로 갔다. 택시 운전사 두서너 명이 아직 앉아 있었다. 그는 전에 앉았던 창가에 자리를 잡고 커피를 마셨다. 창밖 거리에는 인적이 없었다. 운전사들은 히틀러 이야기를 하고 있었다. 그들은 그 녀석이 어리석은 자라고 말하며, 만약 마지노선에 접근해 온다면 당장 끝장이 날 거라고 예언했다. 라비크는 길을 응시했다. 나는 왜 이런 곳에 앉아 있을까? 파리의 다른 곳에 앉아 있어도 마찬가지가 아닌가. 기회는 어디서든 똑같다. 그는 시계를 보았다. 새벽 3시 조금 전이었다. 너무 늦었다. 하케는, 정말 그놈이라 해도 이런 시각에 거리를 방황하지는 않을 것이다.

밖에 매춘부가 하나 서성거리고 있었다. 창문으로 안을 들여다보고는

220

그냥 지나가버렸다. 저 여자가 되돌아오면 나는 가야지, 라고 그는 생각했다. 매춘부가 되돌아왔다. 그는 일어나지 않았다. 만약 다시 한번 돌아오면 틀림없이 간다고 그는 결심했다. 그렇게 되면 하케는 파리에 없는 것이다. 여자가 또 되돌아왔다. 그리고 고갯짓을 하고는 지나갔다. 그는 그대로 앉아 있었다. 매춘부는 다시 한번 되돌아왔다. 그래도 그는 일어서지 않았다.

보이가 의자를 탁자에 올려놓기 시작했다. 운전사들은 계산을 끝내고 술집을 나갔다. 보이는 카운터 위 불을 껐다. 홀은 곧 어둑어둑해졌다. 라비크는 사방을 둘러보았다. "계산" 하고 그는 말했다.

바깥은 바람이 불어 더욱 추워졌다. 구름은 전보다도 높은 곳을 더욱 빨리 흘러가고 있었다. 라비크는 조앙의 호텔 앞을 지나다가 걸음을 멈추었다. 호텔은 캄캄했지만, 단 한 군데 창문의 커튼 뒤에 희미하게 불이 켜져 있었다. 조앙의 방이었다. 그는 그녀가 어두운 방에 혼자서 들어가기를 싫어한다는 걸 잘 알고 있었다. 오늘은 그에게 오지 않기 때문에 마냥 불을 켜놓은 것이다. 그는 올려다보았다. 그러자 갑자기 자기 자신을 이해할 수가 없었다. 왜 나는 그녀를 만나려 하지 않을까? 다른 여자에 대한 기억은 벌써 사라진 지 오래다. 다만 그 여자의 죽음에 대한 기억만이 아직 남아 있을 뿐이 아닌가.

그리고 또 한 여자는? 그것이 저 여자와 무슨 관계가 있단 말인가? 그럼 나 자신과는 또 무슨 관계가 있단 말인가? 환상을 뒤쫓다니, 얼기설기 얽힌 시커먼 기억의 반사작용, 어두운 반응을 뒤쫓다니, 정말 어처구니없는 짓이 아닐까……. 지긋지긋하게 닮았다는 우연한 사실에 뒤흔들려, 사라진 세월의 찌꺼기 속을 다시 헤치기 시작하다니. 썩어빠진 과거의 한 조각, 간신히 아문 신경쇠약의 연약한 상처를 다시 터뜨리게 하다니. 그리고 내가 나 자신 속에 쌓아 올린 모든 것을, 나 자신을 과거의 나에게서 격리한 드맑은 생활의 한 조각, 내가 나 자신과 나와 가장 가까운 유일한 사랑을 위하여 만들어낸 생활을 위태롭게 한다는 것은 그야말로 어리석은 일이 아닐까? 그것과 이것이 무슨 관계가 있단 말인가? 그것은 벌써 몇 번이나 나 자신에게 들려준 것이 아닌가? 그렇지 않다면, 나는 어떻게 살아올 수가 있었단 말인가? 그리고 지금쯤 나는 어떻게 되었겠는가?

그는 온몸에서 납덩어리가 녹아내리는 듯한 느낌이 들었다. 그는 숨을 깊이 들이쉬었다. 바람이 거리를 한바탕 불고 지나갔다. 그는 다시 한번 불이 켜진 창문을 올려다보았다. 내게서 어떤 의미를 찾고자 하는 사람이 있다. 나를 소중하게 여기는 사람, 나를 보면 곧 얼굴빛이 달라지는 사람이. 그런데 나는 그 사람을 일그러진 환상 때문에, 퇴색한 복수의 희망에서 나온 성급하고 냉정한 교만 때문에 희생물로 만들려고 했다.

대체 나는 어떻게 하자는 것인가? 왜 나는 스스로 저항하는가? 한 생명이 자기를 바치겠다고 하는데 나는 거기 이의를 달고 있다. 너무 적어서가 아니라…… 너무 많다고 해서. 그렇다면 나는 과거의 피비린내 나는 폭풍이 지나가지 않으면 이것을 인정할 수가 없다는 것인가? 그는 어깨를 으쓱했다. 마음이라고 그는 생각했다. 마음! 그것은 활짝 열려 있다! 크게 두근거리고 있다! 창문! 밤중에 단 하나 외롭게 불이 켜진 창문. 정열적으로 이 나에게 바쳐진 또 한 생명의 반영, 그것이 나 또한 마음을 활짝 열 때까지 열린 채로 기다리고 있다. 욕정의 불꽃, 세인트 엘모의 사랑의 불꽃, 밝고 번쩍하는 피의 전광, 그것은 잘 알고 있다. 그것은 모조리 다 알고 있다. 너무나 잘 알고 있기에, 설마 이 부드러운 황금빛 혼란이 두 번 다시 머리 가득히 범람하리라고는 꿈에도 생각하지 않고 있다. 그럴 때면 느닷없이 어느 날 밤 3류 호텔 앞에 우뚝 서게 되는 것이다. 그것은 아스팔트에서 마치 안개처럼 피어오른다. 그리고 지구의 한쪽 끝에서, 초록이 무르익는 코코넛의 섬에서, 뜨거운 열대지방의 봄에서 건너온 듯이 해양과 산호초, 용암과 암흑을 뚫고 갑자기 파리에, 초라한 퐁슐레 거리에 솟아오른다. 복수와 과거, 그리고 저항할 수도 반대할 수도 없는 수수께끼 같은 정열의 부활로 가득 찬 밤에 알테아와 함수초 향기를 뿌리며…….

세라자드는 손님들로 가득 차 있었다. 조앙은 손님 몇 사람과 함께 앉아 있었다. 그리고 라비크를 곧 알아보았다. 라비크는 출입구 근처에 서 있었다. 홀 안은 담배 연기와 음악이 자욱했다. 여인은 손님들에게 무어라고 말하고는 그에게로 급히 다가왔다. "라비크……."

"여기 더 있어야 되나?"

"왜요?"

"같이 가고 싶어서."

"하지만 당신은…….."

"끝났어. 아직 볼일이 있나?"

"없어요. 잠깐 돌아가겠다고 말하고 올게요."

"빨리 해요. 밖에서 택시를 타고 기다리고 있을 테니까."

"알았어요." 그녀는 그대로 서 있었다. "라비크…….."

그는 그녀를 쳐다보았다.

"저 때문에 오셨어요?" 그녀가 물었다.

그는 잠깐 망설였다. "물론." 그는 자기 앞으로 들이민 여인의 얼굴에다 대고 나직이 말했다. "그럼 조앙, 당신 때문에 왔지! 순전히 당신 때문에 온 거야."

그녀는 급히 서둘렀다. "자, 가요! 여기 남아 있는 사람들이야 우리와는 상관이 없지요."

택시는 리에즈 거리를 달렸다. "무슨 일이 있었어요, 라비크?"

"아무 일도 없었어."

"전 불안했어요."

"잊어버려. 아무것도 아냐."

조앙은 그를 쳐다보았다. "전 당신이 다시는 돌아오지 않을 거라고 생각했어요."

그는 여인 쪽으로 몸을 굽혔다. 그녀가 떨고 있는 것이 느껴졌다. "조앙" 하고 그는 말했다. "아무 생각도 하지 마. 그리고 아무것도 묻지 말고. 저기 가로등 불빛과 갖가지 빛깔의 네온이 보이지? 우리는 죽어가는 시대에 살고 있는 거야. 그리고 이 도시는 생활이 무서워서 떨고 있지. 우리는 모든 것에서 격리되어 있어. 우리에게 남은 것이라곤 이제 우리 마음뿐이야. 나는 달 세계에 갔다가 방금 돌아왔어. 돌아와 보니, 당신이 그대로 있더군. 당신은 생명이야. 이젠 아무것도 묻지 말아줘. 천 가지 질문보다 당신의 머리카락이 더 많은 비밀을 간직하고 있지. 지금 우리 앞에는 밤이 있어. 아침이 떠들썩하게 창문을 두드릴 때까지의 서너 시간, 그러나 그것은 영원이야. 인간이 서로 사랑한다는 것, 이것이 전부야. 기적이며, 동시에 세상에서 가장 자명한 것이지. 나는 그것을 오늘, 밤의 어둠이 꽃피는 수풀 속에서 녹아 없어지고 바람이 딸기 냄새를 풍길 때 느꼈어. 사랑이 없다면 인간은 휴가 중인 죽은 사람에 지나지 않지. 두어 가지 약속 날짜와 우연한 이름 하나밖에 적혀 있지 않은 종이쪽지와 같아. 그렇다면 차라리 죽는 편이 낫지……."

빙글빙글 돌아가는 등대 불빛이 선실의 어둠을 스치고 지나가듯, 가로등 불빛이 택시 창문을 휙휙 스치고 지나갔다. 조앙의 눈은 그 창백한 얼굴에서 아주 투명하게 보이기도 하고, 몹시 어두워지기도 했다. "우리는 죽지 않아요" 하고 그녀는 라비크의 품속에서 속삭였다.

"그렇지, 우리는 죽지 않지. 다만 시간이 죽는 거야. 시간은 언제나 죽어가거든. 우리는 살아 있어. 언제나 살아 있지. 당신이 눈을 뜰 때는 봄이고, 잠들 때는 가을이야. 그사이에 몇천 번이나 겨울과 여름이 지나갔지. 그리고 우리가 깊이 사랑할 때, 우리는 영원이며 불멸이야. 마치 심장 고동이나 비나 바람같이. 이건 굉장한 거야. 우리는 날이면 날마다 승리자가 되고 귀여운 애인이 되는 거야. 해마다 우리는 패자가 되지만, 그런 것을 누가 알고 싶어 하며, 또 누구하고 관계가 있겠어? 일각이 인생이지. 일순간은 영원 같아. 당신의 눈이 빛나고, 유성은 무한한 공간을 떨어져 내리고, 신들도 늙어가지. 그러나 당신의 입술은 젊고, 수수께끼는 우리 사이에서 떨며, 저녁에서, 황혼에서, 어둠 속에서, 모든 애인의 황홀경에서, 당신과 나, 부르는 소리와 답하는 소리, 격렬한 정화의 아득한 부르짖음에서, 황금빛 폭풍우에 압착되어 아메바에서 루트나 에스터나 헬레네나 아스파시아로, 길가의 예배낭에 있는 푸른 마돈나들에 이르는 끝없는 도정(道程)이 생겼소. 뻗어가는 덩굴과 짐승에서 당신과 나에게로……."

여인은 꼼짝도 하지 않고 창백한 얼굴로 허탈한 듯 완전히 몸을 내맡기고 그의 품에 안겨 있었다. 그는 여인 쪽으로 몸을 구부리고 언제까지나 이야기를 계속했다. 처음에는 누군가가 어깨 너머로 들여다보는 듯한 생각이 들었다. 그림자 하나가 아련한 웃음을 띠며 소리도 내지 않고 함께 지껄이고 있는 듯했다. 그는 한층 더 몸을 구부렸다. 여인이 자기 쪽으로 마주 움직여 오는 것을 느꼈다. 그래도 그림자는 아직 남아 있었다. 그러나 이윽고 그것도 사라지고 말았다.

13

"스캔들이야" 하고 케이트 헤그시트룀과 마주 앉은 에메랄드를 단 여자가 말했다. "기막힌 스캔들이지! 파리 사람들이 모두 웃고 있어. 루이가 동성연애를 하고 있다는 거 알았니? 설마 몰랐겠지. 우린 아무도 몰랐어. 정말 잘도 숨겨왔더군. 모두들 리나 드느부르가 그 사람의 공공연한 애인이라고만 알고 있었지. 그런데 그게 아니었어. 루이는 1주일 전에 로마에서 돌아온 거야. 예정보다 사흘이나 빨리 말이야. 그리고 그날 밤 곧장 니키의 아파트로 갔지. 니키를 놀라게 해주려고. 근데 거기 누가 있었을 것 같아?"

"자기 마누라겠죠?" 라비크가 말했다.

에메랄드를 단 여자는 흘끗 쳐다보았다. 그녀는 갑자기, 당신 남편은 파산했습니다, 라는 말을 지금 막 들은 듯한 얼굴을 했다. "벌써 그 이야기를 알고 계세요?" 하고 그녀는 물었다.

"모르지만요, 그럴 것 같았지요."

"전 아무래도 모르겠어요." 그녀는 못마땅한 듯 라비크를 노려보았다. "아무튼 그럴 수가 없어."

케이트 헤그시트룀은 웃음을 지었다. "라비크 선생님은 한 가지 이론을 갖고 계셔, 데이지. 우연 이론이라는 거야. 그 이론에 따르면 가장 있을 수 없는 일이 언제나 가장 논리적이라는 거야."

"재미있군." 데이지는 공손하게, 그러나 조금도 재미없다는 듯 생긋 웃었다. "아무 일도 일어나지 않았을 거야" 하고 그녀는 계속했다. "루이가 엄청난 소동만 벌이지 않았다면. 근데 루이는 화가 머리끝까지 치밀었대. 지금 그 사람은 크리용에서 지내고 있지. 이혼한다는 거야. 양쪽 다 증거가 나오기를 기다리고 있어." 그녀는 한껏 기대에 부풀어 의자에 등을 기댔다. "어떻게 생각하니?"

케이트 헤그시트룀은 라비크를 흘끗 쳐다보았다. 그는 탁자 위 모자 상자와, 포도와 복숭아가 든 과일 바구니 사이에 놓인 난초 가지를 바라보고 있었다. 선정적이며 붉은 점이 드문드문 박힌 꽃술을 가진, 나비 같은 흰 꽃이었다. "믿을 수 없어, 데이지" 하고 그녀는 말했다. "정말 믿을 수 없어!"

데이지는 자기 승리가 만족스러웠다. "선생님도 이건 미처 몰랐겠지요?" 하고 그녀는 라비크에게 물었다.

그는 난초 가지를 조심스럽게 가느다란 컷글라스 화병에 도로 꽂았다. "네, 그건 전혀 몰랐습니다."

데이지는 만족한 듯 고개를 끄덕이고 나서 핸드백과 콤팩트와 장갑을 집어 들었다. "이제 가야겠어. 루이제가 5시에 칵테일파티를 연대. 그 애의 신부님도 온댔어. 별 소문이 다 돌고 있지." 그녀는 일어섰다. "그건 그렇고, 페리와 마르트는 또 헤어졌어. 마르트는 그에게 보석을 모두 돌려주었다는군. 이번이 세 번째야. 그렇게만 하면 페리는 또 맥을 못 춘대. 불쌍한 사람이지. 자기에게 반하고 있다고 생각하는 거야. 두고 보렴, 이제 곧 보석을 모두 그 애에게 돌려줄 테니. 그뿐만 아니라 보답으로 다른 것도 더 사서 말이야. 언제나 그래. 그 사람은 모르지만…… 마르트는 오스테르타하에서 갖고 싶은 보석을 벌써 봐뒀어. 그 사람은 언제나 그 집에서 물건을 사거든. 루비 브로치래. 커다랗고 네모진 것인데 멋있는 비둘기 피 같은 빛이라더군. 그 애는 빈틈이 없단 말이야."

그녀는 케이트 헤그시트룀에게 키스했다. "잘 있어. 이젠 너도 세상 돌아가는 걸 조금은 알았겠지. 곧 퇴원할 수는 없나요?" 하고 그녀는 라비크를 쳐다보았다.

그의 눈이 케이트 헤그시트룀의 눈과 마주쳤다. "곧 할 수는 없지요" 하고 그는 말했다. "유감스럽게도."

그는 데이지에게 외투를 입혀주었다. 깃 없는 검은색 밍크였다. 조앙에게 어울리는 외투라고 그는 생각했다. "차라도 들게 케이트하고 한번 오세요" 하고 데이지는 말했다. "수요일에는 늘 손님이 적으니까 마음 놓고 이야기할 수 있어요. 전 수술이라는 것에 대해 아주 흥미가 많아요."

"고맙습니다."

라비크는 그녀가 나간 문을 닫고 돌아왔다. "멋있는 에메랄드군."

케이트 헤그시트룀은 웃었다. "저것이 이전 제 생활이었어요, 라비크. 당신, 이해하시겠어요?"

"알아요. 좋잖소? 할 수만 있다면 근사하지. 여러 가지로 도움이 될 테니."

"전 이제 이해할 수가 없어요." 그녀는 일어나서 조심조심 침대 쪽으로 걸어갔다.

라비크는 그녀를 바라보았다. "사람은 어디서 살든 마찬가지야, 케이트. 좀 더 살기 좋은 곳도 있긴 하지만. 그러나 그런 게 중요한 문제는 아니지. 한 가지 중요한 것은 어떻게 생활을 해나가느냐 하는 거야. 그것도 언제나 그렇게 되는 건 아니지만."

그녀는 길고 아름다운 다리를 침대 위로 뻗었다. "모든 것이 하찮게 보이는군요" 하고 그녀는 말했다. "두어 주일이나 자리에 누워 있다가 다시 걸어 다닐 수 있게 되니까."

라비크는 담배를 집어 들었다. "싫으면 이제 꼭 여기 있을 필요가 없어요. 간호사만 데리고 간다면 랭커스터에서 살 수도 있지."

케이트 헤그시트룀은 머리를 저었다. "전 여행을 할 수 있을 때까지 여기 있겠어요. 여기 있으면 데이지 같은 여자들을 많이 안 만나도 되니까요."

"오면 내쫓아버려요. 잔소리보다 더 신경 쓰이는 일은 없으니까."

그녀는 침대에 조심스럽게 몸을 눕혔다. "당신이 믿을지 모르겠지만, 데이지는 저렇게 수다스럽긴 해도 어머니로서는 아주 훌륭해요. 두 애 교육에는 아주 그만이지요."

"그럴지도 모르지" 하고 라비크는 시들하게 대답했다.

케이트 헤그시트룀은 담요를 끌어다 덮었다. "병원이란 마치 수도원 같군요. 가장 단순한 것들의 가치를 다시 알게 되니까요. 걷는 것, 숨 쉬는 것, 보는 것."

"그렇지. 행복이란 어디서나 볼 수 있지. 그것을 집어 올리기만 하면 되는 거야."

그녀는 라비크를 쳐다보았다. "전 정말 그렇게 생각해요, 라비크."

"나도 그렇게 생각해요, 케이트. 단순한 것만이 우리를 절대로 실망시키지 않지. 그리고 행복은 아무리 낮은 곳이라 해도 있는 법이야."

잔노는 침대에 누워 있었다. 담요 위에는 팸플릿이 흩어져 있었다.

"왜 불을 안 켜지?" 하고 라비크는 물었다.

"아직 잘 보여요. 전 눈이 좋거든요."

팸플릿은 의족에 대한 설명문이었다. 잔노는 그것을 갖은 수단을 다 해서 주워 모았다. 마지막 몇 가지는 어머니가 갖다주었다. 그는 라비크에게 천연색 의족 그림을 보였다. 라비크는 불을 켰다. "이것이 제일 비싼 거예요" 하고 잔노는 말했다.

"제일 좋은 것은 아니군" 하고 라비크는 대답했다.

"그렇지만 이것이 제일 비싸요. 전 보험회사한테 반드시 이것이라야 된다고 말하겠어요. 물론 이런 걸 갖고 싶지는 않지만요. 다만 보험회사가 돈을 쓰게 하려고 그래요. 전 목제 의족과 돈만 있으면 돼요."

"보험회사에는 전속 의사가 있어서, 하나하나 다 조사를 하게 돼, 잔노."

소년은 몸을 일으켰다. "그럼 제게 의족을 주지 않을 거란 말이에요?"

"주긴 주겠지. 그러나 제일 비싼 것은 안 줄걸. 그리고 돈으로 주지는 않을 거야. 네가 정말 의족을 가질 수 있도록 해주기야 하겠지만."

"그렇다면 그것을 받아서 곧 되팔아야겠어요. 그럼 물론 손해는 보겠지만. 20퍼센트쯤 손해 보면 되겠지요, 선생님? 처음에는 10퍼센트로 하자고 해야죠. 미리 상인하고 이야기를 해보는 편이 좋을지도 모르겠군요. 제가 의족을 받건 안 받건, 그것은 회사와는 상관이 없겠지요? 돈만 치르면 되고, 그다음 일은 회사에서 관여할 바가 아니지요……. 그렇지 않을까요?"

"그렇고말고. 한번 해보는 거지."

"꽤 가능하다고 생각되는데요. 그 돈으로 조그마한 밀크 홀의 카운터와 시설을 살 수 있을 거예요." 잔노는 능청스럽게 웃었다. "이렇게 관절이고 뭐고 다 갖춰진 의족은 꽤 비싸군요. 정교한 물건이에요. 정말 근사해요."

"보험회사에서 벌써 누가 다녀갔나?"

"의족이나 보상금 때문에는 오지 않았어요. 수술과 병원 문제로 왔을 뿐이에요. 변호사를 대야 할까요? 어떻게 생각하세요? 빨간 신호였어요. 틀림없어요. 경찰은……."

간호사가 저녁 식사를 가지고 와서 잔노 곁 탁자에 내려놓았다. 소년은 간호사가 나갈 때까지 한마디도 하지 않았다. 간호사가 나간 다음에 "식사를 듬뿍 줘요"라고 말했다. "이렇게 많이 먹어본 적은 없어요. 혼자선 다 못 먹어요. 언제나 어머니가 와서 나머지를 먹지요. 두 사람분으로 넉넉해요. 어머니는 그렇게 해서 절약을 하거든요. 안 그래도 이 방 값은 비싸더군요."

"보험회사에서 내는 거야. 넌 어디에 있든 마찬가지야."

소년의 회색 얼굴에 살짝 생기가 돌았다. "베베르 선생님하고 이야기를 했어요. 선생님은 10퍼센트를 저희에게 되돌려주기로 했어요. 소요된 비용만큼 회사에 청구해서 회사가 계산을 해주면, 그 10퍼센트를 현금으로 저희에게 돌려주신다고 했어요."

"넌 참 영리하구나, 잔노."

"가난하면 머리를 써야 하거든요."

"옳은 말이다. 아프냐?"

"잘라낸 다리가 아파요."

"아직도 신경이 남아 있어서 그런 거야."

"알고 있어요. 하지만 참 이상해요. 이미 없어져버린 것이 아프다니요. 아마 제 다리의 넋이 아직도 남아 있는가 보죠." 잔노는 히죽이 웃었다. 멋진 익살을 부린 것이다. 그러고는 저녁 식기의 뚜껑을 열었다. "수프와 닭고기와 야채와 푸딩. 이것이 어머니 몫이에요. 어머닌 닭고기를 좋아하거든요. 집에서는 좀처럼 먹을 수가 없으니까요." 그는 편안하게 몸을 뒤로 기댔다. "가끔 밤에 잠이 깨면, 여기 비용을 다 우리가 물어야 된다는 생각을 할 때가 있어요. 밤에 잠이 깨면 맨 먼저 그런 생각이 들어요. 그러다가 차차 생각이 나요. 나는 부잣집 도련님처럼 여기 누워 있구나, 그리고 뭣이든지 달라고 할 권리가 있어, 벨을 눌러서 간호사를 부르면 간호사는 와야 하지, 그런데 그 돈은 다른 사람이 모두 지불해준다고요. 어때요, 정말 신 나지요?"

"그렇구나" 하고 라비크는 말했다. "신 나는 얘기다."

그는 오시리스의 검진실에 앉아 있었다. "누가 또 남았나?" 하고 그는 물었다.

"네" 하고 레오니가 말했다. "이본이 있어요. 그 애가 마지막이에요."

"들여보내. 너는 안 좋은 데가 없어, 레오니."

이본은 스물다섯 살로, 포동포동한 금발에 납작한 코, 대부분 창녀들이 그렇듯이 짧고 굵은 팔다리를 하고 있었다. 그녀는 우쭐대는 얼굴로 건들 건들 들어오더니, 입고 있던 얇은 천 조각 같은 비단옷을 홀렁 걷어 올렸다.

"저쪽이야" 하고 라비크는 말했다.

"이렇게는 안 되나요?" 이본이 물었다.

"왜 그래?"

이본은 대답 대신 잠자코 홱 돌아서더니 육중한 엉덩이를 들이대 보였다. 엉덩이엔 시퍼렇게 매 맞은 자국이 나 있었다. 누구에게 무섭게 얻어맞았음에 틀림없었다.

"이렇게 해놓고 손님은 돈을 듬뿍 냈겠지? 이건 장난이 아니야."

이본은 고개를 저었다. "한 푼도 안 받았어요, 선생님. 손님이 아니었는 걸요."

"그럼 재미를 봤단 밀이지. 내가 설마 이런 것을 좋아하는 줄은 몰랐어."

이본은 만족스러운 듯 수수께끼 같은 웃음을 띠며 다시 고개를 저었다. 라비크는 그녀가 이 장면을 재미있어 하고 있다는 것을 알았다. 이 여자는 자신이 대단한 뭔가가 된 줄로 알고 있는 것이다. "전 마조히스트가 아니에 요." 그녀는 마조히스트라는 말을 안다는 것을 자랑으로 여기고 있었다.

"그럼 왜 그랬지? 한바탕한 건가?"

이본은 잠시 기다렸다. 이윽고 "사랑이에요" 하고 기분 좋은 듯이 어깨를 폈다.

"질투?"

"네." 이본의 얼굴이 갑자기 환해졌다.

"퍽 아프지?"

"이런 건 아프지 않아요." 그녀는 조심조심 앉았다. "선생님, 아세요? 마담 롤랑드는 처음에 제게 일을 시키지 않으려고 했어요. 한 시간만 하겠다고 졸라댔지요. 한 시간만 시험해보라고요. 그런데 정말! 이 엉덩이의 시퍼런 매 자국 때문에 전보다 더 많이 벌었거든요."

"그건 또 왜?"

"저도 몰라요. 이것을 보고 미쳐버리는 사람이 있어요. 흥분시키는 모양이에요. 지난 사흘 동안 보통 때보다 2백 프랑이나 더 벌었어요. 이 자국은 얼마 동안이나 더 남아 있을까요?"

"적어도 두세 주일은 남아 있겠는데."

이본은 혀를 찼다. "이대로 간다면 털외투를 살 수 있겠는데. 여우 털로요. 윤이 잘 나는 고양이 가죽에다 말이에요."

"그게 없어지면, 네 애인에게 다시 한번 힘껏 때려달라고 하면 간단하지."

"그렇게는 안 돼요" 하고 이본은 신바람이 나서 말했다. "그 사람은 그렇게는 안 돼요. 타산적인 놈팡이와는 달라요. 아시겠어요? 정말 그가 미쳤을 때만 그렇게 해요. 그렇지 않을 때는 무릎을 꿇고 애걸해도 해주지 않아요."

"이상한 성미로군." 라비크는 슬쩍 눈을 들었다. "너는 아무 탈도 없어, 이본."

그녀는 몸을 일으켰다. "그럼 일을 계속할 수 있겠군요. 늙은이 하나가 벌써부터 밑에서 절 기다리고 있어요. 쭈뼛한 허연 턱수염을 기른 영감이에요. 그 영감에게 이 매 자국을 보여주었지요. 그랬더니 아주 미쳐버렸어요. 집에선 말도 못 하는 모양이지요. 그래서 자기 마누라를 이렇게 되도록 두들겨주면 어떨까 하고 생각하는 것 같아요." 그녀는 갑자기 맑은 종소리 같은 웃음을 터뜨렸다. "세상이란 참 묘하죠, 선생님?" 이렇게 말하며, 그녀는 아주 만족스러운 듯 몸을 뒤흔들며 나가버렸다.

라비크는 손을 씻었다. 그리고 사용한 기구들을 치우고는 창가로 걸어 갔다. 저녁 어스름이 건물들 위에 은회색으로 내려 깔렸다. 앙상한 가지만 남은 나무들이 죽은 사람의 검은 손처럼 아스팔트를 뚫고 나와 서 있었다. 매몰된 참호에서 가끔 이런 손을 볼 수 있었다. 그는 창문을 열고 밖을 내 다보았다. 낮과 밤 사이에 떠오르는, 현실 같지 않은 한때. (결혼하고, 밤에는 위엄 있게 가족들이 앉은 식탁 상석에 자리 잡는 사람들의) 조그마한 호텔에서의 사랑의 한때. 롬바르디아 저지대에 사는 이탈리아 여인들이 '행복한 밤'이 라고 말하기 시작하는 시간. 절망의 시간과 꿈의 시간.

그는 창문을 닫았다. 갑자기 방 안이 더 어두워진 것 같았다. 그림자가 하늘하늘 날아들어 방구석에 쭈그리고 앉아서 침묵의 수다를 늘어놓는다. 롤랑드가 갖다 놓은 코냑 병이 윤이 나는 황옥처럼 탁자에서 반짝이고 있 다. 라비크는 잠시 동안 그대로 서 있었다. 이윽고 그는 밑으로 내려갔다.

축음기 소리가 울리는 넓은 홀은 벌써 불이 켜져 있었다. 여자들은 짧은 핑크색 비단 슈미즈를 입고 방석에 두 줄로 앉아 있었다. 모두 유방을 드러 내놓고 있었다. 손님이란 우선 계집을 본 다음에 사고 싶어 하는 법이다. 벌 써 여섯 명쯤 와 있었다. 대개는 중년의 소시민이었다. 모두 조심성 있는 전 문가들이어서, 검진이 언제인 줄 알고 임질에 걸릴 위험성이 전혀 없는 이 때쯤 찾아온다. 이본은 바로 그 노인과 함께 있었다. 노인은 뒤보네를 앞에 놓고 탁자 앞에 앉아 있었다. 이본은 한쪽 발을 의자에 올려놓고, 노인 옆 에 서서 샴페인을 마시고 있었다. 그녀는 한 병을 터뜨릴 때마다 1할을 받 는다. 노인이 그렇게 돈을 쓰는 것을 보니, 정말 미쳐버렸음에 틀림없는 것 같다. 이런 일은 외국인이나 할 짓이다. 이본은 그것을 알고 있었다. 그리고 마치 서커스의 친절한 조련사 같은 태도를 하고 있었다.

"끝났어요, 라비크?" 하고 롤랑드가 문간에 서 있다가 물었다.

"응, 모두 괜찮더군."

"뭘 좀 마시겠어요?"

"아니, 롤랑드. 호텔로 갈게. 지금까지 일을 했으니, 뜨거운 물에 깨끗이 목욕이나 해야겠어. 지금 내게 필요한 건 그게 전부야."

그는 바 옆 휴대품 보관소를 지나서 나왔다. 저녁이 바이올렛 눈을 하고 문 앞에 머물고 있었다. 외로운 비행기 한 대가 재빠르게 푸른 하늘을 날아갔다. 검고 작은 새 한 마리가 앙상한 나무의 삭정이에서 우짖었다.

눈도 없는 회색 동물이 육체를 갉아먹는, 암이라는 병을 가진 여인. 자기 보험금만을 계산하는 다리병신. 돈을 벌어들이는 엉덩이를 가진 매춘부. 나뭇가지에서 지저귀는 철 이른 지빠귀. 이런 것들이 차례로 머릿속을 스쳐 나갔다. 그러나 그는 지금 이 모든 것에 아랑곳없이, 따스한 잠자리 냄새를 풍기는 황혼을 천천히 걸어서 한 여인에게로 갔다.

"칼바도스를 한 잔 더 하겠어?" 하고 라비크가 물었다.

조앙은 고개를 끄덕였다. "네, 한 잔 더 주세요."

그는 보이를 불렀다. "이보다 더 오래된 칼바도스는 없나?"

"그건 좋지 않습니까?"

"그게 아니라, 술 창고에 혹시 다른 게 있지 않나 해서."

"찾아보겠습니다."

보이는 여주인이 고양이를 안고 졸고 있는 계산대로 갔다. 그러고는 우윳빛 유리문을 열고 주인이 계산서와 함께 자리 잡고 있는 방으로 들어갔다. 잠시 뒤에 보이는 의젓하고 침착한 표정으로 돌아와서는, 라비크 쪽은 거들떠보지도 않고 술 창고로 가는 계단을 내려갔다.

"잘돼가는 것 같군."

보이는 마치 어린애라도 안고 오듯이 술병을 안고 돌아왔다. 지저분한 병이었다. 관광객용 그림으로 아름답게 장식한 병이 아니라, 몇 년이고 술

창고에 그냥 내버려뒀기 때문에 먼지투성이가 되어 더러워진 병이었다. 그는 조심스럽게 병마개를 뽑아 코르크 냄새를 맡아본 후 커다란 잔 둘을 가지고 왔다.

"자, 들어보시지요" 하고 보이는 라비크에게 얘기하면서 두어 방울 떨어뜨렸다.

라비크는 잔을 들어서 향기를 맡아보았다. 그러고는 그것을 마시고서 뒤로 기대며 고개를 끄덕였다. 보이도 정중하게 고개를 끄덕이고는 양쪽 잔에 3분의 1 정도씩 따랐다.

"한번 마셔봐요" 하고 라비크는 조앙에게 말했다.

그녀는 한 모금을 머금고는 잔을 내려놓았다. 보이는 그녀를 살피고 있었다. 그녀는 깜짝 놀란 듯이 라비크를 쳐다보았다. "전 여태까지 이런 걸 마셔본 적이 한 번도 없어요" 하고는 다시 한 모금을 마셨다. "이건 마시지를 말고…… 그냥 숨 쉬듯 해야겠군요."

"그렇습니다, 마담" 하고 보이는 만족스럽게 말했다. "아시는군요."

"라비크." 조앙이 말했다. "당신이 하는 짓은 위험해요. 이런 칼바도스를 마시고 나면 다른 것은 절대 못 마실 것 같아요."

"천만에, 다른 것도 마실 수 있어."

"하지만 전 언제나 이것을 생각할 거예요."

"좋지. 그렇게 되면 당신은 로맨티시스트가 될 거야, 칼바도스적 로맨티시스트."

"그렇게 되면 다른 것은 맛이 없어질 게 아녜요?"

"정반대지. 다른 것까지도 제 맛보다 더 맛이 나게 되지. 다른 칼바도스를 동경하는 칼바도스가 된단 말이야. 그것만으로도 칼바도스가 예사 것이 아님을 알게 되지."

조앙은 소리 내어 웃었다. "어리석은 소리 마세요. 다 알고 계시면서."

"물론 어리석은 소리지. 하지만 우린 그 어리석은 것으로 살아가고 있어. 진실이라는 말라빠진 빵 조각으로 살아가는 것이 아니야. 그렇지 않다면 사랑이라는 것은 어떻게 되지?"

"그게 사랑하고 무슨 관계가 있나요?"

"대단히 많지. 영속적으로 관계가 있지. 그렇지 않다면 우리는 단 한 번만 사랑을 할 뿐, 그다음은 모든 것을 거절하게 될 거야. 그런데 자기가 버린 사람 또는 자기를 버린 사람에 대한 동경의 찌꺼기가 새로 나타나는 사람의 머리에 감도는 후광이 되는 거야. 이전에 누구를 잃은 적이 있다는 그 경험 자체가 새 사람에게 일종의 로맨틱한 빛을 더하게 하는 거야. 이건 후광을 가진 오래된 환영이지."

조앙은 그를 쳐다보았다. "그런 말을 듣고 있으면 소름이 끼쳐요."

"나도 마찬가지야."

"그런 말 하면 싫어요. 농담이라도요. 기적을 요술로 바꿔버리는 짓이에요."

라비크는 대답하지 않았다.

"그리고 당신이 벌써 제게 싫증이 나서, 저를 버릴 궁리를 하고 있는 것처럼 들려요."

라비크는 아득한 애정을 담은 눈초리로 그녀를 바라보았다. "그런 생각을 할 필요는 전혀 없어, 조앙. 만약 그렇게 된다면 당신이 나를 버릴 거야. 내가 당신을 버리는 게 아니고 말이야. 그것만은 확실해."

그녀는 잔을 탁 내려놓았다. "무슨 바보 같은 말을 하세요! 저는 결코 당신을 버리지 않을 거예요. 당신은 지금 저를 슬슬 구슬리려는 거예요?"

저 눈, 하고 라비크는 생각했다. 그 눈 속에서 번개가 번쩍이는 것 같았다. 촛불의 흔들림 속에서 번쩍이는 부드럽고 빨간 번개. "조앙" 하고 그는 말했다. "나는 절대로 당신을 구슬리려고는 하지 않아. 파도와 바위 얘기를 하나 들려주지. 옛날이야기야. 우리보다 더 오래된 이야기지. 옛날에 바닷 속(카프리만이라고 해두지) 바위를 사모하는 파도가 있었지. 파도는 바위 주위에서 거품을 내고 소용돌이치며, 밤낮으로 바위에 입을 맞추고 그 하얀 팔로 얼싸안았어. 그리고 한숨을 쉬고 흐느껴 울며, 자기에게 와달라고 바위에게 애걸했지. 파도는 바위를 사모해 그 둘레를 미친 듯 돌아다녔어. 이리하여 차츰 그 바위 밑을 파헤쳤단 말이야. 어느 날 바위는 결국 굴복하고 완전히 파헤쳐져서 파도의 품으로 가라앉아버렸지."

그는 칼바도스를 한 모금 마셨다.

"그래서요?" 하고 조앙은 물었다.

"그러자 어느덧 바위는 이제 희롱하고, 사랑하고, 슬퍼할 수 있는 바위가 아니더란 말이야. 그리고 파도에 휘말려 바다 속에 뒹구는 한 개 돌덩이에 지나지 않게 되었지. 파도는 실망하고 속았다는 생각이 들어서 다시 다른 바위를 찾게 되었지."

"그래서요?" 조앙은 미심쩍은 눈으로 라비크를 쳐다보았다. "그건 무슨 뜻이지요? 바위는 언제까지나 바위라야 해요."

"파도는 늘 그렇게 말하지. 하지만 움직이는 것은 움직이지 못하는 것보다 강한 법이야. 물은 바위보다 강하단 말이야."

그녀는 답답하다는 몸짓을 했다. "그것이 우리하고 무슨 상관이 있어요? 아무런 의미도 없는 이야기 아녜요. 그렇잖다면 당신은 또 저를 놀리는 거예요? 일이 그렇게 되면 당신은 저를 버릴 거군요. 그것만은 저도 분명히 알겠어요."

"당신이 가버릴 때는" 하고 라비크는 웃으며 말했다. "마지막에 그런 말을 하고 가겠지. 당신은 틀림없이 내게, 당신이 저를 버린 거예요, 라고 말하겠지. 당신은 그 이유를 찾아내서 그대로 믿을 테지. 그리고 세상에서 가장 오래된 법정, 즉 자연 앞에서는 당신이 옳다는 결말이 나올 거야."

그는 보이를 불렀다. "이 칼바도스를 병째로 팔겠나?"

"가지고 가시게요?"

"그래."

"그건 저희들 영업 방침에 어긋나는 일인데요. 그냥 병으로는 팔지 않게 되어 있습니다."

"주인에게 물어봐주게나."

보이는 신문지를 한 장 가지고 돌아왔다. 〈파리 수아르〉였다. "주인이 특별 대우를 하시겠답니다." 보이는 이렇게 말하고는 코르크 마개를 단단히 막고, 〈파리 수아르〉 스포츠란을 접어 주머니에 넣은 다음 나머지로 병을 쌌다. "여기 있습니다. 어둡고 서늘한 곳에 두는 것이 제일 좋습니다. 이술은 주인의 조부님 농장에서 만든 것입니다."

"고맙네." 라비크는 돈을 치렀다. 그리고 병을 손에 들고 한참 바라보았다. "더운 여름과 푸른 가을 동안 노르망디의 바람 부는 오래된 과수원에서 자란 사과에 줄곧 내리쬐던 햇볕이여, 자, 함께 가자고. 우린 네가 필요해. 우주 어딘가에서는 지금 폭풍우가 몰아치고 있다네."

그들은 밖으로 나왔다. 비가 내리고 있었다. 조앙은 걸음을 멈추었다. "라비크, 당신은 저를 사랑하나요?"

"물론이야, 조앙. 당신이 생각하고 있는 이상으로."

그녀는 그에게 몸을 기댔다. "가끔 그렇게 보이지 않을 때가 있어요."

"정반대야. 그렇지 않다면 어떻게 이런 말을 할 수 있겠어?"

"다른 이야기를 해주시는 게 좋겠어요."

그는 내리는 비를 바라보며 웃었다.

"사랑이란 들여다보면 언제나 자기 그림자가 비치는 연못이 아니야. 사랑에는 밀물과 썰물이 있어. 그리고 난파선과, 침몰한 도시와, 낙지와, 폭풍우와, 황금과, 진주 상자가. 그러나 진주는 아주 깊은 곳에만 있어."

"그런 건 몰라요. 사랑은 서로 함께 있는 거라고 생각해요. 언제까지나."

언제까지나, 하고 그는 생각했다. 낡은 동화로군. 단 1분의 시간도 붙잡아둘 수가 없는데!

조앙은 외투 단추를 끼웠다. "여름이면 좋겠어요. 올해처럼 여름이 기다려진 적은 없었어요."

여인은 옷장에서 검은 야회복을 꺼내 침대에 내던졌다.

"가끔 이 옷이 아주 싫어져요. 언제나 똑같은 검은 옷! 언제나 똑같은 세라자드! 언제나 똑같아요! 똑같아!"

라비크는 얼굴을 들어 옷을 바라보았다. 그러나 아무 말도 하지 않았다.

"이해 못 하시겠어요?"

"아니, 이해할 수 있어……."

"그럼 왜 저를 데리고 가지 않으세요, 라비크?"

"어디로?"

"어디라도 좋아요, 어디라도!"

라비크는 칼바도스 병을 싼 신문지를 풀고는 마개를 뽑았다. 그리고 잔을 하나 들어서 가득 부었다. "자, 이걸 마셔봐요."

그녀는 머리를 저었다. "소용없어요. 술을 마셔도 소용없을 때가 가끔 있어요. 뭘 해도 소용이 없을 때가요. 오늘 밤은 거기 가고 싶지 않아요. 그 바보 같은 작자들이 있는 데는 말이에요."

"그럼 여기 있기로 하지."

"그러고요?"

"몸이 아프다고 전화를 걸지."

"그래도 내일은 가야잖아요. 오히려 더 나빠요."

"며칠 동안 아프다고 해두지."

"그래도 마찬가지죠." 그녀는 그를 쳐다보았다. "정말 왜 이럴까요? 전 왜 이럴까요, 라비크? 비가 오는 탓일까요? 이렇게 습하고 어둡기 때문일까요? 가끔 관 속에 누워 있는 것 같아요. 흐린 오후에 빠져 죽는 것 같아요. 아까는 잊어버리고 있었어요. 그 작은 레스토랑에서 당신과 둘이 있을 때는 행복했어요. 왜 당신은 버린다느니, 버림을 받는다느니 하는 이야기를 하셨지요? 그런 이야기는 알고 싶지도 않아요! 전 슬퍼요. 보기도 싫은 광경이 눈앞에 떠올라 불안하기만 해요. 그런 생각으로 말씀하시지 않았다는 것은 저도 알아요. 하지만 전 가슴에 맺혀요. 가슴에 맺히는 데다가 이렇게 비는 오고, 어둡고. 당신은 모를 거예요. 당신은 강하니까요."

"강하다고?" 라비크는 되풀이했다.

"그럼요."

"이렇게 알지?"

"당신에게는 불안이라는 것이 없으니까요."

"내게는 이제 불안이라는 것이 남아 있지 않지. 그러나 그것과 이것은 같지 않아, 조앙."

그녀는 그의 말을 듣고 있지 않았다. 그녀는 그 방이 비좁다는 듯이 성큼성큼 방 안을 왔다 갔다 했다. 언제나 바람을 안고 걸어가는 것 같은 그런 걸음걸이다. "전 이런 것에서 영 떠나고 싶어요. 이 호텔이나 탐욕스러운 눈초리들로 쳐다보는 나이트클럽에서 도망하고 싶어요!" 그녀는 걸음을 멈추고 섰다. "라비크, 우린 이대로 살아야 하나요? 우리도 서로 사랑하는 다른 사람들처럼 살 수는 없나요? 같이 살면서 우리 물건을 갖고, 밤에도 안전하게 함께 살 수는 없을까요? 이런 트렁크나 공허한 나날, 언제까지나 정들지 않는 이런 호텔 방 대신에?"

라비크는 막막한 표정을 짓고 있었다. 기어이 왔구나, 하고 그는 생각했다. 언젠가는 닥쳐오리라 예기하던 일이었다. "당신은 정말 그것이 우리 생활이라고 생각하나?"

"왜 그렇게 하면 안 돼요? 다른 사람들은 그렇게 하잖아요? 훈훈하게 서로 같이 있을 수 있고 방이 두서넛에다, 문을 닫으면 불안이 어디론가 사라져 여기서처럼 벽을 뚫고 기어드는 일은 없을 거예요."

"당신은 정말 그렇게 생각해?" 라비크는 같은 말을 되풀이해서 물었다.

"그럼요."

"말끔하고 자그마한 아파트에, 깔끔한 소시민 생활. 밑바닥 없는 심연의 언저리에 매달린 쾌적하고 조촐한 안전성. 정말 그것을 원해?"

"그렇게 말하지 않아도 좋잖아요?" 하고 그녀는 서러운 듯이 말했다. "뭐 그렇게까지…… 멸시하고. 사랑할 때는 달리 말하는 방법도 있잖아요."

"같은 거야, 조앙. 당신은 정말 알고 있어? 우리 두 사람은 그런 생활을 할 수 없게 되어 있는 것 같은데."

그녀는 걸음을 멈추고 섰다. "전 할 수 있게 돼 있어요."

라비크는 웃었다. 그 웃음에는 애정과 아이러니, 그리고 어떤 비애가 깃들어 있었다. "조앙, 당신도 그렇지 못해. 나 이상으로 그렇지 못하단 말이야. 그러나 이유는 그뿐만이 아니야. 또 다른 이유가 있어."

"그러시겠죠." 그녀는 쓸쓸하게 대답했다. "알아요."

"아니, 조앙, 당신은 몰라. 내가 말해주지. 그편이 나을 거야. 당신이 지금 하고 있는 그런 생각을 해서는 곤란하니까."

그녀는 여전히 그의 앞에 서 있었다.

"이런 얘긴 빨리 해버리는 게 좋겠지" 하고 그는 말했다. "나중에 이것저것 묻지 말아줘."

그녀는 대답이 없었다. 멍한 얼굴이었다. 그 얼굴이 어느덧 보통 때 얼굴로 변해 있었다. 그는 그녀의 두 손을 잡았다. "나는 프랑스에서 불법적으로 살고 있어, 증명서라고는 하나도 없이. 그게 진짜 이유야. 그래서 난 아파트를 절대로 빌릴 수가 없지. 그리고 누구를 사랑한다 해도 결혼할 수가 없어. 그렇게 하려면 신분증명서와 비자가 필요한데, 나는 그것이 없단 말이야. 나는 일도 해서는 안 되게 돼 있어. 그러므로 비합법적으로 일을 해야만 해. 나는 다른 도리 없이 지금처럼 살아갈 수밖에는 없단 말이야."

여인은 그를 뚫어지게 쳐다보았다. "정말이에요?"

그는 어깨를 으쓱했다. "같은 식으로 살고 있는 사람이 몇천 명이나 되지. 당신은 아마 알고 있을 거야. 이제는 누구나 다 알지. 나는 그런 사람들 가운데 하나야." 그는 웃으며 그녀의 손을 놓았다. "미래가 없는 사나이지, 모로소프 말처럼."

"그래요…… 그렇지만……."

"그래도 나는 형편이 좋은 편이지. 일을 할 수 있고, 생활을 하고, 당신이라는 사람도 있고. 좀 불편한 점이 있다 해도 그쯤은 아무것도 아니야."

"그럼 경찰은?"

"경찰은 그런 일에 그다지 신경을 쓰지 않아. 설사 붙잡힌다 해도 추방당할 뿐이지. 그러나 그런 일은 별로 없어. 자, 나이트클럽에 전화를 걸어서 갈 수 없다고 해. 오늘 밤은 우리끼리만 지내기로 하지. 밤새도록. 아프다고 해둬. 만약 진단서가 필요하다고 하면 베베르에게 얻어올 테니까."

그녀는 움직이지 않았다. "추방된다고요……" 하고 한참 뒤에야 겨우 이해가 되는 듯 말했다. "추방된다고요? 프랑스에서? 그렇게 되면 당신은 떠나야 하는군요?"

"잠시 동안이야."

그녀는 그의 말이 들리지 않는 것 같았다. "떠나야 한다고요." 그녀는 되풀이했다. "떠나야 한다고요! 그럼 저는 어떻게 하지요?"

라비크는 웃음을 지었다. "그렇지. 그렇게 되면 당신은 어떻게 하지?"

그녀는 몸이 굳어버린 듯 두 손을 괴고 그 자리에 앉아버렸다.

"조앙" 하고 라비크는 말했다. "난 벌써 여기 2년이나 살고 있지만 그런 일은 한 번도 없었어."

그녀의 얼굴은 변하지 않았다. "그래도 만약 그런 일이 일어나면?"

"그러면 곧 다시 돌아오지. 1주일이나 2주일쯤 지나면. 여행 같은 것이지. 아무것도 아니야. 자, 이제 세라자드에 전화나 걸지."

그녀는 망설이며 일어났다. "뭐라고 하면 좋아요?"

"기관지염이라고 해. 약간 쉰 목소리로 말을 해요."

그녀는 전화가 있는 곳으로 갔다. 그러나 곧 돌아왔다. "라비크……."

그는 슬며시 몸을 뗐다. "자, 그런 건 잊어버리자고" 하고 그는 말했다. "오히려 축복이기도 하지. 우리가 정열의 연금 생활자가 되어버리는 것을 막아주니까. 사랑을 언제까지나 순수하게 유지해주는 것이야. 사랑은 언제까지나 불꽃 그대로 있지. 가족의 요리나 끓이는 난로는 되지 않지. 자, 이제 전화나 하고 오지."

그녀는 수화기를 집어 들었다. 그는 그녀가 전화로 이야기를 하는 동안 그녀를 쳐다보고 있었다. 처음에 그녀는 건성으로 이야기를 했다. 그리고 그가 당장에 체포되기라도 하는 듯이 그에게서 눈을 떼지 않았다. 그러나 이윽고 점점 싹싹하고 그럴듯하게 거짓말을 하기 시작했다. 사실 필요 이상으로 거짓말을 하고 있었다. 얼굴에는 생기가 돌아서, 지금 막 이야기하고 있는 가슴의 고통을 그대로 잘 나타내고 있었다. 목소리는 점점 피곤해지고 점점 쉬다가 나중에는 콜록콜록 기침까지 하기 시작했다. 이제는 라비크를 쳐다보지도 않았다. 똑바로 앞만 바라보고, 자기가 맡은 배역에 완전히 몰두하고 있었다. 그는 말없이 그녀를 쳐다보다가 이윽고 칼바도스를 쭉 마셨다. 콤플렉스라고는 조금도 없는 것 같다고 그는 생각했다. 희한하게 잘 비치는 거울이다. 그러나 무엇 하나 붙잡아두지는 못한다.

조앙은 수화기를 내려놓고 머리를 뒤로 쓸어 넘겼다. "그대로 다 믿어주었어요."

"연극은 그야말로 일급이었어."

"자리에 누워 있어야 한대요. 그리고 내일도 낫지 않으면 꼭 누워 있으라고 했어요."

"거보라니까. 그러니까 내일 문제도 해결된 셈이군."

"그렇군요" 하고 그녀는 일순간 어두운 목소리로 말했다. "그렇게 생각하면 그렇지요." 그러고는 그에게로 돌아왔다. "정말 놀랐어요, 라비크. 정말이 아니라고 말해주세요. 당신은 그저 무슨 말을 해야겠다는 생각에서 얘기를 할 때가 가끔 있어요. 그건 정말이 아니라고 말해주세요. 아까 말한 그대로가 아니라고 말이에요."

"그건 정말이 아니었어."

그녀는 그의 어깨에 머리를 얹었다. "성날 수가 없어요. 전 다시는 혼자가 되고 싶지 않아요. 당신은 제 곁에 있어야 해요. 전 혼자 있게 되면 아무것도 못 해요. 당신이 없으면 전 끝장이에요, 라비크."

라비크는 그녀를 내려다보았다. "조앙" 하고 그는 말했다. "당신은 가끔 문지기 딸이 되는가 하면, 때로는 숲속의 다이애나가 되기도 한단 말이야. 그리고 어떤 때는 양쪽을 겸하기도 하고."

그의 어깨에 기댄 채 그녀는 꼼짝도 하지 않았다. "그럼 지금 저는 어느 쪽이에요?"

그는 웃었다. "은으로 만든 활을 가진 다이애나 같아. 불사신이면서도 죽을 수가 있는……."

"그런 말을 자주 해주세요."

라비크는 잠자코 있었다. 이 여자는 내 말을 이해하지 못한다. 또 그럴 필요도 없다. 자기에게 솔깃한 것을 자기 좋을 대로 받아들이고, 다른 것은 전혀 걱정도 않는다. 그러나 그렇기 때문에 나는 이 여자에게 매력을 느끼

는 것이 아닌가? 자기와 똑같은 사람에게 매력을 느낄 수 있을까? 그리고
사랑을 하는 데 도덕을 찾는 바보가 어디 있겠는가? 도덕이란 약자가 생각
해낸 것이다. 희생을 서러워하는 상엿소리다.

"무슨 생각을 하세요?"

"아무것도."

"아무것도?"

"그런 게 아니라" 하고 그는 말했다. "이삼일 어디 가보기로 할까, 조앙?
어디든 태양이 있는 데로. 칸이나 앙티브로 말이야. 조심 따위 해서 뭘 해!
방 셋 달린 아파트의 꿈도, 소시민적인 독수리의 부르짖음도 악마에게나
주라지! 그런 것은 우리에게 소용없어. 당신은 부다페스트와 꽃 피는 밤나
무 향기가 아냐? 온 세상이 열을 토하고 여름을 동경하면서도, 달을 안고
잠자고 있어. 밤마다 말이야. 당신 말이 옳았어! 이렇게 어둡고 이렇게 추운
비 내리는 세계에서 벗어나자고! 하다못해 이삼일만이라도."

그녀는 얼른 몸을 가누면서 그를 쳐다보았다. "정말이에요?"

"그럼."

"그렇지만…… 경찰이……."

"경찰 같은 것은 될 대로 되라지! 거기가 여기보다 위험하다고는 할 수
없어. 관광지에서는 그렇게 까다롭게 조사하지 않아. 특히 일류 호텔은 말
이야. 당신은 거기 가본 일이 있나?"

"아뇨, 한 번도. 이탈리아 아드리아 해안은 가본 적 있어요. 언제 떠나요?"

"2, 3주일 안에. 그 무렵이 제일 좋은 때야."

"돈은 있나요?"

"좀 가진 게 있어. 2주일이면 충분히 마련되지."

"자그마한 하숙집에 묵을 수도 있어요."

"당신은 자그마한 하숙집에 살 사람이 아니야. 이런 동굴 같은 데서 살

든가, 아니면 일류 호텔에서 살 사람이야. 앙티브의 카프 호텔에 들기로 하지. 그런 호텔이면 절대로 안전하고, 아무도 증명서를 보자고도 하지 않아. 이삼일 중에 난 어느 유명한 사람의 위장을 수술해야 돼. 어떤 고관이야. 그녀석이 좀 모자라는 돈은 대줄 거야."

조앙은 얼른 일어섰다. 얼굴이 환하게 빛났다. "자, 저 칼바도스를 좀 더 주세요. 정말 꿈의 칼바도스 같아요." 그녀는 침대로 가서 야회복을 높이 쳐들었다. "큰일 났어요. 전 이런 검은 누더기 두 벌밖에 없어요!"

"아마 그것도 어떻게 될 거야. 2주일이면 여러 가지 일이 일어날 수 있지. 상류계급 인사의 맹장이라든가, 백만장자의 복잡골절이라든가……."

14

앙드레 뒤랑은 정말 화가 나 있었다. "이제 당신하고는 일을 할 수 없겠소" 하고 그는 명백히 말했다.

라비크는 어깨를 으쓱했다. 그는 뒤랑이 이 수술로 1만 프랑을 받기로 했다는 얘기를 베베르에게서 이미 듣고 있었다. 이쪽에서 얼마를 받아야 하는지 미리 정해두지 않으면 뒤랑은 단 2백 프랑밖에는 주지 않을 것이다. 요전번에도 그랬다.

"수술 반 시간 전에 당신이 설마 그런 말을 할 줄은 전혀 몰랐소, 닥터 라비크."

"나 역시 마찬가지죠." 라비크가 말했다.

"당신도 알다시피, 난 당신에게 늘 후하게 대해왔소. 그런데 이제 와서 왜 그렇게 사무적으로 나오는지 알 수가 없군요. 환자가 우리 손에 자기 목숨이 달렸다는 것을 알고 있는 지금에야 돈 이야기를 하다니, 정말 딱하군요."

"난 딱할 게 없소."

뒤랑은 잠깐 라비크를 쳐다보았다. 허연 염소수염을 기른 주름살투성이 얼굴에 위엄과 격분이 서려 있었다. 그는 금테 안경을 고쳐 썼다. "그럼 대체 얼마를 생각하고 있소?" 하고 그는 못마땅한 듯 물었다.

"2천 프랑."

"뭐라고?" 뒤랑은 총 맞은 사람이 그런 자신을 아직 믿을 수가 없다고 생각할 때의 얼굴을 했다. 그러고는 "농담이시겠지" 하고 잘라 말했다.

"그럼 좋습니다." 라비크는 대답했다. "대신할 사람은 얼마든지 있습니다. 비노에게 시키시죠. 그 사람이면 훌륭합니다."

그는 외투를 집어 들었다. 뒤랑은 눈을 크게 뜨고 그를 쳐다보았다. 위엄 있는 얼굴이 일그러졌다. 라비크가 모자를 집어 들자 "좀 기다려요" 하고 말했다. "그렇게 나를 버리고 가면 안 돼! 그렇다면 왜 어제 말해주지 않았소?"

"어제 시골에 가 계셨으니 연락할 수가 없었지요."

"2천 프랑! 나도 그렇게 많이 청구할 수는 없다는 것을 모르시오? 환자가 내 친구라서 실비 정도밖에는 청구할 수가 없단 말이오."

앙드레 뒤랑은 아이들 동화책에 나오는 사랑하는 하느님 같은 얼굴을 했다. 그는 일흔 살이었다. 진단은 상당히 정확했으나 수술이 형편없었다. 그의 빛나는 영업 실적은 주로 전에 있던 조수 비노 덕이었다. 비노는 2년 전에 드디어 독립해서 개업할 수가 있었다. 그 뒤로 뒤랑은 어려운 수술에는 라비크를 이용해왔다. 라비크는 수술 자국을 아주 조그맣게, 그리고 흉터도 거의 보이지 않게 하는 기술을 가지고 있었다. 뒤랑은 훌륭한 보르도 와인 감정인이었기 때문에 상류사회 파티에서 인기가 있었다. 그래서 환자가 대개 그런 방면에서 모여들었다. "그런 줄 미리 알았더라면……" 하고 뒤랑은 중얼거렸다.

그는 언제나 미리 알고 있었다. 그래서 큰 수술이 있을 때는 이삼일 전에 반드시 시골집에 가 있는다. 수술 전에 보수에 대한 이야기가 나오는 것을 피하고 싶었기 때문이다. 수술이 끝난 뒤에는 문제가 간단하다. 다음번에는 많이 주겠지, 하는 희망을 갖도록 하면 된다. 그리고 다음번에는 그때 가서 같은 짓을 되풀이한다. 그런데 이번에는 놀랍게도 라비크가 수술 직전에 오지 않고 약속 반 시간 전에 와서는 환자를 미처 마취도 하기 전에 그를 붙잡았다. 그래서 마취를 해놓았다는 이유로 이야기를 빨리 끝낼 수도 없었다.

간호사가 문을 열고 머리를 디밀었다. "선생님, 마취를 시작할까요?"

뒤랑은 간호사를 쳐다보았다. 그리고 호소하는 듯한 다정스러운 눈초리로 라비크를 쳐다보았다. 라비크는 그 눈을 동정적인, 그러나 확고부동한 눈초리로 마주 쳐다보았다. "어떻게 하지, 닥터 라비크?"

"선생님이 결정하셔야지요."

"잠깐 기다려, 간호사. 아직 순서가 확실치 않아." 간호사는 물러갔다. 뒤랑은 라비크 쪽으로 몸을 돌렸다. "그럼 어떻게 하나?" 하고 그는 책망하듯 물었다.

라비크는 두 손을 호주머니에 넣었다.

"수술을 내일까지 연기하시지요. 아니면 한 시간쯤. 그리고 비노에게 시키세요."

비노는 20년 동안 뒤랑의 수술을 거의 도맡아서 했지만 아무런 보답도 받지 못했다. 뒤랑은 그가 독립할 수 있는 기회를 계획적으로 거의 모두 방해하고 언제까지나 그를 착한 조수 노릇만 시켰던 것이다. 그는 뒤랑을 미워했다. 적어도 5천 프랑은 요구할 것이다. 그것을 라비크는 알았다. 뒤랑도 역시 알았다.

"닥터 라비크" 하고 그는 말했다. "우리 직업을 그런 사무적인 논쟁으로 더럽힌다는 것은 좋지 않은데."

"동감입니다."

"그럼 왜 이 문제를 내 판단에 맡겨주지 않소? 지금까지 줄곧 그것으로 만족해오지 않았소?"

"한 번도 만족한 적 없는데요."

"그런 말을 한 번도 하지 않았잖소?"

"말해야 소용이 없었기 때문이지요. 그리고 나는 별로 관심도 없었고요. 그러나 이번에는 지대한 관심이 있거든요. 돈이 필요해서요."

간호사가 다시 들어왔다. "환자가 조바심하고 있는데요, 선생님."

뒤랑은 라비크를 노려보았다. 라비크도 마주 노려보았다. 프랑스 사람에게 돈을 받아내기란 힘들다. 그것은 알고 있었다. 유대인에게 받아내는 것보다도 더 힘들다. 유대인은 흥정을 할 줄 안다. 그러나 프랑스인은 자기가 내놓아야 할 돈만 생각한다.

"간호사, 잠깐만 기다려요" 하고 뒤랑은 말했다. "맥박과 혈압과 체온을 재요."

"벌써 쟀는데요."

"그럼 마취를 해요."

간호사가 나갔다.

"그럼 좋도록 합시다" 하고 뒤랑은 말했다. "1천 프랑을 내지."

"2천 프랑입니다" 하고 라비크는 정정했다.

뒤랑은 승낙하지 않고 염소수염을 쓰다듬었다. "여보게, 라비크 군" 하고 그는 인심을 쓰듯 말했다. "일을 하면 안 되는 망명객으로서 말이야……."

"선생님 대신 제가 수술을 하면 안 된다는 말씀이죠." 라비크는 침착하게 말했다. 그는 바야흐로, 이 나라에서 사는 것만도 감사하게 여겨야 한다는, 언제나 늘어놓는 뒤랑의 그 낡아빠진 설교를 듣게 되리라고 생각했다.

그러나 뒤랑은 그것을 단념했다. 그런 말을 해도 아무 소용이 없고, 한편으로는 시간이 없다는 것을 알았다. "2천 프랑." 그는 마치 그 말 한마디 한마디가 목구멍에서 날아 나오는 지폐이기라도 한 듯 씁쓰레하게 말했다. "이것은 내 주머니에서 나가야 돼. 난 그래도 당신을 위해 내가 해준 일을 당신이 알아주리라고 생각했지."

라비크는 기다렸다. 이 흡혈귀가 도덕론을 내세우다니, 이상한 일이라고 생각했다. 단춧구멍에 레지옹 도뇌르 훈장 약장(略章)을 단 이 능구렁이가 창피해서 진땀을 흘리는 대신에 내게 착취당하고 있다고 오히려 나무라고 있다. 더구나 정말로 그렇게 믿고 있는 것이다.

"그럼 2천 프랑으로 하지" 하고 마침내 뒤랑은 말했다. "2천 프랑" 하고 그는 다시 한번 되풀이했다. 마치 고향, 사랑하는 하느님, 푸른 아스파라거스, 어린 자고새, 유서 깊은 생테밀리옹이라고 하듯이 "그럼 시작해볼까?" 하고 말했다.

그 사나이는 기름진 배와 가느다란 사지를 하고 있었다. 라비크는 우연히 그가 누군지 알게 되었다. 이름은 르발. 피난민 관계 사무를 취급하고 있는 관리였다. 베베르는 그 이야기를 특별한 익살로써 해주었다. 르발이란 사람은 앵테르나시오날 피난민이면 모르는 사람이 없었다.

라비크는 서둘러 첫 칼을 댔다. 피부는 마치 책이 펼쳐지듯 열렸다. 그는 그것을 클립으로 단단히 고정하고 나서 불쑥 솟은 노란 지방층을 보았다.

"덤으로 이걸 두어 파운드 잘라내서 좀 가볍게 해줍시다. 그러면 또 먹고 살이 찌겠지요" 하고 라비크는 뒤랑에게 말했다.

뒤랑은 대답을 하지 않았다. 라비크는 근육을 찾아내려고 지방층을 여러 겹 도려냈다. 이자가 저 피난민들의 작은 하느님이구나, 하고 그는 생각했다. 이자가 몇백 명의 운명을 손아귀에 쥐고 있는 사나이다. 지금 죽은 듯이 여기 누워 있는 이 희고 포동포동한 손아귀에. 이자가 저 마이어 노교수를 추방한 사나이다. 마이어는 십자가를 짊어진 채 가시밭길을 다시 한번 걸어갈 힘이 없어서, 추방되기 전날 앵테르나시오날 호텔 자기 방 옷장 속에서 목을 맸다. 옷장 속에만 갈고리가 있었기 때문이다. 마이어는 먹지 못해서 여위어 가벼웠으므로 옷을 거는 갈고리로도 충분했다. 다음 날 아침에 하녀가 발견했을 때는 질식한 생명을 담은 한 줌 누더기에 지나지 않았다. 만약 이 배불뚝이에게 자비심이 있었더라면, 마이어는 아직 살아 있을 것이다. "클램프!" 하고 그는 말했다. "솜방망이!"

그는 절개를 계속했다. 예리한 메스의 정확성. 날카로운 절개의 감동. 복강. 하얗게 서리고 있는 창자. 배를 절개당하고 누워 있는 이 사나이도 자기 나름대로 도의심을 가지고 있다. 이 사나이는 마이어에게 인간적인 동정을 느꼈으리라. 그러나 그와 동시에 자신의 이른바 애국적 의무라는 것도 느꼈으리라. 언제나 장막이 있어서 사람은 그 뒤에 숨을 수가 있다. 상관은 상관대로 또 자기 상관을 모시고 있다. 명령, 훈령, 의무, 지시. 그리고 마지막에 대가리가 많은 괴물인 도덕, 불가피성, 가혹한 현실, 책임, 어떻든 무엇이라고 이름을 붙일 수 있는. 장막이 언제나 있어 그 뒤에 숨어서 인간성의 단순한 법칙을 회피해버린다.

담낭이 나왔다. 썩어서 병들어 있다. 헤아릴 수 없이 많은 투르네도스 로시니, 카엥식 내장 요리, 압착 오리 요리, 기름진 소스. 그것이 불쾌한 심술과 고급 보르도 포도주 몇 리터와 합쳐져 이 사나이를 이렇게 만들어놓았다. 늙은 마이어는 그런 걱정을 할 필요가 조금도 없었다. 만약 지금 잘못 잘라서, 너무 많이 자르거나 너무 깊이 자르거나 하면…… 1주일 후에는 피난민들이 떨면서 생사의 결정을 기다리고 있는 서류와 좀내 가득한 답답한 그 방에 좀 더 나은 사람이 앉아 있게 될까? 좀 더 나은 사람……. 어쩌면 이보다 더 악한 사람일지도 모른다. 지금 이 수술대 위에 눈부신 전등 빛을 받고 누워 있는 이 의식을 잃은 예순 살 육체는 의심할 나위도 없이 스스로를 인정 많은 사람으로 여기고 있을 것이다. 분명히 그는 다정한 아버지이며, 선량한 남편이다. 그러나 일단 사무실에 들어가면, 우리는 그렇게 할 수 없다든가, 우리는 대체 어떻게 되겠는가, 하는 등의 입버릇 뒤에 숨은 폭군으로 돌변해버린다. 설령 마이어가 보잘것없는 점심을 계속 먹고 있었다고 해도 프랑스가 망하지는 않았을 것이다. 가령 로젠탈 미망인이 앵테르나시오날의 하녀들 방에서 참살된 아들이 돌아오기를 기다리고 있었다 해도, 폐를 앓는 포목상 슈탈만이 불법 입국죄로 6개월이나 감옥살이를 한 끝에 겨우 석방되자마자 다시 국외로 추방되기도 전에 죽어버리지 않았다고 해도 설마 프랑스가 망하지는 않았을 것이다.

잘됐다. 절개는 성공이다. 너무 깊지도, 넓지도 않다. 봉합 실. 매듭. 담낭. 그는 그것을 뒤랑에게 보였다. 흰 불빛 아래서 기름지게 번쩍거렸다. 그는 그것을 양동이에 던져 넣었다. 자, 계속하자! 프랑스에서는 왜 르베르댕 같은 것으로 꿰매는 것일까? 클립은 빼버려라! 고작해야 연봉 3만 프랑이나 4만 프랑밖에 받지 못할 이 관리의 따뜻한 배때기. 이 수술에 어떻게 1만 프랑이나 지불할 수 있을까? 나머지는 어디서 버는 것일까? 이 배불뚝이도 줄타기 곡예를 했겠지. 훌륭하게 꿰맸다. 한 바늘, 한 바늘. 뒤랑의 염소 수염은 가려서 안 보이지만, 그 얼굴에는 아직도 2천 프랑이 역력히 나타나 있다. 두 눈에 나타나 있다. 눈 하나가 1천 프랑씩이다. 사랑은 인간의 성격을 망쳐놓는다. 그렇지 않다면 나는 이 금리 생활자를 착취해 신성한 착취의 엄연한 체계를 지닌 이 영감의 신념을 뒤흔들어놓을까? 내일이면 영감은 점잖게 이 배불뚝이의 침대 곁에 앉아서 수술에 대한 치사를 받을 것이다. 가만있자, 조심해야지. 클립이 또 하나 있었지! 이 배불뚝이는 조앙과 내게 앙티브에서 지낼 1주일을 의미한다. 지금 회색 비가 내리는 가운데 얻어내는 1주일의 빛이다. 뇌우가 오기 전 한 조각 푸른 하늘이다. 자, 이젠 복막 봉합이다. 2천 프랑을 위해 특별히 잘해주자. 마이어를 추억하기 위해 가위라도 한 자루 넣고 꿰맬까? 웅웅거리는 전등의 백광. 왜 이렇게 생각이 뒤죽박죽일까? 신문 또는 라디오 때문일까? 사기꾼과 비겁자들의 끊임없는 규환. 말의 눈사태에 따른 주의력 산만. 두뇌 혼란. 온갖 테마의 찌꺼기를 그대로 받아들이고 있다. 지식의 딱딱한 빵을 꼭꼭 씹는 버릇은 잊은 지 오래다. 이가 없는 두뇌. 어리석다. 자, 드디어 끝났다. 아직도 피부가 느슨하다. 그러나 두어 주일 지나면 다시 덜덜 떠는 피난민을 국외로 추방할 수 있으리라. 담낭이 없어졌으니까 혹시 좀 관대해지려나? 죽지 않는다면 말이다. 그러나 이런 녀석은 여든이나 되어 남에게 존경을 받으며, 또 자신도 그렇게 생각하고 거만한 자손들에게 둘러싸여 죽어가게 마련이다. 자, 끝났다. 데리고 가렴!

라비크는 두 손에서 장갑을 벗고 얼굴에서 마스크를 벗었다. 고급 관리는 소리가 나지 않는 수레에 실려 수술실에서 미끄러져 나갔다. 라비크는 그 모습을 보고 있었다. 르발 녀석, 네가 이것을 안다면! 하고 그는 생각했다. 네 완전한 합법적 담낭이 이 비합법적 망명자인 내게 리비에라에서의 지극히 비합법적인 며칠을 지내게 해주었다는 것을 안다면 말이다.

그는 손을 씻기 시작했다. 그 옆에서 뒤랑이 천천히 세심하게 손을 씻었다. 고혈압인 노인의 손이다. 손을 정성껏 문지르면서 그는 아래턱을 마치 곡식을 깨물어 부수듯 천천히 규칙적으로 움직였다. 문지르기를 중단하면 씹는 것도 중단한다. 다시 문지르기를 시작하면 씹는 것도 다시 시작된다. 이번에는 더 천천히 오랫동안 씻었다. 2, 3분이라도 더 2천 프랑을 쥐고 있고 싶은 것이로구나, 라고 라비크는 생각했다.

"뭘 기다리고 있소?" 잠시 후에 뒤랑이 물었다.

"수표지요."

"돈은 환자가 지불하는 대로 바로 보내겠소. 퇴원하고 두어 주일 지나야겠지."

뒤랑은 손을 닦기 시작했다. 그러고는 오드콜로뉴 도르세 병을 집어 손에 문질렀다. "그 정도는 나를 신용하겠지…… 어때?" 하고 그는 물었다.

이 사기꾼아, 하고 라비크는 생각했다. 조금이라도 남을 꺾으려 드는구나. "환자는 선생 친구라 실비밖에는 내지 않을 거라고 하셨지요?"

"그랬지" 하고 뒤랑은 무뚝뚝하게 말했다.

"그렇다면…… 경비는 재료비와 간호사 비용으로 겨우 몇 프랑밖에 안 되지요. 병원은 선생 것이고. 모두 합쳐서 백 프랑이라고 친다면…… 그것만 빼서 나중에 제게 주시면 되지요."

"경비는 말이야, 닥터 라비크" 하고 뒤랑은 딱 잘라 말하며 몸을 꼿꼿이 폈다. "유감스럽게도 내가 생각했던 것보다 훨씬 많이 들었어. 당신에게 줄 2천 프랑도 그 일부지. 그래서 그것까지 환자에게 청구해야겠어." 그는 두 손에 문지른 오드콜로뉴 냄새를 맡았다. "그러니까……."

그는 웃었다. 그의 누런 이가 눈같이 흰 수염과 뚜렷한 대조를 이루었다. 마치 눈 속에 오줌을 눈 것 같다고 라비크는 생각했다. 그렇지만 낼 것은 내겠지. 베베르는 그것을 담보로 돈을 돌려주겠지. 제발 지금 좀 주시오, 라고 머리를 숙여서 이런 늙은 염소를 기쁘게 해줄 필요는 없다.

"좋습니다. 그렇게 어렵다면 나중에 보내주십시오."

"뭐 그렇게 어려운 건 아니지. 하기야 당신 요구가 너무 갑작스러워서 놀라긴 했지만. 다만 순서를 밟으려고 그러지."

"좋습니다. 그럼 순서를 밟기 위해서 그렇게 하기로 합시다. 이러나저러나 마찬가지니까요."

"절대로 마찬가지가 아니지."

"결과는 같지요. 그럼 실례합니다. 한잔하고 싶어서요. 안녕히 계십시오."

"잘 가게" 하고 뒤랑은 놀란 듯 말했다.

케이트 헤그시트룀은 생긋 웃었다. "왜 저하고 같이 안 가세요, 라비크?"

그녀는 날씬하고 자신만만하게 긴 다리로 그의 앞에 섰다. 두 손을 외투 호주머니에 넣고 있었다. "피에졸레는 지금쯤 벌써 개나리가 만발했을 거예요. 정원 담이 노란 불덩어리가 되지요. 난로, 책, 그리고 평화."

바깥 길을 트럭 한 대가 요란하게 지나갔다. 그 진동으로 병원의 조그만 응접실에 걸린 유리 액자가 덜거덕거렸다. 그것은 샤르트르 성당의 사진이었다.

"밤에는 조용하고 모든 것에서 멀리 떨어져 있어요" 하고 케이트 헤그시트룀은 말했다. "어때요, 좋지 않으세요?"

"좋지. 그러나 견디지 못할 거요."

"왜요?"

"조용한 것은 자기가 조용할 때만 좋은 거요."

"저도 조용하지는 못한걸요."

"당신은 자기가 무엇을 원하는지 알아. 그것은 조용한 것과 같아요."

"그럼 당신은 자기가 무엇을 원하는지 모르세요?"

"난 아무것도 원하지 않소."

케이트 헤그시트룀은 천천히 외투 단추를 끼웠다. "그렇다면 그건 무엇을 의미하죠, 라비크? 행복? 아니면 절망?"

그는 답답한 듯 웃었다. "아마 양쪽 다겠지. 언제나 마찬가지로 말이오. 그런 건 너무 생각할 필요가 없어요."

"그럼 뭘 하지요?"

"즐겁게 지내야지."

그녀는 그를 쳐다보았다. "그렇다면 다른 사람이 필요하지요. 즐겁게 지내려면 언제나 다른 사람이 필요해요" 하고 그녀는 말했다.

그는 잠자코 있었다. 도대체 나는 무슨 말을 하고 있나, 하고 그는 생각했다. 여행담, 곤혹스런 이별, 목사의 설교.

"언젠가 당신이 말한 조촐한 행복을 위해서는 필요 없어요" 하고 그는 말했다. "그러한 행복은 타버린 집 주위에 피는 오랑캐꽃처럼 어디든 피는 법이오. 아무것도 기대하지 않는 사람은 결코 실망하지 않지. 이것은 훌륭한 기초가 돼. 나중에 생기는 일은 모두 조금씩 이 기초를 튼튼하게 해주지."

"그런 건 아무 소용도 없어요" 하고 케이트 헤그시트룀은 대답했다. "침대에 누워서 만사를 조심스럽게 생각할 때만 그렇게 생각되지요. 걸어 다닐 수 있게 되면 이제 그렇게는 되지 않지요. 그런 생각은 다시 잊히고 더 욕심을 내거든요."

창문에서 햇빛이 비스듬히 들어와서 그녀의 얼굴에 닿았다. 눈은 그늘이 지고, 다만 입이 빛을 받아 일시에 환해졌다.

"피렌체에 아는 의사가 있소?" 하고 라비크는 물었다.

"아뇨. 의사가 필요한가요?"

"언제나 사소한 일이 일어날 수 있는 거요, 이것저것. 거기에 당신이 아는 의사가 있다면 나로서는 더욱 안심이 되지요."

"전 기분이 퍽 좋아요. 만약 무슨 일이 있으면 다시 돌아오겠어요."

"물론 그렇지. 단지 조심하기 위해서요. 피렌체에 좋은 의사가 한 사람 있소. 피올라 교수라고 해요. 알아둬요, 피올라."

"잊어버릴 거예요. 그런 건 조금도 중요하지 않아요, 라비크."

"내가 편지를 해두지. 그 사람이 봐줄 거요."

"왜 그러죠? 전 아픈 데가 없어요."

"직업상 조심하는 거요, 케이트. 그뿐이오. 당신에게 전화를 걸도록 편지를 해두지."

"좋을 대로 하세요." 그녀는 핸드백을 집어 들었다. "안녕, 라비크. 이제 갈게요. 아마 피렌체에서 곧장 칸으로 갈 거예요. 그리고 거기서 콩테 디 사보야 호를 타고 뉴욕으로 가요. 혹 당신이 미국에 오면 남편과 어린애들,

그리고 말이나 개와 시골집에서 살고 있는 여자를 만나게 될 거예요. 당신이 알고 있는 케이트 헤그시트룀은 여기에 두고 가겠어요. 세라자드에 조그마한 무덤이 있어요. 거기 가시거든 가끔 그 무덤을 위해서 술잔을 들어 주세요."

"알았소. 보드카를 들지."

"네, 보드카로요." 그녀는 방 안 어둠 속에서 결단을 내리지 못한 채 서 있었다. 이제 한 줄기 빛은 그녀의 등 뒤에 있는 샤르트르 성당 사진의 한 곳을 비추고 있었다. 십자가의 높은 제단. "이상하군요." 그녀는 말했다. "기뻐해야 할 판인데 그렇지가 않아요……."

"헤어질 때는 으레 그런 거요. 절망과 헤어질 때도."

그녀는 그의 앞에 서 있었다. 망설이며, 부드러운 생명에 가득 차, 결단을 내리고, 약간 슬픈 듯이.

"헤어질 때 가장 간단한 방법은 그냥 떠나는 거요" 하고 라비크는 말했다. "자, 갑시다. 내가 조금 바래다주지."

"네."

공기는 부드럽고 축축했다. 하늘은 지붕 사이에 시뻘겋게 달아오른 쇠처럼 드리워 있었다. "택시를 불러오지, 케이트."

"싫어요, 저 모퉁이까지 걸어가겠어요. 거기서 하나 잡지요. 밖으로 나온 건 정말 오랜만이에요."

"기분이 어때요?"

"포도주 같아요."

"택시를 안 불러도 될까?"

"그냥 걷겠어요."

그녀는 축축이 젖은 길을 내려다보았다. 그러고는 생긋 웃었다. "한구석에 약간 걱정이 남아 있어요. 으레 그런 걸까요?"

"그렇지. 그런 거지."

"안녕, 라비크."

"안녕, 케이트."

그녀는 무슨 말을 더 할 듯이 잠깐 서 있었다. 그러다가 한 걸음 한 걸음 조심스럽게, 가냘프고 낭창낭창하게 계단을 내려가서, 오랑캐꽃 빛깔 저녁 놀 속으로 자신의 파멸을 향해 걸어갔다. 다시 한번 뒤돌아보지도 않고.

라비크는 돌아왔다. 케이트 헤그시트룀이 지금까지 있던 방 앞을 지나는데 음악 소리가 들렸다. 그는 깜짝 놀라서 걸음을 멈추었다. 그 방에 아직 다른 환자가 들지 않았다는 것을 알고 있었기 때문이다.

살며시 문을 열자 간호사가 전축 앞에 무릎을 꿇고 있는 것이 보였다. 간호사는 라비크의 인기척에 깜짝 놀라 벌떡 일어났다. 전축에서는 〈최후의 왈츠〉라는 옛날 판이 돌아가고 있었다.

간호사는 옷을 매만졌다. "헤그시트룀 씨가 이 전축을 선물로 주셨어요. 미제예요. 여기선 살 수 없는 물건이지요. 파리에는 아무 데도 없어요. 이것 하나뿐이에요. 곧장 시험을 해보고 있는 거예요. 자동식으로 한꺼번에 다섯 장을 내리 들을 수 있어요."

간호사의 얼굴이 자랑으로 빛났다. "적어도 3천 프랑은 할 거예요. 그리고 레코드도 그대로 있고요. 전부 쉰여섯 장. 게다가 라디오까지 붙어 있어요. 이런 걸 행운이라고 하나 봐요."

행운, 하고 라비크는 생각했다. 여기서도 튀어나왔다. 여기선 전축이 행복이다. 그는 그대로 서서 들었다. 바이올린 소리가 흐느끼듯 센티멘털하게 오케스트라를 누르고 비둘기처럼 날아올랐다. 그것은 때로 쇼팽의 모든 야상곡보다 더 강하게 사람의 마음에 다가오는, 그런 오녀에 가득 찬 곡 가운데 하나였다. 라비크는 방을 둘러보았다. 침대는 걷어 치웠고, 매트리스는 세워져 있었다. 눈앞에는 세탁물이 쌓여 있었다. 창문은 열어놓은 채였다. 저녁 어스름이 방 안을 빈정거리듯 들여다보고 있었다. 사라져가는 향수 냄새와 희미해지는 왈츠 선율이 케이트 헤그시트룀이 남기고 간 전부였다.

"도저히 한꺼번에 전부 가지고 갈 수는 없겠어요" 하고 간호사는 말했다. "너무 무거워요. 우선 전축을 가져가고, 다음에 레코드는 두 번에 나눠 가져가야겠어요. 세 번은 와야 할지도 모르겠네요. 정말 신 나요. 이것으로 카페도 차릴 수 있을 거예요."

"그거 좋은 생각이군" 하고 라비크는 말했다. "망가뜨리지 않도록 조심해요."

15

라비크는 아주 천천히 잠에서 깨었다. 얼마 동안은 여전히 꿈과 현실 사이의 이상한 혼미 상태에 누워 있었다. 꿈은 차츰 흐려지고 조금씩 단절되면서도 여전히 계속되고 있었다. 그와 동시에 자기는 지금 꿈을 꾸고 있다는 것을 이미 알고 있었다. 그는 독일 국경에 가까운 슈바르츠발트의 조그마한 정거장에 있었다. 근처에서 폭포 소리가 요란스럽게 들리고, 산에서는 전나무 향기가 흘러나왔다. 여름이었다. 골짜기는 송진과 풀 냄새로 가득했다. 철도 선로는 석양에 붉게 빛나고 있었다. 기차가 그 위로 피를 흘리며 지나간 것 같았다. 나는 여기서 무엇을 하고 있는가, 여기 이 독일에서 무엇을 하고 있는가, 하고 라비크는 생각했다. 지금까지 프랑스에 있었는데. 분명히 파리에 있었는데. 그는 부드럽고 눈부신 파도를 타고 미끄러지고 있었다. 그리고 그 파도가 그에게 점점 더 잠을 퍼부었다. 파리, 그것은 차츰 녹아서 안개가 되고, 끝내 사라져버렸다. 그는 파리가 아니라 독일에 있었다. 그런데 왜 여기에 다시 돌아왔을까?

그는 조그마한 정거장 플랫폼을 걷고 있었다. 신문을 파는 매점 옆에 역무원이 서서 〈푈키셔 베오바흐터〉*를 읽고 있었다. 중년 사나이였다. 통통하게 살찐 둥근 얼굴과 짙은 금발 눈썹을 하고 있었다. "다음 기차는 몇 시에 떠납니까?" 하고 라비크는 물었다.

역무원은 귀찮은 듯이 그를 쳐다보았다. "어디로 가시지?"

라비크는 갑자기 심한 공포를 느꼈다. 도대체 나는 지금 어디에 있는 걸까? 여기는 뭐라고 불리는 곳일까? 프라이부르크로 간다고 하면 될까? 제기랄! 자기가 있는 곳도 모르다니, 어찌 된 노릇이냐? 그는 플랫폼을 쭉 내려다보았다. 표지가 하나도 없다. 그는 웃으며, "지금 휴가 중이지요"라고 말했다.

"대체 어디로 가시지요?" 하고 역무원은 물었다.

"그냥 이렇게 타고 돌아다니죠. 그래서 여기서도 잠시 내려본 거예요. 창으로 본 경치가 마음에 들어서요. 그런데 벌써 싫증이 났어요. 폭포라는 것을 도시 참을 수가 없네요. 그래서 이젠 떠나려고 해요."

"대체 어디로 가는 거요? 자기가 갈 곳쯤은 알고 있을 게 아니오."

"모레는 프라이부르크에 도착해 있어야 해요. 그때까지는 시간 여유가 있지요. 이렇게 정처 없이 타고 돌아다니는 것도 무척 재미있군요?"

"이 노선은 프라이부르크로 가지 않소." 역무원은 이렇게 말하고 그를 쳐다보았다.

정말 바보 같은 짓을 하는구나, 라고 라비크는 생각했다. 왜 물어보았을까? 왜 그냥 기다리지 않았을까? 왜 이런 곳에 와 있을까? "알아요" 하고 그는 말했다. "시간은 얼마든지 있어요. 여기 어디 키르슈를 파는 데는 없나요? 슈바르츠발트의 진짜 키르슈 주 말입니다."

"정거장 식당에서 팔고 있소"라고 말하면서, 역무원은 여전히 그를 쳐다

---

* 독일 나치당의 중앙 기관지다.

보았다.

라비크는 플랫폼을 천천히 걸었다. 그의 구두 소리가 지붕 없는 플랫폼 시멘트 바닥에 쿵쿵 울렸다. 1, 2등 대합실에 남자 둘이 앉아 있는 것이 보였다. 그는 두 사람의 눈초리를 등으로 느꼈다. 정거장 지붕 밑을 제비 서너 마리가 날고 있었다. 그는 그것을 바라보는 체하면서 그 역무원을 살폈다. 역무원은 신문을 접는 참이었다. 그리고 역무원은 라비크의 뒤를 따랐다. 라비크는 식당으로 갔다. 식당에서는 맥주 냄새가 났다. 아무도 없었다. 라비크는 다시 밖으로 나왔다. 역무원이 밖에 서 있다가, 라비크가 나오는 것을 보자 대합실로 들어갔다. 라비크는 걸음을 빨리했다. 의심을 받고 있다는 것을 그는 대뜸 알았다. 건물 모퉁이에서 그는 돌아다보았다. 플랫폼에는 아무도 보이지 않았다. 그는 아무도 눈에 안 띄는 수하물 발송소와 임시 보관소 사이를 급히 지나갔다. 그리고 우유 통이 서너 개 놓여 있는 화물용 플랫폼 밑을 빠져나와, 안에서 송신기가 재깍재깍 소리를 내고 있는 창문 밑을 기어서 건물 반대쪽으로 나왔다. 거기서 조심스럽게 뒤를 돌아다보았다. 그러고는 급히 선로를 건너서, 꽃이 피어 있는 목장을 가로질러 전나무 숲을 향해 뛰었다. 목장을 가로질러 뛰어가는 그의 발밑에서 민들레의 먼지 같은 화관이 날아올랐다. 전나무 숲까지 와서 보니, 역무원과 두 사나이가 플랫폼에 서 있었다. 역무원이 그를 가리키자 두 사나이는 뛰기 시작했다. 그는 뒤쪽으로 훌쩍 뛰어, 숲속으로 마구 달려갔다. 가시 돋친 가지들이 얼굴을 때렸다. 그는 커다란 원을 그리며 뛰다가, 이윽고 자기가 있는 곳을 들키지 않으려고 가만히 있었다. 두 사나이가 전나무를 헤치고 뛰어오는 소리가 들렸다. 한순간도 놓치지 않고 가만히 귀를 기울였다. 가끔 아무 소리도 들리지 않았다. 그럴 때는 그냥 기다릴 수밖에 없다. 이윽고 다시 나뭇가지가 꺾이는 소리가 들려왔다. 그러면 그도 될 수 있는 대로 소리를 내지 않도록 엎드려서 기었다. 귀를 기울여 듣고자 할 때는 두 손을 움켜쥐고 숨을 죽였다. 그때 일어나서 뛰고 싶은 충동을 경련처럼 느꼈다. 그러나 그런 짓을 하면 자기가 있는 장소를 들키고 말 것이다. 그는 상대가 움직일 때만 움직일 수 있었다. 그는 푸른 오이풀 덤불 속에 엎드렸다. 헤파티카 트릴로 바구나, 하고 그는 생각했다. 헤파티카 트릴로바, 오이풀. 숲은 끝이 없는 것 같다. 이번에는 사방에서 가지가 부러지는 소리가 났다. 온몸의 땀구멍 에서 비 오듯 땀이 흘러내려 쏟아지는 것이 느껴졌다. 갑자기 관절이 흐늘 흐늘해진 것처럼 두 무릎에서 힘이 빠져나갔다. 그는 일어나려고 했다. 그 러나 땅속으로 빠져들고 말았다. 땅바닥이 마치 수렁 같았다. 그는 땅바닥 을 보았다. 땅바닥은 딴딴했다. 다리 때문이었다. 다리는 마치 고무 같았다. 추적자가 다가오는 소리가 들렸다. 그들은 곧장 그를 향해 달려오고 있다. 몸을 벌떡 일으켰으나, 그 고무 같은 다리 때문에 다시 주저앉고 말았다. 그 는 다리를 질질 끌며 안간힘을 다해 앞으로 휘청휘청 걸어갔다. 니뭇기지 부러지는 소리가 점점 다가왔다. 그러자 갑자기 나뭇가지 사이로 푸른 하 늘이 조금 내다보였다. 빈 땅으로 나온 것이다. 만약 여기를 단숨에 뛰어가 지 못한다면 만사가 끝장이다. 그는 몸을 질질 끌며 앞으로 나아갔다. 그러 다가 뒤돌아보니, 바로 등 뒤에 음흉하게 웃는 얼굴이 있었다. 하케의 얼굴 이었다. 그는 막을 수도, 어떻게 할 힘도 없이 점점 깊숙이 빠져 들어가기만 했다. 숨이 콱콱 막혔다. 꺼져 들어가는 가슴을 자기 손으로 쥐어뜯었다. 그 리고 신음 소리를 냈다…….

내가 신음 소리를 냈을까? 나는 어디에 있는 걸까? 그는 자신의 두 손이 목을 조르고 있는 것을 느꼈다. 손은 땀에 젖어 있었다. 목도 젖어 있었다. 눈을 떴다. 지금 자기가 어디에 있는지 확실치가 않았다. 전나무 숲속 수렁 인지, 아니면 어디 다른 곳인지 알 수가 없었다. 파리에 있다고는 전혀 느끼 지 못했다. 창백한 달이 낯선 세계 위 십자가에 걸려 있었다. 창백한 달빛은 순교자의 후광처럼 어두운 십자가 그늘에 걸려 있었다. 창백하게 죽은 빛이 회색의 쇠 같은 하늘에서 소리 없이 울부짖고 있었다. 보름달이 파리의 앵테르나시오날 호텔 그의 방 창문의 나무 십자가에 걸려 있었다. 라비크는 일어나 앉았다. 대체 이게 어찌 된 일일까? 여름 저녁에 피를 흘리며 피투성이 선로 위를 미친 듯 달리고 있는 피를 가득 실은 열차. 다시 독일로 돌아가 살인을 합법화한 잔학한 제도의 관리들에 둘러싸여 박해당하고 쫓기고 있는, 벌써 몇 번이나 거듭 꾼 꿈. 이미 이 꿈을 얼마나 많이 꾸었던가! 그는 달을 쳐다보았다. 남의 빛으로 온 세계 색채란 색채를 모조리 빨아들이고 있는 창백한 흡혈귀다! 강제수용소의 공포로 가득 찬 꿈, 학살당한 친구들의 굳어버린 얼굴로 가득 찬 꿈, 살아남은 사람들의 눈물도 마른 화석처럼 마비된 고통, 모든 비탄을 넘어선 견딜 수 없는 이별과 고독, 그런 것으로 가득 찬 꿈. 낮에는 자기 눈보다도 높은 담을, 벽을 쌓아 올릴 수가 있다. 오랜 세월에 걸쳐 갖은 고생을 하며 간신히 쌓아 올린 것이다. 소망은 비웃음으로 목 졸라 죽이고, 기억은 냉혹의 껍질 속에 묻어 짓밟아버리고, 모든 것을, 자신의 이름까지도 자기에게서 벗겨버리고, 자신의 감정을 시멘트로 덮어버렸다. 그런데도 가끔 방심한 틈에 자신의 과거가 창백한 얼굴을 불쑥 내밀어 달콤하게 망령처럼 부르기라도 하면, 정신을 잃을 때까지 술을 마셔서 흘려버리곤 했다. 낮에는 그럴 수가 있다. 그러나 밤이 되면 다시 꿈의 포로가 되고 만다. 수련(修鍊)으로 쌓은 브레이크가 느슨해져서 차바퀴는 미끄러지기 시작한다. 의식의 지평선 저편에서 과거는 다시 얼굴을 쳐들고, 무덤을 파헤치고 나타난다. 얼어붙은 쇠사슬은 느슨해지고, 망령들은 다시 돌아오고, 피가 끓어오르고, 옛 상처는 피를 내뿜고, 암흑의 폭풍이 모든 둑과 바리케이드를 쓸어내린다! 망각. 그것은 의지의 등불이 세계를 비추고 있는 동안은 쉬운 일이다. 그러나 그 등불이 꺼지고, 구더기들의 시끄러운 소리가 들리고, 파괴된 세계가 가라앉은 비네타처럼 홍수 속에서 떠올라 다시 되살아나면…… 사정은 달라진다. 그런 것을 이겨내기 위해 밤마다 납덩어리처럼 흐리멍덩하게 곤드레로 취할 수도 있다. 밤을 낮으로 바꾸고, 낮을 밤으로 바꿀 수도 있다. 낮이면 밤과는 다른 꿈을 꾼다. 모든 것에서 단절되어 그렇게 적적해지지 않아도 된다. 그도 그렇게 해오지 않았던가? 새벽 잿빛이 거리에 기어들기 시작할 무렵에 호텔로 들어온 적이 얼마나 많았던가? 또는 상대해주는 사람이라면 누구하고든지 카타콤에서 술을 마시며, 모로소프가 세라자드에서 돌아오기를 기다리지 않았던가? 모로소프가 돌아오면 종려나무 화분 밑에서 그와 더불어 계속 술을 마신다. 창문이 없는 그 방에서는 벽시계만이 바깥세상의 빛이 얼마나 밝아졌는가를 말해줄 뿐이다. 마치 잠수함에서 술에 취해 있는 격이다. 머리를 끄덕이며, 인간은 이성을 잃어서는 안 된다고 선언하기란 간단한 일이다. 그러나 고야하게도 그렇게 간단하지가 않다! 생명은 생명이다. 그것은 아무런 가치도 없지만, 그러면서도 온갖 가치를 가지고 있다. 그것을 집어던질 수도 있다. 그것도 간단하다. 그러나 그렇게 하면 복수까지도 함께 내던져버리는 결과가 되지 않을까? 그리고 또 조롱당하며 침을 뒤집어쓰고 날마다 시간마다 멸시를 당하면서도, 그래도 인간미라든가 인간성에 대한 신뢰라고 대충 불리는 것도 내던져버리는 결과가 되지 않을까? 허무한 생명이다. 하지만 그것을 다 써버린 탄피처럼 내버릴 수는 없다! 때가 이르러 그것이 필요해지면 다시 싸우기 위해 소용이 있는 것이다. 개인적 이유에서가 아니다. 복수 때문도 아니다. 설령 복수가 아무리 핏속 깊이 맺혀 있다고 해도. 이기주의자라서도 아니고, 이타적인 이유에서도 아니다. 수레바퀴의 한 회전만큼 이 세상을 피와 자갈 속에서 밀어내는 데 그것이 얼마만큼 도움이 된다 할지라도, 결국 인간은 싸운다는, 다만 싸운다는, 그리고 숨이 끊어질 때까지 싸울 기회가 오기를 기다리고 있다는 오직 그 이유 때문이다. 그러나 기다림은 마음을 좀먹어 들어가는 것이며, 결국은 절망적인 것이다. 더구나 정작 그때가 왔다 해도 이미 너무나 으스러지고, 좀먹히고, 기다리다가 썩어 문드러지고, 독방에서 지쳐버려 이제는 남들과 함께 행진을 할 수가 없을지도 모른다는 남모르는 공포가 뒤따르고 있다! 신경을 좀 먹는 모든 것을 망각 속에 짓밟아버리는 것도 그 때문이 아니던가? 가차 없이 냉혹하게 조소와 냉소, 그뿐만 아니라 감상에 상반되는 기분을 섞어 남의 내부로, 남의 자아 속으로 도피하여 그것을 근절해버리는 이유도 그 공포를 없애버리기 위해서가 아니던가? 그때까지는, 잠과 망령의 포로가 되어 있는 동안 무자비한 무력함은 다시 살아올 것이다.

달은 창문 창살 밑으로 숨어 들어왔다. 이제는 십자가에 걸린 후광이 아니다. 방 안과 침대를 들여다보는, 개기름이 흐르고 음탕한 변태다. 라비크는 완전히 잠에서 깼다. 지금 꾼 꿈은 그다지 악몽은 아니었다. 다른 꿈을 얼마든지 알고 있다. 그러나 아무튼 꿈을 꾼 것은 퍽 오랜만이다. 그는 생각에 잠겼다. 혼자 자지 않게 된 후로는 거의 꿈을 꾼 일이 없다.

그는 침대 곁을 더듬었다. 술병이 없었다. 거기 놓아두지 않게 된 지 이미 오래다. 병은 방구석 탁자에 놓아두었다. 그는 잠시 망설였다. 마실 필요도 그다지 없다. 그것은 알고 있다. 그렇다고 해서 마시지 않을 필요도 없다. 그는 일어나서 맨발로 탁자 쪽으로 걸어갔다. 잔을 찾고 병마개를 뽑아 따랐다. 그 오래 묵은 칼바도스의 나머지였다. 그는 잔을 창문 쪽으로 비춰 보았다. 달빛을 받아 오팔같이 보였다. 브랜디는 빛을 쬐면 안 된다고 그는 생각했다. 햇빛에도, 달빛에도 안 된다. 부상병이 밤중에 보름달 아래 누워 있으면 다른 날 밤보다 더욱 쇠약해진다. 그는 머리를 흔들고 잔을 비웠다. 그리고 다시 한 잔을 따랐다. 슬쩍 쳐다보니 조앙이 눈을 뜨고 이쪽을 보고 있었다. 그는 멈칫했다. 여자가 눈을 뜨고 정말로 자기를 보고 있는지 알 수가 없었다.

"라비크" 하고 그녀가 말했다.

"응……."

그녀는 지금 막 눈을 뜬 것처럼 몸을 떨었다. "라비크." 이번에는 전과 다른 투로 말했다. "라비크…… 거기서 뭘 해요?"

"술을 마시고 있어."

"아니, 왜……." 그녀는 몸을 일으켰다. "왜 그래요?" 그녀는 얼떨떨한 듯이 물었다. "무슨 일이 있었어요?"

"아무것도 아냐."

그녀는 머리를 뒤로 쓸어 넘겼다. "원 참, 깜짝 놀랐어요!"

"놀라게 할 생각은 아니었어. 그대로 자는 줄 알았지."

"느닷없이 그런 데 서 있으니 말이에요…… 그런 구석에…… 전혀 다른 모습으로요."

"미안해, 조앙. 깰 줄 몰랐어."

"당신이 없어진 걸 곧 느꼈어요. 추워서요. 바람이 분 것 같았어요. 섬뜩해서 놀랐어요. 무서웠어요. 근데 느닷없이 당신이 거기 서 있질 않겠어요. 무슨 일이 있었나요?"

"아니, 아무 일도 없었어, 조앙. 잠이 깨서 좀 마시려고 했을 뿐이야."

"저도 좀 주세요."

라비크는 잔에 술을 따라서 침대 쪽으로 걸어갔다. "꼭 어린애 같은 얼굴을 하고 있군" 하고 그는 말했다.

그녀는 두 손으로 잔을 받아서 마셨다. 천천히 마시면서 잔 너머로 그를 쳐다보았다. "왜 잠이 깼지요?"

"모르겠어. 아마 달 때문이었겠지."

"전 달이 싫어요."

"앙티브에 가면 싫어하지 않을걸."

그녀는 잔을 내려놓았다. "우리, 정말로 가는 거예요?"

"가야지."

"이 안개와 비를 피해서요?"

"그렇지…… 이 지긋지긋한 안개와 피를 피해서!"

"한 잔 더 주세요."

"자지 않겠어?"

"아뇨. 자기엔 아까워요. 자는 동안에 인생을 얼마나 놓쳐버리는지 몰라요. 잔을 이리 주세요. 이건 그 고급품이에요? 거기에 가져갈 거 아녜요?"

"무엇이든 가지고 갈 필요는 없어."

그녀는 그를 쳐다보았다. "절대로요?"

"절대로."

라비크는 창가로 가서 커튼을 쳤다. 커튼은 반쯤밖에 닫히지 않았다. 달빛이 그 사이로 한 줄기 띠가 되어 비쳐 들어왔다. 그 때문에 방이 두 쪽의 어둠으로 갈라졌다. "왜 침대로 오시지 않지요?" 하고 조앙이 물었다.

라비크는 달빛 건너편에 있는 소파 옆에 서 있었다. 일어나 침대에 앉아 있는 조앙의 모습이 어렴풋이 보였다. 머리카락이 목덜미에 늘어져서 희미하게 빛났다. 벌거벗고 있었다. 그와 여자 사이에는 마치 어두운 기슭과 기슭 사이를 흘러가듯 차가운 빛이 흐르고 있었다. 어디로 흘러가는 것도 아니고 오직 자기 자신 속으로 흘러 들어가면서, 무한한 저쪽에서 칠흑의 진공 에테르를 뚫고 나와 훈훈하고 잠 냄새로 가득 찬 네모진 방 안으로 흘러 들어온다. 사멸해버린 아득한 별에 부딪혀서 마치 마술처럼 뜨거운 태양 광선에서 납덩이같은 차가운 강으로 변하는 부서진 광선, 그것은 끊임없이 흐른다. 그러면서도 그대로 조용히 머물면서 결코 방 안을 가득 채우지는 않는다.

"왜 이리 오시지 않아요?" 조앙이 다시 물었다.

라비크는 어둠에서 빛 속으로, 다시 어둠 속으로 방을 건너서 왔다. 불과 몇 발짝에 지나지 않았지만 그에게는 먼 곳으로 생각되었다.

"병을 가지고 오셨어요?"

"응."

"잔을 드릴까요? 몇 시나 됐을까요?"

라비크는 자기 시계의 작은 야광 문자판을 보았다. "5시쯤 됐어."

"5시. 3시면 어때요, 7시라도 좋고요. 밤에는 시간이 멈춰서 움직이지 않아요. 움직이는 것은 시계뿐이에요."

"그렇지. 그러나 모든 일은 밤에 일어나거든. 아니면 그 때문인지도 모르지만."

"뭐가요?"

"낮이 되면 눈에 보이는 것 말이야."

"겁나게 하지 마세요. 그니까 자는 동안에 미리 일어난다는 말씀이죠?"

"그렇지."

여인은 그의 손에서 잔을 받아 들고 마셨다. 그녀는 무척 아름다웠다. 그는 자기가 그녀를 사랑하고 있다는 것을 느꼈다. 그 아름다움은 조각이나 그림의 아름다움이 아니었다. 그것은 마치 바람이 부는 목장 같은 아름다움이었다.

그녀의 내부에서 맥박 치고 있는 것, 그리고 신비한 방법으로 그녀를 형성하고 있는 것, 즉 두 세포가 부딪쳐 자궁 속에서 무(無)로부터 그녀를 형성하고 있는 것, 그것은 생명이다. 그것은 작은 한 알의 씨앗 속에서 응고하고 미세한 모습을 이루면서 이미 가지가 되고 과실이 되고, 4월 아침의 꽃보라가 되어 한 그루 완전한 나무가 숨어 있는 것 같은 알 수 없는 수수께끼였다. 그리고 또 사랑의 하룻밤과, 소량의 점액과 점액이 부딪쳐서 얼굴이 생기고, 바로 이 눈과 어깨가 생긴 것 같은 알 수 없는 수수께끼, 그것이 어딘가, 세계 어딘가에서, 몇백만 사람들 사이에 섞여 있다가 11월의 어느 날 밤 그가 파리의 알마교 위에 서 있을 때 다가온 것 같은, 알 수 없는 수수께끼였다…….

"왜 밤에 그렇게 될까요?" 하고 조앙은 물었다.

"그것은…… 당신, 좀 더 이리 다가와요. 잠의 심연에서 되돌아온, 그리고 우연이라는 달의 목장에서 되돌아온 나의 애인…… 그것은, 다시 말하자면 밤과 잠은 배반자이기 때문이야. 당신은 우리가 오늘 밤 서로 바싹 붙어서 잤다는 걸 알고 있지? 우리는 인간으로선 더 할 수 없을 만큼 바싹 붙어 있었지. 이마와 이마, 피부와 피부, 생각과 생각, 숨과 숨, 모두가 서로 닿고 섞여 있었어. 그러자 회색 빛깔도 없는 잠이 우리 사이에 차차 스며들기 시작했거든. 처음에는 얼룩 한두 개에 지나지 않았지만, 이윽고 수가 많아져 우리 생각에 딱지처럼 덮여서 핏속으로 들어와, 무의식의 맹목을 우리 속에 쏟아 넣는단 말이야. 그러면 갑자기 우리는 제각기 고독해지고, 외로이 어두운 운하 어디론가 흘러 내려가 알지 못할 힘과 온갖 무형의 공포에 사로잡히는 거야. 나는 잠에서 깼을 때 당신을 보았어, 당신은 자고 있었지. 당신은 아직도 먼 곳에 있었어. 내게서 완전히 빠져나가 있었지. 그리고 나에 대해서는 아무것도 몰랐어. 당신은 내가 도저히 따라갈 수 없는 곳에 가 있었던 거야." 그는 그녀의 머리에 입을 맞추었다. "밤에 잘 때마다 당신을 잃어버린다고 한다면, 그런 사랑이 어찌 완전하다 할 수 있을까?"

"전 당신에게 꼭 붙어서 잤어요. 당신 곁에서, 당신 팔에 안겨서."

"당신은 알지 못할 나라에 가 있었어. 물론 당신은 내 곁에 있었지. 그러나 당신은 시리우스보다 더 먼 곳에 있었어. 낮에 당신이 어디에 갔다 해도 그건 문제가 아냐. 낮에는 나는 모든 걸 알고 있으니까. 그러나 밤에는 누구든지 아무것도 모르지."

"전 당신 곁에 있었어요."

272

"당신은 나와 함께 있지 않았어. 다만 내 곁에 누워 있었을 뿐이야. 제 맘대로 되지 않는 나라에서 어떻게 돌아올 수 있는가를 그 누가 알겠어? 모르는 사이에 변하는 거야."

"당신도 마찬가지예요."

"물론 나도 그렇지. 자, 그 잔을 이젠 이리로 줘요. 내가 시답잖은 말을 지껄이는 동안 당신 혼자 마시고 있군."

그녀는 잔을 넘겨주었다. "당신이 잠을 깨서 잘됐어요, 라비크. 달님에게 감사해야겠어요. 달이 없었더라면 우리는 잠든 채로 서로 아무것도 몰랐을 게 아녜요? 아니면 우리가 막을 길 없는 사이에 우리 중 한 사람에게 이별의 씨앗이 뿌려졌을지도 모르지요. 그렇게 되면 눈에 보이지 않게 점점 커져서 결국은 터져 나왔을 테니까요."

그녀는 조용히 웃었다. 라비크는 그녀를 처다보았다. "당신은 설마 그것을 진정으로 받아들이지는 않겠지?"

"그래요. 당신은?"

"나도 그래. 그렇지만 거기에는 뭔가가 있어. 그래서 우리는 진정으로 그것을 받아들이지 않는 거야. 그것이 인간의 위대한 점이지."

그녀는 다시 웃었다. "그런 건 무섭지 않아요. 우리 육체를 믿어요. 우리 육체는 밤에 우리 머릿속에서 일어나는 여러 가지 생각들보다도 자기가 원하는 것을 더 잘 알거든요."

라비크는 잔을 비웠다. "그렇지" 하고 그는 말했다. "바로 그대로야."

"오늘 밤은 그만 자기로 해요."

라비크는 은색의 달빛 띠에 술병을 비추어 보았다. 아직 3분의 1은 남아 있었다. "얼마 남지 않았군. 그러나 그렇게 해보기로 하지."

그는 병을 침대 옆 탁자에 올려놓았다. 그러고는 조앙을 돌아다보았다. "당신은 남자가 원하는 것을 모두 가진 것 같아. 그리고 남자가 여태 모르던 것도 한 가지 더 갖고 있어."

"좋아요" 하고 그녀는 말했다. "우리 매일같이 밤에 잠을 깨기로 해요, 라비크. 밤에 보는 당신은 낮에 보는 당신과 달라요."

"더 좋게 보이나?"

"달라요. 밤의 당신은 놀랄 만큼 달라요. 당신은 언제나 어딘가에서, 어딘가 아무도 모르는 곳에서 와요."

"낮에는 그렇지 않고?"

"낮에는 늘 그렇지는 않고 가끔 그래요."

"귀여운 고백이군. 두어 주 전이었다면 내게 그런 말 하지 않았을걸."

"그래요. 당신을 지금처럼 잘 알지 못했으니까요."

그는 눈을 들어 쳐다보았다. 그녀의 얼굴에 애매한 그림자는 전혀 보이지 않았다. 단순히 그렇게 생각하고, 매우 자연스러운 것으로 알고 있다. 그의 기분을 상하게 하려는 생각도 아니고, 그럴듯한 말을 하려는 것도 아닌 듯했다. "그렇다면 잘돼갈 거야" 하고 그는 말했다.

"왜요?"

"두어 수일만 더 지나면 당신은 나를 더 잘 알게 될 테니까. 그러면 나는 당신을 지금보다 더 놀라게 하지는 않을 테니까."

"꼭 저같이요" 하고 조앙은 웃었다.

"당신은 그렇지 않아."

"왜 그렇지 않아요?"

"그것은 5만 년 생물학에 근거가 있는 거야. 사랑은 여자의 눈을 날카롭게 하고 남자의 머리를 혼란에 빠뜨리기 때문이지."

"저를 사랑하세요?"

"사랑하지."

"그런 말은 별로 하지 않더군요." 그녀는 몸을 쭉 폈다. 만족한 고양이

같다고 라비크는 생각했다. 제물을 확실히 확보한, 만족한 고양이 같았다.

"가끔 나는 당신을 창밖으로 내던지고 싶어져."

"왜 그렇게 안 하지요?"

그는 그녀를 쳐다보았다.

"그렇게 하실 수 있겠어요?" 하고 그녀는 물었다.

그는 대답하지 않았다. 그녀는 베개를 베고 반듯이 누웠다. "사랑하기 때문에 없애버리나요? 너무 사랑하기 때문에 죽이는 거예요?"

라비크는 손을 내밀어 병을 집었다. "뭐 이래" 하고 그는 말했다. "어쩌다가 이렇게 됐지? 밤중에 잠을 깨서 이런 말을 들어야 하나?"

"하지만 그렇지 않아요?"

"그렇지. 그런 일은 절대 당하지 않을 삼류 시인이나 여자에겐 그렇지."

"그렇게 하는 사람에게도 마찬가지예요."

"그래, 그래."

"당신은 할 수 있어요?"

"조앙" 하고 라비크는 말했다. "그런 하녀 같은 잔소리는 그만둬. 난 그런 생각은 못 하는 사람이야. 지금까지도 벌써 많은 사람을 죽였어. 아마추어로서도 그렇고, 직업인으로서도 그래. 그리고 군인으로서도, 의사로서도. 그 때문에 생명에 대해 경멸과 무관심과 존경을 갖게 되는 거야. 사람을 죽였다고 해서 그것으로 일이 완전히 끝나는 건 아니야. 여러 번 살인한 사람은 결코 사랑 때문에 살인을 하지는 않아. 살인을 하지 않음으로써 죽음을 우습게 여기고 하찮은 것으로 만드는 거야. 그러나 죽음이란 결코 하찮거나 우스운 것이 아니야. 죽음은 여자와는 상관이 없어. 남자만의 문제야." 그는 잠시 말을 끊었다가 이어서 "대체 우리는 무슨 말을 하고 있지?"라고 말하고는 그녀 위에 몸을 구부렸다. "당신은 나의 뿌리 없는 행복이 아닐까? 구름 속에 있는 내 행복…… 서치라이트의 행복이 아닐까? 자, 키스를

하게 해줘. 생명이 오늘처럼 소중했던 적은 없었어. 생명 따위는 조금도 가
치 없는 오늘날이긴 하지만."

16

빛. 언제나 새로운 빛. 빛은 바다의 짙은 남색과 하늘의 연한 푸른색 사이에서 생겨나는 하얀 거품처럼 수평선 저쪽에서 날아온다. 숨도 쉬지 않고, 그러면서도 아주 깊은 숨을 쉬며, 빛나고 반사하며 이렇게 환하게, 이렇게도 반짝이는 행복, 아무런 실체도 없이 떠다니는 단순하고도 태곳적 그대로의 행복을 가득 싣고 날아온다…….

이 여인의 머리 위에서 얼마나 아름답게 빛나고 있는가, 라고 라비크는 생각했다. 마치 빛깔이 없는 후광 같다! 원경이 없는 공간이다. 어깨 위로 흐르는 모양을 보라! 가나안의 우유, 빛으로 짠 비단이다! 이런 햇빛 속에서는 아무도 벌거벗지 못한다. 살갗이 햇빛을 받아 반사한다. 마치 저 멀리에 있는 바위와 바다처럼. 햇빛의 거품, 극도로 투명한 혼란, 극히 밝은 안개로 짜낸 지극히 얇은 옷.

"여기 온 지 며칠 됐지요?" 하고 조앙은 물었다.

"여드레 됐지."

"8년은 된 것 같아요. 그렇지 않아요?"

"아니" 하고 라비크는 말했다. "여덟 시간밖에 안 된 것 같아. 여덟 시간과 3천 년. 지금 당신이 서 있는 자리에 3천 년 전 에트루리아의 젊은 여인이 똑같은 자세로 서 있었을 거야. 그리고 바람이 꼭 이렇게 아프리카에서 빛을 쫓아 바다를 건너서 불어왔을 거야."

조앙은 그의 옆에 있는 바위에 쪼그려 앉았다. "파리로 언제 돌아갈래요?"

"오늘 밤 카지노에서 알게 되겠지."

"우린 땄나요?"

"많이는 못 땄어."

"당신은 언제나 노름을 해본 사람처럼 보이곤 해요. 틀림없이 그럴 거예요. 당신은 정말 모르겠어요. 크루피에*는 당신이 돈 많은 군수품 제조업조나 되는 양 인사를 하던데, 왜 그러지요?"

"나를 군수품 제조업자로 잘못 본 거야."

"그렇지 않아요. 당신도 그 사람을 아는 것 같던데요."

"아는 체하는 것이 예의니까 그렇지."

"전에 오신 게 언제지요?"

"기억이 없어. 몇 년 전에 한 번 왔었지. 당신은 햇볕에 많이 탔군! 늘 이렇게 갈색이면 좋겠어."

"그러자면 줄곧 여기서 살아야 하게요."

"그러고 싶어?"

"내내 여기서 사는 건 싫어요. 하지만 우리가 지금 여기서 사는 것처럼 이렇게 늘 살고 싶어요." 그녀는 머리카락을 어깨 너머로 젖혔다. "아마 당신은 저를 몹시 천박한 여자라고 생각하시겠지요, 그렇죠?"

"아니" 하고 라비크가 말했다.

그녀는 생긋 웃고는 그에게로 몸을 돌렸다. "제가 천박하다는 건 알아
요. 하지만 우리 비참한 생활에는 천박한 점이 정말이지 너무 없어요! 전쟁
과 굶주림과 동란과 혁명과 인플레이션은 지긋지긋하리만큼 많았어요. 그
렇지만 약간의 안정이라든가, 가벼운 기분이나 휴식 또는 여유 같은 것은
한 번도 없었어요. 그런데 당신은 또 전쟁이 일어날 거라고 하시니, 정말이
지 우리 부모가 살던 시절이 훨씬 더 편했을 것 같아요, 라비크."

"그렇지."

"우리에게는 이 짧은 인생이 단 한 번 있을 뿐이에요. 그런데 그게 마구
지나가버리잖아요……." 그녀는 두 손을 따뜻한 바위에 놓았다. "저는 대단
치 않은 여자예요, 라비크. 저는 역사적 시대에 살려고는 생각지 않아요. 다
만 행복해지고 싶어요. 그리고 세상만사가 이렇게 귀찮고 괴롭지만 않으면
좋겠다고 생각해요. 그뿐이에요."

"누구나 그렇게 생각하지, 조앙."

"당신도요?"

"물론이지."

저 푸른빛, 하고 라비크는 생각했다. 하늘이 바닷속으로 가라앉은 수평
선의, 거의 무색이라고 해도 좋을 푸른빛. 그리고 바다와 하늘 꼭대기와 함
께 점점 짙어져서 드디어 이 눈, 파리에 있을 때보다도 여기에서 훨씬 더 푸
른 이 눈이 되어버린 이 폭풍.

"그렇게 살 수만 있다면 얼마나 좋겠어요" 하고 조앙은 말했다.

"지금 그렇게 하고 있지 않나…… 지금은 말이야."

"지금은 그렇지요, 겨우 며칠 동안은. 하지만 다시 파리로 돌아가야 하
잖아요. 아무런 변화도 없는 그 나이트클럽으로. 더러운 호텔의 그 생활
로……."

"당신은 과장하고 있어. 당신 호텔은 더럽지 않아. 내가 있는 호텔은 상

당히 더럽지만……. 하기야 내 방만은 예외지."

그녀는 두 팔을 무릎에 괴었다. 바람이 그녀의 머리 위를 스쳐 갔다. "모로소프가 말이에요, 당신은 굉장한 의사라고 그랬어요. 그런 환경이니 참 슬퍼요. 그렇지만 않다면 당신은 돈을 많이 벌 수 있을 텐데. 더구나 외과 의사라면 말이에요. 닥터 뒤랑은……."

"어떻게 뒤랑 이야기를 알지?"

"가끔 세라자드에 와요. 지배인 르네 말로는 1만 프랑 이하로는 손 하나 까딱하지 않는대요."

"르네 녀석, 그런 일은 잘도 알고 있군."

"그리고 하루에 수술을 두세 번이나 하는 수도 있대요. 굉장한 저택이 있고, 패커드*를……."

라비크는 이상하다고 생각했다. 이 여자 얼굴은 조금도 변하지 않는다. 천년이나 전부터의 어리석기 짝이 없는 수다를 떨 때가 다른 때보다 더 매혹적이다. 생식 본능으로 은행가의 이상을 설교할 때 이 여자는 바다의 눈을 가진 아마존처럼 보인다. 그러나 이 여자 말이 옳지 않을까? 이렇게 아름다운 건 언제나 옳은 게 아닐까? 그리고 이 세상 모든 존재 이유를 갖는 게 아닐까?

그는 모터보트가 파도를 일으키며 다가오는 것을 보았다. 그는 움직이지 않았다. 왜 오는지 알았다. "당신 친구들이 오는군" 하고 그는 말했다.

"어디요?" 조앙은 벌써 그 보트를 보고 있었다. "왜 제 친구라고 하세요?" 하고 그녀는 물었다. "저 사람들은 당신 친구들이에요. 저보다도 당신을 먼저 알았거든요."

"10분 먼저 알았단 말이지?"

"어쨌든 먼저지 뭐예요."

---

* 한때 미국을 대표하는 최고급 자동차 브랜드 중 하나였다.

라비크는 웃었다. "알았어, 조앙."

"전 갈 필요가 없어요. 아주 간단해요. 전 가지 않겠어요."

"물론 가지 않겠지."

라비크는 바위에 몸을 쭉 펴고 누워서 눈을 감았다. 태양이 곧 따뜻한 황금 담요가 되었다. 지금부터 무슨 일이 일어날지 그는 알았다.

"우리가 좀 실례하는 것 같아요." 잠시 뒤에 조앙이 말했다.

"애인들은 언제나 실례가 많은 법이야."

"저 두 사람은 우리 때문에 왔어요. 우리를 데리러 온 거예요. 보트를 타고 싶지 않으면 적어도 내려가서 당신이 이야기를 해야 하지 않을까요?"

"알았어." 그는 눈을 반쯤 떴다. "간단히 처리하지. 당신이 내려가서, 나는 할 일이 있어서 그런다고 말하고, 당신은 같이 가요. 어제처럼."

"할 일이 있다고요? 그건 이상하게 들려요. 누가 이런 데 와서 일을 해요? 왜 함께 가지 않으시죠? 저 사람들은 당신을 좋아해요. 어제도 당신이 오지 않았다고 몹시 실망했어요."

"원 참!" 라비크는 눈을 완전히 떴다. "어째서 여자들은 누구 할 것 없이 이런 시시한 이야기를 좋아할까? 당신은 보트를 타고 싶지? 내게는 보트가 없단 말이야. 인생은 짧고, 우리는 그저 며칠 동안 여기 있을 뿐이야. 대체 뭣 때문에 내가 당신에게 관대한 체해야 하는 거지? 그리고 아무래도 당신은 결국 그렇게 할 텐데 내가 하라고 강요할 필요가 있을까? 그저 당신 기분을 좋게 하려고 말이야."

"당신이 강요하지 않아도 돼요. 저 혼자서 할 수 있어요."

그녀는 그를 쳐다보았다. 그녀의 눈도 마찬가지로 격렬한 빛을 띠었다. 다만 그 입매가 일순간 일그러졌다. 그건 그녀 얼굴을 스치고 지나간 표정이었다. 곧 사라지긴 했지만, 라비크는 자기가 잘못 본 것이 아님을 알았다.

파도는 방파제 바위에 철썩거리며 밀려왔다. 물보라가 높이 솟아올랐다. 그러자 바람이 번쩍이는 물보라를 날려 보냈다. 라비크는 순간적으로 그것을 오싹하게 피부로 느꼈다.

"저것이 당신 파도군요" 하고 조앙은 말했다. "파리에서 제게 들려준, 동화 속 파도군요."

"그걸 기억하고 있었나?"

"그럼요. 하지만 당신은 바위가 아녜요. 당신은 콘크리트 덩어리예요."

그녀는 부두로 내려갔다. 하늘이 온통 그녀의 아름다운 어깨를 누르는 것 같았다. 마치 그녀가 하늘을 짊어지고 있는 듯했다. 그녀는 납득할 만한 이유를 갖고 있다. 그녀는 흰 보트에 앉을 것이다. 머리카락이 바람에 나부끼겠지. 그 친구들과 함께 가지 않겠다니, 어지간히 미련하다고 라비크는 생각했다. 그러나 나는 아직 그런 역할을 할 처지가 아니다. 이것도 잊어버린, 어리석기 짝이 없는 옛날 자존심이다. 돈키호테적인 성격이다. 그러나 이것 말고 무엇이 남았단 말인가? 달 밝은 밤에 꽃 피는 무화과나무, 세네카와 소크라테스의 철학, 슈만의 바이올린협주곡, 그리고 나보다도 빠른 손실에 대한 계산.

아래쪽에서 조앙의 목소리가 들렸다. 그는 누운 채로 있었다. 그녀는 뱃머리에 앉을 것이다. 바다 저쪽 어딘가에 수도원이 있는 섬이 있다. 거기서 가끔 닭 우는 소리가 들려온다. 눈꺼풀을 통해서 태양은 어쩌면 그렇게도 시뻘겋게 빛날까! 기다림에 가득 찬 피 꽃으로 붉게 물든 청춘의 부드러운 목장. 파도의 태곳적 자장가. 비네타의 종소리. 아무것도 생각지 않고 있는 요술 같은 행복. 그는 곧 잠이 들었다.

오후에 그는 차고에서 차를 내왔다. 파리에서 삯을 내고 모로소프가 빌린 탈보트다. 그 차를 타고서 조앙과 함께 여기 왔다.

라비크는 해안을 따라 차를 몰았다. 맑게 개어 눈이 부셨다. 중부 코르니쉬를 지나 니스, 몬테카를로, 그리고 빌프랑슈로 달렸다. 이 오래된 작은 항구가 마음에 든 그는 선창가 술집 앞에 잠시 앉아 있었다. 몬테카를로의 카지노 앞에 있는 공원이나, 멀리 밑으로 바다를 내려다보는 자살자들의 공동묘지를 서성거렸다. 묘지 하나를 찾아서, 오랫동안 그 앞에 서서 웃음 지었다. 구(舊) 니스의 비좁은 거리를 지나고, 신시가의 기념탑이 여러 개 서 있는 광장들을 빠져나와 차를 달렸다. 그러고는 칸으로 돌아와서, 거기 서 다시 붉은 바위와 성서에 나오는 이름이 붙은 어촌에 도착했다.

그는 조앙을 잊어버리고 있었다. 자기 자신도 잊어버리고 있었다. 그는 다만 맑게 갠 날 바닷가에는 꽃들을 피우면서도 그 위쪽 산길에는 아직도 눈을 가득 쌓아놓은, 태양과 바다와 육지의 3화음에 그대로 잠겨 있을 뿐 이었다. 비는 프랑스를 덮고, 폭풍우는 전 유럽에 몰아쳤다. 그러나 이 가느 다란 해안만은 그런 것에 아랑곳없는 것 같다. 완전히 잊어버린 듯하다. 여 기서는 생명이 다르게 맥박 치고 있다. 등 뒤에 있는 나라가 불행과 흉조와 위험의 안개 때문에 차차 잿빛으로 변해가는데, 여기선 태양이 빛나고 맑 게 갠 이곳에 죽어가는 세계의 마지막 포말이 모여 찬연하게 빛나고 있다.

마지막 불빛을 둘러싸고 나방과 하루살이가 추는 일순간의 무도, 모든 하루살이의 춤처럼 무의미하며 카페에서 흘러나오는 경음악처럼 시답잖 다. 자그마한 여름 심장 속에 벌써 서리가 내려 있는 10월의 나비처럼, 세상 은 무용한 것이 되고 말았다. 이리하여 세상은 사신(死神)의 큰 낫과 태풍이 불어오기 전 한때를 춤추고, 지껄이고, 희롱하고, 사랑하고, 배반하고, 스스 로 자기 자신의 눈을 어지럽히고 있다.

라비크는 생 라파엘로 차를 돌렸다. 자그마한 네모진 항구는 범선과 모 터보트로 가득했다. 부둣가 카페에는 화려한 5색 비치파라솔이 펼쳐져 있 었다. 햇빛에 그을린 여자들이 탁자 앞에 앉아 있었다. 옛날 그대로라고 라 비크는 생각했다. 안이하고 온화한 생활 풍경. 즐거운 유혹, 해방된 자유,

노름. 아주 잊어버렸던 먼 옛날의 일도 보면 다시 생각난다. 언젠가는 자기도 이런 나비 같은 생활을 한 적이 있고, 그것으로 충분하다고 생각하던 때가 있었다. 차는 길모퉁이를 슬쩍 돌아서 타는 듯한 저녁놀 속으로 길을 달려갔다.

호텔에 돌아오니 조앙에게서 전화 연락이 와 있었다. 저녁 식사에는 오지 못하겠다는 내용이었다. 그는 에덴 로크로 내려갔다. 저녁 식사를 하는 손님은 몇 사람 없었다. 대개는 주앙 레팽이나 칸으로 간 것이다. 그는 바위 위에 배 갑판처럼 만든 테라스 난간 옆에 자리를 잡았다. 밑을 내려다보니 암벽에 파도가 부서지고 있었다. 파도는 저녁놀의 주홍빛과 초록빛과 연한 푸른빛 속에서 나타나, 밝은 황금빛이 섞인 붉은빛과 오렌지 빛으로 변했다가, 이윽고 그 날씬한 등에 황혼을 지고서 바위에 부딪혀 오색찬란한 황혼의 거품으로 부서졌다.

라비크는 오랫동안 테라스에 앉아 있었다. 싸늘하고 깊은 고독을 느꼈다. 지금부터 어떻게 될지 잘 알고 있었다. 그러나 아무런 감동도 일어나지 않았다. 얼마 동안이라면 막아낼 길도 있다는 것을 알고 있었다. 임기응변이나 좋은 수를 쓸 수도 있다. 그런 것을 알고는 있었지만 쓸 생각은 없었다. 그러기에는 이미 때가 늦었다. 임기응변은 작은 사건에만 소용이 있다. 남은 수는 단 하나, 직접 부딪치는 것이다. 정직하게, 자기를 속이지 않고, 주저 없이 부딪쳐가는 것이다.

라비크는 투명하고 가벼운 프로방스 와인의 잔을 밝은 빛에 비추어 보았다. 싸늘한 밤, 바다에 둘러싸인 테라스, 이별을 고하는 석양의 웃음소리와 아득한 별들의 방울 소리로 가득 찬 하늘. 그리고 내 마음도 차갑고 조용하다. 다가올 말없는 세월을 휙 비치고는 다시 암흑 속에 남겨놓는 한 가닥 싸늘한 서치라이트. 나는 잘 알고 있다. 아직은 아무런 아픔도 없다. 그러나 언제까지나 아픔이 없지는 않으리라는 것도 알고 있다. 그리하여 내 생활은 다시 한번 손에 쥔 투명하고 낯선 술이 담긴 잔처럼 되어버린다. 그 술을 언제까지나 잔에 남겨둘 수는 없다. 향기가 날아가서 죽어버린, 정열의 썩어빠진 식초가 되어버리기 때문이다.

그런 상태가 오래 계속될 리가 없다. 오래 계속되기에는 처음에 이런 다른 생활을 너무나 많이 해왔다. 마치 식물이 빛을 향하듯이, 좀 더 편안한 생활의 유혹과 다채로운 풍요에 순진하게 아무런 생각도 없이 마음이 끌린다. 미래가 필요하다. 그러나 내가 받을 수 있는 거라곤 보잘것없는 현재의 단편뿐이다. 아직은 아무 일도 일어나지 않았다. 그러나 그럴 필요는 없다. 일은 일어나기 훨씬 전에 이미 결정되어 있다. 대개는 그것을 모르고 유난스럽게 눈에 띄는 결과를 결정이라고 오해한다. 사실 그 결정은 몇 달 전에 침묵 가운데 이미 내려져 있다.

라비크는 잔을 비웠다. 가벼운 포도주는 전과는 다른 맛이 나는 것 같았다. 그는 다시 한 잔을 따라 마셔보았다. 포도주는 다시 전과 같은 부드럽고 맑은 향기를 풍겼다.

그는 일어나서 칸의 카지노로 차를 몰았다.

그는 조용히 돈을 조금씩 걸었다. 아직도 마음속은 냉랭했다. 이런 상태가 계속되는 한은 돈을 딸 수 있다는 것을 알았다. 그는 마지막 12번, 27번의 공배와 27번에 걸었다. 한 시간 후에는 3천 프랑쯤 따고 있었다. 그는 공배의 판돈을 곱으로 해서 4번에도 걸었다.

조앙이 들어왔을 때 그는 알았다. 조앙은 옷을 갈아입고 있었다. 그렇다면 그가 호텔을 나온 뒤 바로 돌아왔음에 틀림이 없다. 모터보트로 데리러 왔던 두 남자와 함께 왔다. 한 명은 벨기에 사람인 르 클레르, 또 한 명은 미국 사람인 뉴젠트였다. 조앙은 무척 아름다워 보였다. 커다란 회색 꽃무늬가 있는 흰 야회복을 입고 있었다. 파리를 떠나기 전날 그가 사준 것이다. 그녀는 그 옷을 보자마자 소리를 지르며 달려들었다. 그러고는 "당신은 정말 야회복을 잘 고르는군요! 제 것보다 훨씬 낫네요"라고 말했다. 그리고 다시 한번 보고는, "게다가 더 비싸고요"라고 했다. 참새라고 그는 생각했다. 아직은 내 가지에 앉아 있지만 날개는 벌써 날아갈 자세를 갖추고 있다.

크루피에가 칩을 여러 장 그에게 밀어주었다. 공배에 건 것이 맞았기 때문이다. 그는 딴 몫을 집어넣고, 판돈은 그대로 두었다. 조앙이 자기를 보았는지 어떤지는 몰랐다. 노름을 안 하고 있는 사람 중에는 조앙의 뒷모습을 바라보는 자도 있었다. 그녀는 언제나 가벼운 미풍을 안고 아무런 목표도 없는 사람처럼 걷는다. 뉴젠트 쪽으로 얼굴을 돌리고 뭔가 이야기를 하고 있었다. 라비크는 별안간 칩을 쓸어버리고, 자기 자신도 이 초록 빛깔 탁자를 밀어젖히고 일어나 조앙을 데리고 이 작자들 사이를 재빨리 헤치고 문을 빠져나가서 어떤 섬으로, 저 앙티브 바다 멀리 수평선에 떠 있는 섬으로 도망가고 싶었다. 이 모든 것에서 그녀를 떼어내어 자기 것으로 만들고 싶은 충동을 느꼈다.

그는 다시 걸었다. 7번이 나왔다. 심으로 가도 떼어놓을 수는 없을 것이다. 불안정한 마음은 잡아둘 수가 없는 법이다. 자기 팔에 안고 있는 것이 제일 잃기 쉬운 법이다. 이쪽이 버린 것은 결코 잃는 법이 없다. 공은 천천히 구르다가 멈췄다. 12번. 그는 다시 걸었다.

눈을 들자 바로 조앙의 눈과 마주쳤다. 그녀는 탁자 건너편에 서서 그를 보고 있었다. 그는 그녀에게 고개를 끄덕여 보이고 싱긋 웃었다. 그녀는 눈을 크게 뜨고서 그를 뚫어지게 보았다. 그는 룰렛 바퀴를 가리키려 어깨를 으쓱했다. 19번이 나왔다.

그는 판돈을 걸고 다시 눈을 들었다. 조앙은 이미 없었다. 그는 억지로 앉아 있었다. 옆에 둔 담뱃갑에서 담배를 한 개비 뽑았다. 심부름꾼 하나가 불을 붙여주었다. 뚱뚱하고 머리가 벗어진 사나이로 제복을 입고 있었다. "세상이 많이 변했지요" 하고 그 사나이가 말했다.

"그렇군" 하고 라비크는 말했다. 모르는 사람이었다.

"29년경에는 달랐지요."

"달랐지."

라비크는 1929년에 칸에 온 적이 있는지 없는지, 혹은 사나이가 그저 그런 말을 하고 있을 뿐인지 도무지 기억이 없었다. 어느 겨울에 4번이 나와 있었다. 그는 정신을 집중하려고 했다. 그러나 이틀 치 체류비를 벌려고 이런 데서 푼돈을 걸고 있는 자신이 갑자기 어리석게 생각됐다. 도대체 무엇 때문에 이런 짓을 하고 있을까? 도대체 무엇 때문에 이런 곳에 왔을까? 어쭙잖게 마음이 약한 탓이다. 그 밖에 다른 이유는 없다. 이런 약한 마음이 소리도 없이 사람의 마음을 차차 좀먹어간다. 이제 정신을 차려야겠다고 생각하면 뚝 부러져버려, 비로소 그것을 알게 된다. 모로소프가 말한 그대로다. 여자를 잃는 가장 좋은 방법은 그저 이삼일밖에 보여줄 수 없는 그런 생활을 여자에게 보여주는 것이다. 그러면 여자는 그런 생활을 다시 찾으려 한다. 그러나 그런 생활을 영구히 하게 해줄 다른 남자에게서. 나는 저 여자에게, 이제 헤어져야겠다고 말해줘야지, 라고 그는 생각했다. 파리로 돌아가면 늦기 전에 여자와 헤어져야겠다.

그는 다른 탁자에서 더 계속해보려고 했다. 그러나 갑자기 싫어졌다. 한 번 크게 놀아본 일은 소규모로 해서는 안 된다. 그는 주위를 둘러보았다. 조앙의 모습은 보이지 않았다. 그는 바에 들어가서 코냑을 마셨다. 그리고 차를 타고 한 시간쯤 드라이브나 하려고 주차장으로 나갔다.

차에 시동을 걸려고 하는데 조앙이 오는 것이 보였다. 그는 차에서 내렸다. 그녀는 급히 다가왔다. "절 내버려두고 가시려는 거예요?"

"한 시간쯤 드라이브하고 돌아오려고 했어."

"거짓말 마세요! 돌아올 생각은 없었어요! 저를 저 바보들과 함께 내버려둘 생각이었어요!"

"조앙." 라비크는 말했다. "당신은 저 바보들과 같이 있었던 걸 바로 내 탓으로 미루고 싶은 모양이군."

"당신 탓이에요! 전 화가 나서 그 사람들하고 보트를 탄 거예요! 제가 돌아왔을 때 왜 호텔에 안 계셨지요?"

"당신은 당신의 바보들과 저녁 약속을 하지 않았나?"

그녀는 순간 움찔했다. "돌아와 보니 당신이 안 계시기에 약속을 했을 뿐이에요."

"알았어, 조앙" 하고 라비크는 말했다. "이런 얘기는 그만두지. 그래, 재미있었나?"

"아뇨."

그녀는 부드러운 기운이 감도는 어둠에 싸여, 숨을 헐떡이며 흥분으로 격해진 얼굴로 그의 앞에 서 있었다. 달빛이 그녀의 머리카락을 비추었다. 창백하고 대담한 얼굴의 입술이 새빨개서 검게 보였다. 지금은 1939년 2월이다. 파리에 돌아가면 도저히 피할 수 없는 일이 시작될 것이다. 천천히, 슬금슬금 온갖 하찮은 거짓말과 굴복과 말다툼으로. 그렇게 되기 전에 이 여자와 헤어지고 싶다. 그런데 여자는 아직 여기에 있다. 이제 며칠 남지도 않았는데.

"어디로 가시려고 했지요?"

"정한 곳은 없어. 그저 돌아다닐 뿐이지."

"저도 같이 가겠어요."

"하지만 당신의 바보들이 어떻게 생각할까?"

"아무러면 어때요. 벌써 작별 인사를 하고 왔으니까요. 당신이 기다린다고 말했어요."

"나쁘지 않군" 하고 라비크는 말했다. "당신은 제법 신중한 어린애야. 뚜껑을 닫을 테니 좀 기다려요."

"그대로 두세요! 외투가 있으니까 춥지 않아요. 천천히 모세요. 할 일 없이 그저 즐기기만 하면 되는 사람들이 말다툼 따위는 안 하고 앉아 있는 카페 앞을 모조리 지나가요."

그녀는 옆자리로 미끄러지듯 들어와서 그에게 키스했다. "제가 리비에라에 온 것은 처음이에요, 라비크. 못살게 굴지 말아요. 당신하고 정말로 함께 지내는 것도 이번이 처음이에요. 밤도 이젠 춥지 않고 저는 행복해요."

그는 차가 붐비는 길을 빠져나와 칼통 호텔을 지나서 주앙 레팽 쪽으로 달렸다. "처음이에요" 하고 그녀는 되풀이했다. "처음이에요, 라비크. 당신이 말하는 것은 듣지 않아도 모두 알고 있어요. 그런 건 아무 관계도 없어요." 그녀는 그에게 몸을 찰싹 붙이고 머리를 그의 어깨에 얹었다. "오늘 일은 잊어주세요! 아무 말도 하지 마세요! 운전을 참 잘 하시는군요. 그걸 아세요? 지금 그렇게 한 건 정말 멋져요. 그 바보들도 그런 말을 했어요. 어제 당신이 운전하는 걸 봤대요. 하지만 당신은 무서운 분이에요. 과거라는 걸 안 갖고 있으니 말이에요. 당신에 대해선 아는 것이 하나도 없어요. 그 바보들의 생활이라면 전 벌써 당신 생활의 몇백 배나 알고 있어요. 어때요, 어디서 칼바도스를 마실 수 없을까요? 오늘 밤처럼 흥분한 뒤에는 필요해요. 당신과 함께 살기는 참 어려워요."

차는 마치 길 위로 낮게 날아가는 새처럼 달려갔다. "너무 빠르지 않아?" 하고 라비크는 물었다.

"아뇨. 좀 더 빨리 모세요. 바람이 나무 사이를 지나가듯이 말이에요. 밤바람이 귓전에 울려요. 저는 사랑으로 벌집처럼 구멍이 뚫려 있어요. 사랑 때문에 저는 투명하게 속이 들여다보이게 됐어요. 당신을 너무 사랑하기 때문에 제 마음은 부풀어 올라와요. 마치 옥수수 밭에서 자기를 바라보는 남자 앞에 선 여자같이 말이에요. 제 마음은 땅 위에서 뒹굴고, 뛰고 싶어 하고 있어요. 미쳤어요. 제 마음은 차를 몰고 있는 당신을 사랑해요. 파리 같은 곳엔 돌아가지 말아요. 보석이 가득 든 트렁크를 훔치든가, 은행을 털어요. 그리고 이 차를 훔쳐서 다시는 돌아가지 마세요."

라비크는 조그마한 바 앞에서 차를 세웠다. 윙윙거리던 모터 소리가 그치고, 갑자기 저 멀리 깊은 바다의 숨소리가 들려왔다. "자, 내려요" 하고 그는 말했다. "당신의 칼바도스가 여기 있을 거야. 벌써 꽤 마셨지?"

"지나칠 정도로요. 당신 때문이에요. 그리고 갑자기 그 바보들의 지껄이는 소리를 더 참고 들어줄 수가 없었어요."

"그럼 왜 내게로 오지 않았지?"

"이렇게 왔잖아요."

"그렇지. 내가 돌아가려고 했을 때지. 뭘 먹기는 했나?"

"조금. 배가 고파요. 땄어요?"

"그래."

"그럼 제일 비싼 레스토랑으로 가서 카베아를 먹고 샴페인을 마셔요. 그리고 전쟁이라는 것이 없던 옛날의 우리 부모들처럼 지내봐요. 태평스럽게, 센티멘털하게, 걱정도 없이, 속박받지 않고, 아주 천하게, 그리고 눈물과 달님과 협죽도와 바이올린과 바다와 사랑으로! 그리고 전 믿고 싶어요. 우리는 어린애와 정원과 집을 가질 거라고. 당신은 여권이 있고 장래 희망도 있으며, 저는 당신을 위해서 굉장히 출세할 기회를 포기했다고요. 그리고 20년이 지나도 변함없이 서로 사랑하고 질투를 하는 거예요. 당신은 여전히 저를 아름답다고 생각하고, 저는 당신이 하룻밤이라도 집에 돌아오지 않으면 잠을 이룰 수 없다고요. 그리고⋯⋯."

그는 그녀의 얼굴에 눈물이 흐르는 것을 보았다. 그녀는 생긋 웃었다.

"이것은 전부 그 천한 취미의 일부예요, 여보, 모두가 그 천한 취미의 일부라고요."

"자" 하고 그는 말했다. "샤토 마드리드로 가지. 산 위에 있어. 러시아인 집시가 있고, 당신이 좋아하는 건 뭐든 있어."

이른 아침이었다. 아래쪽으로 내려다보이는 바다는 회색빛이었다. 파도는 없었다. 하늘에는 구름 한 점 없고, 빛깔도 없었다. 수평선 위로 가느다란 은빛 금이 한 줄기 물에 떠올라 있었다. 조용해서 서로의 숨소리를 들을 수 있을 정도였다. 두 사람이 마지막 손님이었다. 집시들은 낡은 포드 차를 타고 뱀처럼 꼬불꼬불한 산길을 먼저 내려갔다. 보이들은 시트로엥을 타고 내려가고, 요리사는 1929년형 6인승 들라예를 타고 장을 보러 가고.

"벌써 날이 새는군" 하고 라비크는 말했다. "밤은 이제 지구 반대쪽으로 가버렸어. 얼마 안 가서 밤을 쫓아갈 수 있는 비행기가 나올 거야. 지구 회전과 같은 속도로 난단 말이지. 그럼 당신이 새벽 4시에 나를 사랑한다고 말한다면 우리는 영원히 4시로 해둘 수가 있어. 우리는 시간과 함께 지구 주위를 날고만 있으면 되거든. 시간은 멈춰서 움직이지 않을 테니까."

조앙은 그에게 몸을 기댔다. "근사하군요. 참 멋있어요! 너무너무 멋있어요. 당신은 웃겠지만……."

"아냐, 정말 멋있어, 조앙."

그녀는 그를 쳐다보았다. "그 비행기는 어디 있지요? 그런 비행기가 발명될 때쯤 우리는 늙어버렸을 거예요. 여보, 전 늙고 싶지 않아요. 당신은?"

"늙고 싶어."

"정말?"

"될 수 있는 대로 빨리."

"아니, 어째서요?"

"이 지구가 어떻게 되는지 보고 싶어."

"전 늙고 싶지 않아요."

"당신은 늙지 않을 거야. 생활은 당신 얼굴을 뛰어 넘어갈 거야. 그럴 뿐이야. 당신 얼굴은 점점 예뻐질 거야. 늙었음을 느끼지 못할 때 사람은 비로소 늙는 거야."

"그렇지 않아요. 사랑을 하지 않게 되었을 때예요."

라비크는 대답을 하지 않았다. 너와는 헤어진다, 라고 그는 생각했다. 너와 헤어진다! 도대체 나는 불과 몇 시간 전에 무슨 생각을 했을까?

그녀는 그의 품속에서 움직였다. "이제 파티는 끝났어요. 당신과 함께 집으로 돌아가서 함께 자는 거예요. 얼마나 아름다워요! 사람이 자기 자신의 일부만으로 살지 않고 전체로 살 때, 얼마나 아름다워요! 사람이 가장자리까지 가득 차 더는 집어넣을 수가 없어서 조용히 안정되어 있을 때, 얼마나 아름다워요. 자, 돌아가요. 임시로 얻은 우리 집으로요. 시골 별장처럼 보이는 하얀 호텔로 말이에요."

차는 시동을 걸지 않고 그대로 꼬불꼬불한 언덕길을 미끄러지듯 내려갔다. 점점 밝아왔다. 땅은 이슬 냄새를 풍겼다. 라비크는 헤드라이트를 껐다. 코르니쉬를 지날 때 야채와 꽃을 실은 커다란 짐차와 마주쳤다. 니스로 가는 길이었다. 그다음에 알제리 토인 기병 일개 중대를 앞질렀다. 모터의 윙윙거리는 소리 사이로 기마대의 말발굽 소리가 들렸다. 자갈을 깐 길에서는 발굽 소리가 뚜렷하게 거의 인공적으로 울렸다. 기병들의 얼굴은 외투 두건 속에서 검게 보였다.

라비크는 조앙을 쳐다보았다. 그녀는 그에게 생긋 웃어 보였다. 그 얼굴은 창백하고 지쳐 있어서 전보다도 연약해 보였다.

어제라는 날은 먼 저쪽에 가라앉아버리고 아직 제대로 시간이라는 것을 갖지 않은 이 마술 같은 어둡고 조용한 아침. 그대로 둥실 떠 있는, 정적에 싸인, 공포도 의심도 없는 이 아침에 곱게 지친 그녀의 창백한 얼굴이 그에게는 지난 어느 때보다도 아름다워 보였다.

앙티브 만이 커다란 호를 그리며 두 사람에게 다가왔다. 새벽은 점점 밝아왔다. 구축함 세 척과 순양함 한 척으로 편성된 군함 네 척. 그 철회색 그림자가 차차 밝아오는 새벽빛 속에서 뚜렷이 떠올랐다. 밤중에 항구에 들어온 듯했다. 그것은 차차 멀어져가는 하늘을 배경으로, 낮게 위협하듯이 묵묵하게 정박해 있었다.

라비크는 조앙을 쳐다보았다. 그녀는 그의 어깨에 기댄 채 잠이 들어 있었다.

17

　라비크는 병원으로 가는 길이었다. 리비에라에서 돌아온 지 벌써 1주일이 지났다. 갑자기 그는 걸음을 멈추었다. 그는 마치 어린애들 장난 같은 일을 보았다. 새로 짓는 빌딩이 모델케이스로 지어놓은 것처럼 햇빛을 받아 빛나고 있었다. 비계(飛階) 장대가 마치 은빛 철사 세공처럼 맑게 갠 하늘에 뚜렷이 보였다. 그런데 그 비계 중 하나가 빠지고 사람이 하나 달라붙은 각목이 천천히 기울기 시작했을 때, 마치 파리 한 마리가 달라붙은 성냥개비가 떨어지는 듯이 보였다. 그것은 자꾸만 떨어져 내려 끝없이 떨어지는 듯했다. 사람의 모습이 그 각목을 놓았다. 그러자 이번에는 마치 작은 인형이 두 팔을 활짝 벌리고 어설프게 공중을 헤엄쳐 내려오는 듯이 보였다. 일순간 세상이 죽은 듯이 얼어붙어 단번에 정지한 것 같았다. 아무것도 움직이는 것이 없었다. 바람도 없고, 숨도 쉬지 않고, 소리도 없었다. 다만 자그마한 모습과 단단한 각목만이 자꾸만 떨어져 내려왔다…….

　그러자 갑자기 온갖 것이 웅성거리고 움직이기 시작했다. 라비크는 자기가 숨을 죽이고 있었음을 깨달았다. 그는 뛰어갔다.

희생자는 길바닥에 누워 있었다. 1초 전까지만 해도 거리에는 사람 그림자가 거의 없었다. 지금은 사람들이 득실거렸다. 사이렌이라도 울린 듯이 사방에서 몰려들었다. 라비크는 사람들을 밀어 헤치고 들어갔다. 노동자 두 사람이 희생자를 들어 일으키려 하고 있었다. "일으키면 안 돼! 그대로 둬요!" 하고 그는 소리를 질렀다.

주위에 있던 사람들과 앞을 막고 있던 사람들이 모두 물러섰다. 두 노동자는 희생자를 반쯤 일으키다 말고 그대로 멈추었다.

"살며시 내려놔! 조심해서! 살며시!"

"당신은 뭐요?" 노동자 하나가 물었다. "의사요?"

"그렇소."

"됐어."

노동자들은 희생자를 길바닥에 눕혔다. 라비크는 그 곁에 꿇어앉아 귀를 기울였다. 땀에 젖은 작업복을 조심스럽게 풀어 헤치고 몸을 만져봤다. 그러고는 일어섰다.

"어때요?" 아까 그 노동자가 물었다. "기절했죠?"

라비크는 고개를 저었다.

"뭐라고요?" 하고 노동자가 물었다.

"죽었소" 하고 라비크는 말했다.

"죽었다고요?"

"그렇소."

"하지만……" 하고 그 사나이는 믿을 수 없다는 듯이 말했다. "방금 같이 점심을 먹었는데요."

"여기 의사가 있소?" 하고 입을 멍하니 벌리고 둘러선 사람들 뒤에서 누가 말했다.

"무슨 일이오?" 라비크가 물었다.

"저 여자가⋯⋯."

"어떤 여자 말이오?"

"각목에 얻어맞았소. 피가 흘러요."

라비크는 사람들을 헤치고 빠져나왔다. 커다란 푸른 앞치마를 두른 키 작은 여자가 석회 구렁 옆 모래밭에 쓰러져 있었다. 얼굴은 주름이 잡히고 새파랗게 질렸으며 눈이 석회 덩어리처럼 움직이지 않았다. 목덜미 아래쪽에서 피가 작은 분수처럼 솟아오르고 있었다. 비스듬히 선을 그으며 세차게 솟아오르고 있었다. 그것이 몹시 너저분한 인상을 주었다. 머리 밑에 시커먼 피가 흥건히 괴었다가는 이내 모래 속으로 스며들었다.

라비크는 손가락으로 동맥을 눌렀다. 그리고 늘 가지고 다니는 붕대와 작은 구급함을 호주머니에서 꺼냈다. "이걸 좀 붙잡아주시오!" 하고 그는 옆에 있는 남자에게 말했다.

손 네 개가 한꺼번에 구급함을 잡으려고 덤볐다. 구급함은 모래 위에 떨어져서 열렸다. 그는 가위와 막대기를 끄집어내고 붕대를 찢었다.

여자는 아무 말도 없었다. 눈도 움직이지 않았다. 뻣뻣이 굳어서 몸 전체 근육이 긴장되어 있었다. "괜찮아요, 아주머니. 괜찮아요" 하고 라비크는 말했다.

각목이 여자의 어깨와 목덜미를 쳤던 것이다. 어깨는 으스러져 있었다. 쇄골이 부러지고 관절도 으깨져 있었다. 관절은 이제 움직이지 않을 것이다. "왼쪽 팔이군" 하고 라비크는 조심스럽게 목덜미를 살펴보았다. 피부가 찢어졌지만 다른 상처는 없었다. 한쪽 발이 삐어 있었다. 그는 뼈마디와 다리를 두드려보았다. 회색 양말은 조각조각 기웠지만 그래도 완전했고, 무릎 아래 검은 밴드를 매고 있었다. 정말 꼼꼼하게 차렸군! 검은 목구두. 그것도 기운 흔적이 있었다. 구두끈은 이중 매듭을 지었고, 구두코는 손질이 되어 있었다.

"누가 전화로 구급차를 불러줄 수 없소?" 하고 그는 물었다.

아무도 대답이 없었다. "아마 순경이 걸었을걸" 하고 잠시 뒤에 누군가 대답했다.

라비크는 얼굴을 들었다. "순경? 지금 어디 있소?"

"저기요…… 어떤 사람과 함께……."

라비크는 일어섰다. "그럼 모두 끝났군."

그는 가려고 했다. 그때 그 순경이 사람들을 헤치고 나타났다. 수첩을 손에 든 젊은 순경이었다. 흥분한 듯 끝이 뭉뚝한 몽당연필에 침을 발랐다.

"잠깐만 기다려주시오" 하고 그는 적기 시작했다.

"응급치료는 다 해놓았소" 하고 라비크는 말했다.

"잠깐만 기다려주시오!"

"난 지금 아주 바빠요. 긴급한 일이 있어서요."

"잠깐이면 됩니다. 선생님은 의사신가요?"

"동맥을 매두었소. 그것뿐이지요. 이젠 구급차가 오기만을 기다리면 됩니다."

"잠깐만 기다려주세요, 선생님. 성함을 적어둬야겠어요. 증인이시니까 중요합니다. 여자가 죽을지도 모르고요."

"죽지 않을 거요."

"모를 일이지요. 배상 문제도 있고요."

"구급차를 부르기나 했소?"

"그건 제 동료가 합니다. 자, 방해하지 맙시다. 시간만 더 걸릴 테니까요."

"저렇게 다 죽어가는데 당신은 가려고 하는 거요?" 하고 노동자 한 사람이 책망하듯이 라비크에게 말했다.

"내가 없었더라면 여자는 죽었을 거요."

"글쎄, 그러니까 말이오" 하고 노동자는 분명한 이유도 없이 말했다. "가서는 안 되지요."

사진 찍는 소리가 들렸다. 모자를 쓴 남자가 정면에 나타나서 싱긋이 웃었다. "붕대를 감는 장면을 다시 한번 해주시지 않겠습니까?" 하고 그는 라비크에게 물었다.

"싫소이다."

"신문에 낼 겁니다" 하고 사나이는 말했다. "당신 사진이 주소와 함께, 당신이 저 여자의 생명을 구했다는 타이틀로 신문에 날 겁니다. 좋은 선전이 될 거요. 미안하지만 이쪽으로 좀…… 이쪽이 광선이 좋아요."

"제발 좀 비켜요!" 하고 라비크는 말했다. "이 여자에게는 구급차가 급하단 말이오. 붕대가 언제까지나 견디지는 못해요. 구급차가 오는 거나 잘 봐주시오."

"우선 조서를 끝내야겠습니다" 하고 순경은 말했다.

"저 죽은 사람은 당신에게 이름을 대주었소?" 하고 어른 티가 나는 한 젊은이가 물었다.

"잠자코 있어!" 하고 순경은 젊은이 발치에 침을 뱉었다.

"이쪽에서 한 장 더 찍어주시오" 하고 누군가가 카메라맨에게 말했다.

"왜 그러시오?"

"저 여자가 통행금지 구역에 들어왔다는 것을 알 수 있도록 말이오. 이 길은 차단되어 있었소. 저기를 보시오……." 그는 비스듬히 서 있는 '주의! 위험!'이라고 쓴 팻말을 가리켰다. "저것이 잘 보이도록 한 장 찍어주시오. 우리가 필요해서 그래요. 손해배상은 여기선 문제가 되지 않소."

"난 신문사 사진반이오" 하고 모자를 쓴 사나이가 거절했다. "난 재미있다고 생각하는 것만 찍는단 말입니다."

"하지만 이것도 재미있는 일이오! 이보다 재미있는 게 어디 있소? 배경에 팻말이 들어간단 말이오!"

298

"팻말 같은 건 재미없소. 생동감이 있어야 재미있지."

"그럼 당신이 조서에 기록해두시오." 그 사나이는 순경의 어깨를 두드리며 말했다.

"도대체 당신은 누구요?" 하고 순경은 화를 내며 물었다.

"난 건축 회사 대표요."

"알았소" 하고 순경은 말했다. "당신도 좀 있어주시오. 당신 이름이 뭐지요? 이름쯤은 알고 있을 테지!" 하고 그는 여자에게 물었다.

여자는 입술을 움직였다. 눈두덩이 떨리기 시작했다. 나비 같다, 몹시 지친 회색 나비 같다, 라고 라비크는 생각했다. 그와 동시에 자신은 정말 멍청이라는 생각이 들었다. 어떻게든 도망을 해야지!

"제기랄" 하고 순경이 말했다. "미쳐버렸을지도 모르지. 귀찮게 되어가는데. 이래서야 어디 조서나 꾸미겠나. 3시면 근무 시간이 끝나는데……."

"마르셀." 여자가 말했다.

"뭐라고? 잠깐만 기다려요. 뭐라고요?" 순경은 다시 몸을 구부렸다.

여자는 말이 없었다.

"뭐라고 했소?" 순경은 기다렸다. "다시 한번! 다시 한번 말해봐요!"

여자는 그래도 말이 없었다.

"당신이 쓸데없이 지껄이는 바람에" 하고 순경은 건축 회사 대표에게 쏘아붙였다. "이래서야 어디 조서나 꾸미겠나."

그 순간 셔터를 누르는 소리가 들렸다. "고맙소" 하고 카메라맨이 말했다. "아주 생동감이 충분하오."

"여보시오, 우리 팻말도 함께 찍었소?" 하고 건축 회사 대표가 순경 말은 듣지도 않고 물었다. "당장에 여섯 장을 주문하겠소."

"거절하오" 하고 카메라맨이 단호하게 말했다. "난 사회주의자요. 보험금이나 당장 지불하시지. 이 백만장자의 사냥개 같으니!"

사이렌 소리가 요란하게 울렸다. 구급차였다. 지금이다, 하고 라비크는 생각했다. 그는 조심하면서 한 발을 내디뎠다. 그러나 순경이 그를 붙잡았다. "경찰서까지 같이 가셔야겠습니다. 미안합니다만 완전히 기록해야 하니까요."

이번에는 또 다른 순경까지 그의 옆에 섰다. 이제 도리가 없다. 어떻게 잘되겠지, 하고 라비크는 생각했다. 그러고는 그들을 따라갔다.

경찰서 담당 직원은 형사와 조서를 꾸민 순경의 이야기를 잠자코 들었다. 그러다가 라비크 쪽으로 몸을 돌렸다. "당신은 프랑스 사람이 아니군요" 하고 말했다. 묻는 게 아니라 사실을 확인하는 듯한 말투였다.

"아닙니다." 라비크는 말했다.

"그럼 어디 사람이죠?"

"체코 사람이오."

"여기서 의사 노릇을 하다니, 어떻게 된 일이지요? 외국인으로서는 귀화하기 전에는 개업할 수가 없을 텐데."

라비크는 싱긋 웃었다. "난 개업하고 있지 않소. 여행자로서 와 있을 뿐이오. 놀러 온 거요."

"여권을 갖고 있소?"

"그런 게 필요한가, 페르낭?" 하고 다른 직원이 물었다. "이분은 그 여자의 생명을 구해주셨고 주소도 알고 있으니 그것으로 충분하지 않나. 게다가 다른 증인도 있으니."

"흥미로운 일이야. 당신, 여권을 갖고 있소? 아니면 신분증명서라도?"

"물론 없소" 하고 라비크는 말했다. "누가 여권을 늘 갖고 다닌답니까?"

"그럼 어디에 있소?"

"영사관에 있소. 1주일 전에 제출했지요. 기간을 연장해야 해서."

라비크는 여권을 호텔에 두었다고 하면 순경을 데리고 호텔에 가야 하고, 그러면 금방 탄로가 난다는 것을 알았다. 그리고 안전을 위해 주소도 엉터리로 댔던 것이다. 영사관이라고 해두면 혹시 잘될지도 모른다.

"어느 영사관이오?" 페르낭이 물었다.

"체코 영사관이오."

"전화를 걸어서 물어보면 곧 알겠지." 페르낭은 라비크를 쳐다보았다.

"물론이죠."

페르낭은 잠시 기다렸다. 이윽고 "좋아" 하고 그는 말했다. "한번 전화를 걸어봅시다."

그는 일어나서 옆방으로 갔다. 다른 직원 한 사람이 몹시 난처해했다. "정말 미안하게 됐습니다" 하고 그는 라비크에게 말했다. "물론 그럴 필요가 전혀 없어요. 곧 해명이 되겠지요. 도와주셔서 정말 감사합니다."

해명이라, 하고 라비크는 생각했다. 담배를 꺼내면서 태연히 주위를 둘러보았다. 입구에 그 형사가 서 있었다. 그렇지만 우연히 거기 서 있을 뿐이었다. 그를 정말로 의심하는 사람은 아무도 없었다. 형사를 밀치고 나갈 수 있을지도 모른다. 그러나 그 밖에도 건축 회사 사람과 노동자 두 사람이 있었다. 그는 단념했다. 빠져나가기는 어렵다. 문밖에도 순경 두서너 명이 서 있을 것이다.

페르낭이 돌아왔다. "영사관에 당신 이름으로 된 여권은 없어요."

"그럴 수도 있겠지요" 하고 라비크는 말했다.

"그럴 수도 있다니?"

"전화를 받은 사람이 무엇이든 다 알고 있다고는 할 수 없지요. 이런 문제를 취급하는 직원이 여러 명이니까요."

"그러나 그 직원은 알고 있던데요."

라비크는 대답을 하지 않았다.

"당신은 체코 사람이 아니지요?" 하고 페르낭이 말했다.

"여보게, 페르낭" 하고 다른 직원이 끼어들었다.

"당신에겐 체코 사람 말투가 없소."

"없을지도 모르지요."

"당신은 독일 사람이야" 하고 페르낭은 의기양양하게 말했다. "그러니까 여권이 없는 거요."

"천만에" 하고 라비크는 대답했다. "난 모로코 사람이고, 이 세상의 프랑스 여권은 모두 갖고 있소."

"여보시오!" 하고 페르낭은 소리를 버럭 질렀다. "당신은 프랑스의 식민지 제국을 모욕하는 거요?"

"빌어먹을!" 하고 노동자 하나가 말했다. 건축 회사 대표는 마치 갈채라도 보내고 싶어 하는 듯한 얼굴이었다.

"페르낭, 그만해두게……."

"당신은 거짓말을 하고 있어! 당신은 체코 사람이 아냐. 도대체 여권이 있는 거요, 없는 거요, 대답 좀 해보시오!"

사람 탈을 쓴 쥐새끼로군, 하고 라비크는 생각했다. 물속에 집어넣든 달리 어찌 하든 쉽사리 죽지 않을 사람의 탈을 쓴 쥐새끼다. 내게 여권이 있든 없든 이 멍청이에게 무슨 상관이 있단 말인가? 그러나 이 쥐새끼는 무슨 냄새를 맡고 구멍에서 기어 나온 것이다.

"대답 좀 해보시오!" 페르낭은 씩씩거리며 소리를 질렀다.

종잇조각 한 장! 그걸 갖고 있느냐 없느냐. 만약 내가 그 종이쪽지를 가졌다면 이 녀석은 내게 용서를 빌며 머리를 숙일 것이다. 가령 내가 일가족을 몰살했던 은행을 털었든 그런 것은 문제가 되지 않는다. 이 녀석은 내게 절을 할 것이다. 그러나 여권이 없으면 그리스도일지라도 오늘날엔 감옥에서 죽어야 한다. 어떻든 간에 그리스도는 서른세 살이 되기 전에 학살을 당했으리라.

"확실해질 때까지 당신은 여기 있어야겠소" 하고 페르낭은 말했다. "내가 조사를 하겠소."

"좋을 대로 하시오." 라비크는 말했다.

페르낭은 발을 구르며 나가버렸다. 다른 직원은 자기 서류를 뒤적거렸다. "정말 미안합니다. 저 친구는 이런 일엔 제정신이 아니라서."

"괜찮습니다."

"우린 끝났소?" 하고 노동자 하나가 물었다.

"끝났소."

"그럼 됐군." 그는 라비크에게 몸을 돌렸다. "세계혁명이 일어나면 여권 같은 것은 필요 없어질 거요."

"양해하셔야겠습니다" 하고 직원은 말했다. "페르낭의 부친은 세계대전에서 죽었습니다. 그래서 저 친구는 독일 사람을 미워해서 그러는 겁니다." 그는 잠깐 동안 난처한 듯이 라비크를 쳐다보았다. 어떤 사정인지 짐작이 가는 모양이었다. "참 안됐습니다. 저 혼자였더라면……."

"괜찮아요." 라비크는 사방을 둘러보았다. "그 페르낭이라는 사람이 돌아오기 전에 전화를 좀 쓸 수 없을까요?"

"좋습니다. 저기 책상에 있습니다. 빨리 거십쇼."

라비크는 모로소프에게 전화를 했다. 그는 독일어로 사건에 대해 이야기했다. 그리고 베베르에게 알려달라고 부탁했다.

"조앙에게도?" 모로소프는 물었다.

라비크는 망설였다. "아니, 아직은 알리지 말게. 내가 잡혀 있다고, 그렇게만 전해주게. 그러나 이삼일이면 잘될 거라고 해주고, 좀 돌봐주게나."

"알았어"라고 모로소프는 대답했지만 별로 신이 나지 않는 것 같았다. "알았네, 보제크."

페르낭이 들어왔을 때 라비크는 수화기를 놓았다.

"지금 어느 나라 말을 했소?" 하고 페르낭이 히죽 웃으며 물었다. "체코 말이오?"

"에스페란토요" 하고 라비크는 대답했다.

베베르는 이튿날 오전에 찾아왔다. "지독한 데로군." 그는 사방을 둘러 보며 말했다.

"프랑스 감옥은 아직 진짜 감옥이지" 하고 라비크는 대답했다. "아직은 인도주의 때문에 부패되지 않았어. 18세기 그대로 훌륭하고 냄새나는 곳 이지."

"괘씸하군" 하고 베베르는 말했다. "이런 데다 자네를 집어넣다니, 정말 괘씸하군."

"인간은 착한 일을 해선 안 되겠어. 이렇게 곧 벌을 받게 되거든. 그 여자 를 그대로 피 흘리게 내버려둘걸 그랬어. 우리는 철의 시대에 살고 있어, 베 베르."

"무쇠 시대지. 그런데 저 친구들은 자네가 불법 입국을 했다는 것을 알 아냈나?"

"물론이지."

"주소도?"

"주소는 물론 안 댔지. 앵테르나시오날 이름은 절대로 댈 수 없지. 호텔 여주인이 신고도 안 하고 손님을 받았다고 벌을 받게 될 테니까. 그리고 당 장 임검해서 피난민 열 명쯤 쉽게 붙잡힐 테니까. 이번에는 주소를 랭커스 터 호텔로 했어. 비싸고 훌륭하고 자그마한 호텔이지. 전번에 한번 묵은 적 이 있었어."

"그런데 자네 새 이름은 보제크란 말이지?"

"블라디미르 보제크" 하고 라비크는 히죽이 웃었다. "네 번째 이름이야."

"제기랄, 그런데 어떻게 하면 좋지, 라비크?"

"별수 없지. 가장 중요한 건 내가 전에도 두어 번 여기 들어온 적 있다는 사실을 그들이 알지 못하도록 하는 일이야. 그렇지 않으면 6개월 징역을 살게 된단 말이지."

"빌어먹을!"

"사실 세상은 나날이 인간적으로 되어가고 있어. 위험하게 살라고 니체는 말했지. 피난민은 누구나 그렇게 살고 있어, 본의는 아니지만."

"그럼 만일 알아내지 못한다면?"

"2주일 정도지. 그리고 전례대로 추방이겠지."

"그리고 그다음은?"

"다시 돌아오지."

"다시 붙잡힐 때까지 말인가?"

"그렇지. 이번에는 상낭히 싫었어. 2년이나 됐으니까. 일생이라고도 할 수 있지."

"어떻게 도리를 강구해야지. 언제까지나 이럴 수야 없지."

"이럴 수밖에, 다른 도리가 있단 말인가?"

베베르는 곰곰 생각해보았다. 그러다가 느닷없이, "뒤랑이면 되겠군" 하고 말했다. "됐어, 뒤랑은 아는 사람이 많고 유력자니까" 하고 말을 끊었다. "그렇지, 자넨 거물급 환자 한 사람을 수술해주지 않았나! 왜 그 담낭을 수술한 사람 말이야!"

"내가 아냐. 뒤랑이……."

베베르는 웃었다. "물론 그 늙은이에게 그런 말은 할 수가 없지. 그러나 무슨 대책을 세울 수 있을 거야. 내가 한번 간곡히 부탁해보지."

"별로 소용이 없을 거야, 얼마 전에 2천 프랑을 우려냈으니 말이야. 그런 타입은 그런 일을 좀처럼 잊어버리지 않거든."

"잊어버릴 거야" 하고 베베르는 재미있다는 듯이 말했다. "말하자면, 그는 자네가 그런 유령 수술에 대한 이야기를 하지 않을까 하고 겁을 낼 거란 말이야. 자네는 그 사람 대신 여러 번 수술을 해주었으니까. 게다가 그는 자네가 없으면 아주 곤란해지거든!"

"누구든 다른 사람을 곧 찾아내겠지. 비노든, 아니면 다른 피난민 의사를 말이야. 얼마든지 있지."

베베르는 수염을 쓰다듬었다. "자네만 한 솜씨를 가진 사람은 없어. 어쨌든 한번 이야기해보기로 하지. 오늘이라도 곧 해보겠어. 여기서 내가 해줄 일은 없나? 식사는 어떤가?"

"형편없지. 그러나 가져오라고 할 수는 없어."

"담배는?"

"충분해. 내가 정말 필요한 것은 자네가 어떻게 해줄 수 없는 일이야. 목욕을 하고 싶어."

라비크는 거기서 2주일을 보냈다. 유대인 연관공(鉛管工), 반쯤 유대계인 작가, 그리고 폴란드 사람 하나와 함께였다. 연관공은 베를린에 대한 향수를 느끼고 있었다. 작가는 베를린을 미워하고 있었다. 폴란드 사람은 그런 데 관심이 없었다. 라비크는 담배를 나눠 피웠다. 작가는 유대인들의 농담을 지껄였다. 연관공은 냄새를 없애는 전문가로서 없어서는 안 될 인물이었다.

2주일 뒤에 라비크는 불려 나왔다. 먼저 서장 앞으로 끌려갔다. 서장은 그가 돈을 가졌는지 물었다.

"갖고 있소."

"그럼 됐어. 택시로 하지."

직원 하나가 따라왔다. 거리는 맑고 햇볕이 내리쬐었다. 다시 한번 밖으로 나오게 되어 기뻤다. 노인 하나가 문 앞에서 풍선을 팔고 있었다. 왜 감옥 앞에서 그런 것을 팔고 있는지 알 수가 없었다. 직원은 택시를 불렀다.

"어디로 가는 거요?" 하고 라비크는 물었다.

"장관에게."

라비크는 어떤 장관인지 알 수가 없었다. 그러나 독일 강제수용소 장관만 아니라면 어떤 장관이든 상관없었다. 이 세상에서 정말로 무서운 것은 꼭 한 가지밖에 없다. 즉 잔학한 테러의 수중에 완전히 떨어져서 어쩔 수 없게 되는 일이다. 그것에 비하면 이런 일쯤 아무것도 아니었다.

택시에는 라디오가 달려 있었다. 라비크는 스위치를 넣었다. 야채 시장 뉴스가 나오고, 이어서 정치 뉴스로 바뀌었다. 직원은 하품을 했다. 라비크는 다이얼을 돌렸다. 음악이었다. 유행가였다. 직원은 얼굴이 훤해졌다. "샤를 트레네로군" 하고 그는 말했다. "메닐몽탕, 일류급이지."

택시가 멈추었다. 라비크가 돈을 치렀다. 그는 대기실로 끌려갔다. 세계 어느 곳 대기실도 다 그렇지만, 여기서도 기대와 땀 냄새와 먼지 냄새가 풍겼다.

그는 누군가 방문객이 놓고 간 낡은 〈파리 생활〉을 읽으며 반 시간쯤 앉아 있었다. 2주일이나 책을 읽지 않은 뒤라, 그것이 무슨 고전처럼 생각되었다. 그러다가 장관 앞으로 끌려갔다.

잠시 후에야 그 키 작고 뚱뚱한 사나이가 누구인지 알 수 있었다. 대개 수술할 때 그는 얼굴 같은 것은 보지도 않았다. 얼굴은 번호 같은 것이어서 관심이 없었다. 그저 환부에만 주의를 기울였다. 그런데 이 얼굴만은 호기심을 느껴서 바라보았던 것이다. 바로 그 사나이가 지금 제법 건강한 듯 담낭을 잘라낸 뚱뚱한 배를 다시 불룩하게 하고 앉아 있었다. 르발이었다. 라비크는 베베르가 뒤랑에게 한번 부탁해보겠다고 한 말을 완전히 잊고 있었다. 설마 르발 앞에 끌려올 줄은 꿈에도 생각하지 못했다.

르발은 그를 아래위로 훑어보았다. 그렇게 해서 여유를 갖는 것이다. 이윽고 "물론 당신 이름은 보제크가 아니겠지?" 하고 으르렁거리듯 말했다.

"아닙니다."

"그럼 뭐요?"

"노이만입니다." 라비크는 베베르와 그렇게 짜놓았고, 베베르는 뒤랑에게 그렇게 말한 것이다. 보제크는 너무 이상한 이름이었다.

"당신은 독일 사람이지?"

"그렇습니다."

"피난민이오?"

"네."

"알 수 없군. 그렇게 보이지는 않는데."

"피난민 전부가 다 유대인은 아닙니다" 하고 라비크는 말했다.

"왜 속였소? 이름 말이오."

라비크는 어깨를 으쓱했다. "달리 어떻게 할 도리가 없잖습니까? 될 수 있는 대로 우리는 거짓말은 안 합니다. 우리는 할 수 없이……. 아니, 우리가 재미나 농담으로 거짓말을 하는 줄 아십니까?"

르발은 뾰로통해졌다. "도대체 당신은 우리가 재미 삼아 당신들 때문에 고생을 한다고 생각하오?"

회색 머리다, 라고 라비크는 생각했다. 그때는 머리가 희끗희끗한 회색이었다. 누선(淚腺)은 지저분한 푸른색이었고, 입은 반쯤 열린 채였지. 그때는 말을 하지 못했다. 그때 이 녀석은 썩어빠진 담낭을 속에 담고 있는 커다란 고깃덩어리였지.

"어디 살고 있소? 주소도 속였지?"

"여기저기서 살았지요. 오늘은 여기, 내일은 저기 하는 식으로."

"얼마 동안이오?"

"3주일쯤입니다. 3주일 전에 스위스에서 왔습니다. 거기서 국경 밖으로 쫓겨났지요. 법적으로 말해서 우리는 서류가 없는 한 어디서도 살 권리가 없다는 것, 그리고 대부분이 아직도 자살 결심을 못 하고 있다는 것을 당신도 아시겠지요. 우리가 당신들을 괴롭히게 되는 것도 이런 이유에서입니다."

"독일에 있었으면 좋았지" 하고 르발은 으르렁거리듯이 말했다. "독일도 그렇게 심하지는 않아. 모두 과장해서 말하고 있어."

조금만 잘못 잘랐더라면 너는 지금 여기서 이런 수작을 하고 있지는 못할 것이다, 하고 라비크는 생각했다. 구더기 같으면 여권 없이도 너의 국경선을 넘었을 것이다. 아니면 너는 한 움큼 재가 되어 지금쯤 허술한 유골 단지 속에 들어가 있을 것이다.

"여기서는 어디서 살았소?" 르발이 물었다.

다른 친구들을 잡으려면 그걸 알아야겠지, 하고 라비크는 생각했다. "일류 호텔을 돌아다녔지요" 하고 그는 말했다. "늘 다른 이름으로, 하루나 이틀씩만 묵었지요."

"거짓말이겠지."

"잘 안다면 왜 물으시죠?" 라비크는 차차 진절머리가 나서 말했다.

르발은 울컥 화가 치민 듯 손바닥으로 책상을 꽝 쳤다. "뻔뻔스러운 소리 말라고!" 하고는 곧 자기 손바닥을 자세히 들여다보았다.

"가위를 친 겁니다" 하고 라비크가 말했다.

르발은 그 손을 호주머니에 넣었다. "당신은 좀 뻔뻔스럽다고 생각지 않소?"라고 그는 갑자기 침착한 태도를 보이며 말했다. 상대편이 완전히 자기를 의지하고 있음을 알기 때문에 스스로를 억제할 수 있는 여유가 생긴 것이다.

"뻔뻔스럽다고요?" 라비크는 놀라며 그를 쳐다보았다. "당신은 그걸 뻔뻔스럽다고 하십니까? 우리는 학교에 들어와 있는 것도 아니고, 잘못을 뉘우치려고 감화원에 들어온 것도 아닙니다! 나는 자위 수단을 취하고 있을 뿐입니다…… 당신은 내게 형의 선고를 관대하게 해달라고 탄원하는 범죄인 기분을 가지라고 하시는 겁니까? 그것도 내가 나치가 아니고, 따라서 여권이 없다는 이유만으로 그런 기분이 되라는 겁니까? 우리는 다만 살기 위해서 갖가지 종류의 감옥과 경찰과 굴욕을 모조리 경험해왔습니다만, 그렇다고 해서 스스로를 범죄인이라고는 아직 생각하지 않습니다……. 다만 그것만으로 우리는 의연할 수가 있습니다. 그것을 당신은 이해하지 못합니까? 그것이 뻔뻔스러움과는 전혀 다르다는 것을 하느님은 아십니다."

르발은 대답을 하지 않았다. "당신은 여기서 개업하고 있었소?"

"천만에요."

흉터가 지금쯤은 조그맣게 되었을 것이다, 하고 라비크는 생각했다. 그때는 정말 깨끗이 꿰맸으니까. 그렇게 지방이 많았으니 정말 힘든 일이었지. 이 작자는 그 뒤로 다시 처먹은 것이다. 처먹고 처마시고 한 것이다.

"그것이 제일 위험하단 말이오." 르발은 단정적으로 말했다. "시험도 안 치고 단속도 받지 않고 돌아다니고 있으니, 언제부터 그렇게 해왔는지 알 수가 없지! 당신이 말하는 3주일을 내가 그대로 믿는다고 생각하면 큰 오산이오. 당신이 여태까지 무슨 일을 해왔는지, 불법적인 일을 얼마나 해왔는지 누가 알겠소?"

네 배 속에서 동맥은 경화되고 간장은 부어오르고 담낭은 발효하고 있어, 하고 라비크는 생각했다. 만약 내가 거기 손을 대지 않았더라면 네 친구 뒤랑은 아마도 엉터리 방법으로 아프지 않게 너를 죽였을 것이다. 그리고 그 덕분에 오히려 외과 의사로서의 명성을 더욱 올리고 요금을 인상했을 테지.

"그것이 제일 위험하단 말이오" 하고 르발은 되풀이했다. "당신은 개업할 수 없게 되어 있소. 그러니까 닥치는 대로 무엇이든 맡는 거지. 이건 명백해. 그것에 대해서 우리 권위자 한 사람과 이야기를 해보았는데, 그분도 나와 완전히 같은 의견이었소. 만약 당신이 조금이라도 의학적 소양이 있다면 그분 이름을 잘 알 거요……."

설마, 하고 라비크는 생각했다. 그럴 리가 없다. 설마 여기서 뒤랑의 이름을 대지는 않겠지. 세상에 이런 농담은 있을 수 없지.

"뒤랑 교수요" 하고 르발은 위엄을 부리며 말했다. "그분 말이 치료사들이나 갓 졸업한 의학생, 안마사, 조수 따위가 프랑스에 오면 모두 독일에선 대단한 의사였다고 떠벌린다는 거요. 대체 누가 그것을 단속할 수 있겠소? 법을 어긴 수술, 낙태, 산파와 한패가 되는가 하면 엉터리 치료를 하고, 그밖에 또 무슨 일을 저지르고 있는지 알 수가 없지! 아무리 엄중하게 다뤄도 충분치가 못해!"

뒤랑이라, 하고 라비크는 생각했다. 이것이 2천 프랑에 대한 그 녀석의 복수다. 그건 그렇고, 지금 그 녀석 수술은 누가 해주고 있을까? 틀림없이 비노겠지. 다시 그전대로 해 나가고 있을 것이다.

그는 자기가 이미 르발의 말을 듣고 있지 않다는 것을 깨달았다. 베베르의 이름이 나올 때까지 전혀 주의를 하지 않고 있었다. "베베르라는 의사가 당신 일을 부탁해왔소. 그 사람을 알고 있소?"

"네, 좀 알지요."

"그 사람이 여길 왔었소." 르발은 잠깐 동안 똑바로 앞을 바라보았다. 그리고 크게 재채기를 한 다음 손수건을 꺼내 코를 풀고는 그것을 들여다보고 손수건을 접어서 다시 호주머니에다 집어넣었다. "그러나 당신을 위해서 어떻게 해줄 수는 없소. 우리는 엄격해야 하오. 당신은 추방이오."

"알고 있습니다."

"전에도 프랑스에 머문 적이 있소?"

"없습니다."

"되돌아오면 6개월 징역이오. 알겠소?"

"알고 있습니다."

"되도록 빨리 추방되도록 주선하겠소. 내가 할 수 있는 일은 그뿐이오. 돈은 가지고 있소?"

"있습니다."

"됐소. 그럼 국경까지 가는 호송 경관과 당신 여비는 당신이 지불해야 하오" 하고 그는 고개를 끄덕였다. "가도 좋소."

"지정된 시간까지 돌아가야 하오?" 라비크는 호송 경관에게 물었다.

"정해져 있지는 않소. 사정에 달렸지. 왜 그러시오?"

"아페리티프를 한 잔 마시고 싶어서요." 경관이 그를 쳐다보았다. "달아나진 않을 테니까" 하고 라비크는 말했다. 그리고 호주머니에서 25프랑짜리 지폐를 한 장 꺼내 들고 만지작거렸다.

"좋소. 2, 3분 정도라면. 이러나저러나 마찬가지니까."

그들은 다음 술집 앞에서 택시를 세웠다. 벌써 탁자 여러 개를 밖에 차려놓고 있었다. 시원하기는 했으나 햇볕은 쨍쨍 내리쬐었다. "뭘 드시겠소?" 하고 라비크가 물었다.

"아메르 피콩으로 하겠소. 이런 시각에는 다른 걸 할 수가 없지."

"난 핀으로 주시오. 물 타지 말고."

라비크는 편안하게 앉아서 숨을 깊이 쉬었다. 공기, 얼마나 고마운 것인가! 보도의 가로수 가지에는 갈색 새싹이 빛나고 있었다. 갓 구워낸 빵과 새 포도주 냄새가 흘러온다. 보이가 잔을 둘 가지고 왔다. "전화는 어디 있지?" 하고 라비크는 물었다.

"안에 있습니다. 오른쪽, 화장실 옆입니다."

"그렇지만……" 하고 경관이 말했다.

라비크는 25프랑짜리 지폐를 경관의 손에 구겨 넣었다. "내가 누구에게 전화를 걸려고 하는지 대강 짐작하시겠지요. 도망가지는 않을 거요. 함께 와도 좋소. 자, 오시오."

경관은 오래 망설이지는 않았다. "알았소" 하고 그는 일어났다. "뭐니 뭐니 해도 인간이니까."

"조앙……."

"라비크! 어머! 어디 계세요? 나왔어요? 어디 계신지 말해줘요."

"술집이야."

"그만둬요! 정말 어디 계신지 말해줘요!"

"정말 술집에 있어."

"어디예요? 이젠 유치장에서 나온 거예요? 지금까지 어디 계셨어요? 저 모로소프는……."

"그 친구는 당신에게 사정을 그대로 말했던 거야."

"그 사람은 당신이 어디로 끌려갔는지도 말해주지 않았어요. 알았으면 곧장 달려갔을 텐데……."

"그러니까 당신에게 말하지 않은 거야, 조앙. 그렇게 하는 편이 좋았어."

"왜 술집 같은 데서 전화를 걸었어요? 왜 이리로 오시지 않지요?"

"안 돼. 2, 3분밖에 시간이 없어. 경관에게 부탁해서 겨우 여기서 잠시 쉬고 있는 거야, 조앙. 이삼일 안에 스위스로 추방될 거야. 그러면……." 라비크는 창밖을 흘끗 내다보았다. 경관은 카운터에 기대서서 이야기를 하고 있었다. "그러면 곧 돌아오겠어." 그는 기다렸다. "조앙."

"가겠어요. 곧 가겠어요. 어디지요?"

"올 수 없어. 거기서 오자면 30분은 걸릴 거야. 지금 2, 3분밖에는 시간이 없어."

"경관을 꼭 잡아두세요! 돈을 줘요! 제가 가지고 갈 테니까!"

"조앙" 하고 라비크는 말했다. "소용없어. 뻔한 거야. 이젠 전화 끊어야겠어."

그녀의 숨소리가 들려왔다. "저를 만나고 싶지 않으세요?" 이윽고 그녀는 말했다.

딱하게 됐군. 괜히 전화를 걸었어. 얼굴도 보지 않고 어떻게 설명해줄 수가 있단 말인가? "얼마나 당신을 만나고 싶은지 몰라, 조앙."

"그럼 오세요! 그 사람도 함께 데리고 오면 되잖아요!"

"그렇게는 안 돼. 이젠 전화 끊어야 해. 지금 당신이 뭘 하고 있는지 빨리 말해줘."

"뭐라고요? 그건 무슨 뜻이지요?"

"지금 뭘 입고 있어? 어디 있지?"

"제 방에요. 침대예요. 어젯밤에 늦게 돌아왔어요. 곧 갈아입고 갈게요."

어젯밤엔 늦었다. 물론이지! 내가 유치장에 들어앉아 있어도 만사는 잘 되어가지. 그런 것은 잊어버리고. 침대에서 반쯤 잠이 들어 베개 위에 물결치는 머리카락, 의자에 내던진 양말, 내의, 야회복. 오만 가지가 어지럽게 흔들린다. 제 입김으로 반쯤 흐려진 무더운 전화실 창문, 마치 수족관 속에서 헤엄치는 것처럼 그 창 속에서 무한히 아득한 곳에 있는 경관의 머리가 흔들흔들 흔들린다. 그는 마음을 다잡았다. "이제 끊어야겠어, 조앙."

그녀의 당황한 목소리가 들려왔다. "아니, 그런 법이 어디 있어요! 그렇게 가버릴 수는 없어요. 제게 아무것도 알리지 않고, 어디로 가는지도. 안 그래요?" 벌떡 일어나서 베개를 밀치고 전화기를 무기처럼, 원수처럼 손에 움켜잡고, 떨리는 어깨, 깊고 어두워진 눈⋯⋯.

"뭐 전쟁하러 가는 것도 아냐. 그저 스위스로 여행을 갈 뿐이야. 곧 돌아올 거야. 국제연맹에 기관총을 한 차 팔러 가는 상인이라고 생각하면 돼."

"그렇다면 돌아와도 역시 마찬가지가 아녜요. 전 무서워서 살아갈 수가 없어요."

"마지막에 한 말을 다시 한번 말해봐."

"정말이에요." 그녀의 목소리는 노기를 띠었다. "제겐 맨 나중에야 얘기를 해주는군요. 베베르는 당신을 면회할 수 있어도 저는 안 돼요! 모로소프에게는 전화를 걸면서도 제게는 안 했어요! 그래놓고는 이제 떠나버리다니……."

"원 참!" 하고 라비크는 말했다. "싸움은 그만두기로 하지, 조앙."

"싸우는 게 아니에요. 잘못을 잘못이라고 말하고 있을 뿐이에요."

"알았어. 이제 끊어야겠어. 잘 있어, 조앙."

"라비크! 라비크!"

"왜 그러지?"

"다시 돌아오세요! 돌아오세요! 당신이 없으면 전 살 수 없어요!"

"돌아오겠어."

"그래요…… 그래요……."

"잘 있어, 조앙. 곧 돌아오겠어."

그는 잠시 동안 후텁지근한 전화실에 서 있었다. 이윽고 그는 수화기를 그대로 쥐고 있다는 것을 알았다. 그는 문을 열었다. 경관이 고개를 들고 쳐다보았다. 그러고는 선량한 웃음을 지었다. "끝났소?"

"끝났소."

두 사람은 바깥에 있는 그들의 탁자로 돌아왔다. 라비크는 자기 잔을 비웠다. 전화를 괜히 걸었다고 그는 생각했다. 걸기 전에는 마음이 안정돼 있었다. 그런데 지금은 뒤죽박죽이다. 전화로 말을 하면 이렇게 되기 마련이다. 그쯤은 처음부터 알고 있었어야 할 게 아닌가. 내게도 조앙에게도 아무런 도움이 되지 않는 일이다. 그는 다시 한번 전화실로 돌아가서 조앙을 불러내고, 그녀에게 정말로 하고 싶었던 말을 죄다 털어놓고 싶은 충동을 느꼈다. 자신이 왜 그녀를 만날 수 없는가를 말해주고 싶었다. 지저분하고 감

금된 처지인 지금 자기 모습을 그녀에게 보이고 싶지 않기 때문이라고 말해
주고 싶었다. 그러나 전화를 걸고 나온다 해도 역시 마찬가지일 것이다.

"슬슬 가봐야겠는걸" 하고 경관이 말했다.

"그럽시다."

라비크는 보이를 불렀다. "코냑 작은 병 둘하고, 신문 모조리, 카포랄 한
다스를 주게. 그리고 계산도 해주고." 그는 경관을 쳐다봤다. "괜찮겠지요?"

"인간은 역시 인간이니까" 하고 경관은 말했다.

보이가 병과 담배를 가져왔다. "마개를 따주게" 하고 말하고 라비크는
조심스럽게 담뱃갑을 여기저기 호주머니에 넣었다. 그리고 오프너 없이도
쉽게 뽑을 수 있도록 병마개를 다시 닫아서 외투 안주머니에 넣었다.

"퍽 익숙한데" 하고 경관이 말했다.

"훈련이 돼 있죠. 한심하게도 어렸을 때는 늙어서까지 이런 인디언 놀이
를 하게 될 줄 꿈에도 생각 못 했소."

폴란드 친구와 작가는 코냑을 보자 미친 듯 좋아했다. 연관공은 독한 술
을 마시지 않았다. 그는 맥주를 좋아해서 베를린 맥주가 얼마나 맛이 좋은
가를 장황하게 늘어놓았다. 라비크는 마룻바닥에 드러누워서 신문을 읽었
다. 폴란드 친구는 읽지 않았다. 프랑스 말을 몰랐기 때문이다. 그저 담배를
피우며 좋아했다. 밤이 되자 연관공이 훌쩍훌쩍 울기 시작했다. 라비크는
잠이 깨어 있었다. 그는 숨을 죽이고 흐느끼는 소리를 들으며 조그마한 창
너머로 창백한 하늘을 멍하니 내다보고 있었다. 아무래도 잠을 이룰 수가
없었다. 밤늦게 연관공이 울음을 그친 후에도 잠은 오지 않았다. 너무 편한
생활을 했다. 없어지면 괴롭기 짝이 없는 것들을 너무나도 많이 가지고 있
었다.

18

라비크는 정거장에서 나왔다. 피곤하고 누추했다. 마늘 냄새가 나는 사람, 개를 데리고 있는 사냥꾼, 닭과 비둘기가 든 바구니를 품에 안은 여자들과 함께 무더운 기차 안에서 열세 시간을 지냈다. 그 이전에는 국경에서 그럭저럭 3개월.

황혼 속에서 번쩍번쩍 빛나는 것이 있었다. 눈을 들어 쳐다보았다. 마치 롱 포앙 주위에 거울로 피라미드라도 세워서 회색으로 저물어가는 5월의 마지막 햇살을 반사하고 있는 것 같았다.

그는 걸음을 멈추고 자세히 살펴보았다. 정말로 거울 피라미드가 서 있었다. 튤립 화단 뒤에 여기저기 유령처럼 늘어서 있었다. "저건 대체 뭐요?" 그는 옆에서 파헤친 화단을 매만지고 있는 정원사에게 물었다.

"거울이지요." 정원사는 얼굴도 들지 않고 대답했다.

"그건 알겠습니다만, 요전에 왔을 때는 저런 것이 없었는데요."

"오랫동안 여기 안 계셨나요?"

"3개월 동안이오."

"그래요, 3개월! 이건 요 2주일 사이에 세워진 겁니다. 영국 왕을 위해서요. 방문하시게 됐답니다. 저기에 얼굴을 비쳐 보시게 되어 있지요."

"어처구니없군."

"정말 그래요." 정원사는 별로 놀라는 기색도 없이 대답했다.

라비크는 걸었다. 3개월, 3년, 3일. 시간이란 무엇인가? 무(無)이며 일체다. 밤나무에는 지금 꽃이 만발했다. 그때는 이파리 하나 달려 있지 않았는데. 독일은 또 협정을 어기고 체코슬로바키아를 전부 점령해버렸다. 제네바에서는 망명객 요제프 블루멘탈이 국제연맹 회관 앞에서 히스테릭한 웃음 발작을 일으키며 권총 자살을 했다. 벨포르에서 폐렴에 걸려 귄터라는 가명으로 간신히 목숨을 건질 수 있었던 때의 흔적이 지금도 가슴속 어딘가에서 쑤시고 있다. 그리고 지금 여자의 가슴같이 부드러운 이 저녁에 다시 돌아온 것이다. 그러나 이런 일은 그에게 조금도 놀라운 것이 못 되었다. 무엇이든 그렇지만, 숙명적인 차분한 마음으로 받아들이는 것이다. 이거야말로 의지할 데 없는 인간의 유일한 무기다. 하늘은 어디서나 마찬가지다. 살인, 증오, 희생, 사랑을 초월해서 언제나 마찬가지다. 나무들은 아무런 회의도 없이 해마다 새로운 꽃을 피운다. 살구처럼 푸른 황혼은 여권이나 배반, 절망이나 희망에 시달리지 않고, 변화하고, 그리고 왔다가 간다. 다시 파리에 올 수 있었다는 것은 고마운 일이다. 은회색으로 싸인 이 거리를 아무 생각도 하지 않고 천천히 걸어간다는 건 즐거운 일이다. 집행유예 기간은 아직도 충분히 남았고, 모든 사물의 경계가 부드럽게 녹아서 먼 옛날의 슬픔과 여전히 살아 있다는 오직 그것뿐인, 늘 되새겨지는 절실한 행복이 지평선처럼 서로 얽힌 이런 시간을 가질 수 있다는 것은 얼마나 즐거운 일인가. 지금 막 도착했을 뿐, 다시 칼이나 화살에 찔릴 때까지의 이 한때. 이런 야릇한 동물적 느낌. 멀리까지 닿고 멀리에서 오는 이 숨결. 마음속 거리를 따라 사실의 음울한 불꽃, 지나간 나날을 못 박은 십자가, 미래의 가시철망을 아직 아무런 감동도 없이 불고 지나가는 이 미풍, 이 정지 상태, 움직임 속의 침묵, 정지의 일순간, 개방된 동시에 굳게 닫힌 존재 형식, 순간적인 허망한 세상에서 조용한 시각을 새기는 영원.

　　모로소프는 앵테르나시오날의 종려나무 방에 앉아 있었다. 그 앞에는 포도주 병이 놓여 있었다. "여보게, 보리스" 하고 라비크는 말했다. "마침 때 맞춰 돌아온 것 같군. 부브레인가?"

　　"언제나 똑같지. 34년에 제조한 거야. 이건 좀 달콤하고 독하지. 돌아와서 반갑네. 3개월 됐지, 그렇지?"

　　"그래, 다른 때보다는 길었어."

　　모로소프는 구식인 탁상 초인종을 흔들었다. 종은 마을 교회의 종소리처럼 울렸다. 카타콤에 전등은 달려 있어도 벨은 없었다. 벨을 달아봐야 소용이 없었다. 피난민으로 벨을 누를 자신이 있는 사람은 거의 없었기 때문이다. "이번엔 이름이 뭐지?" 모로소프가 물었다.

　　"그대로 라비크야. 경찰에서 이 이름을 쓰지 않았으니까. 보제크, 노이만, 귄터 등으로 해두었지. 아무렇게나 생각나는 대로 말이야. 라비크란 이름은 버리기가 싫었어. 이 이름은 마음에 들거든."

　　"여기 살고 있다는 건 폭로되지 않았겠지?"

　　"물론."

　　"그런 것 같아. 그렇지 않았더라면 틀림없이 뒈졌을 거야. 다시 여기서 살 수 있겠군. 자네 방은 비어 있네."

　　"여주인이 사건을 알고 있나?"

　　"아냐, 아무도 몰라. 자넨 르왕에 갔다고 얘기해뒀어. 자네 짐은 내 방에 있네."

　　하녀가 쟁반을 들고 들어왔다.

"클라리스, 라비크 선생에게 잔을 갖다드려요" 하고 모로소프가 말했다.

"아니, 라비크 선생님!" 하녀는 이를 드러내 보였다. "돌아오셨어요? 반년 이상이나 떠나 계셨지요?"

"3개월이야, 클라리스."

"설마 그럴 리가. 저는 반년이 넘은 줄로 알고 있었어요."

하녀는 발을 질질 끌며 나갔다. 그러자 바로 뒤이어 카타콤의 건강한 보이가 포도주 잔을 들고 들어왔다. 쟁반에 받쳐 들지 않고 그대로 들고 있었다. 이미 여기서 오래 일을 하고 있었기 때문에 아무렇게나 자기 마음대로 굴 수가 있는 것이다. 모로소프는 그 얼굴에서 무슨 말을 하고 싶어 하는지 똑똑히 읽을 수 있었으므로 앞질러 입을 열었다. "됐어, 장. 라비크 선생이 얼마나 오랫동안 떠나 있었는지 맞혀보게. 어때, 똑똑히 알겠어?"

"그야, 모로소프 씨! 물론 똑똑히 알고 있어요! 하루도 틀리지 않아요. 꼭······." 보이는 일부러 말을 끊고 웃음을 띠며 말했다. "꼭 4주일 반이지요."

"맞았어." 라비크는 모로소프가 대답도 하기 전에 말했다.

"맞았어" 하고 모로소프도 대답했다.

"당연하죠. 한 번도 틀려본 적이 없으니까요." 장은 니가버렸다.

"저 녀석을 실망시키고 싶지 않았던 거야, 보리스."

"나 역시 마찬가지야. 나는 다만 자네에게, 시간이 일단 과거가 되어버리면 얼마나 어처구니없는 것이 되어버리는가를 보여주고 싶었을 뿐이야. 최소한 위안도 되고, 놀랍기도 하며, 아무래도 좋은 것이기도 하지. 난 1917년 모스크바에서 네오브라센스크 근위 연대 비엘스키 중위의 모습을 잊고 말았어. 우리는 친구였지. 그 녀석은 핀란드를 지나서 북쪽으로 빠져나갔어. 난 만주에서 일본으로 나오는 길을 택했지. 그리고 8년 후에 여기서 만났는데, 그때 나는 그 녀석과 1919년 5월에 하얼빈에서 만났다고 생각했고, 그녀석은 그 녀석대로 나를 1922년에 헬싱키에서 만났다고 생각하고 있더란 말이야. 2년하고…… 3, 4천 마일이나 차이가 났단 말이야." 모로소프는 술병을 들어 잔에 따랐다. "어쨌든 이곳 사람들이 자네를 기억하고 있으니 마치 집에 돌아온 것 같은 기분이 들겠군. 어때?"

라비크는 마셨다. 포도주는 순하고 차가웠다. "그동안 나는 독일 국경 아주 가까이에 가 있었어" 하고 라비크는 말했다. "아주 가까이. 바젤 남쪽이지. 도로 한쪽은 스위스고 한쪽은 독일이야. 나는 스위스 쪽에 서서 버찌를 먹었는데, 씨를 뱉으면 독일 쪽에 떨어지는 거야."

"고향에 돌아간 기분이 나던가?"

"아니, 그때처럼 고향에서 멀리 떨어져 있는 기분을 느껴본 적도 없었어."

모로소프는 히죽이 웃었다. "알 수 있겠어. 그래, 도중은 어떻던가?"

"여전하더군. 그저 점점 어려워질 뿐이야. 국경은 전보다도 엄중히 경비하고 있어. 한 번은 스위스에서, 한 번은 프랑스에서 붙잡혔지."

"왜 한 번도 편지를 안 했나?"

"경찰이 어디까지 손을 뻗치고 있는지 알 수가 있어야지. 그 작자들, 가끔 정력적인 면을 보여주니까 말이야. 남을 위험하게 하는 일은 하지 않는 것이 상책이야. 그렇잖아도 우리 알리바이는 과히 좋지 않거든. 가만히 누워 있다가 꺼져버려라. 이건 옛날부터 내려오는 전쟁터 격언이야. 달리 무슨 도리가 있다고 생각했나?"

"아니."

라비크는 그를 빤히 쳐다보았다. 그러다가 "편지라" 하고 말했다. "대체 편지란 무엇인가? 편지 같은 건 아무 소용이 없는 거야."

"그렇긴 해."

라비크는 호주머니에서 담뱃갑을 꺼냈다. "이상해. 다른 곳에 가 있으면 모든 것이 변해버리니 말이야."

"자신을 속이지 말게."

"속이는 게 아냐."

"떠나 있으면 잘 보여. 돌아오면 다르게 보이지. 그래서 다시 시작되는 거야."

"그럴지도 모르고, 안 그럴지도 몰라."

"상당히 엉큼하군. 좋아, 그렇게 생각하는 것도 좋지. 그런데 체스나 한 판 둘까? 그 교수님은 죽었어. 해볼 만한 유일한 적수였는데. 레비는 브라질로 가버렸어. 보이 자리를 얻어서 말이야. 요즘은 세상 돌아가는 것이 여간 빠르지 않단 말이야. 무엇에고 정이 들어서는 안 되겠어."

"정이 들면 안 되지."

모로소프는 라비크를 조심스럽게 쳐다보았다. "그런 뜻으로 말한 게 아니야."

"나도 그래. 그런데 이 곰팡냄새가 나는 종려 묘지에서 그만 떠날 순 없을까. 3개월이나 떠나 있었는데도 여전히 같은 냄새가 난단 말이야. 주방, 먼지, 그리고 걱정 냄새. 언제 나가나?"

"오늘은 안 나가도 돼. 오늘 밤은 쉴 차례야."

"그거 잘됐군." 라비크는 슬쩍 웃음을 띠었다. "멋과 옛 러시아와 커다란 잔으로 마시는 저녁이군."

"같이 가지 않겠나?"

"아니, 오늘은 그만두겠네. 피곤해. 이삼일 밤을 잘 못 잤어. 별로 편안하게는 말이야. 한 시간쯤 나가서 어디 앉기로 하지. 벌써 오랫동안 그렇게 해보지 못했으니까."

"부브레?" 하고 모로소프가 물었다. 두 사람은 카페 콜리제의 길 쪽에 앉아 있었다. "왜? 아직 일러. 보드카 시간이야."

"그렇군. 그래도 부브레로 하겠어. 난 그걸로 충분해."

"왜 그래? 최소한 핀 정도는 어때?"

라비크는 고개를 저었다.

"사람은 말이야, 어딘가에 도착하면 그날 밤은 많이 취해야 하는 거야" 하고 모로소프가 말했다. "과거 그림자의 슬픈 얼굴을 맑은 정신으로 바라본다는 건 부질없는 영웅주의가 아닐 수 없지."

"그런 걸 쳐다보고 있진 않아, 보리스. 난 인생을 신중하게 즐기는 거야."

라비크는 모로소프가 자기 말을 믿지 않는다는 것을 알 수 있었다. 그러나 믿게 하려고 애쓰지도 않았다. 그는 길에 가장 가까운 줄의 탁자에 조용히 앉아서 술을 마시며 초저녁에 산책 나온 사람들 무리를 바라보고 있었다. 파리를 떠나 있는 동안에는 그의 마음속 모든 것이 확실하고 단호했다. 그것이 지금은 희미하게 흐려지고 부옇게 퇴색되어 기분 좋게 흘러간다. 그러나 너무 급히 산에서 내려온 탓에 골짜기 아래에서 나는 소음이 틀어막은 솜을 통해서 들리듯 아득하게만 들릴 뿐, 모든 것이 멍한 상태였다.

"호텔로 오기 전에 어디 다른 데 들렀나?" 하고 모로소프가 물었다.

"아니."

"베베르가 여러 번 자네 소식을 묻더군."

"전화를 걸지."

"자네 태도가 아무래도 이상해. 무슨 일이 있었는지 말 좀 해보게."

"별로 이상할 것도 없어. 제네바 국경은 경비가 엄해서 허탕을 쳤지. 처음에 거기서 해보았네. 그다음은 바젤에서 해보고. 그러나 거기도 어려웠어. 결국 넘기는 했지만 말이야. 감기가 들었어. 아무튼 밤에 들판에서 눈비를 맞았으니 별수 없지. 어떻게 할 수가 있어야지. 덕택에 폐렴에 걸렸고, 벨포르의 어떤 의사가 병원에 넣어주었어. 몰래 넣었다가 몰래 꺼내주었지. 그러고는 그 뒤에 열흘이나 자기 집에 숨겨주었다네. 돈을 보내줘야겠어."

"이젠 괜찮나?"

"상당히 좋아졌어."

"그래서 독한 술을 마시지 않는군."

라비크는 웃었다. "왜 이런 이야기를 하고 있을까? 난 좀 피곤해. 우선 푹 쉬어야겠어. 이상한 일이야. 여기 오는 도중에는 여러 가지 생각을 했는데, 정작 와보니 아무것도 생각나지 않는단 말이야."

모로소프는 눈으로 말을 막았다. 그러고는 "라비크" 하고 인자한 아버지 같은 투로 말했다. "자네는 아버지인 보리스에게 말하고 있는 거야. 단맛, 쓴맛 다 알고 있는 이 보리스에게 말이야. 돌리지 말고 솔직히 물어보게. 그럼 다 끝나는 거야."

"좋아. 조앙은 어디에 있나?"

"그건 모르겠네. 그녀 소식은 벌써 몇 주일이나 듣지 못했어. 보지도 못했고."

"그럼 그전에는?"

"그전에는 얼마 동안 자네 소식을 묻더군. 그리고는 그만이야."

"그러면 이제 세라자드에는 나오지 않나?"

"안 나와. 5주일 전쯤 그만뒀어. 그만둔 뒤에도 한두 번 왔었지. 그러고는 그만이야."

"이젠 파리에 없단 말인가?"

"없을 거야. 아무래도 그런 것 같아. 그렇지 않다면 가끔 세라자드에서 봤을 텐데."

"뭘 하는지 알고 있나?"

"무슨 영화 관계 일이 아닌가 해. 모르긴 해도, 접수 보는 여자에게 그렇게 이야기를 했다더군. 자네도 알겠지만 그런 건 부질없는 구실이야."

"구실?"

"그래, 구실이지." 모로소프는 화가 난 듯이 말했다. "그 밖에 뭐가 있겠나, 라비크? 자네는 다른 무엇을 기대했나?"

"그래."

모로소프는 입을 다물었다.

"기대한다는 것과 안다는 것은 별개야" 하고 라비크는 말했다.

"답답한 로맨티시스트나 할 소리지. 자, 제대로 된 걸 마시게. 이런 레몬이 아니라 고급 칼바도스라도 말이야."

"칼바도스는 곤란해. 코냑으로 하지. 그걸로 자네가 만족한다면 말이야. 하긴 칼바도스라도 상관은 없어."

"이제 됐네" 하고 모로소프는 말했다.

창문. 즐비한 지붕들의 푸른 실루엣. 퇴색한 붉은 소파. 침대. 이것으로 견뎌야 한다는 것을 라비크는 알았다. 그는 소파에 앉아서 담배를 피웠다. 모로소프가 그의 짐을 가져다주면서, 만나고 싶으면 찾아오라고 행선지를 일러주었다.

지금까지 입고 있던 낡은 옷을 벗어던졌다. 목욕도 했다. 뜨거운 물로, 비누를 듬뿍 써서 오랫동안. 3개월 동안의 때를 벗겨 피부에서 밀어냈다. 깨끗한 내의를 입고, 다른 옷으로 갈아입은 뒤에 면도를 했다. 무엇보다도 터키탕에 가고 싶었지만 너무 늦어서 그럴 수가 없었다. 모두 끝내고 나니 기분이 상쾌했다. 그런 몸치장을 더 오래 했어도 좋았을걸, 하고 그는 생각했다. 창가에 앉아 있으려니 갑자기 공허한 기분이 구석구석에서 기어 나왔기 때문이다.

그는 술잔에 칼바도스를 가득 부었다. 짐에서 마개를 딴 칼바도스 병이 나왔다. 아직 조금 남아 있었다. 조앙과 함께 마시던 그날 밤이 생각났다. 그러나 아무런 느낌도 없었다. 너무나 먼 옛날 일이다. 아주 고급인, 오래 묵은 칼바도스였다는 것만 생각났을 뿐이다.

달이 천천히 지붕 위로 올라왔다. 건너편 지저분한 마당이 그림자와 은빛 궁정으로 변했다. 공상력을 약간만 발동하면, 모든 것을 먼지에서 은으로 바꿀 수가 있다. 꽃향기가 창으로 흘러 들어왔다. 밤의 코를 찌르는 카네이션 향기. 라비크는 창으로 몸을 내밀고 아래쪽을 내려다보았다. 바로 밑창 문턱에 화초 상자가 하나 놓여 있었다. 아직도 거기 살고 있다면, 저것은 비젠호프의 것이다. 라비크는 언젠가 그 친구의 위장을 세척해준 적이 있다. 1년 전 크리스마스 때였다.

병이 비었다. 그는 그것을 침대에 내던졌다. 병은 마치 검은 태아처럼 침대에 나둥그러져 있었다. 그는 일어섰다. 나는 왜 침대 같은 것을 노려보고 있을까? 여자가 없다면 하나 데려오면 그만이다. 파리에는 여자가 얼마든지 있다.

그는 비좁은 거리를 빠져나와 에트왈로 갔다. 밤의 대도시의 따뜻한 생명감이 샹젤리제 쪽에서 다가왔다. 그는 급히 돌아서서 천천히 밀랑 호텔로 갔다. "재미가 어때요?" 그는 수위에게 물었다.

"아니, 선생님!" 수위는 자리에서 일어났다. "정말 오랜만이군요."

"그래, 오랜만이오. 파리에 없었거든."

수위는 작은 눈으로 재빨리 그를 훑어보았다. "그 부인은 이제 여기 안 계십니다."

"알고 있소. 벌써 오래됐겠지."

수위는 눈치가 빠른 친구였다. 말을 듣지 않아도 상대가 뭘 묻고 싶어 하는지 벌써 알았다. "벌써 4주일이 됩니다. 4주 전에 옮겼습니다."

라비크는 담뱃갑에서 담배를 한 개비 꺼냈다.

"부인께서는 이제 파리에 안 계신가요?" 하고 수위는 물었다.

"칸에 있소."

"칸에요!" 수위는 커다란 손으로 얼굴을 쓰다듬었다. "이래도 18년 전에 저도 니스의 루르 호텔에서 수위 노릇을 했지요. 믿으실지 모르겠지만요."

"왜 안 믿겠소."

"그때는 좋았지요! 팁도 굉장하고! 전쟁 후의 황금 시절이었어요! 그런데 오늘날은……."

라비크는 눈치 빠른 손님이었다. 너무 노골적으로 암시하지 않아도 호텔 종업원의 기분을 알았다. 그는 호주머니에서 5프랑짜리 지폐를 꺼내어 탁자에 놓았다.

"고맙습니다. 재미 보십시오. 전보다 젊어 보이십니다, 선생님."

"나도 그런 기분이오. 잘 있어요."

라비크는 거리로 나왔다. 대체 무엇 때문에 그 호텔에 갔단 말인가? 지금은 오직 세라자드에 가서 곤드레만드레 취하기만 하면 된다.

그는 멍하니 하늘을 쳐다보았다. 하늘에는 별이 가득했다. 일이 이렇게 된 것을 나는 기뻐해야 한다. 덕택에 산더미 같던 부질없는 분쟁을 면한 셈이다. 나는 그것을 알고, 조앙도 알고 있었지. 최소한 마지막에 가서는 그렇게 되지. 그녀는 단 한 가지 옳은 일을 한 것이다. 설명 따위는 필요가 없다. 설명은 둘째 문제다. 감정에는 설명 같은 것이 있을 수 없다. 오직 행동이 있을 뿐이다. 모럴이라는 윤활유가 쳐지지 않은 것만도 다행이다. 다행히도 조앙은 그런 것을 전혀 모른다. 그녀는 행동했다. 끝났다. 그만이다. 옥신각신할 아무것도 없다. 나도 해냈다. 도대체 뭣 때문에 나는 이런 데서 어물대고 있을까? 아마 공기 탓이겠지. 파리의 5월과 초저녁이 빚어낸 이 부드러운 비단 때문이다. 그리고 물론 밤이기 때문이다. 밤이 되면 사람은 언제나 낮과는 달라진다.

그는 호텔로 돌아왔다. "전화 좀 쓸 수 있겠나?"

"네. 그런데 전화실이 없습니다. 여기 전화기만 있습니다."

"그거면 됐어."

라비크는 시계를 보았다. 베베르는 병원에 있을지도 모른다. 마침 야간 마지막 순회 시간이다. "닥터 베베르 계신가요?" 그는 간호사에게 물었다. 간호사의 목소리는 귀에 설었다. 새로 온 간호사임에 틀림없다.

"닥터 베베르께선 지금 통화하실 수가 없습니다."

"안 계신가?"

"계세요. 하지만 지금 말씀하실 수가 없어요."

"이봐요" 하고 라비크는 말했다. "곧 가서 라비크에게 전화가 왔다고 말해요. 중요한 일이니까. 기다리겠소."

"알겠습니다." 간호사는 망설이며 대답했다. "말씀은 드리겠습니다만, 아마 못 오실 거예요."

"알 수 없지. 어쨌든 물어봐요, 라비크라고."

잠시 후에 베베르가 전화를 받았다. "라비크! 어디 있나?"

"파리에. 오늘 도착했어. 지금부터 수술을 하나?"

"응, 20분 후에. 급성 맹장이야. 잠시 후에 만날 수 있겠지?"

"내가 그쪽으로 가지."

"잘됐어. 언제 오겠나?"

"곧."

"좋아. 그럼 기다리겠네."

"자, 고급술이야" 하고 베베르는 말했다. "신문도 있고, 의학 잡지도 있어. 느긋하게 쉬게."

"한 잔 주게. 그리고 수술복과 장갑도."

베베르는 라비크를 쳐다보았다. "간단한 맹장이야. 자네 위신이 떨어지네. 간호사를 데리고 곧 끝내겠어. 자넨 몹시 피곤할 테니까."

"베베르, 부탁이야. 그 수술을 내게 맡겨줘. 피곤하지 않아. 아무렇지도 않다니까."

베베르는 소리 내어 웃었다. "일을 다시 시작하려고 꽤 서두르는군. 좋아, 맘대로 하게. 이해하네."

라비크는 손을 씻고 수술복을 입은 다음 장갑을 끼었다. 수술실, 그는 에테르 냄새를 깊이 들이마셨다. 외젠이 수술대 머리맡에 서서 마취를 하고 있었다. 또 한 사람, 아주 예쁜 젊은 간호사가 기구를 늘어놓고 있었다. "잘 있었소, 외젠?" 하고 라비크는 말했다.

외젠은 하마터면 점적기(點滴器)를 떨어뜨릴 뻔했다. "안녕하세요, 라비크 선생님" 하고 그녀는 말했다.

베베르는 싱긋 웃었다. 그녀가 라비크에게 이런 식으로 인사한 것은 이번이 처음이었다. 라비크는 환자 위로 몸을 구부렸다. 강렬한 수술 등이 희고 강하게 내리비쳤다. 그것은 주위 세계를 차단하고 상념을 막아냈다. 그것은 객관적이고, 냉혹하고, 무자비하고, 마음에 들었다. 라비크는 예쁜 간호사가 넘겨주는 메스를 받아 들었다. 얇은 장갑을 통해 강철이 차갑게 느껴졌다. 그 감촉이 좋았다. 불안하고 동요하는 불확실한 기분에서 벗어나 명석하고 정확한 세계로 돌아온 것이 기분 좋았다. 그는 메스로 찔렀다. 가늘고 붉은 핏줄이 메스를 따랐다. 갑자기 모든 것이 단순해진다. 다시 돌아온 뒤 처음으로 자기 자신으로 돌아온 것을 느낀다. 소리도 없이 타고 있는 불빛, 원래 세계로.

19

"와 있네" 하고 모로소프는 말했다.

"누가?"

모로소프는 제복 구김살을 폈다. "누구 얘긴지 모르는 체하지 말게. 큰 길에서 자네 아비 보리스를 화나게 하는 게 아냐. 왜 자네가 2주일 동안 세 번이나 세라자드에 왔는지를 네가 모를 줄 아나? 한 번은 눈이 파랗고 머리가 검은 굉장한 미인하고 왔지만, 두 번은 혼자 오지 않았나? 인간이란 약한 거야. 약하지 않다면 인간의 매력이 어디 있겠나?"

"그만두게" 하고 라비크는 말했다. "창피는 그만 주게. 지금 나는 온 힘을 다해야 할 때야, 이 말 많은 문지기야."

"내가 말하지 말걸 그랬나?"

"물론이지."

모로소프는 옆으로 비켜서서 미국인 두 사람을 들여보냈다.

"그럼 돌아가게나. 그랬다가 언제든지 다른 날 밤에 오라고."

"혼자 와 있나?"

330

"우리 집은 설령 여왕님이라도 혼자라면 들여놓질 않네. 그런 것쯤은 알고 있지 않나. 지그문트 프로이트에게 자네 질문을 들려주면 좋아할 거야."

"지그문트 프로이트를 자네가 어떻게 알아? 자네, 취했군. 매니저 체드셰네제에게 일러바쳐야겠어."

"체드셰네제 대위는 말이야, 내가 중령이던 연대의 소위였어. 매니저는 지금도 그걸 잘 기억하고 있지. 어디, 잘해보라고."

"좋아, 비켜줘."

"라비크!" 모로소프는 육중한 두 손을 그의 어깨에 얹었다. "어리석은 짓은 말게! 그 파란 눈의 미인에게 전화를 걸어서 같이 오게. 꼭 들어가야겠다면 말이야. 경험 많은 늙은이의 단순한 충고야. 대단한 것은 아니지만 효과는 클 거야."

"사양하겠어, 보리스." 라비크는 그를 쳐다보았다. "지금 계략을 써봐야 아무 소용도 없어. 그런 짓은 질색이야."

"그럼 집으로 돌아가게" 하고 모로소프는 말했다.

"그 곰팡내 나는 종려나무 방으로 말인가? 아니면 내 골방으로?"

모로소프는 라비크를 그대로 두고 택시를 잡으려는 두 손님을 앞장서서 걸어갔다. 라비크는 그가 돌아올 때까지 서 있었다.

"자네는 생각했던 것보다는 사리에 밝군" 하고 모로소프는 말했다. "그렇지 않다면 벌써 안으로 들어갔을 거야."

그는 금몰이 달린 모자를 뒤로 젖혔다. 그러고는 계속해서 말하려고 할 때 흰옷으로 가볍게 정장을 한 술 취한 젊은 남자가 입구에 나타났다. "대령님! 경기용 마차를 부탁하오!"

모로소프는 줄지어 서 있는 택시들 가운데 맨 앞 차에 손짓을 하고, 약간 비틀거리는 그 사나이를 안내해서 태웠다. "웃지를 않으시는군" 하고 취한은 말했다. "대령님이란 꽤 멋진 놈이었지……. 그렇지 않은가?"

"참 훌륭하셨습니다. 경기용 마차라고 하신 건 더욱 좋았습니다."

"생각해봤는데" 하고 모로소프는 돌아오자마자 말했다. "들어가는 것도 괜찮을 것 같아. 다른 놈들은 개의치 말게. 나라도 그렇게 하겠어. 아무튼 언젠가는 일어나야 할 일이 지금 일어난다고 해서 안 될 건 없지. 결판내는 게 좋아. 치기가 없어졌을 때 우린 늙은 거야."

"나도 생각해봤어. 어디 다른 데로 가겠네."

모로소프는 재미있다는 듯이 라비크를 쳐다보았다. "좋지." 이윽고 그는 말했다. "그럼 30분 뒤에 다시 만나세."

"안 될 거야."

"그럼 한 시간 후에."

두 시간 뒤 라비크는 클로셰 도르에 앉아 있었다. 아직도 손님이 없었다. 매춘부들은 앵무새가 횃에 올라앉았듯 긴 바에 앉아서 떠들고 있었다. 그 곁에 가짜 코카인을 파는 장사치가 몇 사람 서성거리며 여행자를 기다리고 있었다. 2층에는 짝지은 손님 몇 쌍이 양파 수프를 먹고 있었다. 라비크 반 내쪽 구석 소파에는 동성연애를 하는 여자 둘이 앉아서 세리 브랜디를 마시며 서로 속삭이고 있었다. 한 여자는 남자 스타일 옷에 넥타이를 매고 모노클을 끼고 있었다. 다른 한쪽은 빨간 머리에 살집 좋은 여자였다. 가슴과 등이 깊이 파인 번쩍번쩍 빛나는 야회복을 입고 있었다.

어리석기 짝이 없었다고 라비크는 생각했다. 나는 왜 세라자드에 들어 가지 않았던가? 도대체 무엇이 두렵단 말인가? 왜 도망쳐 나왔을까? 격해 졌다. 그것은 알고 있다. 석 달이라는 세월은 그것을 지워버리지 않고 더욱 격렬하게 했다. 언제까지나 자신을 속여봐야 별수가 없다. 국경을 몰래 기 어 넘었을 때도, 남모르는 방에서 이국의 별도 없는 밤에 방울방울 떨어지 는 고독 가운데 그렇게 기다리던 때도 언제나 떠나지 않던 생각은 거의 이것 하나뿐이었다. 헤어져 있었기에 더욱 강렬해졌다. 그녀와 함께 살고 있었더라면 이렇게까지는 되지 않았을 것이다. 그리고 지금쯤은…….

목소리를 죽인 듯한 비명이 일어나서 그는 문득 생각에서 깨어났다. 어느 틈엔가 여자가 몇 사람 들어와 있었다. 그중 흑인 피가 약간 섞인 듯한 여자, 꽃으로 장식한 모자를 뒤로 젖혀 쓴 한 여자가 몹시 술에 취해 식탁용 나이프를 내던지고 천천히 계단을 내려갔다. 아무도 그녀를 붙잡는 사람은 없었다. 보이가 계단을 올라왔다. 다른 한 여자가 거기 서 있다가 그의 길을 막았다. "아무것도 아녜요" 하고 그녀는 말했다. "아무것도 아녜요."

보이는 어깨를 으쓱하고는 돌아섰다. 구석에 앉아 있던 빨간 머리 여자가 일어서는 것을 라비크는 보았다. 그와 동시에 보이를 막던 여자가 아래층 바로 급히 내려갔다. 빨간 머리 여자는 풍만한 가슴을 손으로 누른 채 가만히 서 있었다. 그녀는 조심스럽게 손가락 두 개를 펴고는 가슴을 들여다보았다. 야회복이 3, 4센티미터 찢어져 있고 그 밑으로 입 벌린 상처가 보였다. 피부는 조금도 보이지 않고, 다만 청록의 무지갯빛 야회복 안에서 입을 벌린 상처가 보일 뿐이었다. 빨간 머리 여자는 믿을 수가 없다는 듯이 그 상처를 멍하니 들여다보았다.

라비크는 부지중에 일어섰으나 다시 주저앉고 말았다. 추방은 한 번으로 족하다. 그는 남장 여자가 빨간 머리 여자를 소파에 끌어다 앉히는 것을 보았다. 그때 두 번째 여자가 바에서 브랜디 잔을 들고 계단을 올라왔다. 남장 여자는 의자에 무릎을 얹고, 한 손으로 빨간 머리 여자의 입을 틀어막으며 상처를 누르고 있던 손을 떼어냈다. 다른 한 여자는 브랜디를 상처에 들이부었다. 원시적인 소독법이라고 라비크는 생각했다. 빨간 머리 여자는 신음 소리를 내며 몸을 부들부들 떨었다. 그러나 상대편 여자는 강철같이 꽉 눌러서 움직이지 못하게 했다. 두 여자가 다른 손님에게 보이지 않도록 몸으로 탁자를 가리고 있었다. 모든 일을 아주 순식간에 재치 있게 해치웠다. 이 사건을 본 사람은 거의 없었다. 1분 후에는 마치 마술로 부르기나 한 것처럼 여자 동성연애자들이 한꺼번에 여러 쌍 들이닥쳤다. 그러고는 구석 탁자를 둘러싸고 빨간 머리 여자를 일으켜 부축했다. 다른 사람들은 웃고 떠들고 하며 그들을 엄호했다. 그러고는 아무 일도 없었던 것처럼 모두 나가버렸다. 손님들 대부분은 아무것도 눈치채지 못했다.

"깨끗하죠?" 누군가가 라비크의 등 뒤에서 말을 걸었다. 보이였다.

라비크는 고개를 끄덕였다. "어떻게 된 일이지?"

"질투지요. 저, 사람 같지 않은 치들은 걸핏하면 흥분을 하거든요."

"다른 사람들이 어디서 그렇게 빨리 모여들었지? 마치 천리안을 가진 것 같군."

"저치들은 냄새로 알지요" 하고 보이는 말했다.

"아마 누군가가 전화를 걸었겠지만, 그래도 지독히 빠르군그래."

"냄새를 맡는 겁니다. 저치들은 마치 송장과 귀신처럼 달라붙어서 떨어지지 않거든요. 서로 고발하는 일은 절대로 없지요. 경찰만은 피하자, 그것이 그들의 유일한 소원이지요. 저희들끼리 처리해버립니다." 보이는 라비크의 잔을 집어 들었다. "한 잔 더 하시겠어요? 뭘 드셨지요?"

"칼바도스."

"알았습니다, 칼바도스를 한 잔 더."

보이는 발을 끌며 물러갔다. 라비크는 얼굴을 들었다. 그러자 조앙이 두어 탁자 떨어진 저쪽에 앉아 있는 것이 보였다. 그가 보이와 이야기를 나누는 사이에 들어온 것이다. 들어오는 것은 보지 못했다. 그녀는 두 남자와 함께 앉아 있었다. 그가 알아본 것과 동시에 그녀도 그가 있다는 것을 알아챘다. 볕에 그을린 갈색 얼굴이 순식간에 창백해졌다. 그녀는 그에게서 눈을 떼지 않고 얼마 동안 그대로 앉아 있었다. 이윽고 난폭한 손짓으로 탁자를 밀치고 일어나서 그에게로 다가왔다. 걸어오는 동안 표정이 달라졌다. 긴

장이 풀리고 부드러워졌다. 눈동자만은 움직이지 않고 수정같이 투명했다. 그 눈은 라비크가 여태까지 보지 못했을 정도로 빛났다. 거의 화가 치민 듯한 격렬한 힘을 간직하고 있었다.

"돌아오셨군요." 그녀는 거의 숨을 죽인 듯한 낮은 목소리로 말했다.

그녀는 그의 앞에 바싹 다가섰다. 순간적으로 그를 포옹할 듯한 몸짓을 했다. 그러나 그렇게 하지는 않았다. 악수도 하려 들지 않았다. "돌아오셨군요." 그녀는 되풀이했다.

라비크는 대답을 하지 않았다.

"언제 돌아오셨어요?" 이윽고 그녀는 전처럼 낮은 목소리로 물었다.

"2주일 전에."

"2주일. 그런데 저는…… 당신을 한 번도…….."

"당신이 어디에 있는지 아무도 몰랐어. 당신 호텔에서도, 세라자드에서도."

"세라자드…… 하지만 저는…….." 그녀는 말을 끊었다. "왜 한 번도 편지하지 않았어요?"

"쓸 수가 없었어."

"거짓말이에요."

"그래, 쓰고 싶지 않았어. 다시 돌아올 수 있을지 알 수가 없었어."

"또 거짓말을 하시는군요. 그런 건 이유가 되지 않아요."

"왜 안 돼? 돌아오든가 못 돌아오든가 둘 중 하나였어. 이해 못 하겠어?"

"이해 못 하겠어요. 하지만 이것만은 알아요. 당신은 돌아온 지 2주일이나 됐는데도 제게…….."

"조앙" 하고 라비크는 침착하게 말했다. "당신 어깨는 파리에서 그렇게 그을린 게 아냐."

보이가 코를 킁킁거리며 지나갔다. 그리고 조앙과 라비크를 슬쩍 쳐다보았다. 조금 전 사건으로 아직도 흥분해 있는 것이다. 무관심한 체하며 빨강과 흰색 체크무늬 식탁보에서 쟁반과 함께 나이프 두 벌과 포크를 치웠다. 라비크는 그것을 눈치챘다.

"아무것도 아니야" 하고 그는 말했다.

"뭐가 아무것도 아녜요?" 하고 조앙이 물었다.

"아무것도 아니야. 조금 전에 무슨 일이 있었어."

그녀는 그를 빤히 쳐다보았다. "당신 여기서 여자를 기다려요?"

"천만에. 그런 게 아냐. 어떤 사람들이 싸움을 했어. 한 사람이 피를 흘렸지. 이번에는 나서지 않았어."

"나서다니요?" 그녀는 문득 깨달았다. 얼굴 표정이 확 달라졌다. "당신은 여기서 뭘 하고 있어요? 또 붙잡히면 어쩌려고요? 전 다 알아요. 이번에는 6개월 징역이래요. 도망가야 해요! 당신이 파리에 계신 줄은 전혀 몰랐어요. 다시는 돌아오지 않을 줄 알았어요."

라비크는 대답을 하지 않았다.

"당신이 다시는 돌아오지 않을 줄 알았어요" 하고 그녀는 되풀이했다.

라비크는 여자를 쳐다보았다. "조앙."

"아녜요! 모두 정말이 아녜요! 하나도 정말이 아녜요! 하나도!"

"조앙" 하고 라비크는 조심스레 말했다. "당신 자리로 돌아가요."

갑자기 그녀의 눈이 젖었다.

"당신 자리로 돌아가요."

"당신이 나빠요." 그녀는 느닷없이 말했다. "당신 책임이에요! 당신 혼자의 책임이에요!"

그녀는 갑자기 돌아서서 가버렸다. 라비크는 탁자를 한쪽으로 밀치고 앉았다. 그리고 칼바도스 잔을 보며 마시려는 몸짓을 했다. 그러나 마시지는 않았다. 조앙과 이야기를 하는 동안은 마음이 잔잔했다. 그러나 지금 와서 갑자기 흥분을 느꼈다. 이상한 일이라고 생각했다. 가슴 근육이 피부 밑에서 부들부들 떨렸다. 왜 여기만 떨릴까? 그는 잔을 들고서 자기 손을 살펴보았다. 손은 떨리지 않았다. 그는 잔을 반쯤 비웠다. 마시는 동안에도 조앙의 시선이 느껴졌다. 그는 두 번 다시 조앙이 있는 쪽을 보지 않았다. 보이가 지나갔다. "담배를 주게" 하고 라비크는 말했다. "카포랄이야."

그는 담배에 불을 붙이고 잔에 남은 술을 단숨에 들이켰다. 조앙의 시선이 다시 느껴졌다. 도대체 저 여자는 무엇을 기대하고 있을까? 내가 지금제 눈앞에서 비참하게 취해 쓰러지리라 생각하는 걸까? 그는 보이를 불러계산했다. 그가 일어나자 그녀는 함께 온 남자 하나와 신 나게 이야기를 시작했다. 그가 그녀의 탁자 옆을 지나갈 때도 그녀는 눈을 들지 않았다. 그얼굴은 험악하고 차갑고 무표정했다. 그리고 억지로 갖다 붙인 듯한 웃음을 띠고 있었다.

라비크는 거리에서 거리로 헤매다가 뜻하지 않게 다시 세라자드 앞에이르렀다. 모로소프의 얼굴이 웃음을 띠고 있었다. "잘됐어, 과연 군인이야! 자네는 이제 틀렸는가 하고 단념하고 있었지. 예언이 들어맞으면 언제나기쁘단 말이야."

"너무 일찍 기뻐하지는 말게."

"자네도 마찬가지야. 너무 늦게 왔어."

"알고 있어. 벌써 우연히 만나고 오는 길이야."

"뭐라고?"

"클로셰 도르에서."

"그건 또……" 하고 모로소프는 어처구니없어서 말했다. "인생의 여신은 언제나 새로운 계교를 마련하는 모양이지."

"여긴 언제 끝나지, 보리스?"

"2, 3분이면 돼. 손님은 거의 없어. 옷을 갈아입어야지. 그동안 좀 들어오게. 보드카를 한잔 주지."

"아니, 여기서 기다리겠어."

모로소프는 그를 쳐다보았다. "어떤 기분인가?"

"메슥메슥하군."

"그렇지 않을 줄 알았나?"

"그럼. 인간이란 언제나 딴것을 기대하지. 옷 갈아입고 오게."

라비크는 벽에 기댔다. 그의 곁에서 꽃 파는 노파가 꽃을 치우고 있었다. 하나 사라고는 하지 않았다. 실없는 생각이지만, 꽃을 사라고 해주면 좋겠다고 생각했다. 그에게는 꽃이 필요 없다고 생각하는 것 같았다. 그는 즐비한 집들을 바라보았다. 두서너 개 창에는 아직도 불이 켜져 있었다. 택시가 천천히 지나갔다. 도대체 나는 무엇을 기대했을까? 확실히 알 수가 없다. 조앙이 선수를 치리라고는 꿈에도 생각하지 않았다. 그러나 안 될 것도 없지 않은가? 공격을 하는 한 누구에게나 그렇게 할 권리가 있다.

보이들이 나왔다. 그들은 하룻밤 내내 붉은 상의를 입고 장화를 신은 코캅카스인이며, 체르케스인이었다. 그런데 지금은 지쳐버린 보통 사람이 되었다. 모두 몸에 잘 맞지 않는 일상복을 입고 슬금슬금 집으로 돌아간다. 맨 끝으로 모로소프가 나왔다. "어디로 가지?" 하고 그는 물었다.

"오늘은 여러 군데 다녔어."

"그럼 호텔에 가서 체스나 두지."

"뭐라고?"

"체스. 나무 말로 두는 것 말이야. 기분 전환도 되고, 정신이 집중되지."

"좋지" 하고 라비크는 말했다. "못 할 것 없지."

그는 잠을 깼다. 조앙이 방 안에 있다는 것을 곧 알았다. 아직 어두워서 그녀 모습은 보이지 않았다. 그러나 그녀가 거기 있다는 것은 알 수 있었다. 방도, 창문도, 공기도 달라져 있었다. 그 자신까지도 달라져 있었다. "실없는 짓 하지 마!" 하고 그는 말했다. "불을 켜고 이리 와요."

그녀는 움직이지 않았다. 그녀의 숨소리마저 들리지 않았다.

"조앙" 하고 그는 말했다. "숨바꼭질 같은 짓은 그만두지."

"그래요" 하고 그녀는 낮은 목소리로 말했다.

"그럼 이리로 와요."

"제가 올 줄 아셨어요?"

"아냐."

"문이 열려 있던데요."

"문은 거의 언제나 열려 있지."

그녀는 잠시 말이 없었다. 그러다가 "당신이 아직 돌아오지 않은 줄 알았어요" 하고 말했다. "저는 그저…… 당신은 아직도 어딘가에 앉아서 술을 마시고 있을 거라고…… 전 그렇게 생각했어요."

"나도 그럴 생각이었는데, 대신 체스를 두었지."

"뭐라고요?"

"체스. 모로소프하고 물 없는 수족관 같은 아래층 굴속에서 말이야."

"체스라고요!" 그녀는 구석에서 나왔다. "체스라고요? 아무리 그렇지만, 그렇게…… 체스를 두다니……."

"나도 설마 체스를 두리라고는 생각지도 않았어. 그러나 그렇게 됐어. 잘되더군. 한 판 이겼지."

"당신은 정말 냉정하고 매정한 분이군요."

"조앙" 하고 라비크는 말했다. "싸움은 그만두자고. 난 좋은 싸움은 찬성이지만, 그러나 오늘만은 싫어."

"전 싸움을 하는 게 아녜요. 전 아주 불행해요."

"좋아. 그럼 이런 건 모두 그만두기로 하지. 대체로 싸움이란 사람이 어느 정도 불행할 때만 하는 거야. 내가 아는 어떤 친구는 아내가 죽은 순간부터 장례가 끝날 때까지 방문을 잠그고 자기 방에 틀어박혀서 체스 문제만 연구했어. 모두 그 친구를 보고 매정한 사람이라고 생각했지만, 그러나 나는 그 친구가 자기 아내를 세상 그 무엇보다도 가장 사랑했다는 것을 알아. 그 친구는 달리 어떻게 할 수가 없었던 거야. 그 일에 대해 잊으려고 낮이나 밤이나 체스 문제를 생각했던 거야."

조앙은 이제 방 한가운데 서 있었다. "그래서 당신도 그렇게 했다는 거예요?"

"아니지. 다른 사람 이야기라고 하지 않았나. 나는 당신이 들어왔을 때 자고 있었어."

"그래요, 자고 있었죠. 잘 수가 있단 말이죠!"

라비크는 팔꿈치를 괴고 상반신을 일으켰다.

"또 아는 사람이 하나 있었는데, 그 사람 역시 아내가 죽었지. 그 친구는 자리에 누워서 이틀 동안이나 잠만 잤어. 그 친구가 그런 짓을 했다고 해서 죽은 아내의 어머니는 펄펄 뛰며 화를 냈지. 인간이란 여러 가지 모순된 짓을 하면서도 완전히 절망하고 있는 수가 있는데, 그 어머니는 그것을 전혀 이해하지 못했던 거야. 불행만을 위한 에티켓이 얼마나 많이 고안되어 있는지, 정말이지 이상한 느낌이 들어! 만약 내가 정신없이 취해 있었다면 다 격식대로 되었을 테지. 체스를 두고 자버렸다는 것은 내가 거칠고 매정하다는 증거가 되겠지. 실로 간단한 문제야. 어때?"

쨍그랑하고 유리 조각이 튀는 소리. 조앙이 꽃병을 들어서 방바닥에 던진 것이다. "잘됐어" 하고 라비크는 말했다. "그렇잖아도 그건 싫증이 나던 참이었어. 그러나 유리 조각을 밟지 않도록 조심해."

그녀는 조각들을 발길로 찼다. "라비크, 당신은 왜 그런 짓을 하지요?"

"그래. 왜 그럴까? 자기 용기를 북돋우려 그러지. 그걸 모르겠나, 조앙?"

그녀는 그에게 얼굴을 홱 돌렸다. "그런 것 같군요. 하지만 당신이란 사람은 어떻게 된 사람인지 전혀 알 수가 없어요."

그녀는 조심하면서 흩어진 파편을 밟고 걸어와서 그의 침대에 걸터앉았다. 이번에는 밝아오는 새벽빛을 받아 그녀의 얼굴이 뚜렷이 보였다. 그는 그녀가 피곤한 얼굴이 아닌 것을 보고 놀랐다. 그 얼굴은 젊고, 맑고, 몹시 긴장되어 있었다. 그녀는 여태까지 본 적 없는 가벼운 외투에다 클로셰 도르에서 입었던 옷과는 다른 옷을 입고 있었다.

"당신이 다시 돌아오지 않을 줄 알았어요, 라비크."

"오래 걸렸어. 더 빨리 오고 싶었지만 그렇게 되지 않았어."

"왜 편지를 안 하셨지요?"

"편지가 소용이 있었을까?"

그녀는 눈을 돌렸다. "그래도 그랬더라면 좋았을 거예요."

"차라리 내가 돌아오지 않았으면 좋았을걸 그랬지. 하지만 여기밖에는 이제 내 몸을 담을 나라도, 도시도 없단 말이야. 스위스는 너무 좁고, 다른 나라는 어디나 파시스트 천지고."

"그렇지만 여기도…… 경찰이……."

"경찰은 좀처럼 전번같이 나를 붙잡을 수 없지. 그때는 그저 운이 나빴던 거야. 그 문제는 이제 다시 생각할 필요 없어." 라비크는 손을 내밀어 담뱃갑을 집었다. 담배는 침대 옆 탁자에 있었다. 그다지 크지 않은 편리한 탁자였다. 책이나 담배, 그 밖에 두서너 가지 물건이 놓여 있었다. 침대 옆에는 대개 인조 대리석 판이 붙은 작은 탁자나 까치발이 달린 탁자가 놓이는 법인데, 라비크는 그것을 아주 싫어했다.

"저도 하나 주세요."

"뭘 좀 마시겠어?"

"네, 마시겠어요. 그냥 누워 계세요, 제가 가져올 테니."

그녀는 술병을 들어서 잔 두 개에다 따랐다. 그러고는 하나를 그에게 건네주고, 남은 하나는 자기가 집어 들더니 단숨에 마셔버렸다. 마시는 동안 어깨에서 외투가 조금씩 흘러내렸다. 차차 밝아오는 새벽녘의 훤한 빛으로 그녀가 입은 옷을 볼 수 있었다. 그가 언젠가 앙티브에 갈 때 그녀에게 선물로 준 옷이었다. 왜 이 옷을 입었을까? 이것이 내가 이 여자에게 사준 유일한 옷이다. 이런 것은 한 번도 생각해본 적이 없었다.

"전 당신을 봤을 때 말이에요, 라비크…… 갑자기……" 하고 그녀가 말했다. "아무것도 생각할 수가 없었어요, 아무것도. 그리고 당신이 가버렸을 때는 두 번 다시 당신을 만날 수 없을 거라고 생각했어요. 당장에 그렇게 생각한 건 아니지만요. 처음에는 당신이 클로셰 도르로 돌아오기를 기다렸어요. 꼭 돌아올 줄 알았어요. 왜 돌아오지 않으셨지요?"

"왜 내가 돌아가야 하지?"

"제가 당신하고 함께 나갔어야 해요."

그것이 진실이 아님을 그는 알았다. 그러나 지금은 그런 생각을 하고 싶지 않았다. 그는 갑자기 아무것도 생각하고 싶지 않았다. 조앙이 내 곁에 앉아 있다. 지금은 그것으로 충분하다. 그것으로 충분하다고 전에는 생각해본 적이 없었다. 이 여자가 왜 왔으며, 그리고 대체 무엇을 원하는가를 그는 알 수가 없었다. 그러나 뜻밖에 그녀가 여기 와 있는 것만으로도 충분했다. 이상하게도 마음속 깊이 안정감이 느껴졌다. 어떻게 된 일일까? 벌써 그렇게까지 돼버렸을까? 자제심을 잃어버린 걸까? 어둠, 끓어오르는 피, 공상의 협박과 폭력이 시작되는 지경에까지 이르렀단 말인가?

"전 말이에요, 당신이 저를 버리려는 줄 알았어요" 하고 조앙이 말했다. "정말 그렇게 생각하셨지요? 사실대로 말해주세요!"

라비크는 잠자코 있었다.

그녀는 그를 쳐다보았다. "전 알았어요! 알고 있었어요!" 그녀는 굳은 확신을 가지고 이렇게 되풀이했다.

"칼바도스 한 잔 더."

"칼바도스였어요?"

"그래. 몰랐나?"

"몰랐어요." 그녀는 술을 따랐다. 그녀가 술병을 쥐고 따르는 동안 팔이 그의 가슴에 닿았다. 그녀의 감촉이 늑골 사이로 스며들었다. 그녀는 자기 잔을 비웠다. "그렇군요, 칼바도스네요." 그러고는 다시 그를 쳐다보았다. "오길 잘했어요. 전 알았어요. 정말 오길 잘했어요."

차츰 밝아왔다. 덧문이 나직이 삐걱거리기 시작했다. 아침 바람이 불기 시작한 것이다.

"제가 온 게 잘된 거예요?"

"모르겠어, 조앙."

그녀는 그에게 몸을 굽혔다. "알아요. 당신이 모를 리가 없어요."

그녀 얼굴이 그의 얼굴에 맞닿을 만큼 가까워져서 그녀 머리카락이 그의 어깨에 닿았다. 그는 그녀의 얼굴을 빤히 들여다보았다. 그것은 그가 알고 있는, 전혀 낯선 얼굴이면서도 동시에 무척 정이 든 얼굴, 늘 같으면서도 동시에 끊임없이 변화하는 얼굴이다. 이마 피부가 벗겨지고 윗입술에 칠한 루주가 말라 있는, 제대로 화장도 하지 않은 얼굴. 지금 자기 얼굴에 맞닿을 만큼 다가와서, 이 순간 다른 세계를 완전히 차단하고 있는 이 얼굴을 신비롭게 여긴 것은 자신의 공상에 지나지 않았다는 것을 그는 알았다. 이보다 더 아름다운 얼굴, 더 총명한 얼굴, 더 청순한 얼굴이 있다는 것을 알았다. 그러나 그와 동시에 이 얼굴은 또한 자기에 대해서 다른 얼굴이 갖지 못한 힘을 갖고 있다는 것도 알았다. 그 자신이 이 얼굴에 부여한 힘이었다.

"그래" 하고 그는 말했다. "어쨌든 잘됐어."

"전 도저히 견딜 수 없었을 거예요, 라비크."

"뭘?"

"당신이 멀리 가버렸다면 말이에요, 아주 멀리."

"당신은 내가 다시는 돌아오지 않을 줄 알았다고 했잖아?"

"당신이 다른 나라에 살고 있다면 그건 별문제예요. 다른 문제예요. 그럼 우리는 그저 헤어져 있을 뿐이거든요. 언제든 저는 당신에게 갈 수가 있지요. 아니면 늘 그렇게 믿고 있을 수가 있고요. 하지만 같은 도시에 있으면서도…… 모르겠어요?"

"알 수 있지."

그녀는 몸을 일으켜서 머리를 매만졌다. "당신은 저를 혼자 내버려두면 안 돼요. 당신은 제게 책임이 있어요."

"당신은 지금 혼자 있나?"

"당신은 제게 책임이 있어요" 하고 그녀는 생긋 웃었다.

일순간 그는 그녀가 미워졌다. 그녀의 웃음과 그럴 때의 말투가. "시시한 소리 하지 말라고, 조앙."

"제가 아니라 당신이에요. 그때부터 당신 없이는……."

"좋아. 체코슬로바키아 점령도 내게 책임이 있어. 자, 이젠 그만두지. 날이 밝았어. 당신은 곧 가야 할 테니까."

"뭐라고요?" 그녀는 그를 빤히 들여다보았다. "제가 여기 있으면 안 되나요?"

"안 되지."

"그렇군요." 그녀는 갑자기 화가 치민 듯 낮은 목소리로 말했다. "그렇군요! 당신은 이제 저를 사랑하지 않는군요!"

"어허, 참" 하고 라비크는 말했다. "또 그 소리군. 몇 달 동안 당신은 어떤 바보들하고 같이 있었지?"

"바보들이 아네요. 제가 달리 어떻게 할 수 있었겠어요? 밀랑 호텔에 앉아서 벽만 쳐다보다가 미쳐버렸어야 해요?"

라비크는 몸을 반쯤 일으켰다. "고백할 필요는 없어. 고백 따위는 듣고 싶지도 않아. 난 다만 이야기 수준을 좀 높이고 싶었을 뿐이야."

그녀는 그를 쳐다보았다. 입도 눈도 맥이 풀려 있는 듯했다.

"당신은 왜 언제나 제게 트집을 잡는 거예요? 다른 사람은 저한테 트집을 잡지 않아요. 당신은 사소한 일도 곧잘 문제 삼아요."

"맞아." 라비크는 칼바도스를 한 모금 꿀꺽 마시고는 벌렁 드러누웠다.

"정말이에요" 하고 그녀는 말했다. "당신을 어떻게 대해야 할지 도무지 알 수 없어요. 당신은 하고 싶지 않은 말을 억지로 말하게 하고는 사람을 못살게 군단 말이에요."

라비크는 깊은 한숨을 쉬었다. 조금 전에 나는 무슨 생각을 했더라? 사랑의 어둠, 공상의 힘, 어떻게 그것들을 바로 고칠 수 있겠는가! 모두 스스로 그렇게 하는 것이다. 끊임없이 스스로가. 그것들이 바로 열성적인 꿈의 파괴자다. 그러나 그 밖에 달리 어떻게 할 수가 있겠는가? 정말이지 어떻게 할 수가 있단 말인가? 쫓겨 다니는 아름답고 절망적인 인간, 어딘가 대지 밑바닥 깊숙이 있는 거대한 자석, 그 위에 있는 가지각색 모습은 모두 자기 의지와 자기 운명을 갖고 있다고 생각한다. 그러나 그들이 달리 어떻게 할 수가 있단 말인가? 나 자신도 그중 하나가 아닌가? 의심을 품은 채, 약간의 답답한 조심과 값싼 풍자에 매달려 있지 않은가. 더구나 마음속으로는 별수 없이 어떻게 되리라는 것을 알면서 말이다.

조앙은 침대 발치에 쪼그리고 앉았다. 화가 난 아름다운 청소부같이 보이기도 하고, 달나라에서 내려와 어리둥절하는 것처럼 보이기도 했다.

새벽녘 어스름은 붉은 햇살로 변해서 두 사람을 비추었다. 이른 아침은 집집의 지저분한 뒤뜰이나 연기로 그을린 지붕을 넘어서, 멀리에서 창문 안으로 맑은 입김을 보내오고 있다. 거기에는 아직도 숲과 생명의 입김이 깃들어 있었다.

"조앙" 하고 라비크는 말했다. "당신은 왜 왔지?"

"왜 그런 걸 묻지요?"

"그렇지…… 내가 왜 물었을까?"

"당신은 왜 언제나 묻기만 하죠? 저는 여기 와 있어요. 그것으로 충분하지 않나요?"

"그렇지, 조앙. 당신 말이 옳아. 그것으로 충분해."

그녀는 얼굴을 들었다. "이제야 겨우! 하지만 당신은 우선 남의 기쁨을 모조리 빼앗아버려야만 속이 시원한 모양이군요."

기쁨! 이 여자는 기쁨이라고 했다! 무수한 검은 프로펠러로 다시 되찾으려는, 숨찬 욕망의 돌풍에 몰리는―기쁨? 바깥은 창가의 이슬 같은 순간적인 기쁨에 가득 차 있다. 대낮이 발톱을 쭉 뻗치기 전 10분간의 정적이다. 그러나 제기랄, 그것이 어떻다는 말인가? 이 여자의 말이 옳지 않은가? 이슬이나, 참새나, 바람이나, 피가 옳은 것과 마찬가지로 이 여자가 옳은 것이 아닌가? 나는 왜 묻는 걸까? 도대체 나는 무얼 알고자 하는가? 여자는 여기에 와 있다. 밤나방처럼, 박각시나방처럼, 공작새의 눈처럼 아무런 의심도 하지 않고 얼른 여기로 날아왔다. 그리고 나는 드러누워 그 날개의 무늬나 찢어진 자리를 세어보며, 약간 퇴색한 그 윤기를 유심히 들여다보고 있다. 왜 이런 허세를 부리고 있는가? 왜 이런 숨바꼭질을 하고 있는가? 이 여자는 찾아왔다. 그런데 여자가 찾아온 것만으로 나는 바보처럼 잘난 체 버티고 있다. 만약 이 여자가 찾아오지 않았다면 나는 여기 누워서 골똘히 생각에 잠겼을 것이다. 자신을 속이려고 열심히 애쓰면서, 사실은 여자가 와주기를 남몰래 기다렸을 것이다.

그는 담요를 걷고 침대에서 두 다리를 내던져 슬리퍼를 신었다.

"왜 그러세요?" 조앙은 깜짝 놀라서 물었다. "저를 내쫓을 작정이세요?"

"아냐. 당신에게 키스를 하려고. 진작 그랬어야 해! 난 바보야, 조앙. 실없는 소리만 했어. 당신이 와줘서 아주 기뻐."

그녀의 눈에 불꽃이 튀었다. "일어나지 않아도 키스를 할 수 있어요" 하고 그녀는 말했다.

집들 저쪽에 붉은 아침 해가 높이 솟았다. 하늘 위쪽은 연한 푸른빛, 구름이 한두 점 잠든 플라밍고처럼 둥실 떠 있다. "저걸 봐, 조앙! 날씨가 정말 좋지! 비만 내리던 것을 기억하나?"

"네, 기억해요. 날마다 비만 왔죠. 하늘은 잿빛으로 변하고, 비는 내리고."

"내가 떠났을 때도 여전히 오고 있었지. 비가 자꾸 와서 당신은 우울하기만 했어. 그런데 지금은……."

"그래요. 그런데 지금은……."

그녀는 그에게 바싹 붙어 누웠다. "지금은 모든 게 다 있어" 하고 그는 말했다. "꽃밭도 있지. 피난민인 비젠호프의 창가에는 카네이션이 있고, 저 밑 밤나무에는 새들이 있어."

그는 그녀가 울고 있는 것을 알았다.

"라비크, 당신은 왜 제게 묻지 않으세요?"

"벌써 많이 물어보았지. 당신 자신이 아까 그렇게 말하지 않았나?"

"그건 다른 이야기예요."

"아무것도 물어볼 게 없어."

"그동안 일어났던 일들 말이에요."

"아무 일도 일어나지 않았잖아."

그녀는 머리를 저었다.

"조앙, 당신은 도대체 나를 어떻게 생각하지? 밖을 내다봐요. 저 주홍빛과 금빛과 푸른빛을. 저 태양에게 물어봐요. 어제 비가 왔는지 어떤지를. 중국이나 스페인에 전쟁이 일어났는지 어떤지를. 지금 이 순간에 천 명의 인간의 죽었는지 태어났는지를. 해는 나와 있어. 점점 솟아오르지. 그뿐이야. 그런데도 당신은 내가 묻기를 바라는 건가? 지금 이 햇살을 받아, 당신의 어깨는 구릿빛이야. 그런데도 나는 당신에게 물어야만 하나? 이 붉은 아침놀 속에서 당신의 눈은 그리스 바다처럼 보랏빛과 포도주 빛깔을 하고 있어. 그런데도 나는 지나간 그 무엇을 물어야만 하나? 당신은 돌아왔어. 그런데도 나는 바보가 되어 과거의 마른 나뭇잎을 헤치며 뒤져봐야 하나? 당신은 나를 뭘로 알고 있는 거지, 조앙?"

그녀의 눈물이 그쳤다. "그런 말은 오랜만에 듣는 것 같아요."

"그렇다면 당신은 아둔한 사람들과 살아온 거야. 여자란 찬양을 받든가, 아니면 버림을 받아야 하는 거야. 그 중간은 있을 수 없지."

그녀는 그에게 바싹 붙어 잤다. 다시는 놓치지 않으려는 듯. 그녀는 깊이 잠들었다. 그는 자기 가슴 위에서 그녀의 고르고 가벼운 숨소리를 들었다. 그리고 잠시 눈을 뜬 채로 누워 있었다. 호텔에서는 아침 소음이 들리기 시작했다. 쪽쪽 내려가는 물소리, 퉁탕거리는 문소리, 아래층에서는 피난민 비젠호프가 창가에서 아침 기침을 콜록거렸다. 그는 조앙의 양쪽 어깨를 품에 느꼈고, 그녀의 따스하고 잠든 피부를 느꼈다. 고개를 돌려보니, 완전히 긴장이 풀려 깊이 잠든 그녀의 얼굴은 순진 그대로의 무심한 얼굴이었다. 찬양을 하든가 버리든가. 엄청난 말이다. 그런 것을 누가 할 수 있으랴! 누가 감히 그런 생각이나 할 수 있을까?

20

그는 잠을 깼다. 조앙은 이미 곁에 누워 있지 않았다. 그는 욕실에서 물소리가 나는 것을 듣고 몸을 일으켰다. 이내 잠이 완전히 깼다. 요 몇 달 동안에 다시 이 버릇이 붙은 것이다. 곧 잠이 깰 수 있는 사람은 아직도 탈출할 가능성을 갖고 있다. 그는 시계를 보았다. 아침 10시다. 조앙의 야회복이 외투와 함께 방바닥에 널려 있다. 그녀의 비단 구두는 창 앞에 놓여 있다. 한 짝이 옆으로 쓰러져 있다.

"조앙" 하고 그는 불렀다.

그녀는 문을 열었다. "당신을 깨우고 싶지 않았어요."

"상관없어. 난 언제고 잘 수 있으니까. 그런데 당신은 왜 벌써 일어났지?"

그녀는 목욕용 모자를 쓰고 있었다. 몸에서는 물방울이 뚝뚝 떨어졌다. 번쩍거리는 어깨는 밝은 갈색이었다. 마치 꼭 끼는 투구를 쓴 아마존의 여전사처럼 보였다. "전 이제 올빼미가 아녜요, 라비크. 세라자드에는 안 가요."

"알아."

"누구에게 들었지요?"

"모로소프."

그녀는 잠시 살피는 듯한 눈초리로 그를 쳐다보았다. "모로소프" 하고 그녀는 말했다. "그 늙은 수다쟁이 영감. 그 사람이 무슨 다른 말은 안 하던가요?"

"아무 말도 안 했어. 다른 할 말이 있나?"

"밤의 문지기가 지껄일 만한 것은 아무것도 없어요. 그 사람들은 소지품 보관소 여자들 같아요. 수다 떠는 게 직업인걸요."

"모로소프는 욕하지 말라고. 밤의 문지기와 의사는 직업적인 염세주의자야. 둘 다 인생의 그늘에서 살고 있거든. 하지만 입은 무거워. 그 사람들은 신중한 태도를 할 의무가 있으니까 말이야."

"인생의 그늘" 하고 조앙은 말했다. "누가 그런 걸 원하지요?"

"아무도 원하는 사람은 없어. 그러나 인간은 대개 이 그늘 속에서 살고 있는 거야. 게다가 모로소프는 당신을 위해서 세라자드에 일자리를 구해주었잖아."

"그렇다고 제가 언제까지나 눈물을 흘리며 그 사람에게 감사할 수는 없잖아요. 저는 그 사람들을 실망시키지 않았어요. 받는 보수만큼은 일을 했어요. 그렇지 않았다면 저를 붙들어둘 리가 없잖아요. 그리고 그 사람은 당신을 위해서 한 거예요, 저를 위해서가 아니라."

라비크는 담배를 집었다. "대체 왜 그 친구를 못마땅하게 생각하지?"

"아무 이유도 없어요. 그냥 싫을 뿐이에요. 그는 사람을 늘 노려보아요. 전 그런 사람은 절대로 믿지 않아요. 당신도 믿어서는 안 돼요."

"뭐라고?"

"그 사람을 믿어선 안 된단 말이에요. 아시겠죠? 프랑스 문지기는 모두가 경찰 끄나풀이에요."

"그리고 또?" 하고 라비크는 조용히 물었다.

"물론 당신은 제 말을 믿지 않을 거예요. 그러나 세라자드에서는 누구나 다 알고 있어요. 누가 알아요, 혹시……."

"조앙!" 그는 이불을 걷어차고 일어났다. "시시한 소리 좀 작작 해! 어떻게 된 거야, 당신은?"

"아무렇지도 않아요. 제가 어떻게 되다니요? 전 그 사람이 싫어요. 그뿐이에요. 그 사람은 나쁜 영향을 주어요. 그런데 당신은 언제나 그 사람과 같이 어울려 다니거든요."

"허" 하고 라비크는 말했다. "그래서 그러는군."

느닷없이 여자가 깔깔거리고 웃었다. "네, 그래서 그러는 거예요."

라비크는 이유가 그것만은 아니라고 느꼈다. 그 밖에 또 무엇이 있다. "아침 식사는 뭘로 하겠어?" 하고 그는 물었다.

"당신, 화나셨어요?" 그녀는 되물었다.

"아니."

그녀는 욕실에서 나와 그의 목에 두 팔을 감았다. 그는 파자마의 엷은 천을 통해서 그녀의 젖은 살결을 느꼈다. 그는 여자의 육체를 느끼고 자신의 피를 느꼈다. "제가 당신 친구를 싫어한다고 해서 화내는 거예요?" 하고 그녀는 물었다.

그는 머리를 저었다. 투구, 아마존의 여전사, 대양에서 올라온 요정. 이 매끄러운 살결에서 아직도 물과 청춘의 향기가 풍기고 있다. "놓으라고" 하고 그는 말했다.

그녀는 대답이 없었다. 높은 광대뼈에서 턱에 이르는 선. 입매. 너무 무거운 눈꺼풀. 풀어헤친 파자마 속의 벌거숭이 살갗에 찰싹 와 닿는 젖가슴. "저리 비켜, 안 비키면……."

"안 비키면, 어쩌지요?" 하고 그녀는 물었다.

창문 밑에서 벌 한 마리가 윙윙거리고 있었다. 라비크는 그것을 눈으로 쫓았다. 아마 피난민 비젠호프의 카네이션에 이끌려 왔다가, 이번엔 다른 꽃을 찾고 있는 모양이다. 벌은 방 안으로 날아 들어와서 씻지 않고 창가에 놓아둔 칼바도스 잔에 앉았다.

"제가 없어서 쓸쓸하셨어요?" 조앙이 물었다.

"응."

"무척?"

"그래."

벌은 다시 날아올라 술잔 둘레를 몇 번이고 돌았다. 그러다가 윙윙거리며 창문에서 태양 속으로, 피난민 비젠호프의 카네이션으로 돌아가버렸다.

라비크는 조앙 곁에 누워 있었다. 여름, 하고 그는 생각했다. 여름, 아침 목장, 마른풀 냄새가 가득한 머리카락, 클로버 같은 살결—시냇물처럼 소리도 없이 흐르는 감사에 충만한 피가 부풀어 올라 욕망도 없이 모래밭에 넘친다. 매끄러운 수면에 한 얼굴이 비쳐서 생글생글 웃는다. 빛나는 일순간, 마른 것이나 죽은 것은 하나도 없다. 자작나무와 포플러, 정적, 아득히 잃어버린 하늘에서 메아리처럼 울려와서 혈관을 뛰게 하는 아련한 속삭임.

"전 여기 있고 싶어요." 조앙은 그의 어깨에 기댄 채 말했다.

"있으라고. 잠이나 자요. 둘 다 잠이 부족하니까."

"안 돼요. 전 가야 해요."

"지금 이 시간에 야회복을 입고는 아무 데도 갈 수 없지."

"다른 옷을 가지고 왔어요."

"어디?"

"외투 밑에 넣어 왔어요, 신발도. 제 물건들에 있을 거예요. 모조리 갖고 왔어요."

그녀는 어디에 간다고 말하지 않았다. 왜 가는지도 밝히지 않았다. 라비크도 별로 묻지 않았다.

벌이 다시 나타났다. 이번에는 목표도 없이 이리저리 날아다니지는 않았다. 곧장 술잔으로 날아가서 그 언저리에 앉았다. 칼바도스의 맛을 조금은 아는 것 같았다. 아니면 과즙의 달콤한 맛을.

"정말 여기 있을 작정이었나?"

"그럼요." 조앙은 꼼짝도 않고 말했다.

롤랑드는 술병과 잔을 쟁반에 얹어서 가지고 왔다.

"술은 필요 없어" 하고 라비크는 말했다.

"보드카를 조금 드시지 않겠어요? 수브로브카예요."

"오늘은 안 하겠어. 커피로 하지, 진하게."

"알겠어요."

그는 현미경을 옆으로 치웠다. 그러고는 담배에 불을 붙이고 창가로 갔다. 플라타너스엔 신록이 우거졌다. 전번에 왔을 때는 벌거숭이였다.

롤랑드가 커피를 들고 왔다.

"여자들이 전보다 많아졌군?" 하고 라비크는 말했다.

"스무 명이나 늘었어요."

"장사가 그렇게 잘되나? 이제 6월인데."

롤랑드는 그와 마주 앉았다. "우리도 왜 이렇게 영업이 잘되는지 알 수가 없어요. 모두가 좀 돈 것 같아요. 오후부터 시작되거든요. 그러다 밤이 되면⋯⋯."

"날씨 때문인지도 모르지."

"날씨 때문이 아네요. 예년에는 5월, 6월에 이렇지 않았어요. 이건 아무래도 미친 짓이에요. 바의 꼴은 믿을 수 없을 지경이에요. 우리 집에서 프랑스 사람이 샴페인을 마시다니, 상상이나 할 수 있겠어요?"

"할 수 없지."

"외국 사람이라면 이해가 돼요. 외국 사람을 위해서 샴페인을 마련해두니까요. 그런데 프랑스 사람이! 그것도 파리 사람까지도! 샴페인이라니! 그것도 현금을 내고요! 뒤보네나 맥주나 펀이 아니고 말이에요. 이런 일이 믿어져요?"

"내 눈으로 보기 전엔 믿을 수 없지."

롤랑드는 그에게 커피를 따라주었다. "그 활기로 말하자면, 귀가 멀 지경이에요. 아래층에 내려가면 보시게 될 거예요. 벌써 이런 시간부터! 당신이 검진 오기를 기다리는 조심스러운 베테랑들만이 아니에요. 벌써 떼 지어 몰려와 앉아 있어요! 도대체 어찌 된 걸까요, 라비크 선생님?"

라비크는 어깨를 으쓱했다. "대양을 항해하다 침몰해가는 기선 이야기가 있지."

"그런데 우리 집은 침몰 정도의 소동이 아니에요! 영업이 대성황이에요."

문이 열렸다. 니네트가 들어왔다. 스물한 살이다. 핑크색 짧은 비단 바지를 입고 사내처럼 날씬하다. 마치 성녀 같은 얼굴이었다. 이 집에서 가장 인기 있는 아이 중 하나다. 니네드는 빵, 버터, 잼 두 병을 쟁반에 받쳐서 가지고 왔다. "선생님이 커피를 들고 계시다는 말을 마담이 듣고서" 하고 그녀는 낮게 쉰 목소리로 말했다. "잼 맛을 좀 보시라고 보냈어요. 집에서 만든 거예요." 니네트는 갑자기 이를 보이며 히죽 웃었다. 천사 같은 얼굴이 갑자기 허물어지고 부랑아 같은 찡그린 상이 되었다. 니네트는 쟁반을 탁자에 놓고는 춤추는 듯한 걸음걸이로 나가버렸다.

"저것 좀 보세요" 하고 롤랑드는 한숨을 쉬었다. "이내 건방져진단 말이에요! 자기가 인기 있다는 걸 알고 있거든요."

"그야 그렇지" 하고 라비크는 말했다. "이럴 때가 아니곤 언제 그래 보겠나? 이 잼은 어떻게 된 거지?"

"마담의 자랑거리지요. 손수 만든 거예요. 리비에라의 소유지에서. 정말 좋아요. 맛 좀 보세요."

"잼은 싫어. 더구나 백만장자가 만든 건."

롤랑드는 병뚜껑을 돌려서 열더니, 잼을 몇 숟가락 듬뿍 퍼내서 두꺼운 종이에 바르고 거기에다 버터 한 덩어리와 토스트 몇 조각을 놓고는, 그것을 단단히 둘둘 말아서 라비크에게 주었다.

"나중에 내버리세요" 하고 그녀는 말했다. "마담 기분이 좋도록. 마담은 당신이 먹었는지, 나중에 살펴볼 거예요. 점점 나이가 들어서 이제는 꿈이 사라진 여자의 마지막 자랑이지요. 예의상 그렇게 하세요."

"알았어." 라비크는 일어나서 문을 열었다. 그러자 말소리, 음악 소리, 웃음소리, 떠드는 소리가 아래층에서 들려왔다.

"난장판 같군. 저들 모두가 프랑스 사람인가?"

"저 사람들은 아네요. 거의 외국 사람이에요."

"미국 사람인가?"

"아뇨. 그게 이상해요. 저들은 대개 독일 사람이에요. 독일 사람이 저렇게 많이 온 적이 전에는 한 번도 없었거든요."

"이상할 것도 없지."

"대부분이 프랑스 말을 유창하게 해요. 2, 3년 전에 독일 사람들이 쓰던 것과는 완전히 달라요."

"그럴 줄 알았어. 혹 프랑스 군인들이 오는 거 아냐? 소집병이나 식민지 주둔 병정 같은 친구들이?"

"언제나 여기서 살다시피 하는걸요."

라비크는 고개를 끄덕였다. "그리고 독일 사람들은 마구 돈을 뿌리지?"

롤랑드는 웃었다. "그래요. 마시고 싶어 하는 사람이면 누구에게나 술을 사주죠."

"특히 군인들에게 한턱내겠지. 더구나 독일은 통화 반출을 금하고 국경을 폐쇄했어. 정부 허가 없이는 국외로 나올 수가 없지. 허가를 얻어도 10마르크 이상은 반출할 수가 없어. 돈을 잔뜩 가지고 프랑스 말을 유창하게 하는 쾌활한 독일인이라니, 이상하지 않나?"

롤랑드는 어깨를 으쓱했다. "아무러면 어때요, 돈만 가짜가 아니라면……."

집으로 돌아온 것은 8시가 넘어서였다. "어디서 전화 온 데 없었나?" 하고 그는 수위에게 물었다.

"아뇨."

"오후에도?"

"없었어요. 하루 종일 없었어요."

"날 찾아온 사람은?"

수위는 고개를 저었다. "아무도 없었습니다."

라비크는 계단을 올라갔다. 1층에서는 골트베르크 부부의 말다툼 소리가 들렸다. 2층에서는 어린애가 울고 있었다. 그 아이는 태어난 지 1년 2개월이 되는, 루시앙 질버민이라는 프랑스 시민이었다. 어린아이는 부모인 커피 상인 지크프리트 질버만과 그 아내 넬리의 경애와 높은 희망의 대상이 되고 있었다. 넬리의 본성은 레비로, 프랑크푸르트암마인 출신이었다. 부부는 프랑스 태생 어린애 덕택에 규정보다 2년은 빨리 프랑스 여권을 받을 수 있으리라는 희망을 품고 있었다. 그 결과 루시앙은 만 한 살의 지혜로 집안의 폭군이 되어버렸다. 3층에서는 축음기 소리가 들렸다. 축음기는 전에 오라니엔부르크 강제수용소에 있던 피난민 볼마이어의 것으로, 그는 그것으로 독일 민요를 틀고 있었다. 복도에서는 양배추와 어둑어둑한 어스름 냄새가 풍겼다.

라비크는 책이라도 읽으려고 방으로 들어갔다. 언젠가 사둔 세계사 몇

권을 꺼냈다. 특별히 재미있는 읽을거리는 아니었다. 단 한 가지 취할 점은 오늘날 일어나고 있는 일이 결코 새로운 것은 아니라는, 이상하게 우울해지는 만족감이었다. 모든 일이 여태까지 몇십 번이나 거듭해서 일어났다. 거짓말, 약속 파기, 살인, 바르솔로뮤의 대학살, 권력욕에서 비롯된 부패, 그칠 줄 모르는 전쟁의 연속. 인류 역사는 피와 눈물로 엮여 있는 것이다. 몇천을 헤아리는 피에 젖은 과거의 모습에서 은빛 후광으로 빛나는 것은 정말 얼마 되지 않는다. 데마고그*, 사기꾼, 아버지와 친구를 죽인 자, 권력에 도취된 이기주의자, 칼을 들고 사랑을 설교하는 광신적 예언자. 어느 시대나 마찬가지다. 그리고 언제나 참을성 있는 국민들이 황제, 종교인, 광인들을 위해서 의미도 없이 살육이 행해지는 곳으로 서로 끌려가는 것이다. 언제 끝날지도 알 수 없는 노릇이다.

그는 다시 책을 옆으로 치웠다. 열어젖힌 창문으로 아래층에서 목소리가 들려왔다. 누구의 목소리인지 알 수 있었다. 비젠호프와 골트베르크의 아내였다. "지금은 안 돼요" 하고 루트 골트베르크가 말했다. "그이가 돌아올 거예요. 늦어도 한 시간 안에는."

"한 시간은 한 시간이지."

"더 일찍 돌아올지도 몰라요."

"어디를 갔지?"

"미국 대사관에 갔어요. 매일 저녁마다 가요. 밖에 서서 가만히 쳐다보고만 있어요. 그뿐이에요. 그러고는 돌아오는 거예요."

비젠호프가 뭐라고 했지만 라비크에게는 들리지 않았다.

"당연하지요." 루트 골트베르크가 덤벼들듯이 대답했다. "돌지 않은 사람이 어디 있어요? 그이가 늙었다는 건 저도 알아요."

---

*   대중을 선동하여 권력을 획득하거나 유지하려는 정치가를 말한다.

"그만둬요" 하고 잠시 후에 그녀가 말했다. "전 지금 하고 싶지 않아요. 그럴 기분이 아니에요."

비젠호프가 뭐라고 대답했다.

"말로야 못 할 것이 없지요. 그이는 돈을 가지고 있어요. 그런데 저는 한 푼도 없어요. 그리고 당신은……."

라비크는 일어났다. 그리고 전화를 바라보았으나 망설였다. 거의 10시가 가까웠다. 조앙에 대해서는 오늘 아침에 그녀가 나가버린 뒤로 아무런 소식도 듣지 못했다. 밤에 돌아올지 물어보지도 않았다. 돌아오리라고 생각했기 때문이다. 지금에 와서는 그런 확신이 조금도 없었다.

"당신에겐 아무것도 아니겠죠! 당신은 그저 재미만 보자는 거지요. 다른 생각은 하나도 없고요" 하고 골트베르크 부인이 말했다.

라비크는 모로소프를 찾아갔다. 그의 방은 잠겨 있었다. 카타콤으로 내려갔다.

"누가 오거든 알려줘, 나는 밑층에 있을 테니까" 하고 그는 접수계에 일러두었다.

모로소프는 거기 있었다. 그는 빨간 머리 사나이와 체스를 두고 있었다. 구석에는 여자들이 두서넛 앉아 있었다. 여자들은 우울한 얼굴로 뜨개질을 하거나 책을 읽고 있었다.

라비크는 잠시 체스 판을 들여다보았다. 빨간 머리 사나이는 잘 두었다. 전혀 무관심하게 척척 두었다. 모로소프가 질 것 같았다. "이것 좀 보게. 형편없이 되어버렸어, 어때?" 하고 그는 물었다.

라비크는 어깨를 으쓱했다. 빨간 머리 사나이가 얼굴을 들었다.

"이분은 핀켄시타인 씨야" 하고 모로소프가 말했다.

"독일서 금방 오셨대."

라비크는 고개를 끄덕였다. "지금 그쪽은 어때요?" 라비크는 아무런 흥미도 없이 그저 형식적으로 물었다.

빨간 머리 사나이는 어깨를 으쓱했을 뿐 아무 말도 하지 않았다. 라비크도 그가 대답하리라고는 생각지 않았다. 그런 일은 처음 두어 해 동안만이었다. 성급한 질문, 기대, 열병에 걸린 듯이 귀 기울이며 기다리던 붕괴 뉴스. 전쟁이 일어나지 않는 한 그렇게 될 수 없다는 것을 지금은 누구나 다 알고 있다. 그리고 또 군수공업을 일으켜서 실업자 문제를 해결하는 정부는 전쟁 아니면 국내 파국이라는 두 가지 가능성밖에 없다는 것도, 다소 이성이 있는 사람이라면 누구나 다 알고 있다. 그러니까 전쟁밖에 없다.

"외통이군" 하고 핀켄시타인은 아무런 열의도 없이 말하며 일어섰다. 그리고 라비크를 보았다. "어떻게 하면 잠을 잘 수 있을까요? 여기 온 뒤로는 잠을 못 자요. 잠이 들었는가 하면 곧 깨버려요."

"술을 마시면 되지" 하고 모로소프가 말했다. "버건디를. 비건디나 맥주를 잔뜩 마시면 돼."

"술은 못 합니다. 쓰러질 만큼 지쳤다고 느낄 때까지 몇 시간이고 거리를 헤매어보았지만, 그래도 소용이 없어요. 잠이 안 와요."

"약을 몇 알 드리지요." 라비크는 말했다. "같이 위층으로 올라가시지요."

"라비크, 돌아와야 해." 모로소프가 그의 등에다 대고 소리쳤다. "나를 여기 혼자 내버려두면 안 돼."

여자 두어 사람이 얼굴을 들고 흘끗 쳐다보았다. 그러고는 다시 뜨개질과 독서를 시작했다. 마치 자기들 생명이 그 일에 달려 있는 것처럼.

라비크는 핀켄시타인과 함께 자기 방으로 왔다. 문을 열자 밤기운이 서늘한 파도처럼 창문에서 이쪽으로 밀려 들어왔다. 그는 깊이 숨을 쉬고 전등을 켠 다음 재빨리 방 안을 둘러보았다. 아무도 없었다. 그는 핀켄시타인에게 수면제를 몇 알 주었다.

"고맙소." 핀켄시타인은 얼굴 근육도 움직이지 않고 그렇게 말하고는 그림자처럼 사라졌다.

문득 라비크는 조앙이 오지 않으리라는 것을 알았다. 그리고 또 자기는 오늘 아침에 그러리라 예상했다는 것도 알았다. 자기는 다만 믿고 싶지 않았을 뿐이다. 그는 누가 등 뒤에서 부르기나 한 것처럼 홱 돌아섰다. 갑자기 모든 것이 지극히 명백한 것으로 생각되었다. 그녀는 내게서 얻고자 하는 바를 얻어 목적을 달성했다. 그리고 지금은 능장을 부리고 있다. 도대체 나는 그 밖에 무엇을 기대했던가? 그녀가 나를 위해서 모든 것을 내던지리라고 생각했단 말인가? 전번과 마찬가지로 내게 돌아오리라고 말인가? 얼마나 어리석은가! 물론 다른 남자가 있었다. 다른 남자뿐만이 아니다. 포기하고 싶지 않은 다른 생활도 있을 것이다.

그는 아래층으로 내려갔다. 비참한 기분이 들었다. "전화 온 데 없나?"

마침 출근한 야간 접수계는 머리를 저었다. 볼이 터지도록 마늘 소시지를 입에 넣고 있었다.

"기다리는 전화가 있어. 아래 내려가 있겠네."

그는 모로소프에게로 돌아갔다.

그들은 체스를 한 판 두었다. 모로소프가 이기고는 만족스러운 듯이 사방을 둘러보았다. 어느 틈엔가 여자들은 소리도 없이 사라지고 없었다. 그는 종을 흔들었다. "클라리스! 붉은 포도주 한 병."

"저 핀켄시타인 녀석은 마치 재봉틀처럼 장기를 둔단 말이야" 하고 그는 말했다. "속이 울렁거려! 수학자래. 완전무결하다는 것은 좋은 게 아냐. 인간적이지 못해" 하고 그는 라비크를 쳐다보았다. "이런 밤에 어째서 호텔에 있나?"

"전화를 기다리고 있어."

"과학적인 살인이라도 할 약속이 있나?"

"난 어제 어느 양반 위장을 도려냈어."

모로소프는 두 사람의 잔을 가득 채웠다. "자네는 여기 앉아서 술을 마시고 있고." 그는 말했다. "그리고 거기서는 자네의 희생자가 누워서 헛소리를 하고 있지. 그건 약간 비인간적이군. 적어도 자네의 위장 정도는 아파야 당연하단 말이야."

"옳은 말씀" 하고 라비크는 대답했다. "그래서 이 세상은 불행한 거야, 보리스. 우리는 남에게 무슨 짓을 하고도 스스로는 전혀 느끼지 못하거든. 그런데 자네는 왜 자네의 개혁을 의사에게서 시작하려고 하나? 그런 건 정치가나 장군들이 훨씬 어울리지. 그러면 세계 평화를 이룩하겠지."

모로소프는 몸을 뒤로 기대고 라비크를 빤히 쳐다보았다. "의사란 개인적으로 친할 게 못 되는군" 하고 그는 말했다. "의사에 대한 신뢰감이 없어진단 말이야. 난 자네하고 같이 술에 취했었지. 그런 자네에게 어떻게 수술을 받을 수 있겠나? 자네는 내가 모르는 다른 어느 외과 의사보다도 훌륭한 외과 의사라는 것을 나는 알고 있는지도 몰라. 그러나 설령 알고 있다 해도 나는 역시 다른 외과 의사에게 가겠네. 모르는 게 약이라는 격이지. 이것이 깊고도 인간적인 특성이야. 여보게! 의사는 병원에 살아야지 속세로 나오는 게 아니야. 자네들 선배인 마술사나 마법사는 그걸 잘 알았지. 나는 수술을 받을 때는 초인적인 힘을 믿어."

"나도 자네를 수술하기는 싫네, 보리스."

"왜 싫어?"

"자기 형제를 수술하기 좋아하는 의사는 없어."

"어떻든 간에 나는 자네에게 수술을 받지 않겠어. 나는 자다가 그대로 심장마비로 죽을 테야. 나는 즐거운 마음으로 그 준비를 하고 있지."

모로소프는 행복한 어린애처럼 라비크를 빤히 쳐다보았다. 그리고 일어섰다. "가야겠어. 문화의 중심지 몽마르트르에서 문이나 열어야지. 도대체 인간은 무엇 때문에 살고 있을까?"

"그 생각을 하기 위해서지. 그 밖에 다른 질문은 없나?"

"있지. 인간은 그 생각을 하다가 조금은 현명해졌다고 여기는 순간에 죽어버리는데, 왜 그럴까?"

"현명해지지 않고 죽는 사람도 많지."

"얼버무리지 말게. 그리고 나에게 영혼의 윤회에 대한 이야기는 꺼내지 말게."

"내가 먼저 자네에게 한 가지 물어보겠네. 사자는 노루를 죽이고, 거미는 파리를 죽이고, 여우는 닭을 죽이지. 그런데 세상에서 단 하나, 노상 저희들끼리 전쟁을 하면서 서로 싸우고 죽이고 하는 것은 무엇이지?"

"그런 것은 어린애에게 묻는 거야. 물론 만물의 영장인 인간이지. 사랑이라든가, 친절이라든가, 자비라든가 하는 말을 발명해낸 인간이지."

"좋아. 그리고 세상에서 단 하나, 자살을 할 수 있고 또 실제로 자살을 하는 동물은 무엇이지?"

"그것도 인간이지. 영원이라든가, 신이라든가, 부활이라든가 하는 것을 발명한 인간이지."

"훌륭해" 하고 라비크는 말했다. "우리가 얼마나 모순에 차 있는가를 알았겠지. 그런데 자네는 왜 우리가 죽는가를 알고 싶어 하지?"

모로소프는 깜짝 놀란 듯 얼굴을 들었다. 그러고는 술을 한 모금 들이켰다. "이 소피스트 같은 친구" 하고 그는 말했다. "미꾸라지 같은 친구야."

라비크는 그를 쳐다보았다. 조앙, 하고 그의 마음속 무언가가 생각했다. 지금 저 지저분한 유리문을 열고 들어온다면 얼마나 좋으랴! "잘못은 말이야, 보리스" 하고 그는 말했다. "우리가 생각을 시작했다는 데 있어. 만약 우리가 정욕과 식욕의 행복에만 잠겨 있었다면, 이렇게는 되지 않았을 거야. 누군가 우리를 실험하고 있는 자가 있어. 그러나 아직 해결책을 발견하지는 못한 것 같아. 불평은 않겠어. 실험 재료가 되는 동물이라고 할지라도 직업상 긍지는 있는 법이야."

"백정들은 그렇게 말하겠지. 그러나 소는 결코 그런 소리를 하지 않아. 과학자는 그런 소리를 하지만, 모르모트는 절대로 그러지 않아. 의사는 그런 소리를 하지만, 흰쥐는 절대로 하지 않지."

"옳은 말이야. 충족 이유의 법칙 만세! 자, 보리스, 아름다움을 위해서 한 잔 드세. 일순간의 아리따운 영원을 위하여. 그 밖에 인간만이 할 수 있는 것을 알고 있나? 웃고, 그리고 우는 거야."

"그리고 취하는 것이지. 브랜디에 취하고, 포도주에 취하고, 철학과 계집과 희망과 절망에 취하는 거야. 또 하나 인간만이 알고 있는 것이 있는데, 자네 그걸 아나? 죽어야 한다는 거야. 그 해독제로서 상상력이 부여되었지. 돌은 현실이지. 식물도 그렇고, 동물도 마찬가지야. 모두 다 세각각의 목적에 들어맞는 거야. 그들은 죽어야 한다는 걸 모르고 있어. 인간은 그걸 알고 있거든. 영혼이여, 높이 솟아라! 그리고 날아라! 홀쩍홀쩍 울지 마라, 합법적인 살인자여! 우리는 지금 막 인류의 찬가를 부르지 않았나?"

모로소프는 회색 종려나무를 흔들었다. 그러자 먼지가 뿌옇게 일었다. "서러운 남국에 대한 희망을 지닌 씩씩한 상징이여, 프랑스 호텔 안주인의 꿈의 나무여, 잘 있거라! 그리고 자네도. 고향이 없는 사나이, 땅이 없는 덩굴, 죽음의 소매치기여, 잘 있게! 로맨티시스트라는 것을 자랑으로 여기게!"

그는 라비크를 보고 히죽이 웃었다.

라비크는 따라 웃지 않고 문 쪽을 보았다. 문이 열렸다. 야간 수위가 들어왔다. 그리고 두 사람의 탁자로 다가왔다. 전화가 왔다고 라비크는 생각했다. 드디어 왔다! 역시! 그는 일어서지 않았다. 기다렸다. 두 팔이 바싹 죄어드는 것 같았다.

"담배를 사 왔습니다, 모로소프 씨" 하고 수위는 말했다. "소년이 지금 가지고 왔군요."

"고맙네." 모로소프는 러시아 담배가 든 갑을 호주머니에 집어넣었다.
"그럼 라비크, 실례하네. 나중에 만날 수 있겠지?"

"아마 그렇게 되겠지. 다녀오게, 보리스."

위가 없는 사나이는 라비크를 빤히 쳐다보았다. 속이 메슥메슥했지만
토할 수가 없었다. 토해낼 것이 이제 없었기 때문이다. 마치 다리가 없는데
도 발끝이 아픈 그런 사람과 같았다.

그는 안절부절못했다. 라비크는 주사를 한 대 놓아주었다. 이자가 살아
날 가망은 거의 없다. 심장이 좋지 않았고, 한쪽 폐는 유착된 공동(空洞)투
성이였다. 서른다섯 해의 일생에 걸쳐 건강했던 적은 별로 없었다. 벌써 몇
해 동안이나 위궤양에다 유착성 폐병을 앓았고, 지금은 암에 걸려 있다. 병
원 보고에 따르면, 이 사람은 결혼 생활 4년 만에 아내가 해산하다 사망했
고 태어난 애는 3년 후에 폐병으로 죽었다. 가까운 사람도 없었다. 지금 그
는 여기 누워서 라비크를 빤히 쳐다보고 있다. 죽고 싶지 않은 것이다. 참
을성이 있고 씩씩하다. 지금부터는 징을 통해서만 영양을 섭취해야 한다는
것도, 얼마 안 되는 인생의 즐거움 중 하나인 겨자에 절인 오이나 요리한 쇠
고기를 이제는 먹을 수가 없다는 것도 모르고 있다. 그리고 냄새를 풍기며,
난도질을 당하고도 이렇게 누워 있는 것이다. 그런데도 그는 눈을 움직이
게 하는 이른바 영혼이라는 것을 갖고 있다. 당신이 로맨티시스트라는 것
을 자랑으로 여겨라! 인류를 찬양하라!

라비크는 체온과 맥박표를 걸었다. 간호사는 일어나서 기다리고 있다.
옆에 있는 의자 위에는 그녀가 짜다 만 붉은 스웨터가 놓여 있다. 바늘은 스
웨터에 꽂혀 있고 실은 방바닥에 뒹굴고 있다. 스웨터는 마치 피를 흘리고
있는 것 같고, 늘어져 있는 가느다란 털실은 가느다란 혈관과도 같다.

이 사나이는 여기에 누워 있다, 하고 라비크는 생각했다. 그 주사를 맞았다 해도, 아픔과 움직이지 못하는 몸과 호흡곤란과 악몽으로 하룻밤 내내 고통을 겪어야 할 것이다. 그런데 나는 여자를 기다리고 있다. 그리고 만약 여자가 오지 않으면 밤새도록 괴로워하리라고 생각하고 있다. 이 죽어가고 있는 사나이나 한쪽 팔이 으스러져서 옆방에 누워 있는 바스통 페리에르, 몇천을 헤아리는 다른 사람들, 그리고 오늘 밤 세상에서 일어나는 여러 가지 일 등과 비교해볼 때 그것이 얼마나 우스꽝스러운 일인가를 난 알고 있다. 알고 있으면서도 어쩔 수가 없다. 아무짝에도 쓸모가 없다. 아무런 도움도 되지 않는다. 아무것도 달라지지 않는다. 여전히 마찬가지다. 모로소프가 뭐라고 하더라? 자네의 위장 정도는 아파야 당연하지 않은가? 그렇지, 왜 아프지 않을까?

"무슨 일이 있거든 전화를 걸어요." 하고 그는 간호사에게 말했다. 케이트 헤그시트룀에게서 전축을 선사받았던 간호사였다.

"이분은 완전히 단념하고 있어요." 그녀가 말했다.

"이분이 어쨌다고?" 라비크는 깜짝 놀라서 물었다.

"완전히 단념하고 있어요. 참 좋은 분이에요."

라비크는 사방을 둘러보았다. 간호사가 선물로 얻을 만한 물건이라곤 하나도 없었다. 완전히 단념했다. 간호사도 때로는 어처구니없는 표정을 짓는군! 이 불쌍한 사나이는 혈구와 신경세포를 모조리 동원해서 죽음과 싸우고 있다. 그런데 조금도 그런 표정을 짓지 않고 있다.

그는 호텔로 돌아왔다. 문 앞에서 골트베르크를 만났다. 희끗희끗한 턱수염을 기르고, 금시계의 굵은 줄을 조끼에 걸어 넣고 있었다. "근사한 저녁이군요." 하고 골트베르크는 말했다.

"그렇군요." 라비크는 비젠호프의 방에 있을 여자를 생각했다. 그래서 "좀 더 산책을 하지 않으시렵니까?" 하고 물었다.

"벌써 다녀왔지요. 콩코르드까지 갔다 오는 길입니다."

콩코르드까지. 거기에는 미국 대사관이 있다. 별빛 아래 희끄무레하게, 묵묵하고 공허하게. 비자를 찍어주는 스탬프가 있는 노아의 방주다. 그러나 손에는 들어오지 않는다. 골트베르크는 그 앞에 서 있었던 것이다. 바깥의 크리용 곁에. 그리고 출입문과 어두운 창문을 멍하니 쳐다보고 있었던 것이다. 마치 렘브란트의 그림이나 코이누르 다이아몬드라도 바라보듯이.

"어떻습니까, 좀 더 거닐지 않으시렵니까? 개선문까지 갔다 오면 어떨까요?" 하고 물으며 라비크는 생각했다. 만약 내가 위층에 있는 두 사람을 구해준다면, 조앙은 내 방에 와 있을 것이다. 그렇지 않다면 그동안에 올 것이다.

골트베르크는 머리를 저었다. "전 올라가봐야 합니다. 틀림없이 집사람이 기다리고 있을 겁니다. 벌써 두 시간 이상이나 나와 있었거든요."

라비크는 자기 시계를 보았다. 벌써 12시 반이 가까웠다. 구해줄 필요도 없다. 골트베르크의 아내는 벌써 오래전에 자기 방으로 돌아와 있을 것이다. 그는 골트베르크가 천천히 계단을 올라가는 모습을 바라보았다. 그리고 접수계가 있는 곳으로 갔다. "어디서 전화 온 데 없나?"

"없습니다."

그의 방은 휘황하게 전등이 켜져 있었다. 그는 전등을 켜둔 채 나온 것이 생각났다. 침대는 마치 생각지도 않던 눈이 내린 듯 빛났다. 그는 나올 때 탁자에 올려둔 쪽지를 집어 들었다. 쪽지에는 반 시간 후면 돌아온다고 적혀 있었다. 그는 쪽지를 발기발기 찢었다. 마실 거리가 있는지 찾아보았으나 아무것도 없었다. 그는 다시 밑으로 내려갔다. 접수계는 칼바도스를 갖고 있지 않았다. 코냑이 있을 뿐이다. 라비크는 에네시 한 병과 부브레 한 병을 집어 들었다. 그리고 접수계와 잠시 얘기를 주고받았다. 그 친구는 생클로에서 이번에 열리는 두 살짜리 말들의 경마에서는 룰루 2세가 가장 희망이 있다며 그 이유를 설명해주었다. 스페인 사람인 알바레스가 지나갔다. 아직도 약간 절름거렸다. 라비크는 신문을 사 들고 자기 방으로 돌아왔다. 이런 밤은 참으로 길게 여겨질 것이다. 사랑을 하면서도 기적을 믿지 않는 사람은 구원할 수 없다고, 1933년에 변호사 아렌센이 베를린에서 말했었지. 그리고 2주일 후에 그는 애인의 밀고로 강제수용소로 끌려갔다. 라비크는 부브레 병마개를 따고 탁자에서 플라톤을 집어 들었다. 몇 분 뒤에는 책을 옆으로 밀어놓고 창가에 가서 앉았다.

그는 전화기를 노려보았다. 이놈의 시커먼 기계가! 조앙에게 전화를 걸 수는 없었다. 조앙의 집 전화번호를 모르기 때문이다. 어디에 사는지조차 모른다. 그녀에게 물어보지도 않았고, 그녀 또한 아무 말이 없었다. 아마도 일부러 말하지 않았으리라. 그러면 그녀는 또 하나 변명 구실을 갖춰둔 셈이군.

그는 순한 포도주를 한 잔 마셨다. 어리석군. 겨우 오늘 아침에 여기서 헤어진 여자를 기다리고 있다니. 석 달 동안이나 그녀를 못 보았지만, 그래도 하루를 못 만난 오늘처럼 여자가 그립던 적은 없었다. 다시 만나지 않았더라면 훨씬 간단했을 텐데. 나는 만성이 되어 있었다. 그런데 지금은…….

그는 일어섰다. 그렇지도 않다. 내 마음을 좀먹고 있는 것은 확고하지 못한 우유부단이다. 시간마다 점점 깊이 마음속으로 스며드는 불신감이다.

그는 문 앞까지 갔다. 잠그지 않았다는 것은 알았지만, 그래도 다시 한 번 확인했다. 신문을 읽기 시작했다. 그러나 마치 베일을 통해 읽는 것 같았다. 폴란드 소요. 피할 수 없는 충돌. 폴란드 회랑*에 대한 요구. 영국과 프랑스와 폴란드의 동맹. 임박한 전쟁. 그는 신문을 방바닥에 내던지고 불을 껐다. 그리고 어둠 속에 누워서 기다렸다. 그러나 잠이 오지 않는다. 다시

---

* 1차 세계대전이 끝난 뒤 베르사유조약을 체결할 때 독일이 폴란드에 돌려준 땅이다.

스위치를 돌려 불을 켰다. 에네시 병이 탁자에 놓여 있었다. 그것을 따지 않고 다시 일어나 창가로 가서 앉았다. 밤은 시원하고, 하늘은 높고 별이 총총히 반짝이고 있었다. 고양이 몇 마리가 뜰에서 울고 있었다. 바지만 걸친 사나이가 건너편 발코니에 서서 몸을 긁적거리고 있었다. 커다란 소리로 하품을 하고는 불이 켜져 있는 자기 방으로 되돌아갔다. 라비크는 침대를 바라보았다. 그는 잠이 오지 않으리라는 것을 알고 있었다. 책을 읽어봐야 소용이 없다. 조금 전에 무엇을 읽었는지 기억에 남아 있지 않다. 밖으로 나가는 것, 그것이 제일 좋다. 그러나 어디로 가지? 어디로 가나 마찬가지다. 밖으로 나가는 것도 싫다. 무엇인지 알고 싶다. 그는 코냑 병을 들었다가 다시 내려놓았다. 그러고는 호주머니를 뒤져서 수면제 두어 알을 꺼냈다. 빨간 머리 핀켄시타인에게 준 것과 같은 것이다. 그 친구는 금방 잠들었겠지. 라비크는 그것을 꿀꺽 삼켰다. 자기에게 효력이 있을지 의심스럽다. 다시 한 알을 삼켰다. 만약 조앙이 오면 잠을 깰 수 있겠지.

그녀는 오지 않았다. 다음 날 밤에도 오지 않았다.

21

외젠이 병실에 얼굴을 내밀었다. "라비크 씨, 전화예요."

"누구지?"

"모르겠어요. 물어보지 않았어요. 교환원이 밖에서 온 거라고 하더군요."

라비크는 조앙의 목소리라는 것을 처음에는 몰랐다. 목소리가 흐리고 아주 멀었다. "조앙" 하고 그가 말했다. "어디에 있지?"

그녀의 목소리는 파리에서 멀리 떨어져 있는 것처럼 들렸다. 틀림없이 리비에라 근처 지명이라도 댈 거라고 생각했다. 지금까지 병원으로 전화를 걸어온 일은 한 번도 없었다. "제 집에 있어요" 하고 그녀는 말했다.

"파리에 있나?"

"물론이죠. 그 밖에 어디 있을 데가 있겠어요?"

"몸이라도 아픈가?"

"아뇨. 왜요?"

"병원으로 전화를 걸었으니 말이야."

"호텔로 걸었어요. 벌써 나가고 안 계시더군요. 그래서 병원으로 전화했지요."

"무슨 일이 생겼나?"

"아뇨, 별일 없어요. 어떻게 지내는지 알고 싶어서요."

그녀의 목소리가 이제는 확실해졌다. 라비크는 담배와 성냥을 꺼냈다. 그리고 위쪽을 팔꿈치로 누르고 성냥 한 개비를 뜯어내서 불을 붙였다.

"여긴 병원이야, 조앙" 하고 그는 말했다. "여기선 전화가 걸려오면 언제나 사고 또는 병이라고 생각하지."

"전 아프지 않아요. 자리에 누워 있긴 하지만 아픈 건 아녜요."

"그럼 됐어." 라비크는 기름 먹인 흰 테이블보에 놓인 성냥을 이리저리 움직였다. 그리고 다음에 닥칠 일을 기다렸다.

조앙도 기다리고 있었다. 그녀의 숨소리가 들려왔다. 그녀는 그에게 먼저 입을 열게 하고 싶었다. 그편이 그녀로서도 편했다.

"조앙" 하고 그는 말했다. "난 지금 전화통에 오래 매달려 있을 수가 없어. 환자의 붕대를 풀어놓은 채 왔으니까 가봐야 해."

그녀는 잠시 말이 없었다. "왜 전화를 걸지 않으셨지요?" 이윽고 그녀가 말했다.

"전화를 걸어? 난 당신 전화번호를 몰라. 요즈음 어디 살고 있는지도 모르고."

"제가 가르쳐드렸는데요."

"안 가르쳐줬어, 조앙."

"아녜요, 가르쳐드렸어요." 그녀는 이제 안전한 위치에 있다. "틀림없어요. 제가 기억하고 있어요. 당신이 잊어버렸을 거예요."

"좋아, 내가 잊어버렸어. 다시 한번 말해줘. 연필이 있으니까."

그녀는 그에게 주소와 전화번호를 가르쳐주었다. "정말 당신에게 가르쳐드렸어요, 라비크. 틀림없어요."

"알았어, 조앙. 이제 가봐야 해. 오늘 저녁에 같이 식사나 할까?"

그녀는 잠시 말이 없었다. 그러다가 "왜 제 집에 한 번도 오시지 않지요?" 하고 물었다.

"좋아, 가도 좋아. 오늘 저녁 8시면 어때?"

"왜 지금 오시면 안 되나요?"

"지금은 일을 해야 돼."

"얼마나 걸려요?"

"앞으로 한 시간쯤."

"그럼 끝내고 오세요!"

그러고 보면 넌 밤에는 시간이 없나 보구나, 하고 생각하며 그는 물었다. "밤에는 왜 안 되지?"

"라비크" 하고 그녀는 말했다. "당신은 가끔 아주 간난한 걸 모르시는군요. 지금 당장 당신을 만나고 싶은 거예요. 저녁까지 기다리고 싶지 않아요. 그렇지 않다면 이런 시각에 왜 병원으로 전화를 걸었겠어요?"

"알겠어. 여기 일이 끝나는 대로 갈게."

그는 생각에 잠겨, 쪽지를 집으며 돌아섰다.

파스칼 거리의 모퉁이 건물이었다. 조앙은 맨 위층에 살고 있었다. 그녀가 문을 열었다. "어서 오세요" 하고 그녀는 말했다. "와주셔서 기뻐요! 들어오세요."

그녀는 남자 옷처럼 만든 간단한 검은 가운을 입고 있었다. 그것은 라비크가 좋아하는 이 여자의 한 가지 특징이었다. 그녀는 푹신푹신한 성긴 무명이나 비단으로 된 옷은 절대로 입지 않는다. 그녀의 얼굴은 여느 때보다 창백하고 약간 흥분해 있었다. "자, 이리 오세요. 기다리고 있었어요. 제가 어떻게 사는지 보여드릴게요."

그녀는 앞장섰다. 라비크는 웃었다. 이 여자는 빈틈이 없다. 질문을 하지 못하게 미리 막아버린다. 그는 아름답게 반듯한 어깨를 바라보았다. 그녀의 머리카락에 햇빛이 비쳤다. 그 순간 그는 숨이 막혀버릴 만큼 그녀가 사랑스러웠다.

그녀는 커다란 방으로 그를 안내했다. 스튜디오였다. 대낮 햇살이 가득 비치고 있었다. 라파엘 거리와 프루동 거리 사이에 있는 공원 쪽으로 높고 넓은 창문이 나 있었다. 오른쪽은 포르트 드 라뮈에트까지 내려다볼 수가 있었다. 그 너머에는 숲 일부가 황금빛으로 반짝이고 있었다.

그는 조앙이 자기를 지켜보고 있다는 것을 알았다. 그녀는 그가 어떻게 생각하는지 확신할 수는 없었지만, 그러나 한번 부딪쳐볼 만한 확신은 있었다.

"좋군" 하고 그는 말했다. "널찍하고 좋아."

그는 전축 뚜껑을 열어보았다. 훌륭한 트렁크식 기계였다. 자동으로 레코드를 바꾸는 장치가 되어 있었다. 옆 탁자에는 레코드가 많이 놓여 있었다. 조앙은 몇 장을 집어서 걸었다. "어떻게 움직이는지 아세요?"

그는 알았다. "모르겠는데" 하고 그는 말했다.

그녀는 단추 하나를 눌렀다. "기가 막혀요. 몇 시간이고 돌아가요. 일부러 일어나서 레코드를 갈거나 다시 틀 필요가 없어요. 그냥 누워서 들을 수 있지요. 그리고 밖이 점점 어두워지는 것을 내다보며 꿈을 꾸는 거예요."

훌륭한 전축이었다. 라비크는 그 상표를 알았다. 그리고 2만 프랑쯤 가리란 것도 알았다. 파리의 감상적 노래가, 부드럽고 가벼운 음악 소리가 방안에 가득 퍼졌다. 〈나는 기다리겠어요〉였다.

조앙은 앞으로 몸을 굽힌 채 귀를 기울였다. "맘에 드세요?" 하고 그녀는 물었다.

라비크는 고개를 끄덕였다. 그는 전축을 보고 있지는 않았다. 조앙을 보고 있었다. 황홀하게 음악에 도취된 그녀 얼굴을 보고 있었다. 이 여자는 어쩌면 이렇게도 무사태평일 수 있을까. 그리고 나는 내게 없는 저 무사태평 때문에 얼마나 이 여자를 사랑했던가! 끝나버렸다, 하고 그는 아무런 쓰라림도 없이 생각했다. 이탈리아를 떠나서 안개 자옥한 북극으로 돌아가는 사람의 심정으로.

그녀는 몸을 일으키고 생긋 웃었다. "이쪽으로 오세요…… 아직 침실은 보지 않았어요."

"봐야 하나?"

그녀는 잠시 동안 살피듯이 그를 쳐다봤다. "보고 싶지 않으세요? 왜요?"

"보지, 왜 안 보겠어? 물론 봐야지."

그녀는 그의 얼굴에 스치듯 키스를 했다. 그는 왜 그러는지를 알았다.

"자, 오세요" 하고 말하고 그녀는 그의 팔을 잡았다.

침실은 프랑스식으로 꾸며져 있었다. 루이 16세식으로 일부러 고풍스러움이 감돌게 꾸민 커다란 침대. 콩팥 모양의 같은 종류의 화장대. 바로크풍 모조품 거울. 현대식 오뷔송 융단. 걸상과 안락의자. 모두 다 값싼 영화 세트 같은 물건뿐이다. 그 가운데 아주 훌륭한, 채색한 16세기 피렌체의 트렁크가 하나 있었다. 주위 물건과는 전혀 조화가 되지 않았으며, 마치 벼락부자가 된 문지기의 자식들 틈에 낀 공주 같은 인상을 풍겼다. 그건 아무렇게나 구석에 밀쳐져 있었다. 오랑캐꽃이 꽂힌 모자와 은빛 구두 한 켤레가 그 값진 뚜껑 위에 놓여 있었다.

침대는 자다가 빠져나온 그대로 정돈이 되어 있지 않았다. 라비크는 조앙이 어디 누워 있었는지 알 수 있었다. 화장대에는 향수병이 여러 개 놓여 있었다. 옷장이 하나 열려 있었다. 안에는 옷이 여러 벌 걸려 있었다. 전에 갖고 있던 것보다 훨씬 많았다. 조앙은 라비크의 팔을 놓지 않았다. 그녀는 그에게 몸을 기댔다. "마음에 드세요?"

"훌륭하군. 당신에게 꼭 어울려."

그녀는 고개를 끄덕였다. 그는 그녀의 팔, 그녀의 가슴을 느꼈다. 그리고 자기도 모르게 그녀를 끌어당겼다. 그녀는 그가 하는 대로 그냥 가만히 있었다. 그녀의 어깨가 그의 어깨에 닿았다. 그녀의 얼굴은 이제 안정되어 있었다. 처음에 보이던 아련한 흥분 기색은 흔적도 없었다. 차고 청명했다. 거기에는 억누른 만족감뿐만 아니라 거의 눈에 띄지 않는, 희미한 승리의 그림자까지도 있는 것같이 라비크에게는 생각되었다.

천박한 것이 우리 격에 맞다니, 참으로 이상하다고 그는 생각했다. 나는 여기서 일종의 2류급 기둥서방 같은 자가 되어야 한다. 그리고 순진한 뱃심을 갖고서, 여자의 애인이 여자를 위해서 꾸며준 방을 구경해야 하다니. 더구나 여자는 그렇게 하면서도, 마치 사모트라케의 여신 니케처럼 보였다.

"당신도 이런 걸 가질 수가 없다니, 유감스러워요" 하고 그녀는 말했다. "집 말이에요. 여기 있으면 완전히 다른 사람이 된 기분이에요. 그 을씨년스러운 호텔 방에 있을 때와는 달라요."

"옳은 말씀이야. 이렇게 모두 보여줘서 고마워. 난 이제 가겠어, 조앙."

"가신다고요? 벌써? 방금 오셨잖아요."

그는 그녀의 두 손을 잡았다. "난 가겠어, 조앙, 영원히. 당신은 다른 사람하고 살고 있어. 그런데 나는 사랑하는 여자를 다른 남자와 나누어 가질 수는 없어."

그녀는 그의 두 손을 뿌리쳤다. "뭐라고요? 무슨 말씀이죠? 저는…… 누가 그런 말을 했죠? 그런 말을……." 그녀는 그를 노려보았다. "전 다 짐작이 가요! 물론 모로소프죠. 그런……."

"모로소프가 아냐! 누구에게 들을 필요도 없어. 보면 알지."

여자의 얼굴이 노여움 때문에 일시에 창백해졌다. 그녀는 완전히 안심하고 있었다. 그런데 지금에 와서 일이 벌어진 것이다. "알아요. 제가 이런 집을 갖고, 이젠 세라자드에서 일을 하지 않으니까 그런 거죠! 물론 누군가가 저를 돌봐주고 있어요! 그렇지 않을 리가 없죠!"

"누가 당신을 돌봐주고 있다고는 말하지 않았어."

"마찬가지예요! 다 알아요! 당신은 처음에 저를 그 비참한 나이트클럽으로 데리고 가고, 그러고는 저를 혼자 내버려두었어요. 그리고 제가 누구하고 이야기를 하거나 누가 저를 걱정해주면, 그것으로 제가 남의 그늘에 있다고 하시는군요! 그런 문지기는 치사한 상상이나 했지, 다른 할 일이 없는 모양이죠! 사람은 떳떳하게 직접 일을 함으로써 제구실을 할 수 있다는 것을 술값이나 버는 사람 머리로는 생각할 수가 없지요! 그런데 당신이, 다른 사람도 아닌 당신이 그것을 믿다니! 창피하지도 않아요!"

라비크는 그녀의 몸을 빙그르 돌려서 팔을 잡고는, 높이 안아 올려 침대 발치 쪽에서 침대로 내던졌다. "자!" 하고 그는 말했다. "이젠 그런 헛소리 좀 작작하라고!"

그녀는 깜짝 놀라서 그대로 그냥 쓰러져 있었다. "저를 때리지는 않나요?" 이윽고 그녀는 물었다.

"천만에. 그저 입을 틀어막고 싶었을 뿐이야."

"이상할 것도 없어요" 하고 그녀는 나직하게 목소리를 죽여가며 말했다. "이상할 것도 없어요."

그녀는 말없이 거기 누워 있었다. 그 얼굴은 공허하며 하얗고, 입술은 새파랗게 질리고, 눈은 유리알처럼 흐릿하게 죽은 듯이 반짝였다. 가슴은 반쯤 헤쳐지고 드러난 한쪽 다리는 침대에서 늘어져 있었다. "전 무심코 당신에게 전화를 했어요. 당신하고 함께 지낼 수 있다고 생각해서 즐거이……. 그런데 이렇게 돼버리다니! 이렇게 말이에요!" 그녀는 멸시하듯 되풀이했다. "그런데 저는, 당신은 남과는 다른 분이라고 생각했어요!"

라비크는 침실 입구에 서 있었다. 그는 모조품으로 꾸며진 방을 바라보고, 침대에 쓰러져 있는 조앙을 바라보고는 그 모든 것이 참으로 잘 어울린다고 생각했다. 실없는 말을 한 데 화가 났다. 아무 말도 않고 떠났어야 했다. 그것으로 끝장을 냈어야 했다. 그러나 그렇게 하면 여자가 찾아올 것이다. 그러면 결국 마찬가지가 되고 만다.

"설마 당신이" 하고 그녀는 되풀이했다. "설마 당신이 이러실 줄 몰랐어요. 당신은 남과는 다른 분이라고 생각했어요."

그는 호주머니에서 담배를 꺼내 불을 붙였다. 입이 바싹 말라 있었다. 전축은 여전히 돌아가고 있었다. 맨 처음의 그 〈나는 기다리겠어요〉를 되풀이하고 있었다. 그는 옆방으로 가서 그것을 꺼버렸다.

그가 돌아왔을 때도 그녀는 꼼짝 않고 누워 있었다. 몸을 움직인 흔적은 보이지 않았다. 그러나 가운을 전보다 더 풀어헤치고 있었다. "조앙" 하고 그는 말했다. "그런 것은 되도록 말하지 않는 편이 좋아."

"제가 시작한 게 아녜요."

그는 그녀의 머리에다 향수병을 내던지고 싶다는 생각이 들었다. "알아" 하고 그는 말했다. "내가 먼저 시작했지. 그러니 이제 내가 먼저 그만두겠어."

그는 휙 돌아서서 나가려 했다. 그러나 스튜디오 입구까지 가기도 전에 그녀가 앞을 가로막고 서 있었다. 그녀는 문을 꽝 닫고, 그 앞에 서서 손과 팔로 문을 눌렀다. "그렇군요!" 하고 그녀는 말했다. "당신은 이제 그만둔단 말이지요! 그만두고 가시겠단 말이지요! 그렇게 간단하게 말이에요! 하지만 전 아직도 할 말이 있어요! 할 말이 많아요! 당신이 직접 클로셰 도르에서 저를 보셨잖아요. 제가 누구와 같이 있었는지 보셨잖아요. 제가 그날 밤 당신에게 갔을 때도 당신은 아무렇지 않았어요. 당신은 저하고 같이 잤잖아요. 다음 날 아침에도 당신은 아무렇지 않았어요. 그래도 당신은 만족 못하고 다시 저하고 잤어요. 저는 당신을 사랑했고, 당신은 정말 좋았어요. 그

376

리고 아무것도 물으려 하지 않았어요. 그래서 저는 전에 없이 당신을 사랑한 거예요. 그런데 이제 와서! 저하고 자고 싶던 그날 밤에는 대범하게 떨쳐버리고 잊고 있었는데, 그것을 당신은 지금 여기 오셔서 문제 삼아 저를 책망하시는군요! 그리고 질투하는 남편처럼 야단을 치시는군요! 도대체 저를 어쩌자는 거예요? 당신에게 무슨 권리가 있어요?"

"아무것도 없지" 하고 라비크는 말했다.

"그래요! 그걸 아시는 것만도 다행이에요. 그렇다면 왜 오늘 저한테 오셔서 제 얼굴에 그걸 내던지려는 거예요? 왜 그날 밤 제가 당신에게 갔을 때 그러지 않으셨어요? 물론 그때는……."

"조앙" 하고 라비크는 말했다.

그녀는 입을 다물었다. 세차게 숨을 몰아쉬며 그를 노려보았다.

"조앙" 하고 라비크는 다시 불렀다. "그날 밤 당신이 나를 찾아왔을 때, 나는 당신이 다시 내게로 돌아온 줄 알았어. 나는 기왕에 일어난 일은 아무것도 알고 싶지 않았어. 당신이 돌아온 것으로 충분했지. 그러나 내가 잘못 생각했던 거야. 당신은 돌아온 게 아니었어."

"제가 돌아간 게 아니었다고요? 그럼 뭐란 말이에요? 당신에게 간 것은 유령이었나요?"

"당신은 내게 왔었어. 그러나 돌아온 건 아니었지."

"당신 말은 어려워서 잘 모르겠네요. 대체 그게 어떻게 다르다는 거예요?"

"당신은 알고 있어. 그때 나는 몰랐었지. 오늘은 나도 알았어. 당신은 다른 남자와 살고 있는 거야."

"그래요. 전 다른 남자와 살고 있어요! 또 그 이야기군요! 저한테 남자 친구 한둘이 있다고 해서 그게 다른 남자와 사는 거예요? 하루 종일 안으로 문을 잠그고 들어앉아서 누구하고도 말을 해서는 안 된다는 말인가요? 그렇다면 제가 다른 남자하고 산다는 말은 아무도 할 수 없을 테니까요."

"조앙" 하고 라비크는 말했다. "어리석은 소리 작작해!"

"어리석은 소리라고요? 도대체 누가 어리석은 소리를 하고 있지요? 당신이야말로 어리석은 소리를 하고 있잖아요!"

"당신 좋을 대로 생각하라고. 내가 완력으로 당신을 그 문에서 밀어내야겠어?"

그녀는 움직이지 않았다. "설사 제가 다른 남자와 살고 있다 해도 그게 당신하고 무슨 상관이에요? 당신은 알고 싶지 않다고 자기 입으로 말씀하셨잖아요?"

"그래, 알겠어. 나는 정말 알고 싶지 않았어. 이미 끝난 일이라고 생각했지. 끝나버린 건 나와 상관이 없으니까. 그러나 그게 아니었거든. 난 좀 더 잘 알았어야 해. 어쩌면 나는 나 자신을 속이려 했는지도 모르지. 마음이 약한 탓이야. 하기야 그렇다고 해서 달라질 건 하나도 없지만."

"어째서 달라질 게 없어요? 당신은 자기가 잘못 생각했다고 하시면서 ……."

"이건 잘못되었다든가 아니라든가 하는 문제가 아냐. 당신이 다른 남자와 살았다는 것뿐만이 아니야. 지금도 살고 있단 말이야. 그리고 앞으로도 그 남자와 살 작정이란 말이지. 난 그때만 해도 이런 줄은 몰랐어."

"거짓말 마세요!" 그녀는 갑자기 조용한 투로 그의 말을 막았다. "당신은 다 알고 있었어요. 그때도 말이에요."

그녀는 똑바로 그의 얼굴을 쳐다보았다.

"좋아" 하고 그는 말했다. "알고 있었다고 해두지. 그러나 나는 그걸 알고 싶지가 않았어. 알고는 있었지만, 참말이라고는 생각하고 싶지 않았던 거야. 이런 기분을 당신은 모를 거야. 이런 건 여자에게는 없는 거야. 그리고 그것과 이것과는 아무런 관계도 없어."

그녀의 얼굴이 갑자기 심한 절망적 공포로 가득 찼다. "하지만 제게 아무런 나쁜 짓도 하지 않는 사람을 대뜸 쫓아낼 수는 없어요. 다만 당신이 느닷없이 다시 나타나셨으니! 당신은 모르시겠어요?"

"알겠어" 하고 라비크는 말했다.

그녀는 마치 궁지에 몰려 뛰어오르려고 하는데 갑자기 땅이 꺼져버린 고양이처럼 우뚝 서 있었다. "알겠다고요?" 하고 그녀는 깜짝 놀라 되물었다. 긴장한 빛이 눈에서 사라졌다. 그녀는 어깨를 떨어뜨렸다. "아신다면 왜 저를 괴롭히시는 거예요?" 하고 그녀는 기진맥진한 듯이 말했다.

"문에서 비켜나지그래." 라비크는 보기보다는 편하지 못한 의자에 앉았다. 조앙은 머뭇거렸다. "자" 하고 그는 말했다. "도망가지는 않아."

그녀는 천천히 그에게로 걸어와서 긴 의자에 털썩 주저앉았다. 그녀는 아주 피곤한 듯이 행동했다. 그러나 라비크는 그녀가 피곤하지 않다는 것을 알았다. "뭐 마실 것 좀 주세요" 하고 그녀는 말했다.

그는 그녀가 시간을 끌려 한다는 것을 알 수 있었다. 그로서는 아무래도 좋았다.

"술병이 어디 있지?" 그는 물었다.

"저 찬장 안에 있어요."

라비크는 아래쪽 찬장을 열어보았다. 안에 술병이 몇 개 있었다. 거의 모두가 흰 크렘 드 망트였다. 그는 그것을 불쾌한 듯 들여다보고는 옆으로 밀어붙였다. 한쪽 구석에 반쯤 남은 마르텔 병과 칼바도스 병이 하나 있었다. 칼바도스 병은 마개를 따지 않은 것이었다. 그는 그것을 그대로 두고 코냑 병을 집어 들었다. "당신은 요즘 페퍼민트 브랜디를 마시나?" 하고 그는 어깨 너머로 물었다.

"아뇨" 하고 그녀는 긴 의자에서 말했다.

"좋아. 그럼 코냑을 가져다주지."

"칼바도스가 있을 거예요" 하고 그녀는 말했다. "칼바도스를 따주세요."

"코냑이면 되지."

"칼바도스를 따주세요."

"언젠가 다음 날에 마시기로 하지."

"코냑은 싫어요. 칼바도스를 마시고 싶어요. 제발 병을 따주세요."

라비크는 찬장 안을 다시 한번 들여다보았다. 오른쪽에는 다른 남자를 위한 페퍼민트 브랜디. 왼쪽에는 그를 위한 칼바도스. 모두가 그야말로 살뜰한 주부처럼 잘 정리되어 있다. 정말 갸륵하다는 생각이 든다. 그는 칼바도스 병을 집어 들어 마개를 땄다. 결국 아무래도 상관없지. 어리석은 이별 장면을 감상적으로 채색하는, 좋아하는 술의 멋진 상징이다. 그는 잔을 두 개 꺼내서 탁자 쪽으로 돌아갔다. 조앙은 그가 칼바도스를 따르는 동안 그를 빤히 쳐다보았다.

창밖의 오후 햇살이 훤하게 황금빛으로 빛나고 있었다. 빛은 더 선명해지고 하늘은 밝아졌다. 라비크는 자기 시계를 보았다. 3시가 조금 지나 있었다. 그는 초침을 보았다. 시계가 멈췄다고 생각한 것이다. 그러나 초침은 자그마한 황금 부리처럼 뚜렷한 점을 재깍거리며 돌고 있었다. 맞구나……. 여기 와서 겨우 반 시간밖에 지나지 않았다. 크렘 드 망트, 하고 그는 생각했다. 대단한 취미로군!

조앙은 길다란 푸른 의자에 쪼그리고 앉아 있었다.

"라비크" 하고 그녀는 부드러운 목소리로 말했다. 지친, 그러나 조금도 빈틈없는 목소리였다. "당신이 알고 있었다고 한 것은 속임수인가요, 아니면 정말 사실인가요?"

"속임수가 아냐. 사실이야."

"당신, 아세요?"

"알지."

"전 알고 있었어요." 그녀는 그에게 웃음을 보였다. "전 알고 있었어요,

라비크.”

“그런 것은 곧 알 수 있는 일이지.”

그녀는 고개를 끄덕였다. “시간이 필요해요. 당장에 할 수는 없어요. 그 사람이 제게 아무 나쁜 짓도 하지 않았으니까요. 당신이 돌아오실지 어떨지도 전 몰랐어요! 지금 곧 그 사람에게 말할 수는 없어요.”

라비크는 칼바도스를 꿀꺽꿀꺽 들이마셨다. “자세한 이야기를 할 필요는 없어.”

“당신이 들어주셔야 해요. 당신이 이해해주셔야 해요. 저…… 저한텐 시간이 필요해요. 그 사람이 틀림없이…… 그 사람이 어떤 일을 저지를지 몰라요. 그 사람은 저를 사랑하고 있어요. 그리고 제가 필요해요. 이도 저도 모두 그 사람 죄가 아네요.”

“물론 그렇겠지. 시간이라면 얼마든지 써도 좋아, 조앙.”

“아네요, 잠시 동안이면 돼요. 지금 당장은 안 돼요.” 그녀는 긴 의자의 쿠션에 몸을 기댔다. “그리고 이 집, 라비크…… 당신이 생각하는 것과는 달라요. 전 직접 돈을 벌고 있어요. 전보다도 많이. 그 사람이 도와주었어요. 배우예요. 전 영화에서 조그마한 역을 맡았어요, 그 사람이 주선해서.”

“그럴 줄 알았지.”

그녀는 그 말에 개의치 않았다. “재능은 별로 없어요. 저는 스스로를 속이진 않아요. 그렇지만 그런 나이트클럽에서 빠져나오고 싶었어요. 거긴 장래성이 없어요. 지금 하는 일에는 그게 있지요. 재능이 없어도요. 전 독립하고 싶어요. 당신은 이런 게 시시하다고 생각하시겠지만…….”

“그렇게 생각하지 않아” 하고 라비크는 말했다. “당연한 일이지.”

그녀는 그를 쳐다보았다.

“당신은 처음부터 그런 생각으로 파리에 온 게 아닌가?”

“그랬어요.”

저렇게 저 여자는 앉아 있다. 조용히 하소연하는 죄 없는 여인. 생활 그리고 나에게 시달리면서. 여자는 안정이 되었다. 최초의 폭풍우는 가라앉았다. 저 여자는 나를 용서할 것이다. 만약 내가 어물거리고 곧장 도망치지 않는다면, 지나간 두서너 달 동안의 일을 자세히 늘어놓을 것이다. 이 강철로 된 난초 꽃. 나는 이 꽃에서 깨끗하게 손을 떼려고 찾아왔는데, 너무나 빈틈이 없어서 네가 옳다고 인정하지 않을 수 없는 처지가 될 것 같다.

"잘됐어, 조앙" 하고 그는 말했다. "그만큼 됐으니까 틀림없이 성공할 거야."

그녀는 몸을 내밀었다. "그렇게 생각하세요?"

"물론이지."

"정말이에요, 라비크?"

그는 일어섰다. 3분만 더 있다가는 영화에 관한 전문적인 이야기를 듣게 될 것이다. 이런 여자와 토론이라도 하다가는 그야말로 큰일이다. 결국은 이쪽이 지게 마련이다. 이런 여자 손에 걸리면 논리 같은 것은 밀초처럼 녹아버리고 만다. 행동으로 끝장을 내야 한다.

"난 그런 의미로 한 말이 아냐" 하고 그는 말했다. "그런 건 당신네들 전문가에게 물어보는 편이 낫겠지."

"벌써 가시게요?" 하고 그녀는 물었다.

"가야 해."

"왜 좀 더 계시지 않고요?"

"병원으로 돌아가야 해."

그녀는 그의 손을 잡고 그를 쳐다보았다. "당신은 병원 일을 끝내고 오시겠다고 했어요."

다시 오지 않겠다는 말을 해야 할지 어떨지 그는 생각했다. 그러나 오늘은 이것으로 충분하다. 이 여자에게나 나에게나 이것으로 충분하다. 말하려 하는 것을 그녀는 계속 못 하게 막아왔다. 그러나 언제고 말할 날이 올 것이다.

"여기 계세요, 라비크." 그녀는 말했다.

"그럴 수 없어."

그녀는 일어서서 그에게 바싹 몸을 기댔다. 이런 짓까지 하는군, 하고 그는 생각했다. 낡은 수작이다. 값싸고 실험이 끝난. 하나도 빼놓지 않는군. 그러나 고양이가 풀을 먹는다고는 아무도 생각하지 않겠지. 그는 그녀에게서 떨어졌다. "가야 해. 병원에 다 죽어가는 환자가 있어."

"의사는 언제나 좋은 구실이 있군요." 그녀는 느릿느릿 말하면서 그를 쳐다보았다.

"여자처럼 말이지, 조앙. 우리는 죽음을 지배하고 당신들은 사랑을 지배하지. 거기에 세상의 모든 이유와 모든 권리가 있는 거야."

그녀는 대답을 하지 않았다.

"우리는 또 튼튼한 위장을 갖고 있지" 하고 라비크는 말했다. "우리에겐 그게 필요해. 튼튼한 위장이 없으면 일을 할 수가 없지. 우리는 다른 사람이 실신할 때부터 힘을 내기 시작하는 거야. 잘 있어, 조앙."

"또 오실 거죠, 라비크?"

"그런 생각은 많이 안 하는 게 좋아. 여유를 갖도록 해요. 저절로 알게 될 거야."

그는 급히 문 쪽으로 걸어갔다. 뒤돌아보지 않았다. 그녀는 쫓아오지 않았다. 그러나 그녀가 자기를 바라보고 있는 것을 알았다. 그는 이상하게 마비된 것처럼 느껴졌다. 마치 물속을 걷는 듯한 느낌이었다.

22

비명 소리는 골트베르크 부부의 창문에서 들려왔다. 라비크는 일순간 귀를 기울였다. 설마 골트베르크 영감이 아내에게 무엇을 내던진다든가 때리리라고는 생각할 수 없었다. 더는 아무 소리도 들리지 않았다. 다만 누군가가 뛰어가는 소리가 났고, 그리고 피난민 비젠호프의 방에서 짤막하고 흥분한 말소리와 문을 쾅 하고 닫는 소리가 났을 뿐이다.

바로 다음 순간에 그의 방문을 두드리는 소리가 나고, 여주인이 헐레벌떡 뛰어 들어왔다. "빨리…… 빨리요, 골트베르크 씨가……."

"어떻게 됐소?"

"목을 맸어요. 창가에서. 빨리 와주세요……."

라비크는 책을 내던졌다. "경관이 와 있소?"

"물론 오지 않았어요. 와 있다면 당신을 부르러 오지 않아요. 지금 막 부인이 발견했어요."

라비크는 여주인과 같이 아래층으로 뛰어 내려갔다. "줄을 끊고 내려놓았소?"

"아직요. 그대로 받쳐 들고 있어요⋯⋯."

어둑어둑한 방 창가에 사람들이 시커멓게 떼를 지어 서서 웅성거렸다. 루트 골트베르크, 피난민 비젠호프, 그 밖에도 누군가가 있었다. 라비크는 스위치를 돌려서 불을 켰다. 비젠호프와 루트 골트베르크가 골트베르크 영감을 마치 인형처럼 팔에 안고 있었다. 다른 한 남자는 창문 손잡이에 매어 놓은 넥타이 매듭을 풀려고 애쓰고 있었다.

"끊어서 내려요."

"칼이 없어요." 하고 루트 골트베르크가 째지는 듯한 목소리로 말했다.

라비크는 자기 가방에서 가위를 꺼내 넥타이를 자르기 시작했다. 넥타이는 두껍고 매끄러운 비단이라 잘라내는 데 시간이 약간 걸렸다. 잘라낼 때 골트베르크의 얼굴이 라비크 바로 앞에 닿을 듯 매달려 있었다. 불쑥 튀어나온 두 눈, 헤벌린 입, 많지도 않은 흰 턱수염, 늘어진 혓바닥, 여위고 부푼 목에 깊숙이 파고 들어간 흰 물방울무늬의 짙은 초록빛 넥타이. 몸은 비젠호프와 루트 골트베르크의 팔에 안겨서 흔들거렸다. 마치 무시무시한, 얼어붙은 웃음을 터뜨리며 소리도 없이 이리저리 흔들리는 것처럼.

루트 골트베르크는 얼굴이 벌겋게 달아올라 눈물을 비 오듯 흘리고 있었다. 그 곁에서 비젠호프는 살았을 때보다도 훨씬 무거워진 시체의 무게에 눌려 땀을 쏟고 있었다. 공포에 질려 흐느끼는 온통 젖은 두 얼굴. 그 위에는 소리도 없이 이를 드러내고 먼 저쪽을 응시하며 조용히 흔들거리는 머리. 라비크가 넥타이를 자르자, 머리가 루트 골트베르크 쪽으로 힘없이 떨어지는 통에 그녀는 비명을 지르고 얼른 뒤로 물러나며 팔을 놓아버렸다. 그러자 시체는 두 팔을 늘어뜨린 채 한쪽으로 기울어졌다. 마치 기괴한 어릿광대 같은 모습으로 그녀를 뒤쫓고 있는 듯했다. 라비크는 그것을 붙잡아서, 비젠호프의 도움을 받아 방바닥에 눕혔다. 그리고 목을 졸라맨 넥타이를 풀고 검사를 시작했다.

"영화관에 갔었어요" 하고 루트 골트베르크는 중얼거렸다. "이 사람이 영화를 보고 오라고 했어요. '루트, 당신은 정말 낙이라곤 하나도 없어. 쿠르셀 극장이나 가보면 어때. 지금 가르보의 영화를 하고 있어. 〈크리스티나 여왕〉이야. 한번 가보는 게 어때'라고 했어요. '좋은 자리를 잡아요. 안락의자 좌석이나 칸막이 좌석을 잡도록 해요. 보고 와요.' 불행에서 두 시간쯤 도망칠 수 있다는 것은 어쨌든 좋지 않으냐는 거예요. 이 사람은 태연스레 정답게 그런 말을 하면서 제 등을 두드렸어요. 그리고 '끝나면 몽소 공원 카페에서 초콜릿과 바닐라 아이스크림을 먹고 와요. 어떻든 즐겁게 놀다 와요, 루트'라고 했어요. 그래서 저는 갔다 왔지요. 그리고 돌아와 보니……."

라비크는 일어섰다. 루트 골트베르크는 입을 다물었다. "아마 당신이 나가자마자 곧 이런 짓을 한 모양이오" 하고 그는 말했다.

그녀는 두 주먹을 입에 댔다. "이 사람은……."

"어떻든 해보기나 합시다. 우선 인공호흡을 하지. 당신, 할 줄 아오?" 라비크는 비젠호프에게 물었다.

"아뇨, 잘 모릅니다. 조금은 알지만."

"자, 보시오."

라비크는 골트베르크의 두 팔을 잡고 뒤로 돌려서 방바닥까지 끌어당기고, 다시 앞으로 당겨 가슴을 눌렀다가 도로 뒤로 돌렸다가, 또다시 앞으로 당겼다. 골트베르크의 목구멍에서 꾸르륵꾸르륵 소리가 났다. "아, 살아 있군요!" 하고 여자는 소리를 쳤다.

"아니, 기관이 압착된 거요."

라비크는 이런 운동을 두서너 번 더 해 보였다. "자, 이런 식으로 해보시오" 하고 그는 비젠호프에게 말했다.

비젠호프는 망설이면서도 골트베르크 뒤쪽에 무릎을 꿇고 앉았다. "자,

시작하시오" 하고 라비크는 조바심을 내며 말했다. "팔목을 잡아야 돼. 아니, 팔뚝을 잡는 편이 낫겠군."

비젠호프는 땀을 흘리고 있었다. "좀 더 세게." 라비크가 말했다. "폐 속에 있는 공기를 죄다 뽑아내야 하오."

그는 여주인 쪽으로 몸을 돌렸다. 어느 틈에 다른 사람들이 방 안에 들어와 있었다. 그는 여주인에게 밖으로 나오라고 눈짓을 했다. 그리고 복도에 나오자, "죽었어요" 하고 말했다. "방에서 하고 있는 일은 부질없는 짓이오. 형식적으로 한번 해보는 건데 소용없어요. 이쯤 되면 기적이나 일어나지 않는 한 무슨 짓을 해도 소용이 없지요."

"어떻게 해야 하지요?"

"언제나 하던 대로 해야지요."

"구급차를 불러요? 아니면 응급처치? 그렇게 하다가는 10분 안에 경찰이 달려올 텐데요."

"어차피 경찰은 불러야 할 게 아니오. 골트베르크가 서류는 갖고 있소?"

"갖고 있어요, 제대로 된 것을. 여권도, 신분증명서도."

"비젠호프는?"

"체류 허가서를 갖고 있어요. 기간을 연장한 비자도."

"그럼 저 사람들은 괜찮겠군. 내가 여기에 왔다는 말을 하지 말라고 두 사람에게 일러주시오. 부인이 돌아와서 발견하고 비명을 질렀고, 비젠호프가 끈을 잘라 내려 눕히고 구급차가 올 때까지 인공호흡을 하고 있었는데, 마침 구급차가 달려온 것으로 해둬요. 할 수 있겠소?"

여주인은 새 같은 눈으로 그를 쳐다보았다. "물론 할 수 있지요. 경찰이 오면 어차피 저는 방에 있어야 할 테니까요. 십분 조심하겠어요."

"됐소."

두 사람은 다시 방으로 들어갔다. 비젠호프는 골트베르크 위에 몸을 구부리고 인공호흡을 계속하고 있었다. 얼핏 보기에는 마치 두 사람 다 방바닥에서 체조를 하고 있는 것 같았다. "여러분" 하고 여주인은 말했다. "구급차를 불러야겠습니다. 구급차를 따라오는 위생원이나 의사는 사실을 곧 경찰에 보고해야 합니다. 경찰은 늦어도 30분 후엔 여기 도착할 것입니다. 서류가 없는 분은 지금 곧 짐을, 적어도 밖에 내놓은 물건만이라도 챙겨서 카타콤으로 가 계시는 게 좋겠습니다. 경찰이 방을 수색하거나 증인을 요구할지도 모르니까요."

방 안은 이내 텅 비었다. 여주인은 루트 골트베르크와 비젠호프에게 말을 하겠다는 뜻으로 라비크에게 고개를 끄덕여 보였다. 그는 잘라낸 넥타이와 함께 방바닥에 놓여 있던 가방과 가위를 집어 들었다. 넥타이는 상표가 보이게 놓여 있었다. 'S. 푀르더, 베를린' 최소한 10마르크는 나가는 물건이다. 골트베르크가 경기가 좋던 시절에 산 것이다. 라비크는 그 가게를 알고 있었다. 자기도 거기서 물건을 산 적이 있었다.

그는 재빨리 자기 물건을 트렁크 두 개에 챙겨 모로소프 방으로 가지고 갔다. 조심을 하자는 것이다. 아마 경찰은 별로 문제 삼지는 않을 테지만, 이렇게 해두는 편이 낫다. 페르닝의 기억이 아직도 라비크의 골수에 깊이 사무쳐 있었던 것이다. 그는 카타콤으로 내려갔다.

많은 사람들이 흥분에 싸여 이리 뛰고 저리 뛰고 있었다. 모두 서류가 없는 피난민들뿐이었다. 비합법적인 부대다. 하녀 클라리스와 보이 장이 트렁크들을 카타콤 옆에 있는 지하실 같은 방에다 감추는 것을 지휘하고 있었다. 마침 저녁 식사가 준비되어 있었다. 식기를 늘어놓고, 빵을 담은 바구니가 여기저기 놓여 있었다. 주방에서는 기름과 생선 냄새가 풍겨 나왔다.

"시간은 넉넉해요" 하고 장은 조바심을 내는 피난민들에게 말했다. "경찰이 그렇게 빨리 오지는 않을 거예요."

피난민은 만일이라는 것을 믿지 않았다. 운이 좋았던 적이 없었기 때문이다. 그들은 약간의 소지품을 챙겨 허둥지둥 지하실로 밀려 들어왔다. 스페인 사람인 알바레스도 있었다. 여주인은 경찰이 온다는 것을 호텔 전체에 알렸던 것이다. 알바레스는 라비크를 보더니 미안하다는 듯이 웃었다. 라비크는 왜 그러는지 알 수가 없었다.

바싹 마른 친구가 침착한 태도로 그에게 다가왔다. 언어학 박사이자 철학 박사인 에른스트 자이덴바움이었다. "연습인가요?" 그는 라비크에게 말했다. "총연습이군요. 당신은 카타콤에 계실 작정인가요?"

"아뇨."

지난 6년에 걸쳐 베테랑이 된 자이덴바움은 어깨를 움츠렸다. "난 이대로 여기 남아 있겠소. 도망칠 기분이 나야 말이지. 사건 증거만 수집하면 그만일 게요. 늙어서 죽은 독일 유대인에게 누가 흥미를 갖겠소?"

"그 사람에게는 아니겠지요. 그러나 살아 있는 비합법적 피난민에게는 흥미를 가질 테지요."

자이덴바움은 코걸이 안경을 고쳐 썼다. "나는 아무래도 좋아요. 전번에 임검이 있었을 때 내가 어떻게 한 줄 아시오? 그때는 경사가 이 카타콤까지 내려왔지요. 벌써 2년도 더 지난 일이지만요. 나는 장의 흰 재킷을 입고 수위 노릇을 했지요. 경관에게 브랜디를 주면서 말이오."

"그건 좋은 생각이었군요."

자이덴바움은 고개를 끄덕였다. "도망 다니는 것이 진저리가 날 때가 오는 법이오." 그는 태연자약하게 저녁 식사에 무엇이 나오는가를 보러 어슬렁어슬렁 주방으로 들어갔다.

라비크는 카타콤 뒷문으로 빠져나와 안마당을 가로질러 갔다. 고양이 한 마리가 그의 발을 뛰어넘어 도망쳤다. 모두가 그를 앞질러 걸어가고 있었다. 그들은 길에 나서자, 이내 사방으로 흩어져서 보이지 않게 되었다. 알바레스는 약간 절름거렸다. 수술을 하면 나을지도 모르겠다고, 라비크는 어렴풋이 생각했다.

　그는 플라스 드 테른에 앉아 있었다. 갑자기 조앙이 오늘 밤에 찾아올지도 모르겠다는 생각이 들었다. 왜인지는 알 수가 없었지만, 그저 갑자기 그런 생각이 들었다.

　그는 저녁 식사 값을 치르고 천천히 호텔로 돌아갔다. 따뜻한 밤이었다. 비좁은 길에는 시간제로 방을 빌려주는 호텔 간판이 초저녁 어둠 속에 붉게 반짝이고 있었다. 커튼 틈으로 방 안의 밝은 불빛이 새어나왔다. 선원들이 떼를 지어 몇몇 매춘부들을 따라가고 있었다. 모두가 젊었고, 포도주와 여름 날씨로 달아올라서 큰 소리로 떠들어댔다. 그러다가 어떤 호텔로 사라져버렸다. 어디선가 하모니카 소리가 들려왔다. 한 가지 생각이 마치 조명탄처럼 라비크의 마음속에서 치솟아올라, 퍼지고 둥실 떠서 어둠 속에 마술 같은 광경을 활짝 펴놓았다. 호텔에서 기다리고 있는 조앙의 모습, 전부 다 뿌리치고 내게로 돌아왔노라고 말하기 위해……. 나를 기쁨에 넘치게 하고 압도하면서…….

　그는 걸음을 멈추었다. 도대체 내가 왜 이럴까? 나는 왜 이런 곳에 서 있을까? 내 손은 왜 목덜미나 물결 같은 머리카락을 쓰다듬듯이 공기를 어루만지고 있을까? 너무 늦었다. 지나간 것을 되찾을 수는 없다. 아무도 되돌아오지는 않는다. 한번 지나간 시간은 결코 돌아오지 않듯이.

　그는 호텔로 돌아왔다. 안마당을 지나서 카타콤 뒷문 쪽으로 왔다. 뒷문까지 와서 방 안에 많은 사람들이 있다는 것을 알았다. 자이덴바움도 있었다. 수위가 아니라 호텔 손님으로서. 위험은 지나간 듯했다. 그는 안으로 들어갔다.

　모로소프는 자기 방에 있었다. "막 나가려던 참이야. 자네 트렁크를 보고 또 스위스로 날았나 했지."

"다 잘됐나?"

"잘됐어. 경찰은 다시 오지 않을 거야. 시체도 벌써 자유롭게 방면되었지. 분명한 사건이니까. 위층에 눕혀놓았어. 벌써 싣고 나갈 준비가 다 되었을걸."

"잘됐군. 그럼 이제 내 방으로 돌아가도 되겠어."

모로소프는 웃었다. "그 자이덴바움이란 친구!" 하고 그는 말했다. "그 친구가 줄곧 거기 남아 있었어. 서류인지 뭔지 하고 그 코걸이 안경이 든 자기 가방을 들고 말이야. 자기는 변호사며, 보험회사 대리인이라는 거야. 경관에게 상당히 세게 나가더군. 그리고 골트베르크 영감의 여권은 내주지 않았어. 여권은 회사에서 필요한 것이며, 경찰은 신분증명서밖에 가져갈 권리가 없다고 하면서 말이야. 그것으로 통했어. 그 녀석, 무슨 서류라도 갖춰 가지고 있나?"

"종이쪽지 한 장도 없지."

"대단한데. 그 여권은 그야말로 황금 같은 가치가 있지. 앞으로 1년이나 기간이 남았거든. 그걸로 누군가 살 수 있으니까. 파리에선 어려울지 모르지. 자이덴바움처럼 대담하지 않은 이상은 말이야. 사진을 바꾸는 건 문제가 없지. 만약 새로 생기는 아론 골트베르크가 자기보다 젊다면, 생년월일을 값싸게 고쳐주는 전문가도 있어. 현대식 영혼의 윤회지……. 여권 하나로 여러 생명이 구제되거든."

"그럼 자이덴바움은 이제부터 골트베르크라고 부르기로 했나?"

"아니지. 그 친구는 사양하더군. 자기 위신이 깎인다는 거야. 그 녀석은 지하 생활을 하고 있는 세계시민 중에서는 돈키호테야. 자기 같은 타입의 인간이 어떻게 될 것인가 하는 데 대해 지나치게 숙명론적인 호기심을 갖고 있어서, 남의 여권으로 그것을 속이고 싶지가 않은 거야. 자넨 어때?"

라비크는 고개를 저었다. "역시 필요 없어. 나도 자이덴바움 편이야."

그는 자기 트렁크를 들고 위층으로 올라갔다. 골트베르크 부부가 살던 복도에서 나이 먹은 유대인을 지나쳤다. 그 유대인은 검은 카프탄을 입고 턱수염을 길렀으며, 머리를 길러서 양쪽으로 드리워 마치 성경에 나오는 장로 같은 얼굴이었다. 노인은 고무창 신발이라도 신은 듯이 소리를 내지 않고 걸었다. 그리고 침침한 복도를 희미하고 창백하게 둥실둥실 떠가는 듯 움직였다. 그는 골트베르크의 방문을 열었다. 그 순간 촛불 같은 불그스름한 빛이 안에서 새어나왔다. 그리고 이상한, 반쯤 억제한 듯하고 반쯤 미친 듯한, 무척 구슬픈 단조로운 통곡 소리가 들려왔다. 직업적으로 곡하는 여자들이구나, 하고 그는 생각했다. 그런 것이 지금도 남아 있었던가? 그렇지 않다면 루트 골트베르크의 곡성일까?

그는 방문을 열었다. 그리고 조앙이 창가에 앉아 있는 것을 보았다. 여자는 벌떡 일어났다. "당신이군요! 어쩐 일이에요? 왜 트렁크를 들고 계시지요? 또 떠나셔야 해요?"

라비크는 트렁크를 침대 옆에 놓았다. "아무것도 아냐. 그저 조심했을 뿐이지. 사람이 죽어서 말이야. 경찰이 왔었거든. 이젠 다 끝났어."

"전화를 걸었지요. 누군지 전화를 받은 사람이, 당신은 이제 여기 안 계시다고 하지 않겠어요."

"여주인이야. 언제나처럼 조심해서 둘러댄 거지."

"그래서 달려왔어요. 방문은 열려 있고 텅 비었으니. 당신 물건은 하나도 없고요. 저는 또…… 라비크!" 그녀의 목소리는 떨렸다.

라비크는 억지로 웃었다. "이젠 알겠지. 나는 의지할 만한 사람이 못 돼. 조금도 믿을 수가 없지."

문을 두드리는 소리가 났다. 모로소프가 술병 두 개를 들고 들어왔다. "라비크, 자네 탄약을 잊어버렸네."

그는 조앙이 어두운 데 서 있는 것을 보고도 못 본 체했다. 라비크는 그가 조앙을 알아보았는지 어떤지 전혀 알 수 없었다. 그는 라비크에게 병을 넘겨주자 안으로 들어오지도 않고 가버렸다.

라비크는 칼바도스와 부브레를 탁자에 올려놓았다. 열어놓은 창문으로 복도에서 들었던 소리가 다시 들려왔다. 죽은 사람을 슬퍼하는 곡성이다. 점점 커지다가 차차 낮아지고, 다시 커지곤 했다. 아마 골트베르크의 방문도 밤공기가 따뜻해서 열어놓았을 것이다. 이런 훈훈한 밤에 마호가니 가구가 놓인 방에서 늙은 아론의 굳어버린 시체는 지금 서서히 썩기 시작했으리라.

"라비크" 하고 조앙이 말했다. "전 슬퍼요. 왠지 모르지만요. 하루 종일 슬펐어요. 여기 있게 해주세요."

그는 당장에는 대답을 하시 않았다. 기습을 당한 느낌이었다. 이렇게 나오리라고는 생각하지 못했다. 이렇게 단도직입적으로 나올 줄이야.

"언제까지?"

"내일까지요."

"너무 짧은데."

그녀는 침대에 걸터앉았다. "우린 그걸 결코 잊어버릴 수가 없나요?"

"없어, 조앙."

"다른 욕심은 없어요. 그저 당신 곁에서 자고 싶을 뿐이에요. 안 된다면 소파에서라도 자게 해주세요."

"그럴 수 없어. 난 또 나가야 해, 병원에."

"상관없어요. 기다리겠어요. 여태까지도 여러 번 그랬으니까요."

그는 대답하지 않았다. 그리고 이렇게 태연한 자기 태도에 놀랐다. 돌아오는 길에 느꼈던 열정과 흥분은 사라지고 없었다.

"그리고 당신은 병원에 꼭 안 가셔도 되잖아요."

그는 잠시 동안 잠자코 있었다. 만약 이 여자와 함께 자면, 그것은 자신의 패배라는 것을 알고 있었다. 돈도 없으면서 수표에 사인을 하는 것과 같다. 그녀는 몇 번이고 찾아올 것이다. 그리고 일단 그녀가 획득한 것을 권리로 주장할 것이다. 그때마다 그녀 쪽에서는 하나도 양보하지 않고 조금씩 더 많은 것을 요구할 것이다. 그리고 필경 나를 완전히 자기 수중에 넣고 말 것이다. 그 결과는 나 자신의 무기력과 부서져버린 욕망의 희생이 되어 무기력해지고 썩어 문드러져서 싫증이 난 채로 버림받는 게 고작이다. 그녀는 그럴 생각이 없다. 그런 것은 느끼지도 못하고 있다. 그러나 그렇게 되고 말리라. 하룻밤쯤 아무렇게나 된들 상관이 없다고 생각하기는 간단하다. 그러나 한번 치를 때마다 자기 저항력의 일부를 잃고 인생에서 절대로 부패시켜서는 안 될 것을 잃어버리고 만다. 가톨릭교회 교리 문답서에서는 기묘하고도 조심성 있는 공포심으로 이것을 영혼에 대한 죄라고 했고, 그리고 전체 교리에 모순되면서까지도 이 죄는 현세에서도 내세에서도 용서받지 못한다고 음침하게 덧붙이고 있다.

"그건 사실이야" 하고 라비크는 말했다. "나는 병원에 가지 않아도 돼. 그러나 낭신이 여기 있겠냐는 말은 달갑지가 않아."

그녀가 발끈하리라고 생각했다. 그러나 그녀는 다만 조용히 "어째서 안 되지요?" 하고 말했을 뿐이다.

그것을 설명해줘야 하나? 도대체 내가 그것을 설명할 수 있을까? "당신은 이제 여기에 와서는 안 될 사람이야."

"전 여기 사람인걸요."

"그렇지 않아."

"어째서요?"

그는 입을 다물었다. 정말로 능란한 여자구나! 다만 그에게 질문만 함으로써 어쩔 수 없이 설명을 하게 한다. 그런데 설명을 하게 된 자는 이미 궁지에 몰려 더욱더 자기방어를 철저히 해야 한다.

"당신은 그걸 알고 있어" 하고 그는 말했다. "그렇게 어리석게 묻지 마."

"당신은 이제 제가 필요 없으세요?"

"없지" 하고 그는 대답하고는 자기도 모르게 이렇게 덧붙였다. "이런 식으로는."

골트베르크의 방에서 나는 단조로운 목소리가 창문으로 흘러 들어왔다. 죽은 사람을 슬퍼하는 소리다. 파리 뒷골목에서 들려오는 레바논 양치기들의 슬픔이다.

"라비크" 하고 조앙이 말했다. "당신은 저를 도와주셔야만 해요."

"당신에게 간섭하지 않는 것이 당신을 돕는 가장 좋은 방법이야. 그리고 당신도 나를 내버려두란 말이야."

그녀는 그 말을 듣고 있지 않았다. "당신은 저를 도와주셔야 해요. 전 당신에게 거짓말을 할 수도 있어요. 그러나 이젠 거짓말을 하고 싶지 않아요. 그래요, 다른 남자가 있어요. 그러나 당신과는 다른 관계예요. 만약 같다면 저는 여기에 오지 않았을 거예요."

라비크는 호주머니에서 담배를 꺼냈다. 그는 바싹 마른 종이를 느꼈다. 이것이다. 이제 알겠다. 베어도 아프지 않은 차가운 메스 같은 것이다. 확실히 조금도 아프지 않다. 다만 처음과 나중에 아플 뿐.

"절대로 같을 수 없지" 하고 그는 말했다. "그러면서도 언제나 같아."

나는 왜 값싼 소리를 하고 있을까. 신문에서나 볼 수 있는 역설이다. 진실이라는 것은 일단 입 밖에 내버리면 이렇게도 초라해지고 마는구나.

조앙은 일어섰다. "라비크" 하고 그녀는 말했다. "사람이 단 한 사람밖에 사랑할 수 없다는 말이 진실이 아님을 당신은 아실 거예요. 한 사람밖에 사랑할 수 없는 사람도 있기는 해요. 그런 사람은 행복해요. 그러나 뒤죽박죽이 되어버리는 사람도 있어요. 당신도 아실 거예요."

그는 담배에 불을 붙였다. 조앙을 쳐다보진 않았지만 지금 그녀가 어떤 얼굴일지 짐작은 갔다. 창백하고 암담한 눈으로 말없이, 골똘히, 거의 애원하듯, 마음이 여리게. 그러나 절대로 패배하는 일이 없다. 그날 오후 그녀의 집에서도 그런 얼굴이었지. 수태고지(受胎告知)의 천사처럼 신앙과 빛나는 확신에 가득 차서 사람을 구원하겠노라 말하고 있는 것이다. 사실은 자기에게서 벗어나지 못하도록 서서히 십자가에 못 박으려고 하면서도.

"알아" 하고 그는 말했다. "그건 한 가지 구실이지."

"구실이 아니에요. 그래서는 행복할 수가 없어요. 어쩔 수 없이 그렇게 되는 거예요. 그건 무서운 일이에요. 헝클어진 실뭉당이예요. 발작이예요. 어떻게든 뚫고 나가야 할 것이에요. 도망칠 수는 없어요. 도망쳐도 쫓아오거든요. 쫓아와서 붙잡는 거예요. 그건 싫어요. 하지만 이쪽보다 강한걸요."

"왜 그런 걸 꼬치꼬치 캐고 있는 거야? 당신보다 강하다면 그걸 따라가면 되잖아."

"그렇게 하고 있어요. 달리 어떻게 할 수 없다는 걸 잘 알아요. 그렇지만……" 하고 그녀의 목소리가 변했다. "라비크, 전 당신을 놓치고 싶지 않아요."

라비크는 잠자코 있었다. 담배를 빨았지만 맛은 알 수 없었다. 너는 나를 놓치고 싶지 않겠지, 하고 그는 생각했다. 다른 남자도 역시 마찬가지겠지. 문제는 여기에 있다. 네가 그렇게 할 수 있다니! 그렇기 때문에 나는 너에게서 도망쳐야 해. 문제는 한 남자에게 있는 것이 아니지. 그것이라면 당장에라도 잊을 수가 있어. 너는 그것에 대해서 얼마든지 변명을 할 수 있겠지. 그러나 네가 완전히 덜미를 잡혀 거기에서 도저히 벗어나지 못한다는 것이 문제다. 물론 너는 거기서 벗어날 수도 있겠지. 그러나 똑같은 일이 또 일어날 것이다. 몇 번이고 일어날 것이다. 너에겐 그런 소질이 있으니까. 훨씬 전이라면 나도 그랬을지 모른다. 너와는 그럴 수가 없다. 그러니까 나는 너에게서 도망쳐야 한다. 지금이라면 그래도 도망칠 수가 있다. 그러나 다음번에는…….

"당신은 그게 무슨 특별한 것인 줄 알지만" 하고 그는 말했다. "그러나 세상에 흔한 일이야. 남편과 애인 문제지."

"그렇지 않아요!"

"그렇다니까. 여러 가지 형태가 있지, 당신도 그중 하나야."

"어떻게 그런 말을 할 수 있어요!" 그녀는 벌떡 일어났다. "당신은 절대로 그런 것이 아네요. 지금까지도 절대로 그렇지 않았고, 앞으로도 결코 그렇지 않아요. 다른 사람은 훨씬 더……." 그녀는 말을 끊었다. "아니에요, 그렇지도 않아요. 전 설명을 못 하겠어요."

"안전과 모험이라고 해둘까. 그편이 낫겠군. 마찬가지야. 한쪽은 그대로 갖고 있고 싶고, 다른 한쪽도 놓치고 싶지 않다는 말이지."

그녀는 머리를 저었다. "라비크" 하고 그녀는 어둠 속에서 마음을 움직여주는 목소리로 말했다. "그건 좋은 말로 할 수도 있고, 나쁜 말로 할 수도 있어요. 어느 쪽이든 다를 게 없어요. 전 당신을 사랑해요. 그리고 제가 살아 있는 한 당신을 사랑할 거예요. 전 그걸 알아요. 그것만은 분명히 알고 있어요. 당신은 제 지평선이에요. 제 모든 생각은 당신으로 가득 차 있어요. 무슨 일이 일어나도 모두 당신 범위 안의 일이에요. 거짓이 아니에요. 무슨 일이 일어나도 당신에게서 무엇 하나 빼앗지는 않아요. 제가 몇 번이고 당신을 찾아오는 건 그 때문이에요. 제가 그것을 뉘우칠 수 없는 것도, 죄악이라고 느낄 수 없는 것도 그 때문이에요."

"감정에는 죄가 없는 법이야, 조앙. 왜 그런 생각을 하지?"

"저는 그것을 곰곰 생각해보았어요. 몇 번이고 생각해보았어요, 라비크. 당신에 대해서, 그리고 저에 대해서요. 당신은 저를 완전히 자기 것으로 만들고자 한 적이 한 번도 없어요. 아마 당신 자신은 그걸 모르실 거예요. 언제나 제게 뭔가 보여주지 않는 것이 있었지요. 저는 당신 속에 한 번도 완전히 들어갈 수가 없었어요. 저는 그렇게 하고 싶었어요! 얼마나 그렇게 하고 싶었는지 몰라요! 당신이 당장에라도 떠나버릴 것만 같은 생각이 늘 들었어요. 전 아무래도 안심할 수가 없었어요. 경찰이 당신을 추방하고 당신은 떠나지 않을 수 없었지만…… 그와 같은 일이 다른 방법으로 일어났을지도 몰라요. 어느 날 당신이 스스로 가버릴지도, 홀쩍 사라져서 어디론가 가버리고……."

라비크는 자기 눈앞의 몽롱한 어둠에 싸인 얼굴을 빤히 쳐다보았다. 그녀의 말에는 짚이는 데가 있었다.

"언제나 그랬어요" 하고 그녀는 계속했다. "언제나요. 그런데 마침 저를 원하는 사람이 나타났어요. 오직 저만을, 진심으로 영원히, 이것저것 따지지 않고 원하는 사람이. 저는 웃었어요. 그런 것은 싫었어요. 그래서 가볍게 생각했어요. 별로 해로울 게 없다고 생각한 거예요. 언제든지 다시 쫓아버릴 수 있을 것 같았어요. 그러다가 갑자기 그것이 그 이상의 어쩔 수 없는 힘이 되어버렸어요. 그리고 또 제게도 그것을 바라는 마음이 생겼어요. 저는 저항해보았어요. 그러나 아무 소용이 없었어요. 저는 거기 있을 사람이 못 되었어요. 제 마음속 전부가 그걸 바랐던 건 아니에요. 제 작은 일부분만이 바랐을 뿐이에요. 그러나 그것이 저를 밀고 나아간 거예요. 마치 천천히 일어나는 눈사태처럼, 처음에는 웃었지만 어느 틈엔가 갑자기 붙잡을 것이 없어져버려 더 저항할 수가 없게 된 거예요. 그러나 저는 거기 있을 사람이 아니에요, 라비크. 저는 당신 것이에요."

그는 창밖으로 담배를 내던졌다. 담배는 반딧불처럼 안마당으로 떨어져갔다.

"이미 일어난 일은 어쩔 수 없는 거야, 조앙. 이제 와서 고칠 수는 없지."

"저는 아무것도 고치고 싶지 않아요. 저절로 지나가버릴 거예요. 저는 당신 것이에요. 제가 왜 다시 돌아왔겠어요? 왜 당신 방문 앞에 와 있겠어요? 왜 여기서 당신을 기다렸겠어요? 당신이 내쫓는데도 왜 다시 돌아왔겠어요? 이렇게 말해도 당신은 저를 믿지 않겠지요. 무슨 다른 이유가 있어서 그런다고 생각하시겠지요. 저는 알아요. 그렇다면 어떤 이유가 있다는 거예요? 만약 이외의 무언가가 저를 만족시켜준다면 돌아오지 않았을 거예요. 당신을 잊어버리고 말았을 거예요. 당신은 제가 당신에게 바라는 것은 안전이라고 말하시지만, 그건 사실이 아니에요. 제가 당신에게 바라는 것은 사랑뿐이에요."

말에 지나지 않는다고 라비크는 생각했다. 달콤한 말. 상냥하고 믿음성 없는 향유. 구원, 사랑, 서로의 것, 다시 돌아왔다. 말에 지나지 않는다. 달콤한 말. 말에 지나지 않는 두 개의 육체가 서로 끌어당기는, 이 단순하고 격렬하고 잔혹한 힘! 상상과 거짓말, 감정과 자기기만의 무지개가 그 위에 걸려 있다! 드디어 이별을 고하는 오늘 저녁, 나는 이 어둠 속에 조용히 버티고 서서 이 달콤한 말들이 내 머리 위에 비 오듯 쏟아지는 것을 마냥 맞고 섰다. 오직 이별, 이별, 이별이라는 의미밖에 없는 이 말의 비를. 그것에 대해 말을 하면, 그것은 이미 흩어지고 만다. 사랑의 신은 피에 젖은 이마를 하고 있다. 말은 하나도 모른다.

"자, 당신은 이제 가야 해, 조앙."

그녀는 일어섰다. "전 여기 있고 싶어요. 있게 해주세요, 오늘 밤만요."

그는 머리를 저었다. "당신은 나를 무엇으로 알고 있어? 나는 자동인형이 아니란 말이야."

그녀는 그에게 몸을 기댔다. 그는 그녀가 떨고 있는 것을 느꼈다.

"상관없어요. 있게 해주세요."

그는 조심스럽게 여자를 밀어냈다. "당신은 나를 상대로 해서 다른 남자를 속이기 시작하면 안 돼. 그렇잖아도 그 남자는 괴로운 맛을 실컷 봐야 할 테니까."

"전 지금 혼자서 집으로 돌아갈 수 없어요."

"오래 혼자 있지는 않겠지."

"아녜요, 전 혼자예요. 벌써 며칠 동안이나. 그 사람은 집에 없어요. 파리에 없어요."

"그래." 라비크는 조용히 대답했다. 그리고 그녀를 쳐다보았다. "아무튼 당신은 정직하군. 당신을 어떻게 생각해야 좋을지 알 수 있으니 말이야."

"제가 온 건 그 때문이 아녜요."

"물론 아니겠지."

"그런 말은 할 필요도 없지만."

"그렇지."

"라비크, 저 혼자서 집으로 돌아가긴 싫어요."

"그럼 내가 바래다주지."

그녀는 슬금슬금 한 발짝씩 물러섰다.

"당신은 이제 절 사랑하지 않는군요……." 그녀는 나직하고도 거의 위협하는 듯한 목소리로 말했다.

"당신은 그걸 알고 싶어서 왔나?"

"네…… 그것도 있어요. 그뿐만은 아니지만……. 하지만 그것도 있어요."

"좀 봐요, 조앙" 하고 라비크는 조바심을 내며 말했다. "그렇다면 당신은 방금 그야말로 솔직한 사랑 고백을 듣지 않았나?"

그녀는 대답도 않고 빤히 그를 쳐다봤다.

"만약 그렇지 않다면, 가령 당신이 누구하고 살고 있든 개의치 않고 당신을 여기 붙잡아두리라고 생각하나?"

그녀는 천천히 웃음을 띠기 시작했다. 그것은 사실 미소가 아니었다. 마치 누가 그녀의 내부에서 램프에 불을 켜기나 한 것처럼 속에서 번져 나오는 불빛이었다. 불빛은 서서히 올라와서 드디어 그녀의 눈에 번졌다. "고마워요, 라비크" 하고 그녀는 말했다. 그리고 잠시 후에 여전히 그를 바라보면서 조심스럽게 말했다. "당신은 저를 버리시지는 않겠지요?"

"왜 그런 걸 묻지?"

"저를 기다려주시겠지요? 저를 버리시지는 않겠지요?"

"그럴 염려는 별로 없을 거라고 생각돼. 당신과의 경험으로 판단해서 말이야."

"고마워요." 그녀는 달라졌다. 어떻게 이리도 빨리 마음이 가라앉는지 모르겠다고 그는 생각했다. 그러나 그것도 당연한 일이다. 여기서 묵지도 않고 자기가 바라던 바를 성취한 줄로 알고 있는 것이다. 그녀는 그에게 키스했다. "당신이 이러실 줄 알았어요, 라비크. 이러시지 않고는 못 배긴다는 걸 알고 있었어요. 그럼 전 가겠어요. 바래다주지 않아도 좋아요. 이젠 혼자서도 갈 수 있어요."

그녀는 문 앞에서 걸음을 멈추었다.

"또 오면 안 돼" 하고 그는 말했다. "그리고 아무 생각도 하지 말고. 당신은 몸을 망치지는 않을 거야."

"그래요. 안녕히 주무세요, 라비크."

"잘 가요, 조앙."

그는 벽 쪽으로 가서 불을 켰다. '당신은 이러시지 않고는 못 배겨요' 하던 소리가 떠올라 그는 약간 몸서리를 쳤다. 진흙과 황금으로 만들어진 여자라고 그는 생각했다. 거짓말과 감동으로, 기만과 철면피한 진실로 말이다. 그는 창가에 가서 앉았다. 아래층에서는 아직도 그 나직하고 단조로운 곡성이 들려왔다. 자기 남편을 속여놓고 그 남편이 죽으니까 통곡하는 여자. 그것도 아마 여자가 믿는 종교가 그렇게 정해놓았기 때문일 것이다. 라비크는 자기가 좀 더 불행한 기분이 되지 않는 것을 의아스럽게 생각했다.

23

"그래요. 돌아왔어요, 라비크" 하고 케이트 헤그시트룀이 말했다.

그녀는 랭커스터 호텔의 자기 방에 앉아 있었다. 전보다 살이 빠져 있었다. 피부 밑의 살은 무슨 정교한 기구로 속을 도려낸 듯이 푹 꺼져 보였다. 얼굴선이 더욱 두드러져 보이고, 살결은 조금만 건드려도 찢어질 듯한 비단처럼 보였다.

"난 당신이 아직 피렌체에 있는 줄 알았지. 아니면 칸이든가. 또는 지금쯤은 벌써 미국에 가 있을 것이라고 말이야" 하고 라비크는 말했다.

"줄곧 피렌체에 있었어요. 피에졸레에 말이에요. 더는 참을 수가 없게 되었어요. 제가 함께 가자고 당신에게 열심히 권하던 걸 아직 기억하세요? 책이니, 난로니, 저녁이니, 평화니 하면서? 책은 있었어요. 난롯불도요. 그러나 평화는! 라비크, 아시시의 프란체스코 거리도 소란스러워졌어요. 그곳은, 뭐든 다 그렇지만, 소란스럽고 불안해요. 프란체스코가 새들에게 사랑을 설교하던 곳에 지금은 제복 입은 사람들이 대열을 지어서 이리로 저리로 행진을 하고, 호언장담이나 하며 그럴듯한 말과 이유 없는 증오심에 취해 있어요."

"언제나 그랬는걸 뭐, 케이트."

"그런 식은 아니었어요. 2, 3년 전까지 우리 집 집사는 맨체스터 바지에 인피(靭皮) 구두를 신은 사근사근한 사람이었어요. 지금은 장화에다 검은 셔츠를 입고, 황금으로 장식한 단검을 찬 영웅이 되어 있어요. 그리고 지중해는 이탈리아의 것이 되어야 한다느니, 영국을 쳐부수어야 한다느니, 니스와 코르시카와 사보이는 이탈리아에 반환되어야 한다느니 하며 연설을 하고 있어요. 라비크, 몇십 년 동안 전쟁에서 이겨본 일이 없는 이 귀여운 국민은 에티오피아와 스페인에 이긴 뒤로 정신이 돈 것 같아요. 제 친구들도 3년 전까지는 그래도 분별 있는 사람들이었는데, 지금 와서는 3개월이면 영국을 정복할 수 있다고 정말 믿고 있어요. 나라 안이 온통 들끓고 있어요. 도대체 어떻게 된 일일까요? 전 갈색 셔츠의 미친 짓이 싫어서 이탈리아에서 도망쳐 나왔어요. 아직은 어딘가에 초록색 셔츠도 있다더군요. 미국은 물론 은빛 셔츠지요. 온 세상이 모두 셔츠에 미쳐 있는 걸까요?"

"그런 것 같아. 근데 곧 달라질 거요. 그리고 붉은빛 하나로 통일되겠지."

"붉은빛으로요?"

"그렇지. 피처럼 붉은빛으로."

케이트 헤그시트룀은 안마당을 내려다보았다. 밤나무 잎사귀 사이로 부드럽고 푸른 늦은 오후 햇빛이 새어 내리고 있었다. "도시 믿을 수가 없어요." 하고 그녀는 말했다. "20년도 지나지 않아 전쟁이 두 번이나 일어나다니…… 너무해요. 아직 전번 전쟁의 피로가 가시지 않았는데요."

"승리자에겐 그렇지. 패한 자에겐 달라요. 이기면 관심이 없어지거든."

"그런 것 같아요." 그녀는 그를 쳐다보았다. "그럼 별로 멀지 않겠군요?"

"별로 멀지 않은 것 같아."

"제겐 넉넉한 시간이라고 생각하세요?"

"물론." 라비크는 눈을 들었다. 그녀는 그의 시선을 피하지 않았다. "피올라를 만나보았소?" 하고 그는 물었다.

"네, 한두 번요. 그는 아직 페스트에 걸리지 않은 얼마 안 되는 사람 가운데 하나였어요."

라비크는 대꾸를 하지 않았다. 그는 기다렸다. 케이트 헤그시트룀은 탁자에서 진주 목걸이를 집어 들어 두 손 사이로 미끄러뜨렸다. 여위고 긴 손가락에 건 목걸이는 흡사 값진 묵주처럼 보였다.

"저는요, 마치 방랑하는 유대인 같다는 생각이 들어요, 얼마간의 평화를 찾아다니는. 그러나 전 좋지 못한 시기에 떠난 것 같아요. 평화는 이제 어디에 가도 없어요. 여기만은 아직도 그 찌꺼기가 남아 있어요."

라비크는 진주를 보았다. 진주는 무형의 회색 연체동물이 조개 속으로 들어온 이물질인 모래 한 알에 자극되어 만든다. 저렇게 부드러운 빛을 내는 아름다움이 우연한 자극으로 생겨나는 것이다. 이건 주목할 만한 일이다. "당신은 미국으로 갈 생각이었잖소, 케이트. 유럽을 떠날 수 있는 사람은 떠나야 해요. 무엇을 하려 해도 이제는 너무 늦었소."

"저를 쫓아내고 싶은가요?"

"아니. 하지만 전번에 당신은 뒤처리를 끝내고 미국으로 갈 생각이라고 하지 않았소?"

"그래요. 하지만 이젠 가고 싶지가 않아요. 아직은요. 여기 좀 더 있겠어요."

"파리의 여름은 무덥고 불쾌한데."

그녀는 진주를 옆으로 치웠다. "마지막 여름이라고 생각하니 그렇지도 않아요, 라비크."

"마지막?"

"그래요. 돌아가기 전 마지막 여름이에요."

404

라비크는 말을 하지 않았다. 도대체 이 여자는 어디까지 알고 있을까? 피올라는 무슨 말을 했을까?

"세라자드는 어때요?" 하고 그녀는 물었다.

"오랫동안 가지 않았소. 모로소프 말로는 매일 밤 만원이라더군. 어디나 다 그렇지만."

"여름인데도요?"

"그래요. 여름에는 대개 문을 닫는데 말이야. 놀랐소?"

"아뇨. 최후가 되기 전에 가질 수 있는 모든 건 뭐든 가지려나 보죠."

"그렇지" 하고 라비크는 말했다.

"언제 한번 거기 데려가주시겠어요?"

"물론이오, 케이트. 언제든 당신이 좋을 때. 나는 당신이 다신 그런 데 가고 싶어 하지 않을 줄 알았지."

"저도 그렇게 생각했어요. 그러나 생각을 고쳤어요. 저도 제가 가질 수 있는 것은 무엇이든 가지려고 해요."

그는 그녀를 다시 쳐다보았다. 그러다가 "좋소, 케이트" 하고 말했다. "언제든 당신이 좋을 때."

그는 일어섰다. 케이트는 그와 함께 문 앞까지 갔다. 그러곤 가냘프게 문에 기댔다. 건드리기만 하면 사락사락 소리를 낼 것 같은 메마르고 비단결 같은 살결을 하고. 눈은 무척 맑아서 전보다도 커 보였다. 그녀는 그에게 손을 내밀었다. 그 손은 뜨겁고 메말라 있었다.

"제 몸 어디가 나쁜지 당신은 왜 말해주지 않았지요?" 하고 그녀는 마치 날씨라도 묻는 듯이 가볍게 물었다.

그는 그녀를 바라보며 아무 대답도 하지 않았다.

"저는 참아낼 수 있었어요" 하고 그녀는 말했다. 조금도 나무라는 빛이 없는, 빈정대는 듯한 미소의 그림자 같은 것이 그녀의 얼굴을 스치고 지나갔다. "안녕히 가세요, 라비크."

위가 없는 사나이는 죽었다. 사흘 동안을 줄곧 신음하다가. 그때는 이미 모르핀도 효과가 없었다. 라비크와 베베르는 그가 죽을 것을 알고 있었다. 그들이 하려고 했다면, 이 마지막 사흘간의 고통을 겪지 않도록 해줄 수도 있었다. 그렇게 해주지 않은 것은, 종교가 이웃에 대한 사랑을 주장하고 이웃의 고통을 덜어주는 것을 금하고 있기 때문이다. 그리고 그것을 지지하는 법률이 있기 때문이다.

"가족에게 전보를 쳤나?" 하고 라비크는 물었다.

"가족이 없어" 하고 베베르가 말했다.

"그럼 연고자에게라도?"

"아무도 없어."

"하나도?"

"하나도 없어. 아파트 수위가 왔었지. 통신판매 카탈로그나 알코올중독과 폐병, 성병에 대한 팸플릿 따위 말고는 편지 한 장 온 적이 없다더군. 찾아오는 사람도 없었대. 수술비와 4주일 치 입원비는 미리 지불했었네. 2주일 치 입원비가 남은 셈이지. 수위 여편네는 자기가 그 사람을 구완해왔기 때문에 가진 것을 모두 얻기로 약속이 되어 있다고 하는 거야. 그러면서 2주일 치 입원비를 물러달라고 청구했어. 그 사람에게 친어머니처럼 대해주었다는 거지. 자네에게 그 어머니라는 여자를 보여주고 싶네그려. 그 사람의 여러 가지 경비도 모두 대주고, 집세도 내줬다는 거야. 그래서 수위 여편네에게 이렇게 말해주었지. 죽은 사람은 우리 병원에서 비용을 미리 지불했소, 그러니 아파트에서도 그렇게 하지 않을 리가 없지 않소, 라고 말이야. 그리고 그런 일은 모두 경찰에서 처리할 문제라고 했지. 그랬더니 그 여자는 나에게 마구 욕지거리를 해대더군."

"돈이야" 하고 라비크는 말했다. "돈이 그런 지혜를 낳게 하지."

베베르는 웃었다. "경찰에 연락하겠네. 경찰이 좋도록 처리하겠지. 그리고 장례 문제도."

라비크는 연고자도 위도 없는 사나이에게 다시 한번 눈길을 돌렸다. 그는 거기에 누워 있었다. 그 얼굴은 이 한 시간 동안 35년 생애에서 결코 볼 수 없었을 만큼 심한 변화를 일으켰다. 마지막 호흡의 마비된 경련에서 죽음의 엄숙한 얼굴이 서서히 나타나고 있었다. 우연적인 것은 녹아 없어지고 단말마의 표정도 씻겨, 일그러진 흔한 얼굴에서 엄숙하게 말없이 영원의 마스크가 형성되어가고 있었다. 앞으로 한 시간만 지나면 영원의 마스크만 남을 것이다.

라비크는 방에서 나왔다. 복도에서 야근 간호사를 만났다. 간호사는 방금 출근한 모양이었다. "12호실 남자는 죽었어" 하고 그는 말했다. "반 시간 전에 죽었어. 이제 일어나 있지 않아도 돼." 그러고는 간호사의 얼굴을 보며 "기념품이라도 남겨주던가?" 하고 물었다.

간호사는 망설였다. "아뇨. 그분은 퍽 냉담한 분이었어요. 그리고 마지막 며칠간은 거의 말도 하지 않는걸요."

"참, 그랬었지."

간호사는 살뜰한 주부 같은 몸짓으로 라비크를 쳐다보았다. "그분은 정말 멋진 화장 상자를 갖고 있었어요. 전부 은으로 된 거예요. 사실 남자용으로는 너무 예뻐요. 오히려 부인용으로 어울릴 거예요."

"그 사람에게 그렇게 말해보았나?"

"그런 말을 한 번 하기는 했어요. 화요일 밤에. 그때 마침 그분이 약간 진정이 되어서. 하지만 그분은 은은 남자에게도 어울린다고 했어요. 그리고 솔이 아주 고급품이라서, 요즘은 그런 물건을 살 수 없을 거라고도 했어요. 그 밖에는 별로 말이 없었어요."

"이제 그 은 상자는 국가 소유가 될 거야. 연고자가 없으니 말이야."

간호사는 알았다는 듯이 고개를 끄덕였다. "정말 아까워요! 시커멓게 죽어버릴 거예요. 그리고 솔도 말끔히 해두지 않고 쓰지 않으면 못 쓰게 돼요. 미리 씻어둬야 하는데."

"그래, 정말 아깝게 됐군" 하고 라비크는 말했다. "당신이 얻어두었더라면 좋았을걸. 그랬다면 적어도 누군가 기꺼이 쓸 사람이 있었을 텐데."

간호사는 감사하듯 웃음을 지었다. "괜찮아요. 제가 뭘 바랐던 것은 아니니까요. 죽어가는 사람은 좀처럼 무엇을 주지 않아요. 그저 회복돼가는 사람들만이 주지요. 죽어가는 사람은 자기가 죽어야 한다는 것을 믿고 싶지 않은가 봐요. 그래서 아무것도 주지 않는 거예요. 그리고 또, 악의로 안 주려는 사람도 있고요. 선생님은 믿지 않으시겠지만, 죽는 사람이란 정말 무서워요! 죽기 전에 정말 무서운 말을 해요!"

볼이 불그스름한 어린애 같은 그녀의 얼굴은 순진하고 맑았다. 그녀는 자기의 조그마한 세계에 들어맞지 않는 한, 자기 주위에서 무슨 일이 일어나든 아무런 관심도 갖지 않는다. 죽어가는 사람은 버릇없는 어린아이든가, 어찌할 바를 모르는 어린아이다. 그것을 죽을 때까지 돌봐야 한다. 다시 새 환자가 온다. 어떤 사람은 건강을 되찾아 감사하고, 어떤 사람은 그러지 않는다. 또 어떤 사람은 그대로 죽어간다. 그런 것이다. 별로 놀랄 일은 아니다. 봉마르셰 백화점 바겐세일 기간에 25퍼센트 할인 판매를 할지, 또는 사촌 장이 재봉사 안과 결혼할지 하는 것이 훨씬 중대하다.

사실 그것이 더 중요하다고 라비크는 생각했다. 혼돈에서 우리를 보호해주는 작은 둘레, 그것이 없다면 우리는 어떻게 될까?

그는 카페 트리옹프 앞에 앉아 있었다. 밤하늘은 창백하고 흐려 있었다. 후텁지근했다. 어디선가 소리도 없이 번개가 번쩍였다. 거리는 사람들로 더욱 붐볐다. 푸른 공단 모자를 쓴 여자가 그의 자리에 와서 앉았다.

"베르무트 한 잔 사주시겠어요?" 하고 여자가 물어왔다.

"좋아. 하지만 날 혼자 있게 해줘. 누굴 기다리고 있으니까."

"함께 기다리지요."

"그만두는 게 좋을걸. 난 팔라스 뒤 스포르의 여자 레슬러를 기다리고 있어."

여자는 살짝 웃음을 지었다. 화장이 너무 짙어서 미소는 입술 언저리에만 나타났다. 그 외에는 온통 흰 마스크였다. "저하고 같이 가요" 하고 여자는 말했다. "깨끗한 아파트를 갖고 있어요. 그리고 전 솜씨가 좋거든요."

라비크는 머리를 저었다. 그는 5프랑짜리 지폐 한 장을 탁자에 놓았다. "잘 가요, 그리고 잘해봐."

여자는 지폐를 집더니 접어서 양말대님 밑에 쑤셔 넣었다. "우울하신가요?" 하고 여자는 물었다.

"아니."

"우울증이라면 단번에 고쳐드릴게요. 아주 좋은 친구가 있어요. 아직 어려요" 하고는 잠시 말을 끊었다가 덧붙였다. "에펠탑 같은 유방을 가졌죠."

"다음에 가기로 하지."

"네, 좋아요." 여자는 일어나서 두어 개 떨어진 탁자로 가서 앉았다. 그리고 다시 두어 번 그를 쳐다보고는 스포츠 신문을 사서 경마 결과를 읽기 시작했다.

라비크는 탁자 앞을 쉴 새 없이 지나가는 군중을 멍하니 바라보았다. 카페 안에서는 밴드가 비엔나 왈츠를 연주하고 있었다. 번갯불은 점점 심해져갔다. 교태를 부리며 떠들어대는 젊은 동성연애자 한 패가 마치 앵무새 떼처럼 옆자리에 모여들었다. 모두가 최신 유행인 볼수염을 기르고 있었다. 어깨가 너무 벌어지고 허리가 유난히 잘록한 재킷을 입고 있었다.

한 처녀가 라비크의 탁자 곁에서 걸음을 멈추고 그를 쳐다보았다. 막연하게나마 어디선가 본 적이 있는 듯했다. 그러나 본 적이 있는 사람은 너무나 많다. 처녀는 의지할 데 없는 사람이 풍기는 매력을 지닌 연약한 매춘부처럼 보였다.

"절 모르시겠어요?" 하고 처녀는 물었다.

"물론 알지" 하고 라비크는 말했다. 그는 전혀 짐작이 가지 않았다. "재미가 어때?"

"좋아요. 그런데 정말 저를 모르시겠어요?"

"난 이름을 잘 잊어버리지. 그러나 물론 너는 잘 알고 있어. 전번에 만난 뒤로 정말 오랜만이군."

"그래요. 그때는 보보를 잔뜩 혼내주셨지요." 처녀는 웃었다. "제 생명을 구해주시고도 벌써 저를 몰라보시는군요."

보보. 생명을 구했다. 산파. 라비크는 겨우 생각이 났다. "뤼시엔이로군" 하고 그는 말했다. "물론 그렇지. 그때 넌 아팠지만 지금은 건강해. 그거야. 그래서 금방 알아볼 수가 없었던 거야."

뤼시엔의 얼굴이 환해졌다. "정말? 정말 기억하고 계시는군요! 산파에게서 백 프랑을 찾아주셔서 정말 고마웠어요."

"그건…… 아, 그래, 그래." 마담 부셰에게 실패한 뒤 그는 자기 호주머니에서 얼마간 돈을 보내주었던 것이다. "전부가 아니라서 미안했어."

"그것으로 족했어요. 전 전부 잃어버린 줄 알았어요."

"좋아. 뭘 좀 같이 마실까, 뤼시엔?"

그녀는 고개를 끄덕이고 조심스럽게 그의 곁에 앉았다. "소다수를 탄 친자노를 마시겠어요."

"어떻게 지내지, 뤼시엔?"

"잘되어가고 있어요."

"아직도 보보와 함께 있나?"

"그럼요. 하지만 그이는 지금 달라졌어요. 좋아졌지요."

"잘됐군."

별로 물을 것도 없다. 작은 재봉사가 작은 매춘부가 되었다. 일껏 꿰매주었는데 이 모양이다. 뒤치다꺼리는 보보가 적당히 한 것이다. 이 아이는 임신할 염려가 없다. 그것도 한 가지 이유겠지. 이 아이는 방금 시작했을 뿐이다. 좀 앳된 티가 나는 것이 노련한 중년들에게는 아직도 매력적이다. 아직은 세상에 닳고 닳지 않아서 윤기가 가시지 않은 도자기다. 그녀는 참새처럼 조심스럽게 마셨다. 그러나 그 눈은 벌써 사방을 헤매고 있다. 별로 유쾌한 일은 아니다. 그렇다고 크게 섭섭한 것도 아니다. 그냥 미끄러져 내려가는 한 조각의 생명. "만족하고 있나?" 하고 그는 물었다.

그녀는 고개를 끄덕였다. 정말로 만족하고 있다는 것을 알 수 있었다. 모든 일이 잘되어가고 있다고 믿고 있는 것이다. 연극적인 말을 할 그 무엇이 하나도 없다. "혼자예요?" 하고 그녀는 물었다.

"그래, 뤼시엔."

"이런 밤에요?"

"그래."

그녀는 부끄러운 듯이 그를 쳐다보고는 생긋 웃었다. 그러고는 "전 지금 한가해요"라고 말했다.

도대체 난 어떻게 된 거야, 하고 라비크는 생각했다. 매춘부란 매춘부는 모두 나에게 상업화한 애정의 한 조각을 떠맡기려고 한다. 그래, 나는 그렇게도 굶주린 얼굴을 하고 있단 말인가? "네 집으로 가기에는 너무 멀어, 뤼시엔. 그럴 만한 시간이 없어."

"제 집으로는 못 가요. 보보가 알면 안 되니까요."

라비크는 그녀를 쳐다보았다. "보보는 아무것도 모르나?"

"알아요. 다른 사람과의 일은 죄다 알고 있어요. 뒤를 밟거든요." 그녀는 웃었다. "그이는 아직도 무척 어려요. 그렇게 하지 않으면 제가 자기에게 돈을 주지 않을 거라고 생각하고 있어요."

"그러니까 보보가 알아선 안 된단 말인가?"

"그래서가 아녜요. 하지만 그이가 질투를 해요. 그럴 땐 미칠 듯이 날뛰거든요."

"언제나 질투하나?"

뤼시엔은 놀란 듯이 힐끗 쳐다보았다. "물론 그렇지는 않아요. 다른 사람과는 영업이니까요."

"그럼 돈을 받지 않을 때만 그렇단 말이지?"

뤼시엔은 머뭇거렸다. 얼굴이 점점 붉어졌다. "그런 것은 아니에요. 다만 다른 무엇이 있다고 생각할 때만 그래요." 그녀는 다시 얼굴을 붉혔다. "제가 기분이 날 때 말이에요."

그녀는 눈을 들지 않았다. 라비크는 탁자에 외롭게 놓인 그녀의 손을 잡았다. "뤼시엔" 하고 그는 말했다. "기억해줘서 고마워. 그리고 함께 가자고 해줘서. 넌 귀여우니까 나도 함께 가고는 싶어. 하지만 내가 한 번 수술한 적이 있는 여자와는 같이 잘 수 없어. 알겠어?"

그녀는 긴 속눈썹을 치켜세우고 급히 고개를 끄덕였다. "알아요." 그러고는 일어났다. "그럼 이만 가보겠어요."

"잘 가요, 뤼시엔. 잘하라고. 병 안 걸리도록 조심해."

"네."

라비크는 종이쪽지에다 무엇인가를 적었다. "아직 병에 걸리지 않았거든 이것을 사용하라고. 제일 잘 들으니까. 그리고 돈을 전부 보보에게 주어서는 안 돼."

그녀는 쌩긋 웃고서 고개를 저었다. 그런 말을 들어도 역시 돈을 줘버린다는 것을 그녀는 알았고, 그도 알고 있었다. 라비크는 그녀가 사람들 사이로 사라질 때까지 뒤를 지켜보았다. 그리고 보이를 불렀다.

아까 왔던 푸른 모자 여자가 옆을 지나갔다. 여자는 이 자리의 광경을 지켜보고 있었던 것이다. 여자는 접은 신문으로 부채질을 하면서 틀니투성이 입을 벌려 보였다. "당신은 고자 아니면 숙맥이군요, 아저씨." 여자는 지나치면서 상냥하게 말했다. "재미 많이 보세요. 정말 고마워요."

라비크는 따스한 밤공기 속을 걸어갔다. 번갯불이 지붕 위를 번쩍 비추었다. 바람 한 점 없다. 루브르 입구에 불이 켜져 있었다. 문이 열려 있기에 그는 안으로 들어갔다.

야간 전시일이었다. 일부 진열실에 불이 켜져 있었다. 그는 이집트 진열실을 지나갔다. 이집트 진열실은 밝게 조명된 기대한 무덤 같았다. 3천 년 전 석조의 왕들이 쭈그리고 앉았거나 선 채로, 어슬렁어슬렁 구경하고 다니는 학생들과 지난해 유행하던 모자를 쓴 여자들, 권태로운 듯한 중년 남자들의 무리를 꼼짝도 않고 화강암 눈으로 빤히 바라보고 있었다. 먼지와 탁한 공기와 불사(不死)의 냄새가 풍겼다.

그리스 진열실에서는 〈밀로의 비너스〉 앞에 여신과는 전혀 안 닮은 처녀들 한 무리가 소곤소곤 이야기하며 서 있었다. 라비크는 걸음을 멈추었다. 화강암과 초록 섬장암으로 된 이집트인 석상을 보고 난 다음에 보는 대리석은 퇴폐적이고 연약하다. 부드럽고 포동포동 살찐 비너스는 약간 만족스런 기분으로 목욕을 하고 있는 가정주부다운 데가 있다. 아름답고 사상이 없다. 〈도마뱀을 죽이는 아폴론〉은 운동 부족인 남창(男娼)이다. 그러나 이것은 모두 방 안에 서 있다. 그래서 죽어 있는 것이다. 이집트 석상들은 죽어 있지 않다. 이집트 석상은 무덤이나 신전을 위해서 만들어져 있기 때문이다. 그리스 석상에는 태양과 공기와 아테네의 황금빛 햇볕이 틈새에서 스며 들어오는 원기둥이 필요하다.

라비크는 걸어갔다. 계단이 있는 커다란 홀이 점점 다가온다. 그리고 갑자기 모든 것 위에 우뚝 솟은 〈사모트라케의 니케〉가 나타났다.

니케를 보기는 오랜만이다. 전번에 본 것은 잿빛으로 흐린 날이었다. 대리석이 초라하게 보였다. 박물관의 우중충한 겨울 햇빛 속에서 승리의 여신은 미적지근하고 얼어붙은 듯이 보였다. 그것이 지금은 제단 위, 대리석으로 만든 깨진 뱃머리에 높이 서서 조명등에 밝게 드러나 찬란하게 빛나고, 양쪽 날개를 활짝 벌리고 씩씩하게 나아가는 몸에 바람에 불린 옷자락이 휘감긴 채 환하게 빛나면서 금방이라도 날아갈 듯이 보인다. 여신의 뒤로는 포도주 빛을 한 살라미스 바다의 물결이 도도히 굽이치는 듯하고, 하늘은 기대의 비로드로 어둡게 덮여 있었다.

여신은 모럴에 대해서는 아무것도 모른다. 문제 같은 것은 하나도 모른다. 폭풍우도 모르거니와 피의 검은 배경도 모른다. 아는 것은 승리와 패배뿐이다. 이 둘은 거의 같은 것이다. 여신은 유혹이 아니라 비상(飛翔)이다. 매혹이 아니고 무관심이다. 여신에게 비밀은 없다. 더구나 성기를 가리고도 오히려 그것을 암시하고 있는 비너스보다 사람의 마음을 더 흥분시킨다. 여신은 새나 배나 바람이나 파도나 수평선 같다. 여신에게는 고향이 없다.

여신에겐 고향이 없다, 하고 라비크는 생각했다. 그러나 고향 같은 것은 필요가 없다. 모든 배가 여신의 집이다. 용기와 투쟁이 있는 곳이라면 어디건, 뿐만 아니라 만약 절망만 없다면 패배가 있는 곳이라 할지라도 그곳이 여신의 집이다. 여신은 승리의 여신일 뿐만 아니라 모든 모험가의 여신이며, 피난민의 여신이다. 그들이 단념하지 않는 한.

그는 주위를 둘러보았다. 홀 안에는 이제 아무도 없었다. 학생들과 베데커 여행 안내서를 손에 든 사람들은 모두 집으로 돌아가버렸다. 집으로……. 그러나 돌아갈 데가 없는 사람에게는, 잠시 타인의 가슴속에서 우

러난 폭풍우 같은 격렬한 집 말고 도대체 어떤 집이 있단 말인가? 사랑이
집 없는 사람들의 마음을 때릴 때 그들이 밑바닥부터 뒤흔들리고 완전히
사로잡히는 것은 그 때문이 아닐까? 그들은 그 밖에는 아무것도 가진 것이
없기 때문이다. 내가 사랑을 피하려고 한 것도 이 때문이 아니었을까? 더구
나 사랑은 나를 뒤쫓고 달라붙어서는 쓰러뜨리지 않았던가? 낯익고 정든
고장에 비해 타향의 미끄러지기 쉬운 빙판 위에서 다시 한번 일어서기란
더욱 어려운 법이다.

무엇인가 언뜻 그의 눈에 띄었다. 조그맣고 펄럭이는 흰 것이. 나비다.
열어놓은 출입구로 날아 들어온 것이 틀림없다. 아마도 한 쌍의 연인들 때
문에 향기로운 잠을 깨고, 튈르리의 따뜻한 장미꽃 잠자리에서 날아올라
무수한 어지러운 낯선 태양과도 같은 불빛에 눈이 부셔 이 문 안으로, 커다
란 문짝 뒤의 안전한 어둠 속으로 도망쳐 들어왔으리라. 그리고 지금 어리
둥절하면서 기특하게도 이 넓은 홀을 하늘하늘 날아다니고 있다. 그러다가
지쳐 여기에서, 대리석 박공에서, 창문 돌출부에서, 아니면 높다랗게 찬란
히 빛나고 있는 여신의 어깨 위에서 잠들고 죽어갈 것이다. 아침이 되면 꽃
을, 생명을, 화초의 단 꿀을 찾을 것이다. 그러나 찾아내지 못하고, 이윽고
다시 맥이 풀려 천 년 묵은 대리석 뒤에서 잠들 것이다. 결국에는 화사하면
서도 단단한 다리의 힘도 빠져서, 가을도 오기 전에 지는 작은 나뭇잎처럼
마룻바닥에 떨어질 것이다.

감상(感想)이다, 하고 라비크는 생각했다. 승리의 여신과 피난민의 나비.
값싼 상징이다. 그러나 값싼 것, 값싼 상징, 값싼 감정, 값싼 감상보다도 사
람의 마음을 깊이 울리는 것이 또 있을까? 도대체 그러한 것을 값싸게 만드
는 것은 무엇일까? 그러한 것들이 너무나도 명백한 진실이 아닐까? 어떤 일
이 생사의 문제가 될 때 신사연하는 속물근성은 사라지고 만다. 나비는 둥
근 천장의 어둑어둑한 어둠 속으로 사라져갔다. 라비크는 밖으로 나왔다.

바깥의 따뜻한 공기가 그를 맞았다. 목욕물처럼 미적지근했다. 그는 걸음을 멈추었다. 값싼 감정! 나 자신이 온갖 값싼 감정 중에서도 가장 값싼 감정에 사로잡혀 있는 게 아닐까? 그는 널찍한 안뜰을 바라다보았다. 거기에는 몇 세기에 걸친 망령들이 쪼그리고 앉아 있었다. 느닷없이 그는 주먹으로 얻어맞고 있는 것 같은 기분이 들었다. 그리고 이 공격에 쓰러질 뻔했다. 지금 바야흐로 날려고 하던 하얀 니케가 아직도 망령처럼 그의 눈앞에 어른거린다. 그러나 그 뒤쪽으로 이 망령에서 다른 얼굴이 나타났다. 마치 가시투성이 장미 덤불에 인도인의 베일처럼 그의 공상이 엉겨 붙어 있는, 값싼 얼굴이거나 고귀한 얼굴이다. 그는 베일을 잡아 찢으려고 했다. 그러나 가시가 꼭 붙잡고서 놓지 않았다. 가시는 비단과 황금빛 올을 붙잡고 있었다. 가시는 이미 비단이나 황금빛 올에 단단히 얽혀 있어, 가시 돋친 가지와 반짝반짝 빛나는 베일은 이제 눈으로 보아도 분명히 식별할 수가 없다.

얼굴! 얼굴! 도대체 값싼 얼굴인가, 고귀한 얼굴인가를 누가 묻겠는가? 단 하나밖에 없는 얼굴인가, 얼마든지 볼 수 있는 얼굴인가, 라고 누가 묻겠는가? 미리 그런 질문을 할 수도 있을 것이다. 그러나 일단 사로잡히고 말면, 이세는 모르게 되어버린다. 사람은 사랑의 포로가 되어버린다. 어쩌다가 그런 이름을 가진 사람의 포로가 되는 것은 아니다. 공상의 불길로 장님이 되어버리는데, 어찌 판단할 수가 있으랴? 사랑은 가치라는 것을 모른다.

이제는 하늘이 낮게 드리워 있었다. 가끔 소리도 없는 번갯불이 번쩍하며 밤의 어둠 속에서 유황 같은 구름을 찢어놓는다. 몇천의 보이지 않는 눈을 가진 형체 없는 열기가 지붕 위에 누워 있다. 라비크는 리볼리 가를 따라 걸어갔다. 아치형 길에는 상점 쇼윈도가 휘황찬란하게 반짝이고 있었다. 사람들의 물결이 움직이고 있다. 자동차는 번쩍번쩍 빛나는 반사광의 사슬이다. 이렇게 나는 몇천 명 가운데 한 사람으로 두 손을 호주머니에 찌르고 번쩍거리는 싸구려와 귀중품을 잔뜩 진열한 쇼윈도 앞을 천천히 걷고 있다. 초저녁의 산책자다. 그러나 나의 내부에서는 피가 떨고 있고, 뇌수라고 불리는 두 주먹 정도밖에 안 되는 해파리 같은 덩어리의 회백색으로 맥박치는 미로에서는 눈에 보이지 않는 싸움이 일어나며 현실을 비현실로, 비현실을 현실로 보고 있다. 나는 팔이 닿고, 몸이 서로 스치고, 눈이 응시하는 것을 느낄 수가 있다. 나는 자동차 소리, 말소리, 억센 현실의 떠들썩한 소리를 들을 수가 있다. 나는 그 한가운데 있다. 더구나 달보다도 먼 별세계에, 논리와 사실의 피안에 있다. 나의 내부에서 무엇인가 이름을 부르짖는 것이 있다. 그것이 이름이 아님을 알면서도 큰 소리로 부르짖고 있다. 부르짖으면서 그것을 침묵 속으로 보내고 있다. 언제나 존재하고, 이미 무수한 부르짖음이 그 속으로 사라져간 침묵, 일찍이 대답 하나 돌아오지 않은 침묵으로. 그것을 알면서도, 그래도 계속 부르짖는다. 사랑의 밤과 죽음의 밤의 부르짖음, 황홀과 무너져 내리는 의식의 부르짖음, 밀림과 사막의 부르짖음. 나는 몇천의 대답을 알 수도 있으리라. 그러나 이 하나의 대답에는 내 힘이 미치지 못한다. 나는 그 대답을 얻을 수가 없다.

사랑! 이 이름은 얼마나 많은 것을 나타내지 않으면 안 되었던가! 그지없이 부드러운 살결의 애무를 비롯해 영혼의 아득한 격동에 이르기까지. 지극히 단순한 가정적인 소망을 비롯해 죽음의 경련에 이르기까지. 정신을 잃을 만큼의 욕정을 비롯해 야곱과 천사의 격투에 이르기까지. 나는 나이 마흔이 넘었고, 많은 학교에서 교육을 받고 경험과 지식을 쌓았으며 맞고 쓰러져서는 다시 일어나고, 세월의 여과기에 여과되어 더욱 굳어지고 비판적이며 냉정해진 사나이다. 나는 그것을 바라지 않았고, 믿지 않았고, 그것이 다시 되살아나리라곤 생각해보지도 않았다. 그것이 지금 다시 되살아났다. 그리고 내 온갖 경험도 아무런 도움이 되지 않고, 모든 지식은 그저 더욱 불타오르게 할 뿐이다. 그런데 감정의 불길 속에서 바싹 마른 냉소와 위기의 세월이 쌓아올린 장작보다 더 타기 좋은 것이 달리 또 있을까?

그는 끝없이 걸어갔다. 밤은 아득하고 반향이 있다. 그는 몇 시간이 지났는지, 몇 분이 지났는지도 모르고 무턱대고 걸었다. 어느 사이엔가 라파엘 거리 안쪽 공원에 와 있는 것을 깨달았으나 놀라지는 않았다.

파스칼 가 그 집. 위쪽에 희미하게 보이는 층, 맨 꼭대기에 있는 스튜디오, 그 한두 군데는 불이 켜져 있다. 조앙의 스튜디오 창문을 알아낼 수 있었다. 환하게 빛나고 있다. 그녀는 집에 있다. 어쩌면 집에 없고 그냥 불만 켜놓았는지도 모른다. 그녀는 캄캄한 방으로 돌아가기를 싫어한다. 바로 나처럼. 라비크는 그쪽 길까지 건너갔다. 집 앞에 자동차 서너 대가 서 있었다. 그중에 노란빛 로드스터가 한 대 있었다. 보통 차를 경주용처럼 개조한 것이다. 그 다른 사내의 차인지도 모른다. 배우가 탈 만한 자동차다. 빨간 가죽 시트, 비행기 같은 계기판, 불필요한 기구가 잔뜩 붙어 있다. 물론 그 사내의 것임에 틀림없다. 나는 질투를 하는 걸까? 이렇게 생각하고 그는 깜짝 놀랐다. 그녀와 결합되어 있는 우연한 대상을 질투하는 걸까? 나와는 아무런 관계도 없는 것을? 배반하고 떠난 사랑을 질투할 수는 있지만, 그러나 사랑이 쏠려 있는 그 대상을 질투할 수는 없을 것이다.

그는 공원으로 되돌아갔다. 어둠 속에서 흙과 시원한 푸른 잎 향기에 섞여 달콤한 꽃향기가 풍겼다. 꽃향기는 소나기가 내리기 전처럼 강하게 풍겼다. 그는 벤치를 찾아서 앉았다. 이건 내가 아니다. 나를 버린 여자의 집 앞 벤치에 앉아서 여자 집 창문을 올려다보고 있는, 때늦은 이 연인은 내가 아니다! 철저하게 분석할 줄은 알지만, 그러나 제어할 수 없는 욕망에 뒤흔들리고 있는 이 사나이는 내가 아니다! 시간을 되돌려 자기 귀에 의미도 없는 말을 지껄여대는 허망한 금발 여자를 되찾을 수가 있다면 몇 년 세월이라도 기꺼이 내던지려고 하고 있는 이 어리석은 자는 내가 아니다! 변명하지 마라. 여기에 앉아서 질투에 불타고, 풀이 죽고, 비참한 기분에 젖어 차라리 당장에 저 자동차에 불이라도 지르고 싶다고 생각하고 있는 자는 내가 아니다!

그는 담배에 불을 붙였다. 소리도 없는 연소. 눈에 보이지 않는 연기. 성냥불의 짧은 혜성 궤도. 나는 왜 저 스튜디오로 올라가지 않는가? 아직 아무 일도 없다. 지금이라도 늦지는 않다. 아직 불이 켜져 있다. 그 자리에서 벌어지는 일은 처리할 수 있다. 나는 왜 그녀를 데리고 나오지 않는가? 이제는 모든 것을 다 알지 않는가? 그녀를 데리고 나와서 함께 살며, 다시는 놓치지 않도록 왜 못 하는가?

그는 어둠 속을 응시했다. 그런 짓을 한들 무슨 소용인가? 어떻게 될 것인가? 너는 다른 사내를 내쫓을 수 없다. 너는 다른 사람의 마음에서 무엇 하나, 누구 한 사람 쫓아낼 수 없다. 그녀가 내게로 왔을 때 그녀를 빼앗을 수는 없었을까? 나는 왜 그렇게 하지 않았을까?

그는 담배를 내던졌다. 그것만으로는 충분치가 않았기 때문이다. 그것이다. 나는 더 많은 것을 바라고 있다. 설사 그녀가 찾아와도, 그것으로는 충분치가 않다. 가령 그녀가 돌아오고 다른 일을 모두 가라앉혀버린다 해도, 그것만으로는 이제 결코 충분치가 않다. 이상스럽고 무서운 일이기는 하지만, 이제는 결코 충분치가 않다. 무엇인가 뒤틀리고 말았다. 내 상상력의 광선이 어느 한 곳도 거울에 비치지 않았던 것이다. 광선을 받아서 더욱 강렬하게 도로 내던지는 거울에. 광선은 거울을 넘어서 맹목적인, 충족시킬 수 없는 세계로 흘러가버리고 말았다. 이제 와서는 아무것도 이 광선을 되찾아올 수는 없다. 어떤 거울이라도, 설사 수많은 거울을 가졌다 하더라도. 거울은 광선의 일부만을 잡을 수가 있다. 광선을 되찾을 수는 없다. 광선의 망령은 사랑의 허공을 외롭게 홀로 헤매고, 광선의 안개로 사랑을 충족시키고 있을 뿐이다. 그것은 이제 아무런 형체도 없고, 사랑하는 사람의 머리 둘레에 다시는 무지개를 걸 수도 없다. 마법의 고리는 깨졌다. 슬픔은 남았지만, 희망은 산산조각으로 부서지고 말았다.

누군가가 집에서 나왔다. 남자다. 라비크는 일어섰다. 여자가 뒤따라 나왔다. 두 사람은 웃고 있다. 그들이 아니다. 차가 한 대 움직여서 떠나버렸다. 그는 다시 담배를 한 개비 꺼냈다. 나는 그녀를 붙잡아둘 수 있었을까? 만약 내 처지가 달랐다면 그녀를 붙잡아둘 수 있었을까? 그런데 무엇을 붙잡아둘 수 있단 말인가? 오직 환영뿐이다. 그 밖의 것은 할 수가 없다. 그러나 환영만으로도 충분하지 않은가? 도대체 그 이상의 것을 얻을 수가 있을까? 이름도 없이 감각 밑을 넘쳐흐르고 있는 생명의 캄캄한 소용돌이를 누가 알 수 있으랴? 감각이 허망한 웅성거림에서 사물로, 탁자로, 램프로, 가정으로, 너로, 사랑으로 변화시키는 생명의 소용돌이를 누가 알 수 있으랴? 있는 것은 오직 예감과 무서운 여명이다. 그것으로 충분하지 않은가?

그것으로는 충분하지 않다. 그것을 믿었을 때 비로소 충분해진다. 수정이 의혹의 망치로 일단 부서지면, 풀로 붙일 수는 있겠지만 그 이상은 어쩔 수가 없다. 그것을 풀로 붙이고 거짓으로 다져서, 한때는 희고 찬란하게 빛나던 것이 지금은 산산조각이 나 있는 빛을 지켜보아라! 무엇 하나 되돌아오지 않는다. 무엇 하나 이전의 형태로 되돌아오지 않는다. 무엇 하나도. 설사 조앙이 되돌아온다 해도 본래대로는 아니다. 풀로 붙인 수정. 때는 이미 늦었다. 되찾아올 수 있는 것은 하나도 없다.

그는 에이는 듯한 견딜 수 없는 고통을 느꼈다. 무엇인가가 그의 내부에서 찢어졌다. 갈기갈기 찢어졌다. 무슨 꼴이냐, 무슨 꼴이냔 말이다, 이렇게 괴로워하다니, 하고 그는 생각했다. 그것 때문에 이렇게 괴로워하다니. 나는 어깨 너머로 나 자신을 보고 있다. 그러나 그렇게 했다고 해서 무엇 하나 변하지 않는다. 설사 손에 넣는다 해도 틀림없이 다시 놓쳐버리고 만다는 것을 잘 알고 있다. 그러나 그것을 알아도 이 그리움을 가라앉힐 수는 없다. 나는 그것을 시체 공시소 탁자에 올려놓은 시체처럼 해부한다. 그러나 그렇게 해도 다만 천 배나 더 생생해질 뿐이다. 언젠가는 지나가버린다는 것을 알고 있다. 그렇다고 해도 내게 아무런 도움이 되지 않는다. 그는 창문을 노려보았다. 그리고 무서우리만큼 어리석은 생각이 들었다. 그러나 그렇다고 해서 어떻게 되는 것도 아니었다.

갑자기 거리 상공에서 굉장한 우렛소리가 울렸다. 빗방울이 수풀을 때렸다. 라비크는 일어섰다. 그리고 가로에 검은 은빛이 생기는 것을 보았다. 비는 좍좍 노래를 부르기 시작했다. 굵은 빗방울이 따스하게 얼굴에 와 닿았다. 그러자 갑자기 자기가 어리석은지, 아니면 비참한지, 괴로워하는지, 괴로워하지 않는지 도시 분간할 수가 없었다. 오직 자기는 살아 있다는 것밖에는 알 수가 없었다. 나는 살아 있다! 나는 여기에 있다. 그것이 다시 나를 사로잡고 뒤흔든다. 나는 이제 방관자가 아니다. 국외자가 아니다. 억누를 수 없는 감정의 위대한 광휘가 마치 항아리 속에서 불이 번쩍 일듯이 그의 혈관 속을 달려갔다. 내가 행복하건 불행하건, 그런 것은 아무래도 좋다. 나는 살아 있다. 그리고 내가 살아 있다는 것을 분명히 느낀다. 그것으로 충분하다.

그는 빗속에 서 있었다. 비는 마치 하늘의 기총소사처럼 그의 머리에 쏟아졌다. 그는 그대로 서서 비가 되었고, 폭풍우와 물, 그리고 땅과 하나가 되었다. 지평선에서 번쩍이는 번갯불이 그의 내부를 획 스쳐갔다. 그는 창조물이며 원소다. 이제는 아무것도 이름이 없고, 이름이 없어도 고독해지지 않는다. 모든 것은 동일하다. 사랑도, 퍼붓는 비도, 옥상에서 번쩍이는 창백한 불빛도, 부풀어 오르는 듯한 대지도 모두가 동일하다. 이제는 아무 데도 경계선이 없다. 그는 이들 모든 것에 속한다. 행복도 불행도 살아 있다고 하는, 그리고 살아 있음을 느낀다는 강렬한 감정에 버림받은 텅 빈 껍데기에 불과하다. "그곳에 있는 그대여" 하고 그는 불이 켜져 있는 창문을 향해 말하고서 웃었다. 그러나 자기가 웃었다는 것을 깨닫지 못했다. "그대, 작은 빛이여, 신기루여, 몇십만의 다른 얼굴, 더 훌륭하고, 더 아름답고, 더 총명하고, 더 상냥하고, 더 성실하고, 더 이해성이 있는 얼굴이 몇십만이나 있는 이 별에서 이 나에게 이상한 힘을 발휘하는 얼굴이여. 밤에 내 앞에 내던져지고 내 생활에 굴러 들어온 그대, 우연히도 밀려들어 내가 잠든 동안 내 살갗 밑으로 기어들어 달라붙은 감정이여. 이 나에 대해서는 다만 저항했다는 것 말고는 거의 아무것도 모르고, 그래서 더는 내가 저항하지 않을 때까지 이 나에게 몸을 내던져 왔다가는 저항하지 않게 되자 이제 가버리려고 하는 그대여, 나는 그대에게 인사를 보내노라! 나는 지금 여기에 서 있다. 다시 한번 이렇게 여기 서게 되리라고는 생각조차 하지 않았다. 비는 내 속옷을 적시고 흘러 들어온다. 비는 그대의 손이나 살결보다도 따스하고, 차갑고, 부드럽다. 나는 지금 여기에 서 있다. 비참한 기분으로 명치에 질투 어린 예리한 발톱을 숨기고, 그대를 그리며, 그대를 멸시하며, 그대를 찬미하며, 그대를 사모하며. 그대가 번갯불을 풀어서 나를 타오르게 했기 때문이다. 모든 자궁에 숨어 있는 번갯불, 생명의 불꽃, 검은 불을. 나는 여기에 서 있다. 하잘것없는 냉소와 야유와 약간의 용기를 가진, 휴가를 얻은 사자(死者)가 이제는 아니다. 이제 차갑지는 않다. 다시 한번 살아 있는 것이다. 괴로워하고 있다고 해도 좋다. 그러나 삶의 모든 뇌우를 향하여 개방되고, 삶 그 자체의 단순한 힘으로 다시 소생한 것이다. 축복받을지어다, 변덕스러운 마음을 가진 마돈나, 루마니아 사투리의 니케여. 꿈과 거짓, 암흑의 신의 깨진 거울. 아무런 의심도 갖지 않는 그대여. 그대에게 감사를 드린다! 나는 그대에게 결코 말하지 않으리라. 만약 말하면, 그대는 그것을 무자비하게 이용할 테니까. 그러나 그대는 플라톤도, 별 같은 국화도, 도망도, 자유도, 모든 시(詩)도, 모든 자비심도 절망도, 높고 참을성 있는 희망도 줄 수 없던 것을 내게 되돌려주었다. 커다란 두 파국 사이에 끼어 있는 이 시대. 내게는 죄악이라고도 생각되던 단순하고 강렬한 직접적 생명이다! 나는 그대에게 인사를 보낸다! 그대에게 감사를 드린다! 나는 이것을 배우기 위해 그대를 잃지 않으면 안 되었다! 나는 그대에게 인사를 보낸다!"

비는 번쩍이는 은빛 장막으로 변해 있었다. 수풀은 훈훈한 향기를 풍겼다. 강렬한 흙냄새가 반가웠다. 누군가가 맞은편 집에서 뛰어나와 노란빛 로드스터에 덮개를 씌웠다. 그런 것은 아무래도 상관없다. 아무것도 아니다. 밤은 별세계에서 비를 뿌리고 있다. 신비스럽게 열매를 맺게 하면서, 비는 골목과 정원이 있는 돌의 도시 위에 쏟아진다. 몇백만을 헤아리는 꽃이 각양각색의 자웅을 비 쪽으로 돌려서 그것을 수태한다. 비는 몇백만의 수목이 벌린 날개 같은 품속으로 뛰어들어, 땅속으로 스며들어 기다리고 있는 몇백만의 뿌리와 어둠 속에서 혼인한다. 비, 밤, 자연, 생상. 이러한 것이 파괴, 죽음, 죄인, 거짓 성자, 승리나 패배와는 상관없이 지금 여기에 있다. 해가 가고 달이 가도 언제나 동일하다. 오늘 밤 그는 이들과 일체가 되어 있다. 껍질이 깨져서 벌어지고 생명이 자라 나온 것이다. 생명, 생명, 인사를 드린다. 축복을 드린다!

그는 공원을 나와 종종걸음으로 걸어갔다. 뒤를 돌아보지 않았다. 그저 걷고 또 걸었다. 숲의 나뭇가지가 윙윙거리는 거대한 벌집처럼 그를 맞았다. 비는 나뭇가지를 두드리고, 가지는 크게 흔들리며 화답했다. 그는 자기가 다시 한번 젊어져서 난생처음 여자 집으로 찾아갈 때와 같은 기분을 느꼈다.

24

"뭘 드시겠습니까?" 하고 보이는 라비크에게 물었다.

"그것으로 한 잔."

"무엇이지요?"

라비크는 대답하지 않았다.

"잘 모르겠습니다만" 하고 보이는 말했다.

"아무거나 좋아. 무엇이든 가져오게."

"페르노로 할까요?"

"좋아."

라비크는 눈을 감았다. 그리고 천천히 다시 떴다. 사나이는 아직 그 자리에 앉아 있다. 이번에는 절대로 틀림이 없다.

하케는 출입구 옆 탁자에 앉아 있다. 혼자 식사 중이다. 새우를 둘로 썰어서 담은 은 접시와 얼음 그릇에 채운 샴페인 한 병이 탁자에 놓여 있다. 탁자 옆에 보이가 서서 토마토가 섞인 초록빛 샐러드를 버무리고 있다. 라비크는 그것이 마치 눈 속 망막에 새겨진 듯 아주 또렷하게 보였다. 그는 하케가 얼음 그릇에서 샴페인 병을 집어 들었을 때, 빨간 돌에 문장을 새긴 반지를 보았다. 그는 이 반지와 포동포동 살찐 흰 손가락을 기억하고 있다. 그는 이 손을, 고문대 곁에서 기절한 뒤 실신 상태에서 다시 휘황한 불빛 속으로 되던져졌을 때 조직적인 광란의 소용돌이 속에서 보았다. 라비크 앞에는 하케가 있었다. 그에게 끼얹은 물에 단정한 제복이 젖지 않도록 조심스럽게 뒤로 물러나며, 포동포동하게 살찐 손을 내밀어 라비크를 가리키며 부드러운 목소리로 말했다. "이건 그야말로 시작일 뿐이란 말이야. 여태까지는 아직 아무것도 아냐. 자, 어때, 이름을 대겠나? 아니면 더 계속할까? 아직도 방법은 얼마든지 있어. 보아하니 네 손톱은 아직 아무렇지도 않군."

하케가 눈을 들었다. 그리고 라비크의 눈을 똑바로 쳐다보았다. 라비크는 그대로 가만히 앉아 있는 데만도 온몸의 힘을 다하지 않으면 안 되었다. 그는 페르노 잔을 들어 한 모금 마시고는, 셀러드를 만드는 법이 재미있다는 듯이 태연하게 셀러드 접시를 보았다. 하케가 그를 알아보았는지 어떤지는 알 수 없었다. 일순간에 등줄기가 땀으로 촉촉이 젖어드는 것을 느낄 수 있었다.

잠시 후에 그는 다시 그 탁자에 흘끗 눈길을 보냈다. 하케가 새우를 먹고 있었다. 그는 자기 접시를 보고 있었다. 그의 벗어진 머리가 광선을 반사했다. 라비크는 주위를 둘러보았다. 식당은 사람들로 붐볐다. 어떻게 해볼 수도 없다. 무기라곤 하나도 가진 것이 없다. 설사 하케에게 덤벼든다 해도 다음 순간에는 열 사람이 자신을 떼어놓고 말 것이다. 2분 후에는 경찰이 올 것이다. 기다렸다가 하케의 뒤를 밟는 수밖에 도리가 없다. 어디에 살고 있는지 밝혀내는 것이다.

그는 억지로 담배를 피웠다. 그리고 다 피울 때까지는 하케 쪽을 쳐다보지 않도록 했다. 천천히, 마치 누구를 찾는 것처럼 그는 주위를 둘러보았다. 하케는 마침 새우를 다 먹고 난 참이었다. 냅킨을 두 손에 들고 입 언저리를 닦고 있었다. 냅킨을 단정하게 집어 들고 가볍게 입술에 댔다. 처음에 한쪽 입술을, 다음에 다른 쪽 입술을, 여자가 루주를 닦아내듯이. 그 순간 그는 라비크를 똑바로 쳐다보았다.

라비크는 이리저리 주위로 눈길을 돌렸다. 그는 하케가 아직도 자기를 쳐다보고 있음을 느꼈다. 그는 보이를 불러서 페르노를 한 잔 더 주문했다. 다른 보이가 하케의 탁자에서 분주하게 움직였다. 먹다 남은 새우 찌꺼기를 치우고, 빈 잔에 술을 따르고, 치즈가 담긴 접시를 날라 왔다. 하케는 스트로 받침 위에 놓인, 녹기 시작한 브리를 가리켰다.

라비크는 담배를 한 대 더 피웠다. 잠시 후에 그는 다시 눈꼬리에 하케의 시선을 느꼈다. 이쯤 되면 우연이 아니다. 그는 피부가 오그라드는 것을 느꼈다. 만약 하케가 눈치를 챘다면……. 그는 지나가는 보이를 불렀다.

"페르노를 밖으로 가져다주지 않겠나? 테라스로 나가고 싶으니까. 그쪽이 시원해."

보이는 망설였다. "여기서 계산을 해주시면 간단하겠습니다만. 밖에는 따로 보이가 있어서요. 그렇게 해주시면 잔을 밖으로 내다 드리겠습니다."

라비크는 고개를 끄덕이고는 호주머니에서 지폐를 한 장 꺼냈다. "이건 여기서 마시고, 밖에 나가서는 따로 주문을 하지. 그러면 혼동이 없겠지?"

"좋습니다. 고맙습니다."

라비크는 별로 서두르지도 않고 잔을 비웠다. 하케가 엿듣고 있음을 느낄 수 있었다. 라비크가 얘기하는 동안 그는 먹기를 멈췄다가 지금 다시 먹기 시작했다. 라비크는 그러고 나서 잠시 동안 조용히 앉아 있었다. 만약 하케가 눈치를 챘다면 방법은 하나밖에 없다. 하케를 모르는 체하고 몸을 숨겨서 감시를 계속하는 일이다.

잠시 뒤에 그는 일어나 어슬렁어슬렁 밖으로 나갔다. 바깥 탁자는 거의 차 있었다. 라비크는 선 채로 기다리다가 마침내 하케의 탁자 일부를 지켜볼 수 있는 자리를 발견했다. 하케 쪽에서는 그를 볼 수가 없었다. 그러나 라비크 쪽에서라면 하케가 일어나서 가는 것도 볼 수 있을 것이다. 그는 페르노를 주문하고 곧 계산을 했다. 당장에라도 뒤를 밟을 수 있게 해두고 싶었기 때문이다.

"라비크." 누군가가 곁에서 말했다.

그는 얻어맞기라도 한 듯이 깜짝 놀랐다. 조앙이 옆에 서 있었다. 그는 조앙을 멍하니 쳐다보았다.

"라비크" 하고 여자는 되풀이했다. "당신은 벌써 저를 못 알아보세요?"

"알지, 물론." 그의 눈은 하케의 탁자를 보고 있었다. 보이가 거기 서 있었다. 커피를 가져온 것이다. 그는 숨을 삼켰다. 아직 시간은 있다. "조앙" 하고 그는 앉으며 말했다. "어떻게 여길 왔지?"

"무슨 뚱딴지같은 질문을 하세요! 푸케에는 누구나 매일같이 오지요."

"혼잔가?"

"그래요."

그는 자기는 앉아 있는데 여자는 아직도 서 있다는 것을 깨달았다. 그는 하케의 탁자를 계속 곁눈질로 바라볼 수 있게끔 일어났다. "난 여기 볼일이 있어, 조앙" 하고 그는 여자 쪽은 보지도 않고 급히 말했다. "이유를 말할 수는 없어. 하지만 나를 방해하지 말아줘야겠어."

"기다리겠어요." 조앙은 자리에 앉았다. "어떤 여자인지 한번 볼래요."

"어떤 여자?" 라비크는 영문을 알 수 없다는 듯이 물었다.

"당신이 기다리는 여자 말이에요."

"여자가 아냐."

"그럼 누구예요?"

그는 그녀를 보았다.

"당신은 저를 몰라보시더군요" 하고 여자는 말했다. "저를 쫓아버리고 싶겠지요. 흥분했어요. 알아요. 누군가 있군요. 그러니까 누가 오는지 지켜봐야겠어요."

5분, 하고 라비크는 생각했다. 커피를 마시는 데 어쩌면 10분이나 15분이 걸릴지도 모르지. 하케는 담배를 한 대 더 피우겠지. 시가일지도 모른다. 그때까지 조앙을 어떻게 하지 않으면 안 된다.

"좋아" 하고 그는 말했다. "막지는 않겠어. 그러나 어디 다른 자리에 가서 앉아줘."

여자는 대답하지 않았다. 눈은 날카로워지고 얼굴은 긴장되었다.

"여자가 아냐" 하고 그는 말했다. "그런데 설사 여자라고 한들 도대체 당신과 무슨 상관이지? 자기는 배우 같은 작자와 돌아다니면서 질투를 하다니, 어리석은 짓은 그만두라고."

조앙은 대답하지 않았다. 그가 보고 있는 쪽으로 몸을 돌려 누구를 보는지 알려고 했다.

"보면 안 돼" 하고 그는 말했다.

"그 여자가 다른 남자와 함께 왔나요?"

갑작스럽게 라비크는 주저했다. 자기가 테라스로 나가서 앉겠다고 한 말을 하케가 들었다. 만약 자기를 알아보았다면 수상쩍게 생각하고 어디에 있는지를 살피려 할 것이다. 그렇다면 여기서 여자와 함께 앉아 있는 편이 자연스럽고 악의 없이 보일 것이다.

"좋아. 여기 앉아요. 그러나 당신이 하고 있는 생각은 어리석기 짝이 없어. 나는 갑자기 일어나서 나가게 될 거야. 당신은 택시까지 함께 가서 거기서 헤어지는 거야. 그렇게 해주겠지?"

"왜 그런 수수께끼 같은 말을 하세요?"

"수수께끼 같은 말이 아냐. 오랫동안 만나지 못한 사나이가 여기에 와

428

있어. 그자가 어디에 사는지를 알고 싶은 거야. 그뿐이야."

"여자는 아니지요?"

"여자가 아냐. 남자야. 그러나 그 이상은 말할 수 없어."

보이가 탁자 옆에 서 있었다.

"뭘 들겠어?" 하고 라비크는 물었다.

"칼바도스."

"칼바도스 한 잔." 보이는 발을 끌면서 가버렸다.

"당신은 안 마셔요?"

"아니, 나는 이걸 마시고 있어."

조앙은 그를 말똥말똥 쳐다보았다. "때때로 당신이 얼마나 미워지는지 당신은 모를 거예요."

"그럴지도 모르지." 라비크는 하케의 탁자를 흘끗 쳐다보았다. 글라스, 하고 그는 생각했다. 떨리고, 넘치고, 번쩍번쩍 빛나는 글라스. 길거리, 탁자, 사람들. 모든 것이 젤리처럼 떨리는 글라스 속에 잠겨 있다.

"당신은 냉정하고 이기주의이고……."

"조앙" 하고 라비크는 말했다. "그 얘기는 다른 기회에 하기로 해."

여자는 보이가 잔을 자기 앞에 놓는 동안 잠자코 있었다. 라비크는 즉시 계산을 했다.

"당신이 절 이렇게 만든 거예요." 이윽고 여자는 대들듯이 말했다.

"알아." 그 순간 하케의 손이 탁자 위에 보였다. 설탕을 집으려고 내민 하얗고 포동포동한 손이다.

"당신이에요! 다름 아닌 당신이라고요! 당신은 한 번도 저를 사랑한 적이 없어요. 당신은 저를 농락했을 뿐이에요. 당신은 제가 당신을 사랑한다는 것을 알면서도 진정으로 대해주지 않았어요."

"사실이야."

"뭐라고요?"

"사실이라니까" 하고 라비크는 여자를 쳐다보지도 않고 말했다. "그러나 나중에는 달라졌어."

"그래요, 나중에는! 나중에 가서는! 그때는 이미 모든 게 뒤죽박죽이 되어 있었어요. 그때는 이미 늦었어요. 당신은 나빠요."

"알아."

"그런 말버릇, 그만둬주세요!" 여자의 얼굴은 새파랗게 질리고 노여움에 타오르고 있었다. "당신은 제 말을 안 듣고 있어요!"

"듣고 있어!" 그는 여자를 보았다. 말을 하라고. 무슨 말이든 하라고. 무슨 말이든 좋아. "당신은 당신의 배우 씨하고 싸움이라도 했나?"

"그래요."

"곧 잊게 돼."

구석에서 푸른 연기, 보이가 또 커피를 따르고 있다. 하케 녀석, 바쁘지 않은 모양이다.

"전 아니라고 말할 수 있었어요" 하고 조앙은 말했다. "우연히 이곳에 왔다고 할 수도 있었어요. 하지만 그렇지가 않아요. 전 당신을 찾았어요. 전 그 사람하고 헤어질 생각이에요."

"언제나 그런 기분이 드는 법이야. 그런 거야."

"전 그 사람이 무서워요. 저를 위협해요. 그 사람은 저를 쏘아 죽이겠다는 거예요."

"뭐라고?" 갑자기 라비크는 얼굴을 쳐들었다. "지금 뭐라고 했지?"

"그 사람이 저를 쏘아 죽이겠다고 해요."

"누가?" 그는 여태까지 반쯤밖에 듣고 있지 않았다. 이제야 겨우 알아들었다. "아, 그래! 당신은 그런 말을 정말이라고는 생각지 않겠지? 그렇지?"

"그 사람은 무서울 정도로 신경질적이에요."

"시시하게! 그런 말을 하는 녀석은 절대로 그렇게 하지 못해. 배우란 특히 그래."

내가 무슨 말을 하고 있는가? 도대체 이게 어떻게 된 일인가? 이 여자는 여기서 어쩌자는 것인가? 윙윙거리는 소음 너머로 누군가의 목소리, 누군가의 얼굴. 그게 나랑 무슨 상관이 있단 말인가? "왜 나한테 그런 말을 하지?"

"전 그 사람하고 헤어질 생각이에요. 당신에게 돌아가고 싶어요."

만약 저 녀석이 택시를 탄다면 내가 차를 잡을 때까지 적어도 몇 초가 걸릴 것이다. 내가 탄 차가 움직일 즈음에는 이미 늦을지도 모른다. 그는 일어섰다. "여기서 기다려요. 곧 돌아올 테니까."

"어쩌시려고?"

그는 대답하지 않았다. 황급히 길을 가로질러 택시를 불러 세웠다.

"자, 10프랑. 몇 분 기다려주겠지? 안에 아직 할 일이 남아서 그렇소."

운전사는 돈을 보고 다음엔 라비크를 보았다. 라비크는 윙크를 했다. 운전사도 윙크를 했다. 그리고 지폐를 천천히 뒤적거렸다. "그건 팁이오" 하고 라비크는 말했다. "알겠지……."

"알았습니다." 운전사는 이를 드러내고 웃었다. "좋습니다. 여기서 기다리지요."

"곧 떠날 수 있도록 해줘요."

"알았습니다, 선생님."

라비크는 붐비는 인파를 헤치고 돌아왔다. 갑자기 목이 졸리는 듯했다. 입구에 서 있는 하케를 본 것이다. 조앙이 무슨 말을 하고 있는지 귀에 들어오지도 않았다. "기다려!" 하고 그는 말했다. "기다려! 곧 올게! 잠깐이야!"

"싫어요!"

여자는 일어섰다. "당신은 후회할 거예요!" 여자는 거의 흐느꼈다.

그는 억지로 싱긋 웃었다. 그리고 여자의 손을 꼭 쥐었다. 하케는 아직도 그 자리에 서 있었다. "앉아요" 하고 라비크는 말했다. "잠깐 동안이야!"

"싫어요!"

그가 쥐고 있는 여자의 손이 죄어왔다. 그는 손을 놓았다. 남의 눈에 띄는 짓은 하고 싶지 않았다. 여자는 입구에 가까운 탁자 사이를 빠져서 총총히 가버렸다. 하케는 여자를 눈으로 좇았다. 그러고는 천천히 라비크 쪽을 뒤돌아보고, 다시 조앙이 가버린 쪽을 보았다. 라비크는 자리에 앉았다. 갑자기 관자놀이에서 핏줄이 쾅쾅 울렸다. 그는 지갑을 꺼내 뭔가 찾는 척했다. 하케가 천천히 탁자 사이를 걷고 있음을 알 수 있었다. 그는 모르는 체하고 반대쪽을 보았다. 하케는 틀림없이 그가 보고 있는 쪽을 지나갈 것이다.

그는 기다렸다. 시간이 무한정 흘러가는 듯했다. 갑자기 심한 불안에 사로잡혔다. 만약에 하케가 돌아서 가버리면 어떻게 하지? 그는 당황해서 되돌아보았다. 하케는 이미 그 자리에 없었다. 그 순간 모든 것이 빙빙 돌았다. "실례합니다" 하고 누군가가 그의 곁에서 말했다.

라비크의 귀에는 들어오지 않았다. 그는 출입구를 보았다. 하케가 안으로 들어가지는 않았다. 일어서야지. 쫓아가야 해. 붙잡아야지. 그 순간 등 뒤에서 또 말소리가 들렸다. 그는 고개를 돌리고 눈을 크게 떴다. 히케가 등 뒤쪽에서 다가와 지금 옆에 서 있었다. 그는 조앙이 앉았던 자리를 가리켰다. "실례합니다만, 다른 데 빈자리가 없어서."

라비크는 고개를 끄덕였다. 아무 말도 할 수가 없었다. 머리에서 피가 싹 가셔버렸다. 피가 점점 가셨다. 마치 의자 밑으로 흘러서 몸뚱이가 빈 자루처럼 되어버리는 것 같았다. 그는 의자 등받이에 힘껏 등을 밀어붙였다. 눈앞에는 잔이 아직 놓여 있다. 밀크 같은 액체. 그는 잔을 들어 마셨다. 무겁다. 그는 잔을 보았다. 손 안에서 가만히 있다. 뛰고 있는 것은 혈관 속 피다.

하케는 핀 샴페인을 주문했다. 오래 묵은 핀 샴페인이다. 그는 지독한 독일 사투리가 섞인 프랑스 말을 했다. 라비크는 신문팔이 소년을 불렀다.

"〈파리 수아르〉를 주게."

신문팔이 소년은 출입구 쪽을 흘끗 보았다. 신문팔이 노파가 거기 서 있는 것을 알았기 때문이다. 소년은 우연히 그렇게 한 것처럼 접은 신문을 라비크에게 주고는 동전을 받아 들자 황급히 사라졌다.

이 녀석은 틀림없이 나를 알아보았을 것이다. 그렇지 않다면 이 자리에 올 이유가 없다. 설마 이렇게 되리라고는 생각조차 못 했다. 이렇게 된 이상 하케가 어떻게 나오는지 잠자코 지켜보다가 그에 따라서 행동할 수밖에 다른 도리가 없다.

그는 신문을 집어 들고 헤드라인을 읽은 다음 다시 탁자에 놓았다. 하케가 그를 쳐다보았다. 그리고 "좋은 저녁이군요" 하고 독일어로 말했다.

라비크는 고개를 끄덕였다.

하케는 빙긋 웃었다. "제 눈이 제법이지요, 어떻습니까?"

"그런 것 같군요."

"저 안에 있을 때부터 당신을 봤지요."

라비크는 정신을 바싹 차리고, 그러나 무관심한 듯이 고개를 끄덕였다. 마음은 극도로 긴장해 있었다. 하케가 어떻게 할 생각인지 상상할 수 없었다. 라비크가 비합법적으로 프랑스에 있다는 것을 하케가 알 리 없다. 그러나 게슈타포는 거기까지 알고 있을지도 모른다. 그렇다고 해도 아직 시간은 있다.

"당신이 곧 눈에 띄었습니다" 하고 하케는 말했다.

라비크는 그를 쳐다보았다.

"그 상처도 말입니다" 하고 하케는 말하고서 라비크의 이마를 가리켰다. "학생조합 학생이라고 생각했지요. 그러니까 독일 사람이 틀림없다, 그렇지 않다면 독일에서 공부한 사람이 틀림없다고요."

그는 웃었다. 라비크는 여전히 그를 쳐다보고 있었다. 이런 일이 있을 수 있을까! 너무나 엉뚱하다! 그 순간 그는 안도의 숨을 내쉬었다. 하케는 그가 누군지 전혀 모르고 있다. 그의 이마 상처를 결투에서 생긴 상처라고 생각하고 있다. 라비크는 웃었다. 하케도 함께 웃었다. 그리고 라비크는 손바닥에 손톱이 박히도록 움켜쥐고는 가까스로 웃음을 참을 수 있었다.

"맞았지요?" 하케는 자못 유쾌한 듯이 자랑스럽게 말했다.

"네, 정통으로 맞았습니다."

이마 상처, 이 상처는 게슈타포 본부 지하실에서 하케가 지켜보는 앞에서 두들겨 맞았을 때 생긴 것이다. 지켜보는 그의 눈과 입 속에 피가 튕겨 들어갔었다. 그 하케가 지금 여기 앉아서 그것을 결투의 상처로 잘못 알고 득의양양해하고 있다.

보이가 하케의 핀을 가져왔다. 하케는 제법 술에 환한 사람처럼 코로 킁킁 냄새를 맡았다. "과연 이 나라 술이군요!" 하고 그는 말했다. "좋은 코냑이오! 그러나 다른 것은……." 그는 라비크에게 윙크를 했다. "모조리 썩었어요. 금리 생활자들이죠. 안전과 편안한 생활밖에 생각지 않으니, 도저히 우리 상대가 못 됩니다."

라비크는 입을 놀릴 수가 없다고 생각했다. 섣불리 입을 놀리다가는, 자기 잔을 집어 들어 탁자에 깨뜨려 그 예리한 파편으로 하케의 두 눈을 푹 찌르게 될 것이라고 생각했다. 그는 조심스럽게 잔을 들어 비우고는 다시 조용히 내려놓았다.

"그건 뭐죠?" 하고 하케가 물었다.

"페르노입니다. 압생트 대용품이지요."

"아, 압생트. 프랑스 사람을 발기불능으로 만들고 있는 거로군요, 그렇지요?" 하케는 빙긋 웃었다. "아니, 실례했습니다! 개인적인 의미로 한 말은 아닙니다."

"압생트는 금지되어 있지요" 하고 라비크는 말했다. "이것은 해가 없는 대용품입니다. 압생트는 어린애를 못 낳게 한다는 것이지 발기불능으로 만들지는 않습니다. 그래서 금지되어 있지요. 이것은 아니스입니다. 감초 즙 같은 맛이 나지요."

잘되어간다고 그는 생각했다. 잘되어간다. 더구나 별로 흥분하지도 않고 말이다. 거침없이 쉽게 대답할 수가 있다. 그의 마음속 밑바닥은 으르렁거리며 시커멓게 들끓었다. 그러나 겉으론 차분하게 하고 있었다.

"여기서 살고 계신가요?" 하고 하케는 물었다.

"그렇습니다."

"오래되었습니까?"

"줄곧."

"그렇군요" 하고 하케는 말했다. "외국 태생 독일인이시군요. 여기서 출생하셨나요?"

라비크는 고개를 끄덕였다.

하케는 핀을 마셨다. "우리 독일의 가장 우수한 인물들 가운데도 외국 태생이 있습니다. 우리 총통 대리는 이집트 태생이지요. 로젠베르크는 러시아고요. 달레는 아르헨티나에서 왔습니다. 요는 정치적 신념이지요. 그렇지 않습니까?"

"오직 그뿐이지요" 하고 라비크는 대답했다.

"그러실 줄 알았습니다." 하케의 얼굴은 만족으로 빛났다. 그리고 탁자 너머로 약간 고개를 숙였다. 그와 동시에 탁자 밑에서 발뒤꿈치를 찰싹 맞댄 것 같았다. "그런데 실례입니다만…… 폰 하케라고 합니다."

라비크도 똑같이 예를 차렸다. "호른이라고 합니다." 호른이라는 이름은 이전에 그가 사용하던 가명 중 하나였다.

"폰 호른이라고 하십니까?" 하고 하케는 물었다.

"그렇습니다."

하케는 고개를 끄덕였다. 그리고 조금 전보다 더 친밀감을 보였다. 자기와 같은 계급 사람을 만났다고 생각하는 것이다. "아마도 파리를 잘 아시겠죠? 그렇죠?"

"꽤 알지요."

"박물관 같은 것 말고 말입니다." 하케는 제법 세상물정을 아는 사람처럼 히죽이 웃었다.

"무슨 뜻인지 알겠습니다."

이 아리안 민족의 귀인은 아마도 외도를 하고 싶으신 듯한데, 어디로 찾아가야 할지 모르는 모양이다. 어디 남의 눈에 띄지 않는 구석진 곳으로, 외딴 요릿집이나 외떨어진 매음굴에라도 데리고 갈 수 있다면……. 그는 황급히 생각을 해보았다. 어디든 훼방이나 방해를 받지 않는 장소라야 되겠는데.

"이곳에는 여러 가지로 재미있는 곳이 얼마든지 있겠지요?" 하고 하케는 물었다.

"파리에 오래 계시지 않았나요?"

"1주일 간격을 두고 이삼일씩 다녀갑니다. 일종의 감독 같은 거지요. 약간 중요한 일입니다. 지난 한 해 동안 이곳에서 여러 가지를 조직했지요. 그게 말입니다, 거짓말처럼 잘되어 나가거든요. 그걸 말씀드릴 수는 없지만요, 그러나……." 하케는 웃었다. "아무튼 이곳에서는 무엇이든지 돈으로 살 수가 있으니까요. 모두 썩어 있어요. 우리가 알고 싶어 하는 것은 거의 다 알고 있습니다. 정보 같은 것을 애써 찾아다닐 필요가 없을 정도지요. 저쪽에서 가지고 오니까요. 조국에 대한 배반이 애국심의 일종이 되어 있거든요. 정당정치의 결과지요. 어느 정당이나 자기들 이익을 위해서는 다른 정당이나 나라를 배반합니다. 덕택에 이쪽은 도움이 되지만요. 이곳에는 우리 동지가 굉장히 많습니다. 아주 유력한 방면에요." 그는 잔을 손에 들고 바라보다가 비어 있는 것을 알고 다시 내려놓았다. "이곳 사람들은 군비(軍備)조차 제대로 안 해놓고 있어요. 군비만 하지 않으면 우리가 아무런 요구도 하지 않으리라고 생각하는 모양이지요. 만약 당신이 녀석들의 비행기나 탱크 숫자를 아신다면…… 이 자살 지망자들을 죽도록 비웃어줄 겝니다."

라비크는 말없이 들었다. 그는 모든 주의력을 집중하고 있었다. 그런데도 마치 꿈을 꾸다가 바야흐로 깨어나려고 할 때처럼 주위 모든 것이 빙글빙글 돌았다. 탁자도, 보이도, 달콤한 밤의 흥분도, 줄지어 미끄러져 가는 자동차도, 지붕 위에 걸린 달도, 집들 앞을 오색으로 장식하는 네온사인도…… 그리고 자기 앞에 앉아 있는 일생을 망쳐놓은 수다스러운 이중 삼중의 살인자도.

남자 옷처럼 몸에 착 달라붙은 옷차림의 여자 둘이 옆을 지나갔다. 여자들은 라비크에게 생긋 웃음을 보냈다. 오시리스의 이베트와 마르트였다. 오늘은 둘 다 휴일인 모양이다.

"멋있군요. 놀랐는데요!" 하고 하케는 말했다.

골목이다, 하고 라비크는 생각했다. 비좁고 인적 없는 골목이다. 그곳으로 끌고 갈 수만 있다면. 아니 숲속으로. "사랑을 팔아서 살아가는 여자들이지요" 하고 그는 말했다.

하케는 눈으로 두 여자의 뒤를 쫓았다. "미인이군요. 당신은 저 방면 일을 속속들이 알고 계시죠?" 그는 핀을 한 잔 더 주문했다. "당신도 한 잔, 어떻습니까?"

"아니, 고맙습니다. 저는 역시 이걸로 하겠습니다."

"이곳에는 굉장한 유곽이 있다던데요, 쇼 같은 것도 하는 신 나는 곳이." 하케의 눈이 번쩍번쩍 빛났다. 몇 년 전 그 게슈타포 지하실의 차가운 광선 가운데 빛나던 것과 같았다.

그 생각을 해서는 안 된다. 지금은 안 돼. "아직 가보신 적이 없습니까?"

"두어 군데 가보았지요. 물론 견학을 위해서지만요. 대체 국민이란 어디까지 타락할 수 있는가를 꼭 봐두고 싶어서요. 그러나 아마 진짜는 못 보았을 겁니다. 물론 저로서는 조심해야 합니다. 여하튼 오해받을 염려가 있으니까."

라비크는 고개를 끄덕였다. "그런 건 조금도 걱정할 필요가 없습니다. 여행자가 절대로 출입하지 않는 곳도 있으니까요."

"그런 곳을 아십니까?"

"물론 잘 알지요."

하케는 두 잔째의 핀을 마셨다. 그러고는 전보다도 더욱 친밀감을 보였다. 독일에서 걸려 있던 브레이크가 풀린 것이다. 이 녀석은 조금도 눈치채지 못했구나, 하고 라비크는 생각했다. "마침 저도 오늘 밤엔 한번 돌아볼까 하던 참입니다" 하고 그는 하케에게 말했다.

"정말입니까?"

"정말입니다. 가끔 가지요. 할 수 있는 한 뭐든 알아둬야 하니까요."

"옳은 말씀! 정말 옳은 말씀입니다!"

하케는 한순간 그를 똑바로 쳐다보았다. 취하게 해야겠다고 라비크는 생각했다. 달리 도리가 없다면 취하게 해서 어디로든 끌어내야지.

하케의 표정이 달라졌다. 그는 취한 게 아니라 단지 무슨 생각을 하고 있었다. "유감이군요" 하고 그는 마침내 말했다. "함께 가고 싶기는 하지만."

라비크는 대답하지 않았다. 하케에게 의심 살 만한 일은 절대로 피하고 싶었다.

"전 오늘 밤에 베를린으로 돌아가야 합니다." 하케는 자기 시계를 들여다보았다. "한 시간 반 뒤에는."

라비크는 완전히 침착했다. 나는 이 녀석과 같이 가야 해, 하고 그는 생각했다. 이 녀석은 틀림없이 호텔에 묵고 있을 것이다. 아파트는 아니다. 함께 이 녀석 방까지 가서 거기서 결말을 내야 한다.

"여기서 친구 둘을 기다리고 있습니다" 하고 하케는 말했다. "이제 올 때가 되었습니다. 함께 돌아가지요. 짐은 벌써 역에 가 있습니다. 우린 여기서 곧장 역으로 나갑니다."

틀렸다. 왜 권총을 가지고 오지 않았을까? 전에 있었던 일이 착각이었다고, 요즈음에 와서 왜 생각하게 되었을까. 어리석기 짝이 없다! 바깥에서 쏘아 죽이고 지하철 입구로 도망칠 수도 있었을 텐데.

"유감인데" 하고 하케는 말했다. "그러나 다음번에는 아마 가능할 겁니다. 2주일 후에 다시 돌아오니까요."

라비크는 다시 숨을 내쉬었다. "좋습니다."

"어디 사시지요? 다음번에 전화를 걸지요."

"프랭스 드 갈입니다. 바로 저 맞은편입니다."

하케는 수첩을 꺼내서 주소를 적었다. 라비크는 보들보들한 빨간 러시아 가죽 표지를 보았다. 연필은 금으로 만든 가느다란 것이었다. 저 속에 무엇이 적혀 있을까, 하고 그는 생각했다. 틀림없이 죽음과 고문으로 인도하는 정보들일 것이다.

하케는 수첩을 집어넣었다. "당신이 좀 전에 이야기를 나누던 여자는 아주 멋진 부인이던데요" 하고 그는 말했다.

라비크는 잠시 생각을 하고서야 겨우 생각이 났다. "아, 네……. 그렇지요, 아주 멋있지요."

"영화배우인가요?"

"그와 비슷하지요."

"친한 사이인가요?"

"네, 그저 그렇습니다."

하케는 조용히 명상하듯이 똑바로 앞을 바라보았다. "이곳에서는 그게 꽤 어렵거든요, 예쁜 아가씨와 사귀기가 말입니다. 시간이 넉넉지 못한 데다가 좋은 기회가 없으니…….”

“어떻게 될 겁니다” 하고 라비크는 말했다.

“정말입니까? 당신은 흥미가 없으십니까?”

“무엇에요?”

하케는 멋쩍은 듯이 웃었다. “이를테면 당신이 이야기하던 그 부인 말입니다.”

“전혀 없습니다.”

“이럴 수가! 그 여자는 프랑스 사람인가요?”

“이탈리아 사람일 겁니다. 게다가 다른 피도 많이 섞였겠지요.”

하케는 히죽이 웃었다. “나쁘지 않군. 물론 고향에서는 이럴 수 없지만요. 그러나 여기서는 몰래 하는 일이니까요, 어느 정도는 말입니다.”

“그런 분이신가요?” 하고 라비크는 물었다.

하케는 그 순간 움찔했다. 그러고는 히죽 웃었다. “네, 그렇습니다! 물론 동료들에게는 그렇지 않습니다만. 그러나 그 밖의 경우에는 엄격한 비밀이죠. 그리고 문득 생각이 났는데…… 피난민들과 무슨 연락이 있으신가요?”

“거의 없습니다” 하고 라비크는 조심스럽게 대답했다.

“그건 유감이군! 가능하다면 무엇이든, 아시겠지요, 정보를 얻고 싶군요. 돈도 내지요.” 하케는 손을 들어 가로저었다. “물론 당신 경우는 문제가 안 됩니다! 그러나 그렇다 해도 아주 조그마한 뉴스라도…….”

라비크는 하케가 자기를 줄곧 지켜보는 것을 알았다. “어쩌면” 하고 그는 말했다. “혹시 모르지요, 알 수 없는 일이니까요.”

하케는 의자를 앞으로 당겨 앉았다. “제 일 가운데 하나입니다. 내부에서 외부로의 연락이지요. 그게 접선하기 아주 어려울 때가 곧잘 있어서요. 이곳에는 훌륭한 친구들이 일하고 있습니다.” 그는 아주 의미 깊게 눈썹을 치켜세웠다. "당신과 저 사이는 물론 다릅니다. 명예 문제지요. 결국은 조국이지요."

"물론입니다."

하케는 얼굴을 들었다. "저기 친구들이 왔군요." 그는 계산서를 훑어보고는 접시에다 지폐를 두어 장 놓았다. "값이 언제나 접시에 적혀 있으니 편리하군요. 우리도 실시했으면 좋겠군." 그는 일어나서 손을 내밀었다. "그럼 안녕히 계십시오, 폰 호른 씨. 만나서 아주 유쾌했습니다. 2주일 후에 전화하겠습니다." 그는 웃었다. "물론 비밀리에."

"염려 마십시오. 잊지나 마시지요."

"전 어떤 일이든 절대로 잊지 않습니다. 사람 얼굴도, 약속도, 잊어서는 안 되지요. 직업이니까요."

라비크는 그 앞에 서 있었다. 팔로 시멘트 벽이라도 뚫어내지 않으면 안 될 것 같은 기분이었다. 그리고 하케의 손을 자기 손아귀에 느꼈다. 그건 작고, 깜짝 놀랄 만큼 보드라웠다.

그는 결심을 하지 못하고 그대로 서서 하케의 뒷모습을 눈으로 쫓았다. 이윽고 다시 자리에 앉았다. 갑자기 몸이 부들부들 떨리기 시작했다. 잠시 뒤에 계산을 하고 밖으로 나왔다. 그는 하케가 사라진 방향으로 걸어갔다. 그리고 하케와 동행인 두 사람이 택시에 타는 것을 본 일이 생각났다. 차로 쫓아가보았자 소용이 없다. 하케는 벌써 호텔에서 나온 뒤다. 혹시 어디선가 다시 눈에 띄게 되면 그야말로 의심스럽게 생각할 것이다. 그는 홱 돌아서서 앵테르나시오날로 갔다.

"그건 잘했군" 하고 모로소프는 말했다. 두 사람은 롱 포앙의 어느 카페에 앉아 있었다.

라비크는 자기 오른손을 보았다. 몇 번이고 알코올로 씻어냈다. 그런 짓을 하는 것이 어리석다고는 생각했지만, 그래도 씻지 않을 수 없었다. 지금은 피부가 마치 양피지처럼 꺼칠꺼칠 말라 있었다.

"무슨 일을 저질렀다면 그야말로 미친 짓이야" 하고 모로소프는 말했다. "무기 같은 걸 갖고 있지 않아서 다행이었지."

"그랬어." 라비크는 확신도 없이 이렇게 대답했다.

모로소프는 그를 쳐다보았다. "설마 살인이나 살인미수로 재판을 받고 싶을 정도로 멍청이는 아니겠지?"

라비크는 대답하지 않았다.

"라비크." 모로소프는 병을 쾅 하고 탁자에 놓았다. "몽상가가 되어서는 안 돼."

"난 그런 사람이 아냐. 하지만 그런 기회를 놓친 것이 골수에 사무친다는 것은 알 수 있겠지? 두 시간만 빨랐더라면 그 녀석을 어디로든 끌어낼 수 있었단 말이야. 그렇게 못 했다고 하더라도 어떻게든 할 수 있었어……."

모로소프는 잔 둘을 가득 채웠다. "마시게! 보드카야. 다시 붙잡을 수 있을 거야."

"혹시 못 잡을지도 모르지."

"잡을 수 있어. 녀석은 돌아올 거야. 그런 녀석은 돌아오는 법이야. 녀석은 완전히 자네 낚시에 걸렸어. 프로지트!"*

라비크는 잔을 들이켰다.

"지금이라도 북부 정거장에 가볼 수 있어. 정말 떠나는가 어떤가를 보려 말이야."

"그렇고말고. 그리고 그 자리에서 탕 하고 쏘아버릴 수도 있지. 가볍게 잡아서 20년 징역이야. 그럴 생각이 있나?"

---

*   독일어로 '건배'라는 뜻이다.

"있지. 정말 떠나는가 어떤가를 살펴볼 수도 있어."

"그리고 녀석에게 발각되어 만사를 망쳐버릴 수도 있지."

"어느 호텔에 묵고 있는지 물어볼걸 그랬어."

"그래서 녀석에게 의심을 산단 말이지?" 모로소프는 다시 두 사람 잔을 가득 채웠다. "알겠나, 라비크? 자네는 지금 그렇게 앉아서 모든 일을 잘못했다고 생각하고 있어. 알 수 있어. 그러나 그런 생각은 버려! 만약 원한다면 무엇이든 두들겨 산산이 부숴버리게. 뭔가 큼직하고 비싸지 않은 것으로 말이야. 앵테르나시오날의 종려나무 화분이라도 상관없어."

"소용없는 짓이야."

"그럼 지껄이는 거야. 싫증이 날 때까지 마구 지껄이는 거야. 완전히 토해버리는 거야. 마음이 가라앉을 때까지 지껄이는 거야. 자네가 러시아인이라면 그쯤은 알 텐데."

라비크는 몸을 꼿꼿이 세웠다. "보리스" 하고 그는 말했다. "쥐라는 놈은 없애버려야 하는 것이지, 그놈과 서로 물어뜯기를 해서는 안 된다는 것쯤은 나도 알아. 그러나 그 일에 대해서 이야기하기는 싫어. 이야기하는 대신 생각을 하겠어. 어떻게 해치우면 좋을지 생각하겠어. 수술할 때처럼 준비를 하겠어. 준비 같은 걸 할 수 있다면 말이야. 난 그 일에 익숙해져야 해. 아직 2주일이나 있어. 잘됐어. 정말 잘됐어. 난 침착할 수 있도록 습관이 될 거야. 그럼 이제 이야기를 하기로 하지. 그러나 무슨 다른 이야기라야 해. 저기 있는 저 장미꽃이라도 좋아! 보게! 이렇게 무더운 밤인데도 마치 눈처럼 보이는군. 밤의 일렁이는 파도가 부서지며 생긴 흰 거품 같군. 어떤가, 이만하면 됐나?"

"아니" 하고 모로소프는 말했다.

"좋아. 이 여름을 잘 보게. 1939년 여름을 말이야. 유황 냄새가 나고 있어. 도시가 불타고 유대인은 어딘가에서 목 놓아 울고 있어. 체코 사람들은 숲속에서 쓰러져 죽고, 중국 사람은 일본 군인의 휘발유에 타 죽고 있어. 매 맞아 죽을 사람은 강제수용소 안을 기어 다니고 있어. 근데 살인자 하나를 없애버린다는 것만으로 감상적인 여자가 되어야 하나? 우리는 그 녀석을 붙잡아서 숨통을 끊어놓는 거야. 그뿐이야. 지금까지도 입고 있는 제복이 다르다는 이유만으로 죄 없는 인간을 무수히 죽여왔어."

"좋아" 하고 모로소프는 말했다. "차라리 그게 좋겠어. 자네는 비수 쓰는 법을 배운 적 있나? 비수라면 소리가 안 나지."

"오늘 밤 그 얘기는 말아주게. 난 어떻게든 잠을 자야겠어. 완전히 침착한 체하지만, 과연 잠을 잘 수 있을지 모르겠어. 알 수 있겠지?"

"알 수 있어."

"오늘 밤에 나는 죽이고, 죽이고, 또 죽이겠네. 2주일 뒤에 나는 자동기계가 되어 있을 거야. 문제는 그때까지의 시간을 어떻게 견뎌내느냐는 것이지. 비로소 잠을 잘 수 있게 될 때까지의 시간을 말이야. 술에 취해보았자 소용이 없어. 주사를 맞아도 마찬가지야. 몸도 마음도 녹초가 되어서 자야겠어. 그래도 다음 날은 말짱하겠지. 알겠나?"

모로소프는 삼시 잠자코 있었다. 이윽고 "여자를 부르게" 하고 그는 말했다.

"그게 무슨 도움이 되겠어?"

"되지. 여자와 잔다는 건 언제나 좋지. 조앙에게 전화를 걸게. 틀림없이 올 거야."

조앙, 그렇지, 그녀는 아까 나와 함께 있었다. 뭐라고 지껄였다. 무슨 이야기였는지 잊어버렸다. "난 러시아 사람이 아냐" 하고 라비크는 말했다. "그 밖에 무슨 좋은 수가 없나? 간단한 걸로, 가장 간단한 거라야 해."

"어처구니가 없군! 까다롭게 굴지 말게! 여자와 끊는 가장 간단한 방법은 그녀와 가끔 자는 일이야. 망상을 하지 않게 말이야. 자연적 행위를 드라마틱하게 만드는 녀석이 어디에 있나?"

"그렇지. 누가 그렇게 하겠다고 하던가?" 하고 라비크는 말했다.

"그럼 내가 전화를 걸어주지. 전화를 걸어서 하나 불러주지. 이래 봬도 건성으로 도어맨을 하고 있는 게 아냐."

"앉아 있게. 이대로가 좋아. 술이라도 마시며 장미꽃이나 보자고. 기총 소사 후에 보름달이 비추는 송장의 얼굴이 바로 저렇게 하얗게 보였지. 언젠가 스페인에서 봤어. 천국 따위는 파시스트가 생각해낸 것이라고, 그때 금속공인 파블로 노나스가 말했지. 녀석의 한쪽 다리를 잘라버리지 않을 수가 없었어. 녀석은 그 잘라낸 한쪽 다리를 알코올에 담가두지 않았다고 나를 몹시 원망했었지. 자기 몸뚱어리의 4분의 1을 무덤에 파묻어버린 것 같은 기분이 든다고. 개가 훔쳐내서 먹어버린 것을 녀석은 몰랐던 거야……."

25

베베르가 붕대실로 들어왔다. 그리고 라비크에게 눈짓을 했다. 두 사람
은 방에서 나왔다. "뒤랑이 전화를 했어. 자네더러 자동차로 곧 와달라는
거야. 무슨 특별한 경우로서 긴급한 사정이 있다는 거야."

라비크는 그를 쳐다보았다. "말하자면 녀석이 수술을 잘못해놓고 그것
을 내게 떠맡기겠다는 얘기시?"

"그렇지 않은 것 같아. 몹시 흥분해 있어. 어떻게 해야 좋을지 모르는 모
양이야."

라비크는 머리를 저었다. 베베르는 말이 없었다.

"내가 돌아왔다는 걸 대체 어떻게 알았을까?"

베베르는 어깨를 으쓱했다. "모르겠어. 아마 간호사에게 들었겠지."

"왜 비노에게 전화를 안 하지? 비노라면 틀림없을 텐데."

"그렇게 말했지. 그런데 이건 특히 까다로운 수술이고, 바로 자네 전문
분야라는 거야."

"터무니없는 소리군. 파리엔 어떤 전문 분야라도 훌륭한 의사가 얼마든

446

지 있어. 왜 마르텔을 부르지 않나. 마르텔은 세계에서 가장 우수한 외과 의사 중 한 사람이야."

"그 이유를 모르나?"

"물론 알지. 그 녀석은 동료 앞에서 창피를 당하고 싶지 않은 거야. 숨어 다니는 피난민 의사라면 문제가 다르지. 이쪽은 입을 다물고 있어야 하니까 말이야."

베베르는 그를 빤히 쳐다보았다. "급한 일이야. 가겠나?"

라비크는 수술복 끈을 잡아 끊었다. "물론이지" 하고 그는 성이 난 듯 말했다. "달리 도리가 없지 않나. 그러나 자네도 같이 간다면 가겠네."

"좋아. 내 자동차로 가세."

그들은 계단을 내려갔다. 베베르의 차는 병원 앞에서 햇빛에 반짝이고 있었다. 두 사람은 차를 탔다.

"난 자네가 입회한다는 조건이라면 해주겠어. 안 그랬다간 엉뚱한 누명을 쓰게 되거든."

"이번에는 녀석도 그런 생각을 하고 있진 않을 거야."

차는 달리기 시작했다. "난 여러 가지 꼴을 보아왔어" 하고 라비크는 말했다. "베를린에 있을 때 조수로 일하는 젊은 의사를 하나 알았는데, 훌륭한 외과 의사가 될 수 있는 모든 소질을 갖추고 있었지. 그 친구의 교수가 술이 거나하게 취한 채 수술을 하다가 잘못 잘랐단 말이야. 그런데 아무 말도 하지 않고 뒷일을 그 조수에게 시킨 거야. 조수는 아무것도 몰랐어. 반 시간쯤 지나자 그 교수는 야단을 치기 시작하고, 잘못 자른 책임을 그 젊은 의사에게 뒤집어씌웠어. 환자는 수술 중에 죽어버렸지. 그 젊은 의사도 하루 뒤에 그 뒤를 따랐어. 자살로서 말이야. 교수는 여전히 수술을 하고, 여전히 술을 마셨어."

두 사람은 마르소 가에서 차를 세웠다. 트럭 행렬이 갈릴레 가를 덜커덩

거리며 달려갔다. 뜨거운 태양이 창으로 비쳐 들어왔다. 베베르는 계기판 단추를 눌렀다. 차 덮개가 서서히 뒤로 이동해 갔다. 그는 자랑스러운 듯이 라비크를 쳐다보았다. "최근에 장착했지. 자동식이야. 대단하지 않나! 인간이란 무엇이든 생각해낸단 말이야!"

열린 지붕으로 바람이 불어 들어왔다. 라비크는 고개를 끄덕였다. "그래. 대단하지. 최신 발명은 자기기뢰(磁氣機雷)와 자기어뢰야. 어제 어디서 읽었지만 말이야. 목표에서 벗어나면 커브를 틀어서 방향을 바꿔 부딪칠 때까지 쫓아간다는 거야. 인간이란 정말 경탄할 만큼 건설적인 동물이야."

베베르는 벌겋게 달아오른 얼굴을 그에게로 돌렸다. 그 얼굴은 호인답게 빛나고 있었다. "또 전쟁 이야기가 시작됐군, 라비크! 전쟁은 달나라만큼이나 먼 앞날 문제야. 전쟁 문제가 자꾸 입에 오르내리지만, 그런 건 정치적 압력을 넣는 수단에 지나지 않아. 그것뿐이야."

피부는 푸른 진주조개 빛을 띠고 있다. 얼굴은 잿빛으로 창백하다. 그 주위에, 수많은 수술 등의 흰 불빛을 받아 풍성한 황금빛 붉은 머리카락이 타고 있는 듯하다. 잿빛처럼 창백한 얼굴 주위로 거의 음란하게 보일 만큼 강렬한 빛으로 타오르고 있다. 그것만이 오직 살아 있다. 번쩍번쩍 빛나며 살아서 소리치고 있다. 마치 생명이 이미 육체를 떠나 지금은 오직 머리카락에만 매달려 있는 듯하다.

누워 있는 젊은 여자는 무척 아름답다. 날씬하게 키가 크다. 깊은 혼수 상태의 그림자조차 그 아름다움을 조금도 상하게 할 수 없는 얼굴. 사치와 사랑을 위해 만들어진 여자.

여자는 아주 조금밖에 출혈을 하지 않았다. 너무나 적다.

"자궁을 절개하셨군요?" 하고 라비크는 뒤랑에게 말했다.

"응."

"그래서요?"

뒤랑은 대답하지 않았다. 라비크는 얼굴을 들었다. 뒤랑은 그를 빤히 쳐다봤다.

"좋아요" 하고 라비크는 말했다. "현재로선 간호사가 필요 없을 것 같군. 의사가 셋이나 있으니까. 그것으로 충분합니다."

뒤랑은 눈짓을 하고 고개를 끄덕였다. 간호사와 조수는 방에서 나갔다.

"그래서요?" 모두 나가버리자 라비크는 다시 물었다.

"자네가 보는 바와 같지."

"못 보았는데요."

라비크는 이미 보았다. 그러나 베베르 앞에서 뒤랑에게 말을 시키고 싶었다. 그것이 안전하기 때문이다.

"임신 3개월. 출혈. 긁어낼 필요가 있음. 소파수술. 내벽에 상처가 생긴 것 같아."

"같다니요?"

"보는 바와 같아. 그럼 좋아, 내벽에 상처."

"그래서요?" 라비크는 물고 늘어졌다.

그는 뒤랑의 얼굴을 빤히 쳐다보았다. 그 얼굴은 무력한 증오로 가득 차 있다. 이것으로 나를 언제까지나 미워하겠지. 더구나 베베르가 옆에서 듣고 있으니까 말이다.

"천공이 생겼어" 하고 뒤랑은 말했다.

"큐렛*으로?"

"물론" 하고 잠시 뒤에 뒤랑은 말했다. "그 밖에 뭘로 할 수 있겠나?"

출혈은 완전히 멈춰 있었다. 라비크는 잠자코 조사했다. 이윽고 몸을 일

---

* 생물학적 조직이나 잔해물을 제거하는 외과 수술 도구다. 소파기라고도 한다.

으켰다.

"당신은 천공을 내고도 그것을 몰랐다. 구멍이 뚫렸을 때 창자가 그 구멍으로 끌려 나왔다. 당신은 그것이 무엇인지 몰랐다. 아마도 태아막 일부일 거라고 생각하고 그것을 긁어냈다. 그래서 거기에 상처를 냈다. 이상과 같지요?"

뒤랑의 이마는 땀으로 번들거렸다. 마스크로 덮인 턱수염이 무엇인가 입 안 가득히 우물거리는 듯 움직였다.

"그렇다고 할 수 있지."

"시간이 얼마나 걸렸지요?"

"자네가 올 때까지 모두 45분 걸렸어."

"내출혈. 소장에 상처. 패혈증 위험성이 극히 많음. 장을 봉합하고 자궁을 떼어내야 합니다. 자, 곧 시작하십시오."

"뭐라고?" 뒤랑은 되물었다.

"당신 자신이 알고 있을 겁니다" 하고 라비크는 말했다.

뒤랑의 눈이 동요했다. "그래, 알아. 그것을 가르쳐달라고 자네를 부른 게 아니야."

"저로서는 그것밖에 할 수 없습니다. 곧 모두를 불러들여서 일을 계속하십시오. 빨리 하시기를 권합니다."

뒤랑은 이를 악물었다. "난 너무 흥분했어. 나 대신 수술해주면 좋겠어."

"안 됩니다. 아시다시피 저는 비합법적으로 프랑스에 와 있기 때문에 수술할 권리가 없습니다."

"자네는……." 뒤랑은 이렇게 말을 꺼내다가 입을 다물었다.

돌팔이 의사, 공부를 하다 만 의학생, 안마사, 조수, 그것들이 모두 독일 의사라고 나서고 있다. 뒤랑이 르발에게 한 말을 라비크는 잊지 않고 있었다.

"르발 씨가 제게 그렇게 들려주더군요" 하고 그는 말했다. "제가 추방당

450

하기 전에 말입니다."

그는 베베르가 머리를 드는 것을 보았다. 뒤랑은 아무 말도 하지 않았다. "닥터 베베르가 당신 대신 해줄 겁니다" 하고 라비크는 말했다.

"자네는 여태까지 여러 번 나 대신 해주었네. 만약 보수가……."

"보수 같은 것은 아무래도 좋습니다. 저는 돌아온 뒤로 이제 수술은 안하고 있습니다. 특히 이러한 수술은 환자의 동의가 없는 한 절대로 하지 않습니다."

뒤랑은 그를 노려봤다. "이제 와서 마취를 풀고 환자한테 물어볼 수는 없지."

"물어볼 수 있지요. 하기야 패혈증 위험성은 있습니다만."

뒤랑의 얼굴이 땀에 젖었다. 베베르는 라비크를 쳐다보았다. 라비크는 고개를 끄덕였다.

"간호사는 믿을 수 있습니까?" 하고 베베르가 뒤랑에게 물었다.

"믿을 수 있어."

"조수는 필요 없어" 하고 베베르는 라비크에게 말했다. "의사 세 사람에 간호사가 둘이나 있으니까."

"라비크……" 하고 말하다가 뒤랑은 입을 다물었다.

"비노를 부를걸 그랬습니다" 하고 라비크는 잘라 말했다. "아니면 말롱이나 마르텔을 말입니다. 모두가 일급 외과 의사지요."

뒤랑은 대답이 없었다.

"당신은 베베르 앞에서, 천공을 만들었고 창자를 태아막으로 오인해 거기에 상처를 냈다고 말할 수 있습니까?"

잠시 시간이 흘렀다. "좋아." 이윽고 뒤랑이 쉰 목소리로 말했다.

"그리고 또 베베르에게, 마침 와 있던 저를 조수로 하여 자궁 절제와 장절제, 그리고 봉합수술을 하도록 의뢰했다고 말할 수 있습니까?"

"말하지."

"당신은 수술과 그 결과에 대해서 책임을 지고, 또한 환자는 그것을 알지도 못했고 동의도 하지 않았다는 사실에 대해서 모든 책임을 지겠습니까?"

"물론이지." 뒤랑은 쉰 목소리로 말했다.

"좋습니다. 간호사를 불러주십시오. 조수는 필요 없습니다. 조수에게는, 특별히 까다로운 경우에 베베르와 제게 당신을 돕도록 허가했다고 말해두십시오. 전부터 그런 약속이었다든가, 뭐 적당히 말입니다. 마취는 당신이 직접 하십시오. 간호사는 다시 한번 소독할 필요가 있습니까?"

"그럴 필요는 없어. 간호사는 안심이야. 아무것도 만진 적이 없으니까."

"좋습니다."

복강이 절개되어 있었다. 라비크는 극히 조심하면서 자궁에 뚫린 구멍으로 장관(腸管)을 끄집어냈다. 상처 난 곳이 나올 때까지 그것을 조금씩 소독한 붕대로 싸서 패혈증에 걸리지 않도록 했다. 그리고 자궁을 붕대로 완전히 싸버렸다. "자궁외임신이야" 하고 그는 베베르에게 속삭였다. "여기를 보게. 반은 자궁 속에 있고, 반은 장관 속에 있어. 이런 형편이라면 저 녀석을 과히 나무랄 수도 없지. 약간 보기 드문 경우야. 그렇기는 하지만……."

"뭐라고?" 뒤랑은 수술대 머리 쪽 칸막이 뒤에서 물었다. "뭐라고 했지?"

"아무것도 아닙니다."

라비크는 장을 집어서 잘라냈다. 그리고 벌어진 끝을 얼른 갖다 붙여서 옆으로 봉합했다.

그는 수술에 따른 긴장을 느꼈다. 그리고 뒤랑의 일은 잊어버렸다. 그는 자궁관과 혈관을 묶어두고, 자궁관 끄트머리를 잘라냈다. 그리고 자궁을 도려내기 시작했다. 왜 더 많이 출혈을 하지 않았을까? 이러한 것이 심장보다 더 많이 출혈을 하지 않는 것은 무슨 까닭일까? 생명의 기적과 생명을 전수하는 능력을 잘라내는데?

지금 여기 누워 있는 이 아름다운 여인은 이제 죽어버렸다. 앞으로 살아 있기는 하겠지만, 그러나 죽어버린 것이다. 연년이 이어 나가는 세대의 나무에 남은 하나의 죽은 가지다. 꽃은 피었지만 열매의 비밀은 지니고 있지 않다. 거대한 원인(猿人)들은 몇천 년 세대를 거듭해 싸워 나오면서, 지금은 석탄으로 화한 원시림을 빠져나왔다. 이집트 사람은 신전을 만들고, 그리스는 번영했다. 그리고 피는 신비하게도 앞으로 앞으로 내달아서 마침내 지금 여기에 석녀가 되어 누워 있는 이 인간을 창조한 것이다. 속 빈 이삭처럼 열매를 맺을 힘이 없고, 자신의 피를 아들에게나 딸에게도 이제 전할 수 없는 석녀가 된 인간을. 뒤랑의 서투른 솜씨로 사슬은 절단된 것이다. 그러나 몇천 년의 세대는 또한 뒤랑에게도 작용하고 있지 않았을까? 그리스와 르네상스는 또한 그를 위해서도 꽃을 피워, 그 괴상하고 뾰족한 턱수염을 만들어내지 않았을까?

"구역질이 나는군" 하고 라비크는 말했다.

"무엇이?" 베베르가 물었다.

"모조리."

라비크는 몸을 똑바로 일으켰다. "끝났어." 그리고 마취 칸막이 저쪽에 있는, 눈부실 정도로 번쩍이는 머리카락을 가진 창백하고 귀여운 얼굴을 보았다. 그는 그릇 속을 들여다보았다. 그 속에는 여자의 얼굴을 그렇게도 아름답게 하던 것이 피투성이가 되어 담겨 있었다. 그는 뒤랑을 바라보며 "끝났습니다" 하고 다시 한번 되풀이했다.

뒤랑은 마취를 중단했다. 그는 라비크를 쳐다보지 않았다. 간호사가 수술대를 밀고 밖으로 나가기를 기다렸다가 아무 말도 없이 그 뒤를 따라 나갔다.

"내일이면 녀석은 저 여자에게 목숨을 건져주었다고 말할 거야" 하고 라비크는 말했다. "그리고 5천 프랑을 더 요구하겠지."

"지금으로서는 그렇게 보이지 않는군."

"하루는 길고 후회는 짧은 거야. 더구나 그것이 장사가 되는 경우에는."

라비크는 손을 씻었다. 세면대 곁 유리창 너머로 건넛집 창문이 보였다. 그 창문 화분대에 붉은 제라늄 꽃이 피어 있고, 꽃 아래에 회색 고양이 한 마리가 앉아 있었다.

그는 그날 밤 1시에 뒤랑의 병원에 전화를 걸었다. 전화는 세라자드에서 걸었다. 야근 간호사가 여자는 잠들었다고 말했다. 두 시간쯤 전에는 괴로운 것 같았으나, 베베르가 와 있어서 가벼운 수면제를 주었고, 만사가 순조로운 것 같다는 얘기였다.

라비크는 전화실 문을 열고 나왔다. 강한 향수 냄새가 코를 찔렀다. 머리를 노랗게 탈색한 여자가 거만하고 도전적인 태도로 옷자락 소리를 내며 여자 화장실로 들어갔다. 병원에 누워 있는 여자는 진짜 금발이었다. 눈부실 정도로 번쩍이는, 붉은빛이 감도는 금발! 그는 담배에 불을 붙여 물고 세라자드로 돌아갔다. 변함없는 러시아 합창단이 변함없이 〈검은 눈동자〉를 부르고 있었다. 그들은 이 노래를 이 세상에서 20년이나 부르고 있다. 20년이나 계속하면 비극도 익살맞은 것이 될 위험성이 있다고, 라비크는 생각했다. 비극은 짧아야 한다.

"미안하오" 하고 그는 케이트 헤그시트룀에게 말했다. "전화를 걸어야 할 일이 있어서."

"모든 게 잘되어가고 있나요?"

"지금까지는."

왜 그런 것을 물을까, 하고 신경을 쓰며 그는 생각했다. 이 여자 자신은 분명히 모든 일이 잘되어간다고는 할 수 없다. "여기서 원하던 것을 발견했소?" 그는 보드카 병을 가리켰다.

"아뇨, 틀렸어요."

"틀리다니?"

케이트 헤그시트룀은 머리를 저었다.

"여름이니까 그렇지" 하고 라비크는 말했다. "도대체 여름에 나이트클럽에 앉아 있다니, 말이 안 되지. 여름에는 테라스에 앉아 있어야지. 나무 곁에 말이야. 아무리 폐병을 앓는 것 같은 나무라도 좋아. 철책을 둘러놓았어도 상관없어."

그는 눈을 들고 똑바로 조앙의 눈을 바라보았다. 틀림없이 그가 전화를 거는 동안에 왔을 것이다. 그때까지는 거기에 없었기 때문이다. 그녀는 맞은편 구석에 앉아 있었다.

"어디 다른 곳으로 가고 싶지 않소?" 하고 그는 케이트 헤그시트룀에게 물었다.

여자는 고개를 저었다. "아뇨, 당신은요? 어디 폐병을 앓는 나무 곁으로라도?"

"그런 곳이라면 보드카도 대개 폐병쟁이 같지. 이 술은 좋군."

합창단은 노래를 그치고 연주만으로 바뀌었다. 오케스트라가 블루스를 연주하기 시작했다. 조앙은 일어나서 댄스홀 쪽으로 갔다. 라비크에게는 그녀가 분명하게 보이지 않았다. 춤추고 있는 상대도 잘 알 수 없었다. 다만 스포트라이트가 창백한 푸른빛으로 댄스홀을 휙 비출 때만 여자의 모습이 불빛 속에 나타났다가는 이윽고 다시 어두컴컴한 속으로 사라졌다.

"오늘 수술을 하셨나요?" 케이트 헤그시트룀이 물었다.

"했어."

"그러고 나서 밤에 나이트클럽에 앉아 있으면 어떤 기분이 드세요? 전쟁터에서 도회지로 돌아온 기분인가요? 아니면 중병에 걸렸다가 다시 살아난 기분?"

"늘 그렇다고는 할 수 없지만 공허한 기분이 되는 수가 많아요."

조앙의 눈은 창백한 불빛을 받아서 투명하게 보였다.

"저 여자는 언젠가 여기서 노래를 부르던 사람 아녜요?" 케이트 헤그시트룀이 물었다.

"맞아."

"이젠 여기서 노래하지 않나요?"

"안 할걸."

"미인이에요."

"그래?"

"그래요. 아름답다는 것 이상이에요. 저 얼굴에는 모두가 볼 수 있듯이 생명이 활짝 피어나 있어요."

"그럴지도 모르지."

케이트 헤그시트룀은 가늘게 뜬 눈초리로 라비크를 살폈다. 그러고는 생긋 웃었다. 그것은 눈물이 되었을지도 모를 미소였다. "보드카를 한 잔 더 주세요. 그리고 그만 가요" 하고 그녀는 말했다.

라비크는 자리에서 일어나며 조앙의 눈초리를 느꼈다. 그는 케이트 헤그시트룀의 팔을 잡았다. 그렇게 할 필요는 없었다. 그녀는 혼자 걸을 수 있었다. 그러나 조앙이 이를 본다면 속이 시원하겠다는 생각이 들었다.

"제 청을 하나 들어주시겠어요?" 두 사람이 랭커스터 호텔에 있는 그녀의 방으로 돌아왔을 때 케이트 헤그시트룀은 이렇게 말했다. "저와 함께 몽포르의 댄스파티에 가주시지 않겠어요?"

그는 얼굴을 들었다. "그건 어떤 거지, 케이트? 처음 듣는 말이군."

그녀는 소파에 앉았다. 소파는 여자에게 너무 큰 것 같았다. 거기에 앉아 있으니 참으로 연약하게 보였다. 마치 중국 무희 인형처럼 눈 위 피부가 전보다도 느즈러져 보였다. "몽포르 댄스파티는 파리 사교계의 여름철 행사예요. 이번 금요일에 루이 몽포르의 저택과 정원에서 열려요. 그런 것이 당신에겐 별 흥미가 없겠지만요. 그렇죠?"

"전혀 없지!"

"같이 가주시겠어요?"

"도대체 내가 가도 되는 데요?"

"당신 초대장은 제가 마련하겠어요."

라비크는 그녀를 빤히 쳐다보았다. "왜 그러지, 케이트?"

"전 가고 싶어요. 하지만 혼자서는 싫어요."

"내가 안 가면 혼자서 가야 되나?"

"그래요. 전에 알던 사람은 누구와도 같이 가고 싶지 않아요. 그 사람들은 이제 참을 수가 없어요. 아시겠어요?"

"알겠소."

여자는 웃었다. 그 웃음조차도 이미 전과 같은 웃음은 아니라고 라비크는 생각했다. 마치 엷은 그물 같았다. 그 아래 자리 잡은 얼굴은 거의 변함이 없었다.

"해마다 여름철 파리에서 열리는 제일 마지막이고 제일 화려한 원유회예요. 지난 4년 동안 해마다 갔었지요. 부탁이에요, 같이 가주시겠지요?"

라비크는 그녀가 자기와 함께 가고 싶어 하는 이유를 알았다. 그래야 안심이 되기 때문이다. 그것을 거절할 수는 없었다.

"좋아요, 케이트" 하고 그는 말했다. "일부러 나한테 초대장을 보내게 할 필요는 없어. 당신이 누구를 데리고 간다는 걸 그쪽에서 알고만 있으면 된다고 생각하는데."

그녀는 고개를 끄덕였다. "물론 그래요. 고마워요, 라비크. 내일 소피 몽포르에게 전화를 걸어두겠어요."

그는 일어섰다. "그럼 금요일에 오겠소. 뭘 입고 가지?"

그녀는 그를 쳐다보았다. 찰싹 빗어 붙인 머리에 불빛이 날카롭게 반사되었다. 도마뱀 머리 같다. 가느스름하고, 건조하고 딱딱한, 살이 붙지 않은 우아한 완전성. 건강으로 도달할 수 없는 완전성. "그 얘기를 아직 안 했군요" 하고 그녀는 잠깐 망설이다가 말했다. "가장무도회예요, 라비크. 루이 14세 궁정에서 열리는 원유회예요."

"놀랐는데!" 라비크는 다시 자리에 앉았다.

케이트 헤그시트룀은 소리 내어 웃었다. 갑자기 아주 자유스럽고 어린아이 같은 웃음소리가 되었다. "저기에 오래된 좋은 코냑이 있어요. 드시겠어요?"

라비크는 머리를 저었다. "굉장한 것을 생각해냈군!"

"해마다 그와 비슷한 걸 해요."

"그럼 나도……."

"제가 모두 준비할게요" 하고 그녀는 급히 그를 가로막았다. "당신은 아무 걱정 안 해도 돼요. 의상은 제가 준비해두겠어요. 간단한 걸로요. 입어볼 필요도 없어요. 그저 치수만 가르쳐주세요."

"이렇게 되면 아무래도 코냑이 필요한걸."

케이트 헤그시트룀은 그에게로 병을 밀어놓았다. "이제 못 간다고 하면 안 돼요."

그는 코냑을 마셨다. 아직도 12일, 하고 그는 생각했다. 하케가 파리로 돌아올 때까지 아직도 12일 남았다. 남은 12일을 어떻게든지 보내야 한다. 12일. 그의 생애는 이제 12일밖에 남지 않았다. 그다음 일은 생각할 수가 없다. 12일. 그다음은 심연이 커다랗게 입을 벌리고 있다. 어떻게 시간을 보내든 그런 것은 문제가 아니다. 가장무도회. 어차피 불안정한 2주일이다. 새삼스럽게 무엇이 기괴하단 말인가.

"좋아, 케이트."

그는 다시 뒤랑의 병원으로 갔다. 붉은 기가 감도는 황금빛 머리 여자는 자고 있었다. 그 이마에는 구슬 같은 땀이 잔뜩 솟아 있었다. 얼굴에는 화색이 감돌고 입은 조금 벌리고 있었다. "열은?" 하고 그는 간호사에게 물었다. "37.8도예요."

"됐어." 그는 젖은 얼굴 위로 몸을 굽혔다. 여자의 숨결을 느낄 수 있었다. 이제 호흡에 에테르 냄새는 없었다. 그것은 백리향처럼 시원한 숨결이었다. 백리향, 그렇다. 슈바르츠발트 산속의 목장, 뜨거운 태양 아래서 숨도 못 쉬고 기고 있었다. 어딘가 아래쪽에서 추적자들의 고함 소리, 취해버릴 것만 같은 백리향 향기. 이상하다. 모든 것을 깡그리 잊어버렸는데도 풀 냄새만은 기억에 남아 있다. 백리향. 20년이 지난 뒤에도 그 냄새는 먼지가 쌓인 기억의 주름 속에서 슈바르츠발트를 도망쳐 다니던 그날의 광경을 찢어서, 마치 어제의 일인 양 생생하게 되살려줄 것이다. 아니, 20년 후가 아니다. 12일 후다.

그는 무더운 거리를 걸어서 호텔로 돌아왔다. 그럭저럭 새벽 3시가 되어 있었다. 그는 계단을 올라갔다. 문 앞에 흰 봉투가 놓여 있었다. 그는 그것을 집어 들었다. 그에게로 온 것이다. 그런데 우표도 없고 스탬프도 찍혀 있지 않았다. 조앙이구나, 하고 생각하며 뜯어보았다. 수표가 한 장 떨어졌다. 뒤랑이 보낸 것이었다. 라비크는 관심 없이 숫자를 보았다. 그리고 다시 한번 잘 들여다보았다. 도무지 믿을 수가 없다. 여느 때와 같은 2백 프랑이 아니다. 2천이다. 그렇다면 상당히 혼이 난 모양이로군, 하고 그는 생각했다. 뒤랑이 자진해서 2천 프랑을 내놓다니. 그야말로 세계 여덟 번째 불가사의다.

그는 수표를 수첩에 끼워 넣고, 책을 한아름 침대 곁 테이블에 올려 놓았다. 잠을 못 이룰 때 읽으려고 이틀 전에 산 것이다. 책이란 이상한 것이다. 자기에게 점점 소중한 것이 되어 온다. 책이 모든 것을 대신할 수는 없지만, 그러나 다른 것으로는 도달할 수 없는 곳에 이르게 된다. 처음 두어 해 동안, 그는 책에는 일체 손을 대지 않았다. 실제로 일어난 일에 비하면, 책이란 생명이 없는 것이었다. 그것이 지금은 하나의 벽이 되어주고 있다. 설령 보호는 해주지 못하더라도, 적어도 그것에 기댈 수는 있다. 큰 도움은 되지 못한다. 그러나 암흑을 향해서 마구 역행하고 있는 시대에, 최후의 절망에서 보호해주고 있다. 이것으로 충분하다. 일찍이 숭상되던 사상도 지금은 멸시되고, 조소당하고 있다. 그러나 그런 사상은 일찍이 숭상되었던 것이며, 언제까지나 살아 있을 것이다. 그것으로 충분하다.

아직 읽기 시작하기 전에 전화가 울렸다. 그는 수화기를 집어 들지 않았다. 전화는 오랫동안 울렸다. 몇 분 후 벨이 그치자, 그는 수화기를 들고 누구에게서 걸려왔는지 수위실에 물어보았다. "이름은 대지 않았습니다" 하고 수위실 사내는 말했다. 무엇인가 먹고 있는 소리가 들렸다.

"여자던가?"

"네."

"사투리를 쓰는?"

"그건 모르겠는데요." 사내는 아직도 먹고 있다.

라비크는 베베르의 병원을 불렀다. 거기서는 아무도 전화를 걸지 않았다. 뒤랑의 병원에서도 건 사람이 없다. 그는 랭커스터 호텔에도 걸어보았다. 교환수는, 이쪽에서 전화를 건 사람은 없습니다, 라고 했다. 그렇다면 조앙임에 틀림없다. 아마도 세라자드에서 걸었을 것이다.

한 시간 후에 전화가 다시 울렸다. 라비크는 책을 내던지고 일어나서 창가로 갔다. 창문턱에 팔꿈치를 괴고 기다렸다. 부드러운 바람이 백합 향기를 실어온다. 피난민 비젠호프가 창가 화분대의 시든 카네이션을 백합으로 바꿔놓은 것이다. 그래서 요즘은 따뜻한 밤이면 집 전체에서 장의사나 수도원 안뜰 같은 냄새가 난다. 비젠호프가 골트베르크 노인을 향한 경건한 정에서 그랬는지, 아니면 그저 나무상자에는 백합이 잘 자라기 때문에 그랬는지는 잘 알 수가 없었다. 전화벨이 그쳤다. 오늘 밤에는 틀림없이 잠들 수 있겠지, 하고 생각하면서 그는 침대로 돌아갔다.

자고 있는 동안 조앙이 왔다. 조앙은 들어서자 대뜸 천장 불을 켜고 문간에 우뚝 서 있었다. 그는 눈을 떴다.

"당신 혼자예요?" 하고 그녀는 물었다.

"아냐. 불을 끄고 돌아가."

그녀는 잠시 망설였다. 그러고는 욕실로 가서 문을 열었다.

"거짓말쟁이" 하고 말하고는 생긋 웃었다.

"빌어먹을. 난 피곤하단 말이야."

"피곤하다고요? 왜요?"

"피곤하다니까. 잘 가."

그녀는 다가섰다. "당신은 지금 막 돌아왔군요. 전 10분마다 전화를 했어요."

그녀는 살피듯이 빤히 그를 쳐다보았다. 그는 그 말을 거짓말이라고 하지 않았다. 그녀는 옷을 갈아입고 있었다. 이 여자는 그 사내와 같이 자고는 사내를 보낸 다음 나를 갑자기 습격해, 여기에 와 있을 케이트 헤그시트룀에게, 나라는 사람은 매춘부나 상대하는 엄청난 호색가로서 밤마다 여자들이 드나드니 이런 남자는 피하는 것이 좋다는 것을 가르쳐주려고 이런 시각에 찾아온 것이다. 그는 자기도 모르게 웃었다. 빈틈없는 행동에는 유감스럽게도 언제나 감탄하지 않을 수 없다. 그것이 그녀 자신을 향한 경우일지라도.

"왜 웃지요?" 조앙은 격한 어조로 물었다.

"그냥 웃었을 뿐이야. 불을 꺼. 불빛 아래서 당신을 보니 소름이 끼친단 말이야. 그리고 돌아가줘."

그녀는 들은 체도 하지 않았다. "당신과 같이 있던 그 잡년은 누구지요?"

라비크는 몸을 반쯤 일으켰다. "냉큼 나가. 안 나가면 무엇이든 던져버릴 테야."

"아, 그렇군요." 그녀는 살피듯 그를 쳐다보았다. "그렇군요! 벌써 그렇게 되었군요."

라비크는 담배를 집었다. "웃기지 마! 자기는 다른 남자와 살면서 여기 와서 질투하는 체하고 있어. 자, 그만 당신의 배우 씨에게로 돌아가라고. 그리고 나를 가만 내버려두란 말이야."

"그건 전혀 다른 일이에요."

"물론이지!"

"물론 다른 일이에요!" 갑자기 그녀는 감정을 터뜨렸다. "다르다는 건 당신도 잘 알 거예요. 그건 제게 책임이 없어요. 전 그것 때문에 조금도 행복하지 않아요. 그렇게 되어버린 거예요. 어쩌다가 그렇게 되었는지 저도 모르겠어요……."

"일이란 언제나, 어쩌다가 그렇게 되는지 모르게 일어나는 법이야."

그녀는 그를 빤히 쳐다보았다. "당신은…… 당신은 언제나 그렇게 시치미 떼고 있었어요! 시치미 떼고 사람을 미치게 해요! 무슨 일이 일어나도 언제나 아무렇지 않은 얼굴을 하고 있었어요! 당신의 잘난 체하고 있는 얼굴이 전 제일 싫었어요! 견딜 수 없게 싫었던 적이 얼마나 많았는지 몰라요! 전 열중하지 않고는 못 배겨요! 전 제게 미쳐주는 사람이 필요해요! 제가 없으면 살아갈 수 없는 사람이 필요해요. 당신은 제가 없어도 살 수가 있어요! 당신은 언제나 그랬어요! 당신은 제가 없어도 되었던 거예요! 당신은 냉정해요! 정이 없어요! 당신이란 사람은 사랑이 뭔지 전혀 몰라요! 당신은 진정으로 저를 위해준 적이 한 번도 없었어요! 제가 전번에 당신이 두 달 동안이나 돌아오지 않아서 이렇게 되어버렸다고 말했지만, 그건 거짓말이에요! 설령 당신이 여기 있었더라도 이렇게 되었을 거예요! 웃지 마세요! 두 경우가 다르다는 건 알아요. 다 알아요. 다른 한 사람이 똑똑하지 못하다는 것도, 당신과 같지 않다는 것도 잘 알고 있어요. 하지만 그 사람은 제게 완전히 미쳐 있어요. 저 이외의 것은 그 사람에게 조금도 중요하지 않아요. 저 이외의 것은 하나도 생각하지 않고, 하나도 탐내지 않고, 아무것도 몰라요. 제게는 그것이 필요한 거예요."

그녀는 격하게 숨을 쉬며 침대 앞에 서 있었다. 라비크는 칼바도스 병을 집어 들었다. "그럼 왜 여기에 왔지?" 하고 그는 물었다.

그녀는 금방 대답을 하지 않았다. "당신이 아실 거예요." 이윽고 그녀는 나직하게 말했다. "왜 물으시죠?"

그는 잔에 가득 부어서 그녀에게 내밀었다. "마시고 싶지 않아요" 하고 그녀는 잘라 말했다. "그 여자, 어떤 사람이에요?"

"환자야." 라비크는 거짓말할 생각이 없었다. "병이 아주 중한 여자야."

"거짓말 마세요. 거짓말을 하려면 그럴듯하게 해요. 환자라면 병원에 있어야죠. 나이트클럽 같은 데는 안 올 거예요."

라비크는 잔을 도로 내려놓았다. 진실이란 때때로 터무니없는 거짓으로 생각되는 법이다. "정말이야."

"사랑하나요?"

"그게 당신에게 어떻다는 거야?"

"그 사람을 사랑하고 있나요?"

"그런 건 당신하고 관계가 없잖아, 조앙?"

"관계있어요! 당신이 아무도 사랑하지 않는 한……." 그녀는 망설였다.

"당신은 조금 전에 그 여자를 잡년이라고 했어. 잡년에게 사랑 같은 것이 문제 될 수는 없잖아?"

"그렇게 말해봤을 뿐이에요. 그 여자가 그렇지 않다는 것은 금세 알 수 있었어요. 그래서 그렇게 말한 거예요. 잡년이라면 제가 오지도 않았어요. 당신도 그 여자를 사랑하나요?"

"불을 끄고 돌아가줘."

그녀는 곁으로 다가왔다. "전 알았어요. 보고서 알 수 있었어요."

"그만둬" 하고 라비크는 말했다. "난 피곤해. 당신은 자신의 말장난을 천하일품으로 생각하겠지만, 그런 값싼 짓은 그만두라고. 한 남자는 도취 때문이든가, 확 달아오른 애정 때문이든가, 아니면 출세를 위한 남자. 더 깊이 사랑한다든가, 다른 방법으로 사랑한다든가 하는 또 다른 남자는 사이사이 안식처로 삼는다. 단, 그 얼간이가 그것으로 만족한다면 말이야. 그만해 줬으면 좋겠어. 도대체 당신은 사랑이 몇 종류나 되는 거야."

"그건 사실이 아녜요. 전 당신에게 돌아오고 싶은 거예요. 전 돌아오겠어요."

라비크는 다시 잔을 가득 채웠다. "하기야 당신은 그러고 싶은지도 모르지. 그러나 그건 환상에 지나지 않아. 유감스럽지만 그건 당신이 자신을 위로하기 위해 스스로를 속이고 있는 환상이야. 당신은 절대로 돌아오지 않을 거야."

"천만에요, 돌아오겠어요!"

"아냐. 설령 돌아와도 잠깐 동안이지. 그러다가 또 누군가 당신 이외에는 아무것도 바라지 않는 다른 남자가 나타나면 다시 제자리로 돌아갈 거야. 내 장래가 실로 암담하지."

"틀려요, 틀려요! 전 언제까지나 당신 곁에 있겠어요."

라비크는 웃었다. "조앙" 하고 그는 애정 어린 목소리로 말했다. "당신은 내 곁에 있지 않을 거야. 바람은 잡아둘 수 없어. 물도 그렇지. 만약 그렇게 하면 썩어버리고 말지. 바람을 잡아두면 김빠진 공기가 되어버리고. 당신은 어디고 한곳에 머물 수 없게 되어 있어."

"당신도 그렇지요."

"내가?" 라비크는 잔을 들이켰다. 아침에는 붉은 기가 감도는 황금빛 머리의 여자. 그다음에는 배 속에 죽음을 품고, 찢어지기 쉬운 비단 같은 살결을 가진 케이트 헤그시트룀. 그리고 지금은 이 여자. 무분별하고 탐욕스러우리만큼 생활욕으로 가득 찬, 자기 자신에 대해서는 아무것도 모르고 그러면서도 어떤 남자도 따라오지 못할 정도로 자기 자신을 잘 알고 있으며, 순진하고 교활하고 묘한 의미로는 성실하고, 그러나 그녀를 낳은 자연처럼 불성실하고, 쫓는가 하면 쫓기기도 하고 단단히 매달려 있고자 하면서도 동시에 떠나버리려 하는 여자.

"내가?" 하고 라비크는 되풀이했다. "대체 당신은 나에 대해서 뭘 알고 있지? 전부를 의심하지 않을 수 없게 된 한 생명에 애정이 싹튼다면 어떻게 되는지를 당신은 알고 있나? 그것에 비한다면 당신의 값싼 도취 따위가 무엇이란 말이야? 마구 떨어져 내리다가 갑자기 멈추고, 끝없이 계속되는 '왜?'가 '당신'으로 변할 때, 침묵의 사막에 느닷없이 신기루 같은 감정이 솟아올라 형체를 이루고, 피의 망상이 사정없이 선명한 풍경이 되고, 그 풍경에 비하면 모든 꿈도 생기 없는 평범하고 비속한 것으로 생각될 때 말이야. 은빛 풍경, 타오르는 피가 눈부신 반사광처럼 빛나는 금빛 은빛 선세공(線細工)과 홍수정의 도시 — 그것에 대해서 당신은 무엇을 알고 있다는 거야? 그렇게 쉽게 입 밖에 낼 수 있는 것이라고 생각하나? 술술 돌아가는 가벼운 혓바닥이 그것을 재빨리 압착해서, 말과 감정까지도 스테레오레코드로 만들 수 있다고 생각하나? 무덤이 입을 딱 벌리고 어제라는, 무수한 빛이 없는 공허한 밤에 겁을 집어먹고 있다는 것이 무엇인지, 당신은 알고 있나? 더구나 무덤이 입을 벌리는 거야. 무덤 속에는 해골 하나 없고 다만 흙이 남아 있을 뿐이야. 흙과 풍요한 씨앗, 그리고 벌써 움튼 푸른 싹이. 이런 것에 대해 당신은 대체 뭘 알고 있지? 당신이 사랑하는 것은 도취야. 정복이야. 당신은 '또 하나의 당신'을, 당신 속에서 죽고 싶어 하면서도 절대로 죽을 수 없는 '또 하나의 당신'을 사랑하는 거야. 당신은 사납게 포효하는 피의 기만을 사랑하고 있어. 그러나 당신의 마음은 언제나 공허하게 비어 있어. 사람이란 자기 내부에서 생장하지 않는 것은 무엇 하나 지니고 있을 수가 없기 때문이야. 게다가 폭풍우 속에서는 아무것도 생장하지 않아. 사물은 허전하고 고독한 밤에 생장하는 거야. 그것도 인간이 절망하지 않는다면 말이야. 당신은 이런 것에 대해서 뭘 알고 있지?" 그는 조앙을 완전히 잊어버린 듯이 그쪽은 보지도 않고 천천히 말했다. 그러다가 비로소 그녀를 쳐다보았다. "대체 내가 무슨 말을 하는 걸까. 케케묵고 어리석은 군소리야. 오늘은 술을 너무 마셨어. 자, 당신도 한 잔 들고 돌아가요."

그녀는 침대로 다가가 그의 곁에 걸터앉아 잔을 받았다. "알겠어요" 하고 그녀는 말했다. 얼굴빛이 달라져 있었다. 마치 거울 같다고 그는 생각했다. 언제나 누가 말하는 것을 무엇이든 반영하는. 지금은 진정하고 있어서 아름답다. "알았어요" 하고 그녀는 말했다. "그리고 몇 번이고 그렇게 느꼈어요. 하지만 라비크, 당신은 사랑을 위한 사랑, 생활에 대한 사랑 때문에 늘 저를 잊고 있었어요. 저는 한 가지 동기가 되었을 뿐이에요. 그리고 당신은 당신의 은빛 도시로 들어가버리고 저에 대해서는 거의 잊어버리고 있었어요."

그는 오랫동안 그녀를 쳐다보았다. "그런지도 모르지."

"당신은 자기 일에 완전히 골몰하고, 자기 속에서만 여러 가지를 찾아내고 있어요. 덕택에 저는 언제나 당신 생활 언저리에만 있었던 거예요."

"그런지도 모르지. 그러나 조앙, 당신은 뭘 쌓기 위한 토대가 될 사람은 아냐. 그건 당신도 알 거야."

"당신은 그걸 원했나요?"

"아냐." 라비크는 잠시 생각한 끝에 말했다. 그리고 웃었다. "인간이 단단하게 안정된 모든 것에서 도망쳐 피난민이 되면 때때로 기묘한 일을 당하게 되는 법이야. 그리고 이상한 짓을 하는 거야. 아니, 물론 뭘 쌓고 싶다는 생각은 하지 않았어. 그러나 새끼 양을 한 마리밖에 갖고 있지 않으면, 때때로 그것을 여러 방면에 써보고 싶은 생각이 드는 법이야."

갑자기 밤이 아주 평화스러워졌다. 지금은 먼 영원한 과거, 조앙이 자기 곁에 붙어 자던 그 시절의 밤으로 다시 한번 되돌아간 것 같다. 거리는 멀고 아득해져 지평선 위에서 술렁거리는 조용한 소리에 지나지 않는다. 시간의 사슬이 풀어지고, 때가 딱 멈춘 듯 소리 없이 고요하다. 이 세상에서 가장 단순한, 가장 불가사의한 일이 되살아났다. 서로 이야기를 주고받는 두 인간, 서로가 제 소리만 하고 있다. 그래도 말이라고 하는 음성이 두개골 속 고동하는 덩어리에 똑같은 이미지와 똑같은 감정을 형성한다. 그리고 아무런 의미도 없는 성대의 진동과 이 진동이 끈적거리는 잿빛 소용돌이에 일으키는 불가사의한 반응에서 갑자기 다시 하늘이 생겨나, 그 하늘에 구름과 실개천과 과거와 영고성쇠와 냉정한 예지가 비치게 된다.

"당신은 저를 사랑하지요, 라비크……" 하고 조앙은 말했다. 그것은 반은 물음이고, 반은 단정이었다.

"사랑해. 하지만 온 힘을 다해 당신에게서 달아나겠어."

그는 조용히, 마치 두 사람에게는 아무런 관계도 없는 것처럼 그렇게 말했다. 그녀는 그 말을 귀담아듣지 않았다. "우리가 다시는 함께 살 수 없다는 것을 저는 도저히 상상할 수 없어요. 일시적이라면 그럴 수도 있어요. 영원히는 절대로 안 돼요." 그녀는 되풀이해서 말했다. 그러자 그녀의 피부에 전율이 흘렀다. "절대로라는 말은 무서워요, 라비크. 우리가 절대로 함께 살 수 없다는 것을, 저는 상상할 수 없어요." 라비크는 대답을 하지 않았다. "저를 여기 있게 해주세요" 하고 그녀는 말했다. "다시는 돌아가고 싶지 않아요. 절대로요."

"내일이면 다시 돌아갈 거야. 당신 자신도 알고 있어."

"여기 이렇게 있으면, 언제까지나 여기 있을 수 없다는 것을 저는 상상할 수 없어요."

"똑같은 말이야. 그것도 알고 있을 테지."

시간의 한가운데 뚫린 공허한 공간. 또다시 자그마하고 불이 켜져 있는 선실 같은 방. 전과 똑같다…… 게다가 사랑하던 사람까지 있다. 더구나 그 사람은 이상하게도 이미 전과 같은 사람이 아니다. 팔을 내밀기만 하면 붙잡을 수는 있다. 그러나 다시는 붙잡을 수가 없다.

라비크는 잔을 내려놓았다. "또다시 나를 두고 가버리리라는 걸 자신도 알고 있어. 내일이나 모레 또는 언젠가는……."

조앙은 머리를 수그렸다. "그래요."

"설사 되돌아와도…… 틀림없이 다시 가버리리라는 걸 당신 자신이 알고 있잖아."

"그래요." 그녀는 얼굴을 들었다. 눈물이 흐르고 있었다. "도대체 왜 그럴까요, 라비크? 왜 그럴까요?"

"나도 모르겠어." 그는 가볍게 웃었다. "사랑이란 별로 즐거운 것이 못 되는군. 때로는 말이야. 그렇지?"

"그래요." 그녀는 그를 쳐다보았다. "우린 왜 이럴까요, 라비크?"

그는 어깨를 으쓱했다. "나도 모르겠어, 조앙. 우리에겐 꼭 붙잡고 있을 것이 하나도 없어서 그런지도 모르겠어. 이전에는 여러 가지가 있었어. 안전, 배경, 신념, 목적. 사랑에 뒤흔들리게 되면 그런 것이 모두 다정한 손잡이가 되어주어서, 우리는 그것을 붙잡고 있을 수가 있었어. 그런데 지금은 하나도 갖고 있지 않아. 겨우 가진 것이라곤 약간의 절망과 약간의 용기 정도고, 나머지는 안팎이 모두 낯선 것뿐이야. 거기에 사랑이 날아든다는 것은…… 바싹 마른 짚더미에 횃불을 던지는 것과 같아. 사랑밖에는 아무것도 없어. 그 때문에 사랑은 다른 것이 되지. 더 격렬하고, 더 소중하고, 더 파괴적인 것이 되어버리지." 그는 다시 자기 잔을 가득 채웠다. "사랑 같은 것은 너무 생각 않는 게 좋아. 도대체 우리는 생각을 깊이 할 수 있는 처지가 아니니까. 너무 깊이 생각하면 사람만 못 쓰게 될 뿐이야. 우리는 망하고 싶지는 않거든. 그렇지 않아?"

조앙은 머리를 저었다. "그렇게 되고 싶지는 않아요. 그 여자 누구지요, 라비크?"

"환자야. 전에도 한번 거기 같이 간 적이 있어. 당신이 아직 거기서 노래를 부를 때. 백 년이나 지난 옛날 일이야. 지금 당신은 무슨 일을 하고 있지?"

"보잘것없는 단역이에요. 전 제가 훌륭한 배우라고는 생각지 않아요. 하지만 혼자 살아갈 만큼 벌고 있어요. 언제라도 그만둘 수 있게 되었으면 해요. 야심 같은 건 조금도 없어요."

여자의 눈은 말라 있었다. 자기 칼바도스 잔을 들이켜고는 일어섰다. 피곤한 것 같았다. "인간이란 왜 이렇지요, 라비크? 왜 이래요? 틀림없이 무슨 이유가 있을 거예요. 그렇지 않다면 왜 그러냐고 묻지는 않을 거예요."

그는 침울하게 웃음을 띠었다.

"그것이야말로 인류가 아주 옛날부터 가지고 있던 문제야, 조앙. 왜 그런가? 오늘날까지 모든 논리, 모든 철학, 모든 과학이 이 문제에 부딪혀서는 산산이 부서지고 말았어."

"전 이제 가겠어요." 여자는 그를 쳐다보지 않고 말했다. 그리고 침대에 놓았던 자기 물건을 집어 들고 문 쪽으로 걸어갔다.

여자가 가버린다. 여자가 가고 있다. 이미 문 있는 데까지 갔다. 라비크의 마음속에서 무엇인가 튕겨 올랐다. 여자는 간다. 가버린다. 그는 몸을 일으켰다. 갑자기 더는 견딜 수가 없었다. 모든 것을 견딜 수가 없었다. 꼭 하룻밤만, 오늘 밤만이라도 다시 한번 그녀의 잠든 머리를 이 어깨 위에 올려놓고 싶다. 내일이면 싸울 수가 있다. 다시 한번만 여자의 숨결을 내 곁에서 느끼고 싶다. 무너져가면서 다시 한번 상냥한 환상과 달콤한 기만을 느끼고 싶다. 가면 안 된다. 안 돼. 우리는 괴로움 속에 죽고, 괴로움 속에 사는 것이다. 가면 안 된다, 안 돼. 네가 가버리면 나에게 무엇이 남는단 말인가? 내 보잘것없는 용기 따위가 무슨 소용이 있으랴? 우리는 대체 어디로 떠밀려 가고 있을까? 오직 너만이 진실이다! 빛나는 꿈이다! 불멸의 꽃이 피는 망각의 목장이다! 다시 한번, 다시 한번만 영원한 불꽃을! 대체 누구를 위해서 나는 나 자신을 소중히 간직하자는 것인가? 어떤 절망적인 것을 위해서? 어떤 어두운 불안을 위해서냐! 묻히고, 버림받고서. 내 생애는 이제 열이틀밖에 남지 않았다. 열이틀, 그다음은 무(無)다. 열이틀과 오늘 하룻밤뿐이다. 빛나는 피부여, 너는 왜 하필이면 오늘 밤 무수한 별에서 떨어져 방황하며 옛꿈에 싸여 찾아왔느냐? 우리 두 사람만 살아 있는 오늘 밤의 성채와 바리케이드를 왜 파괴해버렸느냐? 파도가 높이 일지 않는가? 높이 치솟아서 부서지지 않는가…… "조앙" 하고 그는 말했다.

여자는 뒤돌아보았다. 갑자기 그 얼굴에 격렬하고 숨 막히는 빛이 스쳐 갔다. 여자는 손에 들었던 것을 바닥에 떨어뜨리고 그에게로 달려들었다.

26

자동차가 보지라르 가 모퉁이에서 멈췄다. "무슨 일이지?" 하고 라비크는 물었다.

"시위 행렬입니다." 운전사는 뒤돌아보지도 않았다. "이번엔 공산당이군요."

라비크는 케이트 헤그시트룀을 쳐다보았다. 그녀는 루이 14세 궁정의 시녀로 가장하고, 구석에 옹색하고 연약하게 앉아 있었다. 얼굴은 분으로 짙게 화장을 했으나 창백한 인상을 풍겼다. 관자놀이와 볼의 뼈가 유난히 두드러져 보였다.

"나쁘지 않군" 하고 그는 말했다. "1939년 7월, 바로 5분 전에는 파시스트인 불의 십자군 시위, 이번에는 공산당 시위. 그런데 우리 두 사람은 위대한 17세기의 모습을 하고 있어. 나쁘지 않군, 케이트."

"상관없어요." 그녀는 웃었다.

라비크는 자신의 무도화를 내려다보았다. 기막힌 운명의 장난이다. 더구나 경관에게 체포당할 걱정이 없다.

"다른 길로 갈까요?" 케이트 헤그시트룀의 운전사가 물었다.

"이제는 돌릴 수도 없지" 하고 라비크는 말했다. "뒤에도 차가 잔뜩 밀려 있어."

시위 행렬은 그들이 서 있는 거리와 직각으로 교차하는 거리를 조용히 행진하고 있었다. 그들은 깃발과 현수막을 들고 있었다. 노래를 부르는 사람은 아무도 없었다. 수많은 경관이 행렬을 감시하고 있었다. 보지라르 가 모퉁이에 다른 경관 한 무리가 사람들 눈에 띄지 않도록 서 있었다. 그들은 자전거를 가지고 있었다. 그중 한 명이 거리를 순찰하는 중이었다. 그는 케이트 헤그시트룀의 차 안을 들여다보았으나, 놀라는 기색도 없이 저쪽으로 가버렸다.

케이트 헤그시트룀은 라비크의 눈을 바라보았다. "그는 놀라지 않아요" 하고 그녀는 말했다. "그는 알고 있거든요. 경관들은 모두 알고 있어요. 몽 포르의 무도회라고 하면 큰 여름철 행사거든요. 저택도, 정원도 경관들이 둘러싸고 있어요."

"그 말을 들으니 정말 안심이 되는군."

케이트 헤그시트룀은 웃었다. 그녀는 라비크의 처지에 대해 아무것도 몰랐다. "그만큼 많은 보석이 파리에서 당장에 모이는 일은 드물어요. 진짜 의상에 진짜 보석. 경찰은 절대 모험을 하지 않아요. 손님들 가운데도 틀림없이 형사가 섞여 있을 거예요."

"가장을 하고서?"

"아마 그럴 거예요. 왜요?"

"알아두는 게 좋지. 나는 로스차일드의 에메랄드라도 훔쳐볼까 하고 있거든."

케이트 헤그시트룀은 손잡이를 돌려서 창을 내렸다. "당신한텐 아마도 지루할 거예요. 하지만 오늘은 할 수 없어요."

"지루하지는 않을걸, 케이트. 그 반대야. 난 달리 어떻게 시간을 보내야 할지 모르던 참이야. 술은 충분히 나올까?"

"나올 거예요. 하지만 제가 집사장에게 적당히 눈짓을 하지요. 잘 아는 사이니까요."

보도를 울리는 시위대의 발소리가 들려왔다. 그들은 행진을 하고 있는 것이 아니었다. 아무렇게나 뒤섞여서 걸어가고 있을 뿐이었다. 마치 지친 동물들 무리가 지나가는 소리처럼 들렸다.

"당신은 어느 세기에 살고 싶으세요? 마음대로 선택할 수 있다면요."

"지금 세기야. 그렇지 않으면, 나는 죽어 있고 다른 미련한 녀석이 내 옷을 입고 이 파티에 나갈 테니까."

"그런 의미가 아니에요. 저는, 만약 당신이 다시 태어날 수 있다면 어느 세기에 태어나고 싶은가를 묻고 있는 거예요."

라비크는 자신의 옷소매를 보았다. "역시 마찬가지야. 지금 세기야. 지금까지로는 가장 한심스럽고, 가장 피비린내가 나고, 가장 썩었고, 가장 색채가 없고, 비겁하고, 지저분한 세기지. 그러나 그래도 역시 지금 세기야."

"저는 싫어요." 케이트 헤그시트룀은 손이 시린 듯 두 손을 서로 비볐다. 그 가느다란 손목 위로 금란이 부드럽게 번쩍였다. "이 세기…… 17세기 말이에요. 아니면 그보다도 앞선 세기. 어느 세기든 좋지만…… 다만 지금 세기만은 질색이에요. 불과 두어 달 전에 알게 되었지요. 그전에는 이런 것을 한 번도 생각해본 적이 없었어요." 그녀는 창을 완전히 내렸다. "정말 덥군요! 게다가 습하고요. 시위대는 아직 끝나지 않았나요?"

"끝나가는군. 저기 마지막 패가 오고 있어."

총소리가 들렸다. 캉브론 가 방향이다. 다음 순간 모퉁이에 대기하고 있던 경관대가 자전거에 뛰어올랐다. 한 여자가 찢어지는 듯한 소리를 질렀다. 갑자기 군중의 노한 목소리가 거기에 응했다. 사람들은 도망치기 시작했다. 경관대는 페달을 밟고 곤봉을 휘두르며 군중 속으로 뛰어들었다.

"어쩐 일이에요?" 케이트 헤그시트룀은 깜짝 놀라며 물었다.

"아무것도 아냐. 타이어가 터진 거야."

운전사가 뒤를 돌아보았다. 안색이 달라져 있었다. "저건……."

"가지" 하고 라비크는 운전사의 말을 가로막았다. "이젠 지나갈 수 있어."

네거리는 마치 돌풍이 지나간 후처럼 사람 하나 없었다. "자, 가자고" 하고 라비크는 말했다.

캉브론 가 방향에서 절규하는 소리가 들려왔다. 두 번째 총소리가 일어났다. 운전사는 자동차를 몰았다.

두 사람은 정원을 면한 테라스에 서 있었다. 어디를 보나 가장 의상으로 가득 차 있었다. 수목 사이 짙은 저녁 어둠 가운데 장미꽃이 피어 있었다. 등피 속 촛불이 하늘하늘 따스한 불빛을 던지고 있었다. 정자에서는 작은 악단이 미뉴에트를 연주하고 있었다. 모든 것이 마치 바토의 그림이 살아 있는 듯이 보였다.

"아름답지요?" 하고 케이트 헤그시트룀이 물었다.

"그렇군."

"정말?"

"정말이오, 케이트. 적어도 멀리서 바라보면 말이야."

"오세요. 정원을 걸어봐요." 높은 고목 밑에는 꿈같은 정경이 펼쳐지고 있었다. 수많은 촛불의 아련한 불빛이 금실과 은실의 금란에, 값지고 해묵어서 퇴색한 푸른빛, 장밋빛, 바다 같은 초록빛 비로드에 반짝반짝 흔들리고 있다. 그리고 긴 가발이나 화장을 한 드러낸 어깨 위에 부드러운 빛을 던지고 있다. 그 주위를 상냥한 바이올린 선율이 희롱하고 있다. 사람들이 짝을 지어, 또는 떼를 지어 점잖은 걸음걸이로 이리저리 천천히 거닐고 있다.

장검 손잡이가 번쩍이고, 샘물은 살랑이고, 가지치기를 해준 회양목 숲이 격에 어울리게 어두운 배경을 이루고 있다.

하인들까지도 의상을 입고 있다는 것을 라비크는 알았다. 이 지경이라면 형사도 가장을 하고 있을 것이 당연하다고 생각했다. 몰리에르나 라신에게 붙잡히는 것도 나쁘지는 않으리라. 아니면 기분 전환을 위해 궁정의 난쟁이에게라도 좋다.

그는 하늘을 올려다봤다. 미지근하고 커다란 빗방울이 하나 손에 떨어졌다. 붉은 하늘이 어두워져 있었다. "비가 오겠는데, 케이트."

"아니, 설마 비가 오려고요. 정원에……."

"틀림없어. 자, 빨리 와요!"

그는 그녀의 팔을 잡고 테라스로 급히 데리고 왔다. 테라스에 닿기가 무섭게 벌써 비는 억수로 퍼붓기 시작했다. 빗물은 폭포처럼 내리 퍼붓고, 촛불은 등피 속에서 꺼져버리고, 탁자 장식은 순식간에 퇴색한 누더기처럼 힘없이 축 늘어지고, 야단법석이 일어났다. 공작 부인과 백작 부인, 그리고 시녀들은 금란 의상을 높이 추켜들고서 테라스로 뛰어올랐다. 공작과 각하와 원수님들도 가발을 적시지 않으려고 형형색색의 놀란 수탉들처럼 뒤섞여서 서로 밀쳐댔다. 비는 가발과 깃과 드러낸 어깨로 흘러들어 분과 루주를 씻어 내렸다. 번갯불의 창백한 섬광은 실체가 없는 빛의 홍수를 정원에 범람시키고, 이어서 우렛소리가 요란스레 울려 퍼졌다.

케이트 헤그시트룀은 라비크에게 몸을 바싹 붙이고 테라스 차양 밑에 꼼짝도 않고 서 있었다. "이런 일은 한 번도 없었어요" 하고 그녀는 넋을 잃고 말했다. "여러 번 여기에 왔지만 이런 일은 처음이에요. 어느 해에도 없던 일이에요."

"에메랄드를 훔치기에는 절호의 기회로군."

"정말 그렇군요……."

레인코트를 입고 우산을 든 하인들이 정원을 이리 뛰고 저리 뛰고 있었다. 그들의 비단 덧신이 레인코트 밑으로 비어져 나와 있는 모습이 기이하게 보였다. 그들은 흠뻑 젖은 채 남아 있던 마지막 시녀들을 테라스로 데리고 왔다. 그러고는 다시 떨어뜨린 숄이나 물건들을 찾아다녔다. 어느 하인은 황금빛 신발을 한 짝 들고 왔다. 우아한 신발이었다. 그는 그것을 커다란 두 손으로 소중하게 받쳐 들고 왔다. 비는 아무것도 없는 탁자에 마구 쏟아졌다. 마치 하늘이 수정 북채로 알지도 못하는 기상 신호를 두드리듯 우레가 차양 위로 요란스럽게 두드리고 있었다.

"안으로 들어가요" 하고 케이트 헤그시트룀이 말했다.

저택 방을 모두 다 해도 손님 수에 비하면 비좁았다. 아무도 날씨가 나빠지리라고는 생각지 못했던 것 같다. 방 안에는 대낮의 무더위가 아직도 남아 있었다. 게다가 사람들의 훈김으로 더욱 후덥지근했다. 자리를 넓게 차지하는 부인들의 의상은 짓눌려서 쭈글쭈글해지고, 비단 옷자락은 발에 밟혀 찢어져 있었다. 거의 움직일 수가 없었다.

라비크는 케이트 헤그시트룀과 입구 쪽에 서 있었다. 그의 앞에서 땋아 늘인 머리를 흠뻑 적신, 오동통한 몽테스팡 후작 부인이 숨을 할딱이고 있었다. 털구멍이 큰 부인의 목덜미에는 배(梨) 모양의 다이아몬드 목걸이가 걸려 있었다. 그런 꼴을 하고 있으니, 마치 카니발에서 흠뻑 비를 맞은 채소 장수 마누라 같았다. 그 옆에는 턱이 없는 대머리 사나이가 기침을 하고 있었다. 라비크는 그 사나이를 기억했다. 콜베르로 분장한 외무부의 블랑셰였다. 옆모습이 그레이하운드 같은, 날씬하고 아름다운 두 부인이 블랑셰 앞에 서 있었다. 그 옆에는 보석투성이 모자를 쓴, 목소리가 카랑카랑하고 통통하게 살찐 유대인 남작이 서서 그녀들 어깨를 사뭇 기분 좋은 듯이 어루만지고 있었다. 시동으로 분장한 남아메리카 사람 두서너 명이 어이없다는 듯이 그 모습을 유심히 바라보고 있었다. 그 사이에 라 발리에르로 분장한 밸랭 백작 부인이 하늘에서 쫓겨난 천사 같은 얼굴로, 수많은 루비를 달고 서 있었다. 라비크는 2년 전에 뒤랑의 진찰로 부인의 난소를 잘라낸 일을 생각했다. 이들은 모두가 뒤랑의 단골손님인 것이다. 그는 거기서 두어 걸음 떨어진 자리에 젊고 굉장히 돈 많은 랑플라르 남작 부인이 있는 것을 알았다. 부인은 영국 사람과 결혼했지만, 이미 자궁을 갖고 있지 않다. 라비크가 잘라낸 것이다. 뒤랑의 오진이었다. 5만 프랑의 수술비. 뒤랑의 여비서가 그에게 살짝 가르쳐주었다. 라비크는 2백 프랑을 받았다. 그래서 부인은 생명을 10년은 단축했을 뿐만 아니라 아이도 낳을 수 없게 되었다.

비 냄새. 향수와 피부와 젖은 머리카락 냄새가 뒤섞인, 죽은 듯이 괸, 답답한 무더위. 비에 씻긴 얼굴은 가발을 쓰고 있어서 가장하지 않은 때보다 더 드러나 보였다. 라비크는 주위를 둘러보았다. 그의 주위에는 아름다운 여인들이 많았다. 재치와 회의적인 총명함도 보였다. 그러나 단련된 그의 눈은 동시에 아주 미미한 병의 징조도 발견할 수가 있었다. 겉모습이 아무리 완전하게 보여도 쉽게 속아 넘어가지는 않았다. 그는 어느 일정한 상류 사회는 위대한 세기든 그렇지 않은 세기든, 모든 세기를 통틀어 언제나 같다는 것을 알고 있었다. 그러나 한편으로 열병이나 붕괴가 어떠하다는 것도 알았고, 그 징후를 알아볼 수도 있었다. 미적지근한 난혼(亂婚), 유약한 자의 관용, 힘이 없는 스포츠, 분별없는 재치, 위트를 위한 위트, 허탈한 무목적 속에서 빛을 잃어버린 피곤한 피. 세계가 이러한 자들에 의해서 구원되지는 않을 것이다. 그렇다면 누가 구원할 것인가?

그는 케이트 헤그시트룀을 건너다보았다. "마시기는 틀렸어요" 하고 그녀는 말했다. "하인들이 도시 뚫고 다닐 수가 있어야죠."

"괜찮아." 두 사람은 점차 다음 방으로 밀려갔다. 벽 가에 탁자가 있고, 샴페인이 놓여 있었다. 안으로 들여다가 황급히 준비한 것이다.

몇 군데 상들리에 불이 켜져 있었다. 그 부드러운 불빛 속으로 바깥에서 번갯불이 번쩍여서 일순간 사람들의 얼굴을 창백하고 유령 같은 찰나의 죽음으로 몰아넣었다. 이어서 우레가 울려 퍼지면서 말소리를 지우고, 사방을 지배하고 위협했다. 이윽고 다시 부드러운 불빛이 되돌아오고, 동시에 생명과 숨이 막힐 듯한 무더위가 되돌아왔다.

라비크는 샴페인이 놓여 있는 탁자를 가리켰다. "무얼 좀 가져다줄까?"

"싫어요. 너무 더워요." 케이트 헤그시트룀은 그를 쳐다보았다. "글쎄, 이게 제 잔치로군요."

"비는 아마 곧 그칠 거야."

"그치지 않을 거예요. 설령 그친다 해도…… 이젠 틀렸어요. 제 기분 아시겠죠? 이젠 가요……."

"찬성이야. 나도 가고 싶어. 이건 마치 프랑스혁명 직전 같군. 상퀼로트*가 언제 뛰어들지도 모르겠어."

두 사람은 한참 걸려서 겨우 입구로 나왔다. 거기까지 나왔을 때 케이트 헤그시트룀의 옷은 입은 채로 몇 시간이나 잠을 잔 것처럼 몹시 구겨져 있었다. 밖에는 비가 폭포처럼 쏵쏵 퍼붓고 있었다. 건너편 건물은 마치 물을 잔뜩 뿌린 꽃집 유리창을 내다보는 것처럼 보였다.

자동차 소리가 다가왔다. "어디로 갈 거지?" 하고 라비크는 물었다. "호텔로 돌아가겠소?"

"아직은 싫어요. 하지만 이런 옷으로는 아무 데도 갈 수가 없겠군요. 차를 타고 좀 돌아다녀요."

"그러지."

차는 밤의 파리를 천천히 미끄러져 갔다. 비가 천장을 때리고, 그 소리

---

* 프랑스혁명 당시의 의식적인 민중 세력을 말한다.

때문에 다른 소리는 하나도 들리지 않았다. 개선문이 억수로 퍼붓는 은빛 빗발 속에서 희미하게 회색으로 솟았다가는 다시 사라졌다. 불이 켜진 창이 즐비한 상젤리제 가로 미끄러져 나갔다. 롱 포앙은 꽃과 시원한 향기로 가득 찬, 짙은 안개 속 오색 파도 같았다. 반인반어(伴人半魚)의 해신 트리톤과 바다의 괴물이 있는 콩코르드 광장은 바다처럼 광활하고 어렴풋하게 보였다. 티볼리 가가 헤엄치듯 다가온다. 그 밝은 아치형 거리는 베네치아의 모습을 슬쩍 연상시킨다. 그러다가 루브르 박물관의 영원한 잿빛 모습이 우뚝 솟아 나왔다. 안뜰은 끝없이 뻗어 있고, 창문은 모두가 불빛에 반짝이고 있다. 그리고 강변과 다리가 조용한 물결 속에 꿈처럼 일렁이고 있다. 거룻배, 훈훈한 등불이 하나 켜져 있는 예인선. 그 불빛이 몇천의 고향 집을 숨기고 있는 것처럼 따사롭다. 센강, 불바르, 버스, 사람의 무리, 소음, 상점. 뢰상부르 궁의 철책, 그 안에 위치한 릴케의 시 같은 정원. 고요하고 적적한 몽파르나스 묘지. 양쪽이 서로 맞닿을 만큼 비좁은 옛 그대로의 거리, 집들. 갑자기 눈앞에 펼쳐져서 놀라게 하는 침묵의 광장, 늘어선 수목, 집들의 굽은 정면, 교회, 풍화한 기념비, 빗속에 깜박거리는 가로등, 자그마한 성채처럼 지면에서 우뚝 솟아 있는 공중변소, 시간제로 방을 빌려주는 호텔이 즐비한 골목길, 그러한 골목에 끼여 있는 순 로코코 양식과 바로크 양식의 옛 거리, 그런 건물의 정면이 미소를 띠며 굽어보고 있다. 프루스트의 소설에 나오는 듯한 어둑어둑한 대문.

케이트 헤그시트룀은 구석에 앉은 채 말이 없었다. 라비크는 담배를 피웠다. 그는 담뱃불을 보았다. 그러나 맛을 알 수 없었다. 마치 차 안의 어둠 속에서 실체가 없는 담배를 피우고 있는 것 같았다. 차차 온갖 것이 꿈처럼 여겨진다. 이런 드라이브, 빗속을 소리도 없이 미끄러져 가는 자동차, 뒤로 미끄러지는 거리, 옛날 옷을 입고 구석에서 말이 없는 여자. 그 옷에 반짝반짝 불빛이 반사한다. 이제 다시는 움직이지 않을 듯이 금란 위에 가만히 놓여 있는, 이미 죽음의 낙인이 찍힌 이 손. 아직은 결론을 내리지 못한 생각과 입 밖에 내지 않는 까닭 없는 이별이 가득 스며 있는, 유령 같은 파리에서의 유령 같은 드라이브.

그는 하케를 생각했다. 어떻게 해치울까를 생각해보려고 했다. 그는 수술을 한, 붉은 기가 감도는 금발 머리 여자를 생각했다. 지금은 이미 잊어버린 여자와 함께 지낸, 로텐부르크오프데어타우버에서의 비 내리던 밤을 생각했다. 아이젠후트 호텔을, 어딘지도 모르는 창문에서 흘러나오던 바이올린 선율을 생각했다. 1917년 플랑드르의 양귀비꽃이 피어 있는 밭에서, 뇌우 속에서 전사한 롬베르크가 떠올랐다. 마치 신이 인간에게 진절머리가 나서 대지를 포격하고 있는 듯싶게 뇌성은 마구 요란스레 불을 뿜는 기관총소리에 섞여 유령처럼 울려 퍼졌다. 그는 후투울스트에서 해병대 병사 하나가 켜던, 통곡하는 듯한, 그러면서도 서툴고 견딜 수 없는 향수에 가득 찬 아코디언을 생각했다. 비 오는 날의 로마 생각이 마음을 스쳐 지나간다. 르왕의 질펀한 국도. 강제수용소 막사 지붕을 때리는, 언제 그칠 줄 모르던 11월의 장마, 헤벌린 입 속에 물이 괴어 있는 스페인 농부의 시체, 죽기 직전의 축축이 젖은 클레에르의 밝고 맑은 얼굴, 라일락의 짙은 향기가 감도는 하이델베르크 대학으로 가는 길. 지난날의 환등(幻燈). 지나간 모습들의 끝없는 행렬, 원한과 위안이 하나가 되어 창밖 거리처럼 미끄러져 지나간다.

그는 담뱃불을 끄고 몸을 일으켰다. 그만두자. 지나치게 옛날을 되새기면 무심결에 뭔가에 부딪히든가 절벽에서 떨어지고 만다.

차는 몽마르트르 거리를 올라간다. 비는 그쳤다. 은빛 구름이 육중하게, 황급히 하늘을 질러 간다. 한 조각 달빛을 낳으려고 서두르고 있는 임신한 어머니들처럼. 케이트 헤그시트룀은 차를 세웠다. 두 사람은 차에서 내려, 모퉁이를 돌아서 두서너 골목을 올라갔다.

갑자기 파리가 두 사람 발밑에 펼쳐졌다. 끝없이 퍼지고, 젖어서 깜박이고 있는 파리. 거리, 광장, 밤, 구름과 달의 파리. 불바르의 꽃다발, 창백하게 아련히 빛나고 있는 비탈, 탑, 지붕, 어둠과 빛이 부딪치고 있는 파리. 지평선 저쪽에서 불어오는 바람, 평원에 반짝이는 불빛, 어둠과 밝음이 자아내는 다리, 센강 먼 저쪽으로 달아나는 소나기, 무수한 자동차 헤드라이트, 파리. 밤에게서 억지로 빼앗아 몇백만의 하수구 위에 세워진, 웅웅거리는 생활의 거대한 벌집, 지하의 그 악취 위에서 피어나는 불빛의 꽃, 암(癌)과 모나리자, 파리.

"잠깐 기다려요, 케이트" 하고 라비크는 말했다. "뭘 좀 사오겠소."

그는 가장 가까운 술집으로 들어갔다. 신선한 붉은 소시지와 간 소시지의 훈훈한 냄새가 코를 찔렀다. 그의 분장을 눈여겨보는 사람은 아무도 없었다. 그는 코냑 한 병과 잔 두 개를 샀다. 가게 주인은 병을 따고, 코르크 마개를 다시 헐겁게 막아주었다.

케이트 헤그시트룀은 그가 술을 사러 들어갔을 때와 같은 자세로 밖에서 있었다. 그녀는 가장한 의상을 입은 채, 구름이 요란하게 움직이고 있는 하늘을 배경으로 가냘프게 서 있었다. 보스턴 태생 스웨덴계 미국 여자가 아니라, 지나간 세기가 남겨두고 간 여인처럼.

"자, 케이트. 추위와 비, 그리고 지나친 정적에서 오는 혼란에는 이것이 제일 좋은 약이야. 저 아래 보이는 도시를 위해서 한잔 듭시다."

"네, 좋아요." 그녀는 잔을 받아 들었다. "여기까지 드라이브하기를 잘했어요, 라비크. 온 세계의 어떤 파티보다도 좋아요."

그녀는 잔을 비웠다. 달이 그녀의 어깨와 옷과 얼굴을 비추었다. "코냑이로군요, 그것도 고급으로" 하고 그녀는 말했다.

"맞았어. 그것을 알 수 있는 한 모두가 정상이지."

"한 잔 더 주세요. 그리고 다시 자동차로 돌아가요. 옷을 갈아입을 테니까 당신도 옷을 갈아입고 함께 세라자드로 가요. 전 감상에 젖어 진탕만탕 한번 논 뒤에 저 자신을 불쌍히 여기고, 그리고 더없이 멋있는 이 피상적인 생활 모두에 이별을 고하겠어요. 그리고 내일부터는 철학자의 책을 읽고, 유언장을 쓰고, 제 처지에 어울리게 살아가겠어요."

라비크는 호텔 계단에서 여주인을 만났다. 여주인이 그를 붙잡았다. "잠깐 뵐 수 있겠어요?"

"좋아요."

여주인은 그를 2층으로 데리고 가더니 곁쇠로 어떤 방문을 열었다. 누가 아직 살고 있다는 것을 알 수 있었다.

"무슨 일입니까? 왜 남의 방에 함부로 들어가죠?" 하고 그는 물었다.

"이 방에 로젠펠트가 살고 있어요. 그 사람이 나간다는 거예요."

"난 방을 바꾸고 싶지 않은데요."

"그 사람은 나간다면서, 아직 석 달이나 방세를 치르지 않았어요."

"아직 물건이 남아 있군요. 이것을 잡으면 되지 않소."

여주인은 침대 곁에 열린 채로 놓여 있는 낡아빠진 가방을 사뭇 멸시하듯이 발로 걷어찼다. "이 속에 뭐가 들었는 줄 아세요? 서푼어치도 안 돼요. 인조가죽이에요. 낡아빠진 내의, 그리고 위에 걸치는 옷이라야, 저기 보이지요, 저것 두 벌밖에 없어요. 다 해서 백 프랑도 되지 않아요."

라비크는 어깨를 으쓱했다. "그 사람이 나가겠다고 했나요?"

"아뇨. 그렇지만 그쯤은 알아요. 대놓고 그렇게 말해줬어요. 그러니까 그 사람도 좋다고 했지요. 내일까지 지불해야 한다고 분명히 말했어요. 방세도 내지 않는 손님을 이렇게 언제까지나 둘 수는 없어요."

"알아요. 그런데 나더러 어쩌라는 말이오?"

"저 그림 말이에요. 저것도 그 사람 것인데 값어치가 있다는 거예요. 저것이면 방세를 치르고도 많이 남는다더군요. 어디 한번 보세요!"

그때까지 벽을 주의해서 보지 않았던 라비크는 벽을 바라보았다. 그의 앞에 있는 침대 위에 반 고흐가 전성기에 그린 아를의 풍경화가 걸려 있었다. 그는 한 걸음 다가섰다. 그림이 진짜라는 것은 의심할 여지가 없었다. "형편없는 것인가요?" 하고 여주인은 물었다. "저 비뚤어진 것이 나무라는 군요! 그리고 저걸 좀 보세요!"

그것은 세면대 위에 걸려 있었다. 고갱의 그림이었다. 열대지방의 풍경을 배경으로 한, 벌거벗은 남양 토인 여자의 그림이었다. "저 다리 좀 보세요! 코끼리 같은 발꿈치를 하고 있지요. 그리고 저 얼굴은 꼭 천치 같고요! 저 서 있는 꼴을 좀 보세요! 그리고 저기도 한 장 있는데, 아직 완성되지도 않았어요."

미완성 그림은 세잔이 그린 자기 부인의 초상화였다. "저 입! 비뚤어져 있어요. 볼에는 핏기도 없고요. 그 사람은 이런 걸로 나를 속이려 드는 거예요! 당신은 내 그림을 보셨지요! 그것이 그림이라는 거예요! 자연 그대로고, 진짜고, 정확해요. 식당에 걸려 있는, 그 사슴이 있는 설경화 말이에요. 그런데 이 엉터리 그림들은…… 마치 그 사람 자신이 그린 것 같아요. 그렇게 생각지 않으세요?"

"아마도 그런 게로군요."

"난 그 말을 듣고 싶었던 거예요. 당신은 교육을 받은 분이라 이런 걸 잘 아실 테니까요. 액자에도 안 끼워져 있잖아요."

석 장의 그림은 액자 없이 걸려 있었다. 우중충한 벽지 위에서 마치 다른 세계로 난 창문처럼 빛나고 있었다. "하다못해 좋은 액자에라도 끼워놓았다면야! 그렇다면 잡아둬도 좋아요. 그렇지만 이런 꼴로야! 하지만 결국은 이런 엉터리를 받아두게 될 거예요. 그리고 다시 속아 넘어가는 거지요. 친절을 베푼 대가가 이거예요."

"그림을 잡지 않아도 될 것 같은데요" 하고 라비크는 말했다.

"다른 수가 있을까요?"

"로젠펠트는 돈을 마련해올 겁니다."

"어떻게요?" 그녀는 재빨리 그를 쳐다보았다. 안색이 변했다. "이 그림들이 조금은 값어치가 있나요? 바로 이런 것들이 값어치가 나가는 수가 가끔 있거든요!" 여주인의 누런 이맛살에서 여러 가지 생각이 뛰고 있는 것이 보였다. "전달 치로 아무 말 않고 이 중 한 장을 잡아도 좋아요. 어떤 것이 좋을까요? 침대 위의 저 커다란 것이 좋을까요?"

"어느 것도 안 됩니다. 로젠펠트가 돌아올 때까지 기다려요. 반드시 돈을 가지고 올 겝니다."

"난 그렇게 생각지 않아요. 난 호텔 주인이니까요."

"그럼 왜 그렇게 오랫동안 기다렸죠? 보통 때는 안 그러지 않았습니까?"

"말주변 때문이지요! 말주변에 속아 넘어간 거예요! 우리 집 형편은 당신도 아실 거예요."

로젠펠트가 느닷없이 문간에 나타났다. 말이 없고, 키가 작고, 침착하다. 여주인이 미처 무슨 말을 하기도 전에 그는 호주머니에서 돈을 꺼냈다. "자…… 그리고 이것이 내 계산서입니다. 영수증을 만들어주시겠습니까?"

여주인은 깜짝 놀라며 지폐를 바라보았다. 그러고는 그림을 보고, 다시 돈을 보았다. 하고 싶은 말이 많았다. 그러나 말이 나오지 않았다. "돈이 남아요" 하고 마침내 말했다.

"알고 있습니다. 지금 주실 수 있겠습니까?"

"그럼요, 드리지요. 지금 가진 게 없어요. 금고는 밑에 있으니까요. 바꿔 오겠어요."

여주인은 몹시도 모욕을 당한 듯 방에서 나갔다. 로젠펠트는 라비크를 쳐다보았다.

"실례했습니다" 하고 라비크는 말했다. "저 늙은이에게 끌려왔어요. 저 여자가 무슨 생각을 하고 있는지 몰랐어요. 당신 그림의 가치를 알고 싶었던 거지요."

"그래, 말씀하셨습니까?"

"아뇨."

"잘됐군요." 로젠펠트는 이상스레 웃으며 라비크를 쳐다보았다.

"이런 그림을 어떻게 이런 데 걸어둡니까?" 하고 라비크는 물었다. "보험에 드셨나요?"

"아뇨. 그러나 그림은 도둑맞지 않습니다. 기껏해야 20년에 한 번쯤 미술관에서 도둑맞을 정도지요."

"이 호텔에 불이 나지 않는다고도 할 수 없지요."

로젠펠트는 어깨를 으쓱했다. "만일의 위험은 할 수 없지요. 보험금이 비싸서 저로서는 들 수가 없어요."

라비크는 반 고흐의 그림을 잘 들여다보았다. 적어도 백만 프랑은 간다. 로젠펠트는 그의 시선을 쫓았다.

"당신이 무슨 생각을 하는지 압니다. 이런 걸 갖고 있는 사람은 보험 들 돈을 가지고 있어야 마땅하지요. 그러나 저는 그럴 돈이 없습니다. 저는 이 그림들로 살고 있습니다. 파는 것을 서둘진 않습니다. 팔고 싶지 않으니까요."

세잔의 그림 아래 있는 탁자에는 알코올 풍로가 놓여 있었다. 그 곁에는 커피 통, 빵, 버터, 그릇, 그리고 종이 봉지가 서너 개 놓여 있었다. 방은 좁고 썰렁했다. 그러나 그 벽에서는 세계의 광휘가 번쩍이고 있었다.

"이해하겠습니다" 하고 라비크는 말했다.

"어떻게 되리라고 생각했습니다" 하고 로젠펠트는 말했다. "모든 것을 죄다 지불할 수가 있었습니다. 기차 요금도, 배표도 모두 말입니다. 단지 석 달 치 방세만은 치를 수가 없었습니다. 거의 아무것도 먹지 않았지만, 그래도 도무지 어쩔 수가 없었어요. 비자를 얻는 데 너무 시간이 걸려서요. 오늘 밤에 모네를 팔지 않을 수 없었습니다. 베토이유의 풍경화였지요. 그것도 가지고 갈 수 있다고 생각했었지만요."

"그러나 결국은 어디선가 팔지 않을 수 없었을 게 아닙니까?"

"그렇긴 합니다. 그러나 달러로 팔고 싶었던 거예요. 두 배는 되었을 테니까요."

"아메리카로 가십니까?"

로젠펠트는 고개를 끄덕였다. "이젠 여기에서 떠날 때가 되었어요."

라비크는 그를 쳐다보았다.

"죽음의 새도 떠납니다" 하고 로젠펠트는 말했다.

"죽음의 새라니요?"

"아, 그렇지…… 마르쿠스 마이어 말입니다. 우리는 그를 죽음의 새라고 부르고 있지요. 그는 도망갈 시기를 냄새로 알아내거든요."

"마이어라니요?" 하고 라비크는 말했다. "가끔 카타콤에서 피아노를 치는, 그 머리 벗겨지고 키가 작은 사람 말입니까?"

"그렇습니다. 우리는 프라하에서 지낸 이래 그를 죽음의 새라고 불러왔습니다."

"재미있는 이름이군요."

"언제나 냄새를 맡아요. 그는 히틀러가 정권을 잡기 두 달 전에 독일에서 도망쳐 나왔지요. 빈은 나치가 오기 석 달 전에, 프라하는 놈들이 침입하기 6주 전에 말입니다. 저는 그에게 붙어서 떨어지지 않았습니다. 줄곧 그랬습니다. 그는 냄새로 알아냅니다. 그 덕분에 그림을 살릴 수가 있었지요. 독일에서는 이미 돈을 가지고 나올 수가 없었습니다. 마르크가 봉쇄된 거예요. 투자한 돈이 150만가량 있었지요. 현금으로 바꿔보려고 했습니다만, 그러던 차에 나치가 들이닥쳐 이미 때가 늦었습니다. 마이어는 현명하게 했지요. 재산 일부를 몰래 가지고 나왔어요. 저는 그만한 용기가 없었습니다. 그 마이어가 이번에는 아메리카로 가는 거예요. 그래서 저도 가는 겁니다. 모네는 아깝게 되었습니다."

"그러나 그것을 판 나머지 돈은 가지고 갈 수 있지요. 아직 프랑은 봉쇄되지 않았으니까요."

"그렇긴 합니다. 그러나 저쪽에 가서 팔면 더 오래 살아갈 수가 있겠지요. 이렇게 나가다가는 곧 고갱도 희생시키지 않을 수 없을 것 같군요."

로젠펠트는 알코올 풍로를 매만졌다. "이제 저것이 마지막입니다" 하고 그는 말했다. "저 석 장이 남았을 뿐입니다. 저것으로 살아가야 합니다. 일거리 같은 것은 기대도 하지 않습니다. 그런 걸 얻는다면 그야말로 기적입니다. 이제 이 석 장뿐입니다. 한 장이 없어지면 그만큼 생명이 줄어드는 셈이지요."

그는 가방 앞에 맥없이 서 있었다. "빈에는…… 5년 있었습니다. 그 무렵에는 돈이 별로 들지 않았습니다. 생활비가 적게 들었지요. 그래도 르누아르 두 장, 드가의 파스텔화 한 장을 팔았습니다. 프라하에선 시슬레 한 장, 그 밖에 스케치 다섯 장으로 먹고살았습니다. 스케치에는 아무도 돈을 내려고 하지 않거든요. 드가 것이 두 장, 르누아르의 초크화가 한 장, 들라크루아의 세피아화가 두 장이었지요. 아메리카였다면 그것으로 1년은 더 살 수 있었을 거예요. 보시는 바와 같이" 하고 그는 사뭇 절망적으로 말했다. "이제는 이 유화 석 장밖에 남지 않았습니다. 어제까지는 아직 넉 장이었지만요. 이 비자로, 적어도 2년 치 생활비가 날아가버렸습니다. 3년까지는 안 되지만요!"

"그러나 살아가기 위해 팔 수 있는 그림이 한 장도 없는 사람도 많습니다."

로젠펠트는 수척한 어깨를 으쓱했다. "그렇게 생각해도 아무런 위안이 되지 않습니다."

"그야 그렇겠지요."

"이것으로 전쟁 동안을 살아나가야 합니다. 그런데 이번 전쟁은 오래갈 겁니다."

라비크는 대답을 하지 않았다.

"죽음의 새가 그렇게 말하고 있습니다" 하고 로젠펠트는 말했다. "그리고 그는 아메리카도 언제까지나 안전할지 알 수 없다는 거예요."

"그렇게 되면 어디로 갑니까" 하고 라비크는 물었다. "이젠 남은 곳도 별로 없을 텐데."

"그도 아직은 잘 몰라요. 아이티를 생각하고는 있지만. 설마 흑인 공화국은 참전하지 않으리라는 거지요."

로젠펠트는 아주 진지했다. "아니면 온두라스지요. 남아메리카의 작은 공화국입니다. 또는 산살바도르, 그리고 아마 뉴질랜드도."

"뉴질랜드? 거긴 너무 멀지 않을까요?"

"멀다고요?" 하고 로젠펠트는 말하고 나서 슬픈 듯이 웃었다. "어디서 말입니까?"

27

바다. 뇌성이 울려 퍼지는 암흑의 바다. 파도 소리가 귓전을 울린다. 그리고 귀청이 찢어질 듯이 울리는 벨 소리가 울부짖으며 배가 침몰하는 것을 알리고 있다. 그리고 밤, 물러가는 잠 속으로 밀려드는 낯익은 창문, 여전히 울리고 있는 벨 소리. 전화가 온 것이다.

라비크는 수화기를 들었다. "여보세요."

"라비크."

"무슨 일이죠? 누구십니까?"

"저예요. 절 모르시겠어요?"

"아, 알겠어. 무슨 일이야?"

"와주세요! 빨리! 지금 곧!"

"무슨 일이야?"

"와주세요, 라비크! 큰일 났어요!"

"무슨 일이 일어났나?"

"큰일 났어요! 전 무서워요! 와주세요! 지금 곧! 도와주세요! 라비크! 와주세요."

전화가 뚝 끊어졌다. 라비크는 기다렸다. 전화의 끊어진 소리가 윙윙 울리고 있다. 조앙이 수화기를 놓은 것이다. 그는 수화기를 놓고 어슴푸레한 밤의 어둠 속을 응시했다. 약을 먹고 청한 잠이 아직도 흐리멍덩하게 이맛살에 남아 있다. 하케다, 하고 처음에는 생각했다. 하케다……. 그러나 차차 자기 방 창문이라는 것을 알고, 여기는 앵테르나시오날이며 프랭스 드 갈이 아니라는 것을 알았다. 그는 시계를 보았다. 야광침이 4시 20분을 가리키고 있다. 갑자기 그는 침대에서 튀어나왔다. 내가 하케와 만나던 날 밤 조앙은 무슨 말을 했었지. 무엇인지가 위험하다고, 무섭다고. 혹시…… 무슨 일이 일어났는지도 모르지! 여태까지도 어리석기 짝이 없는 일을 많이 보아왔다. 그는 얼른 가장 필요한 기구를 가방에 넣고 옷을 갈아입었다.

다음 모퉁이에서 택시를 잡았다. 운전사는 조그마한 레핀셔종 개를 데리고 있었다. 개는 마치 털목도리처럼 그의 목덜미에 매달려서 택시의 움직임에 따라 흔들렸다. 라비크는 그것이 비위에 거슬렸다. 개를 좌석에 내동댕이치고 싶었다. 그러나 라비크는 파리의 택시 운전사를 잘 알았다.

차는 미석지근한 7월의 밤을 덜거덕거리며 달렸다. 수줍은 듯이 숨 쉬는 나뭇잎들의 아련한 냄새. 꽃이 피어 있다. 어딘가에 보리수가 있는 것이다. 그림자, 별을 뿌려놓은 재스민의 하늘, 그 속을 반딧불이 무리에 섞여 맹렬히 위협하는 듯한 투구풍뎅이처럼 비행기 한 대가 붉은빛과 초록빛을 반짝거리며 날고 있다. 회색 거리, 귓속을 울리는 공허, 두 주정꾼의 노랫소리, 지하실에서 켜고 있는 아코디언, 그리고 갑자기 엄습하는 주저, 불안, 참을 수 없는, 가슴이 찢어질 듯한 초조감. 아마 늦었을지도 모른다…….

이 집이다. 미지근한, 졸고 있는 어둠. 엘리베이터가 기어 내려왔다. 마치 기는 듯이 느릿느릿 움직이는, 불이 켜진 벌레다. 라비크는 벌써 첫 계단 층계참까지 올라가 있었으나, 거기에서 생각을 바꿔 다시 돌아왔다. 아무리 늦더라도 역시 엘리베이터가 빠르다.

이 장난감 같은 파리의 엘리베이터! 덜거덕거리고, 기침을 하고, 천장도 벽도 없고, 그저 바닥과 쇠창살 두서너 개가 있을 뿐이다. 전구가 하나, 반은 그을린 채 음울하게 깜박거리고 있다. 또 한 전구는 소켓에 엉성하게 끼워져 있다…… 간신히 맨 위층에 닿았다. 그는 문을 밀어젖히고 벨을 눌렀다.

조앙이 문을 열었다. 라비크는 그녀를 유심히 쳐다보았다. 피는 흐르지 않는다. 얼굴도 여느 때와 같다. 이상이 없다. "어떻게 된 거야?" 하고 그는 물었다. "어디……."

"라비크, 당신 오셨군요!"

"어디야…… 무슨 일이 있었나?"

그녀는 뒤로 물러섰다. 그는 두어 걸음 앞으로 나갔다. 그리고 방 안을 둘러보았다. 아무도 없다. "어디야? 침실인가?"

"뭐가요?"

"침실에 누가 있나? 누가 와 있나?"

"아뇨. 왜 그러세요?"

그는 그녀를 쳐다보았다.

"당신이 오신다는데 어떻게 다른 사람과 같이 있겠어요?" 하고 그녀는 말했다.

그는 그녀를 쳐다보고 있었다. 그녀는 건강한 모습으로 서서 그에게 웃음을 보내고 있다. "왜 그런 생각을 하셨지요?" 그녀의 웃음이 더욱 깊어갔다. "라비크" 하고 그녀는 말했다. 그는 얼굴에 우박이라도 맞은 듯 깨달았다. 이 여자는 내가 질투하고 있는 줄 알고 좋아하고 있는 것이다. 기구가 든 가방 무게가 갑자기 1톤이나 되는 것처럼 무겁게 느껴졌다. 그는 가방을 의자에 내려놓았다. "이런 빌어먹을 거짓말쟁이" 하고 그는 말했다.

"뭐라고요? 왜 그래요?"

"빌어먹을" 하고 그는 되풀이했다. "거기 걸려들다니, 바보였어."

그는 가방을 집어 들고 문으로 갔다. 그녀가 얼른 그의 곁으로 왔다. "어쩔 생각이에요? 가서는 안 돼요! 저를 혼자 두고 가지 마세요! 저를 혼자 두고 가면 무슨 일이 일어날지 몰라요!"

"이 거짓말쟁이! 치사스러운 거짓말쟁이! 당신이 거짓말을 하는 건 좋지만, 그렇게 값싸게 거짓말을 하다니, 구역질이 날 것 같아. 사람을 놀려도 분수가 있지!"

그녀는 문간에서 그를 밀어 넣었다. "하지만 왜 방 안을 보지 않으세요? 굉장했어요! 직접 보면 알 게 아녜요! 보세요, 그 사람이 얼마나 미쳐 날뛰었는지! 틀림없이 다시 돌아올 거예요! 그 사람이 어떤지 당신은 모를 거예요."

의자가 하나 바닥에 나둥그러져 있었다. 램프, 유리 조각.

"걸어 다닐 때는 신발을 신어" 하고 라비크는 말했다. "다친단 말이야. 내 충고는 이것뿐이야."

유리 조각에 뒤섞여 사진이 한 장 뒹굴고 있었다. 그는 구둣발로 유리 조각을 헤치고 사진을 집어 들었다.

"자……." 그는 사진을 탁자에 놓았다. "이젠 내게 간섭하지 말아줘."

그녀는 앞에 섰다. 그리고 그를 빤히 쳐다보았다. 얼굴빛이 변해 있었다. "라비크" 하고 그녀는 나직하고 억누른 목소리로 말했다. "당신이 뭐라고 하든 좋아요. 전 몇 번이고 거짓말을 했어요. 앞으로도 거짓말을 하겠어요. 당신들은 모두 거짓말을 듣고 싶어 하니까요." 그녀는 사뭇 경멸하듯이 말했다. "거짓말을 하지 마라! 거짓말을 하지 마라! 참말만 해라! 그래서 그대로 말하면 아무도 참지 못하잖아요. 아무도 말이에요! 하지만 당신에게는 거짓말을 자주 하지 않았어요. 당신에게는 말이에요. 당신에게는 그러고 싶지……."

"알았어. 그 이야기는 안 해도 좋잖아." 갑자기 그는 이상스럽게도 마음이 움직였다. 무엇인가가 마음을 찔렀다. 그는 화가 치밀었다. 더는 마음이 움직이고 싶지 않았다.

"그래요, 당신에게는 거짓말을 할 필요가 없었어요" 하고 그녀는 말했다. 그러고는 거의 애원하듯이 그를 쳐다보았다.

"조앙."

"그리고 지금도 거짓말을 하고 있지 않아요. 전혀 거짓말이 아녜요. 전 정말 무서워서 전화를 건 거예요. 다행히 그 사람을 문밖으로 내쫓고 문을 닫아걸었어요. 그 사람은 문밖에서 고함을 지르고 화를 냈어요. 그래서 당신에게 전화를 건 거예요. 맨 먼저 생각난 일이 그거였어요. 그게 그렇게도 잘못인가요?"

"그래서 내가 왔을 때 당신은 그렇게도 천연스레 아무렇지도 않은 얼굴을 하고 있었군."

"그 사람이 가버렸기 때문이죠. 그리고 당신이 도와주러 올 거라고 믿었기 때문이죠."

"됐어. 그럼 이제 다 잘된 셈이군. 나는 가도 좋겠군."

"그 사람은 다시 올 거예요. 다시 오겠다고 소리 질렀으니까요. 지금쯤 어디 앉아서 술을 마시고 있을 거예요. 전 잘 알아요. 그 사람이 취해서 돌아오면 당신하곤 달라요. 술을 마실 줄 몰라요."

"이젠 그만!" 하고 라비크는 말했다. "그만두라고. 허튼소리가 너무 지나치군. 당신 방문은 아주 튼튼해. 두 번 다시 그런 짓은 하지 말아줘."

그녀는 그대로 서 있었다. "그럼 어떻게 하란 말이에요?" 갑자기 그녀는 덤벼들 듯이 말했다.

"어떻게 할 것도 없어."

"전 전화를 걸었어요. 세 번, 네 번……. 그런데 당신은 대꾸가 없었어요.

그리고 겨우 대답이 있구나 했더니, 자기를 가만히 내버려두라는 거군요. 대체 무슨 뜻이지요?"

"바로 그대로지."

"바로 그대로라고요? 어째서요? 대체 우리가 움직였다 멈췄다 할 수 있는 자동기계란 말이에요? 하룻밤 모든 게 근사하고 사랑으로 가득 차 있었는가 하면, 갑자기……."

그녀는 라비크의 얼굴을 보고는 입을 다물었다.

"그런 말을 하리라 생각했지" 하고 그는 나직하게 말했다. "당신이 그걸 이용하리라 생각했어. 과연 당신이로군! 그것이 마지막이고, 그것으로 만족하고 그만 끝냈어야 한다는 걸 그때 당신도 알았을 거야. 당신은 나와 함께 있었어. 그것이 마지막이었기 때문에 그렇게 된 거야. 그것은 즐거웠고, 그것은 이별이었지. 우리는 서로 상대방 생각으로 가득 차 있었어. 그리고 언제까지나 두 사람 기억에 남아 있었어야 해……. 그런데 당신은 마치 장사꾼처럼 그걸 이용하지 않을 수 없었던 거야. 그것을 새로운 요구의 구실로 삼고, 무엇인가 특이한 것, 날개를 가진 것으로 하여 질질 끌고 가려고 하지 않을 수 없었던 거야. 어떻게 해도 내가 그런 수에 넘어가지 않으니까 이런 구역질 나는 속임수를 쓴 거야. 덕택에 입에 담기조차 창피한 말을 자꾸 되풀이하지 않을 수 없단 말이야."

"저는……."

"당신은 알고 있었어" 하고 그는 그녀의 말을 가로막았다. "다신 거짓말을 하지 마. 난 당신이 한 말을 되풀이하고 싶지는 않아. 또 그러지도 못한단 말이야! 우리는 둘 다 알고 있었어. 당신은 다시 돌아오고 싶지 않았던 거야."

"저는 돌아가지 않았어요!"

라비크는 그녀를 빤히 쳐다보았다. 그는 간신히 자제할 수 있었다. "알

앉어. 그럼 전화를 걸었다고 하지."

"전 무서워서 전화를 걸었을 뿐이에요!"

"무슨 소리야, 너무 어처구니가 없군! 그만두겠어."

그녀는 천천히 웃음을 띠었다. "저도요, 라비크. 전 그저 당신이 여기 계셔주기만을 바라고 있다는 걸 모르세요?"

"그게 바로 내가 거절하고 싶은 거야."

"왜요?" 여자는 아직도 눈웃음을 치고 있다.

라비크는 깨끗이 졌다고 생각했다. 무엇보다 그녀는 전혀 그를 이해하려고 들지 않는다. 그가 설명이라도 하려고 한다면, 그야말로 어떻게 될지 모를 일이다. "그건 저주받은 타락이야" 하고 마침내 그는 말했다. "당신은 이해하지 못해."

"알아요" 하고 그녀는 천천히 말했다. "그럴지도 모르죠. 하지만 어째서 전번 주와는 다르세요?"

"그때도 마찬가지였어."

그녀는 잠자코 그를 쳐다보았다. 그러고는 "뭐라고 부르건 전 아무래도 좋아요"라고 그녀는 말했다.

그는 대답하지 않았다. 그는 여자가 이겼다는 것을 느꼈다.

"라비크" 하고 그녀가 말하며 다가섰다. "그래요. 전 그때 이것으로 끝장이라고 말했어요. 다시는 제 소문이 당신 귀에 들어가지 않으리라고 말했어요. 당신이 그런 말을 듣고 싶어 했기 때문에 그랬죠. 제가 그러지 않는다는 걸…… 당신은 이해하지 못하세요?" 그녀는 그를 쳐다보았다.

"못하지" 하고 그는 난폭한 어투로 대답했다. "내가 알 수 있는 건 당신이 두 남자와 자고 싶어 한다는 거야."

그녀는 움직이지 않았다. "아녜요"라고 이윽고 그녀가 말했다. "하지만 가령 그렇다 해도, 그것이 당신에게 어떻다는 거예요?"

그는 그녀를 빤히 쳐다보았다.

"정말로 당신에게 어떻다는 거예요?" 그녀는 되풀이했다. "전 당신을 사랑하고 있어요. 그것으로 충분하지 않아요?"

"충분하지 않지."

"당신은 질투할 필요가 없어요. 당신은 몰라요. 당신은 한 번도……."

"그래?"

"그래요. 당신은 질투가 뭔지도 모르거든요."

"물론 모르지. 나는 당신의 그 풋내기처럼 연극 같은 소동은 벌이지 않으니까."

그녀는 웃었다. "라비크" 하고 그녀는 말했다. "질투는 말이에요, 다른 사람이 마시는 공기에서부터 시작되는 거예요."

그는 대답을 하지 않았다. 그녀는 그의 앞에 서서 그를 쳐다보았다. 그를 쳐다보며 말이 없었다. 공기, 비좁은 복도, 어슴푸레한 불빛. 갑자기 모든 것이 그녀로 가득 찼다. 어떤 기대로. 탑 위의 낮은 난간에 기대고서 현기증을 일으키는 사람을 땅이 끌어당기는 그런 힘 같은, 숨 막히고 상냥하고 억센 힘으로.

라비크는 그것을 느꼈다. 그리고 저항했다. 그는 그 힘에 붙잡히고 싶지 않았다. 이제는 돌아간다는 생각을 하고 있지 않았다. 만약 돌아간다면 그 힘이 뒤쫓을 것이다. 그는 뒤쫓기고 싶지 않았다. 라비크는 분명히 결말을 내고 싶었다. 분명히 해둘 필요가 있다.

"브랜디가 있나?"

"있어요. 뭘 드시겠어요? 칼바도스?"

"있다면 코냑으로 하지. 칼바도스라도 좋아. 어느 것이든 마찬가지니까."

그녀는 급히 조그마한 찬장으로 달려갔다. 그는 그 뒷모습을 바라보았다. 맑은 공기, 눈에 보이지 않는 유혹의 방사선. '여기에 우리 둘의 자그마한 집을 지어요.' 예부터 내려오는 영원한 기만. 마치 하룻밤보다 더 긴 평화가 피에서 생겨나듯이!

질투. 나는 질투에 대해서 아무것도 모를까? 그러나 사랑이란 불완전한 것임을 조금은 알고 있지 않을까? 그것이야말로 질투라는 사소한 개인적 불행보다 더 오래되고, 더 고치기 어려운 고통이 아닐까? 그건 한 사람이 상대보다 먼저 죽어야 한다는 것을 앎과 동시에 바로 시작되는 게 아닐까?

조앙은 칼바도스가 아니고 코냑을 한 병 들고 왔다. 좋아, 하고 그는 생각했다. 이 여자는 가끔 현명한 데가 있다. 그는 사진을 밀치고 자신의 술잔을 놓았다. 그러고는 다시 사진을 집어 들었다. 여자의 매력을 깨뜨리는 가장 간단한 방법은 자기 후계자를 보는 것이다. "이상한데. 완전히 건망증에 걸려버렸군. 난 당신의 그 애송이는 완전히 다른 얼굴인 줄 알았는데."

그녀는 병을 내려놓았다. "그건 그 사람이 아니에요."

"그래…… 벌써 남자를 바꿨군."

"그래요. 그래서 온갖 일들이 일어났어요."

라비크는 코냑을 단숨에 들이켰다. "당신도 멍청하군. 예전 애인이 찾아올 때는 사진 같은 걸 아무 데나 놓아두는 게 아냐. 사진 같은 건 절대로 놓아두는 게 아냐. 악취미지."

"놓아둔 게 아녜요. 그 사람이 찾아낸 거예요. 뒤졌지요. 사진이란 갖고 있는 거예요. 당신은 몰라요. 여자는 알아요. 전 그 사람에게 보이고 싶지 않았어요."

"그래서 싸움을 했군. 당신은 그 사람에게 매인 몸인가?"

"아뇨. 계약을 했어요, 2년간."

"그 친구가 주선했나?"

"그러면 안 되나요?" 그녀는 정말로 놀라는 듯했다. "그게 중요한가요?"

"그렇지는 않지. 그러나 그런 일로 지독히 화를 내는 사람도 있지."

그녀는 어깨를 으쓱했다. 그는 그것을 보았다. 기억. 향수. 한때 자기 곁에서 자던 여자의 부드럽고 규칙적인 숨결과 함께 오르내리던 어깨. 불그스름한 밤하늘을 반짝이며 날아가는 새들의 무리. 멀리? 얼마나 멀리? 말해다오, 눈에 보이지 않는 장부 계원이여! 다만 묻혀 있을 뿐일까, 아니면 이것은 정말 사라지는 마지막 반사광일까? 그러나 누가 알 수 있으랴?

창문은 활짝 열려 있었다. 무엇인가 하늘거리며 날아 들어왔다. 검은 넝마 조각, 위태롭게 하늘거리며 램프 갓에 멈춰서 날개를 펴고 몸을 편다. 동시에 보라와 파랑과 갈색의 환상, 등갓에 붙은 밤의 휘장, 오색찬란한 산누에나방이. 비로드 날개가 여리게 숨을 쉬고 있다. 엷은 옷 밑에서 가슴이 숨 쉬듯 여리게. 대체 어느 사이에 무한한 세월, 백 년의 세월이 흘러가버렸을까?

루브르. 여신 니케. 아니, 그보다도 오래되었다. 먼지와 황금으로 된 태고의 여명기로 거슬러 간다. 황옥의 계단에서 피어오르는 향연(香煙). 불의 신(神) 불카누스의 소음은 시끄럽고, 그림자와 정욕과 피의 장막은 어둡고, 인식의 거룻배는 작고, 소용돌이는 끓어오르고, 용암은 빛나고, 애착은 검은 손가락처럼 비탈을 기어 내려가 생명을 뒤엎고 탐식한다. 그리고 그것을 넘어서자, 시간의 모래 위에 쓴 두어 마디 덧없는 상형문자인 괴녀 메두사의 영원한 미소—정신.

나방은 몸을 일으키고 비단 갓 밑으로 미끄러져 내려서 뜨거운 전구를 날개로 치기 시작했다. 보랏빛 가루. 라비크는 나방을 잡아 창문으로 들고 가서 밤의 어둠 속으로 내던졌다.

"다시 날아올 거예요."

"안 올지도 모르지."

"매일 밤 날아와요. 공원에서 날아오는 거예요. 늘 같은 나방들이에요. 두어 주일 전에는 레몬같이 노란 것이었어요. 지금은 저런 것이지만."

"그렇지. 늘 같은 거지. 그러면서도 늘 다르지. 그리고 늘 다르면서도 늘 같지."

도대체 나는 무슨 말을 하고 있지? 무엇인가 내 등 뒤에서 지껄이고 있다. 반향, 산울림, 아득히 먼 곳에서, 마지막 희망의 배후에서 울려온다. 대체 나는 무엇을 바랐나? 이렇게 방심하고 있을 때 갑자기 나를 때려누인 것은 무엇인가? 오랫동안 건전한 근육이라고 믿던 곳을 마치 메스처럼 쨈 것은 무엇인가? 묻히고, 유충이 되고, 고치가 되고, 줄곧 동면하면서. 속이고 싶었던 기대가 아직도 생생하게 살아 있었던가?

그는 탁자에 놓인 사진을 집어 들었다. 얼굴. 누군가의 얼굴. 백만 명 가운데 한 얼굴.

"언제부터지?"

"오래되진 않았어요. 함께 일하고 있어요. 이틀쯤 됐어요. 당신이 푸케에서……."

그는 손을 들었다. "그래, 그래! 알고 있어! 만약 내가 그날 밤…… 그게 사실이 아니라는 건 당신도 알고 있잖아."

그녀는 망설였다. "그건 그렇지만……."

"당신은 잘 알고 있어! 거짓말 마! 중요한 것은 절대로 그렇게 숨이 짧은 것이 아니야."

대체 나는 무엇을 듣고 싶은 거냐? 왜 이런 말을 하는가? 나는 역시 위안이 되는 거짓말을 듣고 싶은 것이 아닐까?

"그건 사실이기도 하고 사실이 아니기도 해요. 저 자신도 어쩔 수가 없어요, 라비크. 전 가만히 있을 수가 없어요. 마치 무엇을 놓치고 있는 것 같아요. 그래서 그걸 붙잡는 거예요. 그걸 제 것으로 하지 않고는 못 배겨요. 제 것으로 하고 나서 보면 아무것도 아니에요. 그래서 다시 새로운 무엇을 붙잡으려고 해요. 그렇게 해봐도 결국 전과 마찬가지라는 것은 미리 알고 있어요. 하지만 그걸 가만히 내버려둘 수가 없어요. 그것이 저를 몰아쳐서 내던지는 거예요. 그리고 잠시 동안 저를 가득 채워줘요. 그러다가 저를 놓아버리는 거예요. 전 굶주린 듯이 속이 비어버려요. 그리고 다시 같은 일이 되풀이되지요."

끝장이다, 하고 라비크는 생각했다. 정말 이것으로 완전히 끝장이다. 이젠 틀림이 없다. 이젠 말려들지도 않을 것이다. 각성할 필요도 없거니와, 되돌아올 필요도 없다. 그것을 알게 되어서 다행이다. 환상의 안개가 지혜의 렌즈를 다시 흐리게 했을 때 그것을 알게 되어서 다행이다.

상냥하고, 냉혹하고, 위안이 없는 화학이여! 한때는 서로 하나가 되어서 흐르던 피도 이제는 다시 같은 힘으로 함께 흐를 수는 없다. 아직도 조앙을 붙잡아서 때때로 내게 몰아 보내는 것은, 내 어딘가에 아직도 저 여자가 파고들지 못한 데가 남아 있기 때문이다. 일단 그 속에 들어가면 이제 영원히 가버릴 것이다. 그렇게 되기를 누가 기다린단 말인가? 누가 그것에 만족한단 말인가? 누가 그렇게 되려고 몸을 내던진단 말인가?

"저도 당신처럼 강했으면 좋았을 거라 생각해요, 라비크."

그는 웃었다. 게다가 한술 더 뜨는구나. "당신은 나보다 훨씬 강해."

"아녜요. 전 당신 뒤만 쫓고 있어요."

"그것이 증거야. 당신은 그렇게 할 수가 있어. 그런데 나는 그렇게 못 한단 말이야."

그녀는 잠시 동안 그를 주의 깊게 바라보았다. 그리고 그녀 얼굴에 퍼졌던 밝은 빛이 사라졌다.

"당신은 사랑할 수가 없는 거예요. 당신은 절대로 남에게 자기를 내주지 않아요."

"당신은 언제나 주지. 그러니까 당신은 언제나 구원받는 거야."

"당신은 좀 진지하게 이야기할 수 없나요?"

"난 당신과 진지하게 이야기하고 있어."

"가령 제가 언제나 구원받고 있다면, 왜 전 당신에게서 벗어날 수가 없지요?"

"당신은 틀림없이 내게서 벗어날 거야."

"그만둬요! 그런 말이 아무 소용도 없다는 걸 아시잖아요. 만약 제가 당신에게서 벗어날 수 있었다면, 당신 뒤를 쫓아다니지는 않았을 거예요. 다른 사람은 잊어버렸어요. 하지만 당신은 잊을 수가 없어요. 왜 그럴까요?"

라비크는 술을 한 모금 마셨다. "아마 나를 당신 발밑에 완전히 깔아버릴 수 없었기 때문일 거야."

그녀는 움찔했다. 그러고는 머리를 저었다. "전 당신 말처럼, 그 사람들을 모두 발밑에 깔아버리지는 못했어요. 개중에는 전혀 그럴 수 없는 사람도 있었어요. 그래도 전 모두 잊어버렸어요. 전 불행했지만 모두 잊어버렸어요."

"나도 잊게 될 거야."

"아녜요. 그렇게 말하니까 전 불안해져요. 아녜요, 절대로 잊지 못해요."

"인간이 얼마나 건망증이 심한가는 도저히 믿을 수 없을 정도야. 그건 커다란 축복이기도 하고, 답답한 불행이기도 하지."

"어째서 우리가 이런지 당신은 아직도 들려주지 않는군요."

"그건 아무도 설명할 수 없는 거야. 언제까지나 하고 싶은 만큼 이야기를 할 수는 있어. 그러나 말을 하면 할수록 점점 더 섞갈릴 뿐이야. 세상에는 어떻게도 설명할 수 없는 일들이 있는 법이야. 그리고 어떻게 해도 이해하지 못하는 사람도 있지. 우리 마음속에 있는 조그마한 정글은 고마운 거야. 이젠 가야지."

그녀는 급히 일어섰다. "저를 두고 혼자 갈 수는 없어요."

"당신은 나하고 자고 싶은가?"

그녀는 그를 쳐다보며 말이 없었다.

"난 싫어" 하고 그는 말했다.

"왜 그런 걸 묻지요?"

"좀 기운을 내려고. 자, 자요. 벌써 날이 밝았어. 비극을 위한 시간이 아냐."

"있고 싶지 않으세요?"

"그래. 그리고 이제 다시는 오지 않을 거야."

그녀는 꼼짝도 않고 서 있었다. "다시는?"

"다시는. 그리고 당신도 다시는 나한테 오지 말라고."

그녀는 천천히 머리를 저었다. 그리고 탁자를 가리켰다. "이것 때문이에요?"

"아냐."

"전 당신 마음을 알 수 없어요. 우리는 아직도 그럴 수가……."

"안 돼" 하고 그는 얼른 말했다. "그것도 역시 곤란해. 친구의 틀로서도. 잃어버린 정열의 용암 위에 있는 조그마한 채소밭으로서도. 안 돼, 그런 것은. 우리는 그럴 수 없어. 하찮은 장난이었다면 모르지만. 그것도 불결하기는 마찬가지야. 사랑이란 우정으로 더럽혀서는 안 되는 거야. 최후는 역시 최후야."

"하지만 왜 바로 지금이에요?"

"그렇긴 하군. 좀 더 일찍 끝장을 냈어야 해. 스위스에서 돌아왔을 때 말이야. 그러나 아무도 전지전능하지는 않거든. 그리고 샅샅이 알고 싶지 않을 때도 있지. 그건……." 그는 말끝을 흐렸다.

"무엇이었죠?" 그녀는 어떻게 해도 이해되지 않는 것이 있어서 그것을 당장 알아야겠다고 안달하듯이 그 앞에 서 있었다. 얼굴은 창백하고 눈은 투명했다. "우리 경우는 뭐였죠, 라비크?" 하고 그녀는 속삭이듯 말했다.

그녀의 머리카락 뒤에서 어슴푸레한 복도가 불빛 속에 흔들려 보였다. 마치 모든 약속이 몽롱해지고 몇 세대의 눈물과 언제나 새롭게 되살아나는 희망의 이슬에 젖어 있는, 아득한 수직굴로 통해 있는 것처럼. "사랑……" 하고 그는 말했다.

"사랑?"

"사랑이야. 그러니까 이것으로 끝장이지."

그는 등 뒤로 문을 닫았다. 엘리베이터. 그는 스위치를 눌렀다. 그러나 엘리베이터가 느릿느릿 기어 올라올 때까지 기다리지는 않았다. 조앙이 뒤를 쫓아올까 봐 두려웠던 것이다. 그는 급히 계단을 내려갔다. 방문을 여는 소리가 들리지 않아서 뜻밖이었다. 두 번째 층계참에서 걸음을 멈추고 귀를 기울였다. 아무것도 움직이지 않는다. 아무도 오지 않는다.

택시는 아직도 집 앞에 서 있었다. 그는 택시를 완전히 잊고 있었다. 운전사가 모자에 손을 슬쩍 대고, 다 알고 있다는 듯이 히죽이 웃었다. "얼마지?" 하고 라비크는 물었다.

"17프랑 50상팀입니다."

라비크는 돈을 치렀다.

"타고 가실 게 아닙니까?" 운전사는 깜짝 놀라서 물었다.

"아니. 걷고 싶어."

"상당히 멉니다."

"알고 있어."

"그럼 기다리게 하실 필요가 없었죠. 11프랑이나 더 내실 필요도 없었을 텐데……."

"상관없어."

운전사는 갈색으로 눅눅해져서 윗입술에 달라붙어 있는 담배꽁초에 불을 붙이려고 했다. "하긴 기다리게 한 보람이 있었겠죠."

"맞았어!" 라비크가 말했다.

공원은 차가운 아침 햇살을 받고 있었다. 공기는 벌써 따스했지만, 햇살은 차갑다. 먼지로 잿빛이 된 라일락 덤불, 벤치. 그중 하나에 한 사나이가 〈파리 수아르〉로 얼굴을 덮고 자고 있다. 언젠가 비 오는 날 밤에 라비크가 앉아 있던 바로 그 벤치다.

그는 잠자고 있는 사나이를 보았다. 〈파리 수아르〉는 덮고 있는 얼굴 위에서 숨을 쉴 때마다 아래위로 움직였다. 그 싸구려 신문은 넋이라도 있는 듯 보이기도 하고, 금세 중대한 뉴스를 가지고 하늘 높이 날아오르려는 한 마리 나비 같기도 했다. '히틀러는 폴란드 회랑 이외에는 영토 확장의 욕심이 없다고 성명하다'라는 커다란 헤드라인이 조용히 숨 쉬고 있다. 그 밑에는 '세탁소 안주인이 뜨거운 다리미로 남편을 죽이다'라고 적혀 있다. 일요일의 나들이옷을 입은 오동통한 여자가 사진 속에서 가만히 내다보고 있다. 그 곁에는 또 다른 사진이 파도처럼 움직이고 있다. '체임벌린, 아직도 평화는 가능하다고 단언하다.' 우산을 든 은행원 같고, 얼굴은 행복한 어미 양 같다. 그의 발밑에는 작은 활자로, 그것도 조금 가려서 '몇백 명 유대인, 국경에서 학살당하다'라고 나와 있다.

사나이는 이것으로 밤이슬과 아침 햇살을 막으며 평화스럽게 깊이 잠들어 있다.

그는 낡고 해진 운동화에 갈색 털 바지를 입고, 해진 재킷을 입고 있다. 그런 사건들은 자신과 상관없다는 몰골이다. 너무나 영락하여 그런 일에는 이제 관심이 없는 것이다. 깊은 바다 속에 사는 고기는 대양의 폭풍우에 전혀 개의치 않듯이.

라비크는 앵테르나시오날로 돌아왔다. 머릿속은 또렷하고 자유로운 기분이었다. 아무것도 뒤에 남긴 것이 없다. 아무것도 필요하지 않다. 나를 혼란케 하는 것은 이제 무엇 하나 필요가 없다. 오늘 프랭스 드 갈로 이사를 하자. 아직 이틀이나 이르다. 그러나 하케를 맞이할 준비는 아주 늦는 것보다는 차라리 좀 빠른 편이 낫다.

28

라비크가 아래로 내려왔을 때 프랑스 드 갈의 로비는 텅 비어 있었다. 안내 데스크에서는 라디오 소리가 조용히 흘러나오고, 구석에서 청소부 두 사람이 일을 하고 있었다. 라비크는 급히 사람들 눈에 띄지 않게 로비를 가로질렀다. 입구 반대쪽에 있는 시계를 보았다. 새벽 5시.

라비크는 조르주 5세 거리를 걸어 푸케까지 갔다. 자리를 잡고 앉은 사람은 아무도 없었다. 레스토랑은 벌써 닫혀 있었다. 그는 잠시 동안 서 있었다. 그러고는 택시를 잡아타고 세라자드로 갔다.

모로소프가 문 앞에 서 있다가, 어떻게 되었느냐는 듯 그를 쳐다보았다.

"아무 일도 없었어" 하고 라비크는 말했다.

"그럴 줄 알았어. 오늘은 기다려야 소용없지."

"아냐. 오늘이 바로 2주일째야."

"하루를 가지고 따질 수는 없지. 프랑스 드 갈에 줄곧 있었나?"

"그럼. 어제 아침부터 지금까지."

"내일은 전화가 올 거야. 오늘은 다른 볼일이 있었는지도 모르고, 아니면 하루 늦게 떠났는지도 모르지."

"내일 오전에 수술을 해야 해."

"그렇게 일찍부터 전화하지는 않을 거야."

라비크는 대답하지 않았다. 그는 흰 턱시도를 입은 지골로*가 방금 내린 택시를 보았다. 유난히 이가 크고 얼굴이 창백한 여자가 그 뒤에서 따라 내렸다. 모로소프는 두 사람이 들어가도록 문을 열었다. 갑자기 거리에서 샤넬 5번 향수의 냄새가 풍겼다. 여자는 약간 다리를 절었다. 지골로는 택시 요금을 치르고 여자 뒤를 어슬렁어슬렁 따라 들어갔다. 여자는 문간에서 남자를 기다리고 있었다. 가로등 불빛 때문에 여자의 눈이 초록으로 보였다. 눈동자가 조그맣게 오므라져 있었다.

"이런 시각에 전화를 걸 리가 없지" 하고 다시 돌아와서 모로소프는 말했다.

라비크는 대답하지 않았다.

"열쇠만 준다면 내가 8시에 가주지" 하고 모로소프는 말했다. "그리고 자네가 돌아올 때까지 기다려줄 수 있어."

"자네는 자야 해."

"쓸데없는 소리. 자고 싶으면 자네 침대에서 자면 되지. 아무도 전화를 걸지 않겠지만, 그것으로 자네가 안심한다면 그렇게 해주지."

"난 11시까지 수술을 해야 해."

"알았어. 열쇠를 이리 주게. 흥분해서 포부르 생제르맹 귀부인의 난소를 위장에다 꿰매놓지는 말게. 아홉 달 후에 어린애를 입으로 토해낼지도 모르니까 말이야. 열쇠를 가졌나?"

"가지고 있어. 이거야."

---

* 매춘부의 정부를 말한다.

모로소프는 열쇠를 호주머니에 넣었다. 그러고는 박하 정제가 든 케이스를 꺼내어 라비크에게 권했다. 라비크는 머리를 저었다. 모로소프는 두어 개 집어서 자기 입에 던져 넣었다. 정제는 마치 희고 작은 새가 숲속으로 날아들듯이 그의 수염 속으로 사라졌다. "시원하단 말이야" 하고 그는 말했다.

"자네는 비로드 구멍 속에 하루 종일 앉아서 기다려본 적이 있나?" 하고 라비크가 물었다.

"더 오래도 기다려보았지. 자네는 없었나?"

"있었지. 그러나 이번에는 달라."

"뭔가 읽을거리를 안 가져갔나?"

"잔뜩 가지고 갔지. 그러나 아무것도 읽지 않았어. 몇 시까지 여기에 있어야 하나?"

모로소프는 택시 문을 열었다. 미국 사람들이 잔뜩 타고 있었다. 그는 그들을 안으로 들여보냈다. "적어도 두 시간은 더." 그는 되돌아와서 말했다. "보시는 바와 같은 지경이야. 요 근래 볼 수 없었던, 미친 듯한 여름이야. 조앙도 와 있어."

"그래?"

"정말이야. 다른 남자하고 왔어. 흥미가 있다면 말이지만."

"없어" 하고 라비크는 말했다. 그는 돌아서서 가려고 했다. "그럼 내일 만나지."

"라비크." 모로소프가 등 뒤에서 불렀다.

라비크는 되돌아왔다. 모로소프는 열쇠를 내밀었다.

"이걸 받게! 자넨 프랭스 드 갈의 자네 방으로 돌아갈 게 아닌가. 난 내일까지는 만날 수 없으니까 말이야. 나갈 때는 문을 그냥 열어두게나."

"난 프랭스 드 갈에서 자지는 않을 거야." 라비크는 열쇠를 받았다. "앵테르나시오날에서 자겠어. 되도록 거기서는 얼굴을 보이지 않는 게 좋을 테니까."

"거기서 자야지. 호텔에서 자지 않으면 거기서 산다고 할 수는 없으니까 말이야. 그게 좋을 거야. 경찰이 와서 안내에서 조사할 경우에 말이야."

"그렇기는 하지만, 경찰이 조사를 했을 때 줄곧 앵테르나시오날에 살았다는 것을 증명할 수 있다면 그것도 좋은 거야. 프랭스 드 갈 쪽은 잘 처리해놓았어. 침대를 구겨놓고 세면대도, 욕실도, 타월도 전부 다 사용한 것처럼 해놓고, 아침 일찍 나온 것처럼 보이도록 꾸며두었지."

"됐어. 그럼 다시 열쇠를 이리 줘."

라비크는 고개를 저었다. "자넨 거기에 얼굴을 안 보이는 것이 좋아."

"보여도 문제 될 것 없지."

"문제가 되지, 보리스. 우린 어리석게 굴어서는 안 돼. 자네 수염은 보통 수염이 아니야. 그리고 자네 말이 옳아. 특별히 눈에 띄지 않도록 행동하고 생활해야지. 만일 하케가 내일 아침 일찍 정말로 전화를 건다면 오후에도 다시 한번 걸겠지. 그걸 믿을 수 없다면 난 하루 만에 신경쇠약에 걸릴 거야."

"지금부터 어딜 가나?"

"자겠어. 이런 시각에 전화를 걸지는 않을 테니까."

"필요하다면 나중에 어디서 만나도 좋지."

"아냐, 괜찮아, 보리스. 여기 일이 끝날 무렵 난 잠들어 있었으면 해. 8시엔 수술을 해야 하니까."

모로소프는 의심쩍은 듯이 그를 쳐다보았다. "알았어. 그럼 내일 오후 프랭스 드 갈에 들르지. 그때까지 무슨 일이 생기면 호텔로 전화를 걸어주게."

"그러지."

거리. 도시. 불그스름한 하늘. 건물 뒤에서 깜박깜박 흔들거리는 빨강,

하양, 파랑. 술집 근처에서 해롱거리는 바람. 마치 고양이가 응석을 부리며 재롱을 부리고 있는 것 같다. 사람들. 무더운 호텔 방에서 하루를 보낸 뒤의 시원한 공기. 라비크는 세라자드 뒤로 뚫린 큰길을 걸어갔다. 철책에 둘러싸인 나무들은 푸른 잎과 숲의 기억을 잿빛의 밤 어둠 속으로 입김과 함께 망설이며 내뿜고 있다. 그는 갑자기 허전한 기분이 들고, 기진맥진해서 쓰러질 것만 같았다. 만일 내가 그만둔다면, 하고 그의 마음속에서 그 무엇이 생각했다. 만약 내가 완전히 그만두고, 잊어버리고, 뱀이 해묵은 껍질을 벗어버리듯 벗어버린다면! 이제는 거의 잊어버린 과거의 이런 멜로드라마가 나에게 무엇이란 말인가? 이 인간은 나에게 무엇이란 말인가? 중세기의 어두운 한 조각, 중부 유럽의 일식의 어두운 한 조각, 이 조그마한 우연의 도구, 하잘것없는 이 도구가 나에게 어떻단 말인가?

그러한 것이 나에게 또한 어떻다는 말인가? 매춘부가 그를 문 안으로 유혹하려 했다. 입구의 어둠 속에서 여자는 옷을 벌려 보였다. 옷은 허리띠를 풀면 잠옷처럼 양쪽으로 열리게 되어 있었다. 창백한 육체가 어렴풋이 빛나 보였다. 검은 긴 양말, 시커먼 자궁, 시커먼 눈구멍, 그 그늘 속에서 눈은 이제 보이지 않는다. 벌써 인광을 발하고 있는 듯한, 흐무러지고 썩어 들어가는 살덩이.

윗입술에 담배를 붙인 뚜쟁이 하나가 나무에 기대서서 그를 빤히 쳐다보았다. 야채를 실은 마차가 두어 대 지나간다. 말은 모가지를 굽실거리고, 근육이 피부 밑에서 꿈틀꿈틀 움직이고 있다. 푸른 잎사귀에 싸인 화석이 된 뇌수처럼 보이는 야채와 양배추에서 풍기는 맛 좋은 냄새. 토마토의 빨간빛, 그리고 콩과 양파와 버찌와 셀러리가 담긴 바구니.

그런 것이 또 나에게 무엇이란 말인가? 인간이 하나 늘거나 줄 뿐이다. 몇십만이라는 동일한 악당, 또는 그보다 더 지독한 악당이 하나 늘거나 줄 뿐이다. 하나가 준다. 갑자기 그는 걸음을 멈추었다. 그렇다! 갑자기 그는

깨달았다. 그렇다! 그것이 녀석들을 강하게 만든 것이다. 지쳐버리고, 잊어
버리고 싶어지고, 그것이 나에게 어떻단 말인가, 라고 생각하는 것, 바로 그
것이다! 사람이 하나 준다! 그렇지, 하나가 준다. 하나가 줄었다 해서 별것
아니다. 그러나 전부이기도 하다! 전부다! 그는 호주머니에서 천천히 담배
를 꺼내 천천히 불을 붙였다. 그러자 산골짜기처럼 금이 간 굴속 같은 손바
닥을 노란 성냥불이 번쩍 비추는 동안 그는 갑자기, 나는 무슨 일이 있어도
하케를 죽인다, 그 일을 방해할 수 있는 것은 아무것도 없다는 점을 깨달았
다. 모든 것이 이상하게도 하케를 죽인다는 한 가지 사실에 걸려 있었다. 그
것은 갑자기 단순한 개인적 복수가 아니라 훨씬 큰 것이 되었다. 만약 그렇
게 하지 않는다면, 그야말로 자기는 커다란 죄를 범하는 것 같았다. 만약 자
기가 실행하지 않는다면, 이 세상 그 무엇이 영원히 상실되는 것 같았다. 그
와 동시에 그는 그럴 리가 없다는 것을 똑똑히 알고 있었다. 그러나 그런데
도 설명이나 논리를 훨씬 뛰어넘어서, 해내지 않으면 안 된다는 어두운 이
해가 핏속에서 들끓었다. 마치 눈에 보이지 않는 파도가 거기서 생기고, 이
어서 그보다 훨씬 중대한 일이 일어날 것 같았다. 하케는 공포정치의 하찮
은 하급 관리로서 별로 중요한 인물도 아님을 그는 알고 있었다. 그러나 그
는 또한 하케를 죽인다는 것은 엄청나게 중대한 일임을 갑자기 깨달았다.

그의 오므린 손바닥 안 불빛은 꺼졌다. 그는 성냥을 내던졌다. 새벽 어스
름이 나무 위에 걸려 있었다. 잠을 깬 참새가 피치카토같이 지저귀는 소리
로 엮인 은빛 거미줄. 그는 깜짝 놀라 주위를 둘러보았다. 자기에게 뭔가가
일어났다. 눈에 보이지 않는 재판이 열려 판결이 내린 것이다. 그는 나무들,
집들의 누런 벽, 근처의 회색 철책, 푸른 안개에 싸인 거리가 너무나 또렷하
게 보였다. 자신은 결코 이것들을 잊지 않으리라는 생각이 들었다. 그리고
자기는 하케를 죽인다는 것, 하케를 죽이는 것은 이미 자기만의 사소한 문
제가 아니고 더 큰 문제라는 것을 비로소 알았다. 이제부터 시작이다.

그는 오시리스의 문 앞을 지나갔다. 주정꾼 두어 명이 비틀거리며 나왔다. 눈은 유리알처럼 흐리멍덩하고 얼굴은 시뻘겋다. 그곳에 택시는 없었다. 그들은 그곳에서 잠시 욕지거리를 하다가, 이윽고 뚜벅뚜벅 요란한 소리를 내며 힘차게 걸어서 가버렸다. 모두 독일 말을 하고 있었다.

라비크는 호텔로 돌아갈 생각이었다. 그러나 생각이 달라졌다. 최근 몇 개월 동안은 독일 관광객이 노상 오시리스에 드나든다고 한 롤랑드의 말이 생각났다. 그래서 안으로 들어갔다.

롤랑드는 검은 지배인 제복을 입고 냉정하게 사방을 살피면서 바에 서 있었다. 자동악기가 요란스럽게 울려 퍼져서 이집트식 벽에 메아리치고 있었다.

"롤랑드" 하고 라비크는 말했다.

그녀가 뒤돌아보았다. "라비크! 오랜만이군요. 마침 잘 오셨어요."

"왜?"

그는 그녀와 나란히 바에 서서 홀 안을 둘러보았다. 이젠 손님도 별로 없었다. 모두 여기저기 탁자에 졸린 듯 쪼그리고 기대어 있었다.

"저 여길 그만둬요. 1주일 뒤에 떠나요."

"아주 가버리나?"

그녀는 고개를 끄덕이고는 도려낸 가슴팍 옷깃 속에서 전보를 꺼냈다. "보세요."

라비크는 전보를 펴서 보고 다시 돌려주었다. "숙모님이? 기어이 돌아가셨단 말이지?"

"그래요, 돌아가셨어요. 마담에게는 이미 말해뒀어요. 무척 화를 내기는 했지만, 그래도 이해해주었어요. 자네트가 제 일을 맡을 거예요. 아직도 많이 배워야겠지만요." 롤랑드는 웃었다. "마담도 딱하게 됐어요. 올해는 칸에서 단단히 빛을 내볼 생각이었거든요. 별장은 벌써 손님으로 꽉 찼어요. 1년 전에 백작 부인이 됐어요. 툴루즈의 젊은 애인하고 결혼을 했거든요. 남자가 툴루즈를 떠나지 않는 한 매달 5천 프랑씩 돈을 주고 있어요. 그런데 여기 남지 않을 수 없게 되었으니."

"카페를 시작할 생각인가?"

"네. 하루 종일 뛰어다니며 온갖 것을 주문하고 있어요. 파리가 물건 값이 싸거든요. 커튼 감으로 끊은 사라사예요. 어때요, 이 무늬?"

그녀는 가슴팍에서 쭈글쭈글한 천 조각을 꺼냈다. 노란 바탕에 꽃무늬가 있었다.

"훌륭하군."

"3할 할인해서 살 수 있어요. 작년에 팔다 남은 거래요." 롤랑드의 눈은 따스하고 부드럽게 빛났다. "375프랑이 절약돼요. 어때요, 나쁘지 않지요?"

"굉장하군. 그래, 결혼하겠지?"

"해요."

"왜 결혼을 하지? 좀 더 기다렸다가 하고 싶은 일을 죄다 해본 다음에 하지그래."

롤랑드는 웃었다. "당신은 장사를 모르는군요, 라비크. 장사라는 건 남자가 없으면 잘 안 되는 거예요. 남자가 있어야 해요. 전 제가 할 일을 잘 알아요."

그녀는 참으로 견실하고 확고하고 침착하다. 모든 것을 다 깊이 생각하고 있다. 장사에는 남자가 있어야 한다.

"당신 돈을 금세 남자 명의로 바꿔서는 안 돼. 우선 어떻게 되어가는가 형편을 봐야 해."

그녀는 다시 웃었다. "어떻게 될지 전 벌써 알아요. 서로 철이 들었으니까요. 장사를 하려면 서로가 힘을 합쳐야 해요. 여자가 돈을 꽉 쥐고 있으면 사내가 구실을 못 하게 되죠. 전 기둥서방은 필요 없어요. 여자가 남편 체통을 세워줘야죠. 사내가 노상 돈을 타서 쓰게 할 수는 없거든요. 아시겠어요?"

"알겠어." 라비크는 무엇인지 잘 모르면서도 그렇게 말했다.

"아실 거예요." 그녀는 만족한 듯이 고개를 끄덕였다. "뭐 좀 드시겠어요?"

"아무것도 안 마시겠어. 이제 가야겠군. 잠깐 들렀을 뿐이야. 내일 아침에 할 일이 있어."

그녀는 그를 쳐다봤다. "전혀 마시지 않았군요. 계집애는 필요 없으세요?"

"필요 없어."

롤랑드는 여자 둘에게 가볍게 손짓을 해서 의자에 앉아 잠들어 있는 남자에게 보냈다. 다른 여자들은 여기저기서 법석을 떨고 있었다. 그중 두서넛만이 홀 가운데 통로를 따라 두 줄로 늘어놓은 나지막한 의자에 그대로 앉아 있었다. 다른 여자들은 마치 겨울에 어린애들이 얼음판 위를 지치듯이 미끄러운 마룻바닥 위를 지치고 있었다. 두 사람이 쪼그리고 앉아 있는 다른 여자 하나를 끌면서 긴 복도를 뛰어갔다. 머리카락이 나부껴 헝클어지고, 유방이 흔들거리고, 어깨는 번쩍이고, 비단 조각으로는 더 가릴 수가 없게 된 속살을 드러내고 계집애들은 신이 나서 환성을 질렀다. 오시리스는 순식간에 목가적인 고대 이상향의 정경으로 변했다.

"여름에는" 하고 롤랑드는 말했다. "아침에 조금 자유를 주지 않을 수 없어요."

그녀는 라비크를 쳐다보았다. "이번 목요일은 제 마지막 밤이에요. 마담이 저를 위해 특별히 파티를 열어준다고 했어요. 오시지 않겠어요?" 롤랑드가 말했다.

"목요일에?"

"그래요."

목요일, 하고 라비크는 생각했다. 아직 1주일 남았다. 1주일. 마치 7년이나 남은 것 같다. 목요일. 그때까지는 끝장이 난다. 목요일. 누가 그렇게 먼

앞날의 일을 생각할 수 있을까? "물론 와야지. 어디서 하지?"

"여기서요. 6시부터."

"알았소. 오지. 잘 자요, 롤랑드."

"안녕히 가세요, 라비크."

그가 견인기를 삽입했을 때 일이 벌어졌다. 순식간에 벌어진 일이었다. 깜짝 놀라서 몸이 화끈 달아올랐다. 일순간 그는 망설였다. 활짝 열린 붉은 복강, 장을 받치고 있는 뜨겁고 젖은 가제에서 피어나는 아련한 증기, 가느다란 혈관을 집게에 끼워놓은 곳에서 피가 뚝뚝 떨어졌다. 그때 문득 그는 외젠이 의아스러운 눈초리로 자기를 쳐다보고 있는 것을 보았다. 그리고 베베르의 커다란 얼굴을 보았다. 금속성 불빛 아래서 털구멍 하나하나, 콧수염 한 가닥 한 가닥까지 보였다. 그러고 나서 그는 마음을 가다듬고 조용히 일을 계속했다.

그는 꿰맸다. 그의 손이 꿰맨다. 상처는 닫혀간다. 겨드랑이 밑에서 땀이 흐르는 것을 느낀다. 땀은 몸을 타고 흘러내린다. "자네가 좀 끝내주겠나?" 하고 그는 베베르에게 말했다.

"그러지. 그런데 웬일이야?"

"더워서 그래. 수면 부족이야."

베베르는 외젠의 눈초리를 보았다. "있을 수 있는 일이야, 외젠. 정상적인 사람일지라도 말이야."

일순간 방이 빙글빙글 돌았다. 몹시 지쳐버린 것이다. 베베르는 계속 꿰매나갔다. 라비크는 기계적으로 그것을 도왔다. 혓바닥이 부풀었다. 입 안은 솜 같았다. 그는 천천히, 천천히 숨을 쉬었다. 양귀비꽃, 하고 그의 마음속에서 그 무엇이 생각한다. 플랑드르의 양귀비. 새빨갛게 활짝 핀 양귀비꽃. 수치를 모르는 비밀. 생명, 그것이 메스를 든 손 바로 밑에 있다. 팔뚝에

514

전율이 흐른다. 아득히 먼 죽음으로부터의 자기(磁氣)의 접촉. 나는 이제 수술을 할 수 없다, 하고 그는 생각했다. 우선 이것을 처리해야 한다.

베베르는 꿰맨 상처를 소독했다. "끝났어."

외젠은 수술대 발치 끝을 내렸다. 들것이 소리도 없이 밀려 나갔다.

"담배 피우겠나?" 하고 베베르가 물었다.

"싫어. 곧 가야겠어. 해치워야 할 일이 있어. 할 일이 또 남았나?"

"없어." 베베르는 놀란 듯이 라비크를 쳐다보았다. "왜 그렇게 서두르지? 베르무트 소다 같은 시원한 걸 마시지 않겠나?"

"다 싫어. 가야 해! 이렇게 늦은 줄 몰랐어! 잘 있게, 베베르."

그는 급히 나가버렸다. 택시, 하고 그는 나와서 생각했다. 택시, 빨리. 시트로엥 한 대가 오는 것을 보고 불러 세웠다. "프랭스 드 갈 호텔로! 빨리!"

며칠 동안 내 도움 없이 해나가도록 베베르에게 말해야겠다, 하고 그는 생각했다. 이래서는 안 된다. 수술 도중에, 이러고 있는 지금 하케 녀석에게서 전화가 걸려올지도 모른다고 생각하면, 그야말로 미치고 말 것 같다.

그는 택시 요금을 치르고 급히 홀을 질러서 갔다. 엘리베이터를 기다리는 시간이 무한히도 긴 것 같았다. 그는 넓은 복도를 걸어가서 문을 열었다. 전화다. 그는 무거운 것을 들어 올리듯 수화기를 들었다. "여긴 반 호른인데, 어디 전화 온 데 없었소?"

"잠깐 기다리세요."

라비크는 기다렸다.

교환수의 목소리가 다시 들려왔다. "아뇨, 없었습니다."

"고맙소."

오후에 모로소프가 찾아왔다. "뭣 좀 먹었나?"

"아니, 자네를 기다렸어. 여기서 함께 먹었으면 해서."

"어리석은 소리 말게! 사람 눈에 띈단 말이야. 파리에선 병을 앓고 있지 않는 한 방에서 식사를 하는 사람이 없어. 다녀오게. 내가 여기 있을 테니까. 이 시각에 전화 걸 사람은 없어. 모두 식사 중이야. 신성한 습관이지. 그런데 만약 전화가 오면 내가 자네 하인이 되어서 녀석의 전화번호를 물어두고, 반 시간 후에는 자네가 돌아올 거라고 말해놓겠네."

라비크는 망설였다. 그러다가 "자네 말이 옳아" 하고 말했다. "20분 후에 돌아오지."

"천천히 하게. 진절머리가 나도록 기다렸으니까. 지금 신경질을 내면 안 돼. 푸케로 가겠나?"

"그래."

"37년 부브레를 주문하게. 나도 지금 마시고 오는 참이야. 일급품이지."

"알았어."

라비크는 내려갔다. 그는 길을 건너서 테라스를 따라 걸었다. 그리고 식당 안을 한 바퀴 돌았다. 하케는 없다. 그는 조르주 5세 거리 쪽 테라스에 빈 탁자를 찾아 자리를 잡고, 뵈프 아 라 모드와 샐러드와 염소 치즈, 그리고 부브레를 한 진 주문했다.

그는 식사를 하면서 자기를 관찰했다. 억지로 주의를 집중한다. 그리고 포도주 맛은 약하고 짜릿짜릿하다고 생각했다. 천천히 먹으며 주위를 둘러보았다. 하늘이 개선문 위에 푸른 비단 깃발처럼 드리워 있는 것이 보였다. 커피를 한 잔 더 주문해서 그 씁쓰레한 맛을 즐기고, 그리고 천천히 담배에 불을 붙였다. 서두르고 싶지 않았다. 잠시 더 앉아서 지나가는 사람들을 바라보았다. 그러고는 일어서서 프랭스 드 갈로 걸어서 돌아오며 모든 일을 잊어버리고 말았다.

"부브레 맛이 어떻던가?" 하고 모로소프가 물었다.

"좋더군."

모로소프는 주머니에서 조그마한 장기판을 꺼냈다. "한판 두지 않겠나?"

"좋아."

그들은 판 위에 말을 놓았다. 모로소프는 안락의자에 털썩 주저앉았다. 라비크는 소파에 앉아 있었다.

"여권도 없이 이곳에 3일 이상은 묵을 수 없다고 생각하는데."

"사무실에서 묻던가?"

"아니, 아직은. 도착했을 때 비자와 함께 여권을 보여달라고 하는 경우가 간혹 있어. 그래서 나는 밤에 왔지. 밤 당번 보이는 별로 묻지 않으니까. 방은 닷새 동안 필요하다고 해두었어."

"일류 호텔에서는 그렇게 꼬치꼬치 캐지 않지."

"여권을 보자고 하면 곤란한데."

"당장에는 그러지 않아. 내가 조르주 5세와 리츠에 물어보았지. 자넨 미국인으로 계출했나?"

"아니, 위트레흐트의 네덜란드 사람으로 해두었어. 독일 이름으로는 좀 어울리지 않아서 조심스럽게 이름을 바꿨어. 반 호른이라고. 폰이 아니고 말이야. 하케가 전화를 걸 때는 똑같이 들릴 거야."

"잘했어. 난 아직도 잘될 거라고 생각해. 이건 결코 싼 방이 아냐. 까다롭게 굴지는 않을 거야."

"그랬으면 좋겠어."

"호른이란 이름으로 한 건 아까운데. 아직 1년은 유효한 완전한 신분증명서가 있어. 7개월 전에 죽은 내 친구 것이야. 검시관이 물었을 때 그 친구는 독일 피난민이라 여권 같은 건 없다고 했지. 그러고는 증명서를 그대로 두었는데, 당장에라도 유효하단 말이야. 그 친구가 요제프 바이스라는 이름으로 어디에 묻혔대도 문제가 아냐. 더구나 벌써 피난민 둘이 그 증명서로 살아났어. 이반 크루게야. 러시아 이름이 아니지. 사진은 흐려 있고, 옆모습인 데다가 도장도 찍히지 않아서 금방 바꿔 붙일 수 있어."

"그대로 두는 것이 좋겠어. 내가 여기를 나가면 호른은 이미 존재하지 않게 되고, 증명서도 소용없어질 테니까."

"경찰에 관한 한 물론 그게 안전했을 거야. 그러나 경찰은 오지 않을 거야. 작자들은 방 두 개에 백 프랑 이상이나 내는 호텔에는 들어오지 않아. 내가 아는 어떤 피난민도 증명서 하나 없이 벌써 5년 동안이나 리츠에 살고 있지. 그 사실을 밤 당번 보이밖엔 몰라. 그렇지만 만약 여기서 증명서를 보자고 하면 어떻게 할지 생각은 해두었나?"

"물론이지. 내 여권은 비자를 받으려고 아르헨티나 대사관에 가 있으니 내일 찾아오겠다고 약속할 참이야. 그러고서 트렁크를 여기 남겨두고는 다시 돌아오지 않을 생각이야. 그만한 여유는 있어. 처음에 물으러 오는 건 경찰이 아니고 호텔 관리인일 테니까. 나는 그렇게 계산하고 있어. 다만……그렇게 되면 여기는 마지막이지."

"잘될 거야."

두 사람은 8시 반까지 장기를 두었다.

"자, 저녁을 먹고 오게" 하고 모로소프가 말했다. "내가 여기서 기다려주지. 그리고 나도 가야 해."

"나중에 여기서 먹겠어."

"어리석은 소리 말게. 자, 가서 든든하게 먹고 와야 해. 녀석에게서 전화가 온다면 틀림없이 우선은 함께 술을 마셔야 할 게 아닌가. 그런 경우 충분히 먹어두는 것이 좋지. 녀석을 어디로 끌고 갈지는 정해두었겠지?"

"정해두었어."

"내 얘기는 녀석이 무엇을 좀 더 보고 싶어 하고 마시고 싶어 할 경우를 말하는 거야."

"알아. 남의 일에는 아무도 간섭하지 않는 곳을 얼마든지 알고 있어."

"그럼 이제 가서 무엇이든 먹고 오게. 술은 안 돼. 든든하고 기름진 걸 먹어야 해."

"알았어."

라비크는 다시 길을 건너서 푸케로 갔다. 전부 다 현실이 아닌 것 같았다. 나는 책이라도 읽고 있거나, 멜로드라마 같은 영화를 보고 있거나, 아니면 꿈을 꾸고 있는 것이다. 그는 다시 푸케 양쪽을 걸어보았다. 테라스는 빽빽하게 사람들로 붐볐다. 그는 탁자를 하나하나 살펴보았다. 하케는 아무 데도 없었다.

그는 출입구 곁 작은 탁자에 자리를 잡았다. 거기라면 입구와 길 양쪽을 다 지켜볼 수가 있었다. 옆자리에서 두 여자가 샤퀴테리와 멘보세 이야기를 하고 있었다. 엷은 수염을 기른 사나이가 잠자코 함께 앉아 있었다. 반대쪽에서는 프랑스 청년 네댓 명이 정치를 논하고 있었다. 한 사람은 파시스트인 불의 십자군을 지지하고, 또 한 사람은 공산당을 지지하고, 나머지는 두 사람을 놀려댔다. 그 사이사이에 모두가 베르무트를 마시고 있는 아름답고 자신만만해 보이는 미국 여자 두 명을 유심히 보고 있었다.

라비크는 식사를 하며 길 쪽을 지켜보았다. 그는 우연이라는 것을 믿지 않을 정도로 미련하지 않았다. 우연이 없는 것은 오직 훌륭한 문학뿐이다. 인생은 매일같이 더없이 어리석은 일로 가득 차 있다. 그는 푸케에 반 시간 동안 앉아 있었다. 이번에는 점심때보다도 마음이 편했다. 다시 한번 샹젤리제 모퉁이를 빙 돌아보고 나서 호텔로 돌아왔다.

"이게 자네 자동차 열쇠야" 하고 모로소프가 말했다. "바꿔뒀어. 이번에는 가죽 시트의 푸른빛 탈보트야. 전번 것은 코르덴 직물이었지. 가죽이면 곧 씻어버릴 수가 있거든. 카브리올레 형으로, 뚜껑을 열고 운전해도 좋고 닫고 해도 돼. 하지만 창은 언제나 열어놓아야 해. 문이 닫혀 있을 때 쏘려면, 탄환이 열어둔 창으로 튀어 나가도록 쏴서 탄환 자국이 차에 남지 않도록 해야 돼. 2주일 기한으로 빌렸어. 해치운 뒤에 그대로 곧장 차고로 몰고 오지 말게. 어디든 차를 잔뜩 세워놓은 골목길에 두게. 환기를 해야 돼. 지금은 랭커스터 건너편 베리 가에 세워두었어."

"알았어" 하고 라비크는 말했다. 그는 열쇠를 전화기 옆에 놓았다.

"이것이 자동차 등록증. 면허증을 마련하지 못했어. 너무 여러 사람에게 물어보고 싶지가 않아서."

"그런 건 필요 없어. 앙티브에서는 면허증 없이 줄곧 몰고 다녔어."

라비크는 자동차 등록증을 열쇠 옆에 놓았다.

"오늘 밤에는 차를 다른 길에 세워두는 게 좋을 거야" 하고 모로소프는 말했다.

멜로드라마라고 라비크는 생각했다. 시시한 멜로드라마다. "그렇게 하지. 고맙네, 보리스."

"나도 같이 가고 싶네만."

"이런 일은 혼자서 하는 법이야."

"그렇지. 하지만 기회를 놓쳐서는 안 되고, 틈을 주어서도 안 돼. 철저하게 해치우게."

라비크는 웃었다. "그 말은 벌써 여러 번 들었어."

"골백번 말해도 과하지가 않아. 만일의 경우에 가서 어처구니없는 바보 같은 생각을 하게 된다면, 그야말로 문제야. 볼코브스키가 1915년에 모스크바에서 그랬으니까 말이야. 갑자기 명예라든가 기병 정신이라든가 하는 시시한 생각에 사로잡힌 거야. 참혹한 살인을 해서는 안 된다는 거였지. 그러다가 돼지 같은 새끼에게 맞아 죽었어. 그런데 담배는 충분히 가지고 있나?"

"잔뜩 있어. 그리고 여기는 전화만 하면 뭐든 가지고 오지."

"내가 이미 세라자드에 없거든 호텔로 와서 깨워주게."

"어쨌든 가겠어. 무슨 일이 있든 없든."

"좋아. 그럼 잘 있게, 라비크."

"잘 가게, 보리스."

라비크는 모로소프가 나간 뒤에 문을 닫았다. 갑자기 방 안이 조용해졌다. 그는 소파 한구석에 앉았다. 벽걸이 융단을 본다. 푸른 천으로, 가장자리가 풀리지 않게 만들어져 있다. 그는 이 이틀 동안 이 융단을, 몇 년 동안보아온 어떤 융단보다 더 잘 알게 되었다. 거울도 알게 되었다. 바닥에 깔린회색 바탕 비로드도 알게 되었다. 창문 가까운 곳에 검은 얼룩이 져 있다. 탁자, 침대. 의자 커버의 모든 선을 죄다 알게 되었다. 모조리 구역질이 날만큼 환하게 알았다. 오직 전화만이 도무지 걸려오지 않는다.

29

탈보트는 르노와 메르세데스 벤츠 사이에 끼여 바사노 가에 서 있었다. 메르세데스는 새것이고 이탈리아 번호판이 붙어 있었다. 라비크는 차를 몰아 거기서 빠져나오려고 했다. 너무 조바심이 나서 충분히 조심할 수가 없었다. 탈보트 뒤쪽 흙받기가 메르세데스 왼쪽 흙받기에 걸려서 흠집이 났다. 그는 개의치 않고 그대로 불바르 오스만을 향해 차를 몰았다.

그는 대단한 속도로 달렸다. 차를 모는 기분은 참으로 좋다. 위장 속에 시멘트처럼 깔려 있는 암담한 실망을 잊게 해준다.

새벽 4시다. 그는 더 오래 기다릴 생각이었다. 그러나 갑자기 모든 것이 무의미하게 여겨졌다. 하케는 먼 옛날의 사소한 에피소드를 잊어버렸을지도 모른다. 아니면 파리에 다시 안 돌아왔을지도 모른다. 지금 그쪽에서 할 일이 생겼는지도 모른다.

모로소프는 세라자드 문 앞에 서 있었다. 라비크는 다음 길모퉁이에 차를 세워두고 되돌아왔다. 모로소프는 기다렸다는 듯이 그를 쳐다보았다. "전화 연락을 받고 왔나?"

"아니, 무슨 일인데?"

"5분 전에 전화를 했지. 독일 사람 한 패가 안에 앉아 있어. 네 명이야. 그 중 하나가 아무래도……."

"어딘가?"

"오케스트라 옆이야. 남자 넷이 앉은 탁자는 그것밖에 없어. 입구에서 볼 수 있을 거야."

"알았어."

"입구 옆 작은 탁자에 앉게. 비워두었으니까."

"됐어. 알았네, 보리스."

라비크는 입구에서 걸음을 멈추었다. 홀 안은 어두웠다. 스포트라이트는 무도장을 비추고 있었다. 은빛 드레스를 입은 가수 하나가 스포트라이트 속에 서 있었다. 원추형 불빛이 너무 강해서 그 건너편은 전혀 분간할 수가 없었다. 라비크는 오케스트라 옆 탁자를 뚫어지게 보았다. 그러나 으리으리한 흰 불빛에 차단되어 보이지 않았다.

그는 입구 옆 탁자에 앉았다. 보이가 보드카 병을 가지고 왔다. 오케스트라는 선율을 질질 끌었다. 달콤한 멜로디 안개가 달팽이처럼 느릿느릿 기고 있다. "나는 기다리겠어요…… 나는 기다리겠어요."

가수는 허리를 굽히고 인사했다. 박수가 나왔다. 라비크가 몸을 앞으로 내밀었다. 그리고 스포트라이트가 꺼지기를 기다렸다. 가수는 오케스트라 쪽으로 몸을 돌렸다. 집시는 고개를 끄덕이고 바이올린을 집어 들었다. 심벌즈의 억누른 급템포 소리가 크게 울렸다. 두 번째 노래다. "달빛 어린 교회……." 라비크는 눈을 감았다. 기다린다는 것을 참을 수가 없었다.

그는 노래가 끝나기 훨씬 전에 다시 자리를 고쳐 앉았다. 스포트라이트는 꺼져 있었다. 탁자 위 불빛이 밝아졌다. 처음 순간은 그저 어렴풋하게 윤곽만 보였다. 스포트라이트를 너무 오래 바라보았기 때문이다. 그는 눈을 감았다가 다시 얼굴을 들었다. 그러자 그 탁자가 곧 눈에 들어왔다.

　천천히 뒤로 몸을 기댔다. 아무도 하케가 아니었다. 그는 그렇게 오랫동안 앉아 있었다. 갑자기 지독한 피로를 느꼈다. 눈알이 깔깔했다. 크고 작은 파도가 단속적으로 밀려온다. 호텔 방의 정적과 새로운 실망 끝의 음악, 들렸다 사라졌다 하는 이야기 소리, 그리고 억눌린 소음이 안개처럼 그를 감싼다. 결말도 없는 생각을 하고, 불면에 시달리는 뇌세포를 감싸는 잠의 만화경, 부드러운 최면 상태와도 같다.

　춤추는 사람들이 둘씩 짝을 지어 움직이고 있다. 엷은 불빛의 둘레 가운데 조앙의 모습이 언뜻 보였다. 그녀의 개방적인 목마른 듯한 얼굴이 뒤로 젖혀지고, 머리를 사내 어깨에 기대고 있었다. 그 모습을 보아도 아무런 생각이 일어나지 않는다. 한번 사랑한 적이 있는 사람을 대할 때처럼 무관심해질 때는 없다. 그는 나른한 기분으로 그렇게 생각했다. 상상과 상상의 대상을 연결하는 알 수 없는 탯줄이 끊어져 내려도, 그래도 둘 사이에 번갯불이 번쩍일 수 있을 것이다. 마치 유령 같은 별에서 나듯이 반딧불이 반짝일 때도 있을 것이다. 그러나 그 빛은 죽어 있다. 마음을 설레게는 하지만 이미 불을 일으키지는 못한다. 서로의 사이에는 이제 아무것도 교류하는 것이 없다. 그는 의자 등에 머리를 기댔다. 심연 위에서의 순간적인 화합. 갖가지 감미로운 이름을 가진 성(性)의 암흑. 꺾으려 하는 자를 삼켜버리는 물 위의 별꽃.

　그는 몸을 일으켰다. 잠들기 전에 나가야지. 그는 보이를 불렀다. "계산을 해주게."

　"계산하실 게 없는데요" 하고 보이가 말했다.

　"왜?"

　"아무것도 드시지 않았습니다."

　"아, 그래. 그렇지."

그는 보이에게 팁을 주고 밖으로 나왔다.

"아니던가?" 밖에서 모로소프가 물었다.

"아니야."

모로소프는 그를 쳐다보았다.

"단념하겠어" 하고 라비크는 말했다. "어처구니없고 우스꽝스러운 인디언 놀음이야. 난 벌써 닷새 동안이나 기다렸어. 하케 녀석은 나한테, 파리에는 언제나 하루나 이틀만 머문다고 했어. 그렇다면 지금쯤은 이미 떠났을 거야. 왔다고 해도 말이야."

"가서 자게나" 하고 모로소프는 말했다.

"잘 수가 있어야지. 지금부터 프랭스 드 갈로 돌아가서 계산을 하고 철수하겠어."

"좋지" 하고 모로소프는 말했다. "그럼 내일 낮에 거기서 만나세."

"어디서?"

"프랭스 드 갈에서."

라비크는 그를 쳐다보았다. "그렇지. 물론이지. 어리석은 소리를 했군. 아니, 그렇지 않겠지. 어리석은 소리가 아닐지도 모르지."

"내일 밤까지는 기다리게."

"좋아. 어디 두고 보지. 잘 있게, 보리스."

"잘 가게, 라비크."

라비크는 오시리스 앞을 지나갔다. 모퉁이까지 가서 차를 세웠다. 앵테르나시오날의 자기 방으로 돌아갈 생각을 하니 소름이 끼쳤다. 여기서 두어 시간 잘 수 있을지도 모른다. 오늘은 월요일이다. 유곽으로서는 한가한 날이다. 바깥에 도어맨은 이미 없었다. 이제 손님은 하나도 없을 것이다.

롤랑드가 문 가까이에 서서 널찍한 홀을 지켜보고 있었다. 텅 빈 홀에서 오르간이 요란스럽게 울렸다.

"오늘 밤은 한가한 것 같군."

"한가해요. 다만 저 지긋지긋한 손님이 있을 뿐이지요. 원숭이처럼 좋아하면서도 2층으로 올라가려고는 하지 않아요. 흔히 볼 수 없는 타입이지요. 가고 싶으면서도 겁이 나는 거예요. 역시 독일 사람이에요. 이제 계산을 했어요. 오래 걸리진 않아요."

라비크는 무심코 그 탁자 쪽을 보았다. 사나이는 이쪽으로 등을 돌리고 앉아 있었다. 여자 둘이 함께 있다. 한 여자의 양쪽 유방을 손에 쥐며 그쪽으로 기대었을 때 라비크는 그 얼굴을 보았다. 하케였다.

롤랑드의 목소리가 마치 안개 속에서 이야기하고 있는 것처럼 들린다. 무슨 말을 하는지 들리지 않는다. 다만 자기가 뒷걸음질을 쳐서 저쪽이 모르게 탁자 모서리가 조금 보일 정도로 문 옆에 서 있다는 것을 깨달았다.

"코냑 한 잔 드시겠어요?" 마침내 롤랑드의 목소리가 소용돌이를 뚫고 들려왔다.

오르간의 요란한 소음. 여전한 주저함. 횡격막 경련. 라비크는 손톱이 박힐 만큼 주먹을 꽉 쥐었다. 여기서 하케에게 얼굴을 보여서는 안 된다. 그리고 내가 녀석을 알고 있다는 것을 롤랑드가 알아서는 안 된다.

"안 마시겠어" 하고 말하는 자신의 목소리가 들린다. "벌써 실컷 마셨어. 독일 사람이라고 했지? 아는 사람인가?"

"전혀 몰라요." 롤랑드는 어깨를 으쓱했다. "제게는 모두가 같은 사람으로 보여요. 저 사람은 한 번도 온 적이 없는 것 같아요. 그건 그렇고, 조금 마시지 않겠어요?"

"그만두겠어. 그저 잠깐 들여다보고 싶었을 뿐이야."

그는 롤랑드의 시선을 느끼고 억지로 태연하려 했다. "단지 당신 파티가 언제인지 알고 싶었을 뿐이야. 목요일인가, 아니면 금요일?"

"목요일이에요, 라비크. 오시겠어요?"

"물론 오지. 확실히 알아두고 싶었어."

"목요일 6시예요."

"알았어. 시간을 지키지. 그걸 알고 싶었을 뿐이야. 그럼 이제 가야겠어. 잘 자요, 롤랑드."

"안녕히 가세요, 라비크."

갑자기 으르렁거리기 시작한 휘황한 밤. 이제 집은 보이지 않는다. 보이는 것이라곤 오직 돌의 수풀과 창문의 정글뿐이다. 갑자기 다시 전쟁. 인기척 없는 거리를 살금살금 걸어가는 정찰대. 몸을 숨길 수 있는 엄호물인 자동차. 숨어서 적을 기다리며 붕붕거리는 모터.

나오는 것을 쏘아 죽일까? 라비크는 거리를 둘러보았다. 자동차 몇 대. 노란 불빛. 고양이 몇 마리. 멀리 가로등 밑에 경관인 듯한 사나이가 서 있다. 이 자동차 번호판, 총소리, 방금 나를 본 롤랑드……. '모험을 해서는 안 돼, 절대로 안 돼. 그렇게 해봐야 아무 소용도 없어'라고 말하는 모로소프의 목소리가 들린다.

도어맨은 없다. 택시도 없다. 월요일 이 시각에는 마차도 없다. 이렇게 생각한 순간 시트로앵 택시 한 대가 소리를 내며 차 옆을 지나서 출입구 앞에 멎었다. 운전사는 담배에 불을 붙이고 아아 하고 하품을 했다. 라비크는 피부가 오므라드는 것 같았다. 그는 기다렸다.

차에서 내려 이제 가게 안에는 손님이 없다고 운전사에게 말할지 말지 생각했다. 안 되지. 요금을 지불하고 어디로 심부름이나 보내버릴까, 모로소프에게라도. 그는 호주머니에서 종이쪽지를 한 장 뜯어내어 두어 줄 적다가는 찢어버리고 다시 적었다. 모로소프가 세라자드에서 자기를 기다리지 말도록 적고 엉터리 이름으로 서명했다.

택시가 기어를 넣고 사라졌다. 그는 유심히 살펴보았다. 차 안은 보이지 않았다. 쪽지를 적는 동안 하케가 자동차를 탔는지는 알 수가 없다. 그는 재빨리 1단 기어를 넣었다. 탈보트는 택시의 뒤를 쫓아서 쏜살같이 모퉁이를 돌았다. 뒤쪽 창문으로 들여다보았지만 아무도 보이지 않는다. 하케는 구석에 앉아 있는지도 모른다. 그는 천천히 택시 옆을 지나갔다. 차 안은 어두워서 아무것도 보이지 않는다. 뒤처졌다가 다시 그 차를 스칠 듯이 앞질렀다. 운전사가 고개를 돌리고 그에게 소리를 질렀다. "이 멍청이야! 부딪칠 셈인가?"

"당신 차에 친구가 타고 있어서 그래."

"이 주정뱅이 얼간이!" 하고 운전사는 고함을 질렀다. "차가 비어 있는 게 안 보여?"

그 순간 라비크는 미터기가 꺾여 있지 않다는 것을 알았다. 그래서 급커브로 돌아서 빠른 속도로 되돌아왔다.

하케는 길가에 서 있었다. 손을 흔들며 "어이, 택시!" 하고 불렀다.

라비크는 그의 옆으로 가서 브레이크를 밟았다.

"택시?" 하고 하케는 물었다.

"아닙니다." 라비크는 창문으로 몸을 내밀었다. 그리고 "안녕하세요" 하고 말했다.

하케는 그를 쳐다보았다. 그 눈이 가늘어졌다. "네?"

"서로 아는 사이라고 생각하는데요." 라비크가 독일어로 말했다.

하케는 몸을 구부렸다. 얼굴에서 의심쩍은 빛이 사라졌다. "아니, 이거…… 폰, 폰……."

"호른이지요."

"맞아! 맞아! 폰 호른 씨. 물론 그렇지! 정말 우연이군요! 그런데 그동안 어디에 계셨지요?"

"파리에 있었지요. 자, 타십시오. 이리 빨리 돌아오실 줄은 몰랐습니다."

"전화를 여러 번 했습니다. 호텔을 바꾸셨나요?"

"아뇨, 여전히 프랑스 드 갈에 있습니다." 라비크는 자동차 문을 열었다. "타십시오. 모셔다 드리지요. 이런 시간에는 택시를 잡기가 퍽 어렵지요."

하케가 발판에 한쪽 발을 디뎠다. 라비크는 그의 숨소리를 들었다. 새빨갛게 달아오른 얼굴을 보았다.

"프랑스 드 갈" 하고 하케는 말했다. "제기랄, 그랬었지! 전 계속 조르주 5세로만 전화를 걸었지요." 그는 소리 내어 웃었다. "그곳이 아니었지! 이제 알았어! 프랑스 드 갈, 물론 그곳이었지. 혼동했군요. 전번 수첩을 가지고 오지 않아서요. 기억하고 있는 줄로만 알았지요."

라비크는 출입구 쪽을 살폈다. 누가 나올 때까지는 약간 시간이 있을 것이다. 여자들은 우선 옷을 갈아입어야 한다. 아무튼 하케를 빨리 차에 태워야 한다.

"들어가시려던 참이 아닌가요?" 하케는 유쾌한 듯이 물었다.

"그럴 생각이었죠. 그러나 이젠 너무 늦었습니다."

하케의 숨소리가 거칠었다. "그래요. 제가 마지막이었지요. 이제 문 달을 시간이지요."

"상관없어요. 어차피 거긴 따분한 곳이니까요. 어디 다른 데로나 가지요. 같이 가시지요."

"아직도 연 데가 있습니까?"

"물론입니다. 진짜 일류는 지금부터 문을 엽니다. 이런 곳은 관광객이나 상대하는 집이지요."

"그래요. 전 또…… 이건 상당한 집이라고 생각했는데요."

"천만에요. 훨씬 더 좋은 곳이 있습니다. 이런 집은 엉터리지요."

라비크는 몇 번이나 가볍게 액셀을 밟았다. 엔진은 부르릉거리다가 멈췄다. 계획대로 들어맞았다. 하케는 조심스럽게 그의 옆자리에 기어올랐다.

"다시 만나서 반갑습니다. 정말 반갑습니다."

라비크는 그의 앞으로 손을 내밀어 문을 닫았다. "저도 반갑습니다."

"재미있는 집이더군요! 벌거숭이 여자들이 잔뜩 있습니다. 경찰이 용케 허락하는군요! 아마 대개는 병이 있겠지요?"

"그렇지요. 이런 곳은 절대로 안전하다고는 할 수 없지요."

라비크는 차를 몰았다.

"절대로 안전한 곳이 있습니까?" 하케는 시가 끝을 물어뜯었다. "병을 얻어 고향으로 돌아가고 싶지는 않거든요. 그렇다고 인생이 두 번 있는 것도 아니고."

"그렇지요" 하고 라비크는 말하고, 전기 라이터를 넘겨주었다.

"어디로 갑니까?"

"우선 시작으로 메종 드 랑데부는 어떨까요?"

"거긴 어떤 데죠?"

"사교계 귀부인들이 모험을 찾아서 오는 집입니다."

"뭐라고요? 진짜 사교계 부인이 말입니까?"

"그렇죠. 늙은 남편을 가진 여자라든가, 남편에 싫증 난 여자라든가, 돈을 잘 못 버는 남편을 둔 여자들이지요."

"하지만 어떻게…… 그리 쉽게…… 도대체 어떻게 속일 수가 있을까요?"

"한두 시간 정도 다녀가지요. 잠깐 칵테일을 한잔 나눈다든가 나이트캡 칵테일을 마신다든가 하는 식으로. 그중에는 전화로 불러낼 수 있는 사람도 있습니다. 물론 몽마르트르에 있는 그런 유곽과는 다르지요. 숲 한가운데 있는 아주 깔끔한 집을 알고 있습니다. 그 집 주인은 마치 공작 부인 같아요. 모든 게 품위 있고, 은근하고 우아하지요."

라비크는 천천히 숨을 쉬며 침착하게 말했다. 그는 자기가 마치 관광 안내인처럼 말하고 있는 것을 들었다. 그러나 더욱 냉정해지려고 계속 지껄였다. 두 팔의 혈관이 떨렸다. "방을 보면 정말 놀라실 겁니다. 가구는 진짜 들이죠. 양탄자에다 유서 깊은 벽걸이. 포도주는 각별히 고른 것이고 서비스도 만점이지요. 여자에 관한 한 완전히 안심해도 좋습니다."

하케는 시가 연기를 푹 내뿜었다. 그리고 라비크 쪽을 돌아보았다. "여보시오, 폰 호른 씨. 이야기를 듣자니 모든 게 굉장하군요. 다만 한 가지 문제가 있어요. 그런 데는 아마도 상당히 비싸겠지요?"

"절대로 비싸지 않습니다."

하케는 약간 멋쩍은 듯이 쉰 목소리로 웃었다. "비싸지 않다고 해도, 생각에 따라서 다르지요! 외국 송금 제한을 받고 있는 우리 독일 사람 처지로서는……."

라비크는 머리를 저었다. "그 집 주인을 잘 압니다. 제게는 빚을 지고 있지요. 특별히 대접해줄 겁니다. 당신은 제 친구로서 가시는 거니까, 돈을 내도 아마 받지 않을 겁니다. 다만 팁을 약간 주시면 됩니다. 오시리스에서 받는 한 병 값도 들지 않습니다."

"정말입니까?"

"두고 보십시오."

하케는 자리를 고쳐 앉았다. "놀랍군요. 정말 근사해."

그는 라비크를 보고 싱긋 웃었다. "상당히 정통하시군요! 아마 그 여자에게 상당한 것을 해주셨나 봅니다."

라비크는 그를 쳐다보았다. 똑바로 눈을 들여다보았다. "그런 장소는 무엇보다도 경찰 관계가 까다롭지요. 공갈을 치거든요. 아시겠지만."

"알 수 있지요!" 잠시 동안 하케는 뭔가 생각했다. "당신은 여기서 그렇게 세력이 크십니까?"

"대단치는 않습니다. 그저 유력한 지위에 있는 친구가 두어 명 있지요."

"대단하시군요! 그걸 우리가 서로 잘 이용할 수도 있겠는데요. 언제 한

번 의논해볼 수 없을까요?"

"그거 좋습니다. 파리에는 언제까지 계십니까?"

하케는 웃었다. "왜 그런지 언제나 떠나려 할 때 만나게 되는군요. 조금 후 아침 7시에 떠납니다." 그는 차에 달린 시계를 보았다. "이제 두 시간 반 남았습니다. 그렇잖아도 말하려고 했습니다만, 그때까지 북부 정거장에 가 있어야 합니다. 갈 수 있을까요?"

"문제없습니다. 그전에 호텔에 들르시지 않아도 됩니까?"

"아뇨, 트렁크는 벌써 정거장에 가 있습니다. 호텔은 어제 오후에 나왔지요. 그렇게 하면 하루 치 방값이 절약되니까요. 그 외국 송금 제한이라는 것이 있어서……." 그는 또 웃었다.

문득 라비크는 자기도 함께 웃고 있다는 것을 알았다. 그는 핸들을 꽉 쥐었다. 이런 일이 있을 수 있을까? 어떤 방해가 또 끼어들지도 모른다. 이런 좋은 기회란 그리 흔하지가 않다.

시원한 공기를 쐬자 하케는 알코올 기운이 돌았다. 목소리가 늘어지고 혀가 무거워졌다. 그는 구석자리에 고쳐 앉더니 꾸벅꾸벅 졸기 시작했다. 아래턱은 처지고 눈은 감겨 있다. 차는 숲속 고요한 어둠 속으로 꺾어 들어갔다.

헤드라이트가 차 앞을 소리 없는 흰 망령처럼 날아서 어둠 속에서 유령처럼 나무들을 헤치고 나간다. 아카시아 냄새가 열어놓은 창으로 스며 들어온다. 아스팔트를 미끄러지는 타이어 소리는 영원히 그치지 않을 것처럼 부드럽게 끊임없이 계속된다. 귀에 익은 엔진 소리가 축축한 밤기운 속에 굵고 나직하게 울린다. 왼쪽에 어렴풋이 빛나는 작은 못, 뒤쪽 시커먼 너도밤나무보다도 밝게 보이는 버드나무 그림자. 자개 같은 검푸른 이슬에 덮인 잔디밭. 루트 드 마드리드, 루트 드 라 포르트 생장, 루트 드 뉘이, 잠든 외딴집. 물 냄새. 센강.

라비크는 불바르 드 라 센을 따라서 차를 달렸다. 달빛이 비치는 물 위에 화물선 두 척이 떠 있다. 먼 쪽 배에서 개가 짖고 있다. 말소리가 물을 건너 들려온다. 가까운 쪽 화물선 갑판에 불이 반짝이고 있고. 라비크는 차를 세우지 않았다. 처음에는 그곳에 차를 멈출 작정이었다. 그러나 그럴 수가 없었다. 화물선이 기슭에서 너무 가까웠기 때문이다. 그는 페프 거리로 꺾어 강가에서 떨어졌다가 롱샹 거리로 돌아왔다. 그대로 레느 마르그리트 거리 끝까지 조심스럽게 달려가서 다시 더욱 좁은 길로 구부러졌다.

하케를 보니 눈을 뜨고 있었다. 하케는 그를 쳐다보았다. 몸은 움직이지 않고 얼굴을 들어 라비크를 보았다. 그 눈은 계기판이 반사하는 희미한 불빛에 푸른 유리알처럼 빛나고 있었다. 마치 전기 충격처럼 느껴졌다. "깨셨습니까?" 하고 라비크는 물었다.

하케는 대답하지 않았다. 그는 라비크를 쳐다보았다. 꼼짝도 하지 않는다. 눈조차 움직이지 않는다.

"여긴 어디지요?" 마침내 그는 물었다.

"불로뉴의 숲입니다. 카스카드 레스토랑 근처지요."

"대체 얼마나 달렸지요?"

"10분."

"더 될 텐데."

"설마."

"잠들기 전에 시계를 봤는데, 벌써 30분 이상 달리고 있어요."

"정말입니까?" 하고 라비크는 말했다. "설마 그렇게 오래 달렸다고는 생각지 않는데요. 이제 다 왔습니다."

하케의 눈은 라비크에게서 떨어지지 않았다. "어디지요?"

"메종 드 랑데부입니다."

하케는 몸을 움직였다. "돌아가주시오."

"지금 당장?"

"그렇소."

그는 이제 취기가 사라졌다. 정신도 말짱하고 졸음도 가셨다. 얼굴빛이 달라져 있었다. 즐겁고 호인다운 티는 사라지고 없었다. 지금 라비크는 전에 알던 얼굴을 다시 한번 보았다. 게슈타포 공포의 방에서 영원히 그의 기억에 새겨진 그 얼굴이다. 그러자 하케를 만난 뒤로 줄곧 느껴오던 불안, 자신은 아무 상관도 없는 사람을 죽이려 하고 있다는 불안감이 갑자기 사라져버렸다. 자기 차에 태우고 있는 것은 붉은 포도주를 좋아하는 상냥한 한 호인이었을 뿐, 그 사나이의 얼굴에서 이유를, 무슨 생각을 해도 도시 머리에서 떠나지 않는 이유를 찾아보았지만 헛수고였다. 그런데 갑자기 지금 그 눈은 언젠가 자기가 죽을 것같이 심한 고통 때문에 실신 상태에서 깨어났을 때 눈앞에 보이던 그 눈과 똑같았다. 똑같이 차가운 눈. 똑같이 차고 나직하고 찌르는 듯한 목소리.

라비크의 내부에서 뭔가가 갑자기 빙글 돌았다. 마치 전류 극이 바뀌는 것 같았다. 긴장은 계속되었다. 그러나 지금까지의 주저함과 신경질이 유일한 목적을 가진 한 흐름으로 변하고 그 밖에는 아무것도 남지 않았다. 몇 년 세월은 무너져서 재가 되고 회색 벽으로 둘러싸인 방, 갓도 없는 전등의 하얀 불빛, 피비린내, 가죽 회초리, 땀, 고통, 공포가 다시 찾아왔다.

"왜 그러시죠?" 라비크는 물었다.

"돌아가야 해요. 호텔에서 기다리고들 있으니까."

"하지만 짐은 벌써 정거장에 가 있다고 하시지 않았습니까?"

"그렇지. 그러나 할 일이 남았소. 깜박 잊고 있었지. 돌아가주시오."

"알았습니다."

지난 주일에 그는 이 숲속을 밤낮없이 열 몇 번이나 돌아보았다. 그는 지금 어디에 있는지를 알았다. 2, 3분 더 그는 왼쪽으로 돌아서 좁은 길로 들어섰다.

"돌아가고 있는 거요?"

"그럼요."

낮에도 햇빛이 스며들지 않는 나무 그늘의 촉촉한 향기. 더욱 짙어가는 어둠. 더욱 밝아지는 헤드라이트 불빛. 하케의 왼손이 조심스럽게 슬금슬금 문에서 떨어지는 것을 라비크는 거울 속에서 보았다. 우측 운전이다. 잘됐다, 이 탈보트는 우측 운전이다! 그는 커브를 꺾었다. 왼손으로 핸들을 잡고 돌아서 흔들린 것처럼 하고서, 직선도로에 나서자 곧 액셀을 꾹 밟았다. 차는 쏜살같이 달린다. 2, 3초 후에 힘껏 브레이크를 밟았다.

탈보트가 염소처럼 튀어 올랐다. 브레이크가 끼익하고 날카롭게 소리를 냈다. 라비크는 한쪽 발로 브레이크를 밟은 채 다른 발로 바닥을 버티고서 균형을 잡았다. 발로 버틸 만한 게 하나도 없고 이런 동요를 예상하지 못한 하케의 상반신이 무서운 힘으로 앞으로 고꾸라졌다. 호주머니에 넣은 손을 꺼낼 사이도 없이 앞 유리와 계기판 모서리에 이마가 쾅 부딪혔다. 그 순간 라비크는 오른쪽 호주머니에서 꺼내 들고 있던 육중한 멍키스패너로 두개골 바로 아래쪽 목덜미를 내리쳤다.

하케는 다시 일어나지 않았다. 비스듬히 밑으로 미끄러져 내려갔다. 오른쪽 어깨가 걸려서 밑으로 완전히 떨어지지는 않는다. 오른쪽 어깨가 몸을 계기판에 짓누르고 있었다.

라비크는 곧 다시 차를 몰았다. 큰 거리를 지나서 헤드라이트를 어둡게 했다. 차를 몰면서, 브레이크 소리를 들은 사람이 있는지 살펴보았다. 누가 혹 나타나면 하케를 차에서 끌어내 수풀 속에 숨겨버릴까도 생각해보았다. 이윽고 교차로 옆에서 차를 멈추고 라이트와 엔진을 꺼버린 다음 차에서 뛰어내려, 보닛과 하케가 있는 쪽 문을 열고서 귀를 기울였다. 만약 누가 오면 멀리서부터 볼 수 있고, 소리를 들을 수 있다. 그런 다음에도 하케를 수풀 속으로 끌어다 놓고, 엔진이 고장 난 것처럼 할 수 있는 시간 여유가 충분히 있다.

고요는 마치 소음 같았다. 너무나도 갑작스럽고 이해할 수 없어서 웅성거렸다. 라비크는 아플 정도로 두 손을 꽉 쥐었다. 귀가 윙윙거리는 것은 자기 피로 때문이라는 것을 알았다. 그는 깊이, 그리고 천천히 숨을 쉬었다.

웅성거리던 소리가 시끄러운 소음으로 변했다. 그 소리 가운데 새된 소리가 들려오고, 차츰 높아갔다. 라비크는 온 정신을 모아서 귀 기울였다. 새된 소리가 더욱 커지고 금속성이 된다. 이윽고 그는 그것이 귀뚜라미 우는 소리이고, 소음은 이제 멎었다는 사실을 문득 깨달았다. 그의 앞에 비스듬히 펼쳐진 좁은 잔디밭에서 새벽녘 귀뚜라미가 울고 있을 뿐이었다.

잔디는 아침 햇빛을 받고 있었다. 라비크는 보닛을 닫았다. 지금이야말로 절호의 기회다. 너무 밝기 전에 끝내야 한다. 그는 사방을 둘러보았다. 이곳은 적당치가 않다. 숲속에는 좋은 장소가 없다. 센강 변은 너무나도 밝다. 이렇게 늦어질 줄은 몰랐다. 그는 깜짝 놀라서 뒤돌아보았다. 긁고 할퀴는 소리, 그리고 신음 소리가 들린 것이다. 하케의 한쪽 손이 열어둔 문에서 밖으로 기어 나와 발판을 긁고 있었다. 그때 라비크는 자기가 아직도 멍키 스패너를 들고 있다는 사실을 비로소 깨달았다. 그는 하케의 웃옷 깃을 붙잡고 끌어내어, 나온 머리를 두 번 내리쳤다. 신음 소리가 멈췄다.

무엇인가 덜커덩 소리가 났다. 라비크는 그대로 가만히 서 있었다. 그러다가 권총이 좌석에서 발판으로 떨어졌다는 것을 알았다. 하케는 브레이크를 밟기 전에 틀림없이 이것을 쥐고 있었을 것이다. 라비크는 그것을 도로 차에 던져 넣었다.

그는 다시 귀를 기울였다. 귀뚜라미. 잔디밭. 조금 전보다도 밝아져서 멀어진 듯한 하늘. 곧 해가 떠오를 것이다. 라비크는 문을 열고 하케를 차에서 끌어내어, 앞좌석을 젖히고 뒷좌석과 앞좌석 사이 바닥에 하케를 밀어 넣으려고 했다. 그러나 아무리 해도 되지 않는다. 너무 비좁다. 그는 차 뒤로 가서 트렁크를 열고 재빨리 속에 든 것을 끄집어냈다. 그러고는 하케를 다시 차에서 끌어내어 뒤쪽으로 끌고 갔다. 아직 죽지는 않았다. 굉장히 무거웠다. 라비크의 얼굴에선 땀이 주르륵 흘렀다. 간신히 몸을 트렁크에 밀어넣을 수 있었다. 마치 태아처럼 무릎을 구부러뜨려서 억지로 쑤셔 넣었다.

그는 땅바닥에서 도구와 삽과 잭을 주워서 앞자리에 넣었다. 바로 옆에 서 있는 나무에서 참새 한 마리가 울기 시작했다. 그는 깜짝 놀랐다. 지금까지 이렇게 큰 소리를 들어본 적이 없는 것 같았다. 잔디밭을 보았다. 한층 더 밝아져 있었다.

요행을 바라며 모험을 해서는 안 된다. 그는 차 뒤로 걸어가서 트렁크 뚜껑을 반쯤 열었다. 왼발을 뒤쪽 흙받기에 대고, 뚜껑 밑으로 두 손을 쉽게 집어넣을 수 있을 정도 높이로 무릎으로 받치고 반쯤 열어놓았다. 누가 오더라도 무심히 뭔가 검사하고 있는 듯이 보일 테고, 곧 뚜껑을 내릴 수도 있다. 지금부터 오랫동안 달려야 한다. 우선 하케를 죽여놓아야 한다.

머리는 오른쪽 구석 가까이에 있었다. 눈에 보였다. 목덜미는 부드럽고 동맥은 아직 뛰고 있었다. 그는 두 손으로 하케의 목을 꽉 조른 채 그대로 힘껏 눌렀다.

영원히 계속되는 것 같았다. 머리가 약간 움직였다. 보일락 말락 할 정도로. 몸을 쭉 펴려고 한다. 입고 있는 옷이 거치적거리는 듯했다. 입이 벌어진다. 새가 다시 날카로운 소리로 지저귄다. 혓바닥은 누런 더께가 끼어서 두툼하다. 갑자기 하케가 한쪽 눈을 떴다. 눈알은 튀어나왔고, 다시 한번 빛과 시력을 얻으려 하는 것 같다. 뿌리치고 라비크에게 달려들 것처럼 보였다……. 그러고는 몸이 축 늘어졌다. 그러고도 라비크는 잠시 동안 목을 더 조르고 있었다. 끝장이 났다.

뚜껑이 쾅 닫혔다. 라비크는 두어 발짝 걸었다. 그리고 나무에 기대어 구역질을 했다. 위장이 쥐어뜯기는 것 같았다. 구역질을 멈추려고 했다. 그러나 소용이 없었다.

얼굴을 들자 한 남자가 잔디밭을 건너오는 것이 보였다. 그 남자는 라비크를 천천히 훑어보았다. 라비크는 그대로 가만히 서 있었다. 정원사나 노동자 같은 풍채의 남자는 라비크를 쳐다보았다. 라비크는 침을 퉤 뱉고는 호주머니에서 담뱃갑을 꺼냈다. 한 대 피워 물고 들이마셨다. 담배가 목구멍을 쿡 쏘았다. 남자는 길을 건너간다. 라비크가 토한 장소를 보고, 차를 보고, 그리고 라비크를 본다. 아무 말도 하지 않는다. 라비크는 남자 얼굴에서 아무것도 알아낼 수가 없었다. 남자는 느릿느릿한 걸음걸이로 교차로를 건너서 사라져버렸다.

라비크는 몇 초 동안 더 기다렸다. 그리고 트렁크를 잠그고 시동을 걸었다. 숲속에서는 이제 할 일이 없다. 너무 밝다. 생제르맹까지 달려야 한다. 그곳 숲을 잘 알고 있다.

30

한 시간 뒤, 그는 자그마한 여관 앞에 차를 세웠다. 몹시 배가 고파서 머리가 흐릿했다. 그는 차에서 내렸다. 거기에는 탁자 둘에 의자가 몇 개 놓여 있었다. 그는 커피와 브리오슈를 주문하고 세면장으로 갔다. 세면장에서는 퀴퀴한 냄새가 풍겼다. 컵을 얻어서 양치질을 했다. 그리고 손을 씻고 자리에 돌아왔다.

아침 식사가 탁자에 놓여 있었다. 커피는 세계 어느 나라의 것과 마찬가지인 향기를 풍겼고, 제비가 지붕 위를 날았다. 태양은 최초의 황금빛 융단을 집집마다 벽에 걸어놓았다. 사람들은 일하러 나가고 있었다. 하녀 하나가 스커트를 걷어붙이고, 비스트로 입구의 구슬로 엮은 발 안에서 마룻바닥을 박박 닦고 있었다. 라비크는 벌써 오랫동안 이런 평화로운 여름 아침을 본 적이 없었다.

그는 뜨거운 커피를 마셨지만, 아무래도 식사는 하고 싶지 않았다. 자기 손으로 건드리기가 싫었다. 그는 손을 보았다. 어리석군. 제기랄, 공포증 따위에 걸려서야 되겠는가. 나는 먹어야 한다. 그는 커피를 또 한 잔 마

셨다. 담뱃갑에서 담배를 한 개비 뽑아서, 손이 닿았던 쪽을 입에 대지 않
도록 조심했다. 이래선 안 되지. 그러나 역시 아무것도 먹지 못했다. 우선
저 녀석을 완전히 처치해버려야 한다. 그렇게 생각하고 일어나서 계산을
했다.

젖소 한 무리. 나비들. 밭 위에 높이 뜬 태양. 태양은 자동차 유리와 지붕
에 비치고, 하케를 숨겨둔 트렁크의 번쩍이는 금속에도 비쳤다. 왜 죽는지,
누구에게 죽는지도 모르고 살해당한 하케. 좀 더 다른 방법으로 죽였어야
했다…….

"하케, 너는 나를 기억하고 있나? 내가 누군지 알겠나?"

눈앞에 빨간 얼굴이 보였다. "아니, 어떻게 알아? 너는 누구지? 전에 만
난 적이 있었나?"

"있지."

"언제? 친한 사이였나? 아마 사관학교겠지? 기억이 없는데."

"기억이 없단 말인가, 하케? 사관학교가 아니야. 그 후의 일이야."

"그 후? 하지만, 하지만 자네는 외국에서 살고 있지 않았나? 나는 독일
을 떠나본 적이 없어. 다만 2년 전부터 비로소 파리에 오게 되었을 뿐이야.
아마도 언젠가 신 나게 같이 마신 적이……."

"아냐, 우린 같이 마신 적이 없어. 그리고 여기서가 아니야. 독일에서였
어, 하케!"

울타리. 선로. 장미와 협죽도와 해바라기가 가득 피어 있는 조그만 정원.
기다림. 끝없는 아침 속을 폭폭 연기를 뿜으며 달려가는 외로운 검은 열차.
트렁크 속에서 젤리처럼 되어 틈에서 들어오는 먼지로 가득 찬 눈. 그 눈이
자동차 앞 유리에 비쳐서, 살아 있다.

"독일에서? 아, 알았다! 어딘가 당대회에서겠지. 뉘른베르크다. 기억나
는 것 같아. 뉘른베르크 호프가 아니었을까?"

540

"아니야, 하케." 라비크는 앞 유리를 향하여 천천히 말하고 있다. 지나간 세월의 검은 물결이 다시 밀려 나오는 것 같다. "뉘른베르크가 아냐, 베를린이야."

"베를린?" 반사 때문에 흔들리는 영상의 얼굴은 들떠서 조바심을 낸다. "자, 이젠 말하게, 친구. 그만하고 말하라니까! 그렇게 감추지만 말고. 고문은 이제 그쯤 해두게! 어디서였지?"

물결이 대지에서 부풀어 올라 이제 팔에까지 닿았다. "고문이라고, 하케! 그것이야! 고문이야!"

애매하면서도 조심스러운 웃음. "농담하지 말게, 이 사람."

"고문이었어. 하케! 내가 누군지 이제 알겠나?"

더 애매하고, 더 조심스럽고 위협하는 듯한 웃음. "내가 어떻게 알아? 난 몇천 명을 보았어. 일일이 기억할 수는 없지. 혹시 자네가 비밀경찰에 대한 말을 하고 있다면……."

"맞았어. 하케, 게슈타포야."

어깨를 으쓱한다. 경계를 한다. "자네가 거기서 취조를 받은 적이 있다면……."

"그렇다고 기억하나?"

다시 한번 어깨를 으쓱하고 "어떻게 기억하겠나? 우리는 몇천 명을 취조하고 있어……."

"취조한다고! 실신할 때까지 두들겨 맞고, 간은 맞아서 으스러지고, 뼈는 바스러지고, 자루처럼 지하실에 밀려 떨어졌다가 다시 끌려 나와서는 얼굴을 찢기고, 불알을 짓밟히고. 그것이 네가 말하는 '취조'라는 것이다. 이제는 울 수도 없게 된 인간의 열에 들뜬 소름 끼치는 신음 소리, 그것이 '취조'라고! 실신과 의식 사이의 흐느낌, 배를 걷어차는 것, 고무 방망이와 매질. 그렇다. 네가 뻔뻔스럽게 '취조'라고 하는 것은 바로 이런 것들이다!"

라비크는 앞 유리창의 눈에 보이지 않는 얼굴을 뚫어지게 노려보았다. 창 너머로 밀밭과 양귀비와 들장미의 풍경이 소리도 없이 미끄러진다. 그는 그 얼굴을 노려보았다. 입술이 움직인다. 그는 하고 싶었던 말을 못 하고 말았지만, 하지 않을 수 없었던 말을 지금 한다.

"손을 움직이지 마! 움직이면 쏘아 죽인다! 너는 그 키 작은 막스 로젠베르크를 기억하나? 그는 몸이 갈기갈기 찢겨 지하실에서 내 곁에 쓰러져 있었다. 그는 다시 '취조'를 받지 않으려고 시멘트 벽에 머리를 부딪혀서 부숴버리려고 했다. '취조'라고? 왜? 민주주의자였기 때문이다! 그리고 빌만을 기억하나? 그는 너에게 두 시간 '취조'를 받은 후 피오줌을 싸고, 이는 하나도 안 남고, 눈은 한쪽밖에 남지 않았다. '취조'라고? 왜 '취조'를 받았나? 그는 가톨릭 신자로 너의 총통이 새로운 구세주라는 걸 믿지 않았기 때문이다. 그리고 리젠펠트를 기억하나? 머리와 등이 고깃덩어리처럼 되어, 우리에게 혈관을 물어뜯어달라고 조르던 그 리젠펠트 말이다. 네 '취조'를 받고 나서 이가 송두리째 빠져 스스로 물어뜯을 수 없었기 때문이다. '취조'라고? 왜? 전쟁을 반대하고, 문화란 폭탄이나 화염방사기로 가장 잘 표현된다는 것을 믿지 않았기 때문이다. '취조'라고! 인간 몇천 명이 '취조'를 받았다고 했지. 그렇다. 손을 움직이지 마, 이 돼지 새끼! 그런데 지금 난 간신히 너를 붙잡았다. 우리는 지금 두꺼운 벽으로 둘러싸인 집을 향해 달리고 있다. 우리는 단둘이 되는 것이다. 내가 너를 '취조'하겠다. 천천히, 며칠이고 계속해서, 로젠베르크식 요법으로, 빌만식 요법으로, 리젠펠트식 요법으로 '취조'하겠다. 바로 네가 우리에게 한 그대로 다 말이다. 그리고 그것이 모두 끝나면……."

라비크는 자동차 속력이 빨라졌다는 것을 문득 깨달았다. 그래서 엑셀을 늦추었다. 집들. 마을. 개. 닭. 목장에 말이 뛰고 있다. 목을 늘이고 머리를 높이 들고, 이교적인 반인반마(半人半馬) 같은 강렬한 생명. 빨래 바구니를 들고 웃는 여자. 줄에 걸린 가지각색의 깨끗한 세탁물, 마음 푹 놓은 행복의 깃발이다. 문 앞에서 놀고 있는 어린아이들. 그는 이러한 광경을 아주 또렷하게, 그러나 유리 벽을 통해서 보듯이 바라다보았다. 아주 가까우면서도 믿을 수 없을 만큼 멀다. 아름다움과 평화와 무심에 가득 차 있다. 쓰라릴 만큼 강렬하면서도 지난밤의 일로 그에게서 격리되어, 이제는 영원히 그의 손에 닿지 않는 것이 되어버렸다. 그는 아무런 후회도 느끼지 않는다. 그렇게 된 것이다. 그뿐이다.

천천히 달려야지. 속력을 높여 마을을 달리면 반드시 정지를 당한다. 시계. 벌써 그럭저럭 두 시간이나 달렸다. 어떻게 이런 일을 할 수 있었을까? 전혀 느끼지 못했다. 아무것도 눈에 보이지 않았다. 눈에 보인 것은 오직 그가 말을 건네던 얼굴뿐이다.

생제르맹. 공원. 푸른 하늘을 배경으로 한 검은 울타리. 그리고 나무들. 가로수. 기다리고 바라던 수풀의 공원들. 갑자기 숲이 나타난다. 차는 더욱 조용하게 달렸다. 초록빛과 금빛 파도를 이루며 숲이 나타난다. 오른편에도 왼편에도 활짝 전개된다. 지평선에 범람하여 모든 것을 감싼다. 휙 하고 나는 반짝이는 곤충이 숲속에서 지그재그로 날아다닌다.

땅은 부드럽고 덤불이 무성하다. 도로에서 멀리 떨어져 있다. 라비크는 차가 겨우 보이도록 기의 백 미터쯤 떨어진 곳에 세워두었다. 그러고는 삽으로 땅을 파기 시작했다. 일은 수월하다. 만약 누군가 와서 차를 발견한다면 삽을 감추고 무심히 숲속을 산책하는 것처럼 하고 돌아가면 된다.

그는 시체를 덮을 수 있을 만큼의 흙이 생길 때까지 깊이 팠다. 그리고 그 근처까지 차를 몰고 왔다. 시체는 무거웠다. 그러나 그는 타이어 자국이 남지 않을, 땅이 단단한 곳까지만 차를 몰고 와서 그곳에다 세웠다.

시체는 아직도 축 늘어진다. 그는 그것을 구덩이까지 끌고 온 뒤에 옷을 찢어 벗겨내고 나서 한곳에 모았다. 생각보다 간단했다. 발가벗긴 시체는 거기 남겨두고 옷을 자동차 트렁크에 집어넣은 다음 차를 본래 자리로 옮겼다. 문과 트렁크를 잠그고 해머를 집어 들었다. 자칫 시체가 발견될지도 모른다고 생각하고는 누군지 알아볼 수 없게 하고 싶었다.

일순간 그 자리로 돌아가기가 괴로웠다. 시체를 그대로 버려두고 차를 집어타고 가버리고 싶다는, 저항하기 힘든 충동을 느꼈다. 그는 우뚝 서서 주위를 둘러보았다. 몇 미터 떨어져 있는 너도밤나무 줄기에서 다람쥐 두 마리가 서로 쫓고 있었다. 빨간 털이 햇빛에 반짝였다. 그는 걸어갔다.

부풀어 올라서 푸르스름하다. 그는 기름에 적신 담요를 하케의 얼굴에 씌우고는 해머로 두들겨 부수기 시작했다. 한 번 치고는 다시 때린다. 잠시 후에 담요를 들추고 보았다. 얼굴은 검은 피가 엉겨 붙어 분간할 수 없는 고깃덩이가 되어 있었다. 리젠펠트의 머리 그대로라고 그는 생각했다. 자기도 모르게 이를 악물었다. 리젠펠트의 머리와는 다르다. 리젠펠트의 머리가 더 심했다. 그는 그래도 살아 있었지.

오른손 반지. 그는 그것을 빼내고 시체를 구덩이 속으로 밀어 넣었다. 구덩이는 조금 짧았다. 무릎을 배 쪽으로 구부렸다. 그리고 삽으로 흙을 덮었다. 오래 걸리지는 않았다. 흙을 밟아서 평평하게 하고, 이전에 괭이로 네모지게 떠놓았던 이끼를 그 위에 입혔다. 이끼는 마침 알맞게 입혀졌다. 구부리고 보기 전에는 이은 곳을 알 수가 없었다. 쓰러진 풀들을 일으켜 세웠다.

해머. 괭이. 담요 조각. 옷과 함께 모두 트렁크에 집어넣었다. 그리고 다시 한번 천천히 되돌아가서 증거가 될 만한 흔적은 없는지 살펴보았다. 거의 아무것도 없었다. 비라도 내려 이삼일 동안 풀이 자라면 될 것이다.

이상한 일이다. 죽은 사람의 구두, 양말, 내복. 겉옷은 좀 덜했지만 양말, 셔츠, 내복은 마치 그것을 입었던 사람과 함께 죽어버린 듯이 벌써 유령처럼 늘어져 있다. 그것을 만진다든가 수놓은 이름이나 상표를 찾는 것은 몹시 몸서리쳐지는 일이었다.

라비크는 재빨리 처리했다. 수놓은 것과 상표는 잘라냈다. 그리고 남은 것을 하나로 뭉쳐서 묻었다. 시체를 묻은 곳에서 약 10킬로미터 이상 떨어진 곳이다. 이쯤 떨어져 있으면 양쪽이 함께 발견될 염려가 없다.

차를 몰고 가는 길에 개울이 나왔다. 그는 오려낸 상표를 꺼내 종이에 쌌다. 그리고 하케의 수첩을 갈기갈기 찢고, 지갑을 열어보았다. 속에는 1만 프랑짜리 지폐 두 장, 베를린행 차표, 10마르크, 주소를 적은 쪽지, 그리고 하케의 여권이 들어 있었다. 라비크는 프랑스 돈을 호주머니에다 집어넣었다. 아까 하케의 호주머니에서도 5프랑짜리 지폐를 몇 장 발견했었다.

그는 잠시 동안 기차표를 들여다보았다. 베를린행…… 그것을 보고 있으니 이상한 기분이 들었다. 베를린행. 그는 차표를 찢어서 다른 것과 함께 쌌다. 여권을 한참 보았다. 아직도 3년 동안 유효한 것으로 거의 2년이나 유효한 비자가 나와 있다. 두었다가 자기가 쓰고 싶다는 생각이 들었다. 자기 같은 생활에는 무엇보다도 귀중한 것이다. 위험하지 않다면 조금도 주저하지 않았을 것이다.

그는 여권을 찢었다. 10마르크짜리 지폐도 함께 찢었다. 하케의 열쇠, 권총, 반지, 트렁크 예치증은 모두 다 그대로 두었다. 트렁크를 찾아서 파리에서의 흔적을 완전히 지워버려야 할지 어떨지, 좀 더 생각한 뒤에 결정하기로 했다. 호텔 계산서는 이미 찾아내서 찢어버렸다.

모조리 태워버렸다. 생각보다는 시간이 걸렸다. 그러나 신문지를 갖고 있어서 그것으로 옷가지를 태웠다. 재는 개울에 던져버렸다. 그리고 차에 핏자국이 묻어 있지나 않은지 살펴보았다. 없다. 해머와 멍키스패너를 조심스럽게 물에 씻고, 도구를 트렁크에 넣었다. 되도록 깨끗이 손을 씻고 담배를 꺼내 잠시 앉아서 피웠다.

태양이 높은 너도밤나무 사이로 비스듬히 비쳤다. 라비크는 여전히 앉아서 담배를 피우고 있었다. 허전한 기분이었다. 아무 생각도 하지 않았다.

성으로 통하는 길로 다시 돌아왔을 때, 그는 처음으로 시빌이 생각났다. 성은 빛나는 여름의 영원한 18세기 하늘 아래 하얗게 솟아 있었다. 갑자기 시빌이 생각난 것이다. 그 일이 있고 지금 처음으로. 그는 기억에 저항하거나 그것을 밀치고 눌러버리려 하지 않았다. 그는 하케가 그녀를 불러들인 그날 이전의 일을 생각한 적은 한 번도 없었다. 그녀의 얼굴에 나타났던 혐오와 광기 어린 공포의 표정 이전의 것은 아무리 해도 생각이 나지 않았다. 그 밖의 일은 모두 그 표정 때문에 지워지고 말았던 것이다. 그리고 그녀가 목매달아 죽었다는 소식을 절대로 믿지 않았다. 있을 수 있는 일이다. 그러나 그러기 전에 그녀에게 어떠한 일이 일어났는지 누가 알 수 있으랴? 그녀를 생각할 때마다 머리에 경련이 일어나는 듯하고, 두 손은 손톱이 되어 꺾쇠처럼 가슴을 죄고, 며칠 동안은 무력한 복수를 다짐하는 붉은 안개 속에서 벗어날 수가 없었다.

지금 그는 그녀가 생각났다. 그러자 사슬과 경련과 안개가 갑자기 사라졌다. 그 무엇이 풀리고, 장벽이 제거되고, 응결된 공포의 환영이 움직이기 시작했다. 이제는 지나간 몇 년 동안처럼 얼어붙어 있지 않았다. 일그러진 입은 곱게 다물어지고, 빤히 쳐다보는 시선은 없어지고, 창백한 얼굴에는 핏기가 조용히 돌아왔다. 이제 그것은 굳어버린 공포의 마스크가 아니고 다시 한번 옛날의 시빌이 되었다. 그와 함께 생활하던 시빌. 그 부드러운 유방을 그가 느끼고, 그의 생애 2년간을 마치 6월의 황혼처럼 가득 채웠던 시빌.

지나간 나날의 추억이 되살아났다. 저녁마다의 추억이. 아득한, 잊고 있던 불꽃이 갑자기 지평선 저쪽에 나타나듯이. 꺾쇠를 박고 자물쇠를 채운, 피로 엉긴 과거의 문이 지금 수월하게 소리도 없이 열리고 그 안에 다시 한

번 꽃밭이 나타났다. 게슈타포의 지하실이 아니다.

라비크는 벌써 한 시간 이상이나 차를 몰고 있었다. 파리로 돌아가는 길이 아니었다. 생제르맹 건너편 센강 다리 위에서 차를 멈추고, 하케의 열쇠와 권총을 강물로 내던졌다. 그러고는 자동차 지붕을 열고 다시 달리기 시작했다.

그는 프랑스의 아침을 계속 달렸다. 지난밤의 일이 잊혀 몇십 년 전 일처럼 생각되었다. 바로 두어 시간 전에 일어났던 일이 어렴풋해졌다. 그리고 몇 년 동안이나 묻혀 있던 일이 수수께끼처럼 되살아나서 친근한 것이 되었다. 이제는 땅의 균열로 격리되어 있지는 않았다.

라비크는 자기가 어떤 상태인지 알 수 없었다. 아마도 자기는 허전한 기분이 들 테고, 지쳐서 무관심해지고, 짜증을 내게 될 거라 생각했다. 구토증을 느끼고, 말없는 자기변호를 하고, 술을 마시고, 취해서 잊어버리고 싶다는 애타는 기분이 들리라 생각했다. 설마 이런 기분이 되리라고는 생각지 못했다. 마치 자신의 과거에서 자물쇠가 떨어져 나간 듯 후련하고 해방된 기분이 되리라고는 예상하지 못했다. 그는 주위를 둘러보았다. 경치는 미끄러지듯이 지나가고, 포플러 가로수는 횃불처럼 초록의 환호성을 높이 올리고, 양귀비와 수레국화가 만발한 들판이 훤히 펼쳐지고, 자그마한 마을 빵집에서는 구수한 빵 냄새가 스며 나오고, 학교에서는 어린아이들 목소리가 바이올린 소리에 섞여 흘러나오고 있었다.

전번에 이곳을 지났을 때 나는 무슨 생각을 했을까? 전번에, 두어 시간 전에, 영원한 옛날에. 유리 벽은 어디 갔을까? 격리돼 있다는 느낌은 어디로 갔을까? 떠오르는 아침 햇살에 안개가 스러지듯 김이 되어 사라졌을까? 그는 또한 현관 층계에서 놀고 있는 어린아이들을 보았다. 잠들어 있는 고양이와 개를, 바람에 나부끼는 가지각색의 깨끗한 세탁물을, 그리고 목장의 말들을 보았다. 여자는 아직도 빨래집게를 손에 들고 잔디밭에 서서 여러 갈래 긴 줄에 내복을 널고 있었다. 그는 그 모습을 보고 자기도 그런 것에 속한다고 느꼈다. 지금은 몇 년 전보다 더욱 깊이 그렇게 느꼈다. 그의 내부에서 그 무엇이 녹아서 부드럽게 물기를 머금고 되살아났다. 타버린 들판이 푸른빛을 되찾기 시작하고, 그의 내부에 있는 그 무엇이 천천히 움직여 위대한 조화로 되돌아갔다.

그는 차 안에서 꼼짝도 않고 조용히 앉아 있었다. 움직이면 그것이 도망칠까 봐 거의 꼼짝도 할 수 없었다. 그것이 그의 주위에 점점 불어나서 아래도, 위에도 진주처럼 거품이 일었다. 그는 조용히 앉아서, 아직도 그것을 완전히는 믿으려 들지 않았다. 그래도 역시 그것을 느끼고, 그것이 거기 있음을 알았다. 그는 하케의 그림자가 곁에 앉아서 자기를 빤히 쳐다보리라 고 대했다. 그런데 지금 그 자신의 생명이 곁에 와서 앉아 있다. 자신의 생명이 돌아와서 자기를 빤히 쳐다보고 있다. 몇 년 동안이나 부릅뜬 채 말없이 무자비하리만큼 간청하고 비난하던 두 눈은 이제 감기고, 입언저리에는 평화가 감돌며, 너무나 무서워서 앞으로 내밀었던 두 팔은 마침내 내려졌다. 하케의 죽음은 시빌의 얼굴에서 죽음의 형상을 해방했다. 일순간 그 얼굴이 생생하게 되살아났다가 차츰 희미해지기 시작했다. 마침내 그 얼굴은 평화를 얻고 다시 가라앉아버렸다. 다시는 되살아나지 않으리라. 포플러와 보리수나무들이 그것을 조용히 묻어버리고 말았다. 그다음에는 단지 여름과 윙윙거리는 꿀벌 소리, 선명하게 느껴지는 깊은 피로감뿐이었다. 마치 며칠 동안이나 잠을 자지 못해서 이제는 아주 오랫동안 잠들어 있어야 하거나, 아니면 다시는 잠들지 못할 것처럼.

그는 퐁슬레 가에 탈보트를 세웠다. 시동을 끄고 차에서 내린 순간, 자기가 얼마나 지쳐 있는가를 느꼈다. 그것은 이미 차를 몰고 있을 때 느낀

그런 풀어진 피로가 아니라, 허전하고 텅 빈, 무작정 자고 싶기만 한 피로였
다. 그는 앵테르나시오날로 걸어갔다. 걷는 것이 고작이었다. 목덜미에 비
치는 햇빛이 대들보처럼 느껴졌다. 프랭스 드 갈에서 철수해야 한다는 생
각이 들었다. 그것을 까맣게 잊고 있었다. 너무나 지친 나머지 나중에 하면
안 될까 하고 잠깐 생각했다. 그러다가 가까스로 돌아서서 택시를 잡아타
고 프랭스 드 갈로 갔다. 계산을 하고 나서 하마터면 트렁크를 가져오게 하
는 일을 잊을 뻔했다.

그는 냉랭한 홀에서 기다렸다.

왼편 바에 몇 사람이 앉아서 마티니를 마시고 있었다. 보이가 오기 전에
하마터면 잠들 뻔했다. 그는 보이에게 팁을 주고 택시를 잡았다. "동부 정
거장으로 갑시다" 하고 그는 말했다. 도어맨과 보이에게 확실히 들리도록
큰 소리로 그렇게 말했다.

그는 라 보에티 가 모퉁이에서 택시를 세웠다. "한 시간이 틀렸군" 하고
운전사에게 말했다. "너무 이르단 말이야. 저 술집 앞에서 내려야겠어."

그는 돈을 치르고 트렁크를 들고 술집까지 가서 택시가 사라지는 것을
지켜보았다. 그러고는 다시 되돌아와서 다른 택시를 잡아타고 앵테르나시
오날로 갔다.

아래층에는 보이가 혼자 졸고 있을 뿐 아무도 없었다. 12시였다. 주인
은 점심 식사 중이었다. 라비크는 트렁크를 자기 방으로 들고 갔다. 옷을 벗
고 샤워기를 틀었다. 오래 걸려서 철저하게 몸을 씻었다. 그리고 알코올로
몸을 문질렀다. 시원해졌다. 그는 트렁크에 든 것을 치웠다. 새 내복과 다른
옷을 입고 모로소프의 방으로 내려갔다.

"지금 막 자네한테 갈 참이었어" 하고 모로소프가 말했다. "오늘은 내 휴
일이야. 프랭스 드 갈에서 함께……." 그는 그만 말을 끊고 찬찬히 라비크
를 쳐다보았다.

"이제 그럴 필요가 없어" 하고 라비크는 말했다.

모로소프는 그를 쳐다보았다.

"끝났어" 하고 라비크는 말했다. "오늘 아침에. 아무것도 묻지 말아줘. 자고 싶어."

"달리 필요한 것은 없나?"

"없어. 다 끝났어. 운이 좋았던 거야."

"차는 어디에 두었지?"

"퐁슐레 가에. 모든 것을 다 끝냈어."

"그 밖에 할 일은 없나?"

"없어. 갑자기 머리가 몹시 아프군. 자고 싶어. 나중에 다시 오지."

"좋아. 그 밖에 할 일은 분명히 없지?"

"없어. 이젠 없다니까, 보리스. 간단했어."

"잊은 것은 없겠지?"

"없는 것 같아. 아니, 없어. 지금 다시 처음부터 되새겨볼 수는 없어. 우선 자야겠어. 나중에 얘기하지. 자넨 줄곧 여기 있겠나?"

"물론."

"됐어. 나중에 오지."

라비크는 자기 방으로 돌아왔다. 갑자기 머리가 몹시 아팠다. 잠시 동안 창가에 서 있었다. 피난민 비젠호프의 백합꽃이 아래층 창문의 화분에서 빛났다. 건너편은 허전한 창문이 있는 회색 벽이다. 모든 것이 끝났다. 그것으로 정당하고, 그것으로 됐어. 그렇게 되었어야 해. 아무튼 끝이 났고 이제 더 할 일은 없다. 아무것도 남은 것은 없다. 내가 할 일은 이제 없다. 내일이라는 말은 무의미하다. 창밖으로 오늘이라는 날이 곧장 밑으로 떨어져 갔다.

그는 옷을 벗고 다시 한번 몸을 씻었다. 두 손을 오랫동안 알코올에 담갔다가 바람에 말렸다. 손마디 주위 피부가 굳어 있었다. 머리가 무겁고 뇌

수가 머릿속에서 빙글빙글 도는 것 같았다. 그는 주삿바늘을 꺼내어 창가 의자에 놓여 있는 조그마한 전기 주전자로 끓여서 소독을 했다. 물은 금방 끓었다. 그것을 쳐다보고 있자니 그 개울이 생각났다. 그는 앰풀 두 개를 따서 물처럼 맑은 약을 주사기에 빨아올렸다. 주사를 하고 나서 침대에 누웠다. 잠시 뒤에 낡은 가운을 가져다가 몸에 덮었다. 마치 자기가 열두 살 소년이며 성장과 청춘의 이상스러운 고독 가운데 지쳐서 홀로 있는 듯한 생각이 들었다.

그는 어둑해서야 깼다. 엷은 핑크색이 집집 지붕마다 걸려 있다. 비젠호프와 골트베르크 과부의 이야기 소리가 아래층에서 들려왔다. 무슨 얘기를 하는지 알아들을 수 없었다. 또 알고 싶지도 않았다. 낮잠을 자본 적 없는 사람이 낮잠을 잔 것 같고, 모든 관계에서 단절되어 갑자기 아무 동기도 없이 자살할 수 있을 것 같은 기분이다. 이럴 때 수술이라도 할 수 있었으면, 하고 그는 생각했다. 극히 어려운, 절망적인 환자를 말이다. 만 하루 동안 아무것도 먹지 않았다는 생각이 문득 떠올랐다. 갑자기 미칠 듯한 허기가 느껴졌다. 머리는 이제 아프지 않았다. 그는 옷을 입고 아래층으로 내려갔다.

모로소프는 내복 바람으로 자기 방 탁자 앞에 앉아서 체스 묘수를 풀고 있었다. 방 안이 썰렁했다. 벽에는 군복이 걸려 있었다. 한쪽 구석에는 성자상이 놓여 있고, 그 앞에 불이 켜져 있었다. 다른 쪽 구석에는 사모바르가 있는 탁자가 놓여 있고, 또 다른 쪽 구석에는 현대식 냉장고가 있었다. 이것은 모로소프가 자랑하는 사치품이었다. 그는 거기에 보드카나 식료품이나 맥주 같은 것을 넣어두었다. 침대 곁에는 터키식 양탄자가 깔려 있었다.

모로소프는 잠자코 일어나서 잔 둘과 보드카 병을 집어 왔다. 그리고 잔에 가득 부었다. 그러고는 "건배" 하고 말했다.

라비크는 탁자로 가서 앉았다. "난 아무것도 마시고 싶지 않아, 보리스. 굉장히 배가 고프단 말이야."

"알았어. 뭘 먹으러 가세. 그전에……." 모로소프는 냉장고를 뒤졌다. 러시아 검은 빵과 오이, 버터, 그리고 작은 깡통에 든 철갑상어 알젓을 꺼냈다. "이걸 들게! 이 알젓은 세라자드 주방장의 선물이야. 진짜지."

"보리스, 연극은 그만하자고. 난 그 녀석을 오시리스 앞에서 만나 숲으로 데려가 죽인 뒤 생제르맹에 묻고 왔어."

"본 사람은 없나?"

"아무도 없어. 오시리스 앞에서도 없었어."

"아무 데서도?"

"한 사람, 숲속 잔디밭을 건너온 자가 있었어. 일이 다 끝나고 나서야. 하케는 차 안에 있었지. 자동차와 토하고 있는 나밖에는 못 봤어. 취했거나 속이 안 좋은 걸로 보였겠지. 흔히 볼 수 있는 일이지."

"녀석 소지품은 어떻게 했지?"

"파묻었어. 상표는 도려내서 녀석 서류와 함께 태워버렸지. 녀석의 돈과 북부 정거장에 맡긴 녀석의 하물 예치증은 아직 갖고 있지. 그때 이미 녀석은 호텔 계산을 끝내고 나와 있었어. 오늘 아침에 떠나려던 참이었어."

"정말 운이 좋았군. 그런데 핏자국은?"

"없어. 피는 거의 나오지 않았어. 프랭스 드 갈에서 철수했어. 내 물건은 다시 이리로 가지고 오고. 여기서 녀석과 관계했던 놈들은 녀석이 떠났다고 생각하겠지. 녀석 짐만 찾아오면 이제 파리에는 아무 흔적도 안 남게 되지."

"베를린에서 녀석이 도착하지 않았다는 걸 알게 될 테지. 그러면 도로 이쪽으로 문의할 거야."

"녀석 짐이 여기에 없다면 어디로 갔는지 알 수 없지."

"알게 될걸. 녀석이 기차표를 사용하지 않았으니까 말이야. 태워버렸겠지?"

"그래."

"그럼 수하물 예치증도 태워버려."

"수하물 예치계로 보내서 트렁크를 베를린 아니면 다른 곳으로, 운임은 선불로 해서 부칠 수도 있지."

"그렇게 해도 결국은 마찬가지야. 태워버리는 게 좋아. 너무 빈틈없이 해두면 지금보다 더 의심을 살 뿐이야. 녀석은 간단히 사라져버렸어. 파리에선 흔히 있는 일이지. 녀석들은 조사를 하겠지. 잘하면 마지막에 어디에 나타났었는지 알아낼지도 모르지. 자네도 오시리스에 들렀었나?"

"그래. 잠깐이야. 난 녀석을 보았지만 녀석은 나를 못 보았어. 그래서 밖에서 녀석을 기다렸지. 밖에서 우리를 본 사람은 아무도 없어."

"그때 오시리스에 누가 있었는가를 조사할지도 몰라. 롤랑드는 자네가 거기에 있었다는 사실을 생각해낼 거야."

"나는 노상 그 집에 드나들어. 그것은 별 문젯거리가 안 돼."

"어쨌든 증명서가 없는 피난민은 조사를 받지 않는 편이 좋아. 롤랑드는 자네가 어디에 사는지 알고 있나?"

"아니. 근데 베베르 주소는 알아. 당당한 공인 의사잖아. 롤랑드는 이삼일 안에 거길 그만두게 돼 있어."

"어디로 가든 알게 될 걸세." 모로소프는 자기 잔에 가득 부었다. "라비크, 2, 3주일 동안 자취를 감추는 게 좋을 것 같네."

라비크는 그를 쳐다보았다. "말은 쉽지만, 보리스, 어디로 가지?"

"사람이 많은 곳이라면 아무 데고 좋지. 칸이나 도빌로 가게. 요즘은 많이들 그쪽으로 가니까, 쉽게 사람들 틈에 숨어버릴 수가 있지. 앙티브도 좋겠지. 거기라면 자네도 잘 아는 곳이고, 증명서를 보자고 하지도 않지. 그렇게 하면 경찰이 증인 조사를 하려고 베베르나 롤랑드에게 자네에 대해 물었는지 어쨌는지를 내가 언제든 알아보지."

라비크는 머리를 저었다. "제일 안전한 길은 지금 있는 곳에 그대로 머물면서, 아무 일도 없었던 것처럼 살아가는 거야."

"그렇지 않아. 이번 경우는 달라."

라비크는 모로소프를 쳐다보았다. "나는 도망가지 않아. 그대로 여기 있겠어. 그럴 필요가 있어. 모르겠나?"

모로소프는 대답하지 않았다. "우선 수하물 예치증을 태워버리게."

라비크는 호주머니에서 예치증을 꺼내 불을 붙여 재떨이에서 태웠다. 모로소프는 구리로 만든 그 재떨이를 받아 들고, 자잘한 재를 창밖으로 털어버렸다. "자, 이제 끝났어. 그 밖에 녀석 물건을 가진 것은 없지?"

"돈이 있어."

"어디 봐." 그는 그것을 조사했다. 아무런 표지도 없었다. "이런 것은 간단히 처리할 수 있어. 어떻게 하겠나?"

"피난민 구원회에 보낼까 해. 익명으로 말이야."

"내일 바꿔서 2주일 후에 보내게."

"알았어."

라비크는 지폐를 호주머니에 넣었다. 지폐를 접으면서 그 손으로 음식을 먹고 있다는 사실을 깨달았다. 그는 흘끗 두 손을 보았다. 오늘 아침에는 어떻게 그런 묘한 생각을 했을까? 그는 검은 빵을 또 한 조각 집었다.

"어디서 식사를 할까?" 하고 모로소프가 물었다.

"아무 데서나."

모로소프는 그를 쳐다보았다. 라비크는 웃었다. 그가 웃음을 띤 것은 이번이 처음이다. "보리스" 하고 그는 말했다. "간호사가 당장 미쳐버릴 것 같은 사람을 보듯 그런 눈으로 날 쳐다보지 말게. 난 이보다도 몇천 배나 더 혼을 내야 마땅할 짐승 한 마리를 없앴을 뿐이야. 난 나와는 아무 관계도 없는 사람을 몇십 명이나 죽이고도 그 일로 훈장을 받았던 자야. 그것도

554

정정당당하게 죽인 것이 아니고, 몰래 숨어 들어가서 전혀 눈치채지 못하고 있는 사람들을 뒤에서 찾아내어 죽인 거야. 그것이 전쟁이고 명예로운 거야. 잠깐이나마 아쉽게 생각했던 것은, 처음에 맞대놓고 하케에게 말해 줄 수 없었다는 사실이야. 어리석은 짓을 바란 셈이지. 녀석은 결말이 났어. 다시는 아무도 괴롭히지 못할 거야. 나는 그 생각을 하며 잤어. 이젠 아득한 옛날이 돼버렸어. 마치 신문에 난 이야기라도 읽고 있는 기분이 들 뿐이야."

"됐어." 모로소프는 윗도리 단추를 끼웠다. "자, 나가세. 난 마실 필요가 있어."

라비크는 얼굴을 들었다. "자네가?"

"그래, 내가" 하고 모로소프는 말했다. "나는 말이야." 그는 잠시 망설였다. "오늘 나는 처음으로 내가 늙었다는 것을 느꼈네."

31

롤랑드의 송별 파티는 정각 6시에 시작되었다. 파티는 한 시간 만에 끝나고 7시에는 다시 영업이 시작되었다.

옆방에 탁자가 준비되어 있었다. 매춘부들은 모두 성장을 했다. 대개는 검은 비단 드레스를 입고 있었다. 언제나 나체이거나 한두 가지 엷은 옷만 걸친 모습을 보아온 라비크에게는, 누구인지 알아보기 힘든 여자가 많았다. 홀에는 갑작스러운 경우에 대비해서 몇 사람만 남아 있었다. 7시가 되면 교대하고 탁자로 나오기로 되어 있다. 영업할 때의 옷차림으로 오는 여자는 하나도 없었다. 마담이 그렇게 지시해서가 아니고, 여자들 스스로가 그렇게 하고 싶었던 것이다. 라비크에게도 그것은 당연하고, 조금도 이상하지 않았다. 그는 매춘부들 사이의 에티켓을 알고 있었다. 그것은 상류사회의 에티켓보다 훨씬 엄격했다.

여자들은 서로 돈을 모아 롤랑드의 레스토랑 개업을 축하하는 뜻에서 버들가지로 만든 의자 여섯 개를 선사했다. 마담은 금전등록기를, 라비크는 버들가지 의자와 잘 어울리는 대리석 탁자 둘을 선사했다. 그는 이 파티

556

의 유일한 외부 손님이고, 또 유일한 남자 손님이기도 했다.

식사는 6시 5분에 시작되었다. 마담이 주인 역할을 했다. 롤랑드는 마담 오른쪽에 앉고, 라비크는 왼쪽에 앉았다. 그다음에 새로 온 지배인과 부지배인 순서로 앉고, 이어서 여자들이 나란히 앉았다.

오르되브르는 훌륭했다. 스트라스부르의 거위 간, 파테 메종, 거기에다 묵은 셰리가 나왔다. 라비크에게는 특별히 보드카 한 병을 내주었다. 그는 셰리를 싫어했기 때문이다. 이어서 최고급 비시스와즈가 나왔다. 다음은 1933년 뫼르소와 함께 넙치. 그 넙치는 맥심에서 나오는 것과 똑같은 고급품이었다. 포도주는 상쾌하고 오래 묵지 않은 얕은 것이었다. 다음은 푸른 아스파라거스. 그리고 맛이 연한 로스트 치킨. 마늘 냄새가 코를 쏘는 특별 샐러드. 거기에다 샤토 생테밀리옹. 탁자 윗자리에서는 1921년 로마네 콩티를 마시고 있었다. "저 애들은 이 맛을 몰라요" 하고 마담이 말했다. 라비크는 그 맛을 잘 알 수 있었다. 그에게는 한 병이 더 나왔다. 대신 그는 샴페인과 크림 초콜릿에는 손을 대지 않았다. 그리고 마담과 함께 포도주의 입가심으로 버터를 바르지 않은 신선한 흰 빵에 곁들여 녹인 브리 치즈를 먹었다.

식탁에서 오가는 대화는 마치 여학생 기숙사의 대화 같았다. 버들가지로 만든 의자는 리본으로 장식되고, 금전등록기는 반짝반짝 빛이 났다. 대리석 탁자도 반짝였다. 애수가 방 안을 감돌았다. 마담은 검은 드레스에 보석으로 치장하고 있었다. 그러나 많이 치장하지는 않았다. 브로치와 반지가 하나, 푸른빛, 하얀빛 고급 보석이었다. 백작 부인이 되었지만 장식 관을 쓰지는 않았다. 고상한 취미였다. 마담은 바늘처럼 깎은 다이아몬드를 좋아했다. 루비나 에메랄드는 위험하지만 다이아몬드라면 안전하다고 말했다. 그녀는 롤랑드나 라비크하고 이야기를 나눴다. 책을 많이 읽어서 이야기가 재미있고, 쾌활하고, 재치 넘쳤다. 몽테뉴, 샤토브리앙, 그리고 볼테르를 인용하기도 했다. 희고 약간 푸르스름한 머리카락이 총명하고 아이로니

컬한 얼굴 위에서 빛나고 있었다.

7시에 커피를 마시고 나자, 여자들은 기숙사 학교의 유순한 젊은 여학
생들처럼 일어섰다. 그리고 공손히 마담에게 인사를 하고, 롤랑드에게 작
별 인사를 했다. 마담은 잠시 더 남아 있었다. 라비크가 한 번도 마셔본 적
이 없는 아르마냑의 브랜디를 가져오게 했다. 홀에서 일을 하던 예비 부대
가 얼굴을 씻고 일할 때보다 가벼운 화장을 한 뒤에 야회복으로 갈아입고
들어왔다. 마담은 여자들이 자리에 앉아서 넙치를 먹기 시작할 때까지 남
아 있었다. 그리고 여자들과 한 사람씩 한두 마디 말을 나누며, 지금까지 한
시간 동안 희생해준 데 대해 인사했다. 그리고 상냥하게 작별 인사를 했다.

"떠나기 전에 또 만나요, 롤랑드."

"꼭 뵙겠어요, 마담."

"아르마냑은 두고 가지요" 하고 그녀는 라비크에게 말했다.

라비크는 고맙다고 인사를 했다. 마담이 나갔다. 어디로 보나 나무랄 데
없는 상류계급 귀부인이었다.

라비크는 병을 집어 들고 롤랑드 옆으로 갔다. "언제 떠나지?"

"내일 오후 4시 7분에요."

"나도 역까지 나가지."

"아니, 괜찮아요, 라비크. 안 돼요. 오늘 저녁에 약혼자가 와서 함께 떠나
요. 안 된다는 이유를 아시겠죠? 그이가 이상하게 생각할지도 모르니까요."

"그렇군."

"내일 오전 중에 두어 가지 물건을 더 사서 떠나기 전에 모두 부치려고
해요. 오늘 밤에 벨포르 호텔로 옮겨요. 알맞고 깨끗하고 좋은 곳이에요."

"약혼자도 거기에 드나?"

"물론 안 들어요." 롤랑드는 깜짝 놀라며 말했다. "우린 아직 결혼하지
않았으니까요."

"옳은 말이야."

라비크는 그것이 결코 말로만 그치지 않는다는 것을 알았다. 롤랑드는 직업을 가졌던 중류계급 사람이다. 그 직장이 여학생 기숙사인가, 유곽인가 하는 것은 문제가 아니었다. 그녀는 자기 직장 일에 충실했다. 이제는 그 일이 끝나서 다른 세계 그림자는 깨끗이 떨어버리고, 다시 본래의 중류계급 사회로 돌아가는 것이다. 많은 매춘부들도 마찬가지였다. 그중 많은 여자는 훌륭한 아내가 되었다. 매춘부는 악덕이 아니고 착실한 직업이다. 그녀들을 타락에서 구해주는 것이다.

롤랑드는 라비크를 쳐다보고 생긋 웃고는 아르마냐 병을 들어 그의 잔에 다시 가득 부었다. 그러곤 핸드백에서 쪽지 한 장을 꺼냈다. "언젠가 파리를 떠나고 싶으시면…… 우리 집 주소예요. 언제든지 오세요."

라비크는 그 주소를 보았다.

"이름이 두 개 적혀 있어요. 하나는 처음 2주일 동안의 이름, 제 이름이에요. 그다음은 약혼자 이름이고요."

라비크는 쪽지를 호주머니에 집어넣었다. "고마워요, 롤랑드. 당분간은 그냥 파리에 있겠어. 게다가 만일 내가 불쑥 찾아가면 당신 약혼자가 틀림없이 깜짝 놀랄 거야."

"제가 역에 나오시는 걸 거절했다고 해서 그렇게 말씀하시는군요. 그것과 이건 다른 이야기예요. 이건 당신이 파리를 갑자기 떠나지 않을 수 없게 되었을 때의 일이에요. 그때를 생각해서 드리는 거예요."

그는 그녀를 쳐다보았다. "왜 떠나지?"

"라비크" 하고 그녀는 말했다. "당신은 피난민. 가끔 어려움을 당할 때가 있어요. 그럴 때 경찰 걱정 없이 살 수 있는 곳을 알아둔다는 건 좋은 일이에요."

"내가 피난민인지 어떻게 알지?"

"알아요. 하지만 아무에게도 말하지 않았어요. 우리가 알 일이 아니니까요. 그 주소를 잘 간수하세요. 그리고 언젠가 필요하게 되면 찾아오세요. 우리 집에 계시면 아무도 묻지 않을 테니까."

"알았어. 고마워, 롤랑드."

"이틀 전에 경찰에서 왔었어요. 어떤 독일 사람에 대해서 물었지요. 그 독일 사람이 여기 왔는지 알고 싶다더군요."

"그래?" 라비크는 조심하며 물었다.

"그래요. 그 독일 사람은 당신이 전번에 여기 들렀을 때 와 있었어요. 아마 당신은 벌써 기억이 없으시겠지만요. 뚱뚱한 대머리였어요. 이본과 클레르가 함께 있었죠. 경찰은 그 사람이 여기 왔었는지, 그 밖에 누가 와 있었는지 물었어요."

"전혀 기억이 없는데."

"아마 당신은 그 사람을 못 보았겠지요. 물론 당신이 그날 밤 잠시라도 여기에 왔었다는 말은 하지 않았어요."

라비크는 고개를 끄덕였다.

"그러는 게 좋아요" 하고 롤랑드는 설명했다. "그래야만 형사들이 죄도 없는 사람에게 여권을 보자고 하지 않거든요."

"물론이지. 그래, 그들은 어떻게 하겠다던가?"

롤랑드는 어깨를 으쓱했다. "아뇨. 그리고 우리와는 관계없는 일이잖아요. 전 아무도 오지 않았다고 말했어요. 옛날부터 이 집 관례예요. 우린 아무것도 모르는 걸로 하고 있어요. 그게 좋아요. 그리고 경찰도 별로 흥미가 없어 보였어요."

"그래?"

롤랑드는 생긋이 웃었다. "라비크, 프랑스 사람 중에는 독일 관광객이 어떻게 되든 조금도 개의치 않는 사람이 많아요. 우리 할 일만 해도 굉장히 많으니까요." 그녀는 일어섰다. "이제 가야겠어요. 안녕, 라비크."

"잘 가요, 롤랑드. 당신이 없으면 이 집도 달라지겠지."

그녀는 웃었다. "당장에 달라지지는 않겠지요. 그러나 얼마 후에는."

그녀는 작별 인사를 하러 여자들에게 갔다. 나가다가 그녀는 다시 한번 금전등록기, 의자, 탁자를 보았다. 모두 실용적인 선물이었다. 그녀는 그것이 벌써 자기 카페에 놓인 것처럼 바라보았다. 특히 금전등록기를. 그것은 수입과 안전과 가정과 번영을 의미한다. 롤랑드는 잠시 망설였다. 그러나 더 참을 수가 없었다. 호주머니에서 동전을 두어 개 꺼내어 번쩍이는 기계 옆에 놓고 기계를 돌려보았다. 기계가 쨍그랑하더니, 2프랑 50상팀이라는 숫자가 나오고 서랍이 튀어나왔다. 롤랑드는 행복한 어린아이처럼 싱글벙글하며 자기 돈을 집어넣었다.

여자들은 신기한 듯이 다가와서 금전등록기를 에워쌌다. 롤랑드는 다시 한번 돌렸다. 1프랑 75상팀.

"당신네 레스토랑에서는 1프랑 75상팀으로 뭘 살 수 있죠?" 하고 '말'이라는 별명으로 통하는 마르구리트가 물었다.

롤랑드는 잠시 생각해보더니, "뒤보네 같으면 한 잔, 페르노라면 두 잔" 하고 말했다.

"아메르 피콩과 맥주라면 얼마나 되죠?"

"70상팀" 하고 롤랑드는 70상팀의 숫자를 내보였다.

"싸군요" 하고 '말'이 말했다.

"아무래도 파리보다 싸게 받아야지" 하고 롤랑드는 설명했다.

여자들은 버들가지 의자를 탁자 둘레에 갖다 놓고 조심스럽게 앉았다. 이브닝드레스를 매만지며 갑자기 롤랑드가 차릴 카페의 손님 행세를 하기 시작했다.

"홍차 셋에다 영국제 비스킷을 주세요, 마담 롤랑드" 하고 데이지가 말했다. 기혼 남자들이 특히 좋아하는 화사한 금발 머리 여자다.

"7프랑 80상팀." 롤랑드는 금전등록기를 분주하게 돌렸다. "죄송합니다만, 영국제 비스킷은 비싸서요."

옆 탁자에서 '말'로 통하는 마르구리트가 한참 생각한 끝에 고개를 쳐들었다. "포므리를 두 병 주세요" 하고 그녀는 우쭐거리며 주문했다. 그녀는 롤랑드를 좋아했기 때문에 자기의 애정을 보이고 싶었던 것이다.

"90프랑. 고급 포므리예요."

"그리고 코냑 네 병" 하고 '말'은 가쁘게 숨을 쉬었다. "제 생일이에요."

"4프랑 40상팀." 금전등록기가 쩽그랑거렸다.

"그리고 커피 넷과 크림 케이크는요?"

"3프랑 60상팀."

신바람이 난 '말'은 눈을 크게 뜨고 롤랑드를 바라다보았다. 그녀는 그 이상은 아무것도 생각해낼 재간이 없었다.

여자들은 금전등록기 주변으로 몰려들었다.

"모두 얼마나 되지요, 마담 롤랑드?"

롤랑드는 인쇄된 숫자가 나와 있는 쪽지를 보였다. "105프랑 80상팀."

"그럼 그중에서 이익은 얼마나 되죠?"

"30프랑 정도. 샴페인이 있어서 그래. 샴페인은 많이 남아요."

"좋겠어요" 하고 '말'이 말했다. "정말 좋겠어요! 언제나 그래야죠!"

롤랑드는 라비크에게로 돌아왔다. 그 눈은 사랑이나 일에 열중해 있을 때가 아니면 볼 수 없는 그런 빛으로 반짝였다. "안녕히 계세요, 라비크. 제 말을 잊지 마세요."

"안 잊을게. 잘 가요, 롤랑드."

그녀는 가버렸다. 힘차고 정직하고 분명하게. 그녀에게 미래는 단순하고 생활은 즐거운 것이었다.

그는 모로소프와 함께 푸케 오른쪽에 앉아 있었다. 밤 9시였다. 테라스는 사람들로 가득 차 있었다. 멀리 개선문 저쪽에 가로등 둘이 희고 아주 차가운 빛을 던지고 있었다.

"쥐새끼들이 파리에서 도망치고 있어" 하고 모로소프가 말했다. "앵테르나시오날에도 방이 셋이나 비었어. 1933년 이래 일찍이 없던 일이야."

"다른 피난민이 와서 다시 찰 거야."

"어떤 피난민 말이야? 이미 러시아 피난민도 있었고, 이탈리아 피난민도 있었고, 폴란드 사람도, 스페인 사람도, 독일 사람도 있었어."

"프랑스 사람이지" 하고 라비크는 말했다. "국경에서 올 거야. 피난민이지. 전번 전쟁 때처럼 말이야."

모로소프는 잔을 들었을 때 잔이 비어 있는 것을 알았다. 보이를 부른다. "푸이이를 하나 더 주게."

"그래서 자네는 어때, 라비크?" 하고 그는 물었다.

"쥐새끼로서 말인가?"

"그렇지."

"요즘은 쥐새끼도 여권이나 비자가 필요해."

모로소프는 못마땅한 눈초리로 그를 쳐다보았다. "도대체 자네가 여태까지 그런 걸 가져본 일이 있나? 없으면서도 자네는 빈, 취리히, 스페인, 그리고 파리에도 있지 않았나. 이제 여기서 사라질 때야."

"어디로?" 하고 라비크는 물었다. 그는 보이가 가지고 온 병을 받아 들었다. 잔은 섬뜩하게 차갑고 성에가 끼여 있었다. 그는 가벼운 포도주를 따랐다. "이탈리아로? 게슈타포가 국경에서 기다리고 있지. 스페인으로? 거긴 팔랑헤* 당원이 기다리고 있어."

---

*   스페인의 파시즘 정당 이름이다.

"스위스로 가게."

"스위스는 너무 좁아. 스위스에는 세 번이나 갔었어. 그때마다 1주일도 못 돼서 경찰에 붙잡혀 프랑스로 송환되었지."

"그럼 영국이야. 벨기에에서 밀항하는 거지."

"불가능해. 항구에 닿으면 곧장 붙잡혀서 벨기에로 송환될 뿐이야. 그 벨기에도 피난민이 갈 만한 나라가 못 돼."

"자넨 미국으로는 갈 수 없지. 멕시코는 어때?"

"초만원이야. 게다가 무슨 서류가 있어야 해."

"자네는 아무것도 없나?"

"형무소에서 받은 석방 증명서라면 가져본 적이 있지. 불법 입국죄로 여러 이름으로 붙잡혀서 들어가 있었지. 그런 것으로는 어쩔 수도 없지. 물론 나도 그것을 당장 찢어버리고 말았지만."

모로소프는 말이 없었다.

"도망 다니는 것도 이제 끝장이야, 보리스. 언젠가는 반드시 끝장이 나는 법이야."

"전쟁이 일어나면 어떻게 되리라는 건 알고 있지?"

"물론. 프랑스 강제수용소지. 아무것도 미리 준비해둔 게 없으니까, 지독할 거야."

"그래서 그다음은?"

라비크는 어깨를 으쓱했다. "인간이란 너무 앞일을 생각하는 게 아냐."

"알았어. 하지만 자네가 수용소에 들어가 있을 때 이 나라가 쑥밭이 되어버리면 어떻게 되는지 아나? 독일군이 자네를 체포할지도 모를 일이야."

"나도 그렇겠지만 다른 사람도 많이 붙잡힐 거야. 아마 그렇게 될 거야. 그전에 프랑스 측에서 석방해줄지도 모르지. 알 수 없는 일이 아닌가?"

"그리고 그다음에는 어떻게 하지?"

라비크는 호주머니에서 담배를 꺼냈다. "오늘 그 이야기는 그만하기로 하지, 보리스. 난 프랑스에서 도망갈 수 없어. 프랑스 말고는 어디고 위험하거나, 아니면 갈 수가 없어. 그리고 난 이 이상 더 돌아다니고 싶지가 않아."

"더 돌아다니고 싶지 않다고?"

"그래. 난 곰곰 생각해보았네. 자네에겐 설명할 수가 없지만 말이야. 설명할 수도 없는 일이야. 이제 더 돌아다니고 싶지가 않아."

모로소프는 말이 없었다. 그는 사람들을 바라보았다. "조앙이 와 있어" 하고 그는 말했다.

그녀는 한참 떨어져 있는 조르주 5세 거리를 향한 자리에 남자와 함께 앉아 있었다.

"저 남자를 아나?" 하고 그는 라비크에게 물었다.

라비크는 건너다보았다. "아니."

"재빨리 바꾼 모양이군."

"생활을 뒤쫓고 있는 거야" 하고 라비크는 무관심하게 대답했다. "대개가 그렇게 하듯이 말이야. 숨을 헐떡이며 뭔가 놓쳐버리지나 않을까 걱정하면서."

"다르게 말할 수도 있지."

"그럴 수도 있겠지. 하지만 결국은 마찬가지야. 불안이라는 것이지, 이 사람아. 지난 25년 동안의 병이야. 이제 돈을 모아서 노후를 평화롭게 보낼 수 있다고 믿는 사람은 하나도 없어. 누구나가 불 냄새를 맡고는 닥치는 대로 무엇이든 붙잡으려 하고 있어. 물론 자네는 다르지만. 자네는 단순한 향락 철학자니까."

모로소프는 대답을 하지 않았다.

"저 여자는 모자를 쓸 줄 모른단 말이야" 하고 라비크는 말했다. "저 여자가 쓰고 있는 걸 좀 보게! 저 여자는 취미라는 것이 없어. 그게 장점이야.

교양이란 인간을 약하게 하지. 결국은 언제나 노골적인 생의 충동으로 되돌아오니까 말이야. 자네 자신이 좋은 본보기야."

모로소프는 히죽 웃었다. "자네는 구름 위 방랑자야. 나는 저속한 쾌락이나 쫓게 해주게! 단순한 취미의 소유자는 무엇이든 좋아할 수 있어. 아무것도 없이 빈손으로 앉아 있진 않아. 예순이나 되어서 사랑을 쫓아다니는 녀석은 얼간이야. 표시를 해둔 속임수 카드를 쥐고 있는 사람을 상대로 이겨보겠다는 자와 같아. 고급 유곽에 가면 마음이 가라앉지. 내가 늘 다니는 집에는 젊은 여자가 열여섯 명이나 있어. 거기 가면 돈을 얼마 안 들이고도 터키 총독이 될 수 있지. 내가 받는 상냥한 애무는 수많은 사랑의 노예들이 눈물 흘리는 애정보다 훨씬 진실한 거야. 사랑의 노예보다도 말이야."

"알겠네, 보리스."

"좋아. 그럼 이것만 마시고 그만두기로 하지. 시원하고 가벼운 푸이이를 말이야. 그리고 파리의 은빛 공기를 마시기로 하지. 페스트로 더럽혀지기 전에."

"좋지. 올해는 밤나무 꽃이 두 번 피었는데, 알고 있나?"

모로소프는 고개를 끄덕였다. 그는 어두운 지붕 위로 화성이 크게, 붉게 반짝이고 있는 것을 가리켰다. "알아. 그리고 저것이 몇 해 만에 다시 우리 지구에 가까이 오고 있다는 것도." 그는 웃었다. "얼마 안 가서 비수 모양 점이 박힌 어린애가 어디서 태어났다는 기사가 나겠지. 그리고 다른 어디선가는 핏빛 비가 내렸다고도 하겠지. 여기에다 중세기의 불가사의한 혜성만 나타난다면 불길한 징조는 모두 갖춘 셈이지."

"혜성은 나와 있어." 라비크는 신문사 옥상에 끊임없이 글자가 글자를 뒤쫓는 듯이 보이는 전광 뉴스와, 그 밑에 서서 목을 젖히고 말없이 그것을 쳐다보고 있는 군중을 가리켰다.

그들은 잠시 그대로 앉아 있었다. 아코디언 연주자가 길가에 서서 〈라

566

팔로마)를 연주했다. 양탄자 장수가 비단 케샨*을 어깨에 메고 나타났다. 한 소년이 탁자 사이로 돌아다니며 피스타치오 열매를 팔고 있었다. 모든 것이 여느 때와 같았다. 그때 신문팔이가 새로 나온 신문을 가지고 나타났다. 신문은 빼앗기듯 팔렸다. 몇 초 뒤에는 신문들을 활짝 펴 든 테라스가 마치 소리도 없이 날개를 펄럭이며 탐욕스럽게 앉아 있는 희고 핏기 없는 거대한 나방 떼로 덮여 있는 것처럼 보였다.

"저기 조앙이 가는군." 모로소프가 말했다.

"어디?"

"저 건너편에."

조앙은 비스듬히 길을 건너서 샹젤리제에 세워둔 초록색 오픈카 쪽으로 걸어갔다. 그녀는 라비크를 보지 않았다. 함께 가던 남자가 자동차를 빙글 돌아서 운전대에 앉았다. 모자도 쓰지 않은 아직 젊은 남자였다. 자기 차를 솜씨 좋게 몰아서 다른 차 사이에서 빠져나왔다. 들라예형이었다.

"멋있는 차로군" 하고 라비크는 말했다.

"멋있는 바퀴야." 모로소프는 대답하고 나서 콧방귀를 뀌었다. "용감한 철갑 인간 라비크" 하고 화가 난 듯 불렀다. "초연한 중부 유럽인이군. 멋진 자동차라고? 똥갈보야…… 그렇다면 나도 이해가 돼."

라비크는 웃었다. "그게 무슨 상관이야? 갈보건 성녀건, 그런 것은 인간이 마음대로 정할 따름이야. 갈보 열여섯 명이 있는 유곽을 평화롭게 드나드는 자네로선 알 수 없는 일이지. 사랑은 돈을 투자해서 이득을 보자는 장사꾼이 아니야. 그리고 상상력이란 베일을 걸어둘 못이 두어 개 있으면 그걸로 족한 거야. 황금 못이건 주석 못이건, 아니면 녹이 슬었건 아무래도 좋아. 걸릴 수 있는 곳이면 어디든 걸리지. 가시덤불이건 장미건. 달과 자개

---

* 양탄자의 일종이다.

베일이 살짝 걸리기만 하면, 금방 아라비안나이트의 동화가 되는 거야."

모로소프는 포도주를 한 모금 마셨다. "자넨 말이 너무 많아. 게다가 죄다 틀려."

"알아. 그러나 칠흑 같은 어둠 속에서는 도깨비불도 역시 불빛이거든."

에트왈 쪽에서 냉기가 은빛 걸음으로 걸어오고 있다. 라비크는 서리가 낀 포도주 잔을 손으로 쥐었다. 쥐는 손바닥에 싸늘한 느낌이 감돈다. 그의 생명도 심장 밑에서 식어 있다. 그것은 밤의 깊은 숨결에 실려 왔고, 그와 동시에 운명에 대한 깊은 무관심이 찾아든다. 운명과 미래. 전에도 이런 적이 있었는데, 언제였더라? 아, 앙티브에서였지. 조앙이 자기를 떠나가리라는 것을 알았을 때였다. 고요한 심정이 되어버린 무관심. 도망가지 않겠다는 결심과 마찬가지다. 이제 더는 도망가지 않겠다는 결심. 그 두 가지는 하나다. 나는 복수를 했고, 사랑을 했다. 그것으로 충분하다. 그것이 전부는 아니지만, 그러나 인간으로서 그 이상은 바랄 수 없을 정도다. 어느 한쪽도 기대했던 것은 아니다. 나는 하케를 죽였고, 그러고도 파리를 떠나지 않았다. 이제 새삼스럽게 떠날 생각은 없다. 이것도 일부인 것이다. 우연히 기회를 얻은 자는 자신도 우연에 맡겨야 한다. 이것은 체념이 아니다. 결심에서 오는 고요한 안정으로서, 논리를 초월한 것이다. 마음의 동요가 마침내 멈췄다. 그 무엇이 깨끗이 정리되었다. 기다렸고, 정신을 가다듬었고, 주위를 살펴보았다. 정지 앞에서 존재가 도달하는 이상한 확신 같다. 이제 중요한 것은 하나도 없다. 모든 흐름이 정지한다. 호수는 밤을 향하여 거울을 추켜들어서 아침이 어디로 흘러갈지 가르쳐줄 것이다.

"이제 가야겠어." 모로소프는 그렇게 말하며 시계를 보았다.

"좋아. 나는 더 있겠어, 보리스."

"세계 멸망이 닥쳐오기 전 마지막 저녁을 즐기자는 건가?"

"그렇지. 모든 것은 다시 돌아오지 않으니까."

"그게 그렇게 마음에 걸리나?"

"아냐. 우리도 다시 태어나진 못하거든. 어제는 지나가고 없어. 아무리 눈물을 흘려도, 마술을 써도 되찾을 수는 없지."

"자네는 아무래도 말이 많아." 모로소프는 일어섰다. "감사하게. 자네는 지금 세기의 종말을 체험하고 있는 거야. 좋은 세기는 아니었지만."

"그래도 우리의 세기였지. 자네는 너무 말이 적어, 보리스."

선 채로 모로소프는 잔을 들이켰다. 그러고는 마치 다이너마이트나 되는 양 잔을 조심스럽게 내려놓고 수염을 문질렀다. 그는 평복 차림으로 크고 올차게 라비크 앞에 서 있다. "파리를 떠나고 싶어 하지 않는 자네 기분을 내가 모른다고 생각해서는 안 돼" 하고 그는 천천히 말했다. "운명론적 접골사인 자네의 더는 도망가고 싶어 하지 않는 심정은 잘 알 수 있어."

라비크는 일찍 호텔로 돌아왔다. 현관 홀에 어린 소년이 멍하니 앉아 있는 것이 보였다. 그가 들어서자, 그 소년은 두 손을 이상하게 움직거리며 안절부절못하고 소파에서 일어섰다. 그의 한쪽 바지엔 다리가 없다는 것을 알았다. 그 대신 꺼칠꺼칠한 목제 의족이 밑으로 비어져 나와 있었다.

"선생님…… 선생님……."

라비크는 자세히 보았다. 홀의 희미한 불빛 아래 반가움으로 얼굴이 온통 일그러지도록 히죽거리고 있는 소년의 얼굴이 보였다. "잔노 아니냐!" 그는 깜짝 놀라서 말했다. "그렇지, 잔노지!"

"그래요! 그 잔노예요! 전 여기서 저녁때부터 줄곧 기다렸어요. 선생님 주소를 오늘 오후에야 겨우 알았거든요. 여태까지 몇 번이나 그 늙은 여우에게 물어보았어요. 병원의 간호부장 말이에요. 그런데 그때마다 그 여자는 선생님이 파리엔 안 계신다고 했어요."

"잠시 파리에 없었지."

"겨우 오늘 오후에야 여기 계신다고 가르쳐주었어요. 그래서 곧장 왔지요." 잔노의 얼굴이 환해졌다.

"다리가 어떻게 됐나?"

"아뇨!" 잔노는 마치 충직한 개의 등을 가볍게 두드리듯이 목제 의족을 두드렸다. "조금도 이상이 없어요. 완전무결해요."

라비크는 의족을 보았다. "보아하니 네가 바라던 것을 얻었구나. 보험회사와는 어떻게 됐지?"

"잘됐어요. 기계 의족을 사주기로 되었지요. 15퍼센트 할인해서 그만큼 가게에서 돈으로 받았어요. 모두 잘됐어요."

"그래, 우유 가게는?"

"그래서 왔어요. 우리 우유 가게를 열었어요. 조그마하지만, 어떻게든 잘해 나가겠어요. 엄마가 팔고, 제가 물건을 사들이고 장부를 맡았지요. 좋은 구입처가 있어요. 시골서 직접 들여와요."

잔노는 다리를 절며 허술한 소파로 되돌아가더니 갈색 포장지에 싸서 단단히 묶은 꾸러미를 집어 들었다. "이거, 선생님! 선생님께 드리는 거예요! 제가 가지고 왔죠. 별거 아니시만, 모두 우리 가게 물건이에요. 빵도, 버터도, 치즈도, 달걀도. 밖에 나가시기 싫을 때는 이것으로 아주 훌륭한 저녁 식사가 될 거예요. 어때요?"

그는 라비크의 눈을 열심히 들여다보았다.

"이것이면 언제라도 훌륭한 저녁 식사가 되지" 하고 라비크는 말했다.

잔노는 만족스럽게 고개를 끄덕였다. "선생님이 이 치즈를 좋아하셨으면 해요. 브리예요. 그리고 퐁 레베크도 조금 있어요."

"그건 내가 아주 좋아하는 치즈야."

"잘됐어요!" 잔노는 너무 기뻐서 의족 아닌 다리로 쾅쾅 굴러댔다. "퐁 레베크는 어머니가 생각해낸 거예요. 저는 말이에요, 선생님은 틀림없이 브리를 좋아하실 거라고 생각했어요. 브리는 남자들에게 맞는 치즈니까요."

"둘 다 일등품이야. 더 생각할 수 없을 정도로 말이야." 라비크는 꾸러미를 받아 들었다. "고맙다, 잔노. 환자가 의사를 기억해준다는 건 그리 흔한 일이 아냐. 환자가 우리를 찾아올 때는 대개 치료비를 깎으러 올 뿐이지."

"부자들이 그렇지요, 네?" 잔노는 교활하게 고개를 끄덕였다. "우린 달라요. 우리는 모두가 선생님 덕분이니까요. 만약 다리가 그냥 굳어버리거나 했더라면 정말이지 배상금 같은 것은 받을 엄두도 못 냈을 거예요."

라비크는 그를 보았다. 이 아이는 내가 호의를 베풀어서 다리를 잘라준 줄로 알고 있는 걸까? "잘라낼 수밖에 도리가 없었어, 잔노."

"그럼요." 잔노는 눈을 껌벅거려 보였다. "뻔한 일이지요." 그는 모자를 깊숙이 눌러썼다. "그럼 이제 가겠어요. 어머니가 기다릴 거예요. 오랫동안 집을 비웠거든요. 그리고 또 새로운 로크포르 때문에도 누구하고 의논을 해야 해요. 안녕히 계세요, 선생님. 입에 맞으실 거예요."

"잘 가라, 잔노. 고맙다. 성공하기를 빌겠다."

"틀림없이 성공할 거예요!"

어린 소년의 모습이 자신만만하게 손을 흔들고 다리를 절면서 홀 밖으로 사라졌다.

라비크는 자기 방으로 돌아와서 꾸러미를 풀었다. 벌써 여러 해 동안 쓰지 않던 낡은 알코올버너를 찾아냈다. 그리고 다른 곳을 뒤져서 고체 알코올과 조그마한 냄비도 찾아냈다. 그는 그 연료를 냄비 밑에 두 개 넣고 불을 붙였다. 조그마한 푸른 불꽃이 한들한들 흔들렸다. 버터 한 조각을 냄비에 넣고 계란 두 개를 깨뜨려서 휘저었다. 그러고는 신선하고 먹기 좋은 흰 빵을 자르고, 신문지를 두어 장 밑에 깔고는 냄비를 탁자에 올려놓았다. 그리고 브리를 열고, 부브레를 한 병 들고 와서 식사를 시작했다. 이런 일은 벌써 오랫동안 안 해왔다. 내일은 고체 알코올을 여러 갑 사야겠다고 생각했다. 알코올버너는 수용소에도 쉽게 가지고 들어갈 수가 있다. 그건 접을 수가 있게 되어 있으니까.

라비크는 천천히 먹었다. 퐁 레베크도 맛보았다. 잔노가 말해준 그대로다. 정말 훌륭한 저녁 식사다.

32

"〈출애굽기〉죠." 언어학 박사이며 철학 박사인 자이덴바움이 라비크와 모로소프에게 말했다. "모세는 없지만요."

야위고 누렇게 된 그는 앵테르나시오날의 출입구 옆에 서 있었다. 밖에 서는 슈테른 가족과 바그너 가족, 그리고 총각인 슈톨츠가 짐을 싣고 있었다. 공동으로 화물차 한 대를 세낸 것이다.

활짝 갠 8월 오후, 많은 가구들이 길바닥에 나와 있었다. 오뷔송 커버가 덮인 황금빛 소파, 그것과 짝이 되는 황금빛 의자 서너 개와 새로운 오뷔송 양탄자. 그것은 슈테른 가족의 것이었다. 어마어마하게 큰 마호가니 탁자도 하나 있었다. 시든 얼굴에 비로드 같은 눈을 한 젤마 슈테른은 병아리를 지키는 암탉처럼 그것을 지키고 있었다.

"조심해요! 바닥을 조심해요! 긁히지 않도록 해요! 바닥을요! 조심해요! 조심해요!"

탁자 바닥은 잘 닦여서 윤이 나고 있었다. 그것은 주부들이 생명을 내걸고라도 소중히 여기는 신성한 물건의 하나였다. 젤마 슈테른은 허둥대며 탁자와 짐꾼 두 사람 주위를 이리저리 뛰어다녔다. 짐꾼들은 무심하게 들고 나와서는 내려놓았다.

햇빛이 탁자를 비추었다. 젤마 슈테른은 그 위에 몸을 구부리고, 걸레 조각으로 탁자를 훔쳤다. 그녀는 허둥지둥 모서리를 문질렀다. 탁자 바닥은 어두운 거울처럼 그녀의 창백한 얼굴을 비추었다. 마치 천년 묵은 선조가 시간의 거울 속에서 그녀를 의아하게 바라보고 있는 듯이.

짐꾼들은 마호가니 찬장을 들고 나왔다. 그것도 잘 닦여서 윤이 나고 있었다. 짐꾼 하나가 성급하게 도는 바람에 찬장 한쪽 모서리가 앵테르나시오날 문을 스쳤다.

젤마 슈테른은 소리를 지르지 않았다. 다만 걸레 조각을 쥔 손을 쳐들고 입을 반쯤 벌린 채 넋을 잃고 서 있었다. 마치 걸레 조각을 입에 넣으려던 순간에 돌로 변해버린 것 같았다.

작은 키에 안경을 쓰고, 아랫입술이 축 늘어진 남편 요제프 슈테른이 다가왔다. "이봐, 젤마……"

그녀는 그를 쳐다보지도 않았다. 그저 멍하니 허공을 바라보고 있었다. "찬장이……."

"이봐, 젤마, 비자가 나왔어."

"우리 어머니의 찬장, 우리 부모님의……."

"이봐, 젤마, 좀 스쳤을 뿐이야. 약간 긁혔을 뿐이라고. 중요한 건 비자를 얻었다는 사실이야."

"저건 언제까지 남을 거예요. 다시는 지울 수가 없어요."

"아주머니" 하고 짐꾼이 말했다. 두 사람 말을 알아들을 수는 없었으나, 무슨 뜻인지는 잘 알 수 있었다. "당신이 직접 싣지그래요. 입구를 저렇게 좁게 만든 건 내가 아니니까요."

"더러운 독일 놈!" 하고 다른 하나가 말했다.

요제프 슈테른은 힘이 솟았다. "우리는 독일 놈이 아냐, 피난민이지."

"더러운 피난민" 하고 그자는 되받았다.

"이봐, 젤마, 난처한데" 하고 슈테른은 말했다. "어떻게 하면 좋지? 당신 마호가니 때문에 몇 번이나 혼났잖아. 당신이 절대로 놓치고 싶지 않다 해서, 코블렌츠를 떠나는 것이 넉 달이나 늦어졌지. 덕택에 우린 1만 8천 마르크나 더 피난민 세를 물었어! 그런데 또 이렇게 길바닥에 서 있어야 하다니. 배는 기다려주지 않아요."

그는 고개를 갸우뚱하고 난처한 듯이 모로소프를 쳐다보았다. "대체 어떻게 하면 좋지요? 더러운 독일 놈! 더러운 피난민! 우리가 유대인이라면, 틀림없이 더러운 유대인이라고 하겠지요. 그럼 완전히 끝장입니다."

"돈을 주시오" 하고 모로소프는 말했다.

"돈을? 그렇게 하면 내 얼굴에 내던질걸요."

"절대로 그러지 않을 겁니다" 하고 라비크는 말했다. "저렇게 욕지거리를 잘하는 자는 대개 뇌물 받기를 좋아하는 법이죠."

"그런 짓은 내 성미에 맞지 않습니다. 모욕을 당하고 사례금까지 줘야 하다니."

"진짜 모욕은 그것이 개인적인 경우에 시작되는 거요" 하고 모로소프는 말했다. "이건 일반적인 모욕이오. 팁을 줘서 녀석을 모욕해주는 것이 좋지."

슈테른의 눈에는 웃음이 번졌다. "좋습니다" 하고 그는 모로소프에게 말했다. "알았어요."

그는 호주머니에서 지폐를 두어 장 꺼내 짐꾼에게 주었다. 두 사람 모두 멸시하듯 지폐를 받았다. 슈테른 역시 멸시하듯이 지갑을 집어넣었다. 짐꾼은 서로 얼굴을 마주 보았다. 그리고 오뷔송 의자를 화물차에 싣기 시작했다. 찬장을 일부러 맨 나중에 실었다. 찬장을 실을 때 빙글 돌리는 바람에 오른쪽이 차에 부딪혀서 긁혔다. 젤마 슈테른은 몸을 부들부들 떨었지만 아무 말도 하지 않았다. 슈테른은 그것을 알지도 못했다. 그는 다시 한번 비자와 그 밖의 서류를 살피고 있었다.

"길바닥에 내놓은 가구처럼 비참한 것도 없군." 모로소프가 말했다.

이번에는 바그너 가족의 물건이 나왔다. 의자 서너 개와 침대가 하나. 길 한가운데 내놓은 침대는 수치스럽고 서글프게 보였다. 트렁크가 두 개. 트렁크에는 여러 호텔의 마크가 붙어 있다. 비아레조, 그랜드 호텔 가르도네, 아들론 베를린. 금테의 회전식 경대에 거리가 비치고 있다. 부엌살림. 미국으로 가면서 도대체 왜 이런 것까지 챙겨 가는지 알 수가 없다.

"친척이" 하고 레오니 바그너가 말했다. "시카고에 있는 친척이 모두 주선해주었어요. 돈을 보내주었지요. 비자도 얻어주고요. 고작 관광용 비자일 뿐이지만요. 곧 멕시코로 가야 해요. 친척이지요. 우리 집안사람이에요."

그녀는 부끄럽게 여기고 있었다. 뒤에 남는 사람들의 눈이 자기를 향하고 있다는 것을 느끼는 동안은 왠지 자기가 배반자 같았다. 빨리 도망가고만 싶었다. 그래서 함께 거들어서 자기 물건을 차에 밀어 넣었다. 다음 모퉁이만 돌아서면 금세 자유롭게 숨을 쉴 수가 있다. 그러고는 새 걱정이 생길 것이다. 과연 배가 떠날지 어떨지, 자신의 상륙이 허가될지 어떨지, 송환되지는 않을지 자꾸만 걱정거리가 잇달아 솟아올랐다. 벌써 몇 년 동안 이 모양이다.

총각인 슈톨츠는 책 말고는 가진 게 거의 없었다. 옷과 책을 넣은 트렁크가 하나. 초판본, 고본, 신간. 새우등에 머리가 빨갛고 말수가 적은 사나이다.

뒤에 남게 되는 사람 몇몇이 호텔 입구와 문 앞에 차츰 모여들었다. 대개는 말이 없었다. 묵묵히 짐과 화물차를 보고 있었다. "그럼, 안녕, 아우프 비더젠*" 하고 레오니 바그너는 신경을 쓰며 말했다. 벌써 짐은 다 실려 있

---

* 독일어로 '안녕'이라는 뜻이다.

었다. "혹시 굿바이라고 해야 할지." 그녀는 거북한 듯이 웃었다. "아니면 아
듀가 맞는지. 이제는 뭐라고 해야 할지 모르겠어요."

그녀는 몇몇 사람의 손을 잡고 흔들었다. "거기 있는 친척 덕분이에요"
하고 그녀는 말했다. "친척 말이에요. 물론 우리 자신의 힘만으로는 도저
히……"

그녀는 곧 말을 멈췄다. 에른스트 자이덴바움 박사가 그녀의 어깨를 가
볍게 두드렸기 때문이다. "상관없어요. 운이 좋은 사람도 있고, 나쁜 사람도
있는 법이에요."

"대개는 운이 나쁘지요" 하고 피난민 비젠호프가 말했다. "신경 쓰지 마
세요. 즐거운 여행을 하십시오."

요제프 슈테른은 라비크와 모로소프, 그리고 몇 사람에게 작별 인사를
했다. 그는 무슨 사기라도 친 사람처럼 멋쩍은 웃음을 지었다. "앞으로 어
떻게 될지 누가 알겠습니까. 앵테르나시오날에 남아 있었더라면 좋았을걸
하고 생각하게 될지도 모릅니다."

젤마 슈테른은 벌써 차에 타고 있었다. 총각인 슈톨츠는 작별 인사를 하
지 않았다. 그는 미국으로 가는 것이 아니었다. 포르투갈로 가는 서류밖에
갖고 있지 않았다. 새삼스럽게 작별 인사를 할 만한 일도 아니라고 생각했
다. 차가 움직이기 시작했을 때 약간 손을 흔들었을 뿐이다.

뒤에 남은 사람들은 비에 흠뻑 젖은 병아리들처럼 풀이 죽어 있었다.
"자, 가자!" 하고 모로소프가 라비크에게 말했다. "카타콤으로 가세! 칼바
도스라도 마셔야지!"

그들이 자리에 앉자마자 다른 사람들도 들어왔다. 모두가 바람에 날리
는 나뭇잎처럼 졸졸 들어왔다. 성긴 턱수염을 기른 창백한 얼굴의 랍비 두
사람, 비젠호프, 루트 골트베르크, 장기 자동인형 같은 핀켄시타인, 운명론
자 자이덴바움, 부부 두어 쌍, 아이들이 대여섯, 인상파 그림의 소유자 로젠

펠트. 결국 떠나지 못한 것이다. 젊은 사람들이 서너 명, 아주 늙은 사람이 몇몇.

　아직 저녁 식사를 하기에는 너무 일렀다. 그러나 쓸쓸한 자기 방으로 올라가고 싶은 사람은 하나도 없는 것 같았다. 그들은 한곳에 몰려 앉았다. 모두 말이 없었다. 거의 단념하고 있었다. 오늘날까지 불행한 일을 너무나 많이 당해왔기 때문에 이제는 어떻게 되든 개의치 않았다.

　"귀족들은 가버렸어." 자이덴바움이 말했다. "여기에 모여 있는 사람은 사형이나 종신형 선고를 받은 사람뿐이지. 선택된 사람이오! 야훼의 사랑을 받는 사람들이오! 특히 학살을 위해서 말이오. 인생 만세로군!"

　"아직 스페인이 남았어." 핀켄시타인이 대답했다. 그는 장기판과 잡지 〈마탱〉의 장기 문제를 앞에 펴놓고 있었다.

　"스페인. 유대인이 가면 아마 파시스트들이 키스를 하며 환영해줄 거야."

　알자스 출신 뚱뚱한 하녀가 칼바도스를 가져왔다. 자이덴바움은 코걸이 안경을 썼다. "우리 가운데 대부분은 그것도 할 수 없지요" 하고 그는 말했다. "철저하게 취해버리는 것 말입니다. 단 하룻밤만 불행에서 해방되는 것 말입니다. 그것조차 할 수 없지요. 영원히 유랑하는 유대인 아하수에로의 후예지요. 아니, 그 늙은 방랑자 아하수에로조차도 지금은 절망할 겁니다. 지금은 서류가 없으면 멀리도 갈 수가 없으니까요."

　"같이 한잔합시다" 하고 모로소프가 말했다. "이 칼바도스는 고급입니다. 다행스럽게도 여주인은 아직 그것을 모르고 있거든요. 알기만 하면 값을 올릴 거예요."

　자이덴바움은 고개를 저었다. "전 마시지 않습니다."

　라비크는 면도질도 하지 않으면서 4, 5분마다 거울을 꺼내서 자기 얼굴을 들여다보다가 여권을 들여다보는, 그런 동작을 되풀이하고 있는 사나이를 쳐다보았다. "저건 누구지요?" 하고 그는 자이덴바움에게 물었다. "지금까지 이 집에서 한 번도 본 적이 없는 것 같은데요."

자이덴바움은 입술을 비죽거렸다. "저치는 새로운 아론 골트베르크요."

"뭐요? 저 여자는 벌써 재혼했나요?"

"아뇨. 저 사람에게 죽은 골트베르크의 여권을 판 거예요. 2천 프랑에. 골트베르크 노인은 수염이 희끗희끗하지 않았소. 그래서 저 새 골트베르크도 수염을 기르고 있지요. 여권 사진 때문에요. 보십시오, 노상 잡아당기고 있어요. 비슷한 수염이 자랄 때까지는 여권을 쓸 수가 없다고 믿는 거지요. 시간과 경주를 하고 있는 셈이죠."

라비크는 그 사나이를 빤히 쳐다보았다. 그는 엉성한 수염을 신경질적으로 잡아당기고는 여권과 비교해보고 있었다. "수염은 타버렸다고 하면 될 텐데."

"그것 좋은 생각이오. 저 사람에게 알려줘야지." 자이덴바움은 코걸이 안경을 벗어 들고 이리저리 흔들었다. "어쩐지 기분이 나쁘군요." 그는 싱긋 웃었다. "2주일 전엔 단순한 거래였는데 말입니다. 지금 와서는 비젠호프가 질투를 한단 말이에요. 루트 골트베르크는 어쩔 줄을 모르고 있지요. 여권이 갖는 악마의 힘이지요. 여권에 따르자면 저 남자는 그녀의 남편이 되거든요."

그는 일어서서 새로운 아론 골트베르크에게로 걸어갔다.

"여권이 갖는 악마의 힘이라는 말이 마음에 드는군" 하고 모로소프가 라비크 쪽을 돌아보았다. "오늘 저녁에 어떻게 하겠어?"

"케이트 헤그시트룀이 오늘 밤에 노르망디 호로 떠나. 내가 셰르부르까지 전송할 거야. 그녀는 자기 차가 있어. 내가 그 차를 타고 와서 차고(車庫)에 인도해주기로 되어 있지. 차고 주인에게 팔았다네."

"여행을 할 수 있을까?"

"할 수 있지. 어차피 무슨 짓을 해도 마찬가지니까. 배에는 훌륭한 의사가 있지. 뉴욕에 가면……." 그는 어깨를 움츠리고 잔을 들이켰다.

카타콤의 공기는 무덥고 답답했다. 늙은 부부 한 쌍이 먼지를 뒤집어쓴 종려나무 밑에 앉아 있었다. 두 사람은 자기들을 벽처럼 에워싼 슬픔에 완전히 젖어 있었다. 손을 마주 잡고 꼼짝도 않고 앉아 있었다. 다시는 일어날 수 없는 듯이 보였다.

갑자기 라비크는 세상 온갖 불행이 이 어두운 지하실에 모두 갇혀 있는 것 같았다. 병든 것같이 희미한 전등이 누렇게 시들어서 벽에 걸려 있고, 그 때문에 모든 것이 더욱 근심에 잠겨 있는 듯이 보였다. 침묵, 속삭임, 벌써 골백번 살펴본 서류를 다시 꺼내서는 뒤적거려본다. 묵묵히 기다리고 있다. 어쩔 수 없이 최후가 오기만을 절망적으로 기다리고 있다. 가끔 발작적으로 약간의 용기를 내본다. 몇천 번이나 수모를 당한 끝에 지금은 막다른 구석에 몰려 있는 생활. 더는 앞으로 나아갈 수가 없어서 겁을 집어먹고 있다. 갑자기 그는 그것을 느꼈다. 그 냄새를 맡을 수 있었다. 그는 공포를, 막다른, 짓누르는 듯한 침묵의 공포 냄새를 맡았다. 그는 공포 냄새를 맡았다. 그리고 전에 어디서 그 냄새를 맡았었는지 알아냈다. 사람들이 길에서 또는 침대에서 끌려와 강제수용소에 갇히고, 막사 안에 서서 앞으로 어떻게 될지 기다리고 있을 때 이 냄새를 맡았던 것이다.

그의 옆 탁자에 두 사람이 와서 앉았다. 머리 한가운데 가르마를 탄 여자와 그녀의 남편이다. 여덟 살쯤 된 사내아이가 두 사람 앞에 서 있다. 그 아이는 여기저기 탁자에서 하는 얘기를 엿듣다가 그들 앞으로 온 것이다. "우린 왜 유대인이야?" 하고 그 애는 여자에게 물었다.

여자는 대답을 하지 않았다.

라비크는 모로소프를 쳐다보았다. "이제 가야겠어. 병원으로 가야지."

"나도 가야겠어."

그들은 계단을 올라갔다. "지나침은 모자람만 못해" 하고 모로소프가 말했다. "과거에 반(反)유대주의자였던 내가 자네에게 하는 말이야."

그 카타콤에 있다가 와 보니, 병원은 그래도 낙관적인 곳이었다. 여기에도 역시 고통이 있고, 병이 있고, 불행이 있다. 그러나 여기에는 적어도 다소의 논리와 도리가 있다. 어째서 이렇게 되었는가 하는 이유를 알고 있고, 또 어떻게 해야 하는지, 어떻게 해서는 안 되는지 알고 있다. 이것은 사실이다. 그것을 눈으로 보고, 그것을 어떻게 해볼 수가 있다.

베베르는 진찰실에 앉아서 신문을 읽고 있었다. 라비크는 어깨 너머로 그를 바라보았다. "좋은 팔자로군. 안 그래?"

베베르는 신문지를 바닥에 내던졌다. "썩어빠진 도둑놈들! 프랑스 정치가의 50퍼센트는 목을 매달아 죽여야 해."

"90퍼센트야" 하고 라비크는 말했다. "뒤랑의 병원에 있는 그 여자에 대해 그 후에 들어보았나?"

"그 여자는 괜찮아." 베베르는 신경질적으로 시가를 하나 집어 들었다. "자네로선 간단하게 생각되겠지만 말이야, 라비크, 나는 프랑스 사람이야."

"난 아무렇지도 않아. 그러나 독일도 프랑스만큼 썩어주었으면 좋겠어."

베베르는 얼굴을 들었다. "시시한 소리를 했군. 용서하게." 그는 시가에 불을 붙이는 것을 잊고 있었다. "전쟁은 일어나지 않을 거야, 라비크! 절대로 일어나지 않을 거야! 으르렁대고 위협을 주고 있는 거지. 그러나 마지막 판에는 무슨 일이 일어나겠지!"

그는 잠시 말이 없었다. 지금까지 가지고 있던 자신감이 사라져버렸다. "뭐니 뭐니 해도 아직 마지노선이 있으니까" 하고 그는 간절히 바라는 듯이 말했다.

"물론이지" 하고 라비크는 아무런 확신도 없이 대답했다. 그 소리는 이미 귀에 못이 박히도록 들어왔다. 프랑스 사람과 이야기하면 으레 그런 말로 끝난다.

베베르는 이마를 닦았다. "뒤랑은 재산을 미국으로 옮겼어. 녀석 비서가 그러더군."

"그 녀석다운 짓이군."

베베르는 절망적인 눈으로 라비크를 쳐다보았다. "그 녀석뿐만 아냐. 내 처남도 프랑스 공채를 미국 걸로 바꿨어. 가스통 네레는 돈을 달러로 바꿔서 금고에 넣어두었지. 그리고 뒤퐁은 금을 몇 자루나 마당에 묻었다는 거야." 그는 일어섰다. "이런 이야기는 하기도 싫어. 난 그러지 않겠어. 있을 수 없는 일이야. 프랑스를 배반하고 팔아먹는다는 건 있을 수 없는 일이야. 위험이 닥치면 모두 일치단결할 거야, 모두가."

"모두가" 하고 라비크는 웃지도 않고 말했다. "지금 독일과 흥정을 하고 있는 기업가나 정치가들까지도 말이야."

베베르는 자신을 억제했다. "라비크…… 그보다도 무슨 다른 이야기를 하지."

"알았어. 난 케이트 헤그시트룀을 셰르부르까지 전송하겠어. 한밤중에 돌아올 거야."

"좋지." 베베르는 세차게 숨을 쉬었다. "무슨, 자네는 무슨 준비라도 해뒀나, 라비크?"

"하긴 뭘 해. 프랑스 강제수용소로 끌려갈 뿐이지. 독일 강제수용소보다는 나을 거야."

"천만에. 프랑스는 피난민을 감금하지 않아."

"두고 볼 일이야. 빤한 일이지. 그걸 갖고 이러니저러니 할 필요 없어."

"라비크……."

"알았어. 두고 보면 알게 돼. 일단 자네 말이 옳다고 해두지. 자네는 루브르 박물관이 피난하기 시작했다는 것을 알고 있나? 제일 좋은 그림을 모두

중부 프랑스로 옮기고 있어."

"설마. 누가 그런 말을 했지?"

"오늘 오후에 거기 갔었어. 샤르트르 대사원의 푸른 유리창도 포장되어 있어. 거긴 어제 갔었지. 감상적인 여행이야. 한 번 더 봐두려고 말이야. 그런데 벌써 떼어버렸더군. 비행장이 그곳과 너무 가깝다는 거야. 새 창문을 끼워놓았더군. 작년에 뮌헨 회의가 열렸을 때와 똑같아."

"그걸 보라고!" 베베르는 당장 말꼬리를 잡았다. "그때도 아무 일 없었지. 굉장히 시끄럽기는 했지만, 그리고 얼마 후에 체임벌린이 평화의 우산을 들고 왔었지."

"그렇지. 평화의 우산은 아직 런던에 있어. 그리고 승리의 여신은 아직도 루브르에 서 있고. 모가지가 없이 말이야. 여신은 그대로 거기 서 있겠지. 너무 무거워서 운반할 수가 없는 거야. 이제 가야겠어. 케이트 헤그시트룀이 기다리고 있어."

노르망디 호는 밤 어둠 속에 불빛 몇천 개를 휘황하게 밝히며 흰 모습을 부두에 눕히고 있었다. 수면에서 시원하고도 짭짤한 바람이 불어왔다. 케이트 헤그시트룀은 털외투를 꼭 여몄다. 몹시 수척했다. 얼굴은 거의 뼈만 남아서 뼈에 피부를 발라놓은 것 같았다. 눈은 놀랄 만큼 커서 어두운 못같이 보였다.

"그냥 여기 남아 있고 싶어요" 하고 그녀는 말했다. "갑자기 떠나기가 싫어졌어요."

라비크는 그녀를 빤히 쳐다보았다. 큰 배가 있고, 뱃전 출입구는 환하게 밝으며, 사람들은 속속 흘러 들어가고 있다. 대부분은 마지막 순간에 늦지 않을까 겁먹은 듯이 서두르고 있다. 궁전이 휘황찬란하게 떠 있다. 그 이름은 이미 '노르망디 호'가 아니라 '탈출'이며, '도망'이고, '구원'이다. 유럽에 있는 몇천의 도시, 방, 더러운 호텔, 지하실에 사는 사람들 몇만 명에게 그 것은 도저히 바랄 수도 없는 생명의 신기루다. 그런데 지금 그 곁에서 눈앞에 그것을 보면서, 죽음에 내장을 잠식당하고 있는 사람은 가냘프고 귀여운 목소리로 "그냥 여기 남아 있고 싶어요"라고 말하고 있다.

모든 것이 무의미하다. 앵테르나시오날에 있는 피난민들에게는, 아니 유럽에 있는 숱한 앵테르나시오날에게는, 괴롭힘과 고문을 당하고 도망 다니고 올가미에 걸려든 모든 사람에게는 이것이야말로 '약속의 땅'일 것이다. 지금 그의 옆에 있는 피곤한 손 안에서 펄럭거리는 배표를 만약 그들이 손에 넣을 수 있다면, 그야말로 쓰러져 울며 뱃전 출입구에 키스를 하고 기적을 믿을 것이다. 어차피 죽음을 향해서 떠나는 사람, 무심히 "그냥 여기 남아 있고 싶어요"라고 말하는 사람의 배표를⋯⋯.

미국 사람이 한 패 몰려왔다. 천천히 서두르지 않고 쾌활하게 떠들어대고 있다. 그들은 시간이 얼마든지 있는 줄로 알고 있다. 영사관이 억지로 재촉해서 출발시킨 것이다. 그들은 그것을 토론하고 있다. 정말 안타깝다! 구경을 더 하면 '재미'있을 텐데. 어쨌든 우리에게 무슨 일이 날 것도 아닌데. 대사가 있지 않나! 우린 중립국 국민이야! 정말 유감천만이야!

향수 냄새. 보석. 번쩍이는 다이아몬드. 불과 두어 시간 전까지도 맥심에 앉아 있었던 것이다. 달러를 사용하면 값이 굉장히 싸다. 1926년 코르통, 1928년 폴 로제를 마지막으로 마셨지. 이제 배를 타면 바에 주저앉아서 주사위 노름을 하고 위스키를 마셔야지. 그러나 영사관 앞에는 희망을 잃은 인간들의 긴 행렬, 그 위에 구름처럼 뒤덮인 죽음의 공포 냄새, 과로한 몇몇 직원, 보잘것없는 비서들의 즉결재판, 비서는 연방 머리를 흔들고만 있다. "안 됩니다. 비자는 안 됩니다. 안 됩니다." 무언의 죄 없는 사람들에 대한 무언의 선고. 라비크는 멍하니 배를 쳐다보았다. 그건 이미 배가 아니고 노아의 방주다. 대홍수가 일어나기 전에 바야흐로 떠나려는 마지막 방주다.

한 번은 피할 수 있었지만, 지금 다시 엄습하려는 대홍수가.

"케이트, 이제 타야지."

"그래요? 안녕, 라비크."

"안녕, 케이트."

"서로 거짓말을 할 필요는 없겠지요?"

"없지."

"곧 뒤따라와요."

"곧 가지, 케이트. 곧."

"안녕, 라비크. 여러 가지로 고마웠어요. 이제 가겠어요. 저 위에 올라가서 손을 흔들겠어요. 배가 떠날 때까지 여기 계셨다가 제게 손을 흔들어주세요."

"그렇게 하지, 케이트."

그녀는 천천히 뱃전 출입구를 올라갔다. 그녀의 몸이 약간 좌우로 흔들린다. 주위의 누구보다도 가냘프고, 거의 살이 없고, 골격이 뚜렷이 드러난 그녀의 모습에는 헤어날 수 없는 죽음의 검고 우아한 아름다움이 있었다. 그녀의 얼굴은 이집트의 청동제 고양이 머리처럼 뚜렷했다. 있는 것이라곤 오직 윤곽과 숨결과 눈뿐이다.

마지막 승객. 땀을 비 오듯 흘리는 유대인, 털외투를 팔에 걸치고 거의 신경질적으로 고함을 지르며 짐꾼 두 사람을 데리고 뛰어온다. 마지막 미국인 승객들. 이윽고 현문이 서서히 끌려 올라간다. 이상한 기분이다. 한번 끌려 올라가면 다시는 되부를 수가 없다. 마지막이다. 가느다란 한 줄기 물. 국경이다. 겨우 2미터의 물. 그러나 이미 유럽과 미국을 갈라놓는 국경이며, 구원과 파멸을 갈라놓는 경계선이다.

라비크는 케이트 헤그시트룀을 눈으로 찾았다. 곧 찾아낼 수 있었다. 그녀는 난간에 서서 손을 흔들었다. 그도 손을 흔들어 보였다.

배는 움직이는 것같이 보이지 않았다. 육지가 뒷걸음질하고 있는 듯했다. 아주 잠깐 동안. 거의 눈에 띄지 않을 정도로. 그러다가 갑자기 휘황찬란한 배가 육지에서 떨어져 나갔다. 배는 어두운 하늘을 배경으로 어두운 물 위에 떠 있었다. 이제 손은 닿지 않는다. 케이트 헤그시트룀을 이젠 알아볼 수 없다. 이제 아무도 알아볼 수 없다. 뒤에 남은 사람들은 어색한 듯, 또는 억지로 유쾌한 듯 가장하면서 말없이 서로 마주 보았다. 그러고는 급히, 또는 망설이면서 그곳에서 총총히 사라졌다.

그는 발길을, 차를 파리로 몰았다. 노르망디의 새 울타리와 과수원이 쏜살같이 뒤로 사라졌다. 안개 낀 하늘에 타원형 달이 크게 걸려 있었다. 배에 대해서는 잊어버렸다. 지금은 오직 주위 풍경, 다 익은 사과 향기, 결코 변할 수 없는 것들의 정적과 깊은 평화가 있을 뿐이다.

차는 거의 소리도 없이 달렸다. 중력을 전혀 느끼지 않는 듯이 달리고 있었다. 집들이 미끄러지듯이 지나간다. 교회당, 마을들, 반짝반짝 금빛으로 반짝이고 있는 찻집과 선술집, 반짝이는 강물, 물레방앗간, 그리고 또 들판의 몽롱한 윤곽, 그 위에 높게 호를 그리고 있는 하늘, 그것이 마치 조개의 내부 같다. 그 우윳빛 자개 속에서 달의 진주가 반짝이고 있다.

끝이며 완성이다. 라비크는 전에도 이런 기분을 느낀 적이 몇 번 있었다. 그런데 이번에는 그것이 완전하고 아주 강렬해서 빠져나갈 수가 없었다. 그것이 그의 내부에 스며들어 이젠 저항할 수가 없었다.

모든 것이 둥실둥실 떠서 무게라는 것이 없다. 미래와 과거가 하나로 합쳐졌다. 양쪽 모두 소망도 없고 고통도 없다. 어느 쪽이 더 중요하다고도 할 수 없고, 강하다고도 할 수 없다. 지평선은 균형이 잡혔다. 이상한 이 순간, 존재의 저울은 균형이 잡혀 있었다. 운명은 태연자약하게 이것과 직면하는 용기보다 결코 강력하지 않다. 더는 운명을 견뎌낼 수 없게 될 때 인간은 자

586

살할 수가 있다. 이것을 알아둔다는 건 좋은 일이다. 그러나 인간은 살아 있는 한 완전히 망하는 일은 절대로 없음을 알아두는 것 또한 좋은 일이다.

라비크는 위험을 알고 있었다. 그는 자기가 어디를 향해서 가고 있는지 알았다. 내일은 또다시 저항하리라는 것도 알았다. 그러나 오늘 밤, 잃어버렸던 아라라트 산에서 닥쳐오는 파괴의 피비린내 나는 냄새 속으로 되돌아가고 있는 지금, 모두가 갑자기 이름도 없는 것이 되어버렸다. 위험은 위험이면서 동시에 위험이 아니다. 운명은 동시에 제물이며, 또 인간이 제물을 바치는 신이기도 하다. 그리고 내일은 미지의 세계다.

모든 것이 이것으로 좋다. 기왕에 있었던 일도, 그리고 앞으로 닥쳐올 일도 그것으로 충분하다. 이것으로 마지막이라고 해도 그대로가 좋은 것이다. 그는 한 사람을 사랑했고, 그리고 그 사람을 잃었다. 그는 다른 한 사람을 미워해서 그 사람을 죽였다. 두 사람 모두 그를 자유롭게 풀어주었다. 그중 한 사람은 그의 감정을 되살아나게 했고, 다른 한 사람은 그의 과거를 지워주었다. 다하지 못한 일은 하나도 없다. 소망도, 미움도, 슬픔도 하나 남아 있지 않다. 만약 새로운 시작이라는 것이 있다면, 그 시작이란 바로 이런 것이리라. 사람들은 아무런 기대 없이 강해지긴 했으나, 산산이 부서지지 않았던 단순한 경험의 힘을 가지고서 시작한다. 재는 쓸려버렸다. 마비되었던 곳은 다시 살아났다. 신랄한 조소는 힘이 되었다. 이젠 됐다.

칸을 지나자 말들이 나타났다. 밤길에 긴 행렬, 말, 말, 달빛에 뿌옇게 보인다. 그리고 4열 종대, 짐과 판자 상자와 꾸러미를 짊어진 사람들. 동원이 시작된 것이다.

이야기 소리는 거의 들리지 않는다. 노래를 부르는 사람은 하나도 없다. 아무도 거의 말을 하지 않는다. 그들은 묵묵히 밤길을 행진하고 있다. 차가 지나갈 수 있도록 우측 행진을 하고 있는 그림자의 종대.

라비크는 한 사람 한 사람 지나치며 갔다. 말, 말, 하고 그는 생각했다. 1914년과 똑같다. 탱크는 하나도 없다. 말뿐이다.

그는 주유소에서 차를 세우고 기름을 넣었다. 마을 집들 창문에는 아직 불이 켜진 곳도 있었지만, 대부분이 고요하기만 했다. 한 종대가 마을을 통과하며 행진하고 있었다. 사람들은 그 뒤를 멍하니 바라보았다. 손을 흔드는 사람은 하나도 없었다.

"저도 내일이면 갑니다." 주유소 남자가 말했다. 윤곽이 뚜렷하고 농부같은 갈색 얼굴이었다. "저희 부친은 전번 전쟁 때 죽었습니다. 할아버지는 1870년에 전사했고요. 저는 내일 갑니다. 언제나 마찬가지지요. 이런 짓을 벌써 2백 년이나 해왔지만 아무런 소용이 없지요. 우린 또 가야만 하지요."

그의 눈길은 낡아빠진 펌프, 그 옆 자그마한 집, 그리고 그 옆에 말없이 서 있는 여자를 얼싸안는 듯했다. "28프랑 30상팀입니다."

다시 풍경. 달. 리지외. 에브르. 종대. 말. 침묵. 라비크는 자그마한 레스토랑 앞에서 차를 세웠다. 바깥에 탁자 둘이 놓여 있었다. 안주인은 먹을 것은 전혀 없다고 말했다. 저녁 식사는 저녁 식사다. 프랑스에서 오믈렛과 치즈는 저녁 식사가 아니다. 그러나 겨우 설득해서 거기에다 샐러드와 커피, 그리고 보통 포도주 한 병을 내오게 했다.

라비크는 장밋빛 집 앞에 혼자 앉아서 식사를 했다. 안개가 목장 위를 흐르고 있다. 개구리 두어 마리가 울고 있다. 아주 조용했다. 그런데 맨 위층에서 스피커 소리가 들려왔다. 언제나 듣는, 마음을 위로하는 자신 있는 목소리였지만, 그러나 희망이 없고 지극히 천박한 목소리다. 모두 듣고는 있지만 믿는 사람은 하나도 없다.

그는 계산을 했다. "파리는 등화관제라는군요" 하고 안주인이 말했다. "방금 라디오에서 그러더군요. 전쟁은 일어나지 않을 것이며, 지금부터 교섭을 한대요. 어떻게 될까요?"

"전쟁이 일어나지는 않겠지요." 라비크는 달리 무슨 말을 해야 좋을지 몰랐다.

"제발 그렇게 되면 다행이지요. 하지만 그런다고 무슨 소용이 있겠어요? 독일은 폴란드를 뺏을 거예요. 그리고 알자스로렌을 내놓으라고 하겠지요. 그다음에는 식민지. 다음에는 다른 무엇을 내놓으라고 할 거예요. 결국엔 우리가 손을 들거나, 전쟁을 하지 않을 수 없을 때까지 자꾸만 더 내놓으라고 요구할 거예요. 그러니 어차피 할 바에야 차라리 지금 곧 시작하는 게 좋을 거예요."

안주인은 집 안으로 천천히 되돌아갔다. 새 종대가 도로를 행진해 왔다.

지평선에 빨갛게 비쳐 있는 파리. 등화관제. 파리가 등화관제를 한다. 당연한 일이다. 그러나 이상하게 들린다. 파리가 등화관제를 한다. 파리가 말이다. 마치 이 세상 등화가 꺼지는 것 같다.

교외. 센강. 좁은 골목길들이 웅성거리는 소리. 홱 돌아서 개선문까지 곧장 뻗어 있는 큰길로 들어선다. 개선문은 어렴풋하긴 하지만 아직도 에트왈의 안개에 흐린 불빛을 받아 우뚝 솟아 있다. 그 너머에는 샹젤리제가 여전히 휘황하게 반짝이고 있었다.

라비크는 큰길을 달렸다. 그는 시내를 계속 달렸다. 그러다가 갑자기 그는 암흑이 이미 도시 위에 내리깔리고 있음을 깨달았다. 윤기가 흐르는 모피에 좀이 슨 자국이 여기저기 생긴 것처럼, 병적인 어둑어둑한 구역이 여기저기 생겨 있었다. 오색찬란한 네온사인은 긴 그늘에 군데군데 잠식되고 있었다. 그 긴 그늘은 불안스러운 빨강, 하양, 파랑, 초록 불빛 사이에 위협하듯 도사리고 있다. 마치 시커먼 구더기가 기어 들어가 밝은 불빛을 모두 먹어버린 것처럼 죽은 듯이 누워 있는 거리도 있었다. 조르주 5세 거리에는 벌써 불빛이 하나도 없었다. 몽테뉴 거리는 마침 불이 모두 꺼져가는 참이었다. 밤마다 별을 향해 불빛 폭포를 쏟던 빌딩은 이제 맨송맨송한 검은 정면만을 드러내고 있었다. 빅토리오 엠마누엘레 3세 가의 반은 등화관제가 되고 나머지 반은 아직 불이 켜져 있었지만, 역시 단말마의 고통을 겪고 있는 반죽음의 마비된 육체 같았다. 병은 곳곳에 퍼져 있었다. 라비크가 콩코르드 광장으로 되돌아와 보니, 벌써 그사이에 이 널찍한 둥근 광장도 죽어 있었다.

관청 건물들은 퇴색해 창백하게 서 있었다. 불빛의 꽃 사슬은 사라지고, 하얀 물거품의 밤, 춤추는 해신 트리톤과 바다의 요정 네레이드는 돌고래 등에 올라앉은 채 모습도 확연치 않은 회색 덩어리로 변하고, 분수는 적적하고, 흘러나오는 물은 어둑어둑하고, 찬연하게 빛나던 오벨리스크는 영원한 위협의 거대한 손가락처럼 어두운 하늘에 둔중하게 솟아 있다. 그리고 조그마한, 희미해서 분간할 수도 없는 공습경보의 푸른 전구가 마치 세균처럼 곳곳에 기어 나와 그 더러운 빛을 세계적인 폐 질환처럼 묵묵히 무너져가는 도시에 가득히 뿌리고 있다.

라비크는 차를 돌려주었다. 그러고는 택시를 잡아타고 앵테르나시오날로 갔다. 문 앞에 여주인의 아들이 사다리를 놓고 올라가 있었다. 푸른 전구를 끼우고 있는 참이었다. 지금까지만 해도 호텔 입구의 불은 간신히 간판이 보일 정도의 것이었다. 그런데 이제는 이 작은 푸른 전등으로 갈아 끼워서 그나마도 잘 보이지 않았다. 간신히 '나시오날'이란 글자만이 어렴풋이 보였지만, 그것도 주의 깊게 보지 않으면 알아볼 수 없었다.

"마침 와서 다행이에요" 하고 여주인이 말했다. "정신이 돈 사람이 있어요. 7호실이에요. 나가주었으면 제일 좋겠어요. 미친 사람을 호텔에 둘 수는 없으니까 말이에요."

"미치지는 않고, 단지 신경이 쇠약해졌을 뿐인지도 몰라요."

"아무튼 마찬가지지요! 미친 사람은 정신병원으로 가야 해요. 전 그렇게 말해줬어요. 물론 그 사람들은 싫다고 하지만요. 정말 귀찮아 죽겠어요! 진정하지 않으면 정말로 내보내야겠어요. 그대로 둘 수는 없어요. 다른 손님들이 잠을 자야 하니까요."

"얼마 전에 리츠에서 정신이 돈 사람이 있었어요." 라비크는 말했다. "어느 나라의 왕자였지요. 그런데 그 방이 비게 되자, 미국 사람들이 모두 그 방으로 옮기겠다고 법석을 떨었어요."

"그건 이야기가 달라요. 그분은 방탕한 생활 때문에 미친 거예요. 멋이 있어요. 가난해서 미친 게 아니니까요."

라비크는 그녀를 쳐다보았다. "마담, 당신은 세상을 잘 아시는군요."

"알고 있어야 하거든요. 난 호인이에요. 피난민을 받아들였어요. 모두 피난민들뿐이에요. 하긴 그래서 돈도 벌었어요. 조금은요. 그렇지만 마구 소리를 지르는 미친 여자는 안 되겠어요. 만약 진정되지 않으면 무슨 일이 있어도 내보내야겠어요."

그녀는 자기 아들한테 왜 자신은 유대인이냐는 질문을 받던 여자였다. 그녀는 침대 구석에 쪼그리고 앉아서 두 손으로 눈을 가리고 있었다. 방 안은 휘황하게 불이 켜져 있었다. 전등이 모두 켜져 있고, 게다가 촛대가 두 개나 탁자에 놓여 있었다.

"바퀴벌레" 하고 그녀는 중얼거렸다. "바퀴벌레다! 새까맣고 통통하고 반짝이는 바퀴벌레다! 저걸 봐요, 저 구석에. 저 구석에 가만히 있어요. 몇 천 마리인지 셀 수도 없어요. 불을 켜요. 불을 켜줘요. 불을 말이에요. 안 켜면 기어 나와요. 불을, 불을. 기어 나와요, 기어 나와요……."

그녀는 고함을 질렀다. 그리고 점점 더 구석으로 피해 들어가며, 두 팔을 앞으로 내밀고 다리를 높이 추켜들었다. 유리알 같은 두 눈을 부릅뜨고 있었다. 남편이 그녀의 손을 붙잡으려고 했다. "저긴 아무것도 없다니까그래. 여보, 구석엔 아무것도 없어."

"불을! 불을 켜줘요! 봐요, 기어 나와요! 바퀴벌레가…….."

"불은 켜져 있잖아, 여보. 좀 보라고, 탁자에 촛불까지 있다니까." 그는 호주머니에서 손전등을 꺼내 밝은 방 안의 밝은 구석을 비추었다. "구석에는 아무것도 없어. 자, 보라고. 자, 내가 저 구석을 비출 테니까. 아무것도 없어, 아무것도…….."

"바퀴벌레가! 바퀴벌레가! 나와요! 바퀴벌레로 온통 새까맣게 보여요! 저기서도, 여기서도, 구석에서! 불을, 불을. 벽을 기어 올라가요! 천장에서 떨어져요!"

그녀는 목구멍에서 꾸르륵거리는 소리를 내며 두 팔을 머리 위로 쳐들었다.

"이런 상태가 벌써 얼마나 계속됐지요?" 라비크는 남편에게 물었다.

"어두워진 뒤로 계속입니다. 전 나갔다 왔어요. 다시 한번 알아보려고요. 누가 아이티 영사관에 가보라고 해서요. 어린애를 데리고 갔었지요. 역시 소용이 없었어요. 돌아와 보니, 침대 저 구석에 앉아서 고함을 지르고 있더군요."

라비크는 벌써 주사 놓을 준비를 끝내고 있었다. "그전에 잠은 잘 잤나요?"

남편은 절망적으로 그를 쳐다보았다. "글쎄요. 늘 조용했으니까요. 정신병원에 가려고 해도 돈이 없어요. 게다가 우리는 아직…… 우리 서류는 아직도 충분치가 못해요. 이 사람이 진정해주기만 한다면 좋겠는데. 여보, 여기 다 있어. 나도 여기 있고, 지그프리트도 있어. 의사 선생님도 와 계시다고. 바퀴벌레 같은 건 여기에 한 마리도 없다니까."

"바퀴벌레가" 하고 그녀는 그 말을 가로막았다. "사방에서 기어 나와요! 기어 나와요…….."

라비크는 주사를 놓았다. "전에도 이런 적이 있었습니까?"

"아뇨. 한 번도 없었습니다. 정말 모르겠어요. 대체 이 사람이 왜…….."

라비크는 손을 들어 말렸다. "생각나게 해서는 안 됩니다. 몇 분 지나면 지쳐서 잠들 겁니다. 아마 꿈을 꾸다가 놀랐는지도 모릅니다. 내일 잠이 깨면 아무 기억도 없을지 모릅니다. 생각나게 해서는 안 됩니다. 아무 일도 없었던 것처럼 해야 합니다."

"바퀴벌레가……." 그녀는 졸린 듯이 중얼거렸다. "살찌고 통통한……."

"불을 이렇게 켜놓을 필요가 있습니까?"

"이 사람이 불, 불 하고 소리를 지르기에 켜놓았지요."

"천장 불은 끄세요. 다른 것은 푹 잠들 때까지 그대로 두시고요. 잠들 겁니다. 약의 양이 많으니까요. 내일 아침 11시에 다시 오겠습니다."

"고맙습니다. 어떻겠습니까, 설마……."

"괜찮습니다. 요즘은 이런 일이 흔히 있습니다. 앞으로 3, 4일은 잘 살펴야 합니다. 당신의 걱정거리를 너무 많이 알려주어선 안 됩니다."

말하기는 쉽다고 그는 자기 방으로 올라가며 생각했다. 방에 불을 켠다. 침대 밑에 책이 몇 권 놓여 있다. 세네카, 쇼펜하우어, 플라톤, 릴케, 노자, 이태백, 파스칼, 헤라클레이토스, 성서 한 권, 그리고…… 가장 딱딱한 것과 가장 부드러운 것. 대개는 자그마한 얇은 판으로 언제나 여행만 하는, 많이 가지고 다닐 수 없는 사람들에게 알맞은 책들이다. 그는 가져가고 싶은 책을 골라냈다. 다른 것들도 한번 훑어보았다. 찢어버려야 할 건 별로 없었다. 그는 언제 끌려가도 좋도록 해놓고 있었다. 낡은 담요와 가운, 이것은 친구처럼 나를 도와준다. 도려낸 메달에 감춰둔 독약, 이것은 전에 독일 강제수용소에 끌려갔을 때 가지고 갔던 것이다. 이것을 갖고 있고 언제라도 사용할 수 있다고 생각했기 때문에, 그래도 괴로운 시련을 견뎌내기가 조금은 수월했다. 그는 그 메달을 호주머니에 집어넣었다. 가지고 가는 것이 좋겠다. 이것을 갖고 있으면 안심할 수가 있다. 언제 무슨 일이 일어날지 모른다. 다시 게슈타포에 붙잡힐지도 모른다. 칼바도스가 반쯤 든 병이 아직도 탁자에 놓여 있었다. 그는 한 모금 마셨다. 프랑스, 하고 그는 생각했다. 불안한 5년의 생활. 3개월의 감옥 생활. 불법 거주. 네 번 추방당하고 네 번 다시 돌아왔다. 5년 동안의 생활. 과히 나쁘지는 않았다.

33

전화가 울렸다. 그는 잠결에 수화기를 들었다. "라비크" 하고 누가 말했다. 조앙이었다.

"와주세요" 하고 그녀는 말했다. 천천히, 나직한 목소리로 말했다. "곧, 라비크……."

"싫소."

"꼭 좀……."

"싫소. 날 가만히 내버려둬. 혼자 있는 게 아냐. 갈 수 없어."

"도와주세요."

"난 도와줄 수가 없어."

"큰일 났어요." 목소리가 잠시 끊어졌다. "꼭이오. 지금 곧, 곧……."

"조앙." 라비크는 신경질을 내며 말했다. "이젠 그런 연극을 하고 있을 시간이 없어. 당신은 전에도 이렇게 해서 나를 감쪽같이 속였지. 벌써 다 알고 있어. 날 건드리지 마. 누구 다른 사람한테 해보는 게 어때?"

그는 대답도 듣지 않고 수화기를 내려놓았다. 다시 잠들려고 했지만 잠이 잘 오지 않았다. 전화가 다시 울렸다. 그러나 수화기를 들지 않았다. 전화는 회색의 외로운 밤 속에서 계속 울렸다. 그는 베개를 집어서 전화기에 얹었다. 억눌린 소리가 낮게 울리더니 이윽고 그쳤다.

라비크는 기다렸다. 전화는 조용했다. 그는 일어나서 담배를 집었다. 조금도 맛이 없었다. 담배를 껐다. 마시다 남은 칼바도스가 탁자에 놓여 있다. 그것을 꿀꺽 한 모금 마시고는 옆으로 치웠다. 커피라야 되겠다, 뜨거운 커피라야. 버터와 갓 구운 크루아상. 그렇다, 밤중에도 문을 여는 비스트로가 있었지.

그는 시계를 보았다. 두 시간 동안 잔 셈이다. 그러나 이제 피곤하지 않았다. 지금 다시 잠들었다가 휘청거리며 일어나봐도 별수 없다. 그는 욕실로 들어가서 샤워기를 틀었다.

무슨 소리가 난다. 또 전화가 왔나? 그는 물을 잠갔다. 문 두드리는 소리가 난다. 누가 그의 방문을 두드리고 있다. 라비크는 가운을 걸쳤다. 노크 소리가 전보다 더 커졌다. 조앙은 아닌 것 같다. 조앙이라면 벌써 들어왔을 것이다. 문은 잠겨 있지 않다. 나가보기 전에 잠깐 망설인다. 벌써 경찰이 왔다면…….

그는 문을 열었다. 문 앞에 한 남자가 서 있었다. 모르는 남자였지만 누구를 닮은 듯하다. 턱시도를 입고 있다.

"라비크 선생이십니까?"

라비크는 대답하지 않았다. 그는 남자를 쳐다보았다. "무슨 일이죠?"

"당신이 라비크 선생이신가요?"

"그보다도 무슨 일인지나 말하시오."

"만약 라비크 선생이시라면 조앙 마두에게 곧 가주십시오."

"네?"

"그녀가 다쳤습니다."

"어떻게 다쳤어요?" 라비크는 믿을 수 없다는 듯이 빙긋 웃었다.

"총으로요" 하고 남자는 말했다. "쏘아버렸습니다."

"그녀가 맞았나요?" 라비크는 여전히 빙긋 웃으며 물었다. 아마 자살 미수를 가장한 사고겠지. 이 딱한 얼간이를 놀라게 하려고.

"하느님, 그 사람은 죽습니다" 하고 그 남자는 속삭이듯 말했다. "제발 가주십시오. 그 사람이 죽어갑니다. 제가 쏘았어요!"

"뭣이?"

"네…… 제가……."

라비크는 벌써 가운을 벗어 내던지고 옷을 집어 들고 있었다. "밑에 택시가 기다리고 있소?"

"제 차가 있습니다."

"제기랄." 라비크는 다시 가운을 어깨에 걸치고, 가방을 들고, 구두와 셔츠와 옷을 집어 들었다. "차 안에서 입겠소. 자, 가요, 빨리."

차는 우윳빛 밤을 쏜살같이 달렸다. 거리는 완전히 등화관제가 되어 있었다. 이제 길이라고 할 만한 것은 없었다. 오직 흐르는 듯한 안개 낀 공간이 있을 뿐. 그 속에서 공습경보의 푸른 불빛이 외로이 바로 눈앞까지 와서 희미하게 나타났다. 마치 차가 바닷속을 달리고 있는 것 같았다.

라비크는 구두를 신고 옷을 입었다. 뛰어 내려올 때 걸쳤던 가운은 좌석 구석에 밀어 넣었다. 양말도 없고, 넥타이도 없었다. 그는 조바심을 내며 어둠을 뚫어지게 내다보았다. 운전하고 있는 남자에게 뭔가 물어보았다. 소용없는 일이다. 그는 자기가 가는 방향에만 정신을 쏟으며, 굉장한 속도로 부지런히 차를 몰았다. 무슨 말을 할 틈도 없었다. 그저 홱 방향을 바꿔서 다른 차에게 길을 내주어 사고를 피하고, 익숙지 않은 어둠 속에서 길을 잘못 들지 않도록 조심하는 것이 고작이었다. 15분은 잃었다고 라비크는 생각했다. 적어도 15분은.

"좀 더 빨리 가요" 하고 그는 말했다.

"안 됩니다. 헤드라이트 없이는…… 어둡고, 공습경보 중이라서……."

"빌어먹을. 그럼 헤드라이트를 켜요!"

그 남자는 커다란 헤드라이트를 켰다. 교차로에서 경관 두어 명이 소리를 질렀다. 눈이 부신 르노와 하마터면 부딪칠 뻔했다.

"달려요. 그래요! 더 빨리!"

차는 집 앞에서 급히 멈췄다. 엘리베이터가 마침 1층에 멈춰 있었다. 문은 활짝 열린 채였다. 누가 어디선지 미친 듯이 엘리베이터 단추를 누르고 있었다. 됐어, 이것으로 몇 분은 절약된다.

엘리베이터는 느릿느릿 올라갔다. 그리고 4층에서 멈췄다. 누가 엘리베이터 창으로 들여다보다가 문을 열었다. "아니, 왜 이렇게 오래 엘리베이터를 아래층에 붙잡아뒀지요?"

단추를 눌러대던 사람이었다. 라비크는 그를 밀쳐내고 문을 닫았다. "곧 보내지요! 먼저 올라가겠소!"

밖에 서 있는 사람이 욕지거리를 했다. 엘리베이터는 천천히 올라갔다. 4층 사나이는 미친 듯이 단추를 눌렀다. 엘리베이터가 멈췄다. 라비크는 아래층 친구가 어리석은 짓을 해서 그들을 태운 채 엘리베이터를 다시 밑으로 끌어내리기 전에 재빨리 문을 열었다.

조앙은 자기 침대에 누워 있었다. 성장을 한 그대로였다. 목까지 올라오는 야회복이었다. 은빛인데 피에 젖어 있었다. 바닥에도 피. 그녀가 거기 쓰러졌던 것이다. 저 얼간이가 나중에 그녀를 침대로 옮겨 눕힌 것이다.

"가만히 있어!" 하고 라비크는 말했다. "가만히 있어! 이젠 염려할 것 없어. 대단치는 않아."

그는 야회복 어깨끈을 자르고 조심스럽게 옷을 끌어내렸다. 가슴을 다치지는 않았다. 상처는 목이었다. 목에 맞았을 리는 없다. 목줄에 맞았다면 전화를 걸 수 없었을 것이다. 동맥도 다치지 않았다. "아픈가?" 하고 그는 물었다.

"아파요."

"몹시?"

"네."

"곧 나을 거야."

주사 준비가 되었다. 그는 조앙의 눈을 보았다. "아무것도 아냐. 진통제를 놓을 뿐이야. 곧 나을 거야."

그는 바늘을 찔렀다가 뽑았다. "끝났어." 그는 남자 쪽으로 얼굴을 돌렸다. "파시 2743번을 불러요. 구급차와 운반인 두 사람을 부탁해요, 빨리."

"뭐예요?" 조앙이 간신히 물었다.

"파시 2743번이야" 하고 라비크는 말했다. "빨리! 우물쭈물하지 말고! 전화를 걸라니까!"

"뭐예요, 라비크?"

"위험하진 않아. 그러나 여기선 검사를 할 수 없잖아. 병원으로 가야 해."

그녀는 그를 쳐다보았다. 얼굴은 지저분하고, 마스카라는 속눈썹에서 떨어지고, 입술 루주는 한쪽이 지워졌다. 얼굴 한쪽은 값싼 서커스의 어릿광대 얼굴처럼 보이고, 다른 한쪽은 지치고 시든 매춘부의 얼굴처럼 눈 밑에 검은 기미가 끼여 있었다. 그 위쪽에 머리카락이 반짝이고 있었다.

"수술은 싫어요" 하고 그녀는 소곤거렸다.

"두고 보자고. 어쩌면 수술을 안 해도 될지 몰라."

"저……." 그녀는 말을 끊었다.

"아냐, 대단치는 않아. 다만 거기가 아니면 기구가 없어서 그래."

"기구요?"

"진찰하는 기구 말이야. 그럼 내가…… 아프지는 않을 거야."

주사 효력이 나타났다. 그녀의 눈에서 불안스러운 굳은 빛이 사라졌다. 그동안에 라비크는 신중하게 상처를 조사했다. 남자가 돌아왔다. "구급차가 벌써 떠났습니다."

"오퇴이유 2357번을 불러요. 병원이오. 내가 이야기할 테니까."

그 남자는 순순히 다시 나갔다.

"저를 살려주세요, 네" 하고 조앙이 소곤거렸다.

"물론이지."

"아프면 싫어요."

"아프지 않을 거야."

"전 도저히, 도저히 아픈 건……." 졸음이 왔다. 목소리가 제대로 나오지 않는다. "전 도저히……."

라비크는 총알이 박힌 상처를 보았다. 큰 관은 한 군데도 상하지 않았다. 총알이 나간 상처는 보이지 않는다. 아무 말도 하지 않았다. 그는 압박붕대를 감았다. 걱정되는 문제는 입 밖에 내지 않았다. "누가 침대에 눕혔지?" 하고 그는 물었다. "당신 혼자서?"

"그 사람이……."

"당신은…… 걸을 수가 있었나?"

그녀의 눈은 깜짝 놀라며 베일이 덮인 호수에서 다시 살아났다. "뭐라고요…… 전…… 아파요……. 한쪽 다리를 움직일 수 없었어요. 한쪽 다리가…… 어떻게 된 거예요, 라비크?"

"아무것도 아니야. 그럴 것 같았어. 다시 좋아질 거야."

그 남자가 나타났다. "병원이……."

라비크는 급히 전화 있는 곳으로 달려갔다. "누구지? 외젠? 방을 하나…… 그렇지…… 그리고 베베르를 불러줘요." 그는 침실 쪽을 쳐다보았다. 그러고는 나직하게, "모든 준비를 해줘요. 곧 시작해야 하니까. 구급차는 불렀어. 사고야…… 그래…… 그래…… 그렇지…… 그래…… 10분 뒤에……."

그는 수화기를 놓았다. 그리고 잠시 그대로 서 있었다. 탁자, 크렘 드 망트 병, 구역질 나는 물건이다. 유리잔, 장미 꽃잎을 넣은 담배, 모든 게 시시한 영화 그대로다. 양탄자 위 권총. 거기도 핏자국이 있다. 모두가 정말 같지 않다. 왜 이런 생각이 들까? 이것은 정말이다. 이제는 자기를 데리러 온 남자가 누구인지도 알고 있다. 어깨가 쭉 뻗은 옷, 포마드를 바르고 반질하게 빗질한 머리, 차 안에서 신경을 건드리던 셰발리르 도르세의 아련한 냄새, 손에 낀 많은 반지. 자기가 웃어넘긴 그 위협을 했다는 바로 그 배우임에 틀림없다. 겨냥을 잘했다고 그는 생각했다. 도대체가 겨냥한 것이 아니다. 겨냥을 했다면 이렇게 잘 들어맞았을 리가 없다. 그럴 생각이 전혀 없고, 맞힐 생각이 전혀 없는 경우가 아니면 이렇게 정확하게 맞힐 수가 없다.

그는 되돌아갔다. 그 남자는 침대 밑에 꿇어앉아 있었다. 물론 그럴 테지. 달리 어떻게 할 도리가 없지. 말을 하다가는 울고, 또 말을 한다. 말소리가 혀끝에서 굴러 나온다.

"일어나요" 하고 라비크는 말했다.

그 남자는 순순히 일어섰다. 그리고 넋을 잃은 듯이 바지 먼지를 털었다. 라비크는 그의 얼굴을 보았다. 눈물이다! 눈물까지 흘리고 있군!

"그럴 생각이 아니었습니다! 맹세하지만, 저 사람을 쏠 생각은 없었습니다. 그럴 생각이 아니었습니다. 우연한 사고입니다. 아무것도 모르는 불행한 사고입니다."

라비크는 위장이 뒤틀렸다. 아무것도 모르는 사고라고! 이 녀석은 곧 번드르르한 말을 늘어놓겠지! "알고 있소. 자, 밑에 내려가서 구급차를 기다려요!"

그 남자는 무슨 말을 하려고 했다.

"가라니까!" 하고 라비크는 말했다. "그 엉터리 엘리베이터를 금방 쓸 수 있도록 해놓아요. 들것을 어떻게 밑으로 내려야 할지 모르겠단 말이야."

"저를 살려주세요, 라비크." 조앙이 졸린 듯이 말했다.

"그럼." 그는 아무런 희망도 없이 말했다.

"당신은 여기 계시겠죠? 당신이 있어주면 전 언제나 마음이 가라앉아요."

지저분한 얼굴이 웃음을 지었다. 익살꾼이 히죽이 웃고, 매춘부가 애써서 웃음을 짓는다.

"베베, 난 절대로 본의가……." 그 남자는 문 앞에서 말했다.

"나가! 제기랄, 나가라면 나가야지!"

조앙은 잠시 잠잠했다. 그러다가 눈을 떴다. "저 사람은 얼간이예요." 그녀는 깜짝 놀랄 만큼 또렷하게 말했다. "물론 그럴 생각이 아니었어요. 불쌍한 어린양이에요. 그저 으쓱거리고 싶었던 거예요." 야릇하고, 거의 장난기 섞인 표정이 그녀의 눈에 떠올랐다. "저도 전혀 믿지를 않았어요. 제가 좀 놀려주었지요. 그랬더니……."

"말을 하면 안 돼."

"놀려주었어요……." 그녀의 눈이 실낱같이 가늘어진다. "지금 전 그런 여자예요, 라비크. 제 목숨은…… 저 사람은 쏠 생각이 아니었어요. 쏘고…… 그리고……."

눈이 완전히 감겼다. 웃음이 사라졌다. 라비크는 문 쪽에 귀를 기울였다.

"들것을 엘리베이터에 실을 수가 없어요. 너무 비좁아요. 아무래도 반쯤 세워야겠어요."

"층계참을 돌 수는 있을까?"

운반인은 밖으로 나가보았다. "될지도 모르겠군요, 높이 쳐들면. 들것에 꼭 붙들어 매는 것이 좋겠어요."

그들은 조앙을 들것에 붙들어 맸다. 조앙은 반쯤 잠들어 있었다. 때때로 신음 소리를 냈다. 운반인들이 방에서 나갔다.

"열쇠를 가지고 있소?" 라비크는 배우에게 물었다.

"제가요? 아뇨. 왜요?"

"방을 잠가야지."

"없어요. 하지만 어딘가 있겠지요."

"찾아서 문을 잠그시오." 운반인들은 첫 번째 층계참에서 애쓰고 있었다. "권총을 가지고 가요. 밖에 나가서 내버리는 게 좋을 거요."

"전, 저는…… 경찰에 자수하겠습니다. 상처가 심합니까?"

"그렇소."

그 남자는 땀을 흘리기 시작했다. 갑자기 그 남자의 털구멍에서 땀이 한꺼번에 쏟아져 나와서 마치 피부 밑에 땀 말고는 아무것도 없는 것 같았다. 그 남자는 방으로 도로 들어갔다.

라비크는 들것을 든 운반인들 뒤를 쫓았다. 복도에는 3분 동안만 켜졌다가 저절로 꺼져버리는 전등이 설치되어 있었다. 각 층 층계참에 스위치가 있어서, 그것을 누르면 다시 불이 들어왔다. 운반인들은 어떤 계단에서나 반쯤까지는 쉽게 내려갔지만, 돌아서는 데가 어려웠다. 그들은 들것을 머리 위로 높이 쳐들고 난간 너머로 방향을 바꾸지 않으면 안 되었다. 그들의 커다란 그림자가 벽에 비쳤다. 전에도 이런 것을 본 적이 있는데, 어디였지? 전에 어디선가 본 적이 있다고 라비크는 미친 듯이 생각했다. 그러자 문득 생각이 났다. 라진스키의 일이다. 그때가 맨 처음이다.

운반인들이 서로 소리를 지르고, 들것이 벽에 부딪혀서 석회 조각이 떨어지는 소리가 들리고, 여기저기 방문이 열렸다. 문틈에서 호기심에 찬 얼굴, 파자마, 산발한 머리, 잠에 취한 부은 얼굴, 열대지방 꽃무늬가 있는 야

한 초록빛 잠옷이 내다보고 있었다.

불이 또 꺼졌다. 운반인들은 어둠 속에서 중얼대며 걸음을 멈추었다.

"불!"

라비크는 스위치를 더듬었다. 그 손이 여자 가슴에 닿고 고약한 입김이 풍겼다. 무엇인가 다리를 스치는 것이 있었다. 불이 다시 들어왔다. 노랑머리 여자가 그를 빤히 쳐다보고 있었다. 그 얼굴에는 개기름이 흐르는 주름살이 늘어져 있고, 콜드크림이 번쩍이고 있었다. 여자는 가장자리에 요염한 레이스 주름이 수없이 잡힌, 아침에 입는 가운 아랫단을 추켜들고 있었다. 여자는 레이스 침대에 올려놓은 살찐 불도그 같았다. "죽었나요?" 하고 여자는 눈을 번쩍거리며 물었다.

"아뇨." 라비크는 그대로 걸어갔다. 무엇이 깩 하며 식식거리는 소리를 냈다. 고양이 한 마리가 펄쩍 뒤로 물러섰다. "피피!" 여자는 육중한 두 무릎을 활짝 벌리고 몸을 구부렸다. "저런, 피피야, 발에 밟혔니?"

라비크는 계단을 걸어 내려갔다. 들것이 아래쪽에서 흔들렸다. 조앙의 머리가 보였다. 머리는 들것이 흔들릴 때마다 함께 흔들렸다. 눈은 보이지 않았다.

마지막 층계참. 불이 다시 꺼졌다. 라비크는 내려온 계단을 다시 뛰어 올라가서 스위치를 찾았다. 마침 그때 엘리베이터가 소리를 내며, 천국에서 내려온 것처럼 훤하게 불을 밝히고는 고요한 어둠 속을 미끄러져 내려갔다. 열어놓은 쇠창살 상자 안에 배우가 서 있었다. 배우는 유령처럼 걷잡을 수 없이, 소리 없이 들것을 지나 미끄러져 내려갔다. 그는 엘리베이터가 위에서 멈춰 있는 것을 보고 그것을 타고 그들을 뒤따르려 했던 것이다. 당연한 일이기는 하지만, 어째 무시무시하고 소름이 끼칠 만큼 우스꽝스러운 느낌이 들었다.

라비크는 얼굴을 들었다. 이제는 몸이 떨리지 않았다. 고무장갑을 낀 그의 손은 이제 땀이 배어 있지 않았다. 두 번이나 장갑을 바꿨던 것이다. 이겨낼 수밖에는 다른 도리가 없다.

베베르는 그의 맞은편에 서 있었다. "라비크, 마르토를 부르면 어때? 15분이면 올 수 있어. 자네가 도와주고 그 친구를 시키지."

"아니, 너무 늦어. 어차피 그렇게 할 수도 없어. 멍하니 보고 있는 것보다는 그래도 이게 나아."

라비크는 숨을 쉬었다. 이제는 마음이 가라앉았다. 일을 시작했다. 피부. 하얗다. 다른 사람의 피부와 다를 게 없지. 조앙의 피부. 모두 같은 피부다. 피. 조앙의 피. 누구의 피나 똑같은 피다. 솜방망이. 찢어진 근육. 솜방망이. 신중하게. 계속. 은빛 자수 실이 한 가닥. 계속. 상처 골짜기. 총알 파편. 계속. 개천이 뻗어 나온다, 뻗어 나온다……

라비크는 머릿속이 텅 비어가는 것을 느꼈다. 천천히 몸을 일으켰다. "자, 이걸 보게. 일곱 번째 척수골이야."

베베르는 몸을 구부리고 절개부를 들여다보았다. "이건 어렵겠는데."

"어려운 게 아니라 절망이야. 어떻게 할 도리가 없다네."

라비크는 자기 두 손을 보았다. 손이 고무장갑 속에서 움직였다. 억세고 정확한 손이다. 벌써 천 번이나 수술을 했고, 찢어진 육체를 본래대로 봉합해왔다. 몇 번이나 성공했다. 때로는 실패한 적도 있다. 거의 불가능한 것을 가능하게 한 적도 몇 번이나 있다. 백에 한 경우지만. 그러나 지금, 모든 것이 이 손 하나에 달려 있는 지금 이 손은 무력하다.

그는 어쩔 수가 없다. 아무도 어쩔 수가 없다. 수술은 불가능하다. 그는 우뚝 서서 새빨간 절개부를 노려보았다. 마르토를 불러올 수도 있긴 하다. 그러나 마르토도 같은 말을 할 것이다.

"무슨 수가 없을까?" 베베르가 물었다.

"없어. 목숨을 단축할 뿐이야. 더 쇠약하게 할 뿐이지. 총알이 어디 박혀 있는지 자네도 보았잖아. 그것을 빼낼 수가 없단 말이야."

"맥박이 불규칙해요. 올라가고 있어요. 130." 외젠이 칸막이 저쪽에서 말했다.

상처에 회색 그늘이 끼었다. 마치 어둠의 입김이 그 위를 스쳐 간 것처럼. 라비크는 카페인 주사를 이미 손에 들고 있었다.

"코라민! 빨리! 마취는 중지!"

그는 두 번째 주사를 놓았다. "이젠 어때?"

"변화가 없어요."

피는 아직도 납빛을 띠고 있다. "아드레날린 주사와 산소호흡기 준비!"

피는 더욱더 검은빛을 띠었다. 마치 창밖에 흐르는 구름이 그 그림자를 피에 던지고 있는 것처럼. 아니면 누군가가 창문 앞에 서서 커튼을 치고 있는 것처럼. "피." 라비크는 절망적으로 말했다. "수혈을 해야겠어. 그런데 혈액형을 알아봐야지."

산소호흡기가 돌아가기 시작했다. "아무렇지도 않나? 어때? 아무렇지도 않아?"

"맥박이 점점 떨어지고 있어요. 120. 아주 약해졌어요."

생명이 되살아났다. "이번에는? 좋아졌나?"

"좋아졌어요. 전보다 규칙적이에요."

그림자는 사라졌다. 절개부 언저리에서 회색빛이 없어졌다. 피는 다시 본래 피가 되었다. 피는 아직 살아 있다. 산소가 효력을 발생한 것이다.

"눈꺼풀이 움직여요" 하고 외젠이 말했다.

"상관없어. 잠이 깨는 거겠지" 하고 말하며 라비크는 붕대를 감았다.

"맥은 어때?"

"전보다는 규칙적이에요."

"정말 위험했어" 하고 베베르가 말했다.

라비크는 눈꺼풀이 눌리는 것 같았다. 땀이다. 커다란 땀방울이다. 그는 몸을 똑바로 일으켰다. 산소호흡기가 윙윙거렸다. "좀 더 계속해주지." 그는 수술대를 빙글 돌아서 잠시 거기에 서 있었다. 아무것도 생각하지 않았다. 그는 산소 탱크를 보고, 그리고 조앙의 얼굴을 보았다. 얼굴은 가늘게 떨리고 있었다. 아직 죽지는 않았다.

"쇼크를 받은 거야" 하고 그는 베베르에게 말했다. "이것이 혈액 견본이야. 곧 보내야겠어. 피는 어디서 구할 수 있지?"

"미국 병원에서."

"알았어. 어쨌든 해봐야지. 어차피 아무 소용도 없겠지만. 그저 연장할 뿐이지." 그는 산소호흡기를 지켜보았다. "경찰에 알려야 하나?"

"그럼" 하고 베베르가 말했다. "알려야 해. 그렇게 되면 직원 두 사람이 와서 자네에게 질문을 할 거야. 괜찮겠나?"

"싫은데."

"좋아. 그건 낮에 생각하기로 하지."

"이젠 됐어, 외젠" 하고 라비크는 말했다.

조앙의 관자놀이에 조금 생기가 돌았다. 회백색 바탕에 붉은빛이 감돌았다. 맥박은 약하지만 또렷하게 규칙적으로 뛰었다.

"소생시킬 수 있겠어. 난 여기 남아 있겠네."

그녀가 몸을 움직였다. 오른쪽 손이 움직였다. 왼손은 움직이지 않았다.

"라비크" 하고 조앙이 말했다.

"그래."

"저를 수술했어요?"

"아니, 조앙. 그럴 필요가 없었어. 그저 상처를 씻어냈을 뿐이야."

"여기 계시겠어요?"

"그러지."

그녀는 눈을 감고 다시 잠이 들었다. 라비크는 문 쪽으로 갔다. "커피 좀 가져다줘요" 하고 그는 아침 당번 간호사에게 말했다.

"커피와 빵을 가지고 올까요?"

"아니, 커피만."

그는 자리로 돌아와서 창문을 열었다. 집들 위로 아침 하늘이 밝게 빛나고 있었다. 추녀 끝에서 새들이 쨱쨱거렸다. 라비크는 창가에 앉아서 담배를 피웠다. 밖으로 연기를 내뿜었다.

조앙이 괴로워하기 시작했다. 금방 다시 잠을 깰 것이다. 고통 때문에 잠을 깰 것이다. 고통은 심해질 것이다. 그녀는 몇 시간 또는 며칠 더 살 수 있을 것이다. 고통은 무척 심해서 아무리 주사를 놓아도 별 효력이 없을 것이다.

라비크는 주사기와 앰풀을 가지러 갔다. 돌아오니 조앙이 눈을 떴다. 그는 그녀를 바라보았다.

"두통이" 하고 그녀는 중얼거렸다. 그는 기다렸다. 그녀는 머리를 움직이려고 했다. 눈꺼풀이 무거운 듯 보였다. 그녀는 간신히 눈알을 움직였다. "꼭 납덩이같아요……." 그녀는 또렷하게 눈을 떴다. "참을 수가 없어요."

그는 주사를 놓았다. "곧 나을 거야."

"좀 전에는 이렇게 심하게 아프지는 않았는데……." 그녀는 머리를 움직였다. "라비크" 하고 그녀는 나직하게 소곤거렸다. "전 고통을 받고 싶지 않아요. 전…… 제가 고통을 받지 않을 거라고 약속해줘요. 우리 할머니는…… 전 보았어요. 그런 꼴을 당하고 싶지 않아요. 그렇게 시달리고도 별수가 없었어요. 약속해줘요……."

"약속하지, 조앙. 심하게 아프지는 않을 거야. 거의 아프지 않을 정도야."

그녀는 이를 악물었다. "곧 약효가 있을까요?"

"그래. 곧 2, 3분만 지나면……."

"어떻게 된 거예요…… 제 팔이……?"

"아무렇지도 않아. 움직일 수 없을 거야. 다시 움직이게 돼."

"그리고 다리가…… 오른쪽 다리가……?"

그녀는 오른쪽 다리를 빼려고 했다. 그러나 움직이지 않았다.

"마찬가지야, 조앙. 가만히 있어. 다시 움직이게 될 거야."

그녀는 머리를 움직였다.

"전 다른 생활을…… 막 시작하려 하고 있어요" 하고 그녀는 속삭였다. 라비크는 대답을 하지 않았다. 아무 말도 할 수가 없었다. 그 말은 아마 정말인지도 모른다. 언제나 그렇게 하고 싶어 하지 않는 사람이 있을까?

그녀는 다시 안정을 잃고 목을 이리저리 돌렸다. 억양이 없는 괴로운 목소리. "당신이 와주셔서…… 다행이었어요. 당신이 없었더라면 어떻게 되었을지?"

"그럼."

마찬가지다, 하고 그는 절망적으로 생각했다. 마찬가지겠지. 이 지경이면 돌팔이 의사로도 충분하다, 어떤 돌팔이 의사로도. 내가 단 한 번, 내가 알고 있는 것, 내가 배운 것 전부가 가장 필요할 때 그것이 아무런 도움도 되지 않는다. 서푼짜리 의사도 마찬가지가 아닌가. 아무것도 할 수가 없으니 말이다.

정오에 그녀는 깨달았다. 그가 그녀에게 아무 말도 하지 않았지만, 그녀는 문득 깨달았다. "전 절름발이가 되고 싶지 않아요, 라비크. 제 다리가 어떻게 됐나요? …… 둘 다 움직일 수가 없어요."

"아무것도 아냐. 다시 일어나면 전처럼 걸을 수 있게 된다니까."

"다시 일어나게…… 된다면. 당신, 왜 거짓말을 해요? 그럴 필요가 없어요……."

"거짓말이 아냐, 조앙."

"거짓말이에요. 제가 고통밖에는…… 아무것도 모르게 되었을 때…… 당신은 저를 여기에 내버려두고 가지 마세요. 약속해주세요."

"약속하지."

"더 참을 수 없게 되거든 무슨 약을 주세요. 우리 할머님은 닷새 동안이나 누운 채로…… 고함을 질렀어요. 전 그러고 싶지 않아요, 라비크."

"그렇게는 되지 않아. 별로 아프지 않을 테니까."

"너무 심해지면…… 주셔야 해요…… 무슨 잘 듣는 것을…… 그것만으로 충분한 것을 말이에요. 꼭 그렇게 해주셔야 해요…… 제가 바라지 않더라도, 그리고 의식이 없더라도 말이에요. 제가 지금 하는 말은 중요해요. 나중에…… 약속해주세요."

"약속하지. 그럴 필요가 없겠지만."

겁먹은 눈빛이 사라졌다. 그녀는 갑자기 마음이 안정되어 누워 있었다. "당신은 그렇게 해도 좋아요, 라비크" 하고 그녀는 속삭였다. "당신이 아니었다면…… 어차피 전 살아 있지 않았을 테니까요."

"쓸데없는 소리. 물론 당신은 살아나게 돼."

"아녜요. 전 그때…… 우리가 맨 처음 만났을 때…… 전 각오를…… 전 어디로 가야 할지 몰랐어요. 올 한 해는 당신이 제게 주신 거예요. 그건…… 선물로 받은 시간이었어요." 그녀는 천천히 그에게 머리를 돌렸다. "왜 저는 당신 곁에 있지 않았을까요?"

"내가 잘못했어, 조앙."

"아녜요. 그건…… 저도 모르겠어요."

창밖은 황금빛 대낮이다. 커튼을 쳐놓았지만 양쪽 가장자리에서 햇빛이 들어왔다. 조앙은 수면제로 반수면 상태였다. 이미 그녀의 모습은 거의 남아 있지 않았다. 지난간 몇 시간이 마치 늑대들처럼 그녀를 뜯어먹은 것

610

이다. 담요 밑에서 그녀의 몸이 점점 납작해지는 것 같았다. 육체 저항력이 쇠퇴해갔다. 그녀는 꿈과 현실 사이를 헤매고 있었다. 때때로 완전히 무의식 상태가 되는가 하면, 다시 또렷하게 의식이 돌아왔다. 고통이 심해졌다. 그녀는 신음하기 시작했다. 라비크는 주사를 놓았다. "머리가" 하고 그녀는 중얼거렸다. "점점 심해져요."

잠시 후에 다시 말을 시작했다. "빛이…… 빛이 너무 강해서…… 타는 것 같아요."

라비크는 창가로 갔다. 그는 차양을 발견하고 그것을 내린 다음 커튼을 단단히 쳤다. 다시 돌아와서 그녀의 침대맡에 앉았다.

조앙이 입술을 움직였다. "정말…… 오래 걸리는군요……. 이젠 소용이 없어요, 라비크……."

"2, 3분만 있으면……."

그녀는 가만히 누워 있었다. 두 손은 죽은 듯이 담요에 얹혀 있었다. "제가…… 말해두고 싶은 게 있어요……. 참 많아요."

"나중에 하지, 조앙."

"아뇨. 지금 해야 해요……. 나중엔 시간이 없어요. 여러 가지…… 말해야 할 것이……."

"대강은 알 수 있을 것 같아, 조앙……."

"아세요?"

"알 것 같아."

파도. 경련의 파도가 그녀를 엄습하는 것이 눈에 보였다. 지금 두 다리가 모두 마비되어 있었다. 두 팔도. 가슴만이 아직도 솟아 있었다.

"전 언제나 당신하고만…… 알고 계실 거예요……."

"알고 있어, 조앙."

"다른 사람은 그저…… 불안해서……."

"그래, 알고 있어……."

그녀는 잠시 동안 그대로 누워 있었다. 숨은 쉬는데 힘이 없었다. "이상해요." 이윽고 그녀는 아주 가느다란 목소리로 말했다. "이상해요, 사랑하고 있을 때 죽어야 하다니."

라비크는 그녀에게 몸을 굽혔다. 오직 어둠과 그녀의 얼굴이 있을 뿐이었다.

"저는 당신에게 어울리는…… 좋은 여자가 아니었어요." 그녀는 소곤거렸다.

"당신은 내 생명이었어."

"저는…… 당신을…… 안아보고 싶어요……. 그런데 제 팔이 도무지……."

그는 그녀가 팔을 들려고 무척 애쓰고 있다는 것을 알 수 있었다. "당신은 내 팔에 안겨 있는 거야. 그리고 나는 당신 팔 안에 있어."

그녀는 잠시 숨을 쉬지 않았다. 그 눈에 완전히 그늘이 끼어 있었다. 그녀는 눈을 떴다. 동공이 아주 크게 보였다. 라비크는 그녀에게 자기가 보이는지 어떤지 알 수가 없었다. "Ti amo"* 하고 그녀는 말했다.

그녀는 어린 시절의 말을 썼다. 너무 쇠약해서 다른 말은 할 수가 없었다. 라비크는 생명이 없어진 그녀의 두 손을 잡았다. 그의 내부에서 그 무엇이 찢겨 나갔다. "당신은 나를 살게 해주었어, 조앙." 그는 멍한 눈을 한 그녀의 얼굴에 대고 말했다. "당신은 나를 살게 해줬어. 나는 돌멩이에 지나지 않았어. 그런 나를 당신이 살아나게 해준 거야……."

"Mi ami?"**

---

* 이탈리아어로 "당신을 사랑해요"라는 뜻이다.

** 이탈리아어로 "저를 사랑하세요?"라는 뜻이다.

그것은 잠들려는 어린아이의 물음 같았다. 그것은 온갖 피로를 넘어선 최후의 피로였다.

"조앙" 하고 라비크는 말했다. "사랑이라는 말로는 표현할 수가 없어. 그 것으로는 부족해. 사랑은 아주 작은 일부분에 불과해. 강물 속 물 한 방울, 나무에 있는 잎 하나야. 그것은 훨씬 더 큰 거야."

"Sono stata······ sempre con te."*

라비크는 그녀의 두 손을 쥐고 있었다. 그러나 그 손은 이미 그의 손을 느끼지 못했다. "당신은 언제나 나와 같이 있었지" 하고 그는 말했다. 그러 나 그는 자기가 갑자기 독일어로 말하고 있다는 것을 깨닫지 못했다. "당신 은 언제나 나와 같이 있었어. 내가 당신을 사랑할 때도, 미워할 때도, 그리 고 무관심하게 보였을 때도 말이야. 다를 바가 없어. 당신은 언제나 나와 같 이 있었고, 언제나 내 마음속에 있었어······."

지금까지 그들은 남의 말로 서로 얘기해왔다. 지금 비로소 자신도 모르 는 사이에 서로 자기 말을 쓰고 있었다. 언어 장벽은 무너지고 두 사람은 지 금까지보다 더 서로를 잘 이해할 수 있게 되었다.

"Baciami······."**

그는 그녀의 바싹 마른 뜨거운 입술에 입을 맞추었다. "당신은 언제나 나와 같이 있었어, 조앙······ 언제나······."

"Sono······ stata······ perduta······ senza di te."***

"당신이 없었더라면 나는 더욱 고독한 사람이었을 거야. 당신은 모든 광 명이었으며, 기쁨과 슬픔이었어······. 당신은 나를 흔들어주었고, 내게 당신

---

*   이탈리아어로 "전 언제나 당신과 같이 있었어요"라는 뜻이다.

**   이탈리아어로 "키스해주세요"라는 뜻이다.

*** 이탈리아어로 "당신이 안 계시면 저는 어쩔 바를 몰라요"라는 뜻이다.

과 나 자신을 주었어. 당신은 나를 살아가게 한 거야."

조앙은 잠시 동안 꼼짝도 않고 누워 있었다. 벌써 숨을 헐떡였다. 이는 악물리고, 얼굴은 경련을 일으켰다. 그녀는 그래도 말을 하려고 헐떡였다. 목구멍이 오므라들고 입술이 떨렸다. 목구멍에서 글그렁거리는 소리, 굵고 무시무시한 글그렁거리는 소리, 마침내 절규가 터져 나온다. "라비크." 그녀는 혀가 꼬부라진 소리로 말했다. "살려주세요! …… 살려주세요! …… 지금 곧!"

그는 주사기를 준비해놓았었다. 재빨리 그것을 집어 들고 그녀의 피부에 찔렀다. 다음 경련이 일어나기 전에 재빨리. 몇 번이고 간격을 두고 차차 숨을 쉬지 못하게 되어 서서히 괴로워하면서 죽게 해서는 안 된다. 의미도 없이 시달리게 해서는 안 된다. 그녀 앞에는 오직 고통이 있을 뿐이다. 그것도 아마 몇 시간밖에 갈 수 없는.

눈꺼풀이 실룩거렸다. 그러고는 움직이지 않게 되었다. 입술이 늘어졌다. 숨결이 멈췄다.

그는 커튼을 열고 차양을 올렸다. 그러곤 침대 쪽으로 돌아갔다. 조앙의 얼굴은 굳어져서 다른 사람의 얼굴처럼 되었다.

그는 문을 닫고, 사무실로 들어갔다. 외젠은 책상에 앉아서 병상일지를 살펴보고 있었다. "12호실 환자가 죽었어" 하고 라비크는 말했다.

외젠은 얼굴도 들지 않고 고개를 끄덕였다.

"베베르 선생은 방에 계신가?"

"그럴 거예요."

라비크는 복도를 걸어갔다. 몇몇 방들은 마침 문이 열려 있었다. 그는 베베르 방으로 들어갔다.

"12호실 환자가 죽었어, 베베르. 이젠 경찰을 불러도 좋아."

베베르는 얼굴을 들지 않았다. "경찰은 다른 일로 바쁘게 됐어."

"뭐라고?"

베베르는 〈마탱〉 호외를 가리켰다. 독일군이 폴란드에 침입했다는 것이다. "정부 측에서 정보를 들었어. 오늘 선전포고를 한대."

라비크는 신문을 내려놓았다. "올 게 왔군, 베베르."

"그래, 드디어 끝장이야. 불쌍한 프랑스."

라비크는 잠시 그대로 앉아 있었다. 모든 것이 허전했다. "프랑스 이상의 일이야, 베베르." 이윽고 그는 말했다.

베베르는 그를 빤히 쳐다보았다. "내게는 프랑스가 다야. 그것만으로 충분해."

라비크는 대답을 하지 않았다. "자네는 어떻게 할 셈인가?" 잠시 후에 그는 물었다.

"글쎄, 모르겠어. 소속 연대로 가게 되겠지. 여기 일은……." 그는 애매한 몸짓을 섞어가며 말했다. "누가 맡아서 하겠지."

"여기 있게 될 거야. 전시엔 병원이 필요해. 이대로 여기에 있게 할 거야."

"난 그냥 여기에 남아 있고 싶지 않아."

라비크는 주위를 둘러보았다. "내가 여기 있는 것은 오늘이 마지막일 거야. 모두 처리되었다고 생각해. 자궁 환자는 나았고, 담낭 환자는 괜찮아. 암 환자는 희망이 없어. 그 이상 수술해도 소용이 없어. 그뿐이야."

"어째서?" 베베르는 지친 듯이 물었다. "어째서 오늘이 마지막인가?"

"선전포고가 나면 우린 곧 검속되지." 라비크는 베베르가 무슨 말을 하고 싶어 하는지를 알았다. "우리 토론은 그만두지. 어쩔 수 없는 거야. 틀림없이 그렇게 될 걸세."

베베르는 자기 의자에 앉았다. "난 알 수가 없어. 그럴지도 모르지. 아마 전쟁을 하지 않을지도 몰라. 그대로 나라를 내줄지도 몰라. 이제 아무것도 모르겠어."

라비크는 일어섰다. "저녁에 다시 오겠어. 그때까지 파리에 있을 수 있으면. 8시에 오지."

"알았어."

라비크는 밖으로 나왔다. 대기실에 그 배우가 있었다. 그를 까맣게 잊고 있었다. 그 남자는 벌떡 일어났다.

"어떻습니까?"

"죽었어."

그 남자는 그를 뚫어지게 쳐다보았다. "죽었다고요?" 그는 비극적인 몸짓으로 한 손을 가슴에 대고 휘청거렸다. 병신 같은 희극배우 녀석, 하고 라비크는 생각했다. 틀림없이 여태까지 이런 연기만 주로 맡아 해서 자기가 정말 그런 일을 당했을 때도 그만 그런 몸짓을 하게 되겠지. 어쩌면 근본은 정직해서 단지 직업상 몸짓이 이 녀석의 진짜 슬픔에까지 배어 있는지도 모른다.

"볼 수 있을까요?"

"뭣 때문에?"

"진 그 사람을 다시 한번 봐야 합니다." 그 남자는 두 손을 가슴에 꼭 갖다 댔다. 그 손에 비단으로 단을 댄, 엷은 갈색 신사용 모자를 들고 있었다. "이해해주십시오! 저는 꼭……." 눈에는 눈물이 괴어 있었다.

"여보시오" 하고 라비크는 참지 못하고 말했다. "당신은 그만 사라지는 게 좋겠소. 여자는 죽었소. 이제는 어쩔 수도 없소. 단념해야 하오. 그리고 지옥에라도 사라지란 말이오! 당신이 1년 동안 징역을 살든, 아니면 연극을 해서 무죄석방이 되든, 그런 건 내가 알 바 아니오. 어쨌든 당신은 한두 해가 지나면 다른 계집들 앞에서 이 이야기를 자랑삼아 떠들며 계집을 꾀려고 할 거요. 어서 나가, 이 얼간이 자식!"

그는 그 남자를 문 쪽으로 밀쳤다. 그 남자는 잠시 망설이다가 문에서 뒤돌아보았다. "인정머리 없는 짐승 같은 놈! 더러운 독일 놈!"

거리는 어디나 사람들로 붐볐다. 모두 신문사의 커다란 뉴스 전광판 앞에 몰려 있었다. 라비크는 뤽상부르 공원으로 차를 운전했다. 붙잡히기 전에 그래도 두어 시간만이라도 혼자 있고 싶었다.

공원에는 사람이 하나도 없었다. 늦은 여름 오후의 따뜻한 햇살이 비치고 있었다. 나무들은 가을의 첫 징후를 보이고 있었다. 그것은 조락해가는 가을 징후가 아니고, 더욱더 성숙해가는 가을 징후였다. 햇빛은 황금빛이고, 하늘의 파랑은 여름의 마지막 비단 깃발이었다.

라비크는 그곳에 오랫동안 앉아 있었다. 그는 햇빛이 변해가고 그늘이 길어지는 것을 바라보았다. 이렇게 앉아 있는 지금이 자신의 마지막 자유 시간이라는 것을 그는 알았다. 일단 선전포고가 나면, 앵테르나시오날 여주인은 아무도 숨겨둘 수가 없다. 그는 롤랑드를 생각했다. 롤랑드도 마찬가지다. 누구나 다 마찬가지다. 이제 와서 다시 도망을 다닌다면 그야말로 스파이 혐의를 받게 된다.

그는 거기에 저녁때까지 앉아 있었다. 슬프지는 않았다. 여러 사람의 얼굴이 떠올랐다가는 사라졌다. 사람들 얼굴과 세월이. 그리고 마지막에는 그 굳어버린 얼굴이.

7시에 그는 공원을 나섰다. 어둑어둑해지는 공원을 떠나는 것은 평화의 마지막 모습에 이별을 고하는 것이다. 그는 그것을 알았다. 거리로 나가서 두어 걸음 걷는데 호외가 나와 있었다. 선전포고였다.

그는 라디오가 없는 비스트로에서 식사를 했다. 그러고는 걸어서 병원으로 돌아갔다. 베베르가 그를 맞았다. "제왕절개를 한 건 해주겠나? 방금 한 사람 들어왔지."

"좋아."

그는 옷을 갈아입으러 갔다. 도중에 외젠을 만났는데, 그녀는 그를 보고 깜짝 놀랐다. "나를 다시 못 볼 줄 알았나?"

"그래요" 하고 말하고 그녀는 급히 지나가버렸다.

제왕절개는 간단했다. 라비크는 아무것도 생각하지 않고 절개를 했다. 두어 번 외젠의 시선이 느껴졌다. 무슨 일일까, 하고 생각했다.

어린애는 울음을 터뜨렸다. 몸을 씻겼다. 라비크는 울고 있는 불그스름한 얼굴과 자그마한 손가락을 보았다. 인간은 웃으며 세상에 태어나는 것이 아니로구나, 하고 그는 생각했다. 그는 어린애를 보조 간호사에게 넘겨주었다. 사내아이였다.

"이 아이가 당하게 될 전쟁은 어떤 전쟁일지?"

그는 손을 씻었다. 베베르도 곁에서 씻고 있었다. "라비크, 만일 자네가 붙잡힐 경우에는 있는 곳을 곧 내게 알려주게."

"왜 귀찮은 일에 끼어들려고 하나, 베베르? 이런 때는 나 같은 종류의 인간은 모르는 체하는 편이 훨씬 더 편할 거야."

"왜? 자네가 독일 사람이라서? 자넨 피난민이야."

라비크는 슬픈 듯이 웃었다. "자네는 피난민이 돌과 돌 사이에 낀 하나의 돌이라는 것을 모르나? 자기가 태어난 나라에선 배반자가 되고, 외국에선 자기가 태어난 나라의 국민이란 말이야."

"그런 건 나와 상관이 없어. 난 자네가 빨리 나왔으면 하는 거야. 내가 신원 보증인이라고 말하게."

"자네가 원한다면 그렇게 하지." 라비크는 자기가 그렇게 말하지 않으리라는 것을 알았다.

"의사는 어디를 가나 할 일이 있는 법이야." 라비크는 손을 닦았다. "한가지 부탁이 있는데 들어주겠나? 조앙 마두의 장례를 돌보아주겠어? 난 그럴 시간이 없을 것 같으니까."

"그러지. 그 밖에 처리할 일은 없나? 재산이라든가 그런 다른 것들?"

"그건 경찰에 맡겨두면 될 거야. 친척이 있는지 없는지 모르겠어. 그러나 그건 문제가 아냐."

그는 옷을 입었다. "잘 있게, 베베르. 자네와 같이 일할 수 있어서 즐거웠네."

"잘 가게, 라비크. 아직 제왕절개 계산이 남았어."

"그건 장례식 비용으로 쓰게. 그것만으론 어차피 모자라겠지. 가능하다면 그 비용을 다 주고 가고 싶네만."

"천만에. 무슨 소리야, 라비크. 어디다 묻어야 하나?"

"나도 몰라. 어딘가 공동묘지면 돼. 여기 그녀의 이름과 주소를 적어두겠네." 라비크는 계산서 용지에다 적었다.

베베르는 그 쪽지 위에 은으로 만든 양 한 마리를 박아 넣은, 수정으로 된 문진을 올려놓았다.

"알았어, 라비크. 나도 며칠 뒤에는 떠나게 될 거야. 자네가 없었다면 우린 수술을 별로 할 수 없었을 거야." 그는 라비크와 함께 방을 나섰다.

"잘 있어, 외젠" 하고 라비크는 말했다.

"안녕히 가세요, 라비크 씨." 그녀는 그를 쳐다보았다. "호텔로 돌아가시나요?"

"그래. 왜 그러지?"

"아뇨, 아무것도 아녜요. 그저……"

어두웠다. 호텔 앞에는 트럭이 한 대 서 있었다. "라비크" 하고 모로소프가 호텔 근처 어떤 집에서 나오며 말했다.

"보리스 아냐?" 라비크는 걸음을 멈추었다.

"경찰이 와 있어."

"그럴 줄 알았어……."

"여기 이반 클루게의 신분증명서가 있어. 죽은 러시아 사람 말이야. 아직도 1년 반이 유효해. 함께 세라자드로 가세. 사진을 바꿔 붙여야지. 그러고는 러시아 망명객이라고 하고 다른 호텔에 들면 돼."

라비크는 머리를 저었다. "위험해, 보리스. 전쟁 때는 가짜 서류를 갖는 게 아냐. 아무것도 없는 편이 오히려 낫지."

"그럼 어떻게 하겠어?"

"호텔로 가겠어."

"신중히 생각한 건가, 라비크?"

"그래. 신중히 생각해보았어."

"제기랄! 어디로 끌려갈지 누가 알아!"

"하여튼 독일로는 추방하지 않겠지. 그런 건 이제 끝났어. 스위스로 추방하지도 않을 거야." 라비크는 웃었다. "7년 만에 처음으로 경찰은 우리를 붙들어두고 싶어 할 거야, 보리스. 이렇게 되는 데는 전쟁이 필요했던 거야."

"롱샹에 강제수용소를 만든다는 소문이 있어." 모로소프는 턱수염을 잡아당겼다. "자네는 거기 들어가려고 독일 강제수용소를 빠져나온 셈이 됐어. 이번에 프랑스 수용소에 들어가기 위해서 말이야."

"혹시 곧 석방할지도 모르지."

모로소프는 대답하지 않았다.

"보리스" 하고 라비크는 말했다. "내 걱정은 말게. 전시에는 의사가 필요한 법이야."

"만약 붙잡히면 이름을 뭐라고 대겠나?"

"본명을 대지. 여기서는 본명을 한 번밖에 써보지 못했어. 5년 전이야." 라비크는 잠시 말이 없었다. "보리스." 이윽고 그는 말했다. "조앙이 죽었어.

남자가 쏘았지. 베베르의 병원에 눕혀두었어. 묻어줘야지. 베베르가 돌보아
주겠다고 약속은 했지만 그전에 소집당할지도 몰라. 좀 돌봐주겠나? 아무
말도 묻지 말고 하겠다고만 대답해주면 그것으로 만사는 해결이야."

"알았어."

"고마워. 잘 있게, 보리스. 내 물건 중에서 쓸 만한 것은 무엇이든 쓰게.
그리고 내 방으로 옮기게. 자넨 늘 욕실을 탐내지 않았나? 그럼 이제 가겠
네. 잘 있게."

"빌어먹을" 하고 모로소프는 말했다.

"됐어. 전쟁이 끝나면 푸케에서 다시 만나지."

"어느 쪽에서? 샹젤리제 쪽인가, 아니면 조르주 5세 거리 쪽인가?"

"조르주 5세 거리 쪽이지. 우리는 바보야. 영웅인 체하는 애송이 바보야.
잘 있게, 보리스."

"제기랄" 하고 모로소프는 말했다. "우린 제대로 작별 인사도 못 하잖나.
자, 이리 와, 이 바보야."

그는 라비크의 오른쪽 볼과 왼쪽 볼에 입을 맞추었다. 라비크는 그의 수
염과 파이프 담배 냄새를 느꼈다. 기분 좋은 것은 아니었다. 그는 호텔로 걸
어갔다.

피난민들은 카타콤에 서 있었다. 최초의 그리스도교도 같다고 라비크
는 생각했다. 최초의 유럽인이다. 사복을 입은 남자가 가짜 종려나무 아래
에 놓인 책상에 앉아서 한 사람 한 사람의 인적 사항을 적고 있었다. 경관
두 사람이 아무도 도망할 생각이 없는데도 양쪽 문을 지키고 있었다.

"여권은?" 경관이 라비크에게 물었다.

"없습니다."

"다른 서류는?"

"없습니다."

"불법 입국이지?"

"그렇습니다."

"왜?"

"독일에서 도망 왔습니다. 서류를 입수할 수 없었습니다."

"당신의 성은?"

"프레젠부르크."

"이름은?"

"루트비히."

"유대인이오?"

"아닙니다."

"직업은?"

"의사."

그 사람은 적었다. "의사?" 하고는 쪽지 한 장을 집어 들고 보았다. "라비크라는 의사를 알고 있소?"

"모르겠는데요."

"여기 살고 있다는데. 고발장이 들어와 있어."

라비크는 그를 쳐다보았다. 외젠이 한 짓이라고 그는 생각했다. 그녀는 내게 호텔로 돌아가느냐고 물었지. 그리고 내가 아직도 자유로운 것을 보고 그렇게 깜짝 놀랐었지.

"그런 이름을 가진 사람은 여기 안 산다고 제가 분명히 말했잖아요" 하고 주방 출입문에 서 있던 여주인이 딱 잘라 말했다.

"잠자코 있어요" 하고 그 남자는 못마땅하게 말했다. "그렇지 않아도 당신은 이 사람들을 신고하지 않았기 때문에 벌을 받게 되어 있어요."

"전 그걸 자랑으로 여기고 있어요. 인정이 벌을 받아야 된다면 제발 얼

622

마든지 처벌하세요."

그 남자는 무슨 대꾸를 할 듯하다가 눈짓만 했을 뿐 그만두고 말았다. 여주인은 해볼 테면 해보라는 듯이 그를 노려보았다. 여주인에게는 고위층 후원자가 있기 때문에 겁날 것이 없었다.

"짐을 꾸리시오" 하고 라비크에게 말했다. "내복하고 하루치 식량을 갖고 가는 게 좋을 거요. 그리고 담요가 있으면 그것도 가지고 가고."

경관 한 사람이 그를 따라 올라왔다. 대부분 방문이 열려 있었다. 라비크는 트렁크와 담요를 집어 들었다.

"다른 것은 없소?" 하고 경관이 물었다.

"아무것도 없습니다."

"다른 것은 여기에 둘 겁니까?"

"다른 것은 여기에 두고 가겠습니다."

"저것도요?" 경관은 침대 옆 탁자를 가리켰다. 거기에는 조앙과 그가 처음 만난 다음에 조앙이 앵테르나시오날로 보내주었던 조그마한 목각 성모상이 놓여 있었다.

"그것도 두고 갑니다."

그는 아래층으로 내려갔다. 알자스 태생의 하녀 클라리스가 라비크에게 꾸러미 하나를 건네주었다. 다른 사람들도 같은 꾸러미를 들고 있는 것이 보였다.

"먹을 거예요" 하고 여주인이 말했다. "배가 고파서는 안 되지요. 지금부터 가실 곳에는 어차피 먹을 것이 마련되어 있지 않을 테니까요."

여주인은 사복을 입은 남자를 슬쩍 노려보았다.

"그렇게 떠들어대지 말아요" 하고 그는 화가 치미는 듯이 말했다. "내가 선전포고를 한 게 아니란 말이오."

"이분들도 하지 않았어요."

"날 건드리지 마요." 그는 경관을 쳐다보았다. "됐나? 이 사람들을 데리고 가게."

침통한 인간 무리가 움직이기 시작했다. 라비크는 바퀴벌레가 보인다던 그 부인과 함께 있는 남자를 보았다. 남자는 아무것도 들지 않은 한쪽 팔로 그녀를 부축하고 있었다. 다른 한쪽 팔에는 트렁크를 끼고 손에도 트렁크를 들고 있었다. 사내아이도 트렁크를 끌고 있었다. 남자는 애원하는 눈초리로 라비크를 보았다. 라비크는 고개를 끄덕였다. "기구와 약을 가지고 있어요. 걱정하지 마세요."

그들은 트럭에 기어 올라갔다. 엔진 소리가 났다. 차가 움직이기 시작했다. 여주인이 문간에 서서 손을 흔들었다.

"어디로 갑니까?" 하고 누군가 경관에게 물었다.

"모르겠소."

라비크는 로젠펠트와 가짜 아론 골트베르크 곁에 서 있었다. 로젠펠트는 두루마리를 겨드랑이에 끼고 있었다. 그 속엔 세잔과 고갱의 그림이 들어 있었다. 얼굴 근육이 실룩거렸다. "스페인 비자가" 하고 그는 말했다. "기한이 다 되어버렸어요. 제가 미치……." 말이 거기서 끊어졌다. "죽음의 새는 떠나버렸지요." 이윽고 다시 말했다. "마르쿠스 마이어는 어제 미국으로 떠났습니다."

트럭이 흔들렸다. 모두 서로 꼭 붙어 서 있었다. 말을 하는 사람은 하나도 없었다. 트럭이 모퉁이를 돌았다. 라비크는 운명론자인 자이덴바움을 보았다. 그는 한구석에 떠밀려서 서 있었다. "또 당했군요" 하고 그는 말했다.

라비크는 담배를 찾았다. 하나도 없었다. 그러나 가방 속에는 잔뜩 들어 있는 것이 생각났다. "그렇군요. 인간이란 여러 가지 일을 참아낼 수 있나 보지요."

트럭은 와그람 거리를 달려서 에트왈 광장으로 빠져나왔다. 아무 데도

624

불이 켜져 있지 않았다. 광장에는 짙은 어둠만이 깔려 있었다. 너무 어두워서 개선문조차 보이지 않았다.

작품 해설

　레마르크는 첫 장편소설 《서부전선 이상 없다》(1929)를 발표한 뒤 《검은 오벨리스크》(1957)까지 장편은 여덟 편밖에 쓰지 않았다. 레마르크만큼 유명한 작가로서 이처럼 과작(寡作)인 작가도 드물 것이다. 또한 이 얼마 안 되는 작품들로 그만큼 국경을 초월해 많은 독자에게 사랑받는 작가도 드물 것이다.

　그의 작품이 이렇게 널리 국제적 공감을 불러일으키는 데는 두 가지 이유가 있다. 하나는 작품 주제이며, 다른 하나는 그것을 묘사하는 문학적 표현 양식이다. 레마르크의 경우 순 개인적 문제 또는 사소설적이거나 신변 소설적 문제는 작품 주제가 되지 않는다. 그의 장편 여덟 편의 주제는 1차 세계대전, 대전 후 혼란, 히틀러의 전체주의적 독재, 즉 게슈타포와 강제수용소의 공포 및 그 결과인 2차 세계대전, 그리고 히틀러 정권 붕괴 직전의 정경 등이다.

　세계대전과 전체주의적 공포정치의 위협은 세계사가 큰 전환기를 맞이한 20세기의 기본 특징이다. 레마르크는 이 두 가지 공포 아래서 고뇌하는 무명 인사들, 지상에 천국을 건설할 수 있는 조건을 갖췄으면서도 지도자의 배신으로 비참한 운명의 나락으로 떨어지는 민중, 그 배신에 항의할 엄두도 못 내고 무력한 울분 가운데 질식해가는 온 세계 수많은 사람들의 운명을 커다란 역사적 시야에 입각해 한 시대의 비극으로 묘사해냈다.

《개선문》의 주인공은 나치스 강제수용소의 가공할 고문을 피해 파리에 불법 입국한 외과 의사 라비크다. 2차 세계대전 직전의 파리 시내에서는 라비크처럼 국적을 잃고 여권도 없는 각국 피난민들이 불안과 절망에 빠져 생활하고 있었다. 라비크는 본디 베를린의 유명한 병원에서 이름을 떨치던 외과 부장이었다. 그러나 지금은 부유하지만 무능한 프랑스 의사들에게 고용되어, 환자가 마취된 동안 수술을 해주고 자취를 감추는 신세다. 매춘부 검진도 맡아 하고 있다.

그에게 인간은 메스 아래 누운 고깃덩어리로밖에 보이지 않는다. 이러한 찰나적이고 냉소적인 인생관 밑바닥에는 20여 년 전 전쟁에서 입은 영혼의 상처가 검게 서려 있다. 게슈타포에서 자신을 고문하고 애인 시빌을 학살한 하케에 대한 본능적이고 한 맺힌 복수심만이 스러지지 않고 타오른다.

깊은 밤 다리 위에서 우연히 만난 조앙 마두는 외돌토리 여가수였다. 순진한 열정으로 라비크를 사랑하고, 한때는 그에게 구원이 될 것도 같았지만, 그의 신분이 경찰에 알려져 석 달가량 국외로 추방된 사이에 그녀는 다른 남자를 만났다. 라비크는 조앙에게 마음이 끌리지만 방황하는 그녀의 마음을 믿을 수가 없다.

미국 국적을 가진 부유하고 아름다운 케이트 헤그시트룀은 라비크를 사모하여 수술을 받으러 찾아오지만, 그는 수술 도중 그녀의 몸을 좀먹고 있는 암을 발견하고 깊은 연민의 감정을 느낀다.

케이트 헤그시트룀이나 조앙 마두 같은 여인들이 그의 주변에 등장하지만, 라비크를 지탱해주는 오직 하나의 정열은 하케에 대한 복수였다. 그러나 복수에 성공하고도 그저 그것뿐 아무것도 바꿔놓지는 못했다.

빛이 스러지고, 어둡고 끝없는 공포와 절망이 파리를, 프랑스를, 온 유럽을 뒤덮는다. 신대륙으로 달아나는 마지막 배, 20세기 노아의 방주 노르망디호는 죽음이 깃든 케이트를 태우고 유럽의 해안을 떠난다. 유럽과 미국을 잇는 마지막 밧줄은 끊어지고, 유럽은 고립된 암흑의 감옥이 된다. 조앙도 동거하던 사내에게 총을 맞고 라비크의 수술을 받지만, 이미 때는 늦어 그의 곁에서 죽음을 맞는다.

전쟁은 확산되고, 유럽 최후의 피난지였던 프랑스도 이제 피난처가 될 수 없었다. 새삼 도망을 친다 해도 소용없는 일이었다. 라비크는 마지막 한때를 공원에서 보내고, 나이트클럽 세라자드의 도어맨 모로소프에게 "전쟁이 끝나면 푸케에서 다시 만나지" 하고 이별을 고한다. 앵테르나시오날 호텔 사람들과 함께 파리 경찰의 트럭에 실려 그는 떠난다. 에트왈 광장은 칠흑 같은 어둠에 싸여 불빛 하나 없다. 거대한 개선문의 모습마저 보이지 않는다.

이 소설은 《서부전선 이상 없다》 이후 발표한 레마르크의 다섯 번째 작품으로, 그 이전 네 작품 전체의 속편이라고 할 수 있다. 나치스 독일에 쫓겨 유럽 각국에서 파리로 도망쳐 온 피난민들이 모여 있는 몽마르트르의 값싼 숙소를 배경으로 피난민 중 한 사람인 외과 의사 라비크의 절망적 일상생활과 행동을 묘사하면서, 세계대전 전야의 불안과 공포에 찬 자유인의 정신 상태를 적절하게 표현하고 있다

이 《개선문》만큼 그의 사상을, 여인의 방황하는 관능을, 그리고 남녀의 야릇한 심리 갈등을 교묘하게 묘사한 작품도 없다. 작가의 풍부한 시정과 애절한 서정이 여한 없이 묘사된 작품이라고 할 수 있으며, 특히 조앙 마두와 주인공 라비크의 가슴 아프고 애절한, 그리고 어딘가 뒤틀린 사랑은 읽는 이의 마음을 저리게 한다.

또한 1930년대, 이들의 사랑을 방해했던 전쟁이 완전히 종식된 세상은 찾아오지 않고 지금도 세계의 수많은 사람들이 전쟁의 공포에 시달리고 있는 것을 보면 씁쓸한 마음을 금할 길이 없다.

옮긴이

에리히 마리아 레마르크 연보

1898년   6월 22일, 독일 베스트팔렌주 오스나브뤼크에서 셋째로 태어났
다. 아버지는 프랑스혁명 때 라인란트로 피난을 온 망명자의 후
손이었고 제책업을 하던 경건한 가톨릭 신자였다. 아버지와는
친하지 않지만 어머니와는 각별했고 1차 세계대전 이후 어머
니를 기리기 위해 '마리아'라는 중간 이름을 사용하기 시작했다.

1912년   임마누엘 칸트, 프리드리히 니체, 아르투어 쇼펜하우어의 철학
서를 탐독했다.

1914년   김나지움 학생이던 16세에 처음으로 글을 쓰기 시작했다. 1차
세계대전이 일어났다.

1916년   아직 김나지움 학생이던 레마르크는 친구들과 함께 징집되어 독
일 서부전선에 참전했다.

1917년   6월, 포탄 파편으로 왼쪽 다리, 오른팔, 목에 부상을 입고 뒤스부
르크 육군 병원으로 후송되었다.

1918년   8월, 독일군이 총퇴각했다. 10월, 힌덴부르크 진지가 돌파당했

다. 11월 3~5일, 키르 군항 해군 반란이 일어나 전국으로 확대되었다. 11월 11일, 1차 세계대전이 종전되었다. 레마르크는 육군 병원에서 치료를 받아 회복 후 보병연대로 배치되었으나 곧 종전되어 집으로 돌아왔다. 전후 사회는 불안하고 소요가 계속되었으며 레마르크는 일자리를 구하기 위해 방황했다.

1919년 8월부터 링겐주(현재 벤트하임주)에 있는 로네에서 초등학교 교사로 일했다.

1920년 5월부터 휘믈링주(현재는 엠슬란트)에 있는 클라인 베르센에서 교사로 일했다. 8월부터는 나네에서 교사로 일했다. 11월에 학교를 떠났다. 이후 사서, 사업가, 언론인, 편집자 등 다양한 직업을 전전했다.

1925년 배우 유타 잠보나와 결혼했다.

1928년 파리에서 켈로그 브리앙 부전조약이 체결되었다.

1929년 독일 서부전선 참전 경험을 바탕으로 첫 장편소설《서부전선 이상 없다》를 발표하여 일약 세계적 명성을 얻었다. 이 작품은 반전 문학의 대표작으로 꼽히며 여러 차례 영화화되었다.

1930년 미국 월가 주식 폭락으로 시작된 세계공황이 독일을 휩쓸었고 심각한 사회 불안이 일어났다. 9월 총선에서 히틀러의 나치스가 일거에 5백만 표를 늘리며 파시즘 위기가 증대되었다. 아내 유타 잠보나와 불화를 겪다 이혼했다.

1931년 실업자가 6백만 명이나 되는 등 정치적 위기가 격화되었다. 두 번째 장편소설《귀로》를 발표했다. 이 소설은《서부전선 이상 없다》와 함께 전쟁에 대한 증오를 잘 그려낸 작품으로 유명하다.

1932년 실업자가 7백만 명이 되었다. 7월, 국회 선거에서 나치스가 1천 3백만 표를 얻어 파시스트 쿠데타 위기에 처했다. 나치스가 반전

주의자를 탄압하자 레마르크는 생명의 위험을 느끼고 스위스로 망명했다. 스위스로 망명할 때 이혼한 전 아내 유타 잠보나도 함께했다.

1933년 1월, 히틀러 정권이 수립되었고 전국에서 대대적인 탄압이 시작되었다. 나치의 선전 장관 요제프 괴벨스가 공개적으로 레마르크의 글을 '비애국적'이라고 선언하며 독일에서 판매 금지했다. 괴벨스는《서부전선 이상 없다》를 베를린 오페라하우스 앞에서 불태웠다.

1937년 세 번째 장편소설《세 사람의 전우》를 발표했다.

1938년 독일 정부가 레마르크의 독일 국적을 박탈했다. 함께 망명중이던 전 아내 유타 잠보나가 독일로 송환되지 않도록 도와주기 위해 재혼했다.

1939년 미국으로 망명했다. 9월, 2차 세계대전이 일어났다.

1940년 네 번째 장편소설《너의 이웃을 사랑하라》를 발표했다.

1943년 여동생 엘프리데가 게슈타포에 체포되었다. 반전 발언을 공개적으로 했다는 이유였는데 레마르크의 여동생이라는 것까지 더해져 사형 선고를 받고 처형당했다. 레마르크는 전쟁이 끝난 후에야 여동생의 죽음을 알게 되었다.

1945년 5월, 연합군이 독일을 점령하고 히틀러가 자살했다. 드디어 2차 세계대전이 끝났다.

1946년 다섯 번째 장편소설《개선문》을 발표했다.《개선문》은 2차 세계대전 때 프랑스 파리에서 망명객으로 살아가는 주인공의 불안과 절망을 묘사한 자전적 소설로 세계적 베스트셀러가 되었다. 이 소설로 다시 한번 세계적으로 이름을 떨쳤다.

1947년 미국 시민권을 취득했다.

1948년	스위스로 돌아왔다.
1952년	여섯 번째 장편소설《생명의 불꽃》을 발표했다. 나치에게 처형당한 여동생 엘프리데에게 헌정한 작품이다.
1954년	일곱 번째 장편소설《사랑할 때와 죽을 때》를 발표했다.
1955년	벙커에서 최후를 맞이한 히틀러의 마지막을 다룬 오스트리아 영화 〈최후의 행동〉의 시나리오를 썼다. 이 영화는 뉘른베르크 재판의 판사였던 미하엘 무스마노의 책《죽기까지 열흘》을 원작으로 했다.
1956년	희곡 〈마지막 정거장〉을 썼다. 이 희곡은 독일과 브로드웨이에서 공연되었고 영어명은 '풀 서클'이다. 영어 번역본은 1974년에 출판되었다.
1957년	여덟 번째 장편소설《검은 오벨리스크》를 발표했다. 아내 유타 잠보나와 협의하에 이혼했다.
1958년	영화 〈사랑할 때와 죽을 때〉에 출연하여 게슈타포의 추적을 받는 늙은 교사 폴만 역을 맡았다. 미국의 영화배우 폴레트 고다드와 재혼했다.
1961년	《하늘은 아무도 특별히 사랑하지 않는다》를 출간했다. 이 소설은 1959년에 '빌려온 인생'이라는 이름으로 연재하던 작품으로 1948년을 배경으로 한 비극적 사랑 이야기다. '잃어버린 세대'의 고통스러운 감정이 들어 있다.
1962년	《리스본의 밤》을 발표했다. 이 소설은 독일에서 약 90만 부가 팔렸다.
1970년	스위스 로카르노에서 심장병으로 사망했다. 유작 장편소설《약속의 땅》,《그늘진 낙원》을 남겼다.

옮긴이 **송영택**

서울대학교 문리과대학 독문과를 졸업하고 서울대학교 강사로 재직했으며, 시인
으로 활동하면서 한국문인협회 사무국장과 이사를 역임했다. 저서로는 시집《너
와 나의 목숨을 위하여》가 있고, 번역서로는《젊은 베르테르의 슬픔》,《괴테 시집》,
《말테의 수기》,《어느 시인의 고백》,《릴케 시집》,《릴케 후기 시집》,《데미안》,《수레
바퀴 아래서》,《헤르만 헤세 시집》,《잠 못 이루는 밤을 위하여》등이 있다.

개선문

1판 1쇄 발행 1983년 7월 30일
3판 1쇄 발행 2025년 2월 20일

지은이 에리히 마리아 레마르크 │ 옮긴이 송영택
펴낸곳 (주)문예출판사 │ 펴낸이 전준배
출판등록 2004. 02. 11. 제 2013-000357호 (1966. 12. 2. 제 1-134호)
주소 04001 서울특별시 마포구 월드컵북로 21
전화 02-393-5681 │ 팩스 02-393-5685
홈페이지 www.moonye.com │ 블로그 blog.naver.com/imoonye
페이스북 www.facebook.com/moonyepublishing │ 이메일 info@moonye.com

ISBN 978-89-310-2443-2 04800
ISBN 978-89-310-2365-7 (세트)

(뒷면 계속)